육군사관학교 생도생활 4년

나를 외치다!

육군사관학교 생도생활 4년

나를 외치다

초판 발행일 2016년 6월 10일   초판 5쇄 2024년 1월 25일

지은이   김세진
펴낸이   손형국
펴낸곳   (주)북랩
편집인   선일영   편집   김은수, 배진용, 김부경, 김다빈
디자인   이현수, 김민하, 임진형, 안유경   제작   박기성, 구성우, 이창영, 배상진
마케팅   김회란, 박진관
출판등록   2004. 12. 1(제2012-000051호)
주소   서울특별시 금천구 가산디지털 1로 168, 우림라이온스밸리 B동 B113~114호, C동 B101호
홈페이지   www.book.co.kr
전화번호   (02)2026-5777   팩스   (02)3159-9637

ISBN   979-11-5987-063-7 03810 (종이책)   979-11-5987-064-4 05810 (전자책)

(주)북랩 성공출판의 파트너

북랩 홈페이지와 패밀리 사이트에서 다양한 출판 솔루션을 만나 보세요!

홈페이지 book.co.kr   •   **블로그** blog.naver.com/essaybook   •   **출판문의** book@book.co.kr

작가 연락처 문의 ▸ ask.book.co.kr

작가 연락처는 개인정보이므로 북랩에서 알려드릴 수 없습니다.

육 군 사 관 학 교   생 도 생 활   4 년

나를 외치다!

출판 사상 최초로 공개되는 대한민국 육사의 풀 스토리

★ 김세진 지음 ★

북랩

부모님과 대한민국에 이 책을 바칩니다.

_____ 생도!

당신을 육군사관학교 4년의 생도생활로 초대합니다.

제1부 ✠
도전, 기초군사훈련

제2부 ✠
배움, 1학년

제3부 ♥
성장, 2학년

제4부 ¥
성숙, 3학년

제5부 ★
여유, 4학년

제1부

도전, 기초군사훈련

제01화

지금부터 경어를 생략한다!

"지금부터 교육 목적상 경어를 생략한다!"

육군사관생도로 첫걸음을 내딛는 철부지 고등학생들이 듣는 첫 마디다.

1월 중순 약 300여 명의 학생과 그들을 배웅하는 가족들이 화랑대로 모였다. 사관생도가 되기 위해서 반드시 거쳐야 하는 5주간의 기초군사훈련[1]이 시작되는 날이다.

검은색 헬멧을 쓰고 엄숙한 표정으로 안내하던 사람들이 우리의 훈련을 위해서 오랜 기간 준비해 온 선배생도들이었다는 사실은 나중에서야 알게 되었다. 모든 육사 출신에게 애증과 추억으로 남아 있는 그들은 '기초군사훈련 파견근무 생도' 줄여서 '기파생도', 헬멧의 모양을 빗대어 '백테화이바'라고 불린다. 지난 가을에 2차 시험을 함께 치르며 알게 된 용현[2]

---

1) 2016년 현재는 화랑기초훈련이라고 불린다.
2) 책 속에서 언급되는 사람들의 이름은 실명과 가명이 섞여 있음.

이와 같은 소대에 배치된 것을 확인하니 마음이 한결 가벼워졌다. 모든 것이 낯선 곳에서 의지할 사람이 한 명이라도 생겨서 다행이다. 화랑관 식당에 모두 모여서 화기애애한 분위기 속에 인사를 나누고 지하에 있는 이발소에서 머리를 다시 한 번 정돈하고 난 뒤에 저녁식사를 했다. 식사가 끝나고 마지막 신입생이 자리를 정돈하는 순간, 갑자기 분위기가 180도 달라졌다. 방금 전 까지만도 친절하던 '헬멧'들이 숨 막힐 듯한 위엄으로 우리를 제압했다.

화랑대를 거쳐 간 모든 이들이 평생 잊지 못할 그 말.

"지금부터 교육 목적상 경어를 생략한다!"

기파생도들이 엄하게 변했다. "차렷!", "움직이지 마!"라는 소리가 여기저기서 터져 나와 메아리치며 식당을 뒤흔들었다. 몇 분 전까지만 해도 흐느적대던 몸과 마음이 바짝 긴장되고 조금은 무서운 느낌마저 들었다.

고등학생을 사관생도로 만들기 위한 기초군사훈련은 그렇게 시작되었다. 화랑관 식당 앞에서 대형을 갖춘 뒤 화랑관이 생기기 전에 생도 기숙사로 쓰였던 인헌관으로 이동했다. 2명 당 1개의 방으로 들어가 체육복으로 갈아입었다. 옷을 갈아입으며 잠시 살펴보니 생활관과 책상, 옷장에 각자의 이름이 붙어 있고, 여벌의 체육복과 속옷, 세면도구 등이 가지런히 놓여 있었다. 입고 있던 옷과 소지품을 집으로 보내기 위해 박스에 담는데, 집에서 소포를 받아보실 부모님을 떠올리니 갑자기 가슴이 아려왔다.

소포 박스를 지정된 곳에 쌓아두고 밖으로 나와 대형을 갖춰 섰다. 이젠 모두가 똑같은 옷을 입고 똑같은 신발을 신었다. 왠지 모를 동질감이 자연스럽게 생겨나는 것 같았고, 정말로 사관생도가 된 것 같은 착각에 흐뭇한 미소가 지어졌다. 우리를 인솔하는 기파생도를 따라서 전투화와 전투복 등을 받기 위해 걸어갔다. 기파생도는 복종심과 통제를 따르는 습성을 기르기 위해서 발을 맞춰 걸어야 한다고 설명했다. "하나 둘, 하나 둘"이란 소리에 맞춰서 왼발을 내딛으면 되는, 쉬운 건데도 불구하고 대형 속 30여 명의 발은 후두두둑 맞춰질 기미가 보이지 않았다. 발맞추는 것에 모든 신경을 집중하는데 어느새 목적지에 도착했고, 각자의 체형에 맞는 전투복을 3벌씩 받았다. 기파생도들은 받아온 전투복을 입혀 보고 전투화를 신겨 보며 사이즈가 맞는지 한 명 한 명 꼼꼼하게 챙겨 주었다.

그런데 치수가 맞느냐는 기파생도의 질문에 "아니요"라고 대답했다가 혼쭐이 났다. 첫날부터 자신감이 바닥으로 떨어지는 것 같았다. '다, 나, 까'로 끝나는 경어체가 아닌 평소 써 오던 말투를 쓰는 나는 생도라기보다는 영락없는 고등학생일 뿐이었다.

인헌관으로 돌아오니 원래 정해진 취침시간, 밤 10시가 훌쩍 지나 있었다. 기파생도는 다음날 잠에서 깬 뒤부터 해야 할 일들을 간략히 알려주고 손과 발을 씻고 양치를 하게 했다. 침대에 누워 두꺼운 모포를 덮으니 정말로 군대에 온 듯한 느낌이었다.

같은 방에서 생활하게 된 동기 범준이와 그동안 지내온 과정과 학교에 들어온 감회, 가족과의 작별 그리고 갑자기 변한 분위기 등에 대해 기파생도들에게 '들키지 않게' 소곤소곤 이야기하며 밤이 늦어서야 겨우 잠에 들었다.

제02화

설레는 첫날

　첫날의 설렘 때문인지, 잠자리가 낯설어서인지 범준이가 먼저 잠든 뒤에도 한동안 뒤척이다가 겨우 잘 수 있었다. 기상나팔이 무자비하게 울려댄다. 벌써 새벽 6시가 되었나 보다. 갑자기 기파생도들의 우렁찬 소리에 복도가 쩌렁쩌렁 울렸다. "신입생도들은 빨리 밖으로 나온다!" 그토록 오고 싶었던 '육사'에 와 있다는 사실에 가슴 터질 듯이 벅찬 것도 잠시, 잔뜩 긴장해서 슬리퍼만 신고 급하게 복도로 뛰어나갔다. 따뜻한 생활관과 다르게 복도는 매우 추웠다. 잠에서 덜 깬 부스스한 모습을 한 채로 동기들과 마주섰다. 복도 중앙에 서 있던 기파생도가 '무릎 잡고 다리 운동(앉았다 일어서기, 무릎 짧게 눌러 주기, 무릎 돌리기, 허리 돌리기로 이루어지는 간단한 스트레칭)'을 매일 아침기상과 동시에 해야 한다며 시범을 보였다. 스트레칭을 하고 나자 기파생도들은 각 분대별로 한 생활관에 모이게 해서 간밤에 덮고 잔 모포를 개고 정리하는 방법, 아침 점호에 집합하기 위해 입어야 할 옷을 설명해 주었다. 각자의 생활관으로 돌아가서 침구 정리 후 옷을 입고 집합하기까지 주어진 시간은 단 7분.

　범준이와 함께 낑낑대며 정리하는데, 기파생도가 보여준 것처럼 깔끔하게 접히지 않았다. 대충이라도 네모난 모양을 맞춰 놓고 급하게 옷을 갈아입었다. 내복 위에 체육복을 입고 그 위에 방상내피(일명 '깔깔이'), 그 위에 야전상의를 걸치고, 모자를 쓰고 귀마개를 걸치고 장갑까지 꼈다. 익숙지 않은 옷들이어서 그런지 입는 데 시간이 오래 걸렸다. 얼른 모이라고 소리 치는 기파생도들은 굼뜬 우리의 동작 때문에 화가 난 것 같았다. 부랴부 랴 준비해서 겨우 아침 점호에 집합했다. 거친 숨소리를 몰아쉬는 동기들 중에는 모자를 비뚤게 쓰고, 귀마개는 목에 걸린 동기들도 있었다.

인헌관 광장으로 나가자 세상을 얼려버리고도 남을 것처럼 차가운 공기 가 코 속 깊은 곳까지 들어왔다. 새벽이라 하기에는 너무 어두웠다. 광장 을 밝히는 가로등 불빛 아래에 소대별로 모여 서니, 지시된 동작을 할 때 말고는 움직이지 말라고 했다. 이미 몇몇 동기들이 살짝 살짝 움직였다가 된통 혼난 뒤였다. 아무도 말을 하지 않고 숨죽인 분위기 속에 각 소대 기 파생도들이 인원현황을 보고했고, 광장을 내려다보는 계단 위에 서 있던 한 기파생도가 최종보고를 받았다.

그 기파생도의 낭랑한 목소리는 광장을 쩌렁쩌렁하게 울렸다.
"2007년 1월 21일! 기훈교육대 아침 점호를 실시한다. 애국가는 1절!"

방송에 맞춰 1절을 부르는데 각자 제각각의 음으로 불러서인지 이상한 애국가가 되었다. 기파생도들에게 들키지 않게 몰래 웃고는 얼른 무표정 으로 돌아왔다. 애국가가 끝나고 나서는 장엄한 느낌을 주는 육군복무신 조와 사관생도 신조를 따라 외쳤다.

체력 관리를 담당하는 장교가 설명하는 국군도수체조의 처음 2가지 동 작을 따라했다. 체조가 끝나자 모자와 겉옷을 벗고 체육복 차림에 귀마개 와 장갑을 낀 상태로 1km를 뛰었다. 생각보다 힘들었지만 첫날인지라 의 욕이 넘쳤다. 벗어놓은 옷을 들고 생활관에 들어와서야 자유롭게 대화를 나눌 수 있었다. 범준이와 눈을 마주치는 동시에 혀를 내두르며 말했다. "아, 매일 아침마다 이렇게 뛰는 거면 정말 피곤하겠어요."

수건, 비누 그리고 면도기를 드는 방법을 정해준 기파생도는 30명이 동시에 세면장을 써야 하기 때문에 각자 3분 안에 세면을 끝내라고 말했다. 정신없이 세면을 마치고 생활관으로 돌아오자 기파생도는 전투복을 입고 전투화를 신는 방법을 설명해 주었다. 그런데 전투화는 여느 신발과 달리 신는 게 전혀 쉽지 않았다. 끈을 매듭짓고 고무링을 차는 것도 헷갈려서 우왕좌왕 대다가 겨우 아침식사 집합 시간을 맞출 수 있었다.

불과 하루 전만 해도 잠에서 깨어나 반팔에 팬티 차림으로 식탁에 앉아 어머니께서 차려 주신 아침밥을 먹었는데, 이제는 아침밥을 먹는 게 참 멀고도 먼 길이 되었다.

첫 아침식사를 위해 화랑관 식당으로 이동했다. 수십 개의 식탁에는 분대별로 식사를 할 수 있도록 식기류가 똑같이 놓여 있었다. 각자의 자리가 지정되고 밥과 반찬을 분배하는 임무를 나눠 맡아 밥을 먹기 위해 힘을 모아야 했고 한 명이라도 정신을 놓쳐선 안 됐다.

학창시절 한때 선망의 대상이기도 했던 직각식사를 드디어 하게 되었다! 그러나 현실은 기대했던 것과는 달라도 참 많이 달랐다. 수저에 음식이 제대로 집어지지 않았고, 국을 마실 때에는 매우 높은 수준의 집중력이 필요했다. 앞자리에 앉은 동기들이 어설픈 동작으로 식사하는 모습이 참 웃겼지만 그게 내 모습이란 생각에 웃을 순 없었다. "식사 끝 5분 전"이라는 구호에 마음이 다급해진 적도 여러 번 있지만 식사를 할 때만큼은 기파생도들도 크게 관여하지 않았다. 단, 군대에서는 식사 시간도 명령에 따라 이뤄지는 중요한 임무라고 강조했다.

오전에는 기초군사훈련 입소식이 예정되어 있었다. 기파생도들은 당장의 행사를 위해서 차렷, 경례 등의 기본제식동작을 명쾌한 설명과 멋진 시범을 통해 가르쳐 주었다. 연습 시간이 짧았지만 어설프게나마 제법 군인다운 자세가 나왔다. 강당으로 이동해 소대별로 앉으니 한 편에 군악대가 자리를 잡았고 전투복 차림의 장교 분들은 여럿 강당 무대로 올라가셨다. 잠시 뒤 군악대의 우렁찬 연주와 함께 생도대장님께서 들어오셨고, 정해진 절차에 따라 신고를 마치는 동시에 우리의 기초군사훈련이 정식으로 시작되었다.

하루 사이에 나타난 변화는 몸에서부터 느껴졌다. 매일 아침 6시 반에 일어나 저녁 10시에 누울 때까지의 모든 시간과 행동은 오직 기파생도들의 통제에 의해서 이뤄졌다. 아침의 뜀걸음과 일자별로 빼곡하게 짜인 각종 훈련들, 오후의 뜀걸음과 체력단련 그리고 야간 교육까지. 게다가 태릉 골짜기의 매서운 추위 때문에 더 많은 에너지가 필요했다. 하지만 먹고 마시는 것 역시 통제에 따라야 했다. 뱃속에 거지가 든 건 아닐 텐데 밥을 먹고 돌아오는 길에 이미 배가 다시 고파왔다.(훈련을 받을 때는 아무리 많이 먹어도 늘 허기졌다. 아직까지 아무도 풀지 못한 수수께끼이기도 하다.) 허락된 시간에 물을 마셔보지만 수시로 입이 말라올 때면 언제든 열어젖힐 수 있던 집의 냉장고가 그리워졌다. 해소되지 않는 출출함과 갈증은 기훈이 끝나는 날까지 함께했고, 이제까지 누리는 줄도 모르고 누려왔던 일상과 자유가 얼마나 소중한 것이었는지 깨닫게 되었다.

'해요'체에만 익숙한 우리에게 각종 군대용어 특히 모든 말을 '다, 나, 까'로 끝맺는 것이 낯설었고 계속 신경 써도 쉽게 고쳐지지 않았다. 하루는 "아니요!"라는 대답을 3번이나 했다가 기파생도들에게 된통 지적당하는 동기도 있었고, 훈련 2주차가 되어서야 '해요'체가 거의 사라졌다. 그동안 철없이 지내 온 사소한 습관들이 하나씩 교정되는 것 같았고 또래 친구들보다 조금은 빨리 어른이 되는 것 같아서 마음이 뒤숭숭하기도 했다.

제 03화

주말

각 생활관에는 요일별로 받게 될 훈련을 깔끔하게 정리한 계획표가 붙어 있었다. 첫 주 차에는 고된 육체 훈련보다는 국가관, 안보관과 생도생활의 비전 등의 실내 교육이 많았다. 이어진 인성교육은 엄하고 권위 있는 기파생도들과 다르게 따뜻한 인상의 3학년 '리더생도'들이 진행했다.

인성교육은 육군사관학교 리더십센터에서 개인 정체성 가치관 탐구, 자기소개, 타인 생각 이해하기, 심리 검사, 롤링페이퍼와 다양한 조별과제 프로그램으로 구성한 교육과정이다. 리더 생도들은 우리에게 맛있는 과자를 챙겨주었고, 동기들과도 '처음으로' 편하게 대화하며 서로를 알아가며 며칠 동안 잔뜩 긴장했던 몸과 마음을 달랬다. 무엇보다도 사관생도생활이 기훈처럼 엄격하고 딱딱한 것이 아니라는 희망도 가질 수 있었다. 그런데 인성교육은 이틀밖에 하지 않아서 아쉬웠다.(기훈이 끝날 때까지 인성교육 시간이 매일 그리웠다.)

하루의 일과가 끝나고 밤 9시 30분에 저녁점호를 하기 직전 20분 동안은 수양록을 작성하는 시간이었다. 하루 종일 가까이에 있던 기파생도들도 그 시간만큼은 우리의 시야에서 벗어나 주었고, 우리가 오롯이 자기만의 시간을 가질 수 있게 해 주었다. 앞자리에 앉은 범준이와도 서로 말하지 않고 지난 하루를 돌아보며 겪고 느낀 것을 적어갔다.

자고 일어나서, 뛰고 먹고, 교육받고, 뛰고, 씻고, 먹고, 청소하고, 교육받는 빡빡한 하루. 그 뒤에 찾아온 20분의 여유가 낯설게 느껴졌다. 어쩌면 하루 중에 거의 유일하게 마음을 안정시킬 수 있는 시간이었다. 수양록을 쓸 때면 가족, 친구들의 얼굴도 눈앞을 마구 스쳐갔다. 무엇을 하고 계실까? 우리 집 강아지 뚜리는 내가 보고 싶어서 밥도 못 먹고 잠도 못 자고 있겠지?(애석하게도 전혀 그렇지 않았다고 한다. 이런 개의 새끼.) 늘 쥐고 살던 핸드폰도 없으니 세상과의 연락도 끊겼다. 따뜻하고 편안한 집이 그리워질 때쯤엔 다른 대학교의 입학원서를 하나쯤은 썼어도 나쁘지 않았을 것 같다는 결론에 다다랐다.(그래, 썼어야만 했다.)

몽상과 망상이 뒤섞이다 보면 어느새 취침 준비를 하라고 외치는 기파생도의 목소리가 들려왔다. 때때로 다른 동기들은 수양록에 무엇을 적는지 궁금하기도 했다. 범준이를 힐끔힐끔 쳐다보지만 그의 속마음을 읽는건 불가능했다. 어느 날 저녁점호 시간에 기파분대장생도는 기훈 이후에도 꾸준하게 수양록을 쓰면서 내적으로 성장하는 생도들이 많다며 그 시간을 소중히 여기라고 권장했다.

가지 않을 것 같았던 하루가 정신없이 지나고 저녁점호를 마치면 불침번 근무 생도들이 각자의 근무 장소로 가고 복도와 생활관의 불을 모두 껐다. 침대에 누우면 취침 방송이 나와서 마음을 차분히 어루만질 수 있는 짤막하고 훈훈한 이야기들을 들을 수 있었다. 방송이 끝나면 기파분대장생도가 잠시 들어와 불편한 것은 없는지 살피곤 했다. 복도에 켜놓은 주황색 전구불빛 한 줄기가 창문으로 넘어와 생활관을 비추고, 옆 침대에 누운 범준이와 들키지 않을 정도의 목소리로 소곤대다 보면 딱! 딱! 딱! 소리가 인헌관 전체를 시끄럽게 울렸다. 건물에 설치된 난방용 라디에이터가 내는 우렁차고 리듬감 넘치는 소음을 들으며 내일의 기상나팔을 듣고자 잠에 들었다. 어느새 기훈 1주차가 막바지를 향해 갔다.

여느 때와 같이 매서운 칼바람이 부는 토요일 아침. 채 1주일도 되지 않았지만 우리는 애국가를 일정하게 부르게 되었고 사뭇 웅장한 느낌도 묻어났다. 아침 점호가 끝나면 늘 그랬듯이 뜀걸음을 하려나 싶었는데, 갑자기 들려온 소리에 기분이 좋아졌다.

"이상 점호 끝. 각 중대 생활관 입장!"

주말에는 아침 뜀걸음이 없는 거다!! 엄청난 행복이 밀려왔지만 잠시 뿐이었다. 오전에 체력검정을 하게 된 거다. 측정 직전의 긴장감은 이루 말할 수 없이 컸는데 다른 동기들은 긴장한 구석도 없이 덤덤해보여서 자신감이 더 떨어졌다. 얼굴을 잔뜩 찌푸리며 팔굽혀펴기와 윗몸일으키기 기록을 측정하고 3km 뜀걸음을 측정하는 데 공기가 차가워 뛰는 내내 숨쉬기가 불편하고 목이 칼칼했다. 측정이 끝나고 여기저기서 콜록거리는 소리가 들렸다. 괴물 같은 체력을 가진 동기들이 부러웠고 생도가 되기 위해선 체력을 더욱 길러야겠다고 생각했다. 오후에는 군악대 성악병들에게 군가를 배우고, 체력단련전담 교관님께 국군도수체조를 배웠다. 도수체조의 순서와 동작을 모두 외우고 정확히 할 수 있어야만 4주차에 있을 "자격시험"에 통과할 수 있다고 했다.

틈이 날 때마다 첫날 받은 〈사관생도 첫걸음〉이란 조그만 책자를 펼쳐 보았다. 책에는 사관생도 신조, 사관생도 도덕률과 육군 5대 가치관, 군인으로서 알아야 할 내용들과 교가를 비롯한 10대 군가 등이 일목요연하게 편집되어 있었다. 기파생도들에게 주차별로 정해진 암기사항을 점검받고 모두 외웠다는 서명을 받아야 했다. 주말까지 외우지 못하면 벌점을 받기 때문에 틈틈이 내용을 외우며 생도로서 갖춰야 할 지식들을 습득해갔다.

저녁에는 소대홀에 모여서 1주차 소감문을 작성하고 발표했고, 2주차부터 본격적으로 시작될 군사훈련에 대비해 각종 군장물품을 다루는 방법을 배웠다. 문득 눈뜰 때부터 잠들 때까지 우리와 함께하는 기파생도들은 도대체 언제 밥을 먹고, 잠을 자고 씻는지 궁금해졌다. 그들은 뜀걸음을 함께 할 때에도 힘든 내색을 전혀 보이지 않았다. 하루 종일 단 한순간도 빈틈을 보이지 않는 그들은 우리에게 여러모로 신비한 존재였다.

일요일 아침에는 종파별 시설에 찾아가 종교 활동을 한다. 1~3주차까지는 교회와 성당 그리고 법당을 번갈아가면서 방문한다. 그리고 나서 각자가 원하는 종교시설에 가게 되는데 1주차에는 성당으로 가게 되었다. 화랑대 성당 안에 사복차림을 한 많은 사람들이 차분히 앉아 있었고 신부님께서 입장하시며 미사가 시작되었다. 미사 중간에 차분한 음조의 성가를 따라 부르는데 그 가사가 가슴을 콕 헤집어 놓았다.

마음이 지쳐서 기도할 수 없고
눈물이 빗물처럼
흘러내릴 때
…
누군가 널 위하여
누군가 기도하네
내가 홀로 외로워서
마음이 무너질 때
누군가 널 위해 기도하네

〈누군가 널 위해 기도하네〉

사실 1주차에는 힘든 훈련이 없었다. 하지만 나는 다른 이들보다 상대적으로 정신이 나약한 거였을까. 집을 떠나 낯선 곳에서 빡빡하게 통제된 생활을 한다는 게 몸과 마음을 순식간에 지치게 했다. 선율을 타고 몰려오는 가사 한 구절 한 구절에 집중하다 보니 괜히 가슴이 저려오고 코끝이 찡해졌다. 어디선가 나를 위해 기도해 주고 있을 부모님의 얼굴이 가장 먼저 떠오르면서 상념에 젖었다. 주위를 힐끔 둘러보니 다른 동기들도 '눈을 감고' 노래를 음미하는 것 같았다.(성당에서 의도적으로 이 성가를 선택한 것이라면 그건 탁월한 선택이었다. 기훈 기간, 아니 생도생활을 하면서도 마음이 무너지는 순간이 올 때마다 어김없이 "누군가 널 위해 기도하네"라는 구절을 떠올리며 힘을 낼 수 있었다.)

오후에는 화랑관 식당 지하로 이발과 목욕을 하러 갔다. 걸어가는 중에 우리를 인솔하던 기파생도가 화랑관에서는 수도꼭지를 틀면 콜라가 나온다는 말에 감탄했다.(화랑관에 대한 환상이 가득했던 나는 그 순간 정말로 그 말을 믿었다.) 화랑관 지역에는 몇몇 상급생도들이 정복을 입고 지나다녔다. 우리는 "우와우와" 나직이 감탄하며 눈이 휘둥그레졌다. '진짜 사관생도'를 보니 괜히 가슴 설레었고, 무엇보다도 정말 부러웠다. 우리도 저렇게 멋진 정복을 입을 수 있을까? 화랑관에서 지내게 되면 얼마나 좋을까?

기파생도는 이발과 목욕을 마치고 화랑관 식당 앞에 모여선 우리가 화랑관의 모습을 내려다 볼 수 있도록 시간을 배려해 주었다. 눈앞에 펼쳐진 화랑관 광장과 먼 발치에 우뚝 솟아있는 교훈탑. 학교 주변 아파트 단지 너머 저 멀리 보이는 수락산의 웅장한 광경…. 사진으로만 봐 왔던 육사의 한가운데에 우뚝 서 있다는 사실이 다시금 감사해졌다. 기파생도는 생도생활을 하다 보면 멋진 풍경을 많이 보게 될 거니 기훈을 잘 이겨내라고 말해주었다. 마침 따스한 햇살이 꿈 많고 열정 넘치는 신입생도들을 비추고 있었고, 우리의 눈빛도 그에 못지않게 반짝 반짝 빛났다. 짧아진 머리카락과 벌거숭이 민둥산이 된 구레나룻도 더는 어색하지 않았다. 조금씩, 아주 조금씩이라도 사관생도가 되어가고 있다고 믿으며 기필코 화랑관 광장에 우뚝 서리라, 두 주먹을 불끈 쥐었다.

제 0 4 화

사자굴 의식

　일요일 저녁식사가 끝나고 평화로운 분위기 속에 새로운 한주를 맞이하는 가 싶던 순간, 갑자기 교육대가 분주해지고 모든 신입생도는 전투복을 입고 "사자굴 의식"을 위해 모이라는 방송이 나왔다.

　사자굴 의식은 어미 사자가 아기 사자를 낭떠러지로 떨어뜨린 뒤, 살아남는 아기 사자만을 받아들여서 키운다는 이야기를 접목해서 기파분대장생도들이 신입생도들을 가혹한 시련으로 몰아가겠다는 일종의 신고식이다. 후배생도들이 기훈의 모든 과정을 인내하며 당당히 이겨내라고 선배생도들이 격려해주는 행사이기도 하다. 기파분대장생도는 어떤 일이 있더라도 정해진 대열에서 벗어나지 말고 본인을 믿고 따라오라고 강조했다. 우리 분대 8명은 그를 믿고 따라가리라고 무언의 결의를 했다.

　교훈탑을 지나 화랑관으로 가는 길은 암흑에 쌓인 것처럼 어두웠다. 각 중대 1소대부터 화랑관 입구로 올라가기 시작하자 학교의 모든 가로등이 동시에 켜지며 사방이 환해졌다. 갑자기 엄청난 함성소리와 북소리가 함께 들려왔다. 알록달록한 예복을 입은 선배생도들이 양쪽으로 길게 줄지어서 만든 터널 속으로 들어갔다. 선배생도들은 괴성을 지르고 어깨를 치며 격려해줬다. "신입생도들 힘내라!"는 외침도 들렸다. 열광으로 가득찬 터널을 지나고 화랑관 광장 앞쪽에 대열을 갖춰섰다. 우리의 뒤편에서는 선배생도들이 정렬해서 맞춰서는 소리가 들렸다. '우두두두둑' 구두소리가 지축을 울리고 "좌우로 정렬!"이라고 외치는 '진짜 사관생도'들의 쩌렁쩌렁한 목소리가 귀와 가슴을 뒤흔들었다. 청아하고 맑은 느낌이 나면서도 귀곡성을 연상시키는 날카로운 소리는 듣는 사람을 압도하는 강력한 힘이 담긴 함성이었다. 우리 신입생도들이 악을 지르며 내는 둔탁한 목소리와는 차원이 달랐다. '도대체 어떻게 저런 소리가 나오는 걸까??'

청, 백, 홍의 조화가 어우러진 사관생도 예복은 언제봐도 가슴을 설레게 한다. 새하얀 깃털이 달린 예모를 쓴 생도들이 모여있는 장엄한 모습은 보는 이를 압도한다. 당장이라도 고개를 돌려 뒤쪽에 있는 선배생도들의 모습을 돌아보고 싶었지만 꾹 참았다. 그랬다간 입학도 하기 전에 찍혀버릴 게 뻔했다.

광장을 내려다볼 수 있는 계단에는 몇 명의 선배생도들이 옆구리에 긴 칼을 차고 V자 모양으로 나란히 서 있었다. 맨 앞에 있는 연대장생도–생도지휘체계에서 가장 높은 직책–가 "부대~ 차렷!"이라고 외치자 화랑관 광장의 모든 움직임이 멈추고 쥐죽은듯이 조용해졌다. 힐끔 눈을 돌려 연대장생도를 바라보는데 그의 우렁찬 목소리가 귓전을 때렸다.

"여기에서 살아남는 자는 화랑의 후예로서 국가와 민족의 수호신이 될 것이요, 여기에서 쓰러지는 자는 인생의 패배자가 될 것이다. 현대의 화랑이 되기를 원하는 그대들이여!

앞으로 그대들에게 어떠한 시련과 고통이 닥치더라도 피와! 땀과! 눈물로써! 참아라, 참아라, 그리고 또 참아라!!

화랑의 후예는 결코 울지 않는다!"

연대장생도의 말이 끝남과 동시에 군악대가 교가를 연주했다. 아기 사
자들을 포함해 1,000여명의 사관생도가 혼(魂)을 담아 교가를 부르자 감
동이 벅차올랐다. 코끝이 찡해지면서 허리춤부터 머리끝까지 소름이 짜
르르하게 올라왔다. 교가가 끝나자 연대장생도는 "무락카 준비!"(무락카 :
응원구호)라고 지시했고, 생도들은 각자 쓰고 있던 모자를 벗고 높이 치켜
들면서 "끼야~~!!!"라고 소리질렀다.

"무락카 시작!"

"무락 베니비니비키 억센 엠에이 바이탈 비거러 까슈까라 레벤 사자 호
랑나 까레스 까레스 육사 육싸~~~~~~!!![3]"

오른손에 든 모자를 힘차게 뒤흔드는 생도들의 엄청난 괴성이 광장에
메아리치며 온몸을 저릿하게 했다. 사자굴 의식의 감흥을 즐길 여유는 없
었다. 행사가 끝나자마자 곧바로 인헌관으로 돌아가는 길에 기파분대장생
도는 우리가 '탄력있는 용수철처럼 밟으면 밟을수록 더 강하게 튀어 오르

....

3) "무락카(Mul-Aca)" : 제11기 이동희 장군이 생도시절이었던 1953년 초에 동기생들과 함께
   만든 응원구호. 한국어, 영어, 라틴어, 독일어 어휘를 혼합하여 필승의 힘찬 결의와 함께 아
   량과 포용력을 강조하며 화랑정신과 기사도 정신의 핵심가치를 골고루 담고 있다. 육사인
   들은 단결과 승리의 기쁨을 표현할 때 "무락카"를 제창하고, 각종행사나 모임에서 무락카
   를 외치며 일체감을 드러내는 전통을 가지고 있다.
   의역 : 육사여! 왔노라, 보았노라, 이겼노라! 억세고 강한 육사여! 힘차고 용맹하게 달려가
   서 묵사발을 만들어라! 그러나 사자나 호랑이처럼 우리에게 항복하는 자는 너그럽게 살려
   주겠노라! 나의 사랑 육사여! 나의 사랑 육사여!

는 사관생도가 되기를 바란다고 했다. '그래, 나도 저 청백홍의 대열에 꼭 서고 싶다. 무슨 일이 닥치더라도 참자, 참자 또 참자!'

생활관에 들어와 수양록을 작성했다. 대부분의 동기들도 사자굴 의식을 하며 감동과 충격을 받은 것 같았고, 범준이도 오늘따라 더 엄숙한 표정으로 펜을 굴렸다. 취침시간이 되어 잠자리에 누워서야 서로 입을 열었다. '아까 생도들 모습이랑 뒤쪽에서 들리는 함성은 정말 장난 아니었다. 힐끗힐끗 보인 예복차림도 소름돋더라. 근데… 우리도 예복을 입을 수 있겠지?'

잠에서 깨어나면 본격적으로 시작될 군사훈련. 설렘 반 걱정 반으로 가슴이 콩닥콩닥 뛰는 아기 사자들의 그르렁 소리가 태릉의 깊은 밤을 물들여갔다.

　　　동해 수 구비감아 금수 내 조국
　　　유구 푸른 그 슬기 빛발을 돋혀
　　　풍진노도 헤쳐 나갈 배움의 전당
　　　무쇠같이 뭉치어진 육사 불꽃은
　　　모진 역사 역력히 은보래 치리
　　　아아 영용 영용 이제도 앞에도 한결 같아라
　　　온누리 소리모아 부르네 그 이름 그 이름 우리 육사

　　　〈육군사관학교 교가〉

제05화

2주차 훈련

기훈 2주차의 첫째 날. 여느 때와 같이 우렁차게 울리는 기상나팔 소리에 벌떡 일어나 복도로 뛰어나갔다. 인원확인과 간단한 스트레칭이 끝나고 부지런히 침구류를 정돈한 뒤 아침점호에 집합했다. 어젯밤 사자굴 의식의 여파가 남아서인지 사관생도 신조를 외치는데 가슴이 또 뜨거워졌다.

> **: : 사관생도 신조**
> 하나. 우리는 국가와 민족을 위하여 생명을 바친다.
> 둘. 우리는 언제나 명예와 신의 속에 산다.
> 셋. 우리는 안일한 불의의 길보다 험난한 정의의 길을 택한다.

군사훈련을 시작하기에 앞서 진행된 총기 수여식에서는 훈육관님께서 직접 신입생도들에게 K-2 소총(대한민국 육군의 표준 제식소총)을 수여해 주셨다. 총마다 적혀 있는 고유번호는 자신의 이름과 같이 외우고 있어야 할 번호였다. 기파분대장생도들은 생도생활이 끝날 때까지 함께할, 세상에 하나뿐인 총이라며 '제2의 목숨' 그리고 '사랑하는 애인'과 같이 소중히 다루라고 계속해서 강조했다. 특히, 어떤 상황에서도 총을 몸에 붙여서 지녀야 하고, 오발사고를 예방하고 총이 고장나지 않도록 바닥에 함부로 떨어뜨려서도 안 된다고 했다. 총을 받은 우리를 바라보는 기파분대장생도들의 눈빛이 더 날카로워졌다.

모든 동기가 총을 받을 때까지 총을 들고 움직이지 않고 서 있어야 했다. TV에서 군인들이 총을 들고 가뿐하게 뛰어다니던 모습과 달리 총은 생각보다 꽤 무거웠고 팔이 점점 아파졌다. 당장에라도 총을 내려놓고 싶었지만, 조금이라도 움직였다가는 주변에 있는 백테화이바 20여 명에게 바로 들킬 게 뻔했다. 몸도 마음대로 움직이면 안 되는 것부터가 고된 훈련이었다. 총기 수여식이 끝나고 소총을 다루는 동작을 연습하는 집총 제식훈련이 이어졌다. 기파생도가 '앞에 총' 자세부터 '세워 총', '좌 우로 어깨 총', '받들어 총', '좌 우 내려 총' 등의 기본동작을 눈이 휘둥그레질 정도로 멋지게 시범을 보였다. 쩍 벌어진 입을 다물고 그의 구령에 맞춰서 한 동작씩 따라했다. 눈에 보이는 대로 행동하면 되는데 몸이 쉽게 따라 주지 않았다. 기파생도들의 도움으로 동작을 겨우 흉내 내고, 동기들과 짝지어 서로의 동작을 교정해 주며 점점 수준이 나아졌다. 기파생도들은 지금 잘 배워야 나중에 입학식과 화랑의식을 멋지게 할 수 있다며 우리를 자극했다.

이후에는 소총을 분해, 조립하고 각 부위를 손질하는 방법에 대해 실습했다. 사격하기 위한 자세, 조준, 격발, 호흡법 등의 지식들을 배우고 실습했다. 당장 다음 주에 실탄을 사격하기 위한 준비를 하면서 실제로 총을 쏘게 된다는 사실에 괜히 설레기도 했다.

그런데 검고 묵직한 '나의 애인'은 시간이 지날수록 자꾸만 무거워졌다. 팔 여기저기의 근육이 점점 울어대고 허리도 조금씩 뻐근해졌다. 게다가 가죽장갑과 털장갑을 꼈는데도 손이 시려 왔고 몇 겹의 옷을 껴입었는데도 추웠다. 우리가 훈련하는 모습을 지켜보던 훈육장교님(육군 대위)께서 "원래 교육생은 춥고 배고픈 것입니다~! 하하하."라며 위로 아닌 위로를 해 주었다. 추위와의 싸움에서도 이겨내야 하는 우리를 위해 학교에서는 핫팩을 매일 하나씩 나눠주었고, 휴식시간에는 실내에서 몸을 녹일 수 있도록 배려해 주었다.

매일 오후의 체력단련은 점점 강도가 높아졌지만, 그런 만큼 조금씩 몸이 좋아지는 것을 느낄 수 있었다. 교관님은 육사 체육학처에서 쌓아온 데이터와 연구 자료를 바탕으로 만든 과학적인 체력 향상 프로그램을 우리가 받고 있다고 강조했다. 체력단련 시간은 하루 중에 가장 크게 웃고 떠들 수 있는 시간이기도 했다. 기파생도들과 함께 달리며 군가를 부르고 마음껏 소리도 지를 수 있었고, 근력운동을 할 때는 괴성을 내며 서로를 응원하는 등 엔돌핀이 솟아나는 즐거운 시간이었다. 그렇게 한바탕 에너지를 쏟아내고 나면 찌뿌둥했던 몸도 개운해지고 집에 가고 싶다는 생각도 사라지면서 기훈을 꼭 견뎌내야겠다는 의지가 굳어지곤 했다. 다른 동기들보다 체력이 뒤처지고, 뛰면서 군가를 부를 때마다 숨이 꼴깍 넘어갈 듯이 힘든 게 유일한 스트레스였다.

평생 처음 신어보는 전투화 때문인지 아니면 신체활동이 많아져서인지 몸 여기저기에 상처를 입은 동기들이 속출했다. 나도 양쪽 발뒤꿈치에서 점점 이상한 통증이 느껴졌다. 살살 아려오는 뒤꿈치를 손으로 만지면 마치 다른 사람의 몸을 만지는 것 같았고, 점점 마비되는 느낌이었다.(그 느낌은 기훈이 끝나고도 이어졌고, 여린 발바닥을 보호해주는 굳은살이 생기는 매우 좋은 과정이었다는 것을 알게 되었다. 그리고 그때 생긴 굳은살 덕분에 생도생활 내내 뒤꿈치만큼은 물집이 생기는 경우가 없었다.) 집에서 떠나와서인지 모르겠지만, 몸에 생기는 사소한 변화 하나하나가 유독 크게 느껴졌다. 그래도 평소에는 차갑고 냉정한 기파분대장생도가 생활관에 들어와 냄새나는 발을 주물러 주기도 하고, 한 명 한 명에게 직접 파스도 발라주는 등 마치 엄마의 눈빛과 마음으로 챙겨주어서 큰 탈 없이 지낼 수 있었다. 학교 안에 병원이 있고 군의관도 여러 명 있어서 아픈 동기들은 바로바로 치료를 받았다. 내성 발톱 때문에 괴로워 한 분대원 1명은 염증이 심해져서 결국 병원에 입원했다. 그가 며칠간 치료받는 동안 우리 분대 식탁에는 빈자리가 생겼고 괜히 마음이 허전해졌다.

   고등학교 시절에 인터넷 사이트와 입학 관련 자료를 통해 바라본 육사의 기훈은 '멋' 그 자체였다. 그런데 짧게나마 겪은 바로는 상상했던 '멋'을 느낄 틈도 생각할 여유도 거의 없었다. 우리를 가르치고 이끄는 기파분대 장생도들의 지시를 잘 따르고 시간별로 촘촘하게 짜인 훈련을 동기들과 함께 받는 것. 단지 그뿐이었다.

제06화

퇴교 결심

어느 순간부터 매일 아침점호 때 인원 숫자가 조금씩 줄어들었다. 1주차에 인성교육을 받으며 생도생활을 함께 꿈꿨던 친구도 갑자기 사라졌다. 기파분대장생도는 그가 다른 대학에 추가 합격해서 집으로 갔다고 했다. 우리 소대에서만 벌써 4명이 집에 갔다. 충격이 컸다. 전해 들으니 며칠 지냈는데 도저히 적성에 안 맞거나 다른 대학교에 가기 위해 자진 퇴교한 신입생도가 20여 명이 넘었다고 했다.

마음을 굳게 먹고 기훈에 집중해도 뭔가 부족한 느낌인데, 한두 명씩 집에 갔다고 하니 남아 있는 우리의 마음이 괜히 싱숭생숭해졌다. 분대장 생도들은 우리가 상념에 빠지는 것을 막기 위해서인지 더욱 강하게 우리를 단련시키려 했다.

기파분대장생도들의 말처럼 밟을수록 더 튀어 오르고 싶은데 날씨가 굉장히 추워서 몸이 잘 움직이지 않았다. 훈련을 받을 때면 온몸에 힘이 쭉쭉 빠지고, 다른 동기들은 거뜬히 이겨내는데 나만 한참 나약하고 뒤처지는 것 같았다. 자괴감이 들면서 자신감은 온데간데없이 사라지고 위축될 때가 많아졌다. 마음을 강하게 먹어봐도 자꾸 지적당하고 벌점을 받았고, 그런 스스로가 싫어지는 악순환이 이어졌다.

너무 많이 지적당한 날에는 수양록에 속내를 무자비하게 토로하며 마음을 달래기도 했다. 발과 손이 얼고 등골까지 오싹하게 추운 어느 날, 야외교육을 마치고 복귀하는 길에 혼자만의 생각에 빠져서 손에 들고 있는 총과 몸을 둘러싼 군장 물품들의 무게가 느껴지지 않았고 기파생도의 목소리마저도 잘 들리지 않았다.

'마음껏 이불을 덮고 쉴 수 있던 집. 아버지, 어머니, 누나의 따뜻한 웃음. 강아지가 품에 안겼을 때의 물컹물컹함. 온 가족이 둘러앉아 웃으며 밥을 먹던 시간들… 당연하게만 여겼던 그 사소했던 일상들이 너무나 행복하고 소중한 거였다는 사실을 왜 이제야 알게 되었을까.'

순간 불어온 매서운 칼바람이 아련한 생각을 앗아가 버리려 했다.

'밖에 있는 다른 친구들처럼 어디에도 구속받지 않고 하고 싶은 것 다 하면서 편하게 살 수 있는데 왜 스스로 이런 길을 선택했지? 평생에 한 번뿐인 고등학교 졸업식에도 못 가고 뭐 하는 거지?'

처한 모든 현실이 갑자기 서러워졌다. 대열에서 발을 맞추지 않아 또 벌점을 받고 말았다. 간절하게 집에 가고 싶어졌다. 기초군사훈련, 전투복, 전투화, 총, 동기, 주변의 모든 게 낯설어졌다. 대한민국, 조국, 군인, 리더. 사관생도. 내 가슴을 뛰게 했던 단어들도 갑자기 감흥이 없어졌다.

'간성문 밖으로 나가서 지하철이든 버스든 택시든 어떻게든 집에 갈래. 집. 집. 집… 집에 갈래.'

남의 일이겠거니 생각했던 퇴교가 나의 일이 되어버렸다. 하지만 대학입

시원서를 써놓은 곳은 단 한 곳도 없었다. 지금 나가면 선택의 여지없이 재수생. 육사를 가겠다고 학교생활 내내 난리법석 쳐놓고 5주의 기훈을 견디지 못한 나는 가족, 친지, 친구들의 웃음거리가 될 수도 있다. 이런저런 생각의 늪에 빠져 뒤척이다가 잠드는 줄 모르게 잠들었다.

다음날, 훈육장교님과 면담을 할까 말까 온종일 고민했다. 강당에서 받는 정신교육은 머리에 들어오지도 않았다. 교육 내내 열심히 필기하는 척하며 퇴교 이후의 생활과 재수계획을 마구 적어봤다. 그리고 결심했다. 교육이 끝나고 인헌관으로 돌아오자마자 훈육장교님께 면담을 신청했다. 갑작스러운 면담 요청에 기파분대장생도는 놀라는 눈치였다. 통제된 분위기 때문에 의사표현을 제대로 할 수는 없는 나날이었지만 훈육장교님과는 편안하게 마주앉아 따뜻한 차도 마시며 이야기를 나눌 수 있었다. 13년 정도 선배인 훈육장교님은 본인의 생도시절과 기훈 이후의 생도생활에 대해 얘기해주며 당장 눈앞의 것에 급급하기 보다는 먼 방향을 바라보라며 위안을 주었다. 특히, 기훈에 대한 심적 부담을 조금은 내려놓고 입학식 그리고 생도생활 전체를 바라보는 여유를 가졌으면 좋겠다고 조언해주었다.

마음을 편하게 갖고 며칠 더 지내보기로 약속한 뒤에 조금은 진정된 상태로 생활관으로 돌아왔다. 범준이는 내가 생활관에서 갑자기 사라져서 놀랐다고 했다. 그는 의리 있게도 면담을 하는 동안에 내 군장물품들과 옷장을 깨끗하게 정리해주었다. 갑자기 복도가 소란스러워졌다. 우연찮게도 고민들을 한 번에 없애주고 기훈을 반드시 버텨내겠다는 의지를 샘솟게 하는 일이 생겼다.

'사관생도 정모, 예모 보급' 육군사관생도의 제복이 손에 들어왔다. 치수가 맞는지 확인해보라는 기파분대장생도의 지시에 따라 내 이름이 써진 모자를 쓰고 거울을 보니 나도 모르게 웃음이 나왔다. '학창시절 내내 로망이었던 생도제복을 입다니, 우와!'

　'정복을 입고 가족을 만나기 위해서라도 당장 집에 가고 싶은 마음은 꾹 눌러 참아야겠다. 아니 그냥 버텨야겠다. 나만 힘든 건 분명히 아닐 거다. 벌점도 더 많이 받고 더 많이 지적받는 동기들도 힘들지만 티 안내고 참고 버티고 있을 꺼다. 그들을 생각하면서 나도 끝까지 버텨봐야겠다.' 갑자기 주변에 있는 동기들이 한없이 든든하게 느껴졌다. 그들이 내게 힘이 되는 것처럼 나도 그들에게 짐이 되지 않도록 마음을 굳게 먹기로 했다. 어떻게든 시간은 흘러갈 테니!

제07화

생활관 검사, 실탄 사격

어느새 금요일 저녁이 되었고 처음으로 생활관검사를 받았다.(내무 검사라고도 불렸던 일종의 검열이다.) 생활 공간을 청소하고 모든 물건을 제 위치에 정리정돈한 뒤 복장, 두발 등의 상태도 함께 검사받게 된다. 언제라도 뛰어나갈 수 있는 전투 준비 태세를 갖추고, 흐트러진 몸과 마음을 바로잡으며 군인정신을 가다듬을 수 있는 시간이기도 하다.

주어진 시간 안에 생활관을 깔끔히 정리하고 모두가 쓰는 화장실, 샤워장, 세면장, 복도 등을 청소했다. 시간이 순식간에 흘렀고 서둘러서 복장을 갖춰 입은 뒤 각자의 생활관 앞에 차렷 자세로 섰다. 뭔가 부족한 느낌이 들어서 생활관에 들어가 정리하고 싶어졌지만 그럴 수 없었다. 기파분대장생도는 생활관 검사의 목적과 행동 방법 등에 대해 다시 한 번 교육하고는 생활관별로 순서대로 들어가 검사했다.

드디어 차례가 되었다. 기파분대장생도가 매서운 시선을 한 채로 문에 들어서서는 천천히 고개를 돌리며 살펴봤다. 내 옷걸이에 손을 대어서 관등성명을 크게 외쳤다.(군인은 상급자가 자신의 신체, 물건 등에 접촉하면 계급과 이름을 크게 말해서 본인이 누구인지를 알려줘야 한다.)

도둑이 제 발 저리는 느낌이 들었고 괜히 식은땀이 났다. 슬쩍 눈을 돌려 눈치를 살피는데 "옷걸이 정돈 불량!", '윽, 걸렸다.' 목청껏 복명복창한다. "옷걸이 정돈 불량!"(상급자의 지시나 명령을 제대로 이해했다는 뜻으로 그대로 따라 말한다. 이는 긴박한 전투 상황에서도 명령과 지시가 잘못 전달되는 것을 막기 위한 것이기도 하다.) 옆에 서 있는 준호가 잔뜩 긴장했다. 준호는 "모포 정돈 불량!"

첫 생활관 검사가 끝나고, 가장 우수한 평가를 받은 생활관으로 모였다. 우리 생활관과는 다르게 깔끔하고 정돈된 느낌이었다. 특히 개어놓은 모포의 모서리가 직각으로 날카롭게 살아있었다. '같은 시간 동안 어떻게 저렇게 준비한 거지?' 범준이와 눈을 마주치며 혀를 내둘렀다.

기파분대장생도는 "다음 생활관 검사에서는 모두가 이 생활관의 수준이 될 수 있도록 노력해라."라고 말하며 그 생활관 동기들에게 상점을 주었다. 그리곤 처음이기에 벌점은 주지 않겠지만, 다음부턴 책임을 묻겠다고 엄포를 놓았다.

다시 돌아온 주말은 지난 주말보다 더 여유로웠다. 밀렸던 빨래를 하고 이발과 목욕을 했다. 자투리 시간마다 군가를 가르쳐준 기파분대장생도들 덕분에 우리 소대는 군가교육시간 때 다른 소대 동기들은 그때까지 배우지 못한 곡들을 보란 듯이 힘차게 부를 수 있었다. 뒤에 서 있는 기파분대장생도들은 뿌듯해 하는 표정으로 우리를 지켜봤다. 동기들과 군가를 멋들어지게 뽑아내고 나면 스트레스가 마구 풀리고 모두가 하나 되는 느낌이었다. 엊그제까지만 해도 집에 가고 싶었는데, 어느새 의욕이 샘솟는 나를 보며 변화무쌍한 날씨처럼 순식간에 왔다 갔다 하는 간사한 마음에 부끄러웠다.

지난 목요일의 영점사격을 바탕으로 월요일에는 실탄 사격이 이어졌다.

사람마다 다른 신체구조와 시야 각도에 따라 총의 조준점을 맞추기 위해서 영점사격을 한다. 한 번에 3발씩, 총 9발의 사격으로 맞춰진 영점을 알고 있으면 다른 총을 들더라도 조준 나사를 조절해서 목표를 명중할 수 있다. 교내에 있는 실내사격장에서 처음으로 쏴 본 진짜 총은 어린 시절 들고 다녔던 BB탄 총과는 차원이 너무나 달랐다. 소리도 무지막지하게 크고 어깨에 느껴지는 반동도 상당했다. 메케한 화약 냄새도 심했다. 교관님은 사격할 때 눈을 감지 않는 게 가장 중요하다고 말씀하셨는데, 아무리 노력해도 엄청난 소리 때문에 눈이 절로 감겼다. 첫 사격 때에 영점을 잡은 동기가 적었지만, 시간과 기회가 충분하게 주어져서 영점을 개략적으로 잡을 수 있었다.

월요일 오전에 버스를 타고 인근부대의 사격장으로 갔다. 2주 만에 처음으로 학교 울타리 밖으로 나가게 되어서 괜히 들뜨고 설레었다. 밖에 걸어 다니는 '민간인'들이 마치 다른 세상 사람처럼 보였다. 불암산 자락의 풍경을 바라보며 이런저런 생각을 하다 보니 어느새 사격장에 도착했다. 사격장에서는 한 순간이라도 방심하면 돌이킬 수 없는 사고가 날 수 있으니 정신을 똑바로 차리라는 교관님의 말씀에 묘한 긴장감이 흘렀다. 평상시에도 사람을 향해 총구를 겨누면 안 되지만 특히 조심해야 했고, 통제되지 않은 작은 행동도 철저하게 금지되었다.

교관님께 표적 거리(50m, 100m, 200m)에 따라 달라지는 탄도곡선과 조준해야 되는 지점을 다시 교육받고 PRI[4]를 했다.

....

4) Preliminary Rifle Instruction, 사격술 예비훈련. 엎드려 쏴, 앉아 쏴, 무릎 쏴, 서서 쏴 등의 상황별 사격자세와 총을 들고 서 있다가 급하게 자세를 바꾼 뒤 사격하는 전진무의탁 그리고 격발연습이 있다. 종종 'P가 터지고 R이 베기고 I(이)가 갈리는 훈련으로 불리기도 한다.

곧바로 사격을 시작한 1소대 동기들의 총소리가 사방에 울려 퍼졌다. 자동화사격장이어서 개인별 사격 결과가 곧바로 발표되었다. 기훈 때에는 20발 중에 12발을 명중하면 합격인데 11발을 맞춰서 아슬아슬하게 불합격한 동기들이 꽤 많았다. 대부분은 8발 이상을 맞추는데 3, 4발을 맞춘 경우도 있었다. 차례가 되어서 안전수칙을 크게 읽고 탄약을 받고 사로에 올라갔다. 바로 앞선 동기들이 일정한 간격을 두고 나타나는 사람 모양의 검은색 표적에 사격하는 것을 지켜봤다. 사로에 들어가 교관의 지시에 따라 탄알집과 탄피받이를 끼우고 '안전' 나사에서 '단발' 위치로 옮기니 손이 떨리고 가슴이 콩닥콩닥거렸다.

"준비된 사수부터 사격 개시!"

잠시 정적이 흐르는가 싶더니 표적이 올라왔다. '흐읍!' 숨을 멈추고 쏘는 순간에 눈이 감겨버렸다. 표적은 당당한 자태를 뽐내며 서 있었다. '젠장!' 곧이어 올라온 50m 표적은 다행히 명중했다. 좌우측에 있는 동기들의 총소리에 마음이 급해지고 정신없이 쏘다 보니 어느새 끝. 9발을 맞추고 11발을 놓쳤다.

안전검사를 하고 탄피를 회수하여 반납했다. 기파분대장생도는 탄피가 단 1개라도 없어지면 굉장히 골치 아픈 상황이 벌어진다고 했다.(대한민국 남성 대부분이 잘 알듯이 탄피가 없어지면 수단과 방법을 가리지 않고 찾아야 한다. 혹자는 이런 모습을 미군 등 일부 선진국의 사격훈련과 비교하며 비판하기도 한다.)

합격자에게는 따뜻한 곳에서 쉴 수 있는 보상이 주어졌고 불합격자들은 강도 높은 PRI훈련을 해야 했다. 오후 4시까지 서너 차례의 사격이 더 이어졌지만 12발을 못 넘긴 생도들이 많았다. 학교로 돌아오기 위해 버스를 기다리며 문득 기파생도들을 관찰하게 되었는데, 그들의 귀가 새빨갛고 얼굴도 달아올라 있었다. 귀마개를 끼고 핫 팩도 들고 있는 우리와 달리 아무런 방한장비도 걸치지 않은 그들은 마치 철인인 것 같았다.

　학교에 돌아와 이어진 3km 단독군장 뜀걸음. 기파분대장생도는 사격 성적이 생각보다 좋지 않은 우리를 향해 '1, 3학년 하기군사훈련 때 사격을 집중적으로 훈련하니까 조급해 하지 말고 배운 것을 잘 기억하라.'며 격려해 줬다. 하루 종일 추위 속에서도 한 명 한 명을 지도해 주느라 지칠 법도 한데, 우리를 이끌며 함께 뛰고 격려까지 해주는 백테화이바들에게서 강인한 카리스마가 뿜어져 나왔다.

　　　화랑도 높은 뜻을 가슴에 품고,
　　　찬란한 민족혼을 붉게 태워서,
　　　천하를 호령하는 장쾌한 기백~!

　우렁찬 군가가 은은히 퍼지는 92고지 너머로 3주차 월요일의 해가 작별인사를 했다.

제08화

화생방, 총검술

정말로 군인이 되었음을 실감한 사격훈련 뒤에는 화생방, 총검술 훈련이 이어졌다. 눈물과 콧물을 줄줄 흘리는 모습으로만 알고 있던 화생방훈련. 세계에서 가장 많은 수준의 생화학 무기를 보유한 북한군의 실상과 생화학 무기의 종류, 피해 양상, 대처 방법 등을 교육받으며 화생방에 대한 인식과 준비가 심각하게 부족했다는 것을 알게 되었다.

이론 교육이 끝나고 이어진 MOPP(Mission Oriented Protective Posture : 임무형 보호 태세)훈련은 상황에 따라 화생방 보호의[5]를 맞춰 입으며 살아남기 위한 일종의 행동절차다. MOPP 1단계에서는 상 하의를 4분 안에 착용하고, 3단계에서는 방독면과 보호두건을 15초 안에 착용하는 등의 행동요령이다.

조교가 숙달된 실력으로 15초 만에 방독면을 착용한 뒤 양팔을 들고 흔들며 "가스, 가스, 가스!"라고 외치는 모습을 보곤 웃음이 터져 나와 기파 생도에게 된통 혼나고 얼차려를 받았다. 조교가 보여준 행동은 방독면을

---

5) 보호 장갑, 전투화 덮개, 잠수복과 비슷한 상 하의로 구성

이상 없이 착용했음을 알리고 주변에 상황을 전파하기 위한 것이었다.

시범이 끝나고 실습을 하는데, 1분이 지나도 방독면을 제대로 쓰기 힘들었다. 교관님은 무한반복훈련을 통해 우리의 행동을 민첩하게 만들었고 2시간 넘게 벗고 쓰고를 반복하다 보니 어느새 동작이 꽤나 빨라졌다. 그런데 방독면을 쓴 채로 숨 쉬는 건 많이 답답했고, 화생방 상황이 벌어지면 차라리 빨리 '가는 게' 더 나을 것 같다는 한 TV프로의 대사가 떠올랐다.

드디어 방독면의 성능을 직접 체험하게 되었다. CS탄은 신체에 닿으면 피부를 따갑게 하고 호흡기와 눈에도 엄청난 고통을 가져오는 최루가스다. 부모님 세대는 우리나라가 민주화를 이루는 동안 길거리에서 많이 맡아보셨다고 했다. 운동장에 설치된 간이 가스실에 먼저 들어갔던 동기들이 온갖 인상을 찌푸리고 콜록거리며 좀비처럼 비틀비틀 걸어 나왔다. 몇몇은 얼굴 주변에 죽처럼 길게 늘어진 흰 점액을 달고 있었다. 심장이 급격히 쪼그라들었다. 옆에 서 있던 범준이와 눈을 마주치곤 서로 입을 벌린 채 아무 말도 하지 못했다. 분대원들과 방독면을 쓴 채로 가스실에 들어갔다. 교관님께서 심호흡을 해보라고 했다. 방독면 안으로 이상한 냄새가 들어오는 것 같았지만 아직은 숨 쉴만했다. 이젠 방독면을 벗고 주머니에 넣으라고 했다. 방독면을 벗는 순간에 눈을 감고 숨을 꾹 참았다. 얼굴이 따끔해지면서 숨을 참기 힘들어 공기를 들이키는 순간, 목구멍이 뜨거워졌다. 이젠 돌이킬 수 없게 되었다. 코와 목이 따가워서 콜록콜록 거릴수록 가스를 더 많이 마시게 되었다. 폐 세포 하나까지 울어 제켰다. 눈물, 콧물, 침이 줄줄 흐르고 몸에 땀이 줄줄 흐르고, 결국 몸에 있는 모든 구멍에서 점액이 쏟아져 나왔다. 뛰쳐나가고 싶어 발을 동동 구르는데 방독면을 다시 쓰라는 지시가 어렴풋이 들렸다. 옆의 동기들과 서로 도와 겨우 방독면을 쓰고, 미쳐버릴 것 같은 순간에 퇴장하라는 말이 들렸다. 문으로 쏜살같이 달려가 밖으로 나온 뒤 방독면을 벗어젖히고 숨을 몰아쉬었다. 갑자기 헛구역질이 나오며 괴상한 소리가 났다. 신선한 공기에 최루 가스를 씻어내는데, 기파생도가 다가와 눈에 물을 흘리며 씻겨 주었다. 그제야 살 것 같았다. 조금 지나자 몸 여기저기서 흘러나오던 액체들이 겨우 멎었다.

우리 군의 모든 훈련 중에서 순간난이도가 압도적으로 가장 높은 화생방 훈련이 끝났다. 몇 분 안 되는 그 짧은 시간에 산신령님부터 하느님, 예수님, 부처님, 알라신까지 세상 모든 신들의 이름을 부르짖으며 살려달라고 애원했다. 이제는 뭐든 참아낼 수 있다는 거만한 자신감도 생겼지만, 제발 화생방 상황만큼은 벌어지지 않으면 좋겠다고 생각했다.

유달리 추웠던 어느 날. 야외에서 하루 종일 총검술 교육을 받았다. 교관님의 강의에 이어 조교들의 시범을 본 뒤 동작 하나하나를 실습했다. 조교가 보인 것처럼 날렵하고 멋지게 할 수 있을 줄 알았지만 3kg 정도밖에 안 되는 소총은 시간이 지날수록 더 무거워졌다. 팔이 덜덜 떨려왔고 우리의 총검술 동작은 둔하고 엉성하기 그지없었다. 감기에 걸려서인지 콜록대는 동기들도 많았고 포근한 실내와 따뜻한 음식이 그리워졌다. '아, 사우나에서 뜨듯한 온탕에 푹 담그면 얼마나 행복할까?'

어느덧 우리에게서는 군인의 모습이 풍기는 것 같았다. 휴식시간에도 알아서 줄 맞춰 앉고 물건도 가지런히 정돈하고 누가 보지 않더라도 정해진 규율을 지켜갔다. 그런 우리에게 총검술 6교시가 끝나고 쉬는 시간에 초코바 '자유시간'이 한 개씩 주어졌다. 기훈이 시작되고부터 외부 음식과 간식이 많이 그리웠는데 교육대에서 뜻밖에 간식을 챙겨주니 행복했다. 포장을 뜯자마자 한 입 베어 물며 혀끝의 달콤한 행복을 누렸다. 몇 번 씹은 것 같지도 않은데 자유시간은 순식간에 사라져 버렸다. 아쉬운 마음에 빈 껍질을 괜히 둘러보고 영양성분을 읽으며 기훈이 끝나면 한번에 10개씩 사서 먹을 거라고 생각하는 찰나에 한 기파생도가 다가왔다.

"몇 개 남았는데 더 먹고 싶은 생도 있나?"

"여기요! 저기요!"

"여기요~~!"

팔을 뻗고 소리를 치며 애타게 '자유시간'을 구걸하는 우리를 보는 기파생도의 얼굴이 일그러지고 분위기가 험악해졌다. 먹는 것 앞에서 이성을 잃고 '해요체'를 남발하고, 그동안 지켜온 질서가 와르르 무너진 모습에 충격을 받은 것 같았다. 우리 스스로도 반성하는 목소리가 나오고 "여기요~"라고 했던 당사자들도 깜짝 놀라서 고개를 푹 숙였다.

옆쪽에 앉아 있던 다른 소대 동기들이 휘둥그레진 눈으로 우리와 기파생도를 번갈아 쳐다보았다. 총검술 교육이 끝나고 어느 누구도 입을 열지 않고 어두운 표정을 한 채 인헌관으로 돌아왔다. 기파생도들에게 크게 혼날 것을 각오했지만 오히려 그들은 차분했다. 충격이 너무나도 컸던 걸까.

인내와 절제 그리고 신독(愼獨)[6]을 최고의 가치로 삼고 수련해 온 우리 신입생도들도 먹을 것 앞에서는 굶주린 사람, 배고픈 아기 사자일 뿐이었다. '그런 우리가 진정한 사관생도가 될 수 있는 걸까?'

다행히 초코바를 갈구했던 동기들이 기파생도들을 찾아가 잘못을 뉘우치고 반성하는 것으로 그 사건은 마무리되었다. 하지만 그로부터 며칠 간 기파생도들은 작심한 듯이 우리의 잘못된 행동에 대해 벌점을 주었다. 벌

----

6) 남이 보지 않는 곳에 혼자 있을 때에도 도리에 어긋나지 않도록 조심하여 말과 행동을 삼감

점이 일정 수준 이상으로 누적되면 주말 휴식시간에 벌점보행을 해야 했다. 결국 그 주말에 우리 소대원 대부분이 벌점보행 대열을 차지했고, 벌점보행은 의도치 않게 '소대 행진 연습'이 되어버렸다.

추운 겨울, 고달픈 아기 사자들에게 큰 힘을 주었던 달콤한 '자유시간'은 순식간에 그들의 '자유 시간'을 앗아가 버렸다.(지금도 그 초코바를 보면 총검술 교육 때 '여기요, 저기요'라고 외치는 소리가 들리는 것 같아 미소 지어진다.)

총검술 훈련 이후에 손과 팔 그리고 어깨가 쑤셨지만 오히려 총에 적응해서인지 더 가벼워진 느낌이었다. 매일 이어지는 체력단련을 통해 몸도 점점 군인 그리고 사관생도의 그것으로 성장하는 것 같았다. 며칠 뒤 부모님께서 보내주신 편지를 보고서야 총검술 훈련을 받은 그날이 바로 고등학교 졸업식이었다는 것을 알게 되었다. 3년을 함께 지낸 벗들과 졸업의 감격을 함께 하지 못한 게 많이 아쉬웠다. 그리운 사람들의 얼굴이 생각나면서 노래 한 곡이 떠올랐다.

"친구들아 군대 가면 편지 꼭 해 다오, 부모님께 큰절하고 대문 밖을 나설 때♩"

제09화

반성, 명절, 착각

저녁식사가 끝나고 외부에서 초대해 온 한 교수님께서 '리더십과 팔로우십'을 주제로 강연해 주셨다. 군사훈련이 이어지는 중에 잠시나마 마음의 여유를 갖고 생각도 넓힐 수 있는 시간이었다. 한 시간 반 동안 단 한 명도 졸지 않고 경청해서 기파생도들이 칭찬해 주었다. 밝은 분위기 속에 인헌관으로 돌아와 다음 훈련을 준비하기 위해 한데 모여 앉아 총을 분해하고 열심히 닦았다. 그런 중에 한 기파생도가 우리에게 발송된 편지를 나눠 주었고, 총을 닦고 검사를 받은 뒤 각자의 생활관에 돌아가서 편지를 읽으라고 지시했다.

나는 3통의 편지를 받았다. 그 중에 제일 두툼한 것에 누나의 글씨로 집주소가 적혀 있었다. 급작스럽게 밀려온 그리움과 호기심을 이기지 못하고 주변의 눈치를 힐끔 본 뒤 봉투를 살짝 뜯어 편지를 꺼냈다. "지금 뭐하는 거야!" 아뿔싸! 기파분대장생도의 귀곡성이 날아왔다. 평온하게 저녁시간을 보내던 소대의 분위기가 나로 인해 반전되었고, 된통 혼나고 편지를 압수당했다.

'신독(愼獨)'을 그렇게 강조 받고 내면화하려 애쓰면서도 왜 잠깐의 유혹에 넘어간 걸까. 분명히 총을 닦고 나서 읽으라고 지시를 했는데….' 나의 철없는 행동 때문에 피해를 입은 동기들에게 너무나 미안해서 얼굴 보기도 부끄러워졌다.

모두가 취침할 준비를 끝내고 누운 시각, 나는 조용히 기파분대장생도를 찾아가 아까의 행동에 대해 사죄하고 마땅한 책임을 지겠다고 말했다. 부모님께서 보내 주신 편지만큼은 다시 받고 싶다는 말도 조심스레 덧붙였다. 아까는 매섭게 몰아치던 그는 나지막한 톤으로 '누구나 그런 행동을 할 수 있지만 사관생도가 특히, 군인이 개인의 욕심을 절제하고 지시를 따르는 것이 얼마나 중요한지' 말해 주었다. 그리고 이번 일을 가슴깊이 새기고 생도생활을 하라며 편지를 읽고 힘내서 남은 훈련을 더욱 잘 받으라고 격려해 주었다. '백태화이바에게 이렇게 뜨거운 인간미가 있었다니!'

내 행동은 사관생도답지 못한 행동이었다. 그리고 편지를 한 통도 받지 못한 동기도 있을 수 있는데 그에 대한 배려도 없었다. 부끄러움에 빨갛게 달아오른 얼굴을 복도의 어두운 조명이 가려줘 그나마 다행이었다. 섣불렀던 행동은 또 다시 주말 벌점보행으로 이어졌지만, 반성하는 마음으로 가뿐히 걸었다. 진정한 사관생도가 되는 길은 참 멀고도 험한 것 같았다.

가족과 친구들이 써준 편지들을 읽으며 가슴이 따뜻해졌고 힘이 솟았다. 그들의 얼굴이 눈에 그려지고 함께했던 추억들이 하나둘 떠올랐다. '매일 부모님을 뵐 수 있을 때 더 효도하고 잘할 걸…. 아마 생도생활 4년 동안 한 달에 몇 번 뵙기도 힘들 텐데. 왜 사람은, 아니 나는 항상 늦어서야 깨닫는 걸까.' 용암이 지표를 뚫고 터져 나오는 것처럼 가슴에 먹먹함이 차올랐다.

기훈 중간에 낀 설 명절은 쉴 틈 없던 기훈 중에 여유를 느끼고 동기들과도 한데 어울릴 수 있는 기회였다. 무엇보다도 간식이 많이 나와서 참 좋았다. 소대별로 팀을 이뤄서 족구, 농구, 피구, 줄다리기, 계주 종목으로 구성된 간이 체육대회를 했다. 숨겨져 있던 운동능력을 발휘하는 동기들과 부딪히고 땀 흘리면서 서로에 대해 좀 더 알아갔고, 여생도들의 피구경기도 응원하며 한층 더 가까워졌다.

소대 기파생도들은 줄다리기에서 필승할 수 있는 전술을 알려주며 다른 소대가 없는 곳에서 비밀특별훈련을 했고 그 결과는 우승이었다. 아쉽게도 다른 종목들은 예선에서 탈락했지만, 기파생도들은 모든 소대원이 함께한 줄다리기에서 우승한 게 가장 좋은 거라며 위로해주었다. 3주 넘는 동안 웃는 모습을 거의 보이지 않던 기파생도들이 줄다리기 우승이 확정되자 펄쩍펄쩍 뛰며 해맑게 웃던 모습은 신선한 충격이었고, 그들도 우리와 한 마음 한 뜻이라는 걸 느낄 수 있었다.

설날 아침점호 때 기파생도들은 우리에게 각자의 집 방향을 바라보고 서라고 지시했다. 대다수의 생도들이 우왕좌왕하며 무안한 웃음을 짓는데 단 한 명, 간성문 앞의 횡단보도를 건너 서울여대 바로 오른편에 집이 있는 동기만이 당당하게 집을 향해 섰다. 너나할 것 없이 모두가 그를 보며 크게 웃었다. 멀리 태국에서 온 수파킷 생도는 방향을 가늠할 수 없어서인지 눈을 휘둥그레 뜨고 당황해했다. 그런 그를 보고 또 다시 웃음이 터졌다. 훈훈한 웃음이 넘치는 가운데 고향을 향해 큰절을 하고 새해인사를 드렸다. "부모님 새해 복 많이 받으세요!!" 차가운 새해 첫날 새벽, 웅성거리는 인헌관 광장을 새 해가 어렴풋이 비추었다.

오전에 합동차례를 드리고 나서는 불암산으로 갔다. 출발하기 전 훈육관님께서는 '불암산 호랑이'의 이야기를 해주셨다. 북괴군이 서울을 점령하자 육사 생도 13명과 국군 7사단 장병 7명 등 20명이 1950년 6월 29일부터 9월 21일까지 불암산에서 유격전을 펼치며 지대한 공을 세우고 모두 전사했다는 이야기에 경건해졌다. 그 분들의 혼을 되새기며 불암산 정상에 도착하자 이마에서 땀방울이 흘러내렸다.

한데 모여 "국토수호 결의대회"를 하며 불암산 호랑이들처럼 이 땅을 지켜내는 데 헌신하겠다고 다짐했다. 정상에 서서 다함께 교가를 부르면서는 사자굴 의식 때의 감동이 다시 한 번 느껴졌다. 대한민국이 침략당하는 일이 없도록 힘쓰는 건 그들의 피로써 살아남은 우리의 몫일 거다.

훈련받는 시간은 그리도 느리게 가면서 주말과 명절은 몇 갑절은 빨리 지나갔다. 매일 반복되는 일상 속에 날짜 감각도 무뎌졌다. 아침밥을 10번만 더 먹으면 기훈이 끝난다는 범준이의 말을 듣고 생각해보니 아침에 국군도수체조를 10번만 더하면, 오후에 뜀걸음을 10번만 더 하면 기훈이 끝난다. 어느 순간부터 이런 식으로 날짜를 계산하게 되었다. 범준이와 이야기하며 기훈이 끝나고 사관생도가 되면 멋진 정복을 입고 미팅도 하고 소개팅도 하며 여자 친구가 생길 거라는 막연한 기대감에 함께 들떴다.(일생일대의 어마어마한 착각이었다. 흑!)

제10화

전투준비태세, 각개전투

드디어 생도 정복과 예복이 보급되었다. 얼마나 선망했던 그 옷이던가! 특이하게도 두 옷 모두 상의의 지퍼를 위에서 아래로 내리게 되어 있었다. 지퍼가 반대로 달린 옷은 태어나서 처음 봤다. 정복으로 갈아입고 복도에 마주 선 동기들이 너무나 멋있어 보였다. 기파생도들은 한 명 한 명 꼼꼼하게 정복이 맞는지를 확인해 주었고 태극문양을 연상케 하는 예복도 확인해주었다. 소중한 옷들을 잘 정돈해두면서는 이젠 나가라고 해도 절대 안 나가고 기훈만큼은 꼭 끝내고야 말 겠노라고 다짐했다. 벌써부터 정복을 입고 가족, 친구들과 만날 날이 기다려졌다.

'전투준비태세'는 국가안보의 위기상황에 대비하는 훈련이다. '데프콘 (Defense Readiness Condition)'이란 단어가 바로 이 훈련과 관계있다. 미국이 주도적으론 쓰는 데프콘은 총 5단계로 이뤄진다.

데프콘5는 적의 위협이 없는 안전한 상태, 데프콘4는 적과 대치하고 있으나 전쟁 발발 가능성은 낮은 상태를 뜻한다. 우리나라는 6·25전쟁 휴전 이후(1953년 7월 27일)부터 4단계를 유지해오고 있다. 준전시상태로 불리는 데프콘3은 적의 안보위협이 심각히 우려되는 상황에 발령된다. 데프콘

3이 발령되면 대한민국 대통령이 지닌 평시작전권이 한미연합사에 전시 작전권으로 넘어가고 모든 장병의 출타가 금지된다. 그리고 부대에 있는 물자를 종류별로 분류한 뒤 진지에 투입할 준비를 하게 된다. 역사적으론 1983년 미얀마 아웅산 묘소에서의 폭탄 테러로 정부요인들이 폭살되었을 때 발령되었고, 이후에도 3단계에 버금가는 위기상황이 몇 차례 있었다.

데프콘2는 적이 우리를 공격할 준비를 마치고 그에 따른 전쟁 징후가 나타날 때 발령된다. 전쟁 준비를 끝내는 단계로 예비군이 소집되고 모든 군인에게 실제 탄약이 지급된다. 지금까지 딱 한 번, 1976년 판문점 도끼 만행 사건 때 휴전선 부근에 발령된 적이 있다.(참고로 미국에서는 쿠바 미사일 위기 때 2단계가 발령되었고 역대 최고 단계였다고 한다.) 마지막으로 데프콘1은 전면적인 전쟁 상태를 말한다.

훈련 때에는 실제명칭이 아니라 각 단계별로 정해진 훈련용어를 사용한다. "현 시간 부로 라운드 하우스(Round House. 데프콘 3단계의 훈련 명칭) 발령!" 방송이 들려오고 사전에 기파생도들에게 교육받은 대로 군장물품을 꾸렸다. 완전군장배낭에 각종 물품(전투화, 반합, 야전삽, 모포, 옷가지 등)을 챙겨 넣는 데 예상보다 오래 걸렸고, 옷을 두껍게 입은 탓에 온몸에 땀이 흘렀다. 훈육장교님께서는 실제 위기상황에서도 이렇게 행동한다면 출발도 전에 적에게 공격당할 거라며 재촉하셨다. 겨우 완전군장을 꾸려 짊어지고 기파생도들을 따라 잡동사니를 용도별로 분류한 뒤 정해진 진지로 뛰어갔다.

"현 시간 부 페스트 페이스(Fast Pace. 데프콘 2의 훈련 명칭) 발령!"

우리 소대의 위치로 이동하고 각자 편성된 진지에 투입하는 것을 끝으로 첫 준비태세훈련이 끝났다. 처음인지라 큰 그림을 그려보는 수준에서 훈련이 마무리 되었지만, 언제 어느 때라도 빠르게 움직일 수 있도록 숙달해야 했다. '실제 상황이라면 얼마나 긴박하고 정신없을까? 가족들과도 생

이별해야 할 텐데,,, 부디 그럴 일은 없길!'

　인헌관에 돌아와 군장물품을 정리하고 각개전투훈련장으로 이동하기 전에 잠시 볼일을 보는 시간. 맞은편 생활관에서 지내는 동관이가 옆의 소변기에 다가와 나지막한 목소리로 말했다.

　"나 서울대 붙었다는데 그냥 여기 있으려고…. 씨익."

　2월 초 중순이 되자 각 대학교에서 추가합격자 발표를 했고, 부모님께서 합격했다고 연락해 오셔서 훈육장교님과 면담을 했다고 한다. 비록 내일은 아니었지만 그가 자랑스러웠다. 서울대에 붙었지만 육사생도가 되겠다니, 대단하고 멋진 친구다.(그는 2016년 현재 서울대학교 대학원에서 위탁교육을 받으며 당시 못 이룬 꿈을 누리고 있다.)

　이름조차 생소한 '각개전투훈련'에서는 각 개인의 전투 기술을 훈련한다. 전투 상황에서 살아남으며 목표를 점령하기 위한 세부 행동을 배우는 훈련이다. 가장 중요한 것은 살아남는 것, 바로 생존이다. 그러기 위해선 적의 눈에 띄지 않는 게 중요하다. 얼굴과 몸을 위장하는 것을 가장 먼저 배우는 이유이기도 하다. 크레파스 냄새가 나는 위장크림을 들고 동기들과 서로의 얼굴에 발라 주었다. 시꺼메진 모습이 어색하고 웃겨서 웃음이 터지려 했다. 참지 못하고 웃으면, 지난번 화생방 훈련 때 '가스 가스 가스'를 보고 웃은 것과는 비교할 수 없을 만큼 혼나고 동기들에게도 피해를 줄 것 같아서, 어금니를 꽉 깨물고 겨우 웃음을 참았다.

　위장기술에 이어 포복, 이동, 은 엄폐, 장애물 통과 등의 기초전투기술을 배웠다. 전투 현장에서 맞닥뜨릴 수 있는 상황을 10여 단계로 구분해서 30분~1시간씩 이론교육과 실습을 했다. 그리고 나선 처음부터 끝까지 연달아서 실습하며 과제들을 숙달했다. 교관님께서는 각개전투훈련을 통해 각자의 전투 기술과 생존 능력을 키워야 한다고 말씀하셨다. 포복 시범을 보이는 조교들은 정확한 자세와 빠른 속도로 포복하며 우리의 기를 꺾어 놓았다. 실습을 위해 엎드리라고 하는데 전투복이 더러워질까봐 머뭇거리는 우리를 보며 기파분대장생도가 불호령을 내렸다.

"전투할 때도 옷 더러워진다고 핑계대면서 서 있을 거야?"

철퍼덕. 곧바로 땅에 몸을 내던졌다. 낮은 포복과 중간 포복 그리고 높은 포복을 연습하는 데 손에 든 총과 가슴팍의 탄알집 등이 걸리적거렸다. 팔꿈치와 무릎이 얼얼하게 아파왔고, 보호대라도 있으면 정말 좋을 것 같았다. 몸을 보호하며 이동하는 기초기술인 포복의 중요성을 생각하며 적에게 보이지 않게 숨는 은폐와 적의 공격에서 보호받는 엄폐를 연습했다. 나무, 바위, 건물 등의 지형지물을 이용해 몸을 보호하는 원리도 배웠다.

은밀한 게 이동하는 것만큼 신속하게 움직이는 것도 중요했다. 약진은 10-20m의 단거리를 2~3초 사이에 쏜살같이 이동하는 전투 행동이다. 어디로 이동할 것인지 미리 정한 뒤 불규칙하게 움직여서 적의 조준사격을 피하는 게 핵심이었다.

외나무다리, 철조망 등의 장애물을 만나면 돌아갈 것인지 혹은 넘어갈 것인지를 판단하고 결정해야 했다. 육군의 교범에 따라 분류된 장애물의 종류에 대해 교육받고 각 장애물마다 통과하는 방법을 익혔다. 하늘을 보고 드러누워서 철조망의 아래 부분을 통과할 때에는 앞으로 나가기가 쉽지 않았다. 앙상한 나뭇가지들 사이로 파란 하늘이 보였다. 계속되는 훈련에 몸은 점점 지쳐갔지만 포복은 왠지 재미있었다.

목표지역에 다다라 치열한 전투를 하는데 탄약이 없어서 난감한 경우가 없도록 돌격직전에는 미리 탄알집을 갈아 끼우고, 수류탄을 던질 준비도 했다. 분대장 역할을 맡은 동기의 "분대! 돌격 앞으로!"라는 구령과 함께 최후의 일전을 치렀다. 목표 지역을 점령하면 인원, 장비에 이상은 없는지 파악하고 필요한 조치를 한 뒤, 적의 반격에 대비해서 진지를 구축하고 대비해야 했다.

단계별로 진행된 실습이 끝나고 종합실습이 이어졌다. 진지에서 공포탄을 장전하고 입교 전에 봤던 전쟁영화인 〈태극기 휘날리며〉와 미국드라마 〈밴드 오브 브라더스〉의 장면들을 떠올리며 스스로에게 주문을 걸었다. '나는 장동건이다. 아니 원빈이다. 아니 둘 다!'

"분대! 약진 앞으로!" 헐떡헐떡.

분대원들과 정신없이 달리다보니 목표지점 아래에 도착했다. 급경사 위에 있는 목표 부근에 얼핏 보이는 적군(조교)을 무질러야 했다.

"분대! 돌격 앞으로!!" 연습용 수류탄 7개가 정상을 향해 날아갔다.

"으아~~~~!" "끼야~!"

"탕 탕 탕"

요란한 함성과 공포탄 소리가 어우러졌다. 특히 우리 분대 여생도 혜진이가 앙칼진 목소리를 길게 뿜어냈다. 정상에 다다라 숨을 몰아쉬며 40분 정도 걸린 첫 번째 실습을 끝마쳤다. 그렇게 세 번의 종합실습을 하며 다리에 힘이 풀려버렸다. 마지막 실습이 끝나자 기파분대장생도들이 고생했다며 격려해 주었고, 동기들도 서로의 어깨를 두드리며 힘을 주었다. 함께 땀 흘리고 서로를 응원하는 마음은 굳이 말로 하지 않아도 저절로 느껴졌다. '동료애. 전우애가 바로 이런 걸까?'

격렬하고 치열했던 각개전투훈련으로 인해 환자가 많이 생겼다. 위압적인 덩치를 자랑하는 상원이는 포복을 얼마나 열심히 했던지 양쪽 팔꿈치와 무릎에 깊은 상처가 생겼다. 소독약을 바르면서도 찡그리지 않고 자랑스러운 표정을 짓는 그가 대단했다. 무리한 신체활동 때문에 생기는 족저근막염에 걸린 여생도 2명은 안타깝게도 반깁스를 하게 되었다. 나도 산에서 내려오다가 발목을 살짝 접질러서 진료를 받았다. 그날 밤, 취침 방송이 끝나고 몸을 뉘었는데 갑자기 생활관 문이 열리며 추파춥스 사탕 모양의 그림자가 들어왔다. '백테화이바다!' 기파분대장생도는 랜턴을 켜서 입에 물고는 내 발목을 이리저리 만져보더니 맨소래담을 바르고 문질러주었다. 그리고 발목을 높이 올리고 자라며 잠자리를 정돈해 주었다. 한 마디를 덧붙이며 밖으로 나갔다. "고생많았다. 푹 자라."

어머니의 마음에 묵직한 카리스마까지⋯. 감동이었다.

훈련 중에 소리를 있는 힘껏 질러대서 목이 쉬어 몇 번의 헛기침을 한 뒤에 깊은 잠에 빠져들었다. 갑자기 누군가 몸을 뒤흔들어서 깼다. 머리가 터질 듯 한 피로감이 몰려왔다. '아 맞다. 불침번!' 눈도 뜨지 못한 채 주섬주섬 전투복을 챙겨 입고 불침번 근무지로 나갔다. 발목이 아파왔다. 실눈을 겨우 뜬 채로 근무교대 신고를 한 뒤 이런 저런 생각에 빠져들었다. '에잇. 하필 각개전투 하고 나서 불침번 근무라니⋯. 내일 엄청 피곤하겠네.' 문득 지난 훈련이 생각나며 아찔한 상상이 나래를 폈다. '실탄이 날아들고 수류탄이 터지고, 포탄이 쏟아지는 진짜 전투현장은 얼마나 무서울까? 지금 우리나라에 그런 상황이 닥친다면 나는 제대로 싸울 수나 있을까? 우리나라에 진정한 평화가 올 수는 있을까? 하루가 멀다 하고 우리를 위협하는 북한과 평화롭게 통일할 순 있을까? 6·25전쟁 때 훨씬 높은 고지에서 싸우셨던 분들은 얼마나 힘드셨을까? 〈태극기 휘날리며〉에서처럼 비명 한 번 내 보지 못하고 돌아가신 분들이 얼마나 많을까? 그 분들의 희생을 우리는 잊고 사는 건 아닐까? 그분들을 떠나보낸 수많은 이들의 가슴에 깊게 패인 상처는 얼마나 아플까…'

깊은 새벽 인헌관의 적막한 복도엔 물음표가 끊임없이 이어졌다.

제11화

30km 행군, 자격심사

　4주 동안 신문 한 번 못보고 책 한 권도 읽지 못하니 갈증이 느껴졌지만, 입학식이 끝나고 생도가 되면 정말 열심히 공부할거라고 다짐했다. 구급법 교육에선 부상자를 조치하는 방법을 배웠다. 붕대와 삼각건으로 부상 부위를 보호하는 것과 지혈대 사용법 그리고 환자 이송법을 연습했다. 몸값이 꽤나 비싼 애니(심폐소생술 교육용 마네킹)를 통해 심폐소생술도 실습했다. 전장에서 응급조치만 잘해도 많은 생명을 구할 수 있다는 내용의 동영상도 보았다.

　기훈이 시작되고 쉴 새 없이 달려왔다. 훈련 말고도 매일 아침, 저녁마다 뛰었는데 그 정점에는 3km 완전군장 뜀걸음이 기다리고 있었다. 동기들과 땀 흘리며 쌓아온 체력도 시험해 볼 수 있는 기회였다. 그런데 각개전투훈련 때 삐끗한 발목 때문에 함께 뛸 수 없었다. 동기들은 무거운 완전군장을 둘러메고 집합하는 동안 나는 맨몸으로 서 있었다. 기파분대장생도에게 뛰겠다고 말해봤지만, 그는 가차 없이 말했다. "열외 해!"
　환자로 분류된 열댓 명의 동기들과 따로 마련된 체력단련장소로 간다. 열외 할 때의 착잡함은 이루 말할 수 없었다. 동기들에게 참 미안해졌고, 힘든 과정을 함께 했다는 공감도 느낄 수 없으며 왠지 뒤처지는 느낌도 들었다. 무엇보다도 열외하게 된 스스로에게 화가 났다. 시무룩한 채로 점점 멀어지는 동기들의 함성소리를 들었다. "파이팅! 미친 듯이 파이팅!"

환자 생도들을 통제하게 된 기파생도는 기훈을 통틀어 신입생도들을 가장 편안한 모습으로 대해주었던 생도였다. 그가 우리를 보며 활짝 웃음 짓고는 말했다. "얘들아, 생도 생활 하다 보면 예기치 않게 다치는 경우가 있어. 나도 생도 생활하면서 병원에 며칠 입원하기도 했었어. 그렇다고 너희를 욕하거나 미워할 사람은 아무도 없어. 다쳤을 때 제일 중요한 건, 얼른 나아서 정상적인 생도 생활을 하는 거야. 그게 바로 동기들을 위하는 거고. 이번 뜀걸음보다 수십 배는 많은 뜀걸음이 너희를 기다리고 있으니까 오늘 못 뛰었다고 낙심하지도 걱정하지도 마. 다음에 더 멋지게 뛰면 돼!"

그의 마음씨 따뜻한 말 덕분에 기분이 한결 나아졌다. 편하게 앉아서 다른 동기들과 이야기를 나누다 보니 30분 정도가 지났다.

"멋있는 사나이! 많고 많지만 바로 내가! 사나이! 멋진 사나이!"

희미하게 들리던 군가 소리가 점점 커져 왔다. 광장에 도착한 동기들이 방탄헬멧을 벗자 머리 위로 김이 모락모락 올라왔다. 다들 표정이 잔뜩 상기되어 있었고 기파생도들의 얼굴도 빨갛게 달아올라 있었다. 엄청난 성취감을 느끼고 있는 것 같았다. 부럽고 미안했다. 체력단련 교관님께서는 정리운동을 지휘하시면서 그동안 고생 많았고 힘든 과정을 이겨내며, 몸의 군살도 많이 빠지고 근육도 제법 생겨난 우리가 자랑스럽다고 하셨다.

기초군사훈련의 대미는 30km 행군이 장식했다.(물론 순간난이도로 따지면 화생방 가스체험 훈련이 압도적이다.) 3일 정도 지나자 발목은 붕대를 감고 걸을 수 있는 정도가 되었다. 교육대장님께 행군출발 보고를 하고 1소대부터 출발했다. 행군은 적의 위협이 없는 상황에서 이동하는 행정적 행군과 적에게 위협받는 중에 이동하는 전술적 행군이 있다. 또한 걷는 속도에 따라 1시간에 7~8km를 이동하는 급속행군과 3~4km를 이동하는 일반행군으로 구분된다. 우리는 행정적인 상황에서 일반 행군을 한다고 말씀하신다.

기파분대장생도 뒤로 범준이가 서고 나는 그 뒤를 쫓아갔다. 50분을 걷고 10분을 쉬었다. 그렇게 4시간이 지나고 40분 정도의 휴식시간이 되어 완전 군장을 내려놓자 세상을 다 가진 기분이었다. 발바닥이 슬슬 굳어가고 어깨는 점점 짓눌려 왔다. 'TV에서 완전군장 멘 군인들을 보면 녹색풍선을 달고 있는 것처럼 가벼워 보였는데…'.

분배된 전투식량의 포장을 뜯고 가열팩을 이용해서 밥과 반찬을 데웠다. 1회용 종이그릇에 쇠고기 볶음밥과 반찬을 담고 직각식사를 하며 열심히 먹었다. 이제는 직각식사의 달인이 되어서 어떤 환경에서도 무리 없이 배를 채울 수 있었다. 디저트로 들어있는 아몬드케이크와 초콜릿 몇 알도 먹었다. 수통에 담긴 물을 꿀꺽꿀꺽 마시니, '캬~' 꿀맛도 그런 꿀맛이 없었다.

식사가 끝나고 용변이 급해진 동기들이 근심을 비운 얼굴로 돌아오자 다시 '녹색풍선'을 들쳐 메고 출발했다.

걷는다.
계속 걷는다.
끝이 보이지 않는다.
그래도 걷는다.

처음에는 이런저런 생각을 하면서 걸었는데 언제부턴가 아무 생각도 나지 않았다. 빨리 끝나면 좋겠다는 생각마저도 들지 않았다.

그냥 걷는다.

철컥철컥, 저벅저벅.

소총 멜빵 고리가 부딪히는 소리와 전투화 발자국 소리만 들렸다. 간혹 기파분대장생도의 무전기 소리만 지지직거릴 뿐이었다.

마지막 휴식. 기파분대장생도들이 분대원들의 어깨를 주물러 주며 "조금만 더 힘내서 행군 멋지게 끝내자."라고 했다. 그러고 보니 아직도 기파분대장생도들은 어디서 밥을 먹고 잠을 자는지 도통 감을 잡지 못했다. 그래도 휴식시간에 전투식량을 먹으면서 우리의 뒤쪽에서 그들이 전투식량을 먹는 것을 보기는 했다. 온 종일 우리와 함께 하는 그들은 기훈이 끝나갈 무렵까지도 신입생도들에게 정말 신비한 존재였다.

먼발치에서 군악대의 북소리와 군가 소리가 들려왔다. 학교 간부들이 나와서 박수를 치고 있었다. 맨 앞쪽에 3개의 별을 달고 계신 분이 바로 학교장님이셨다. 군장의 무게 때문에 어깨가 활짝 펴지지는 않지만 화랑대로를 당당한 자세로 걸어 들어갔고, 높이 솟은 교훈탑은 그런 우리를 자랑스럽게 내려다보고 있었다.

군악대의 북소리에 맞춰 걸음을 내딛으며 발바닥이 지끈거리고 피로가 몰려왔지만 나는, 우리는, 함께 30km 행군을 완주했다. 모든 군사훈련이 끝나고, 화랑관에 들어갈 날도 얼마 남지 않았다. 가족 앞에 당당히 서게 되는 날도.

행군마저 끝나자 기파생도들이 우리를 대하는 것도 한결 부드러워졌다. 이제는 훈련을 수료하기 위해 자격심사를 받는 일만 남았다. 그동안 배워온 제식동작들과 총기분해, 국군도수체조, 군가, 군대예절 등 사관생도 생활에 필수적인 요소들을 평가받았다. 점검관들 앞에 서니 매일 해왔던 동작도 헷갈렸고 군가의 가사와 음정도 이상하게 나왔다. 총기를 분해하는 것을 제외하고는 쉬운 게 하나도 없었고 실수도 많이 했다.

기파생도들은 불합격하면 화랑관에 갈 수 없다며 경각심을 불러일으켰다. 한나절 넘게 이어진 자격심사가 끝나고 다행히 모두가 통과했지만, 부족한 부분들에 대해선 야간에 추가교육을 받아야 했다. 그동안 항상 가지고 다니며 외웠던 〈사관생도 첫걸음〉 책자의 암기사항도 이젠 다 외웠다.

문득 기훈을 받으면 이차방정식 '근의 공식'이 기억나지 않는다는 말을 들었는데, 아뿔싸! 정말로 기억이 잘 나지 않았다. 동기들과 기훈의 마지막 목욕을 하며 즐거운 한때를 보내고 옷을 입기 전에 한 명씩 저울에 올라갔다. 4주전에 비해 20kg이나 감량한 동기도 있었고 대부분은 5kg 이상씩 빠졌다. 기파분대장생도들이 더 좋아하며 박수를 쳤고 우리도 덩달아 환호했다.(다이어트론 기훈만한 게 없을 거다.)

인헌관으로 조용히 걸어가는 대열 속에서 기훈이 끝나간다는 아쉬움이 짙게 묻어났다. 기파분대장생도가 정적을 깼다. "자격심사까지 받느라 고생 많았다. 아직 부족한 게 많지만, 기훈 때 배운 것들을 잘 기억하고 멋진 사관생도가 되길 바란다. 그리고 너희들은 나한테 배운 걸 영광으로 생각해라!"

장난기 섞인 그의 말에 우리는 웃음을 지으며 "예!"라고 대답했고 몇몇은 "영광입니다~!"라고도 말했다. 그는 잠시 멈칫하더니 다시 입을 열었다. "농담이고…, 너희를 가르칠 수 있어서 내가 정말 영광이었다. 고맙다…, 4소대!"

잠시 침묵이 흘렀다.

몇몇이 "감사합니다!", "저희 때문에 고생 많으셨습니다!"라고 말하곤 박수를 쳤고, 어느 순간 우리는 다 같이 박수를 치고 있었다. 가슴 속에서 뜨거운 뭔가가 울컥 올라와 요동치더니 코끝이 짠하게 시큰거렸다.

'분대장 생도님, 정말 감사합니다!'

제12화

살신성인 – 비운의 생도 2기, 재구의식

칫솔을 비롯해 몇 가지 보급품을 잃어버린 동기들이 생겨서 소대원 전체가 기파생도들에게 꾸중을 들었다. 우리가 받은 수많은 물건과 앞으로 받게 될 모든 지원은 국민의 세금에서 나오는 것이기에 소중히 여겨야 하는 것이 사관생도의 기본 마음가짐이어야 한다고 따끔히 일러 주었다. 급작스러운 꾸지람에 침체된 상태로 버스에 올라 '육사생도 1·2기 6·25참전 기념비'가 있는 포천으로 출발했다.

육군사관학교는 1945년 12월 군사 영어학교로 개교한 뒤, 1946년 2월 27일에 지금의 위치인 태릉으로 옮겨왔다. 같은 해 5월 1일에 조선경비사관학교로 창설되었고, 1948년 9월에 육군사관학교로 개편했다.

1950년 6월 1일에는 첫 4년제 사관생도인 생도 2기가 기초군사훈련을 시작했지만 채 한 달도 안 되어 북괴군이 우리나라를 침략했다. 생도 1기 262명과 2기 277명은 육군본부의 명에 따라 최전선에 투입되었다. 그들은 경기도 포천지역에서 북괴군 제3사단을 상대로 소총만 들고 싸웠고 태릉, 불암산 등에서도 북괴군을 상대했다. 이 과정에서 생도 1기는 65명이 전사하고 63명이 실종되었다. 1기 생존자들은 낙동강 방어선으로 이동하며 육군소위로 임관했고 훗날 육사 10기로 편입되었다.

한편 생도 2기 생존자들은 육사가 휴교되는 바람에 소속과 군번도 없는 신분이 되었고, 육사의 역사에서 지워져버리는 비운의 처지가 되었다. 1996년 육사 개교 50주년 기념식이 되어서야 명예졸업장을 수여받으며 졸업생으로 인정받았다.

우리에게 더 많은 것을 알려 주려는 4분대장 생도의 말에 따르면 '사관생도를 전투에 투입한 것은 세계 역사에서도 유례를 찾기 힘든 것'이라 한다. 그만큼 급박했던 당시의 상황이었을 거다. 1 2기 선배님들의 이야기는 〈육사생도 2기〉라는 책에 잘 나와 있다고 하며 입학하고 나면 꼭 한 번 읽어 보라는 말도 빼놓지 않았다.

마찬가지로 기초군사훈련을 받는 우리는 그분들께서 처했던 처지와 숭고한 희생이 누구보다도 크게 다가왔다. 학교로 돌아오는 버스 안에서 경건한 마음으로 차창 밖 풍경을 보며 우리나라가 지금의 번영을 누리기까지는 수많은 분들의 희생이 있어서 가능했다는 사실을 되짚었다. 그리고 대한민국 육군사관생도로서의 책임감도 느낄 수 있었다.

저녁에는 재구의식을 했다. 육사 16기인 故 강재구 소령님은 살신성인(殺身成仁. 옳은 일을 위해 목숨을 버림)의 상징과도 같은 존재다. 그는 1965년 베트남 파병을 앞두고 부대를 이끌어 훈련하던 중 부하가 실수로 떨어뜨린 수류탄을 몸으로 덮쳐 수많은 생명을 구하고 순직했다. 그분의 희생정신을 기리기 위해 해당 대대를 재구대대로 이름 짓고, 그가 생도시절 속했던 2중대를 재구2중대라고 부르며, 육군에서는 매년 모범 중대장을 선발해 '재구상'을 수여한다.

두 주먹을 불끈 쥐고 우뚝 서서 화랑연병장을 바라보는 재구상 앞에 흰 장갑을 낀 채로 모여섰다. 숨 막히게 멋진 예복을 입은 선배 사관생도 20여 명이 우리를 내려다보며 위엄 있게 서 있었다. 강재구 소령님의 이야기를 듣고 묵념을 하자 어둠속에서 군악대의 추도곡이 잔잔하게 연주되었다.

묵념이 끝나고 각자의 손에 쥔 양초에 불을 붙였다. 사방이 순식간에 주황색 불빛으로 환해졌고, 다함께 〈재구가〉를 불렀다.

> 해달같이 눈부신 기백과 정열
>
> 끝없이 타오르는 횃불을 보라
>
> 동지들을 구하려고 제 몸 던졌네
>
> 저 님은 살아 있는 의기의 상징
>
> 장미같이 향기로운 피를 뿜어서
>
> 거룩한 불사신의 이름 새겼네
>
> 지축을 흔드는 정의의 외침
>
> 너와 나 가슴마다 메아리친다
>
> 내 나라 내 겨레 위해서라면
>
> 재구처럼 이 목숨 아끼지 않으리

〈재구가〉

노래가 끝나고 촛불을 끄니 다시 어둑해졌고, 강재구 소령님의 동상은 당당히 달려 나가는 모습으로 조용히 서 있었다.

교육을 마치고 인헌관으로 돌아갈 때마다 우리에게 스스로 생각할 시간을 주었던 1분대장 생도가 우리를 인솔하며 말문을 열었다. "나는 3년 넘게 생도생활을 했지만 솔직히 강재구 소령님처럼 행동할 자신이 아직도 없는 것 같아. 하지만 그런 마음을 가지려고 노력을 하고 안 하고는 차이가 클 거야. 지금 너희가 무슨 생각을 하고 있는 진 모르지만, 그분의 희생

정신에 대해서만큼은 같은 생각을 했으면 좋겠다."

　그의 담담한 고백은 우리의 생각을 말해주는 것 같았다. 부모님과 처자식을 남겨두고 목숨 바쳐 희생한 위대한 정신은 보통 사람들은 엄두 못 낼 초인적 수준의 그것이다. '그와 같은 상황에 처하면 그렇게 행동 할 수 있을까?' 망설임 없이 그렇다고 말할 수 있는 용기는 내게도 없었다.

　깊은 생각에 사로잡혀서 재구의식 때 느낀 점을 쓰기도 전에 수양록 작성시간이 지나버렸다. '그러고 보니 어느새 이곳 생활에 익숙해졌다고 점점 나태해지는 내가 있었다. 훈련 뒤의 피곤함을 핑계로 수양록 쓰는 시간에 딴 생각을 하며 시간을 때운 적도 있었다. 실내교육을 받다가 졸리면 아예 잠들어버린 적도 있었다. 위대한 희생정신을 몸소 보인 선배[7]들에게 부끄럽지 않도록 나태해 지려는 나를 이겨내고 매 순간에 집중해야겠다. 내일 아침에 일어나서는 동기들보다 한걸음 더 걷고 한 번 더 빗자루 질 하고, 화장실 청소도 자원해서 하고, 조금 더 힘차게 군가를 불러야겠다.'

　저녁점호가 끝나고 범준이와 이야기를 나누다가 〈재구가〉를 흥얼거리며 잠들었다.

....

7) 지난 2004년, 전역을 4개월 앞둔 故 김범수 대위는 훈련병이 수류탄 안전핀을 뽑은 채로 허둥지둥 대며 던지지 못하자 수류탄을 낚아챈 뒤 끌어안으며 "엎드려!"한 마디를 남긴 채 장렬히 산화했다. 義로운 군인들에게 경의를 표합니다.

제13화

그날 이후

　전국 각지에서 모여든 신입생도들 중에서 일부는 사투리를 쓰기도 하는데, 기훈 때는 최대한 표준어를 쓰도록 지시받는다. 한 동기는 관등성명을 댈 때마다 나타나는 과도한 억양 때문에 기파분대장 생도조차 웃게 만들기도 했다. 그가 표준말을 익힐 수 있도록 일종의 특별훈련을 하던 어느 날, 그는 진지한 표정을 하고 말했다. "분대장 생도님, 지는 도저히 못 고치겠심더." 그 자리에 함께 있던 동기들 뿐 아니라 기파생도들도 웃음을 참느라 진땀을 빼야 했다. (결국 그는 생도생활이 끝날 때까지 그것을 고치지 못했다.)

　지난 몇 년 동안 달린 거리를 단 5주 동안에 압축해서 뛴 것 같았다. 태어나서 이렇게 뛰어야 할 줄은 꿈에도 몰랐다. 뛸 때마다 다리에서는 힘이 자꾸 빠지고, 군가도 처음 몇 곡을 부르고 나면 숨을 코로 쉬는 건지 입으로 쉬는 건지 모를 정도로 호흡이 뒤죽박죽되었다. 게다가 단독군장 뜀걸음을 할 때면 소총이 오른쪽 어깨 날개 뼈 부위를 자꾸 때리며 멍이 들었다.

　그렇게 뛰다보면 '걸을까, 낙오할까, 열외 할까, 아아아아아…' 나약한 생각과 육두문자들이 머릿속에 가득 찼다. 그럴 때면 함께 뛰고 있는 좌우측의 동기들을 봤다.

'여기서 멈추면 난 패배하는 거다.'

'동기들에게 피해를 주면 안 되는데….'

'이런 제길! 그냥 빨리 끝나버리면 좋겠다. 으….'

동기들은 나만큼 힘들어 보이지는 않았지만, 기회가 닿아 조심스레 이야기를 꺼내 보니 대부분이 나와 비슷한 마음이었다고 했다. 옆에 있는 다른 동기들이 견뎌내니까 그저 참은 것뿐이라고…. 각종 군사훈련도 마찬가지였다. 혼자라면 절대로 할 수 없는 일들이었지만 우리는 함께이기에 해낼 수 있었다.

생도 정원의 10%는 여생도로 구성된다. 우리 소대에도 3명의 여생도가 있었고 하나같이 목소리도 우렁차고 당찼다. 각개전투훈련 때에 괴성을 지르며 달려 나가던 혜진이의 인상깊은 모습을 본 조교는 아마도 깜짝 놀라 도망갔을 거다.

때에 따라 여생도들만 따로 모여서 뛰는 경우도 있었지만, 대부분은 남생도들과 함께 뛰었다. 남자인 나도 다리가 아프고 힘든데 그들이 얼마나 힘들지를 생각해 보기도 했다. 여생도들의 인내심과 능력 그리고 의지는 남생도들의 그것과 비교해도 결코 뒤처지지 않았다. 그들도 해내는 각종 훈련을 내가 못 견딘다는 것은 스스로에게도 부끄러운 일이었다. 여생도들의 존재 덕분에 나약한 나는 조금 더 인내할 수 있었는지도 모른다.

기훈 때는 동기애를 특히 강조 받는다. 혼자 준비를 다 했다고 생활관 동기를 뒤로 하고 집합하는 것은 옳은 일이 아니었다. 본인의 시간이 남으면 동기를 도와주는 배려와 협력정신을 배웠다. 뜀걸음을 할 때 많이 힘들어 하는 동기를 다 같이 응원하며 북돋고, 서로 존댓말을 쓰며 존중하는 마음을 갖는다.(그로 인해 입교 이후에도 한동안은 동기들과 존댓말을 사용하기도 한다.)

성별, 출신 지역, 성장 환경 등이 모두 다르지만 우리는 육군사관학교 동기로서 점점 하나가 되어갔다.

기훈 중에는 바깥 음식 특히 과자 부스러기 하나가 너무나도 그리워진다. 특히 저녁시간이 되면 몸이 단 것을 달라고 조른다. 아침에 나오는 우유 말고는 물밖에 마시지 않기 때문에 음료수는 정말로 보기 드문 보물로 변한다. 특히 간성문 주변을 지날 때면 그곳에서 풍기는 닭강정의 야릇한 향기에 정신이 혼미해지기 일쑤였다.

'포카리 스웨트 한 모금만 마실 수 있으면 소원이 없겠다.'

'아, 콜라 딱 한 모금만…, 치킨도 같이…, 치즈피자도…'

학교에서 먹는 식사 이외의 음식을 갈구하는 3주차 어느 날의 취침시간, 기파분대장생도가 분대원을 모이게 했다. 어둠 속에 둘러앉자 묘한 긴장감이 흘렀다. 눈을 감으라고 한 뒤 기파분대장생도가 잠시 부스럭거렸다. 그리고는 "치익~ 딱! 쑤와아…" 콜라 캔을 열 때 나는 특유의 소리가 생활관을 울렸다. "우와" 눈이 저절로 떠지고 입이 떡 벌어졌다. 8명의 분대원이 콜라 캔을 돌려가며 다음 동기가 마실 수 있도록 조금씩 나눠 마셨다. 어둠에서 보일락 말락 미소를 짓는 분대장 생도는 우리가 긴장을 풀 수 있도록 나름의 이벤트를 준비한 거였다. 편안한 분위기 속에 생도 생활에 대해 궁금한 것들을 물어보고 화랑관에서의 생활을 상상하며 힘을 낼 수 있었다. 분대장 생도는 기훈이 끝나면 또 다른 생활이 펼쳐지니 믿고 따라오라고 했다.(콜라 캔 따는 소리는 기훈을 통틀어 가장 행복한 소리였다.)

기파생도, 백테화이바들은 여러 면에서 참 신비한 존재였다. 밥은 먹는지 씻기는 하는지 잠은 자는지 온통 베일에 가려져 있었다. 늘 헬멧을 쓰고 있어서 눈썹 위의 생김새를 한 번도 보지 못했고, 어떻게 생겼는지 짐

작만 할 뿐이었다. 레이저 같은 눈빛은 매섭기도 하고 엄하기도 하며 아주 가끔 정감이 느껴졌다. 뒷모습도 꽤나 위엄있는 그들은 신입생도들에게 경외의 대상이기도 했다.

기훈의 마지막 날 저녁의 휴식시간에 기파생도들은 갑자기 우리를 한 곳에 모으더니 눈을 감으라고 했다. 무슨 일인지 어리둥절한 채로 서 있다가 눈을 뜨라는 말에 눈을 뜨자 '생전 처음 보는 사람들'이 앞에 서 있었다. 기파생도들이 백테화이바를 벗고 겸연쩍게 웃고 있었다.

'이럴 수가!'

'그 악독하고 무섭던 1분대장 생도님이 저렇게 귀엽게 생겼던 거야?'

'엄청 나이 들어 보일 것 같던 2분대장 생도님의 머리 스타일이 완전 고등학생이네!'

'눈으로 레이저를 마구 쏘는 원숭이 같던 3분대장 생도님이 저렇게 잘생기셨던 거야?'

'4분대장 생도님 머리 스타일, 원래 저런 거야?'

신비롭기만 했던 기파생도들에게 속아도 제대로 속았다. 이제껏 알던 그 기파생도들이 맞는지 혼란스러웠다. 우리가 깔깔깔 대며 자지러지는 소리와 기파생도들의 너털웃음이 백테화이바를 사이에 두고 만들어졌던 큰 벽을 스르르 허물어뜨렸다.

한바탕 웃는 시간을 가진 뒤에 인헌관을 떠나 사관생도들의 집인 화랑관으로 갈 것을 생각하며 기쁜 마음으로 짐을 싸고 있는데, 인헌관 광장에 모두 집합하라는 방송이 나왔다. 급하게 광장으로 나가 소대별로 대형을 갖추고 앞을 본채로 서 있는데 기파생도들은 한 명도 보이지 않았다. 갑자기 뒤쪽에서 발자국 소리가 들리기 시작했다. 슬쩍 눈을 돌려보니 백테화이바들이 줄을 맞춰서 좌우측의 계단으로 올라가고 광장 위쪽에서 우리를 감싸듯이 내려 봤다. '무슨 일이지? 무슨 행사가 있는 건가?'

한 기파생도가 어리둥절한 상황의 정적을 깼다.

"신입생도들이여! 여기 있는 기파생도들은 그대들과 함께한 지난 시간을 절대로 잊지 못할 거다. 며칠 뒤면 당당한 사관생도가 될 그대들이 너무나 자랑스럽다. 우리 기파생도들이 노래로, 그대들에게 작별 인사를 보내려한다. 67기 후배들아, 사랑한다!"

50여 명의 기파생도들이 한목소리로 노래를 부르기 시작했다. 그동안 많은 군가를 배웠다고 생각했는데 한 번도 들어보지 못한 노래였다. 가사와 음정이 점점 가슴에 파고드는 가운데 이리저리 눈을 돌리며 우리 분대장 생도를 찾았다. '저기 있다!' 그는 입이 찢어져라 노래를 부르고 있었다.

'작별이라니…. 많이 보고 싶을 거다. 기파생도들, 그 무섭고 엄하던 백테화이바들이… 좋다….'

어울려 지내던 긴 세월이 지나고
홀로이 외로운 세상으로 나가네
친구여 그대 가는 곳 사랑 있어 좋으니
가슴에 한 가득 사랑 담아 오소서
어느 때나 떠나간 후에도
친구들의 꿈속에 찾아오소서
젊음의 고난은 희망을 안겨 주리니
매화꽃 피어난 화원에 찾아오소서

〈그날 이후, 해바라기〉

셀 수 없는 만남과 헤어짐을 지켜봐 온 인헌관 광장은 또 다시 청년 사관들의 뜨거운 노래를 품었다. 어느새 아기 사자들의 덩치는 몰라보게 커졌고 튼튼해진 다리의 끝에는 날카로운 발톱도 자라났다. 기지개를 켜며 하품을 마친 두 눈에는 밝은 호롱불이 빛났다. 어미 사자들이 포효하는 노래를 듣는 눈가에는 물방울이 촉촉이 맺혔고, 고요하고 차갑던 태릉에는 매화향이 가득히 들어찼다.

제14화

화랑관

기파생도들이 불러준 노래의 은은한 여운을 품고 침대에 누웠다. 잠에서 깨어나면 화랑관으로 간다고 생각하니 기분이 홀가분하고 설레었다. 취침 방송이 나오는 동안에 마지막으로 우리를 챙겨주는 기파생도들의 모습에는 아쉬움의 그림자도 엿보였다. 옆에 누운 범준이가 나직이 말했다. "아 정말 끝나네!" 그래 정말 끝인가 보다. 아니 끝이다.

벌떡! 기상나팔 소리는 여전히 날카롭기만 했다. "기훈교육대 마지막 아침점호를 실시한다. 애국가는 1절!" 아침식사를 하고 돌아와 광장에 짐을 가지런히 모아놓고 인헌관을 깔끔하게 청소했다. 기초군사훈련 수료식을 하러 이동하며 군가를 열심히 불렀다. 생도대장님께서 입장하시고 행사가 시작되었다. "기초군사훈련 수료를 명(命)받았습니다. 이에 신고합니다!!" 강당이 떠나가라 경례를 외치고 군악대의 '장성곡'(각종 의식에서 장군들에게 경례를 할 때 연주되는 곡) 연주가 끝나자 기훈이 정말로 끝났다.

인헌관 광장에 놨던 물건이 없어졌다. 우리가 수료식을 하는 동안 선배 생도들이 화랑관으로 가져간 것이다. 화랑관 쪽에서 굉장히 여유로워 보이는 사람들의 무리가 짐을 잔뜩 들고는 인헌관 쪽으로 밀려오기 시작했다. 우리가 입학하면서 밀어내는 '5학년생도'들이었다. 그들 중에서도 덩치가 유달리 좋은 한 명이 광장이 떠나가라 소리 질렀다. "아~~~ 양로원이다!" 몇몇 5학년생도들은 우리를 보며 말을 걸었다. "온석들, 기훈 끝나니까 표정 되게 좋네? 근데 졸업은 입학보다 훨씬 더 힘들다~~ 크하하하하하하." 주변의 5학년생도들이 껄껄껄 웃고, 무슨 말인지 잘 이해하지 못한 우리는 어색하게나마 그들을 따라 웃었다.

　5학년생도들의 여유로운 모습은 기파생도들의 절제된 모습만 봐 오던 우리로서는 꽤나 큰 충격이었다. 마치 다른 세상에서 온 사람들 같았다.

　화랑관으로 가기 직전에 기파분대장생도들은 '언제 볼 진 모르지만 생도생활 잘 하라.'며 작별인사를 했다. 분대장 생도들이 소대 맨 앞에 나란히 서고 우리는 화랑관으로 출발했다. 백테화이바를 바라보며 따라가는 마지막 행진.

　화랑관 입구에 올라서자 사자굴 의식 때 그랬던 것처럼 선배생도들이 예복을 입고 우리를 맞이해 줬다. 그리고 광장에서 간단한 행사가 이어졌다. "화랑관 입성을 명받았습니다. 이에 신고합니다!"

　우리의 신고를 받은 연대장 생도가 엄청난 발성을 뽐내며 말했다. "신입생도 뒤로 돌아! 재교생도들은 신입생도들을 사랑과 애정으로 따뜻하게 이끌어 줄 것이며, 신입생도들은 선배생도들을 믿으며 열정과 패기를 가지고 생도생활에 임하라! 재교 생도, 신입생도, 상호 간에 경례!" 눈을 꾹 감고 목청 터져라 외쳤다. "충썽!"

　위풍당당하게 서 있는 선배생도들과의 상견례가 끝나고 중대 현관으로 이동했다. 훈육관님께서 4중대에 온 것을 환영한다고 말씀하셨다. 기파생도들은 한 명씩 백테화이바를 벗어 반납했고, 신입생도들은 한 명씩 이름이 불리면서 각자의 분대로 분류되었다. 불린 순서대로 맞춰 서라는 말에 2명의 동기와 함께 어떤 4학년생도의 뒤편에 맞춰 섰다. 훈육관님께서는 1학년생도들의 앞에 있는 4학년생도가 앞으로 한 학기 동안 함께하게 될 분대장 생도라고 말씀하셨다. 그런데 어찌된 일인지 기파분대장생도들도 우리 앞에 서 있었다. 기훈이 끝났다고 그들과 작별하는 게 아니었고, 우리는 그들의 장난에 제대로 속고 말았던 거다.

공식행사가 끝나자 4학년 1명, 3학년 2명, 2학년 2명이 반갑게 인사를 해 주었다. 3학년생도는 카메라를 들고 분대장생도와 함께 선 우리의 사진을 계속 찍어 주었다. 그는 어리둥절한 표정으로 어색하게 서 있는 우리를 보며 웃으라고 했다. 화랑관 3층의 한 생활관에는 같은 분대가 된 신화, 인형 그리고 나의 이름이 붙어 있었다. 처음 들어간 생활관은 인헌관의 그것과 비교되지 않을 정도로 아늑했다. 2학년생도들이 이미 짐을 정리하고 빨래까지 해 준 상태였다. 분대장 생도는 우리에게서 '기훈 냄새'가 난다며 얼른 씻고 오라고 했다. 3학년생도들이 그런 우리를 샤워장에 데려가서 함께 샤워를 하며 샴푸와 바디샴푸를 뿌려주었다. 한 달 넘게 비누만 쓰다가 드디어 선진문명을 접하게 된 우리는 감격에 겨워 신나게 씻었고, 몸에서는 오랜만에 산뜻한 향기가 났다.

침구류부터 교재, 가방, 신발, 노트북, 전자사전 등의 수많은 보급품은 2학년생도들이 챙겨주었다. 3학년생도들은 책상과 침구류를 정리해 줬다. 그들이 우리를 위해 땀 흘리는 동안 분대장 생도는 우리를 데리고 화랑관 이곳 저곳을 돌아다니며 소개해 주었다. 다정다감하고 목소리도 부드러운 분대장 생도를 따라 다니는데 갑자기 기파분대장생도 한 명이 체육복을 입고 지나가며 활짝 웃었다. 전투복을 입은 모습 말고는 본 적이 없었는데 정말 어색했다. '그가 웃으면서 말한다. 그가 우리를 보고 활짝 웃는다. 그가 다정하게 말을 건넨다.' 이런 날이 오리라고는 상상하지도 못했다.

　분대장 생도와 함께 저녁식사를 하러 갔다. 4학년생도들의 좌우측에 바짝 붙어서 식사하러 가는 다른 동기들이 모습이 새로웠다. 화랑관에서는 식판을 들고 자유롭게 배식할 수 있었고 직각식사를 할 필요도 없었다. 생활관에는 세면대가 있어서 편하게 양치할 수 있었고, 처음 뜯은 새 이불과 베개는 너무나 뽀송뽀송했다. 아무리 들어도 적응하기 힘든 라디에이터 소리가 요란하게 울리던 인헌관에서 모포를 덮고 자던 것과는 차원이 다른 화랑관의 환경이었다. 기훈 전에는 당연했던 모든 일들이 마치 프랑스 대혁명과도 같이 혁명적으로 느껴졌다.

　분대의 3학년생도 2명은 분대에서 부분대장의 역할을 맡는다고 했다. 부분대장 생도들은 분대 1학년생도 3명 각자의 집 전화번호를 묻고는 입학식 날 먹고 싶은 것과 부탁할 것을 적었다. 피자, 치킨, 콜라, 햄버거, 삼겹살…. 그동안 먹고 싶었던 모든 음식을 말하니 입에 침이 고였다. 부분대장 생도들도 덩달아 신난 것 같았다. 잘 생겼으면서 유쾌하기까지 한 부분대장 생도들에게서는 사관생도의 멋이 잔뜩 느껴졌다. 고등학교 친구들에게도 연락해 달라는 부탁도 했다. 아직 외부와의 연락이 허락되지 않은 우리를 대신해 그들이 집에 전화해 주었다. 모든 것을 세세하게 챙겨주는 선배생도들이 고마웠다. 마음 같아서는 핸드폰을 달라고 해서 여기저기 전화를 하고 싶었지만 며칠 뒤면 가족과 친구들을 만날 수 있기에 꾹 참았다.

취침 시간에 분대장 생도가 들어와서 직접 이불을 덮어 주었다. 발밑으로 이불을 집어넣어주니 바로 잠이 들 것 같았다. 오늘만큼은 아무 생각 없이 편히 자라고 말해 주는 그를 배웅하고, 옆 침대에 누운 동기들과 꿈이냐 생시냐를 놓고 옥신각신거리다가 잠들었다.

제15화

나를 외치다

기상나팔 소리가 울리자 침실 문이 열렸다. 기파생도인 줄 알고 깜짝 놀라 일어났는데 평소에 일어났던 곳이 아니라 화랑관에 와 있음에 마음이 놓였다. 말끔한 차림을 한 2학년생도들이 눈도 못 뜨고 있는 우리에게 아침점호에 집합하기 전에 해야 하는 것들을 하나씩 알려 주었다.

기상나팔 소리 뒤에는 우렁찬 군가가 아니라 상큼한 가요가 나왔다! 정말 신기하다. 화랑관 최고다. 한 곡이 끝나자 유쾌한 목소리로 방송이 시작되었다. "신입생도 여러분! 화랑관에서의 첫 아침을 축하합니다." 방송을 들으면서 간단히 세면을 하고 분대장 생도를 따라 중대 현관으로 나갔다. 맨 앞줄에 서 있는 4학년생도들은 확실히 여유 있어 보였지만 그들의 뒤에 선 우리 1학년생도들은 바짝 얼어붙어 있었다. 분대장 생도들은 그런 우리를 쳐다보며 연신 방긋방긋 미소를 지었다.

방송에 맞춰 화랑관 광장에 있던 모든 생도가 애국가를 부르고 중대별로 사관생도 신조를 제창하고 도수체조를 했다. 오전 일과에 대한 공지사항이 전파되고 분대원들과 함께 아침밥을 먹었다.

입학식 행사 연습 전에는 부분대장 생도들이 찾아와 근무복에 달아야 하는 각종 부착물을 달아주었다. 처음 신는 구두는 뒤꿈치가 딱딱했다. 허리에 탄띠를 두르고, 점퍼를 입고, 장갑을 끼고 무기고에서 총을 챙겨서 집합하기까지 정신이 하나도 없었다. 동기들도 넋이 나가 보이긴 마찬가지였다. 키가 큰 순서대로 맞춰선 상급생도들 사이사이로 1학년생도들의 위치가 지정되었다. (안타깝게도 나는 꽤나 뒤쪽에 서게 됐다.)

기훈이 끝날 무렵에 조금 배웠던 분열(퍼레이드) 연습을 정식으로 하게 된다고 했다. 황금빛 화랑 연병장에 가지런히 정렬하고 "좌우로 정렬!"이라는 중대장 생도의 한 마디에 앞 뒤 좌 우 대각선까지 칼로 잰 듯 정확한 대형이 갖춰졌다. 화랑대 누각에는 "육군사관학교 제67기 입학식"이란 플래카드가 걸려 있었다. 가족과 친구들에게 이 멋진 광경을 보여준다는 설렘을 가눌 수 없었다.

좌우측에 서 있던 2, 3학년생도들이 행사 순서에 맞게 행동하는 방법을 알려줬다. 방송으로 행사를 지휘하는 장교께서는 몇 번이고 행사순서를 반복하며 연습했다. 1학년생도들은 행사 중간에 주변 상급생도들에게 총을 넘기고 앞으로 나와 입학선서를 하고 다시 돌아가는 과정도 있었다. 모든 연습이 끝나고 분열을 하게 되었다. 1중대가 멋지게 팔을 휘두르면서 출발했다. 힘차게 행진하던 1중대의 깃발이 하늘로 치켜 올랐다가 땅으로 내리 꽂히며 "충! 성!" 우렁찬 경례 소리가 학교를 뒤흔들었다. 사열대에 있는 장교들은 분열대형이 어긋나는 것을 지적했다. 퍼레이드 장면을 넋 놓고 보고 있다가 우리 중대 출발신호에 정신을 겨우 차렸다. "중대! 분열 앞으로 갓!"

그렇게 몇 바퀴를 돌며 분열연습을 하자 총을 들고 있는 오른쪽 팔이 아파 왔다. 딱딱한 구두는 뒤꿈치 살을 벗겨내기 시작했고 조금씩 절뚝이는 동기들이 늘어갔다. 연습이 끝나고 돌아오자 부분대장 생도가 뒤꿈치에 반창고를 붙여주고 구두 뒷부분을 계속 주물러 부드럽게 해주었다.

저녁식사가 끝나고는 예복을 입고 집합했다. 마치 태극기를 연상시키는 아름다운 자태의 예복은 각종 의식과 행사, 중간 기말고사의 처음과 끝 시험을 치를 때에만 입는 명예롭고 특별한 옷이기도 하다. 머리에 하얀 깃털이 달린 모자를 쓰면 화려하고도 절도 있는 사관생도의 모습이 완성된다. 예복을 입은 상태에서는 음식을 먹지 않으며, 눈과 비를 맞히지도 않고 함부로 앉지도 않는다. 가슴팍에 박힌 금빛 단추들은 늘 깨끗하게 하고 단단히 고정시키며 하얀 구두 역시 깔끔하게 유지해야 한다.

2학년생도들에게서 명예를 상징하는 예모깃털과 노란색 어깨 견장을 받는, 육사의 명예와 전통을 이어나가겠다는 명예의식을 통해 우리는 사관생도로서의 자격을 갖추게 되었다. "나는 대한민국 육군사관학교 생도로서 사관생도 신조 및 도덕률을 준수하고 명예에 관한 나의 책임을 다할 것을 엄숙히 선서합니다."

: : 사관생도 도덕률
하나, 사관생도는 진실만을 말한다.
둘, 사관생도의 행동은 언제나 일치한다.
셋, 사관생도의 언행은 언제나 공명정대하다.
넷, 사관생도는 부당한 이득을 취하지 않는다.
다섯, 사관생도는 자신의 언행에 대하여 책임을 진다.

입학식 날의 해가 밝았다. 지난 밤 2학년생도들은 우리의 예복을 가져가 새벽 1시가 넘을 때까지 바느질을 하며 견장을 달아 주었다.(2학년생도가 1학년생도를 챙겨주는 일종의 전통이다.) 아침에 입학식 예행연습을 한 번 더 한 뒤 예복을 입고 집합했다. 얼마 전까지 조용하던 화랑 연병장 쪽에서 "학부모님들은…"이라는 안내방송이 메아리쳐 들렸다.

연대장 생도의 출발 명령이 떨어졌다. 연대본부 뒤에 1대대 본부 그리고 1중대가 뒤따랐고, 생도들은 위풍당당하게 걸어갔다. '황홀하다.' 나도 그 대열에 포함되어 있다는 사실이 믿기지 않았다. 화랑관 입구를 지나자마자 방문객들이 우리를 보며 박수쳐 주었다. 화랑연병장에 다가갈수록 더 많은 사람들이 모여 있었다. 꼬마아이들은 우리를 손가락으로 가리키며 신난 듯이 소리를 꽥꽥 질렀다. '얘들아, 나도 신난다! 히히!'

많은 분들이 화랑연병장 주변을 꽉 메웠다. 4중대 팻말 주변에서 친구 현석이의 긴 머리가 한눈에 보였다. 키가 멀대같이 크고 머리통마저 긴 그의 존재가 굉장히 고마웠다. 그의 주위에는 고등학교 친구들이 서 있었고 아버지, 어머니, 누나도 보였고, 당장에라도 손을 흔들어 나의 위치를 알리고 싶었다. 40여 분의 행사가 끝나고 드디어 분열! "분열 앞으로 갓!" 군악대의 북소리에 발을 맞춰 힘차게 행진했다. "우로 봣!" "충! 성!"

가족을 눈앞에 둔 우리 1학년생도들의 목소리가 유독 컸다. 나는 너무 흥분한 나머지 혼자 앞으로 튀어나가서 옆에 있던 2학년생도에게 주의를 받기도 했다.

분열이 끝나고 도착한 중대 현관. 중대장 생도가 앞으로의 시간 계획을 말해 주었고 우리는 총을 반납한 뒤 회색빛 정복으로 갈아입었다. 가족들이 화랑관으로 오기까지 시간이 얼마 남지 않아서 2, 3학년생도들이 옷을 갈아입는 것을 도와주었다. 현관 앞에 1학년생도 30명이 모여 서자 선배생도들이 우리를 둘러싸고 벽을 만들었다. 중대 깃발을 뒤따라 화랑관 입구에서부터 사람들이 몰려왔고, 중대 앞에 가족들이 도착하자 중대장 생도가 군가 자세를 시키더니 〈어머니의 마음〉을 부르게 했다.

"나실 제 괴로움 다 잊으시고, 기르실 제 밤낮으로 애쓰는 마음… 하늘 아래 그 무엇이 높다 하리오. 어버이의 은혜는 가이 없어라."

평소에 불러도 먹먹해지는 그 노래가 끝나자 선배생도들이 쏜살같이 사라지고 그 보고 싶던 얼굴들이 눈에 들어왔다. 상봉. 활짝 웃으면서 만나리라 그리 다짐했건만 어머니께서 눈물지으며 다가오시는 모습에 나도 모르게 왈칵, 울컥, 눈물이 주르륵 났다.

5주 전 철부지 고등학생이었던 나는 어느새 육군사관생도가 되어서 어머니를 꽉 안아 드렸다. 아버지와 누나도 눈물을 훔쳤다. 친구들은 옆에서 "메대갈"이라는 별명을 부르며 놀려댔다.(이놈들. 분위기 파악도 못하고…) 그래도 이렇게 찾아와 줘서 참 고마웠다. 못 본 사이에 머리카락을 많이 기르고 진하게 염색한 친구도 있었다. 민둥산이 되어버린 내 구레나룻을 보며 놀려대는 그들을 죄다 내 머리로 만들어 버리고 싶었다.

다행히 혼자만 눈물 흘린 건 아니었다. 화랑관 전체가 감동의 눈물바다가 되었다. 분대장 생도와 2, 3학년 분대원들이 앞으로 우리를 잘 이끌어 주겠다며 가족들에게 인사했다.

화랑관으로 들어가 부모님께 생활공간을 보여드리니 기뻐하셨다. 씩씩하게 "다, 나, 까"로 말을 하고, 주먹을 꽉 말아 쥔 모습을 신기해하셨다. 주먹을 풀면 안 되냐는 누나의 말에 "생도는 주먹을 풀면 안 됩니다."라고 말하자 엄청 어색해했다. 친구들은 그런 나를 보고 또 놀려댔다.

집에 있던 견공, 뚜리도 몸소 와 주었다. 차 안에서 망중한을 즐기던 그는 나를 알아보곤 광기의 몸부림을 치며 발악했다. 그를 두 손으로 들자 정신없이 혀를 날름거리며 내 입술을 훔쳤다. '나도 네가 많이 보고 싶었어.'(그는 2016년 3월 24일에 14년여의 생을 마감하고 하늘나라로 떠났다.)

훈육관님의 간단한 인사 말씀을 듣고 식당으로 가서 부모님께서 준비해 오신 많은 음식을 친구들과 함께 배불리 먹었다. 오후 5시까지 주어진 면회시간에는 가족과 함께 학교를 돌아다녔다. 기파생도들 그리고 동기들과 함께한 순간들을 고스란히 전달하고 싶었지만, 어디서부터 어떻게 말해야 할지 막막해서 말이 잘 나오지 않았다. "힘들었지만 좋았어요."라고 요약하기에는 지난 기훈이 너무나 소중하고 특별한 경험이었다.

시간은 항상 아쉬울 때 끝난다. 가족과 친구들은 다시 면회 올 것을 약속하며 서운한 듯이 나를 쳐다보는 뚜리를 데리고 집으로 가셨다. 꿈만 같던 하루가 그렇게 지났다. '아버지처럼 훌륭한 군인이 되고 나아가 대한민국이 필요로 하는 리더가 되고 싶어서 지원했습니다.'라는 동기로 도전을 시작했던 고등학교 시절의 그때부터 입학식까지… 그토록 바라던 사관생도가 되었다.

기훈 내내 우리와 가족들에게 큰 위안을 주었던 노래가 있었고, 그 노래는 우리 기수의 '암묵적인' 대표곡이 되었다. 동기들과 노래를 흥얼거리며 지난날을 가슴 속에서 되새김질했다. 그리고 나를 외쳤다.

새벽이 오는 소리 눈을 비비고 일어나

곁에 잠든 너의 얼굴 보면서

힘을 내야지 절대 쓰러질 순 없어

그런 마음으로 하루 시작하는데

꿈도 꾸었었지 뜨거웠던 가슴으로

하지만 시간이 나를 버린 걸까

두근거리는 나의 심장은

아직도 이렇게 뛰는데

절대로 약해지면 안 된다는 말 대신

뒤처지면 안 된다는 말 대신

지금 이 순간 끝이 아니라

나의 길을 가고 있다고 외치면 돼

나의 길을 가고 있다고 외치면 돼

〈나를 외치다, 마야〉

함구령

"오늘부터 눈으로만 말해!"

2월 어느 날 아침. 교육 장소로 이동하기 위해 집합했다. 마침 앞에는 소대 대표 장난꾸러기 하병욱 생도가 서 있었다. 기파생도들의 감시가 소홀한 틈을 타 갑자기 손을 뒤로 뻗더니 내 옆구리를 툭 건드리고 모른 척했다. '이 녀석 봐라…' 나는 그의 오른쪽 뒷머리 부근으로 고개를 숙여 바람을 후~ 하고 불었다. 그런데 1분대장 생도에게 그대로 들켜버렸다. 1분대장 생도 주변 2m를 벗어나지 말고 따라오라는 벌이 주어졌고, 그는 뛰기 시작했다. 천천히 군가를 부르며 걸어가는 동기들을 뒤로하고 분대장 생도의 뒤꽁무니를 헐레벌떡 뒤쫓아 갔다. 모든 동기들이 지켜보고 있어서 부끄러웠다. 어떻게든 그를 따라잡고 이 순간을 끝내버리고 싶었다. 하지만 몸은 마음을 따라가지 못했고 2미터는커녕 20미터를 따라가기도 힘들었다. 먼저 장난을 걸어온 병욱이가 야속하고 밉살스러웠다.

분대장 생도는 더 강하게 혼내주고 싶은 눈치였다. 천만다행히도 교육 시간이 다 되어서 10분 만에 멈출 수 있었다. 온몸이 축축이 젖고 가슴이 벌렁벌렁 뛰며 입에서는 약간의 단내도 느껴졌다. 그는 힘들지도 않은지 숨도 헐떡이지 않았다.

"너는 지시가 있을 때까지 말하지 마라. 묻는 말에 대답도 하지 말고 눈으로만 대답해. 입도 뻥긋하지 마!"

청천벽력 같은 지시다. 그전에도 약간의 장난기를 보였던 게 쌓이고 쌓였나 보다. 교육 장소에 들어가자 몇몇 동기들이 안쓰러운지 위로를 해준다. 씩 웃으며 괜찮다고는 했지만 마음은 혼란스럽기만 했다. '내 생도생활은 시작하기 전부터 꼬여버리는 걸까?'

입을 닫고 눈으로만 말하라는 함구령은 다른 분대장 생도들에게도 전해졌고, 어느 누구도 내게서 대답을 바라지 않았다. 저녁시간에 화장실에서 병욱이와 소변기를 이웃하고 서게 되었다. 그는 나를 슬쩍 둘러보더니 피식 웃음을 지었다. 얼마나 얄미운지. '이 녀석 때문에 내가…'

서로의 장난기가 유독 잘 맞았기 때문에 악의는 들지 않았지만 뒤집어지는 속마음을 억누르기 힘들어 씁쓰름한 웃음으로 화답했다. '넌 나중에 두고 보자.'

함구령은 하루면 끝날 줄 예상했다. 늦어도 다음날 아침에는 끝날 줄 알고 최대한 반성하는 표정을 하며 지냈다. 다음날, 다다음날. 3일 동안 함구령은 풀리지 않았다. 반성하다가도 때로는 원망하기도 했다. 하지만 1분대장 생도의 이글거리던 두 눈에서 나를 진정한 사관생도, 장난기를 억누르고 상황에 맞게 행동을 조절할 수 있는 후배로 만들어 주겠다는 의지를 보았다. 동기들 앞에서 많이 부끄럽고 위축되었지만 꾹 참으며 견뎠다.

시간이 지난 지금도 이 이야기가 나오면 병욱이는 약 올리며 즐거워한다. "야! 나처럼 들키지 않게 잘 했어야지. 들킨 게 잘못이지! 븅신!"

에라이 이 녀석, '말도 못하게' 고맙다.

제2부

배움, 1학년

제 0 1 화

졸업식 연습

　입학식이 끝나고 본격적으로 시작된 생도생활. 분대장생도의 도움으로 생도대가 어떻게 운영되는지 조금씩 감을 잡아갔다. 생도연대는 연대본부와 2개의 대대가 있고, 각 대대에는 4개의 중대가 있다. 중대는 4개의 소대 그리고 소대는 3개의 분대로 구성된다. 모든 생도는 학년에 따라 소속과 직책을 갖게 되는데 4학년생도는 분대장, 소대장 등의 지휘자와 중대장, 대대장, 연대장의 지휘관 그리고 참모 직책을 맡아 생도대를 이끈다. 3학년생도는 부분대장생도 혹은 중대참모 직책을, 2학년생도들은 중대 기수생도를 제외하고는 분대원의 직책을, 1학년생도는 분대원의 역할을 맡는다. 군대 조직과 동일한 위계질서가 특징이다.

　화랑관에서는 중대별로 구역을 나눠서 생활하며 중대장생도가 1~4학년생도를 이끌고, 부중대장생도와 행정 및 보급 등의 업무를 담당하는 참모생도들이 중대장생도를 돕는다. 또한 중대원의 투표를 통해 선출된 명예위원 생도는 명예규정 전반에 대해 생도들을 교육하고 그 구심점 역할을 맡는다. 4학년생도들은 경험을 토대로 1, 2, 3학년 후배들에게 많은 조언을 해 주는데, 갓 입학한 1학년생도들은 4학년생도에게서 풍겨지는 특유의 여유와 범접할 수 없는 위엄을 동시에 느끼기도 한다.

중대에서는 방송과 게시판을 통해 전파되는 일정과 전달사항 그리고 학년별로 신경 써야 할 것을 수시로 확인해야 하고, 제대로 확인하지 않아서 발생한 모든 일에 대한 책임은 스스로 져야 한다. 1학년생도들은 갖가지 보급품 세탁 물품 교과서 분배, 분리수거장 공용구역 식당 청소 등의 다양한 일을 하기 위해 자주 집합했다.

사관생도들은 일정에 따라서 모두 같은 옷을 입는데, 통제를 잘못 이해하고 다른 옷을 입으면 황당한 일이 벌어지기도 한다. 분대 2, 3학년생도들이 수시로 들어와서 그런 부분을 짚어주는 동시에 학업 준비, 10여 가지 넘는 옷가지의 종류별 정돈 방법과 복장별 행동 요령, 각종 물건의 위치, 그리고 외워야 하는 군가 등에 대해 꼼꼼히 가르쳐 줬다. 쏟아지는 교육 내용을 빠트리지 않고 익히는 것이 꽤나 벅찬 1학년 초반이었다.

입학식이 끝난 다음날부터 생도대의 모든 일정은 5학년생도라고도 불리는 선배생도들의 '졸업 및 임관식'에 맞춰졌다. 1년 동안 학교에서 열리는 많은 행사들 가운데에서도 가장 중요하고 규모도 큰 졸업식에는 2년에 한 번씩 대통령께서 오시는데, 올해는 국방부장관님 주관으로 열린다고 했다. 훈육관님께서 입학식 때의 수준으로는 절대로 졸업식 행사를 치를 수 없다며 정신을 똑바로 차리고 수준을 올리라고 엄포를 놓으셨고, 4학년생도들도 바짝 긴장한 채 연습을 시작했다. 100여 명의 생도가 오른팔로 총을 들고 왼팔은 똑같은 속도와 높이로 움직이며 앞과 옆 그리고 대각선 줄을 맞춰 걷는 것을 분열(Parade)이라고 한다. 연대장생도의 지휘에 따라 분열연습이 시작되면 멈추라는 지시가 있을 때까지 범무천 주변도로를 뺑뺑 돌아야 했다. 훈육관님과 연대본부생도들은 각 중대의 분열을 수시로 검사하고 지도했다. 검은색 구두를 신고 다람쥐가 쳇바퀴를 돌 듯이 아스팔트 도로를 걷다 보면 발바닥과 무릎 그리고 허리에 피로가 쌓였고, 총도 점점 무겁게 느껴졌다.

중대 3학년생도들은 버뮤다 삼각지대처럼 범무천 사각지대에 빨려 들어간 생도들을 위해 짧은 상황극, 훈육관님 흉내 내기, 개그 프로그램 혹은 연예인 패러디 등의 이벤트를 준비했고, 중대원들에게 웃음을 안겨주며 분열연습의 흥을 돋우었다. 재미있게 개사한 노래들을 다 같이 부르기도 하면서 다른 중대와 비교해 누가 더 재미있는지 겨루기도 했다. 3, 4학년생도들은 주머니에 사탕과 초콜릿을 가득 챙겨 왔고, 수시로 1, 2학년 후배생도들의 입에 넣어주었다. 힘들지만 즐거운 분위기를 만들려는 선배들의 따뜻한 마음을 느끼는 중에도 분열할 때는 집중해야만 했다. 웃음기를 모두 없애고 연습에 몰두하는데 분위기를 파악하지 못 하고 정신을 놓고 있다가는 뒤로 열외 당해서 진땀을 빼는 경우가 생기기도 했다. 분열 수준이 좋지 않을 때는 분위기가 험악해지기도 했지만, 모두가 힘든 시기인 만큼 최대한 즐겁게 연습하기 위해 특히 3, 4학년생도들이 많이 노력했다.

연습을 한 지 3시간이 지나면서부터는 마치 행군하는 것처럼 발바닥이 아파오고 아무런 생각도 나지 않았다. 단지 '둥. 둥. 둥.' 1초에 60번씩 울리는 북소리에 발을 맞추며 걷는 무의식적인 행동만 이어졌다.

1시간마다 주어진 휴식시간에는 중대원들의 소총을 한데 모아 반듯하게 세워놓고, 분대원들과 둘러앉아 빵과 음료수를 먹었다. 각 학년 동기회 생도들이 간식을 챙겨왔다. 그들은 '빵생도'라고 불렸고, 분열연습을 할 때면 빵생도들이 얼른 와 주기만을 바라는 순간이 많았다. 분대장생도는 졸업식 연습 기간이 분대원들과 가장 많은 추억을 쌓을 수 있는 시간이라고 했고 특히 우리 1학년생도들과 많은 시간을 보내려 했다.(때로 분대장생도는 본인이 가리킨 4학년생도에게 달려가서 때리고 도망오라는 짓궂은 장난–주로 어택(attack) 이라고 표현한다–도 시켰다. 1학년생도 입장에서 매우 당황스러운 일이지만 그런 장난을 통해 처음 본 선배생도와 서로의 얼굴을 알게 되고, 훗날에는 그때를 추억하며 친해지는 경우가 많았다.)

점심식사를 하고 나서는 모두 30분 동안 낮잠을 자라는 고마운 지시가 나오기도 했다. 오후에는 오전과 똑같이 분열연습을 하다가 화랑연병장으로 들어가서 5학년생도들과 함께 행사순서를 연습했다. 생도들은 '선구자'라는 노래를 멋지게 부르며 화랑연병장으로 들어오는 5학년생도들을 선망의 눈빛으로 바라봤고, 특히 4학년생도들이 많이 부러워하는 눈치였다. 어떤 경우가 있어도 손끝 하나 움직이지 말고 서 있어야 한다는 게 걷는 것보다 몇 배는 힘들다는 사실을 깨닫기까지는 오랜 시간이 걸리지 않았다. 오전에는 그만 걷고 싶다는 생각뿐이었는데 오후에는 정말로 걷고 싶어졌다. 졸업생도들이 한 명씩 단상에 올라가 졸업장을 수여받고 귀빈들과 악수하는 30여 분은 압권이었다. 지쳐 쓰러지거나 졸다가 고꾸라지는 일이 없도록 양 옆의 생도들과 잡담을 나누거나 끝말잇기 게임을 하며 어떻게든 그 시간을 버텨야 했다. 1부 행사의 막바지에 분열을 하기 위해 굳어 있던 몸을 움직이는 순간에는 '으윽', '윽', '헉', '악', '아이고' 하는 처절한 소리가 여기저기서 들리고 절뚝거리며 걷는 생도들도 많았다.

2부 화랑대의 별 행사에서는 재교생도들이 화랑 연병장에 큰 별과 테두리를 만들고 졸업생도들은 별 안에 육군 소위를 상징하는 다이아몬드를 만드는 퍼포먼스가 이뤄진다. 연습 중간 중간에 졸업생도들과 인사를 나누고 대화도 하게 되는데 '하늘같은' 분대장생도가 그들에게 깍듯이 예의를 갖추는 모습이 신기했다. 졸업생도들은 비교할 수 없이 높은 차원에 있는 사람들 같았다.

2부 연습까지 끝나곤 화랑 연병장을 돌면서 분열연습을 했다. 범무천 주변에서 연습할 때와 다르게 긴장한 나머지 실력이 나오지 않는 경우가 많았다. 훈육관님들이 '합격한 중대는 먼저 화랑관에 가서 쉬게 해 준다.'는 파격적인 조건을 내걸자 모든 중대가 필사적으로 연습했다. "1중대 불량, 한 바퀴 더". "2중대 불량, 한 바퀴 더" 몇 번을 반복해도 합격한 중대가 나오지 않았다. 중대장생도들이 단상으로 불려가 훈육관님께 꾸지람을 들은 뒤에도 연습은 이어졌고, 오후 5시가 되어 하루일과가 끝나서야 연습도 끝났다.

고생 많았다는 중대장생도의 격려가 끝나고 4학년생도부터 학년 순서대로 생활관에 들어갔다. 연습이 끝나곤 샤워를 하고 분대원들과 저녁을 먹고 PX에 가서 과자를 신나게 먹고 오는 경우가 많았다. 1학년생도들에게 주어진 몇 가지 일을 하고 저녁 점호까지 끝내면 밤 10시가 조금 넘었다. 그때가 되면 눈이 빨갛게 충혈되고 머리를 베개에 대기만 하면 바로 잠들 수 있는 정도가 되었다.

가족과 친구를 생각할 겨를은 하나도 없었다. 학교의 빡빡한 일정에 몸을 맡기면서부터는 학교 바깥의 다른 일이 잘 생각나지도 않았고, 빨리 졸업식이 끝나면 좋겠다는 생각만 들었다. 기초군사훈련을 끝내자마자 시작된 졸업식 연습이 힘들긴 했지만 괴롭거나 답답하기보다는 평생 처음 접해 보는 일들에 대한 설렘이 더 컸다.

"아까 부분대장생도들 진짜 웃기지 않았나?"

"5학년생도들, 진짜 뭔가 포스가 다르더라."

"근데, 우리도 나중에 졸업식 할 수 있겠지?"

"하, 그날이 올까? 크크크."

각자의 침대에 누운 동기들과 대화하다가 스르르 잠든 시간, 3학년생도들은 중대홀에 한데 모여 다음날 중대원들을 웃겨줄 이벤트를 준비하는데 여념이 없었다. 뭐가 그리 좋은지 깔깔깔 거리는 부분대장생도들의 웃음소리가 화랑관 복도에 은은하게 퍼졌다.

제 0 2 화

끝과 시작

화랑연병장의 거대한 별.

천여 개의 하얀색 깃털 모자가 동시에 물결치며 2부 행사의 마지막 순서
인 '무락카 구호'가 끝났다.

졸업생도들은 환희에 휩싸여 세상 모든 행복을 품은 듯한 표정을 한 채
재구상을 향해 날쌔게 뛰어갔다. 재구상에 화환을 던져 걸면 군 생활에서
승승장구한다는 속설에 따라 목에 걸고 있던 화환을 열심히 던졌다. 4학
년생도들은 부러운 시선으로, 3학년생도들은 무덤덤한 표정으로, 2학년
생도들은 애써 눈물을 참으며, 갓 입학한 1학년생도들은 신기한 표정으로
요란하게 무락카를 외치며 광란의 뒤풀이를 하는 그들을 바라봤다. 졸업
생도들의 가족과 친지들은 흐뭇하고 뿌듯해하며 연신 사진을 찍었다. 2학
년생도들은 유독 눈물을 흘리며 1년 간 끈끈한 추억을 쌓은 '분대장'들을
떠나보냈다. 김태경 분대장생도는 우리 1학년들을 바라보며 "너네는 내년
에 울지 마라~!"라고 했다. 이제 소위가 된 졸업생도들은 "얘들아 꼭 졸업
해라!"라는 말을 몇 번이나 강조하면서 가족들과 함께 간성문 밖으로 나
갔다. '4년의 생도생활을 끝내면 어떤 느낌일까??'

행사 준비 막바지 단계에서 예복을 입고 연습할 때는 쉬는 시간에도 함부로 앉을 수 없었고, 매섭게 차가운 바람은 얼굴과 귀 그리고 발등까지 몸 구석구석을 뚫고 지나가며 옴짝달싹 못하고 서 있는 우리를 고문했다. 졸업 생도 전부의 이름을 몇 차례나 들었던지. 시상식은 왜 그렇게 긴지. 앞뒤좌우에 있던 선배생도들은 쓰러지지 말라고 말을 걸어주고, 동상에 걸리지 않게 발과 손을 꼼지락거리라며 조언해 주어서 겨우 버틸 수 있었다.

재교생도들은 졸업식이 끝나자마자 체육복으로 갈아입고 연병장에 흩뿌려진 반짝이를 줍기 위해 다시 화랑연병장에 모였다. 힘들게 준비한 행사가 순식간에 끝나버려서 허무하기도 했지만 큰 탈 없이 끝났다는 사실이 뿌듯했다. 훈육관님께서는 저녁에 중대원을 모아놓고 고생 많았다며 격려해 주셨고, 4학년생도들도 각자의 분대를 챙기며 힘을 북돋아 주었다.

누군가의 생도생활이 끝났다는 것은 누군가의 생도생활이 시작되는 것을 의미했다. 앞으로 다가올 날들을 생각하니 막연하고 두려우면서도 설레었다.

특수목적대학교로 설립된 육군사관학교에서는 군사훈련뿐 아니라 정규 대학교 과목을 가르친다. 학년과 학기별로 이수해야 하는 학점에 따라 수강과목과 시간표가 개인별로 통보된다. 분대 2학년생도들은 우리를 위해 교과서에 이름을 붙여 주고 시간표도 만들어서 필통에 붙여 주고 과목별로 필요한 출력물도 인쇄해 주었다. 입학식 전부터 우리를 챙겨준 분대 2, 3학년생도들에게 "감사합니다!"라고 하면 그들은 "너희도 내년에 후배들 챙겨주면 되는 거니까 고마워할 것 없다."라고 했다.

시간표를 받아 보고는 좌절했다. 미분적분 과목에 대한 막연한 두려움 때문에 고등학교 1학년 때 문과를 선택했었는데 육사에서의 첫 수업이 '미분적분학'이었다. 2학년생도가 가져다 준 미분적분학 교과서를 바라보니 덜컥 겁이 나고 펼쳐볼 엄두도 나지 않았다. 작년에는 학점을 이수하지 못해 여름휴가를 가지 못한 생도도 몇 명 있다고 했다. 수업을 시작하기도 전에 심장이 쪼그라들었다.

한 학기 동안 배울 7과목 중에는 미분적분학 말고도 화학이 포함되어 있었다. 문과에게는 가혹한 과목편성이었다. 역시 문과였던 2학년생도는 더 절망하라는 듯이 놀렸다. "걱정하지 마~ 2학년 때는 물리, 토목공학, 기계공학, 전자공학도 있으니까. 크하하하! 아, 근데 나도 큰일 났네. 아…" 정말이지 큰일 났다. '지금이라도 집에 가야 하는 건가? 2학년생도에게 같이 가자고 해야 하나?'

첫 수업을 하는 날, 2, 3, 4학년생도들이 자율적으로 아침 수업을 받으러 가는 것과 달리 1학년생도들은 중대별로 대형을 만들어서 군가를 부르며 충무관으로 갔다. 지휘근무를 맡은 선배생도들은 1학년생도들의 대형을 따라가며 잘못된 부분을 지도했다. 분대장생도는 충무관 입구에서 우리를 기다리고 있다가 교반(교실)까지 데려다 줬다. 같은 중대가 아니고는 볼 기회가 거의 없었기 때문에 교반 동기 대부분과는 처음 만나게 되었고, 서로 어색해하며 인사를 나눴다. 장교 정복을 입으신 교수님께서 들어오셔서 자기 소개를 하셨다. 대부분의 교수님은 국내외 유수대학에서 석 박사 학위를 받고 교편을 잡은 육사 선배님들이었다.

국사, 심리학, 영어, 철학, 화학, 미분적분학 그리고 군사학까지 과목별 첫 시간에는 한 학기 수업의 큰 틀을 알게 되었다. 16주 동안 수십 번의 수시시험, 몇 번의 발표 수업 그리고 중간 기말고사가 있을 예정이었다. 1주일에 3번씩 있는 체육 수업은 태권도와 육상 수업으로 채워졌고 수요일 오후에는 동아리 활동을, 금요일 오후에는 화랑의식과 단체 뜀걸음을 한 뒤

생활관 검사를 받게 되었다. 매일 오후 5시부터는 개별적으로 3~5km를 달리고 체력 단련을 해야 했고, 수첩에 1주일의 일정을 적어 보니 꽤나 빡빡하게 채워졌다.

두 번째 시간부터 본격적으로 수업이 시작되었다. 철학시간에는 기계에 점령당한 인간세상을 묘사한 SF영화 〈매트릭스〉를 보았다. 영화가 끝나자 교수님께서는 주인공이 처한 상황을 '시뮬라시옹'이라는 철학 개념과 연관지어 설명하시면서 "생도들은 빨간 약 먹을래요, 파란 약 먹을래요?"라고 우리에게 질문하셨다. 그동안 주인공(키아누 리브스 분)이 멋지게 총알을 피하는 등의 액션영화로만 알아왔던 매트릭스가 철학적 의미를 담은 영화였다니 놀라웠다. '저, 저, 저거, 도대체 무슨 소리지?' 교수님께서는 정말 쉽게 설명해주시는 것 같은데 무슨 이야기인지 이해되지 않았다. 서울대에 합격하고도 기훈을 수료하고 생도가 된 동관이는 뭔가 깊이 이해했는지 고개를 연신 끄덕였다.(그는 박학다식하여 '박사'라고 불리었다. 교수님의 말씀에 일단 고개부터 끄덕인 거라고 한 그를 처음에는 믿을 수 없었지만, 하위권에서 동기들을 지탱해 준 그의 철학점수를 보고는 진실된 '헛박사'였음을 알게 되었다.)

미분적분학 과목은 우려했던 대로 고난의 연속이었다. 교수님께서는 문과생들을 배려하셔서 최대한 천천히 진도를 나가겠다고 하셨다. 함수의 극한과 연속이라는 단원부터 배워나가는데 개념이 쉽게 잡히지 않았다. 이과에서 문과로 전과한 동기들이 쉬는 시간마다 설명해 줘도 이해하는 데 오래 걸렸다.

충무관과 화랑관을 오가고 체육수업까지 받으며 정신없이 지내다보니 1주일이 훌쩍 지나갔다. 지친 몸을 침대에 뉘어 꿀잠을 자다보면 또 다시 기상나팔 소리가 요란하게 울리고 아침 점호에 나가 애국가를 부르고 있었다. 매일 아침 충무관으로 공부하러 갈 때면 모든 생도가 빠짐없이 부르는 노래가 있다. 군가 '맹일병'을 개사한 '명랑한 생도생활'이란 노래다.

새벽이슬 맞으면서 학출 나갈 때

수줍은 듯 초생달은 꽃님이 생각

창밖에 까치가 울던 날 아침

천리 길도 마다않고 찾아온 꽃잎이

라라라라라~ 라라라라라~ 명랑한 생도생활~!

〈명랑한 생도생활〉

　동기들과 함께 노래를 부를 땐 힘이 불끈 솟다가도 미분적분학을 생각하면 한없이 위축되었지만, 언젠가는 '화랑대의 별'이 되고자 생각하며, 매일 아침 화랑대로를 명랑하게 걸어갔다.

명예시험

　점심시간에 생기는 이삼십 분의 여유 시간에는 보통 오후 수업을 준비하고 복장을 다듬는다. 개별적으로 학교에 갔던 오전과는 달리 중대별로 분열연습을 하며 충무관으로 이동한다. 지휘근무생도들은 생도들이 복장을 깔끔하게 입었는지, 두발 상태는 괜찮은지, 구두는 깨끗하게 닦았는지 등을 점검한다. 이때 상태가 좋지 않아서 벌점을 받게 되면 기분이 좋지 않다. 벌점의 누적은 곧 '주말보행'으로 이어지기 때문이다. 그래서 집합하기 전에 거울을 자주 보며 옷매무새를 말끔히 하려고 더 노력한다.

　연대장생도가 명령을 내리고 출발하면 군악대에서 큰북을 치기 시작한다. 생도생활이 아무리 지치고 힘들어도 북소리를 들을 때면 뭔지 모를 힘이 샘솟기도 한다. 점심시간에 분열을 하다보면 단체로 견학 온 유치원생이나 초중고생들과 마주치는 경우가 자주 있다. 그들이 우리를 쳐다보며 신기해할 때면 왠지 어깨가 으쓱해지고 뿌듯한 느낌도 들었다. 특히 노란색 옷을 입은 유치원생들에게 손을 흔들며 인사하면 그들은 방방 뛰며 신나했다. 꼬마 친구들의 해맑은 모습은 우리의 기분을 저절로 밝게 해 줬다. 하지만 분열대형에서 어긋나거나 동작을 맞추지 못하면 지적당하기 일쑤였다. 따로 열외당해서 교육받고 시무룩해진 상태로 오후수업을 듣는 일도 가끔 생겼다. 일단 분열을 잘해야 여러모로 편안한 생도생활을 할 수 있다는 부분대장생도의 말이 특히 와 닿는 순간이었다.

　과목별로 차이가 있지만 한 학기의 성적은 수시시험(4~10회), 발표(2~4회), 리포트(1~5회) 점수 30%, 중간고사 점수 30%, 기말고사 점수 40%가 반영되어 정해졌다. 말 그대로 수시로 보는 수시시험은 단원의 내용을 점검하는 간단한 쪽지시험이었다. 시간이 훌쩍 흐르고 맞이한 생도생활의 첫 시험. 기초군사훈련 때 잠시 맛본 것처럼 육사에서의 모든 시험은 명예시험이었다. 첫 수시시험을 치르는 1학년들을 위해 중대 명예위원생도가 명예시험 간 지켜야 할 내용을 교육해 주었다. 아침식사를 하면서도 분대장생도가 시험 때 특별히 조심하라고 당부했다. 오전 학과 출장 직전에는 훈육관님께서도 명예시험의 중요성을 교육하셨다. 명예시험은 그만큼 중요한 제도 중 하나였다. 사관생도가 고도의 명예심을 기르고 정의롭지 못한 행동을 스스로 절제하게 하는 등 다양한 목적을 지닌 명예시험제도는 4년 동안 모든 시험을 감독관 없이 치르는 것을 골자로 한다. 명예의 의미를 되새기기 위해서 매학기 중간 기말고사의 첫 시험과 끝 시험은 중요한 행사가 있을 때만 입는 예복을 입고 치르게 된다. 사관생도의 명예를 지키겠다는 의지의 표현이기도 하다.

　교수님께서 시험지를 분배한 뒤 교반장생도가 "명예시험 시작!"이란 구령을 내리면서 시험이 시작되고 교수님은 밖으로 나가신다. 시험지에 이상은 없는지 확인할 때를 제외하고는 교수님이 들어오는 일이 없고, 시험이 끝날 무렵에야 들어와서 시험지를 걷어간다. 책상 위에 아무런 표식도 없어야 하고 서랍에는 종이나 책이 있어선 안 된다. 교반장생도가 "시험 끝 연필 놔!"를 외치면 시험이 끝나는데, 그 후 단 몇 초만이라도 답을 적으면 부정행위로 간주되고, 시험 중 부정행위는 예외 없이 퇴교로 이어진다.

부정행위는 본인 혹은 다른 생도가 명예위원 생도에게 신고하는 '양심보고제도'를 통해 적발되는 경우가 많았다. 다른 생도의 부정행위를 못 본 척하고 넘어가면 '불의묵인'으로 처벌 받을 수도 있었다. 야박하게 비춰질 수 있지만 부정행위만큼은 어떤 이유로도 용납될 수 없다는 것에 대해 거의 모든 생도들은 공통된 인식을 가지고 있다. 서로를 위해서, 무엇보다도 스스로를 위해서 명예시험규정을 지키는 게 옳았다. 사실 성적이 안 좋으면 기분도 안 좋고 자신감도 떨어지기 마련이다. 졸업하고 나서도 평생 쓰일 군번도 성적 순서에 따라 정해지기 때문에 조금이라도 더 좋은 성적을 받고 싶은 게 누구나의 마음이었다.

공부하지 않은 문제가 출제되면 눈앞이 캄캄해지고 별의 별 생각이 들기도 했다. 옆에 앉은 동기가 문제를 술술 풀어가고 있으면 기가 차고 숨이 턱턱 막혀오며 한숨마저 나왔다. 어느 누구도 눈치 채지 못하게 슬쩍 눈을 돌려서 몇 글자라도 보고 싶을 때마다 되뇌었다. '안 된다! 절대 안 된다. 눈동자를 책상 밖으로 돌려선 안 된다. 분대장생도는 아예 모르겠으면 차라리 "교수님 죄송합니다. 제가 공부한 부분에 대해 쓰겠습니다."라고 쓰는 게 낫다고 했다. 다음 시험부터라도 열심히 공부하자.' 유혹을 참는 데는 굳센 의지가 필요했다.

"시험 끝 연필 놔!"라는 구령에 손에 있던 필기구를 내던질 때면 시험에 대한 미련도 함께 털어버리는 쾌감도 있었다. 답안을 다 채우지 못한 동기들과 '고도의 명예심'을 지켜냈다는 핑계를 대곤 한참 웃으며 서로를 위로하기도 했다. 어느 곳에 있더라도, 어느 누가 보지 않더라도 정해진 규범을 정직하게 지키는 것이 바로 신독(愼獨)의 자세였다. 잇속에 눈이 먼 사람들로 인해 발생한 사건 사고가 넘치는 혼란시대에 매일 신독을 실천하는 사관생도들은 예모의 하얀 깃털이 상징하는 고결함을 생각하며, 오늘도 공부하러 간다.

책임은 무겁고 길은 멀다

〈논어〉

일상

 1주일에 한 번이지만 가장 부담이 컸던 육상 수업에서는 3km, 5km 기록과 100m, 7km 기록을 각각 중간 기말고사 성적에 반영한다고 했다. 학창시절 친구들과 축구하고 뛰노는 것을 참 좋아했지만, 5km를 뛰는 것은 그런 뛰놀음과는 차원이 한참 달랐다. 그런데 400m트랙을 17바퀴 반이나 뛰어야 한다니, 두려움이 몰려왔다.

 태권도 수업은 조금은 수월한 편이었다. 입학 전에 이미 유단자였던 동기들은 검은 띠를 차고 상급반에서, 그렇지 않은 나머지는 흰 띠를 차고 초급반에서 교육을 받았다. 발차기와 주먹지르기 그리고 품새 동작을 익히다 보면 땀이 송골송골 맺히고 시간도 금방 지나갔다.

 선배생도들도 축구, 테니스, 농구, 권투, 수영, 유도, 웨이트 트레이닝 등의 다양한 체육수업을 했다. 졸업 기준인 태권도 1단을 따고 나면 원하는 체육수업을 골라서 수강할 수 있다고 했다. 체육수업 때 땀을 쭉 빼고 나서는 학교 울타리를 따라 뛰며 자율적으로 체력을 길러야 했다. 가끔 분대장생도나 부분대장생도가 1학년들과 함께 뛰면서 대화하고, 힘들이지 않고 오래 뛸 수 있는 방법을 알려주곤 했다. 화랑관 입구에 도착해서는 숨을 가라앉히고 구령조정을 연습했다.

"열중~ 쉬엇! 부대~ 차렷! 앞으로~ 갓!"

부하들을 용이하게 지휘할 수 있도록 성량을 키우고 구령 내리는 방법을 연습하는 시간이다. 목청을 길게 뽑는 생도들의 모습을 처음 볼 때는 괴이하기도 했다. 선배생도들의 구령은 크고 맑으면서도 절도가 있었고 멀리까지 잘 퍼져나갔다. 1학년생도들이 악을 지르며 내는 거친 소리와 많이 비교되었다. 구령조정 연습까지 마치면 헬스기구가 있는 중대 체력단련실에서 윗몸일으키기나 팔굽혀펴기 등의 추가 운동을 하고, 일부는 화랑관 광장에서 팔굽혀펴기를 했다. 분대장생도들이 1학년생도들의 체력을 길러주고자 개수를 세며 도와주는 모습도 심심찮게 볼 수 있었다.

저녁식사는 학년별 집합 등의 특별한 일이 있을 때를 제외하곤 분대장생도와 함께 먹었다. 하루 동안 있었던 일과 아무리 물어봐도 궁금한 게 계속 생겨나는 생도생활에 대해 이야기하다 보면 어느새 배가 두둑하게 채워져 있었다. 식기를 반납하고 식당 입구로 나오면 우뚝 솟은 교훈탑과 붉은빛 석양이 절묘하게 어우러져 가슴 벅차게 했다.

저녁 8시까지 자율적으로 시간을 활용할 수 있는데, 분대장생도와 함께 샤워를 하고 PX에 가서 맛있는 음식을 사먹는 게 가장 평화롭고 행복하게 저녁시간을 보내는 거였다. 생도생활을 지탱하는 힘의 원천이기도 한 PX에서 과자를 먹으며 편하게 대화하고 때로는 짓궂은 장난도 치면서 분대장생도와 추억을 쌓아갔다. 그와 있을 때는 어느 누구에게도 지적받을 일이 없어서 좋았다. 마치 두더지게임처럼 생활관 밖으로 나온 1학년생도들은 상급생도들의 표적이 된다고 해서 예전부터 1학년생도들을 두더지라고 불러왔는데, 우리는 분대장생도와 함께 있을 때만큼은 두려울 것 없는 '천하무적 두더지'가 되었다. 그런데 즐거운 한때를 보내고 생활관에 돌아왔는데 출입문에 노란색 포스트잇이 붙어있을 때면 좌절하곤 했다.

'307호실 옷걸이, 책상, 가방 정돈 불량. 3명은 지도보고 확인할 것.'

생활관 검열을 담당하는 지휘근무생도가 정리정돈을 제대로 하지 않은 우리에게 벌점을 준 거다. 주말에 벌점보행을 하는 것도 문제지만 1학기 훈육 성적에 벌점이 포함된다는 게 좀 더 큰 문제였다. 낯선 생활에 적응하기도 벅찬데 정리정돈도 빈틈없이 신경 써야 하는 건 적잖은 부담이었다.

중대에서는 1학년생도들이 외워야 하는 군가를 매주 2~3개씩 정하고 검사했다. 중대가 다 함께 이동하며 군가를 부르는데 모르는 군가가 나오면 가사를 대충 쫓아 부르면서도 속이 바짝 타들어갔다. 1학년생도가 군가를 제대로 부르지 못하면 분대 2, 3학년생도들에게도 그 책임을 묻는 경우가 있었기 때문에, 자투리 시간마다 부분대장생도들에게 군가를 배우러 갔다. 한 3학년생도는 1학년생도들을 위해서 80여 곡을 담은 군가 모음집을 만들어 주고 직접 녹음까지 해서 파일을 나눠줬다. 기훈 때 배운 군가 말고도 수십 개가 더 있다니 깜짝 놀랐다. 부분대장생도들은 특유의 장난기를 발휘하며 즉석에서 율동도 만들어 춤추며 우리가 어떻게든 군가를 외우게 하는 데 혼신의 힘을 다했다. 막상 군가 검사를 받을 때는 가사는 하나도 떠오르지 않고 부분대장생도들의 우스꽝스러운 율동만 생각나서 피식거렸다가 험악한 상황에 처하기도 했다.

저녁 8시부터 모든 생도는 생활관에서 자습을 하고 9시 30분에 저녁점호를 한다. 10시에 취침 방송이 울리지만 그 시간에 자는 생도는 거의 없었고, 대부분은 계속 자습을 하다가 자정이 넘어서야 잠들었다.

토요일 아침이 되어 모처럼의 휴식이 주어졌지만, 한 주 동안 벌점을 많이 받아서 보행을 하게 되었다. 보행대열에는 우리 중대 1학년생도들이 특히 많았는데, 기훈 때부터 친하게 지내고 함구령에 걸리게 했던 장본인인 병욱이도 예외 없었다.(그와는 1학년 생활 내내 몇 번의 보행을 함께했다. 너만 해. 너만!) 다른 중대 3, 4학년생도들도 함께 보행을 했다. 대부분의 상급생도들은 즐겁게 외박을 나가는데, 우리와 함께 보행하게 된 선배생도들은 겸연쩍어하는 눈빛을 보이기도 했다.(벌점보행 중에 알게 된 상급생도와 '동지'로서 친해지는 경우도 간혹 있다.)

벌점보행은 스스로의 잘못을 반성하는 시간이기 때문에 어느 누구도 입을 열지 않고, 곁을 지나가는 생도들도 보행대열을 절대로 쳐다보지 않는다. 반성하고 있는 동료 생도에 대한 존중과 배려의 의미가 담긴 행동이다. 저벅저벅, 철컥철컥, 발자국 소리와 소총이 움직이는 소리를 들으며 묵묵히 화랑관 광장을 14바퀴 정도 돌면 1시간의 보행이 끝난다. 벌점누적점수에 따라 보행시간이 결정되는데 1시간을 채운 생도들은 확인 서명을 하고 돌아가고, 2시간을 채워야 하는 생도들은 10분을 쉬고 나서 다시 걷는다. 누군가 벌점 안 맞는 방법 좀 알려주면 좋겠다는 생각이 들며, 차라리 분대장생도랑 같이 살면 천하무적 두더지가 될 수 있진 않을까 싶었다. 벌점을 받지 않으려면 좀 더 차분하고 진중하게 생도생활 하나하나에 집중하는 수밖에 없었다.

제 05화

미팅, 갈등

주말에 선배생도들이 외박을 가면 북적이던 화랑관에는 잔잔한 여유가 흘렀고 때로는 고요하기까지 했다. 가족과 친지 혹은 친구들과 면회를 하러 간 동기, 화랑관 뒤편마당에서 풋살이나 농구 경기를 하는 동기, 부족한 잠을 채우며 체력을 보충하는 동기, 그리고 책을 읽거나 공부하는 동기 등 다양하게 각자의 시간을 보냈다.

능력 있는(?) 분대 상급생도들은 1학년생도들에게 미팅이라는 선물을 안겨주었다. 1학년생도들의 미팅과 소개팅은 보통 상급생도들이 챙겨주는데, 5월에 있을 생도의 날 가든파티에 초대할 파트너를 미리 구하는 방편이기도 했다. 미팅을 하러 학교까지 찾아와 준 여학생들은 술도 마시지 않고 뻣뻣한 몸놀림으로 걸으며 딱딱한 말투를 쓰는 우리를 신기하게 쳐다봤다. 학교를 지나다니면서 간혹 보이는 상급생도에게 큰 목소리로 경례하는 낯선 광경을 어색해하며 입을 가린 채 웃기도 했다.

빵을 먹고 차를 마시며 서로의 이름을 물어보고 자기를 소개하는 건 굉장히 어색하고 민망한 일이었다. 중고등학교를 남녀공학을 나왔는데도 부끄러운데 남중, 남고 출신의 동기는 완전히 홍당무가 되어서 입도 뻥긋하지 못했다. 서로의 학교생활에 대해 이야기를 주고받으면서 어색함을 푼 뒤, 마음에 드는 여학생에게서 핸드폰 번호를 받아내는 것이 관건이었다. 대부분의 경우는 다음 만남으로 이어지지 않는 경우가 많았는데, 희한하게도 미팅에 나갈 때마다 좋은 성과를 얻어오는 동기가 있었고 많은 생도들이 그를 부러워했다.

첫 미팅을 주선해 준 부분대장생도와 학교에 와 준 여학생들에게는 죄송하게도 마음에 드는 여학생이 없었고, 어떻게 하면 빨리 자리에서 벗어날 수 있을지를 고민하던 찰나에 고등학교 친구들이 면회를 왔다는 소식이 전해졌다. 가장 필요할 때 구원투수를 맡아준 그들은 진정한 친구였다. 친구들과 까르르 웃다보니 생도생활을 하면서 응어리져 있던 고민들이 단번에 풀리는 것 같았다. 동기들에게서 느껴지는 것과는 또 다른 차원의 뜨거운 우정에 힘을 얻었고, 더 열심히 생활해야겠다는 의욕도 솟아났다.

수십 년을 같이 사는 가족 사이에서도 갈등이 있기 마련인데, 20여 년을 다르게 살아온 동기들과 모여 지내며 서로를 온전하게 이해한다는 것은 어려운 일이었다. 함께 생활하면서 겪는 사소한 일들이 본의 아니게 오해를 일으키기도 했다. 아무 생각도 없이 했던 말이 다른 사람의 기분을 상하게 했을 때에는 난감하기만 했다. 스스로를 돌아보고 반성하는 것이 가장 옳은 일이지만, 사람인지라 남 탓을 하며 스스로를 방어할 때도 많았다. 오해가 깊어져서 갈등으로 나타났고 미묘한 신경전이 오갈 때도 있었다. 생도생활이 워낙 바쁘게 돌아가기 때문에 여유를 갖고 충분히 소통하며 오해를 푸는 시간을 갖기 힘든 때가 많았다.

한 번은 나의 부주의로 인해 분대원 신화와 함께 벌점을 받고 말았다. 미안하다고 했지만 그는 기분이 상한 것 같았다. 얼마 전부터 분대원들과 함께 있을 때도 뭔가 내키지 않으면서 관계가 조금씩 꼬이는 느낌이 들었다. 둘 다 자존심이 세서 별 것 아닌 일로 언쟁을 벌이기도 했다. 점점 갈등이 커지자 함께 생활하는 인형이는 자리를 피해 다른 생활관에 가 있기도 했다. 우리의 미묘한 분위기를 눈치 챈 부분대장생도에게 처음으로 크게 혼나고 나서는 서로 아예 말을 하지 않았다.

어느 날 저녁, 부분대장생도가 부르더니 자신의 책장에서 〈카네기의 인간관계론〉이란 책을 꺼내어 읽어보라며 주었다. 고마운 마음에 책을 펼쳤는데 새로운 세상이 눈앞에 펼쳐졌다. 주옥같은 구절들이 가슴을 콕콕 찌르며 와 닿았다. 자투리 시간마다 책을 읽으며 조그마한 수첩에 가득히 구절을 옮겨 적으며 생각하고 또 반성했다. 페이지가 넘어갈수록 스스로에 대한 부끄러움이 점점 커졌고 모나고 철없는 고등학생의 껍질을 과감히 깨트려야겠다고 결심하고 그것을 실천해 가기로 결심했다.

1. 재치를 타인에게 상처 주는 데 쓰지 말고 타인을 행복하게 하는 데 사용해라.
2. 의견이 다르더라도 서로가 진지하다면 그것으로 족하며 관용을 가져야 한다.
3. 자신감이 지나쳐서 남의 의견을 무시하거나 일방적으로 자기 판단을 강요하거나 타인을 멋대로 단정하면 안 된다.

옆에 앉아 공부하고 있는 신화에게 남자답게 사과하고 친하게 지내자고 말하려 했지만, 알량한 자존심이 굳이 먼저 말 걸 필요가 없다고 자꾸 외치며 나를 머뭇거리게 했다. 답이 보이지 않아 그냥 묵묵히 행동으로 보여주기로 결심하고 지내던 찰나에 일이 터지고 말았다. 같은 분대 1학년생도들과 함께 뛰고 저녁을 먹고 샤워하는 것이 일종의 불문율이었는데, 분대원이 아닌 다른 동기들과 함께 하는 모습을 본 부분대장생도들이 단단히 화가 난 거였다. 분대원과의 불화, 단체생활에 적응하지 못하는 모습으로 비춰진 나와 신화는 그날 저녁 부분대장생도들에게 불려가 기파분대장생도들에게 지도받은 것보다 더 무섭게 교육 받았다. 이로 인해 신화와의 관계회복은 완전히 물 건너간 것 같았다. 우리 말고도 곳곳에서, 특히 같은 생활관에서 지내는 동기들끼리 마찰이 자주 있다는 이야기가 들렸다.

부분대장생도들의 말처럼 서로를 이해하고, 존중하고, 배려하는 것이 현명하게 극복하는 일이었지만, 직접 행동으로 옮기는 게 어려웠다. 입학 그리고 생도생활 시작이라는 문을 넘어서자 단체생활 적응과 인격 성숙이라는 어려운 과제가 우리에게 주어졌다.

제06화

3일 천하, 피의 4월, 뜻밖의 이별

3일 천하

가. 1884년 갑신정변(김옥균 등의 개화당 세력이 청나라 및 민씨 세력의 저지와 탄압
에 대항해 주권독립과 자주 근대화를 달성하고자 일으킨 정치투쟁)으로 세워진
정부의 통치가 3일 만에 끝난 사건.

나. 모든 상급생도가 전국의 고등학교에 신입생을 모집하기 위해 홍보하
러 가서 화랑관에 남은 1학년생도들이 자유를 만끽하는 기간.

상급생도들이 전국 곳곳으로 떠나자 수시로 거수경례를 해야 했던 일
상에서 완전히 벗어났다. 왠지 소화도 더 잘되는 것 같았다. 상급생도만
없어도 생도생활이 굉장히 편할 것 같다는 발칙한 생각마저 들었다. 교수
님들도 전국 각지로 떠나셨기 때문에 수업도 없었다. 1학년생도들만의 일
정이 계획된 3일 천하 때는 제3땅굴, 전쟁기념관, 서대문형무소 등의 안보
관광지를 견학하고 단체 체력단련을 했다. 매일 밤에는 동기들과 주제를
정해서 장기자랑을 하고, 한자리에 모여 과자를 먹으며 단체게임도 하고,
그동안 터놓지 못했던 이야기도 마음껏 나누었다. 자정이 넘어서는 침실
에 모여서 도서관에서 미리 빌려온 DVD로 영화를 보며 새벽 3시가 넘어

서야 잠들기도 했다. 단순한 '동기생'이 아니라 '친구'의 향기가 조금씩 느껴졌다.

늘 그렇듯, 왜 시간은 항상 아쉬울 때 끝날까? 순식간에 일요일 오후가 되었고 하나둘 복귀하는 상급생도들을 향해 1학년생도들이 경례하는 소리가 들려오며 3일 천하는 역사의 뒤안길로 사라져 갔다.

날이 점점 따뜻해지자 아침 점호 복장도 간편하게 바뀌었다. 새벽 6시 10분에 중대 현관을 나설 때마다 콧속을 밀고 들어온 차가운 공기도 이젠 생글생글한 봄기운으로 변했다. 헐벗었던 나무들도 초록빛으로 꿈틀대고 하루 전만 해도 없었던 개나리꽃이 활짝 피어서 노란 자태를 뽐냈다. 충무관 앞에는 목련꽃이 꽃망울을 터트렸고 교훈탑 부근의 나무에서는 벚꽃봉우리가 올라오는가 싶더니 순식간에 찬란히 만개했다. 여의도 벚꽃 축제가 부럽지 않을 정도로 흐드러지게 핀 꽃들이 마음을 따스하게 해 주었다. 도저히 오지 않을 것 같았던 봄이 왔다.

날씨가 맑고 쾌청한 어느 봄 날, 점심식사를 하고 여느 때와 같이 오후 수업을 준비하고 있는데 '사진학과 출장'을 하라는 방송이 나왔다. DSLR 카메라를 잘 다루는 부분대장생도는 머리에 젤을 발라 멋을 내고 한껏 신난 표정으로 우리를 데리러 왔다. 분대원들과 화랑관 입구에서부터 충무관까지 이동하며 갖가지 꽃나무 앞에서 사진을 많이 찍었다. 범무천에서는 한 명이 나무줄기를 잡고 나머지 분대원은 앞사람의 허리를 잡고 매달린 채 사진을 찍다가 맨 뒤에 있던 1학년생도들이 범무천에 빠지는 우스꽝스러운 광경도 펼쳐졌다. 40분 정도 분대원들과 추억을 쌓고 오후 수업을 위해 각자의 교반으로 갔다.

생도대에서는 4월 한 달을 '피의 4월'이라 부른다. 신입생도들이 생도생활에 적응하는 데 한 달이 지난 뒤부터 강하게 교육하며 진정한 사관생도로서의 모습을 갖추게 하는 일종의 계도기간이다. 상급생도들이 두발, 복장, 제식, 생활관, 교반, 식당 등 내외적인 자세를 검열하기 때문에 바싹 긴장하고 생활해야 한다. 벌점을 받는 생도들도 갑자기 많아져서 주말보행 대열이 길게 만들어지고, 심지어는 군장구보를 뛰는 생도들도 많이 볼 수 있다. 옛 선배들은 애환이 많았던 4월을 피의 4월이라는 무시무시한 이름으로 불러왔다.

1학년생도 중에는 따로 지휘근무를 맡는 경우가 없어서 중대별로 1명의 '동기임원생도'를 지정해서 일종의 반장과 같은 역할을 맡게 한다. 우리 중대의 동기임원으로 뽑힌 이은경 생도. 그녀는 수시로 발생하는 지시사항을 전달하고 조사해야 할 것들을 종합하는 등 우리의 잡일을 도맡아 처리해 왔다. 당차고 활력 넘치는 모습으로 동기들도 잘 챙겨주고, 착실하고 성실한 일처리 덕분에 상급생도들도 많이 칭찬해 주었다. 진달래꽃이 한껏 기지개를 켜던 어느 날, 그녀가 건강상의 문제로 더 이상 생도생활을 할 수 없어서 집으로 가게 됐다는 청천벽력 같은 소식이 전해졌다. 함께 기훈을 수료하고 입학의 기쁨도 누린 것처럼 당연히 졸업도 함께할 것이란 사실에 한 치의 의심도 하지 않았기에 퇴교한다는 말이 믿기지 않았다. 상급생도들도 깜짝 놀라기는 마찬가지였다.

석양이 지고 어두워진 시간. 그녀는 퇴교에 필요한 행정절차를 마치고 사복을 입고 우리 앞에 나타났다. 애써 웃으려다가 두 눈이 벌게지더니 어깨를 들썩이며 고개를 숙였다. 우리 중에 몇몇도 눈물을 훔치고 함께 생활해 온 2명의 여생도, 같은 분대원, 상급생도들도 슬퍼했다. 기파분대장생도들과 분대장생도, 그리고 훈육관님까지. 많은 이들이 착잡한 마음으로 간성문 밖으로 나가는 그녀의 뒷모습을 바라봤다.

어둠이 깔린 길을 따라 화랑관으로 돌아가며 한 동기가 나지막하게 노래를 불렀다. 하나, 둘 따라 부르는가 싶더니 모두가 함께 노래했다.

"어울려 지내던 긴 세월이 지나고, 홀로이 외로운 세상으로 나가네. 친구여 그대 가는 곳…."

우리 대열에서 한 명이 빠졌다. 한 명이 없는 우리는 더 이상 우리가 아닌 것 같았고, 한동안 텅 빈 느낌이 들었다. 떠난 그녀의 상처가 매우 클 테지만 남은 우리의 그것도 결코 가볍지 않았다.

(전화위복이었을까. 수능을 다시 치른 그녀는 국립대학교의 약학대학에 입학하였고, 이후에 육사에서 중요한 행사가 있을 때마다 찾아와 주었다. 심지어 졸업식에도 찾아와 주며 우리와 생도생활의 끝을 함께했다. 그녀의 당찬 관등성명 소리는 지금도 귓가에 생생히 들리고, 뜨거운 열정으로 헌신하던 모습이 눈에 아른거린다.)

행진곡, 중간고사

생도의 날 가든파티의 파트너를 구할 수 있는 기회가 몇 번 남지 않았다. 1학년생도가 파트너를 구하지 못하면 해당 분대장생도가 군장구보를 뛰어야 한다는 소문도 들려왔다. 일요일 저녁에는 외출, 외박에서 복귀한 모든 생도가 화랑관 광장에 모여서 귀영점호(외박, 휴가 등에 나간 부대원의 복귀 여부 등을 확인하는 점호)를 한다. 중대가 대형을 갖춰 서면 1학년생도부터 차례대로 상급생도들에게 안부를 묻는 따뜻한 광경이 펼쳐진다. 그리고 새롭게 이성친구가 생긴 생도가 있으면 중대원들이 목말을 태워서 '멋진 사나이'라는 군가에 그 생도의 이름을 넣어 부르며 다함께 축하해 준다. 솔로 신세를 탈출한 그 생도는 의기양양한 자태로 정모를 흔들며 환희에 빠진다. 그 광경을 보며 마치 자기 일인 양 흥겨워하는 솔로 생도도 있고 (분대장이 시켜서) 광란의 춤을 추는 1학년생도들도 있다. 다른 중대 생도들도 부러운 눈빛으로 흥겨운 장면을 쳐다보며 웃음 짓는다. 대부분의 솔로 생도들은 함께 박수치고 웃으면서도 '부럽다'라고 생각한다. 연대장생도는 북적대던 광장의 어수선함을 구령 하나로 쥐 죽은 듯이 잠재운다. "부대~~~ 차렷!"

인원 보고가 끝나면 화랑관 입구를 바라보고 서서 연대장생도의 지휘에 맞춰 장엄한 음정이 특징인 '육사행진곡'을 목청 터져라 포효한다.

> 백두산 정기 타고 자라난 우리다
>
> 유구한 반만 년 찬란한 역사에
>
> 내 조국 삼천리를 두루 지키며
>
> 화랑의 정신으로 뭉쳐진 육사다
>
> 동해의 푸른 파도 장엄한 그 기세로
>
> 자유와 평화 위해 싸워나갈 우리다
>
> 백전백승의 무쇠 같은 기세로
>
> 이 큰 사명 짊어질 대한의 육사다

〈육사행진곡〉

가사의 의미를 곱씹으면서 마음을 다지는 순간이기도 하다. 날씨가 맑을 때면 군가 소리가 교훈탑 너머 서울여대를 지나 태릉 전체를 울리는 것처럼 느껴졌다. 몇 번을 되돌아오는 메아리까지 잦아들면 새로운 한주의 중요한 일정을 포함한 전달사항이 전파되었다. 이때 주말 동안에 외부에서 제보된 '엉뚱한' 행동이 전파되는 경우가 있기 때문에 모든 생도가 긴장하게 된다. 예를 들어 "7호선 지하철 온수역 부근에서 여자 친구와 과도한 애정표현을 한 3학년생도는 점호 직후 연대본부 호실로 올 것" 같은 내용이다. 이런 일이 발생하면 4학년생도들은 보란 듯이 한숨을 쉬며 탄식하고 지명된 학년은 바싹 긴장한다. 정해진 시간이 지나도 범인이 자발적으로 나오지 않으면 모든 동기들이 집합해야 하는 참사가 벌어지기도 했다. 다행히 대부분의 경우에 해당 생도가 자진신고하고 물의를 일으킨 것에 대한 책임을 졌다. 때로는 지하철에서 무거운 짐을 들고 가는 어르신을 도와드린 생도, 쓰러져 있는 행인을 도와준 생도 등의 미담 사례도 전파되며 표창을 받는 경우도 있었다. 귀영점호가 끝나면 다음주 수업을 준비하고 주말의 여운을 입맛 다시며 잠들었다.

1주일간의 연대검열에 치이며 정신없이 지내다 보니 중간고사가 코앞으로 다가왔다. 연대검열은 연대본부가 매 학기마다 한두 번씩 생도들의 생활 전반을 점검하고 교정하는 기간이다. 검열 결과는 우수중대를 선발하는 데에 반영되고 4학년생도들도 예외 없이 점검을 받기 때문에 모두가 긴장한 상태도 지내는 기간이다. 연대검열을 통해 기율이 잡히고 생활환경도 깨끗해진 상태에서 중간고사를 준비하는데, 시험 1주일 전부터는 차분하고 조용한 분위기 속에 각자의 학습에 집중한다. 시험기간에는 도서관이 늦은 시간까지 문을 열고, 화랑관에는 새벽 2시가 지나도 불이 켜 있는 생활관이 많이 보인다.(밤을 지새워 열심히 공부하며 성적도 좋은 생도들을 독하다고 표현하며 흔히 '독사'라고 부른다. 독사들은 학업, 운동, 생활 등에서 우수한 모습을 보이며 경외심마저 들게 한다.) 1학년생도들을 지도하던 상급생도들도 공부에 집중하면서 우리에게도 많은 여유가 생겼다.

첫 번째 중간고사. 오전 오후 각 1과목씩 시험을 보고 다음날 시험을 준비하는데, 책을 몇 쪽 보면 졸음이 몰려오고 어느새 침대에 누워 있었다. 고등학생 때와는 다른 서술형 문제들에 답을 적을 수나 있을지 걱정되었고, 아무리 외워도 머릿속에 남는 게 별로 없었다. 미분적분학은 풀었던 문제가 언제나 새로운 문제처럼 보였다. 선배생도들은 첫 시험이 정말 중요하다고 강조했지만 공부가 잘 되지 않았다. 명예시험 규정을 위반하지 않고 아무 탈 없이 중간고사가 끝난 것에 만족해야 했다.

점수는 인터넷을 통해 각자에게 공지되었고 과목별 딸점(과목을 이수하기 위해서 기말고사 때 받아야(따야) 하는 점수)까지 계산되어 나왔다. 혹시라도 F 학점을 받게 되면 재수강을 한 뒤 다시 통과해야 했고, 재수강 후에도 F를 받게 되면 곧바로 퇴교였다. 또한 3과목 이상 F학점을 받아도 퇴교였기 때문에 딸점에 민감할 수밖에 없었다. 딸점이 70점이 넘는 과목이 있는 생도는 기말고사 때까지 중대에서 특별 관리를 받는다.

5월 1일은 개교기념일이다. 중간고사가 끝난 바로 다음날에 행사를 하게 되었는데, 2주 넘게 잠을 줄여가며 학업에 집중한 탓인지 화랑연병장에 서 있는 것을 괴로워하는 생도들이 많았다. 몇몇은 몸이 흔들리는가 싶더니 털썩 무릎을 꿇고 주저앉는 경우도 있었다. 다른 중대에서는 부축을 받아 뒤쪽으로 빠져나가는 생도들도 보였다. 사태의 심각성을 직감한 훈육관님들이 직접 돌아다니며 생도들을 독려해 주었고 생도들도 학년 구분 없이 조금만 더 힘내자며 서로를 격려했다. 행사가 끝난 뒤 중대장생도는 사관생도가 예복을 입은 채로 나약한 모습을 보였다는 게 화가 났다고 말했다. 앞으로 스스로의 건강상태가 좋지 않으면 행사에 참가하지 말고 쉬라고 강조했다.

중간고사를 끝낸 홀가분한 마음을 북돋아주기라도 하듯이 축제기간이 다가왔다. 중대는 체육대회에서 우승하기 위해 종목별로 선수를 선발하고 연습할 계획을 세우느라 바쁘게 돌아갔다. 그런데 체육대회도 중요했지만 일단 가든파티 파트너를 구하는 게 더 급했다. 고등학생 때 홍보책자에서 본 것처럼 가든파티는 여자 친구의 손을 잡고 해야 하는 파티였다. 돌아오는 일요일에는 무조건 목말을 타고 싶었다. 횡단보도 하나를 건너면 있는 서울여자대학교의 학생들과도 몇 번의 미팅을 했지만 목말은 너무나 멀리 있었다. 허접한 말이라도 타고 있는 돈키호테가 부러워졌다.

이룰 수 없는 꿈을 꾸고

싸워 이길 수 없는 적과 싸우고

이루어질 수 없는 사랑을 하며

견뎌낼 수 없는 고통을 견디고

잡을 수 없는 하늘의 저 별을 따라

〈세르반테스, 돈키호테〉

제08화

데이지? 데일리

결국 목말은 타지 못했다.

중대별로 2학년 남녀생도 4~6명을 뽑아 생도들에게 춤을 가르친다. 이들을 '춤생도'라고도 부르는데, 춤생도들은 축제 시작 2주 전부터 아침점호 시간에 다른 생도들에게 춤을 가르친다. 축제의 대미를 장식하는 가든파티에서 파트너와 함께 추는 춤은 대개 유행곡 1~2곡, 포크송 1~2곡 등으로 구성된다. 잠도 덜 깬 상태에서 국군도수체조가 아니라 춤을 추라고 하니 굉장히 민망하고 어색해서 쭈뼛쭈뼛. 차라리 도수체조를 10번 하고 싶어질 정도다. 그래도 연습을 해야 하기에 신화와 손을 잡고 서툴게나마 춤을 추는데, 찰떡궁합을 자랑하는 부분대장생도들은 둘이서 뭐가 그리 좋은지 깔깔거리며 연습했다. 아침댄스를 통해 활력 넘치는 생도대의 모습은 모두의 마음을 한껏 들뜨게 했다.

1주일의 축제기간은 춘계체육대회와 초청공연, 동아리 공연, 먹거리 장터 등의 행사로 꾸려졌다. 중대에서는 체육대회 종목인 축구, 농구, 배구, 계주, 족구, 군장구보, 줄다리기 등을 준비하기 위해 4학년생도 1명이 부장을 맡아서 연습을 책임졌다. 모든 중대는 단합을 상징하는 종목인 줄다리기에서 우승하기 위해 몇 주 전부터 특별훈련을 했다. 아침 먹고 연습, 점심 먹고 연습, 저녁에도 연습하고 생활관에서는 각자 자세연습과 자체 근력운동까지. 화랑관 뒤편에서 나무줄기에 줄을 묶고 당기는 연습을 하고, 두 팀으로 나누어 시합도 하며 두 명이 수건을 붙잡고 당기는 등 시간과 방법을 가리지 않고 줄다리기에서 우승하기 위해 많은 준비를 했다.

종목별로 피 튀기는 치열한 '전투' 끝에 우리 중대는 종합 3등을 하게 되었다. 우승한 중대는 트로피를 들고 범무천으로 뛰어가서 중대원 모두가 범무천에 빠져들어서 물장난을 치며 노는 것이 전통이었다. 우승 상금에 금요일 특별외박 그리고 연대검열 1회 면제까지 받은 그들은 물에 흠뻑 젖은 채 광란의 뒤풀이를 했다. 분대장생도는 4년 동안 범무천에 몸 한 번 담가 보지 못하고 졸업하는 생도들이 훨씬 많다며, 화랑관으로 터벅터벅 무거운 발걸음을 옮겼다. 우승을 기대했던 우리 중대 4학년생도들은 애써 중대원을 다독이며 그간 고생한 것을 격려해줬다.

체육대회가 끝나자 생도회관 주변이 축제공간으로 꾸며졌고 음식 판매대, 탁구대 등의 간이 게임대가 설치되어 분대원이나 동기들끼리 자유롭게 놀 수 있게 되었다. 저녁에는 을지강당에서 음악회와 초청 가수 등의 공연이 열렸고 부모님이나 친구를 초대해서 함께 볼 수도 있었다.(이때 이성 친구를 초대해서 함께 공연을 보면 다른 생도들에게 부러움의 시선을 한몸에 받을 수 있다.) 중대에서는 자체 이벤트를 준비해서 밤늦은 시간까지 왁자지껄 즐거운 시간을 보냈다.

분대장, 부분대장생도는 분대원이 더 친해질 수 있도록 1주일 동안 야자(학년에 관계없이 서로 반말을 쓰고 혹시라도 상급자가 화를 내면 벌금을 물리는 일종의 게임)를 하자고 했다. 상급생도들과 말을 터놓을 수 있다니 더없이 좋았다.

야자타임이 시작되자마자 분대 2학년생도에게 "우리 인현이 이번 주는 우리 생활관 들어오지마~ 알았지?", "우리 상준이는 머리가 되게 크네?"라고 말했더니 분대원들이 배를 잡고 뒤집어졌다. 같은 분대원 신화, 인형이와 함께 부분대장생도들의 생활관에 가서 그들의 생활실태(?)를 검열하면서, 빨래도 제대로 정리하지 않은 것을 지적하고 그간 당했던 것들을 그대로 갚아주기도 했다. 부분대장생도들도 장난을 무척이나 좋아해서 다행이었다. 어쩔 수 없는 벽이 있었던 선배생도들과도 허물없이 지내면서 서로 더 가까워질 수 있는 좋은 기회였고, 무엇보다도 1학년생도에게 더없이 좋은 야자였다.

축제의 마지막은 가든파티였다. 상급생도들은 오전에 외박신고를 하고 파트너를 데리러 갔고, 1학기 때는 학교밖에 나갈 수 없는 1학년생도들은 간성문 앞으로 파트너를 마중하러 갔다. 파트너와 함께 학교로 들어오는 상급생도들에게 1학년생도들이 연달아서 경례하는 소리에 파트너들은 놀라고 당황스러워했다. 비록 목말은 타지 못했지만 우리 중대 여생도 혜진이가 본인의 친구를 데려오며 나를 구해줬다. 그 이름만으로도 고마운 '데일리(Daily, 생도의 날 가든파티 등 각종 행사에서 그날 처음 만나게 된 이성 파트너를 의미) 많은 1학년생도들이 데일리와 함께하게 되었고 비슷한 처지에 놓인 상급생도도 여럿 있었다.

육사에 처음 왔다며 생도들의 모습 하나하나를 신기한 눈빛으로 쳐다보는 파트너에게 그동안 겪은 생도생활을 설명하다 보니 마치 관광가이드가 된 것 같았다. 화랑관에서 머물다가 화랑연병장으로 이동하라는 방송에 따라 걸어가는데 멋지게 정장을 차려입은 여생도들의 파트너도 보였다. 파트너 중에는 국군 간호사관학교 생도들과 경찰 대학생들도 조금 있었다.

준비된 뷔페를 먹으며 초청 가수의 공연도 보고 커플이 준비한 노래를 듣는 차례가 되었는데, 익숙한 얼굴이 무대에 나왔다. 우리 부분대장생도가 여자 친구 분과 만화 알라딘의 주제가이기도 한 'A Whole New World'를 멋지게 불렀다. 공부와 운동도 잘하고 성격도 좋고 외모도 잘 생겼는데 노래까지 잘 부르다니…. 게다가 여자 친구 분도 예뻤다.(부러운 부분대장…) 다양한 상품을 챙겨주는 추첨권 뽑기에 이어서 대망의 댄스타임. 파트너와 처음 만난 어색함을 겨우겨우 견뎌왔건만 손을 잡고 춤 춰야 한다는 사실에 손에 식은땀이 흐르고 눈앞이 컴컴해졌다. 손을 맞잡은 여성 분도 어색해하기는 매한가지였다. 어금니를 악 물고 최선을 다해 춤 비슷한 무언가를 추다 보니 4곡이 모두 끝났다!

사회를 보던 생도가 연습이었다며 다시 제대로 한다고 했다. 그가 굉장히 싫어졌지만 곧바로 나온 음악 때문에 또 한 번의 춤사위가 펼쳐졌다. 사방에서 즐거운 웃음 소리와 박수 소리가 이어지고 파트너와의 어색함도 조금은 사라진 것 같았다.

교가를 제창하며 행사가 끝났는데, 갑자기 차렷 자세를 하고 힘차게 교가를 부르는 모습에 파트너들이 놀란 눈치였다. 생도의 멋을 보여줄 수 있는 기회는 이때다 싶어서 어깨에 힘을 잔뜩 주고 교가를 불렀다. 화랑연병장은 1년에 한 번 볼 수 있는 풋풋한 핑크빛 풍경으로 물들었다. 데일리 파트너에게 와 줘서 고맙다고 이야기하곤 전화번호를 받아냈고 훗날을 기약하며 떠나보냈다.(그 훗날은 여전히 오지 않았다.) 상급생도들은 외박을 나간 저녁 시간에 동기들과 한데 모여 이야기를 나누며 축제가 끝난 아쉬움을 달랬다.

일요일 아침. 1학년생도들은 축제를 위해 화랑연병장에 옮겨놓은 식탁들을 화랑관 식당으로 옮겼다. 8인용 식탁은 4명이 함께 들어도 힘을 잔뜩 줘야 할 정도로 무거웠다. 500m는 족히 넘는 거리를 끙끙거리며 몇 번을 왔다 갔다 한 뒤에야 겨우 끝났다. 우리 중대 훈육관님은 마침 당직근무를 하시며 1학년생도들을 통제하셨다. 그는 덩치가 매우 커서서 '백곰 훈육관님'이라고도 불리셨다. 생도들을 진심으로 배려해 주고 챙겨주셔서 특히 4학년생도들에게 인기가 많으셨다. 훈육관님께서는 모든 임무를 끝낸 1학년생도들을 화랑관광장에 모이게 하셨다. "부대~ 차렷! 뒤로~ 돌앗!" 연대장생도의 구령은 비교되지 않을 정도로 힘찼다. 본인의 생도시절에 가장 높은 직책인 '여단장생도'이셨다는 소문을 들었는데 그 능력을 어김없이 발휘하셨다. 여기저기서 "우와" 하는 탄성이 들렸다. 뒤로 돌아서서 화랑관 입구 쪽을 바라보니 교훈탑 저 멀리 수락산이 맑고 청명하게 보였다. "지금은 밖에 나가지도, 집에 가지도 못해서 많이 힘들고 지치겠지만, 조금만 더 견디면 너희의 미래는 지금 보이는 풍경처럼 밝을 거다. 힘내라! 1학년생도들아!"

그는 다시 한 번 우렁찬 구령을 뽐내시고 우리를 해산시켰다. 짧은 순간이었지만, 엄청난 성량을 타고 가슴에 깊이 박힌 훈육관님의 말씀에 힘내서 남은 한 학기를 열심히 지내고자, 내년에는 꼭 데일리 파트너가 아닌 이성 친구를 데려오자고 다짐했다.

* 당시 우리중대 훈육관님은 2013년 5월 강원도 원주 1야전군사령부에서 재직 중 불의의 교통사고로 순직하셨다. 故 정현수 중령님께서 하늘에서도 부디 행복하시길. 편안히 영면하시길. 우리를 변함없이 지켜봐 주시길….

제 0 9 화

성장통

생도생활에서는 모드전환이 매우 중요한데, 즐겁게 놀다가도 군기가 완벽히 잡힐 수 있어야 하고 잔뜩 경직되어 있다가도 부드럽게 풀어질 줄도 알아야 했다. 축제가 끝나면서 야자도 끝났고 전과 같이 깍듯한 예의를 갖춰야 했다. 1주일 동안 놀고먹으며 쉬었던 생활에서도 벗어나 기말고사와 하기군사훈련(이하 하훈)을 위해서 학업과 체력단련에 집중해야 했다.

거의 2주일 만에 수업을 받으러 충무관에 가니 축제 때 각자가 겪은 추억들을 이야기하느라 정신없었다. 늦은 밤에 불판과 가스버너를 들고 92고지[1]로 올라가 삼겹살 파티를 한 분대도 있었다. 화랑관에 외부 음식물을 가져가는 게 용납되지 않았는데, 혹시라도 누군가에게 들켰다면 엄청난 후폭풍을 감당해야 할 일이었다. 그에 비하면 우리 분대는 정말 얌전히 논 거였다. 각양각색의 이야기를 듣는 것만으로도 생도생활이 즐거워졌다.(시간이 지나서야 밝힐 수 있는, 어쩌면 절대 밝힐 수 없는 추억들도 의외로 많다. 통제된

---

1) 92고지 : 화랑관 뒤편에 있는 해발고도 92m의 조그마한 산. 산책로가 잘 구성되어 있고 정상에는 〈사관생도 신조탑〉이 있다.

생활을 하는 생도들이 발휘하는 창의력은 무궁무진했다.)

스승의 날을 앞둔 어느 날, 1학년생도들의 은사를 초청하는 행사가 열렸다. 중학교 시절 2년간 담임 선생님이셨던 박영주 선생님을 초대했다. 친구들과 오크선생님이라고 불렸던 선생님께서는 좌충우돌하던 사춘기 시절에 약간의 반항기를 부리던 행동도 감싸 주시고 포용해 주셨다. 어리고 철없던 모습이 아니라 당당한 사관생도의 모습을 보여드리고 은혜를 조금이나마 보답해드릴 수 있어서 행복했다.

학기 중에는 생도대에서만 생활하며 자칫 외곬수가 되는 일을 방지하고 시민의 교양도 갖출 수 있도록 학년별로 뮤지컬, 오페라 등의 공연을 관람시켜 준다. 표 값을 더 내서 가족이나 친구를 초대해 함께 볼 수도 있다. 다양한 경험을 통해 시야를 넓힐 수 있게 배려해 주는 학교에 감사했다.

현충일(매년 6월 6일)을 며칠 앞두곤 국립서울현충원에서 순국선열과 호국영령들께 참배를 한 뒤 환경미화활동과 현충일 행사 준비를 도와줬다. 어려서 한두 번 가 보았던 곳이었지만, 사관생도로서 그곳에 가니 느껴지는 감정의 밀도와 깊이가 그전과는 많이 달랐다. '조국, 순국선열, 호국영령' 등의 단어들이 가슴 깊은 곳에서 출렁였다. 한 줌의 재로 남은 수많은 사람들을 생각하고 묘비마다 담겨 있을 가슴 아픈 이야기들을 떠올리니 저절로 경건해졌고, 지금의 자유를 누릴 수 있게 희생한 그들의 넋을 기렸다.

기말고사를 2주 앞둔 금요일 단체뜀걸음 때는 완전군장을 메고 5km 뜀걸음을 했다. 처음 2km는 그럭저럭 버텼지만 점점 눈앞이 컴컴해지고 얼굴근육도 떨려 왔고 다리에 힘도 몇 번이나 풀려서 낙오할 뻔했다. 분대장 생도가 앞에서 끌어당겨주고 신화가 뒤에서 밀어주고 급기야는 군장을 대신 메고 뛰었다. 그러면서도 내 이름을 불러주며 파이팅을 외쳐 주었다. 가장 힘든 순간에 함께해 준 그들이 참 고마웠다. 그런데 끝까지 뛰고 나서 몇 분도 안 지났는데 방금 전까지 죽을 것 같았던 느낌들이 아무 일 없었다는 듯이 사라졌다. 힘든 순간을 버티기보다는 포기를 먼저 떠올렸던 스스로가 부끄러워지는 순간이었다.

하훈 전까지 체력 수준을 올리고 달리는 것에 대한 부담을 덜어야 했는데, 육상수업에서 배운 대로 해봐도 힘들기만 했다. 부분대장생도와 상담을 해도 답이 나오지 않았는데 신화가 '수업시간에 배운 호흡법이 아니라 스스로에게 가장 편안한 호흡법이 중요하다'고 말해 줬다. 그가 말해 준 대로 해 보니 한결 호흡이 편해졌다. 서로의 관계가 삐걱댄 적도 있었지만, 함께 많은 시간을 보내며 점점 마음이 통하게 된 그에게 참 고마웠다.

화랑관에서의 생활도 본격적인 궤도에 오르자 상급생도들의 지도도 조금씩 줄어들었다. 매일 오전에는 조간신문을 보고 스크랩할 수 있는 시간도 생겼다. 조금의 여유가 생기자 한 달도 안 남은 1학기 동안에 얼마나 성장했는지, 무엇이 변했는지 등을 생각하게 되었고 부족함만 느껴졌다. 동기들에 비해 체력도 뒤처지고 리더로서 갖춰야 할 포용력도 부족했다. 사소한 실수를 자꾸 저지르고, 벌점을 받을 때면 기분이 안 좋아졌고, 수시 시험을 치르고 점수가 잘 안 나와도 마음이 무거워졌다. 아집이 강한 건지 예민한 건지 모르겠지만, 다른 사람의 사소한 말에도 쉽게 상처 받았다. 속도 좁은 것 같고 나약한데 부하를 지휘하고 이끌 수나 있을지 의문이었다. '사관생도로서 당당하게 내세울 수 있는 나만의 능력이 뭘까? 생도생활에 매몰되어서 하루하루에만 급급하며 피상적으로 지내고 있는 건 아닐까?'

많은 고민과 질문이 이어졌지만 답은 나오지 않았다. 매 순간마다 최선을 다해 생활하는 것 말고는 따로 할 수 있는 게 없단 것을 어렴풋하게나마 느낄 뿐이었다.

공강시간에 도서관에서 시간을 보내다가 우연찮게 생텍쥐페리의 『어린 왕자』를 들게 되었다. 너무 어릴 때 읽어서 단편적인 장면만 떠올랐는데, 다시 읽으며 인생에서 정말 중요한 게 무엇인지 끝없이 궁금해졌다. '지금 이 순간들은 인생에서 정말 중요한 게 뭔지 알아가는 과정일 거야. 그래도 혼자가 아니니까, 함께 가는 이들이 있으니까, 뒤에서 받쳐 주고 앞에서 이끌어 주는 사관생도들이 있으니까 끝까지 가 보자.'

제10화

3금제도(三禁制度)

중대 동기들은 한 명도 재수강에 걸리지 않고 기말고사를 마쳤다. 학기 내내 괴롭혔던 미분적분학에서 C−를 받고 무사히 끝맺어서 다행이었다. 학기중에는 중대별로 운영되던 생도대는 하훈을 위해 학년별로 새롭게 편성한 지휘근무체계에 따라서 움직였다. 기말고사 전에 하훈 지휘근무를 지원 받을 때 나는 분대장생도를 신청하려 했지만, 그 직책을 원하는 동기가 워낙 많아 부소대장 생도에 신청했다. 부소대장 생도는 소대장생도를 보좌하고 특히 소대의 건강을 관리하는 임무를 맡는데, 어려서부터 다치거나 아픈 사람을 보살피는 것에 관심이 있었고, 동기들에게 도움이 될 수 있는 직책이라 생각해서 지원했다.

2, 3, 4학년 분대원들과 함께 다닐 수 있는 시간이 얼마 남지 않아서 아쉬웠다. 분대원들과 함께 하훈 전 종교활동 시간에 성당에 갔는데, 신부님께서는 '침묵한 가운데에서야 비로소 본인의 내면세계를 바라볼 수 있다'고 하시며 '침묵'을 강조하셨다. 말을 많이 하는 것도 좋지만 반대로 말을 적게 하면 의외로 좋은 점이 더 많다고도 하셨다. 그 말씀을 들으며 하훈 동안 말을 줄이고 동기들을 위해 노력하고, 뚝 떨어진 자신감을 회복하는 데 집중해야겠다고 생각했다.

기말고사가 끝나고 1학년생도들에게도 2박 3일의 특별외박이 주어져서 6개월 만에 처음으로 집에 왔다. 화랑대역에서 지하철을 타자 마음이 굉장히 가벼워졌고 수많은 '민간인'(세상은 두 종류의 사람으로 구분된다는 농담이 있다. 군인 그리고 민간인)들이 자유자재로 돌아다니고 있었다. 숨 쉴 때마다 느껴지는 공기가 남다르게 자유로웠고 감격스러웠다. 학교 밖 세상은 낯선 듯 익숙했고 익숙한 듯 낯설었고, 모든 것이 변한 것 같았는데 변한 건 하나도 없었다. 그냥 나만 변한 것 같았다.

한창 캠퍼스 새내기 생활을 하고 일부는 재수생활을 하면서 술자리에 익숙해진 고등학교 친구들이 술을 권했을 때 "사관생도는 술을 못 마시니까 사이다로 줘."라고 했다가 고지식하다며 된통 욕을 먹었다. 하지만 기분이 나쁘지 않고 오히려 당당하게 말할 수 있어서 자랑스러웠다. 학교에서는 거의 하지 못했던 욕을 오랜만에 걸쭉하게 뽑아내며 반박했다.

육군사관학교의 3금제도는 금주, 금연, 금혼으로 구성된다. 사관생도들이 고도의 절제력을 갖추고 정예장교로서 필요한 성품을 기르는 데 이 제도의 목적이 있다. 빡빡해 보이는 3금제도지만 학교 공식행사나 가족 경조사 때는 훈육관의 승인을 받고 정해진 범위 내에서 술을 마실 수 있는 예외규정도 있다. 하지만 흡연에 대해서는 예외가 없다. 백해무익한 담배는 대한민국에서 가장 활력이 넘쳐야 하고 신체와 정신이 깨끗해야 할 사관생도들에게는 잘 어울리지 않는 물건이다. 금혼 규정은 생도생활이 단체 기숙생활인 까닭에 결혼 및 혼인신고를 할 수 없고, '도덕적 한계'를 넘지 않는 선에서 이성교제를 해야 함을 말한다. 도덕적 한계란 암묵적으로 성관계를 말한다. 대법원에서는 성관계를 했다는 이유로 퇴교를 당한 것은 부당하다고 판결을 내리기도 했고, 인권침해의 여지가 있어서 언론의 주목을 받기도 한다.

신독(愼獨: 홀로 삼가다)의 자세를 갖고, 누가 보지 않더라도 자신의 기준에 따라 절제하는 것은 공자님이 다시 부활한다고 해도 해내기 어려운 일이다. 그만큼 육사생도들은 3금제도를 통해 강한 인내심과 절제력을 가질 것을 요구받는다.

『논어』의 '자로' 편에서 '제 자신이 바르면 명령 없이도 잘 되고, 제 자신이 그르면 명령한들 복종하지 않는다.[2]'라고도 했다. 고등학생 때는 이 제도 때문에라도 사관생도가 되고 싶었다는 생도들도 있었다. 하고 싶은 것을 다 하고 사는 데에도 생의 묘미가 있지만 참고 견디는 것에도 낭만이 있을 수 있다는 것에 공감했다. 원 없이 삶을 즐겨야 하는 나이에 반(半)수도자의 길을 걷겠다고 하는 것이 고지식하고 이해 안 된다는 말도 있었지만, 정예장교가 되어서 대한민국을 위하는 삶을 살려면 그 정도는 견딜 수 있다고 하는 생도들도 있었다.

생도 1명을 장교로 육성하는 데 2억 원 넘는 국가세금을 지원받는데, 하고 싶은 것 다 하고 놀고 싶은 것 다 놀겠다는 건 과도한 욕심일 수 있다는 거다. 사관생도들이 일반 대학생과 별반 다를 바 없이 지낸다면 유사시에 우리나라의 미래가 어떻게 될지도 생각해 보아야 하고, 학교에서 정한 제도를 지키기 싫다면 생도가 되지 않으면 그만이라는 주장도 있었다. 그러는 한편으론 삼금제도는 시대에 뒤떨어진 제도이며, 헌법에 보장된 행복추구의 권리를 침해한다는 의견도 있었다. 생도들 사이에서도 제도에 대한 논쟁이 있었고, 모든 생도가 철저히 지켰다고 보기는 어렵지만, 절대 다수는 스스로를 갈고 닦으며 수련해갔다.(2016년 현재, 학교 외부에서의 음주가 허용

---

2) 子曰 起身正 不令而行 其身不正 雖令不從.

되는 방향으로 규정이 완화되었다.)³⁾

　친구들을 만나고 가족과 뮤지컬을 보고 정복을 입고 고등학교에 찾아가 선생님들께 인사를 드리니 어느새 복귀 날짜가 다가왔다. 집을 나서면 하훈이 끝난 8월 중순이 되어서야 다시 올 수 있었다. 두 달 뒤, 더 멋지고 다부진 모습으로 부모님을 뵙고 친구들을 만나고자 마음먹으며 분대원들과 동기들이 있는 화랑대로 뜨거운 걸음을 내딛었다.

....

3)　사실 생도생활은 해야 할 것이 너무나 많아서 흥청망청 시간을 보내는 게 불가능한 것을 생도들은 뼈저리게 느낀다. 어떤 이유가 되었더라도 화랑대가 비판의 중심에 서고 청년 사관생도들의 노력이 빛바래진 것은 안타까운 일이다. 그럼에도 불구하고, 누구를 탓하기보다는 비판의 실마리를 제공한 부끄러운 자화상을 먼저 돌아봐야 할 거다.

제11화

국토순례 – 울릉도, 독도

　선배생도들은 3사 친선교류행사(육, 해, 공군 사관학교 생도들이 한데 모여 우의를 다지는 4박 5일. 각 학년별로 육사, 해사, 공사에 모인다.)를 한 뒤에 국토순례를 떠났다. 1학년생도는 한반도의 동쪽 울릉도와 독도. 2학년생도는 남쪽의 제주도 그리고 3학년생도는 서쪽의 백령도로 가게 되었다. 4학년생도들은 국토순례 없이 1주일 먼저 하훈을 출발했다.

　서울에 남아 있던 마지막 간이역인 화랑대역[4]에서 무궁화호 열차를 타고 태백과 정선을 지나 동해시에 도착하니 전세버스가 기다리고 있었다. 버스를 타고 묵호해변 인근의 숙소에 짐을 풀자 훈육관님께서는 혈기 넘치는 우리를 바다에 풀어주셨다. 6개월 동안 통제된 생활을 하고 학업, 체력단련 등 빡빡한 일정에 숨 막혀 동기들과 보낼 수 있는 시간도 적었는데, 그런 모든 것에서 벗어난 우리는 신나게 뛰놀고 마음껏 사진을 찍었고, 일부 동기를 들어서 바다에 던지기도 했다. 너무 즐거웠던 나머지 정해

---

4) 화랑대역(花郞臺驛) : 1939년부터 열차가 운행한 경춘선 철도역. 2006년 등록문화재 제 300호로 지정. 경춘선이 복선 전철화되며 2010년 12월 21일 폐역. 육사 70기까지는 화랑대역에서 기차를 타던 추억을 간직하고 있다.

진 시간을 넘기고 집합해서 훈육관님께 꾸지람도 들었다. 그래도 그동안의 습관 덕분에 금세 정신을 차리고 지휘근무생도들을 중심으로 일사분란하게 움직였다.

다음날 아침, 묵호항에서 쾌속선을 타고 울릉도로 출발했다. 하늘이 푸르게 맑았고 파도도 높게 일렁이지 않았지만, 배에 익숙하지 않은 대부분의 생도들은 멀미약을 먹거나 귀밑패드를 붙였고, 직전까지 신나게 떠들다가 출발하자마자 하나둘씩 꾸벅꾸벅 눈을 붙였다. 꽤 오랜 시간을 넋 놓고 잤는데도 배는 여전히 파도를 가르며 나아갔고, 끝없이 펼쳐진 바다를 보며 인간은 참 미미한 존재라는 생각마저 들었다.

배 안에는 우리 말고도 많은 분들이 계셨고 전투복을 입은 젊은이들이 우르르 몰려 있는 걸 보고 신기해한 몇몇 분께서는 육사생도인 것을 알고는 다정하게 격려해 주시기도 했다.

4시간 넘게 걸려서 도착한 울릉도 도동항에는 바다 내음이 짙게 퍼져 있었고 수많은 갈매기들이 끼룩끼룩 환호하며 반겨 주었다. 몇 개의 식당에 나눠 들어가 점심식사를 하고 민박집에 짐을 풀자마자 다시 배에 올라탔다. 우리 땅 독도로 가는 길! 2, 3학년 선배생도들은 날씨가 좋지 않아서 독도에 발을 들이지 못했다고 했는데, 하늘이 용케 우리 기수를 도와주는 것 같았다. 동남쪽 뱃길 따라 200리를 달려서 도착한 독도. 노래로만 듣고 방송에서만 봐왔던 독도를 두 발로 디뎠고, 다른 관광객들과 달리 독도경비대의 안내를 받아 정상까지 올라갈 수 있었다. 꽤나 가파른 경사를 줄지어 올라가는데 '새들의 고향'이란 것 느낄 수 있을 만큼 많은 새들이 몰려 있었다. 멀리 수평선이 보일 정도로 날씨가 좋아 망망대해가 눈앞에 펼쳐졌다. 절벽 아래로 보이는 시퍼런 바다는 두려움마저 느끼게 했다. 정상에 다다르자 후덥지근한 공기를 가르며 시원한 바람이 불어오고 가슴이 탁 트였다. 독도경비대의 간략한 설명을 듣고 그분들의 노고에 감사하며 큰 박수와 몇 가지 기념품을 선물해 드렸다. 그리고 우리 땅 독도를 수호하겠다는 결의대회를 했다. 우렁차게 애국가와 교가까지 부르자 온몸에 전율이 올라오며 이 아름다운 독도를 노리는 세력에게 큰 반감이 들었다. 어쩌면 안보를 위협하는 건 북한군뿐만이 아닐 수 있다는 사실에 진저리가 났다. 반만년 역사를 통틀어 침략의 야욕을 드러내고, 근대화과정에서 한반도를 36년간 식민 지배하며 벌인 숱한 만행에 대해선 모르쇠로 일관하며 역사를 노골적으로 왜곡하고, 영토분쟁까지 일으키려는 일본을 늘 마음에 두어야겠다고 생각했다.[5] 대한민국 육군사관생도들은 독도를 넘보는 세력을 향해 레이저보다 날카로운 눈빛을 쏘아 보냈다.

다시 배에 올라 아쉬움을 남긴 채 울릉도로 돌아왔다. 저녁식사 이후에는 자유시간이 주어져서 산책을 하며 도동항의 풍경을 감상했다. 학교로 돌아가 분대원들에게 선물해 줄 호박엿도 샀다. 다음날 새벽, 아침식사를 일찍 먹고 전투화 끈을 동여매고 울릉도 성인봉 등반을 시작했다. 경사 높은 언덕을 올라가면서부터 동기들의 말수가 점점 적어졌고 조금 더 지나자 아무도 말을 하지 않았다. 다들 의욕이 넘쳐서 속도는 점점 빨라졌고 땀이 줄줄 흐르고 숨이 차올랐다. 행군 대열을 유지하는 연습도 함께 하며 올라가는데 앞서가던 동기들이 정상에 근접했다고 무전을 보내왔다. 마지막 동기까지 정상에 오르고 시원한 바람을 쐬며 환하게 웃었다. 생도

....

5) '한반도를 정복하라!'는 정한론(征韓論)을 펼쳤던 메이지 시대 사상가 요시다 쇼인(吉田松陰 1830–1859)을 잊으면 안 된다. 그는 쇼카손주쿠(松下村塾, 송하촌숙)라는 학당을 설립해 이토 히로부미(안중근 장군에게 저격), 이노우에 가오루(명성황후 시해 배후), 야마가타 아리모토(조선주둔군 사령관), 가쓰라 다로(한일병탄 당시 총리), 데라우치 마사타케(식민조선 초대총독) 등 일본의 근대화를 이끈 인물들을 길러냈다.

들이 내지르는 함성이 성인봉을 뒤흔들었다.

언제 다시 올지 기약하기 힘든 독도와 울릉도를 뒤로하고 동해시로 돌아와 버스를 타고 해군 제1함대 사령부를 견학했다. 전투함정에 올라 설명을 듣고 내려오는데, 우람한 근육질의 군인들이 검게 그을린 피부를 뽐내며 지나갔다. 그들의 등에는 UDT/SEAL이라고 적혀 있었다. 살인적인 훈련을 받고 세계에서도 실력으로 인정받는 최정예 특수부대 UDT 대원들의 뒷모습이 너무나 든든했다.

강릉의 안보관광지에는 1996년 9월 잠수함을 타고 안인진리로 침투한 인민무력부 정찰국 간첩 26명의 흔적을 전시해 놓았다. 강원도 고성의 최전방에 있는 통일전망대에서는 금강산 봉우리도 일부 보였다. 늦은 밤 기차에 몸을 싣고 새벽 4시가 조금 넘어 화랑대역에 도착하니 마치 집에 온 것처럼 포근했다. 빡빡한 일정 때문에 생각보다 힘들었던 3박 5일이었지만, 행복한 추억을 쌓고 견문을 넓힐 수 있었다. 대한민국 구석구석을 직접 밟으며 생업에 종사하고 계신 많은 국민들을 보며, 그 분들이 평화롭게 지내실 수 있도록 이 나라를 지켜가는 것이 젊은 우리 세대가 해나가야 할 일이라고 생각했다. 자유롭고 평화로운 대한민국을 굴복시키려는 음해 세력들이 있다면, 우리 사관생도들이 존재하고 있다는 사실을 결코 잊어서는 안 될 거다.

....

요시다 쇼인과 고향이 같은 아베 신조(2006~2007년, 2012~2016년 현재 일본 총리)는 가장 존경하는 인물로 요시다 쇼인을 꼽는다. 2015년 7월, 일본정부는 요시다 쇼인의 학당(쇼카손주쿠)을 유네스코 세계문화유산에 등재하는 데 성공했다. 야스쿠니신사는 메이지 시대를 연 요시다 쇼인과 그 제자들을 기리기 위해 1879년에 지어진 제사 공간이고, 태평양 전쟁 A급 범죄자들이 봉안되어 있으나 일본지도부가 계속해서 참배하며 주변국과 외교마찰을 일으키는 주된 역할을 하고 있다.

제12화

화랑의 뜨거운 여름(하기군사훈련) 1

　이미 여름방학을 시작한 다른 대학생들과는 달리 우리는 하훈 군장검사를 준비했다. 지휘근무생도들뿐만 아니라 모두가 정신없이 움직여 겨우 검사준비를 끝내고, 뙤약볕 아래 훈련에 필요한 물건을 모두 펼쳐놓고 훈육관님께 앞쪽 줄에 있는 동기들부터 검사를 받았다. 전투복이 땀으로 흠뻑 젖은 채로 가만히 서서 더위와 싸우고 있는데, 2명의 동기가 흔들거리더니 정신을 잃고 쓰러졌다. 주변의 부축을 받아 그늘로 옮겨지자 훈육관님도 당황하신 모습이었다. 입이 바싹 타들어가고 속도 거북해지던 찰나에 2시간 넘게 쓰고 있던 방탄모를 벗고 쉴 수 있게 해 주었다. 군장검사가 겨우 끝나고 하훈을 떠날 수 있는 상태가 되었다. 나중에 보니 날이 너무나 뜨거웠던지 구두약이 다 녹아 있었다. 군장검사가 끝나고 짧은 면회시간이 주어져 부모님께서 와 주셨고, 집이 너무 멀리 있어서 면회를 하지 못하는 동기들과 함께 배를 채웠다.

　일요일 아침, 화랑대역에서 기차를 타고 3학년생도들은 전라남도 장성역까지, 1, 2학년생도들은 전라북도 강경역까지 떠났다. 두 달 뒤 지금과는 또 다른 모습으로 만나자고 서로를 응원하며 마음을 굳게 먹었지만 들쳐 멘 완전군장과 돌덩이 같은 더블백이 어깨를 짓눌러오고 허리를 휘게 만드는 고통을 참긴 어려웠다. 군악대의 힘찬 군가연주를 배경음악 삼은 학교장님을 비롯한 간부들이 우리를 배웅해 주셨다. 기차 안에서 소대원들이 점심으로 먹을 도시락과 물 그리고 간식을 분배하고 쓰레기 정리까지 하다 보니 어느새 대전역을 지나고 있었다. 잠깐 쉬자마자 강경역에 내렸고, 5t 트럭에 들고 온 짐을 실은 뒤 완전군장을 껴안은 채 군용버스에 탔다. 이동하는 데 신경 쓰고 챙겨야 할 게 많아서 한바탕 난리를 겪은 끝에 육군훈련소로 출발했다. 초록빛이 푸르게 펼쳐진 논에 내리쬐는 햇빛과 후끈한 바람에 살랑대는 나무들이 스쳐지나가는 풍경을 보다 보니 어느새 "입영장병 여러분을 환영합니다."라는 문구가 보이고 육군훈련소에 도착했다.

우리가 3주 동안 통째로 쓰게 된 건물로 들어가 각자 배정받은 생활관에 소총과 대검을 보관하고 짐을 정리했다. 8명이 함께 쓰는 내무반은 동기들과 살을 맞대면서 생활할 수 있게 되어 있었다. 모든 물건이 똑같은 위치에 정리될 때까지 검열이 이어졌고 늦은 밤이 되어서야 정돈이 끝났다. 폭풍 같은 하루가 지나고 소대장, 부소대장생도들은 훈육관님과 일일결산 회의를 하며 하루의 일정을 돌아보고 다음날을 준비하는 시간을 가졌다. 훈육관님께서 아무것도 모르는 우리를 가르쳐 주시느라 회의시간이 길어졌고, 잠이 몰려오며 눈이 벌겋게 충혈 되었다.

다음날 입소신고 이후에 병 기본 훈련이 시작되었다. 지난겨울의 기초 군사훈련 때와는 느낌이 달랐다. 소대마다 훈련부사관[6] 1명과 조교 4명이 배치되어서 모든 훈련마다 옆에서 함께했다. 우리 소대는 최완정 중사가 담당하게 되었는데, 나이가 한참 어린 우리에게 존댓말을 해 주었다.

---

6) 교육생을 전문적으로 가르치는 부사관. 보통 중사 혹은 상사 중에 우수한 인원이 선발된다.

사관생도와 부사관은 서로 높임말을 쓰도록 정해져 있기에 우리도 그에게 예의를 갖추었다.

병 기본 훈련은 개인화기 사격, 수류탄 투척, 각개전투, 화생방 그리고 행군 등으로 구성되었다. 교육장소로 이동하는 것부터가 스스로와의 싸움의 연속이었다. 전투복이 축 젖고 둘러멘 군장물품들이 걸리적거리고 방탄모는 머리를 지끈지끈하게 해서 교육시작도 전에 짜증지수가 팍팍 올라갔다. 어떤 경우에도 동기들에게 짜증내서는 안 된다는 생각에 이를 악물고 숨을 고르며 마음을 다스려야 했다.

최완정 교관은 친절하고도 알기 쉽게 사격에 관한 모든 것을 우리에게 가르쳐 주었다. 엎드려서 쏘는 것도 힘든데 그가 선 채로 조준한 레이저 사격기가 표적에 계속 명중했을 때에 우리는 그 실력에 깜짝 놀라 탄성을 질렀다. 기훈 때와 마찬가지로 20발 중에 12발을 명중하지 못하면 계속 훈련해야 했다. 일곱 번째 차례가 되어서야 겨우 합격해서 부끄러웠지만, 우리 소대 동기 모두가 합격해서 교관도 좋아했다. 날이 저물 때까지 합격하지 못한 동기들이 뒤늦게 복귀하는 모습을 보며 박수로 위로해 주고 어깨를 토닥여 줬다.

화생방 훈련의 CS가스는 기훈 때 마셨던 것보다 훨씬 더 매웠다. 정말로 순간 난이도가 극악인 훈련이었고, 어머니가 보고 싶었다. 그런 훈련을 꿋꿋이 견뎌내는 여생도들이 정말 대단했고, 그들의 강인한 모습 때문에라도 힘든 티를 낼 수가 없었다.

하필 유독 더운 날에 훈련장 중에서도 가장 멀리 있는 수류탄 투척훈련장에 가게 되었다. 코를 타고 넘어온 뜨거운 열기는 온몸의 힘을 쏙 빠지게 만들었고 1시간 20분 내내 두 다리에 힘이 잘 들어가지 않았다. 훈련장에서는 연습용수류탄 1발과 실제 수류탄 1발을 던지게 되었는데, 보기보다 묵직한 진짜 수류탄을 손에 들었을 때는 등골이 오싹해졌다. 긴장하지 말고 배운 대로만 하라는 교관의 말에 안전핀을 뽑고 물웅덩이를 향해 힘껏 내던지고 잽싸게 엎드렸다. 쿵 소리가 들리고 고개를 들어 폭파여부를 확인하기까지 시간이 멈춘 것 같았다. 투척을 마친 생도들은 그늘이 있는 간이건물에서 자유롭게 휴식했다. 방탄모를 베게 삼아 드러누워서 쉬고 있는 평화로운 순간에 빵! 천지가 진동하는 굉음이 들렸다. 모두가 놀라서 고개를 들고 심각한 표정으로 두리번거렸다. 이제껏 들렸던 폭발음과는 차원이 달랐다. 수류탄이 땅에서 터진 것 같은데 누가 다치진 않았을까 걱정되었다. 누군가 뛰어와서 소식을 전해줬다. 한 동기가 긴장한 나머지 수류탄을 멀리 던지지 못해서 데굴데굴 굴러가다가 폭발했단다. 다행히 아무 사고가 없었지만, 정말 큰일 날 뻔한 그 동기는 훈육관님께 된통 혼이 났다.

다시 1시간 넘게 걸어서 훈련소로 돌아오는 길. 모두가 힘들어하는 순간에 병욱이가 농담으로 분위기를 띄웠다. "얘들아 힘내자! 아침밥 서른한 번만 더 먹으면 집에 간다!" 에잇. 웃기고 있네. 그런데 틀린 말이 아니었다. 윤택했던 화랑관 생활에서 벗어나 땀 흘리고 뒹굴다 보니 원초적이고 생리적인 개념에 집중하게 되었다. '그래, 지금부터 아침밥 먹을 생각만 하면서 버텨보자!' 하루의 일정을 무사히 버티는 것만도 버거운 하루살이와도 같았지만 언젠가 본 '거꾸로 매달아도 국방부 시계는 흘러간다.'라는 구절을 되뇌었다.

매일 저녁식사 전 1시간은 뜀걸음과 근력운동을 하며 체력을 단련하는 시간이었다. 훈련소가 떠나가라 군가를 부르면 훈련병들이 우리를 신기하게 쳐다봤다. 병사들 앞을 지날 때면 육사생도만의 멋진 모습을 보여주고 싶은 욕심에 왠지 군가를 더 크게 부르기도 했다. 다부진 몸으로 장교다운 아우라를 풍기시는 훈육관님도 우리와 함께 운동했다.

내 직책은 부소대장생도였지만 3분대와 함께 생활하고 훈련했다. 3분대는 체력단련이 끝나고 생활관에 들어와서 샤워하기 전까지, 웃통을 벗은 채 각자의 자리에서 팔굽혀펴기와 윗몸일으키기를 1명당 10개씩 세면서 추가로 운동했다. 각각의 운동을 90번씩 하며 마지막에는 괴성을 지르다시피 했다. 먼저 샤워를 하러 가는 다른 동기들은 그런 우리를 신기하게 쳐다봤다. 그렇게 함께 노력한 결과, 2주차 체력검정 때 모든 분대원이 특급을 넘었고, 5주차 체력검정 때는 5명이 골드를 받을 수 있었다.

매일 밤마다 연등을 신청해 수양록을 쓰고『영혼을 지휘하는 리더십』[7]이란 책을 읽었다. 혼자하면 금세 관뒀겠지만, 상원이와 함께 하기로 약속해서 그만둘 수 없었다. 세상에 있는 갖가지 수많은 리더십 중에서 '영혼을 지휘하는 리더십'이라는 문구는 특히 와 닿았다. 책의 저자는 20세기 2차 세계 대전을 승리로 이끈 미국의 장성인 마셜, 맥아더, 아이젠하워, 패튼 등 4명의 리더십을 다양한 각도에서 비교분석했다. 지도자로서 가장 중요한 자질은 바로 인격, 즉 배려와 사랑으로 조직원의 영혼을 지휘하는 것임을 강조했다. 이외에도 책에 등장한 브래들리, 콜린스 등의 수십 명 미국 장성들은 리더십의 첫 번째 요건은 인격이라고 강조했다. 잠을 줄여서 조금은 피곤했지만 그들의 이야기를 접하며 느끼는 것이 많았고, 아침에 눈을 뜨면 얼른 밤이 돼서 책을 읽고 싶어졌다. 7월의 마지막 날에는 매일 함께 공부하던 상원이가 미국육사 수탁교육에 선발되었다. 그는 세계적으로도 유명한 웨스트포인트에서 4년 동안 대한민국을 대표해 교육받게 되었다. 서로에게 부끄럽지 않도록 많은 독서로 견문을 넓히고 리

....

7) 에드거 F 퍼이어 지음, 이민수 최정민 옮김, 책세상 펴냄

더다운 인격을 길러야겠다고 마음을 모으며 우리의 미래를 이끌어 가자고 다짐했다.

　야외숙영을 포함한 각개전투훈련은 2박 3일간 이어졌다. 처음으로 A텐트(2인용 군용텐트)를 설치하면서 많이 우왕좌왕대고 교관들의 통제도 잘 따르지 않아 훈육관님께서 화를 내시기도 했다. 텐트는 적의 눈에 띄지 않도록 띄엄띄엄 설치하고, 주변의 풀과 나무를 이용해 철저하게 위장해야 했다. 예상보다 오래 걸린 텐트설치를 끝내고는 야전삽으로 만든 구덩이에 연기 없는 연료를 넣고 나뭇가지로 반합을 매달아서 직접 식사를 만들어 먹었다.

　각개전투 훈련장은 기훈 때 했던 훈련장과는 차원이 다르게 크고, 장애물도 많고, 기관총·폭탄 소리도 실감나게 재현되어 있었다. 좀 더 가혹한 환경에서 훈련한다는 의도로 훈련시작 전에 황토진흙구덩이에서 앞뒤로 구르게 해서 온몸에 황토 칠을 하고 뛰어다녀야 했다. 점령해야 하는 목표는 높은 고지 위에 있었다. 분대원들과 함께 연습해온 대로 온몸을 들썩이며 철조망 장애물을 통과하고 귀를 먹먹하게 하는 폭음탄 세례를 뚫고 달려 나가 목표 코앞에 다다랐다. 대검을 끼운 뒤 연습용 수류탄을 힘껏 내던지고 분대원들과 함께 목표를 점령한 뒤 약속된 위치를 방어했다. 출발선으로 되돌아가 3번의 훈련을 마치고 3일 만에 훈련소로 돌아오니, 답답한 텐트가 아닌 천장이 있는 건물에서 잘 수 있다는 사실 자체에 행복할 수 있었다. 교육대에서는 지쳐 있던 우리를 위해 살얼음이 낀 깐포도 한 캔을 주었는데, 평생 기억에 남을 꿀맛이었다. 깨끗하고 시원한 물로 하는 샤워를 포함해 사소한 것의 소중함을 깨달을 수 있었다.

　마지막 훈련인 40km행군은 기훈 때보다 10km 늘어난 거리였다. 오후 7시에 1소대부터 출발하며 자신과의 기나긴 싸움을 시작했다. 처음에는 인생과 생도생활을 되새기며 걷겠다고 생각했지만, 2시간이 지나면서부터 머릿속에선 아무런 생각도 나지 않았다. 며칠 전 육군훈련소장님 간담회 때 틀어준 가수 강산에의 '흐르는 강물을 거꾸로 거슬러 오르는 연어들처럼'이란 노래를 흥얼거리며 버텼다. 새벽 5시가 되어서 동이 틀 때까지 머리는 잠을 자고 몸은 계속 걸었다.

앞으로 얼마나 더 많이 가야만 하는지
여러 갈림길 중 만약에 이 길이 내가 걸어가고 있는
돌아서 갈 수밖에 없는 꼬부라진 길일지라도
딱딱해지는 발바닥 걸어 걸어 걸어가다 보면
포기할 순 없는 거야 걸어 걸어 걸어가다 보면
뜨겁게 날 위해 부서진 햇살을 보겠지
그래 다시 가다 보면 걸어 걸어 걸어가다 보면
어느 날 그 모든 일들을 감사해하겠지
보이지도 않는 끝 지친 어깨 떨구고 한숨 짓는 그대
두려워 말아요

〈흐르는 강물을 거꾸로 거슬러 오르는 연어들처럼, 강산에〉

발바닥은 점점 굳어갔지만 고통을 굳게 견뎌내며 행군을 마쳤다. 500원짜리 동전보다 큰 물집이 생긴 몇몇 생도들은 며칠 만에 금세 회복했다. 수양록에 노래 가사를 적어보면서, 포기할 수 없게 함께 하는 동기들이 있으니 앞으로 가야 할 먼 길을 두려워하지 않기로 했다.(이후의 모든 행군에서 위 노래를 되뇌었다.)

논산 육군훈련소에서의 모든 훈련을 마치고 익산의 육군 부사관학교로 이동했다. 매일 저녁 훈육관님과 가진 일일결산 시간은 많은 것을 배울 수 있는 시간이었다. 부대를 운영하는 데 신경 써야 할 것들이 굉장히 많았다. 생도들이야 정해진 시간에 맞춰 움직이면 됐지만, 일정을 준비하고 시간을 조율하고 식사와 수면을 챙기고 응급상황에 대비한 앰뷸런스를 부르고 아픈 생도들을 관리하는 등등 훈육관님 수첩에 빼곡히 적혀 있는 것들을 곁눈질로 볼 때면 대단하시다는 생각밖에 안 들었다. 골치가 엄청 아프실 것만 같았다.

육군훈련소에서 했던 각개전투의 개인별 성적이 공개되었는데, 나는 상원이와 91점 최고점을 받고 분대원 5명이 90점을 받았다. 전체를 통틀어 90점을 넘긴 생도가 채 10명이 안 됐는데, 7명이나 포함된 건 우리 분대의 자랑스러운 쾌거였다. 훈련 전에 각자의 역할을 명확하게 나누고, 훈련 중에도 모두가 악바리 정신을 갖고 했던 게 유효했다. 우리 분대는 매일 밤 한데 모여 차를 마시고 과자를 먹으며 즐거운 시간을 보내기도 했다. 어느 날 취침시간, 훈육관님 몰래 과자를 먹으며 이야기하다가 짓궂은 동기가 훈육관님 흉내를 내며 생활관으로 들어왔다. 깜짝 놀란 우리는 그대로 얼어버렸는데, 혼자 살겠다고 침대로 뛰어가 이불을 덮고 누워버려서 잠시 동안 배신자로도 불렸던 정민이도 우리 분대의 결과에 뿌듯해했다.

훈육관님께서는 전체 24개 분대 중에 우수분대 3개를 선발해서 하루짜리 특별외출을 준다고 했다. 개인 분대 훈련성적, 체력검정, 상 벌점 등을 종합해서 2차례 선발하는데, 우리 분대는 두 번 모두 가장 좋은 성적으로 우수분대로 선발되어 2번의 특별외출을 따낸 유일한 분대가 되었다.

첫 외출은 논산 시내에서, 두 번째 외출 때는 익산 시내에서 시간을 보냈다. 부대버스를 이용해 시내로 가서 목욕탕에서 사우나를 즐기고 삼겹살을 배불리 먹었다. 한 패스트푸드점에서 아이스크림콘을 먹는데 머리가 짧은 어떤 분께서 우리에게 와서 말을 건넸다. 손가락이 유독 빛나서 바라보니 빨간색 루비가 박힌 금반지였다. 우리의 선배라고 하시며 먹을 것을 더 사 주셨다. 우리가 하훈 중이라는 것도 알고 계셨고 한 번도 만나지 못했던 후배들을 위해 기꺼이 마음을 써 주시는 모습에서 끈끈한 정을 느낄 수 있었다.

영화관에서 당시 상영 중이던 〈화려한 휴가〉라는 영화를 보기로 했다. 팸플릿과 제목을 보고는 마침 전투복을 입고 있는 우리와 딱 어울리는 영화라고 생각했다. 그런데 영화가 진행되면 될수록 점점 내용이 애매하게 흘러갔다. 5·18광주민주화운동을 소재로 한 영화는 군인들이 민간인을 잔인하게 억압하는 장면들로 채워져 있었다. 그 진압을 주도한 지도부는 육사 선배들이었다. 어깨에 '육사'가 선명히 적힌 전투복을 입고 있던 우리는 영화가 끝나고 괜히 무안해져서 어깨의 부대표식을 은근히 가리면서 나왔다. 대한민국의 아픈 역사이기도 한 5·18민주화운동은 지금에 와서도 그 평가가 엇갈리지만, 지난날의 과오를 올곧이 바라보고 반성할 필요가 있다는 데 의견이 모아졌다. 사관생도 그리고 군인은 대한민국 국민의 생명과 재산을 보호하기 위해 존재하는 것임을 잊지 말자고 했다. 국민에게 총을 겨누는 일이 결코 있어서는 안 되고, 설령 우리를 비난하는 국민마저도 보호하고 지켜내는 게 군인의 사명일 거다.

부대로 복귀하는 버스가 오기로 한 장소에 약속된 시간보다 일찍 도착한 우리는 외출을 하지 못한 소대원들을 위해 도넛과 아이스크림을 산 뒤 근처의 까페에서 파르페를 하나씩 먹으며 '화려한 외출'을 마무리했다.

육군 부사관학교는 병사를 훈련시키는 육군훈련소보다 시설이 훨씬 좋았다. 건물에 자습실이 있어서 더 좋은 여건에서 책을 보고 일기를 쓸 수 있었다. 야간훈련이 있을 때를 제외하고는 어김없이 상원이와 함께 일기를 쓰고 책을 읽었다. 특히 『영혼을 지휘하는 리더십』을 거의 다 읽으며 리더십에 대해 의견을 나누기도 했다. 정신없이 하루를 보내고 일일결산회의까지 다녀온 뒤, 수양록을 펼쳐 생각을 써 내려 가는 순간에 마음이 가장 편안했다. 내면이 성장하고 있는 것 같았지만, 적어놓은 생각들을 행동으로 쉽게 옮기지 못하는 건 부끄럽고 답답한 일이었다.

부사관학교에서는 K-201유탄발사기, K-3기관총 등의 각종 공용화기 사격과 독도법(군사지도를 보며 지형을 파악하고 목표지점을 찾아가는 것) 등의 교리와 기본적인 전투기술을 훈련했다.

한 번에 많은 총탄을 발사할 수 있는 육군의 표준 기관총인 K-3기관총은 전투상황에서 큰 도움을 줄 수 있는 무기였다. 어릴 때 따발총이라 부르던 기관총을 붙잡고 표적을 향해 '갈겨 댔다'.

적군의 탱크를 상대하는 대전차로켓인 팬저 파우스트3는 독일에서 생산한 무기다. 로켓을 어깨에 걸치고 조준경으로 조준하고 발사하면 그대로 가서 명중했다. 반동 하나 없었지만 후폭풍이 있어서 발사 중에 로켓의 뒤쪽에 있으면 밥숟가락을 놓는 일이 발생할 수 있다. '숙달된 조교'가 실제 로켓을 1발 쐈는데 저 멀리 산에서 들려오는 폭음이 상당히 커서 섬뜩하기까지 했다. 6·25전쟁 당시 북한군의 전차를 상대할 수 있는 무기가 하나도 없어서 수류탄을 들고 맨몸으로 뛰어들었던 선조들을 떠올리며 연습용 탄을 사격했다.

독도법 훈련에서는 2명이 1개조가 되어 20여km를 이동하며 정해진 과제를 수행했다. 체력도 좋고 용감한 규찬이와 함께 조를 이루어 처음부터 속도를 냈다. 둘 다 지도를 보는 것에 자신이 있어서 가야하는 방향을 거의 틀리지 않으며 뛰다시피 걸었다. 우리 둘은 가장 먼저 목적지에 도착해서 생활관으로 복귀할 수 있었고, 텅 빈 샤워장에서 단둘이 샤워하며 밀린 빨래까지 끝낼 수 있었다. 독도법 훈련을 통해 손에 지도만 주어지면 어디든 갈 수 있겠다는 자신감을 얻게 되었다.

지휘근무생도들은 번갈아가면서 교육대의 당직근무를 담당하고 다음 날 아침 점호를 주관했다. 처음으로 아침 점호를 맡게 된 날, 정해진 통제만 하고 점호를 끝낼지 몇 마디 말로 피곤한 동기들에게 활기를 주기 위한 시도를 할지 고민을 거듭하다가 결국 후자를 선택했다. 점호가 끝나기 직전, "우리를 기다리고 있을 가족과 친구들을 생각하며, 8월의 뜨거움을 더 뜨거운 열정으로 이겨나갑시다! 파이팅!" 정적이 흘러서 식은땀이 나려는 순간, 몇몇 동기들이 웃으면서 파이팅을 외치는 소리와 박수 소리가 들려왔다.

훈련 때는 대변을 보는 게 생각보다 걸리적거린다. 특히 아침식사를 하고 큰일을 처리하지 못한 채 훈련을 할 때면 배가 아파서 제대로 힘을 쓸 수 없는 일이 종종 있었다. 그래서 변비가 있는 이들을 제외하고는 대부분 아침에 용변을 보기 위해 노력했다. 화장실의 모든 좌변기가 꽉 차 있을 때면 휴지를 들고 줄 서서 기다려야 했다. 일명 '전 사로 사격 중'인 상황. 그러다가 용변을 마친 동기가 나오면 누군가 교관님의 말투를 흉내 내며 말했다. "1사로! 사격 끝. 다음 사수 입장. 준비된 사수로부터 앉아 쏴!" 화장실 주변의 동기들이 키득키득거리는 중에 더 짓궂은 지시도 나왔다. "아니다. 1사로 서서 쏴! 2사로 엎드려 쏴!" 장난기 가득한 한 동기는 본인의 '사격' 상황을 실시간으로 생중계하는데, 갑자기 섬뜩한 소리가 들려왔다. "기능고장!! 아쒸…" 그는 심지어 안전검사(?)까지 하며 용변을 확실히 마무리 짓는 재치까지 선보였다. 급박한 용변 상황을 사격훈련과 연관 짓고,

낄낄거리며 좋아하는 우리는 정말로 군인이 되어 가고 있었다.

동기회에서는 하훈의 끝자락에 '하훈의 밤' 행사를 준비했다. 맛있는 음식을 먹으며 하훈 중에 있었던 재밌는 에피소드들을 나누고 미리 했던 설문조사 결과를 발표하며 훈육관님들과도 속을 터놓고 추억을 나누고, 몇몇이 준비한 장기자랑을 보며 6주간의 하훈을 마무리하는 행사였다. 즐겁고 흥겨운 시간을 보내며 최고의 분대원들과 어깨동무를 하고 하훈이 끝나는 아쉬움을 서로 달랬다. 생활관에 돌아와서는 이곳저곳의 동기들을 찾아 돌아다니며 평생 다시 오지 않을 1학년 하훈을 사진으로나마 남겼다.

다리에 힘이 풀릴 때도 많았고 텐트의 답답함에 숨이 막힐 때도 있었고 끝없는 걸음에 물집이 잡히고 발바닥도 아팠다. 계속되는 뜀걸음과 체력단련에 몸 여기저기가 쑤셨고, 각종 군장물품들은 땀으로 끈적끈적해진 몸을 사방에서 옥죄어 왔다. 황토에 온몸이 뒤범벅된 찝찝함을 견디기 힘든 순간도 있었고 배탈이 나서 며칠간 뒷문이 불편하기도 했다. 개도 안 걸린다는 여름감기에 걸려 고생도 했다. 이 모든 걸 견뎌낼 수 있었던 것은 가슴 벅찬 애국심도 뜨거운 열정도 숭고한 사명감도 아니었다.

매일 새벽 부스스 일어나 함께 점호를 하고 밥을 먹고 용변을 보고 훈련을 받고 운동을 하고 샤워를 하고 잠을 자기까지 모든 순간을 함께한 존재. 하훈이 끝나갈수록 더욱 힘이 된 존재. 멈추고, 포기하고 싶은 유혹이 있을 때마다 무언의 채찍질을 따끔하게 해 준 존재. 끊으려야 끊을 수 없는 단단한 끈으로 엮인 존재. 동기들이 있었기에 견뎌낼 수 있었다. 하훈을 받던 어느 날 정신교육 시간에 본 동영상에서 "인간은 강해서 견디는 것이 아니라 견디면서 강해지는 것이다."라는 구절이 크게 와 닿았었다. 비록 "파라다이스 1학년 하훈"이었지만 동기들과 함께 견디면서 강해졌다.

기차를 타고 도착한 화랑대역은 너무나 정겨웠다. 아름다운 교정과 군악대의 힘찬 군가연주가 우리를 반겨 주었다. 먼 길을 떠돌다가 그리운 고향에 돌아온 느낌이었다. 폭신한 화랑관 침대는 특급호텔의 그것이 부럽지 않았다. 하훈을 통해 살도 5kg이나 빠져서 7주일 만에 입은 정복바지가 헐렁거렸다.

학교에 가장 먼저 도착한 우리는 하훈을 무사히 마쳤다는 나름의 자부심을 갖고 뒤이어 도착하는 상급생도들을 맞이했다. 특수전교육단에서 공수훈련을 받으며 숯검정처럼 그을린 2학년생도들을 보고는 경악을 금치 못했다. 그들은 우리를 보며 말한다. "1학년 하훈은 정말 파라다이스다. 얘들아." 1년 뒤의 2학년 하훈에 대한 두려움이 물밀 듯이 몰려왔다. 3학년생도들은 2주간의 유격훈련의 여파로 인해 다리를 질질 저으며 복귀했다. 부분대장생도들은 특유의 재치와 익살로 유격의 고난을 설명했다. 2년도 더 남은 3학년 하훈이 벌써부터 두렵다.

이 모든 것을 이미 경험했던 4학년생도들은 하훈이 완전히 끝난 것을 환호하면서도 혀를 내저으며 돌아왔다. KCTC훈련(과학화전투훈련)이 유격만큼이나 아니 그 이상으로 힘들었다고 했다. 3년도 더 남은 4학년 하훈마저도 걱정되며, 앞으로의 생도생활에 대한 막막함이 한꺼번에 엄습했다. 두 밤만 자고 나면 출발할 3주간의 긴 하기휴가(여름방학)가 유일한 희망이었다.

휴가를 나오기 전에는 하훈 뒷정리, 화랑관 정돈 그리고 휴가 준비를 하느라 정신을 차리기 힘들었다. 선배생도들은 휴가신고를 할 때 생도대장님의 훈화말씀이 길어져서 지치는 경우가 많다고 했는데, 생도대장님께서는 "잘 다녀와라!" 한 마디만 하시고는 신고를 끝내셨다. 생도들은 환호성을 지르며 저절로 생겨난 충성심에 "충! 성!" 악에 받친 소리로 경례하며, 충성을 다해 휴가 보낼 것을 다짐했다.

매년 8월 15일 광복을 기념하는 것처럼 뜨거운 여름을 보낸 화랑들도 매년 그 즈음에 해방의 기쁨을 온몸으로 맞이한다.

제13화

하기휴가

집에 도착하니 부모님께서 검게 그을린 얼굴과 살이 쪽 빠진 모습을 보시곤 좋아하셨다. 최고의 다이어트는 기훈이 아니라 바로 하훈이었다. 반팔 티셔츠를 입으니 목에는 V자, 팔에는 一자로 흑과 백이 선명하게 구분되어 어느 누가 봐도 군인인지 알아챌 정도였다. 상급생도들은 세계 각지로 해외문화탐방을 갔고, 한반도 어디에도 상급생도가 없다는 사실에 완벽한 자유로움을 느꼈다. 집에서 잠을 자고, 원하는 시간에 밥을 먹고, 어디든 돌아다닐 수 있음에 행복하고 감사한 휴가. 지난 하훈을 곱씹어 생각해보니 참 많은 일들이 있었고, 그 모든 것을 견뎌내며 많이 성장한 것 같아 뿌듯했다. 동기들과 부대끼며 함께했던 지난 8주가 마치 꿈만 같았다.

기훈 때부터 함께해 온 여생도 혜진이는 하훈 초중반 때부터 표정이 안 좋았고 목소리도 점점 작아지는가 싶더니 급기야는 학교를 그만두겠다는 고민에 빠졌었다.(생도생활에 대한 고민에 빠졌을 때 "회의 품었다."라고 표현하는데, 대부분은 깊은 회의를 품을 때가 적어도 한 번은 있다. 한 번도 회의를 품지 않았다고 한다면 그건 정말로 강한 생도인거다.) 그녀는 더위를 견디기 힘들고 훈련도 생각보다 힘들다고 했다. 다른 대학교에 다니는 친구들은 화장도 하고 예쁘게 꾸미며 캠퍼스 생활을 하는데, 본인은 위장크림을 바르고 땀에 절어 지내고 있는 것도 싫다고 했다. 남생도들과의 훈련과 체력단련 등에서 생기는 갈등과 열등감, 그리고 '그래, 여생도니까…'라는 종류의 은근한 시선도 견디기 힘들다고 했다. 하지만 군인이 되고 싶은 마음과 국가를 위해 힘쓰겠다는 사명감 그리고 학교를 나갔을 때 가족과 친구들이 갖게 될 실망감, 새로운 삶의 막막함 등으로 인해 회의 품은 자신을 달래보려고 노력 중이라고 했다. 훈육관님과 상담을 하고도 그녀의 고민은 계속되었다.

훈련 중간중간의 쉬는 시간과 식사시간을 이용해 고민을 들어주고 또 달래주고, 정 힘들면 나가는 것도 나쁘지 않겠다고 말해 주면서도 계속해서 표정이 어두운 그녀가 안쓰러웠다. 어느 날 아침, 혜진이는 모든 것을 내려놓은 표정을 하고 "지금 나가면 하훈이 힘들어서 도망가는 것밖에 되지 않으니 일단 훈련을 끝내고 휴가 때 부모님과 상의하겠다."라고 했다. 그리고는 끝까지 하훈을 버텨내고 휴가를 갔다.

하훈 때 좋은 일도 많았지만 마찰도 있었고 특히 여생도와 남생도 사이에 오해가 생긴 경우도 있었다. 샤워가 끝나고 식사하기 위해 이동해야 하는데 여생도가 머리를 말리느라 늦게 나와 다른 동기들보다 밥을 늦게 먹는 경우(훈련이 힘들수록 밥과 휴식이 최고 존엄의 가치를 갖기 때문에 많이 예민해지는 부분이다.), 뜀걸음을 뛰다가 여생도가 낙오하는 경우, 식사 순서를 결정할 때 여생도들이 먼저 가는 경우, 계속되는 훈련에 피로골절이 온 여생도가 행군 때 군장을 메지 않고 행군을 한 경우 등의 훈련과 생활에 있어 어쩔 수 없는 차이가 발생했다.

서로 이해하고 감싸주기에는 성숙하지 못했는지 사소한 의견 차이와 행동이 오해를 낳고 갈등이 표면화되기도 했다. 전체에서 소수인 여생도들의 의견이 묵살되기도 하고 그들은 상처를 받기도 했다. 그래도 모두가 사관생도이자 동료, 그리고 한배를 탄 전우라는 사실만큼은 잊지 않았다. 다름을 다름으로 인정하고 서로를 존중하며 이해하는 것이 남녀생도 모두에게 요구되었다. '너와 나' 혹은 '여자와 남자'라고 구분 짓기보다는 '우리'라는 동료의식이 절실히 필요했다. 비록 하훈은 끝났지만, 앞으로 함께 지내며 현명하게 풀어가야 할 숙제였다. 선배생도들은 어떻게 이런 갈등을 극복하며 지내는 건지 궁금하기도 했다.

하훈 중에 가장 지치고 더울 때 먹었던 살얼음이 낀 깐포도와 황도. 지구를 구해낸 것 같은 행복과 평생 잊을 수 없는 청량감을 다시 느끼기 위해 어머니를 따라 할인마트로 갔다. 그전에는 단 한 번도 사지 않았던 통조림을 신이 나서 카트에 집어넣는 나를 어머니께서 나무라셨다. "엄마도 이거 먹어보면 대박. 대박. 대박."이라고 말씀드리며 설득에 겨우 성공했다. 냉동실에 넣었다가 꺼내어 먹는데, 그때 그 맛이 나지 않았다. 땀에 흠뻑 젖어서 동기들과 쪼그려 앉아 먹던 그 맛이 아니었다. 그리곤 어머니께 된통 꾸지람을 먹었다. 휴가가 끝나고 들어보니 동기들도 똑같은 경험을 했다고 한다. 깐포도는 동기와 함께 하훈 중에 먹어야 제 맛이라는 진리를 깨달았다. (어쩌면 목이 마른 것보다는 그 순간들을 그리워했던 걸수도 있다.)

긴 것 같지만 너무나도 짧은 휴가. '민간인' 친구들은 아르바이트와 학기 준비 등으로 인해 바빴지만, 시간이 맞는 친구들과 대천해변에 놀러 가 바다에 몸도 담가보고, 동기들과도 만나 맛있는 것도 먹고, 집에서 마냥 누워 쉬기도 했다. 3주의 휴가는 어 하는가 싶더니 아 하고 끝나버렸다. 화랑대가 전국의 사관생도에게 돌아오라고, 보고 싶다고 소리치는 것 같았다. 마냥 쉬고 놀고 있으니 몸이 근질근질하고, 내 집, 내 친구, 내 가족, 바로 화랑관과 분대원 그리고 동기들이 보고 싶어져서 한달음에 학교로 복귀했다.

제14화

또 하나의 끝과 시작

하기휴가 귀영점호. 한결 밝아지고 활기찬 모습의 생도들이 '육사행진곡'을 부르며 고요에 잠겨 있던 화랑대를 단번에 일깨웠다. 다리를 절었던 부분대장생도들은 이젠 멀쩡한 모습으로 해외문화탐방을 다녀온 '영웅담'을 온몸으로 말해 주었고, 그들이 찍어 온 사진을 함께 보며 즐거운 시간을 보냈다. 1학년 2학기부터는 매달 2번의 외출과 1번의 외박이 가능해서 마음이 한결 가벼웠고 핸드폰을 쓸 수 있어서 좋았다.

1학기 시작 직전의 수업준비는 선배생도들이 모두 해 주었지만 2학기 수업준비는 스스로 마치고 사열도 무사히 받았다. 1학기와 마찬가지로 군사학을 제외한 7과목 중에 선형대수학, 전산, 화학까지 무려 3개의 이과 과목들이 학기 시작도 전에 골치를 썩였다.

화랑연병장에서 펼쳐진 지휘근무교대식을 통해 1학기에 생도대를 이끌어온 지휘근무생도들의 지휘권이 새롭게 구성된 2학기 지휘근무생도들에게 넘어갔다. 정들었던 김태경 분대장생도를 비롯한 분대원들과도 헤어지고 새로운 분대원들과 함께하게 되었고, 기파분대장생도이셨던 최준식 생도가 2학기 분대장생도가 되셨다. 키도 크고 잘 생기고 젠틀하기로도 유명한 분대장은 지난 4학년 하훈 때 대대장생도를 맡으며 멋지게 지휘하기도 했었다.

한 학기 동안 기파생도보다도 엄격하게 1학년생도들을 지도했던 중대 기수생도가 우리 분대 '2학년생도'가 되었다. 한 학기 내내 우리 앞에서 모자를 벗은 적도 없고 흐트러진 모습도 보이지 않았던 기수생도와 같은 분대가 되니 동기들이 다가와서 위로해줬다. 그가 씩 웃으며 챙겨 주는 모습에 처음엔 당황스럽고 적응되지 않았지만 점점 직책에 가려져 있던 그의 따뜻한 인간미가 느껴졌고 서로 교감하며 지내게 되었다.

하훈 때 많은 고민을 했던 혜진이와 같은 분대가 되었는데, 그녀는 휴가 동안에 마음을 정리하고 왔는지 한층 밝아진 모습으로 의지를 품고(생도들이 '회의를 품다'의 반대되는 뜻으로 자주 쓰는 표현) 열심히 학교생활에 집중했다. 학교를 나갈 것 같았는데 완전히 뒤바뀐 모습을 보니 한창 걱정해주고 함께 고민하던 때가 생각나 우습기도 했지만 앞으로도 함께할 수 있어서 좋았다. 고등학생 때 2차 시험에서 같은 방을 쓰며 서로의 합격을 응원했던 용현이도 같은 분대가 되어 깊은 인연을 이어가게 되었다.

많은 추억을 쌓은 부분대장생도 2명 모두 지휘근무를 맡게 되었고 '9호실[8]'로 들어가 버렸다. 다정다감하게 장난도 많이 쳤던 부분대장생도들이 그곳으로 간다니, 주변에서는 1학기 때 같은 분대원이었던 나와 신화 그리고 인형이를 보며 '측근 깨기(다른 생도들에게 경각심을 주기 위해 친한 후배생도들을 교육하는 것)를 조심하라고 농담 반 진담 반으로 충고해 줬다. '에잇. 설마 우리한테 그러겠어?!'('설마가 혹시가 되고, 혹시가 역시가 된다.'는 말이 딱 들어맞았다. 그래도 그들과 맺은 인연은 지금까지도 소중히 이어지고 있다.) 모든 생도들이 새로

---

8) 중대마다 1개씩 있는 3학년 지휘근무생도들의 생활관. 중대원의 각종 생활을 챙기며 검열한다. '9호실로 불려간다'는 말은 대개 뭔가를 잘못해서 교육받으러 간다는 무서운 말이다.

운 '팀'을 구성하며 새로운 학기를 맞이하는 생도대에는 또 하나의 끝과 시작이 함께했다.

미국 웨스트포인트에서 교육받기로 결정된 상원이는 본격적인 담금질에 들어갔다. 매일 새벽 2시까지 커피를 몇 잔씩 마셔가면서 영어공부에 매진하던 그는 가슴 속에 태극마크를 달았다며 강한 의지를 내비쳤다. 하훈 때 함께 지내면서 많은 것을 가르쳐 준 그가 정말 멋졌다. 그의 말처럼 가슴 속에 태극기를 품으며 힘차게 2학기를 시작했다. 하지만 첫 수업부터 몰려온 졸음과의 싸움에서 이기는 건 거의 불가능했다. 8시간 동안 4과목 수업이 꽉 들어찬 하루의 마지막 시간에는 정신이 혼미해진 스스로를 발견하기 일쑤였다. 한편, 휴가 때 푹 쉬고 놀고먹으며 늘어졌던 생활에서 벗어나 시간이 촉박한 생도생활로 돌아오니 허투루 버리는 시간 없이 의미 있게 사는 것 같았다.

학기 초에 학교가 분주하고 어수선해졌다. 하훈이 한창이던 8월 초에 신입생도 모집을 위한 1차 시험에서 합격한 수험생들이 면접과 체력, 심리검사 등의 2차 시험을 치르기 위해 학교로 온 것이다. 화랑관 식당에서 식사를 마친 뒤 우리를 쳐다보는 저 학생들이 바로 후배가 될 학생들이란 사실이 너무나도 신기했다. '우리한테 후배가 생긴다고? 말도 안 돼,' 상급생도들은 눈앞의 수험생들을 보며 흥분하는 우리를 보며 "어이구~ 우리 1학년들도 후배가 들어오네!"라며 한껏 분위기를 띄워 줬다. 그렇지만 우리는 아직 두더지일 뿐이었고, 착각은 곧 뿅망치로 뿅뿅 맞게 되는 지름길이었다. 어떻게 보면 1년 전에 우리가 그랬듯이, 생도들의 모습 자체가 미래이자 희망인 수험생들과 청소년들이 있다. 과연 그들에게 사관생도로서 열심히 살아가고 있다고 당당히 말할 수 있을까? 호국의 간성으로서 갖춰야 할 자질을 갖춰가고 있는 걸까? 갑자기 부끄러워지면서 어깨가 무거워졌다. 그들의 희망과 꿈이 헛된 일이 되지 않도록, 무엇보다도 스스로에게 부끄럽지 않도록 하루하루에 파묻혀 흘러가는 대로 살지 말고 더 스스로를 수련하고 단련해야겠다고 생각했다.

작문수업 시간에 교수님께서는 독서의 중요성과 필요성에 대해 여러 측면에서 얘기해 주셨다. "책이 손에서 떨어지는 순간이 바로 군복을 벗어야 할 때"라는 전 육군참모총장님의 말도 인용하셨다. 지식과 지혜를 탐구하는 자세가 중요하고 독서가 없는 삶은 고민할 것도 고뇌할 것도 없는 삶이라고도 하셨다. 물질적으로 잘 살더라도 생각하지 않고 사는 것은 곧 자기 자신을 속이며 사는 거고, 독서를 하지 않으면 현실에 타협하고 주어진 가치에 충실히 맞춰 살게 된다는 말씀들이 조금은 높은 수준의 말들인 것 같아서 혼란스럽기도 했지만, 사관생도 또 장교에게는 독서가 정말로 중요하다고 누차 강조하신 마음에 공감이 갔다. 하지만 과목별로 학업 부담이 늘어나고 각종 집합으로 인해 여유 시간을 내기가 점점 힘들어졌다. 분대장생도는 생도생활은 우선순위와 중요도를 고려해서 중요하고 급한 것부터 먼저 처리해나가는 판단을 길러야 한다고 말해 주었다. 몸은 정신없이 바쁘더라도 마음의 여유만큼은 절대 잃어서는 안 된다고도 했다. 2학기가 되니 1학기 때는 따라가기에만 급급해 미처 신경 쓰지 못했던 '시간 관리'에 대해 점점 더 고민하게 되었다. 어떤 책에서 본 "누구에게나 주어지는 똑같은 24시간을 어떻게 활용하느냐에 따라 달라진다"는 구절은 교수님께서 말씀하신 것과 내용이 비슷했고, 하루에 조금씩이라도 책을 읽기로 결심했다.

매주 월요일에는 1학년들이 주말에 외출이나 외박을 나가는지를 조사했다. 과감하게 외박을 신청하고 나자 설레고, 설레고 또 설레었다.

제15화

지금이 아니면 그때가 언제란 말인가

9월 중순이 되자 3학년생도들은 국군의 날 행사를 준비하고 참가하기 위해서 학교를 떠나 계룡대로 갔다. 2주 정도 빼먹게 된 수업은 겨울학기 때 보충한다고 했다. 매년 열리는 국군의 날 행사는 5년에 1번씩 대규모 시가행진으로 치러진다. 시기적으로 볼 때 1년 뒤에 시가행진이 있고 지금 2학년생도들이 하게 될 가능성이 높았다. 1개 학년이 떠나자 화랑관이 조금은 허전해졌고, 생도대에는 역시 4개 학년 모두가 있어야 여러모로 온전할 수 있었다.

1학년생도들은 첫 외박을 나가기 전에 외출, 외박 때 주의해야 할 것에 대해 다시 한 번 교육받았다. 정복을 입고 학교 밖으로 나가자 어깨에 힘이 잔뜩 들어갔고, 괜히 주변 사람들이 슬쩍슬쩍 쳐다보는 것처럼 느껴져서 시선을 의식했다. 조금은 민망하기도 하고 한편으론 제복을 입은 게 스스로 뿌듯하고 자랑스러워서 007가방을 더욱 힘차게 붙잡았다.(사관생도들의 검은 가방에 뭐가 들었는지는 비밀이다. 총이 들어 있을 수도, 로봇이 들어 있을 수도, 아이언맨의 윙수트가 들어있을 수도 있다. 간혹 주중에 못 다한 빨래가 들어있을 수도 있다. 믿거나 말거나.) 어깨견장에는 한 줄만 그어져 있고 왼쪽 가슴에 공수윙도 달려 있지 않아서 뭔가 없어 보이는 1학년생도지만, 정복을 입고 돌아다니는 것은 묘한 긴장과 흥분을 느끼게 했다. 친구들을 만나 소개팅 주선을 부탁하고 부모님과 식사도 하고 집에서 푹 쉰 뒤, 함께 외박을 나온 동기들을 만나서 점심식사를 하고 청계천 주변을 거닐며 한껏 여유를 부리다가 첫 외박을 기념하는 스티커 사진을 찍으러 갔다. 제복차림의 남자들이 스티커 사진 가게에 들어가자 먼저 들어와 있던 여성 분들이 흠칫 놀라는 눈치였다. 조금 민망했지만, 그에 굴하지 않고 다정하게 스티커 사진을 찍었다. 여자 친구가 없던 3명은 다음부턴 아리따운 여성분과 단둘이 찍을 거라고, 이번에는 어쩔 수 없으니까 너희랑 같이 찍는 거라고, 서로 이죽거렸다.

10월 1일이 되어 국군의 날 행사를 TV를 통해 시청했다. 국군의 날은 6·25전쟁이 한창이던 1950년 10월 1일에 국군이 북괴군을 무찌르고 최초로 38선을 돌파한 날의 의미를 되새기고자 국군의 생일로 지정되었다. TV 화면에 3학년생도들의 얼굴이 순간순간 비쳐졌다. 대통령께서 사열을 하시며 육사생도들 앞을 지나가자 힘찬 경례구호가 들렸고, 아나운서는 육군사관학교에 대해 짤막하게 설명했다. 대통령 기념사에서 이름 없이 스러져간 영령들의 이야기가 나오고 군복 입은 사람들이 대우받는 나라로 만들겠다는 발언에 가슴이 울컥했다. 부디 실속 없는 빈말이 되지 않기를 바랄 뿐이었다. 국군의 날에는 특별 간식이 나왔고 무엇보다도 하루를 통째로 쉬기 때문에 참 좋았다. 오후가 되어 행사를 무사히 마친 3학년생도들이 검게 그을린 얼굴로 학교에 복귀하자 모든 생도들이 힘찬 박수와 함성 세례로 고생한 그들을 환영해 주었다.

달력이 10월로 넘어가면서부터 교정에도 가을의 기운이 물씬 풍겨왔다. 후배로 들어올 수험생들의 2차 시험도 어느새 끝났고 2달 뒤면 한 해가 저무는 것을 실감했다. 왠지 모르게 2학기는 1학기보다 시간이 훨씬 빨리 흐르는 것 같았고, 10월 말에 있을 화랑제를 준비하느라 하루하루가 부족했다. 화랑제 때 생도들은 각자 소속된 동아리에서 그동안 갈고 닦아 온 실력을 뽐낸다. 태권도·유도·검도·합기도 등의 무술부서, 응원·밴드·관현악·피아노·기타·국악·서양화·한국화·서예 등의 예능부서, 축구·럭비·농구·배구·핸드볼·수영·권투 등의 체능부서, 영어·전사연구·마이크로로봇제작·프라모델 제작 등의 학술 관련 부서 그리고 서바이벌부 등 많은 분야의 동아리부서는 매주 수요일 오후에 네다섯 시간씩 모여서 활동해 왔다. 각 부서별로 외부전문 강사가 생도들을 가르쳤고 필요한 모든 재료도 충분히 지원되었다. 동아리 활동은 생도생활의 활력소이기도 했지만, 화랑제가 다가올수록 발표, 전시, 경연 등을 준비해야 해서 엄청난 압박으로 변했다.

나는 동(動)적인 생도생활에 균형을 잡기 위한 명분으로 정(靜)적인 활동을 하며 마음의 안식과 육체의 휴식을 갈구해서 피아노부를 선택했다. 초등학교 1학년 때 이후로 피아노를 다뤄보지 않았을 뿐만 아니라 악보를 수월하게 읽지 못해서 음표마다 도, 레, 미 등의 음계를 적은 뒤 건반 치는 순서를 외워야만 했다. 강사님께서 화랑제 때 개인별로 무조건 1곡씩은 연주를 해야 한다고 하실 때에는 심각한 좌절에 빠졌고 곡을 통째로 암기하는 수밖에 없었다. 수요일마다 운동부서에 속한 동기들이 고난의 시간을 보낼 때 편안하게 보내며 좋아했었는데 어느 순간부터 내게도 거대한 부담이 짓눌러왔다.

화랑제 기간에는 사격, 수영, 권투 등의 종목을 겨뤄서 '왕'을 선발하는 대회도 열린다. 땅에서 달리는 것보다 물속에서 헤엄칠 때 훨씬 편했던 나는 수영종목에 도전했다. 체육수업 이후에 뜀걸음을 하기 싫은 본심을 숨기며 수영왕 선발대회 준비를 핑계 대며 중대장생도로부터 뜀걸음 열외를 승인받았다. '장난꾸러기' 병욱이는 나를 코칭한다는 명분하에 뜀걸음을 열외했고, 둘은 다른 생도들이 뛰거나 동아리 활동을 하러 갈 때 양지관 1층의 쾌적하고 넓은 실내수영장에서 매일 연습했다. 그의 성의 없는(?) 트레이닝 덕분에 속도가 점점 빨라졌고 대회를 준비하던 몇몇 상급생도들과 겨뤄도 해볼 만하다는 자신감이 생겼다.

태권도를 비롯한 각종 무도부서와 체육부서도 연습에 매진하느라 바빠서 밤 10시가 넘어서야 화랑관에 돌아오는 생도들이 수두룩했다. 화랑제를 준비하느라 몸은 힘들고 시간은 없고 학업 부담은 점점 쌓여가면서 교실에서 유달리 넋이 나간 생도들을 많이 볼 수 있었다. 생도들은 꾸벅꾸벅 졸다가도 자리에서 일어나 교실 뒤편에서 깨어나려고 노력했지만, 대부분의 생도는 서서 조는 방법을 습득하며 졸음의 고수가 되었다. 흔들거리다가 넘어질 뻔한 순간이 되어서야 겨우 눈을 뜰까 말까 했고, 교수님들의 넓은 아량이 없었다면 견뎌내기 힘든 시기였다.

2학기 중간고사 직전 주말에는 2년 만에 서울에어쇼가 개최된다고 했다. 어린 시절에도 에어쇼를 자주 관람했었는데 생도가 되어서도 꼭 가보고 싶었다. 시험을 앞둔 주말에는 대부분의 생도가 학교에 남아 시험공부를 하는데, 에어쇼를 포기하면 2년이나 기다려야 했다. 혼자 외출을 써서 에어쇼에 가기로 결심하고 시간을 최대한 압축적으로 쓰며 시험을 준비했다. 소개팅이고 미팅이고 신경 쓸 겨를도 없이 그렇게 2주일을 보내고 토요일 아침이 되어 1학년생도 중에 유일하게 외출신고를 했다. 신고가 끝나자마자 지하철을 타고 서울공항으로 가는 나를 본 몇몇 상급생도들이 아리송하게 쳐다보며 말했다. "쟤, 시험기간인데 어디 가는 거야?"

에어쇼 행사장에 사관생도 정복을 입고 들어가니 어렸을 때 부모님의 손을 잡고 왔던 것과는 느낌이 또 달랐다. 광활한 활주로에 설치된 행사장에는 우리나라에 있는 거의 모든 종류의 항공기와 각 군의 무기체계가 전시되어 있었다. 공군 '블랙 이글스'의 공중곡예비행은 감동 그 자체였다. '동아시아 최강'이라고 평가받는 F-15K 전투기가 위엄을 뽐내며 비행할 때에는 많은 관람객이 감탄했다. 바로 앞서 비행했던 KF-16전투기와 한눈에 봐도 속도와 크기, 기동능력 등 모든 면에서 엄청난 차이가 났다. 미군의 아파치 헬기 옆에 서 있던 한 미군 장교가 나에게 먼저 말을 걸었다. 웨스트포인트를 졸업했다는 말을 겨우 알아들었을 뿐 영어로 말이 나오지 않아 더 이상 대화를 잇지 못하고 어색한 웃음만 지었다. "Good Luck! Cheer up!"이라고 말하곤 급히 돌아서며 스스로가 너무나도 부끄럽고 한심하고 답답했다. 외국인과도 스스럼없이 대화하고픈 욕구가 솟으며 웨스트포인트에 가게 될 상원이가 부러워졌다.

에어쇼에서 돌아오니 같은 생활관을 쓰는 '박사' 동관이가 공부는 거의 안 하고 먹고 자면서 하루를 보냈다며 외출을 다녀온 나를 부러워했다. 에어쇼에 가겠다는 절박한 마음으로 시간을 활용해서 집중도가 높았던 덕분인지 월요일부터 4일간 치른 중간고사에서 중대 1학년들 중에서 가장 우수한 점수를 받아 중대장생도에게 칭찬받았다. 원하는 것, 하고 싶은 것을 굳이 미루거나 포기하지 말고 시간을 쪼개어 활용하면 된다는 소중한 교훈을 얻었다. 중간고사가 끝나고 펼쳐 든 한 서적에서 마침 하버드대학교의 종탑에 적힌 문구를 이야기해줬다. "지금이 아니면 그때가 언제란 말인가?"

중간고사가 끝난 생도대는 조용했던 분위기가 온데간데 없이 사라지고 왁자지껄한 축제 분위기로 변했다. 각자가 쌓아온 1년의 성과를 뽐내기 위해 뜨거운 열정을 불태우는 생도들은 다시 오지 않을 화랑제를 준비했다. "지금이 아니면 그때가 언제란 말인가!"

제16화

화랑제

　태권도부에 속한 분대원 용현이는 학업에 신경 쓰지 못할 정도로 파김치가 되어 밤늦게 돌아오고 아침에는 눈이 풀려버릴 만큼 안쓰러울 정도로 연무제(무술 경연제)를 열심히 준비했다. 거의 모든 생도가 을지강당에서 열린 연무제를 관람하는데, 용현이가 멀리서부터 달려와 몸을 날리더니 머리로 기왓장 여러장을 한번에 격파한 순간에는 박수와 탄성이 쏟아졌다. 태권도, 유도, 검도, 택견, 합기도 등의 부서에서 준비한 박력 넘치는 시범들을 보며 소름이 돋았다. 도합 6단을 보유한 4학년 여생도는 목소리부터가 남달랐고 멋지다는 말 외에는 할 말이 없었다. 분대원 모두가 그동안 고생한 용현이를 위해 기립박수를 힘껏 쳐 주었다.

　축제 기간에는 중대본부에서도 많은 이벤트를 준비했다. 특히 '마음을 열어라'는 평소 가슴 속에만 품어오던 숨겨진 이야기, 서운했던 이야기 등을 속 시원하게 털어놓을 수 있는 이벤트다. 중대원들이 화랑관 뒤편의 마당에 모여 있으면 하고픈 말이 있는 생도들이 화랑관 3층의 창문을 열고 차례로 등장했다. 분대장생도에게 서운했던 이야기, 근무생도가 오해를 해서 교육을 받고 벌점 받은 이야기, 하훈 때 했던 동기의 엉뚱한 짓 등 당사자가 아니고서는 몰랐을 갖가지 이야기들이 쏟아져 나왔다. 본인보다 상급 생도를 놀리거나 풍자하는 내용이 나오면 이름이 불려진 생도들이 당황해서 얼굴이 빨개지기도 했지만 모두가 웃고 즐기는 자리이기에 화를 내는 생도는 없었다. 이런 속풀이 시간을 통해서 중대원들은 한층 더 끈끈해지고 중대에도 즐거운 활력이 넘쳐났다.

깔깔대는 중대원들의 틈에서 잠시 빠져나와 수영장으로 가서 수영왕 선발대회에 참가했다. 스타트를 배운 적이 없어서 지난 며칠간 다른 생도들의 스타트 다이빙을 보고 따라 연습했었다. 다행히 예선전에서는 스타트에 문제없이 가뿐히 통과했지만, 결승전이 되어 출발선에 서자 엄청난 긴장감이 한 번에 몰려 왔다. 쿵쾅쿵쾅 심장 뛰는 소리가 들리고 가슴이 벌렁거리며 등줄기에 식은땀도 흘렀다. 평생 그 정도로 극도의 긴장을 느끼는 게 얼마나 될까 생각하는 순간 출발신호가 울렸고 힘차게 몸을 날렸다. 아뿔싸. 자세가 안 좋았는지 물안경이 벗겨져서 목으로 내려오고 눈에 물이 가득 찼다. 급하게 눈을 비벼내고 물안경을 올려 쓰고 출발했지만 스타트에서 얻을 수 있는 추진력을 잃었다. 허벅지가 터져라 물을 차고 양어깨를 미친 듯이 돌렸다. 좌우측으로 번갈아 호흡하며 옆 레인을 보는데 다른 생도들은 이미 앞서 나갔는지 아무것도 보이지 않았다. 울고 싶었다. 머리를 고정시키고 숨도 쉬지 않고 헤엄쳤다. 결승선에 손이 닿자마자 고개를 들어 좌우를 살폈는데 연습 때마다 경쟁해왔던 3학년생도가 막 손잡이를 잡으며 숨을 몰아쉬고 있었다. 간발의 차이로 뒤져서 스스로에게 화가 나고 결과를 받아들이기 힘들었다. 뭍으로 나와 물안경을 바닥에 내동댕이쳤다. '왜 하필 그 순간에 벗겨져 버린 거야!' 1등을 한 선배생도에게 축하드린다고 예의를 갖췄지만 마음은 무겁기만 했다. 그간 성의 없게라도 트레이닝을 해 줬던 병욱이를 보기도 미안해졌다. 그와 함께 수영연습을 끝내고 어둑해진 교정을 걸어 화랑관에 갈 때에는 기분이 청량해지고 모든 스트레스도 스르르 녹았었다. 2등을 하고 화랑관으로 돌아가는 길,

노력했던 지난 순간이 떠오르며 아쉽고 착잡했다. 출발하던 그 순간이 자꾸 생생히 떠올랐고, 한동안 잠들기 전에 물안경이 벗겨지던 순간이 생각나 잠을 설쳐야 했다.

생도회관에서는 부서별로 준비한 각종 연주회와 전시회가 열렸다. 동료 생도들이 마음껏 뽐낸 실력을 관람하는 생도들과 초대된 가족 그리고 친구들로 북적였다. 피아노부 공연을 앞둔 며칠 동안 머리에는 온통 '손가락이 움직이는 경로' 생각뿐이었다. 명색이 연주회이기에 어머니와 친구들을 초대했고, 연주 중에 실수해서 당황하는 모습을 보이기 싫었다. 고등학교 친구들을 보니 반갑긴 한데 손에선 자꾸 땀이 흘렀다. 차례가 되어 넋이라도 있는 건지 없는 건지 생각할 겨를도 없이 겨우 연주를 끝냈다. 몇 번의 실수도 있었지만 박수로 격려 받았다. 다시는 그런 경험을 하지 않고 그냥 편하게 앉아 구경만 하고 싶었다. 강사님과 함께 준비한 단체합창으로 연주회를 끝마치자 1학년생도생활의 가장 큰 고비를 넘긴 것 같은 안도감에 마음이 놓였다.

저녁에는 생도의 날 축제와 비슷하게 초대 가수, 학교 응원부, 밴드부, 선발된 장기자랑팀 등의 공연이 이어졌다. 학교장님을 포함한 학교 간부들도 함께 공연을 보며 화랑제의 밤이 뜨겁게 불타올랐다. 4학년생도들의 '화랑축제'는 1주일간 이어진 화랑제의 마지막을 장식한다. 그들이 1학년 때부터 기다려 온 졸업 전의 마지막 축제이기에 더욱 의미 깊다. 특히 분대원들의 환호를 받으며 파트너와 함께 기념사진을 찍는 시간은 생도생활 중에 몇 없는 로맨틱하고 낭만적인 시간이기도 하다. 후배생도들은 4학년 생도들에게 배정된 생활관을 예쁘고 아기자기하게 꾸며 파트너를 맞이할 준비를 해 주고, 이때 여생도들의 센스가 특히 빛을 발했다.

4학년생도들이 하나둘씩 파트너의 손을 잡고 중대로 들어오면 후배들이 준비한 혹독한 입장의식을 치르게 되고, 정성스럽게 꾸며진 생활관에서 분대원 그리고 파트너와 시간을 보내다가 화랑관 식당에서 4학년들만의 시간을 보낸다. 이때 후배생도들은 외박신고를 하고 밖으로 나가고 행사가 끝나면 4학년생도들은 교훈탑 앞으로 이동해 불꽃놀이를 구경한다. 지역주민들도 많이 구경하러 오는 꽤나 큰 불꽃놀이인데, 얼마 전 부분대장생도가 '다른 학년의 불꽃놀이를 보면, 본인의 화랑제 때에 데일리를 데려오게 된다.'는 전설을 이야기해 줬다. 그런데 외박을 나가기 애매해서 생활관에 동기들과 머물다가 그 불꽃을 보고야 말았다.

서늘한 기운이 살갗을 스치는 가을날, 낭만을 꿈꾸는 화랑들의 뜨거운 축제는 불꽃의 화려한 반짝임 속에 막을 내렸다.

1학기 때 같은 분대에서 지내며 티격태격 의견충돌도 있었던 신화와 2학기 때도 같은 생활관에서 지냈다. 너무 비슷하면 오히려 부딪힐 수 있다는 말처럼 사실 우리는 생각과 가치관에서 비슷한 부분이 많았다. 시간이 점점 흐르며 그것을 알아챘고 서로가 서로를 존중하고 배려해야 한다는 것을 느꼈다. 그리고 속 깊은 이야기를 나누기 시작하면서 각자의 속사정을 속속들이 아는 '친구'가 되었다. 신화와 함께 같이 사는 '박사' 동관이를 '사람'으로 만들기 위한 나름의 프로젝트를 함께 기획해서 그를 교육하고, 교정하고, 놀리면서 까르르 웃음보가 터지는 날이 많았다.(신화와의 인연은 계속 이어져 같은 전공에서 공부하고, 장교가 되어서는 같은 병과에서 복무하며 함께 지냈다. 참 질기고도 귀한 인연이다.)

부분대장생도 2명 모두 9호실에 들어간 2학기. 친한 선배생도들이 그곳에 있다는 것은 심적으로 든든한 일이었지만 우려했던 '측근 깨기'가 점점 현실로 다가왔다. 친형 같던 그들이 우리 생활관에 들어와서는 몇 가지를 지적하더니 벌점을 주고 덕분에 주말벌점보행을 하게 되고 신화와 나의 훈육 성적은 동기들에 비해 점점 뒤처지기 시작했다. 물론 우리가 생활을 더 철저히 하지 않은 탓도 컸지만, 분대장생도의 품으로 달려가서 부분대장생도들의 만행(?)을 이르고 싶었던 적이 한두 번이 아니었다.

하늘이 높디높고 시리게 푸르른 주말. 신화와 함께 9호실의 압박을 어떻게 견디며 2학기에 생존할 것인지를 고민하며 보행했다. 화랑관 광장을 걷고 있는 우리 옆으로 '그 형들'이 정복을 멋지게 차려입고 환하게 웃으며 외박을 나가고 있었다. 심지어 우리를 보고는 약 올리듯이 손을 흔들었다. 젠장!

제17화

솔선수범

학교 옆 태릉에는 조선 제11대 왕 중종의 계비인 문정왕후(文定王后)의 묘가 있다. 평일 저녁 시간에 허락을 받으면 태릉으로의 산책이 가능했다. 분대장생도가 태릉 산책을 계획하고 훈육관님에게 승인을 받아서 우리 분대는 체육학과가 끝나자마자 학교 밖으로 걸어 나갔다. 바쁘고 정신없는 평일에 뜻밖에 찾아온 여유로움을 즐기는 우리를 다른 생도들이 부러운 눈으로 쳐다봤다.

횡단보도를 건넜는데 분대장생도가 태릉 방향이 아닌 서울여대 방향으로 걸음을 돌렸다. 그 방향으로 30m를 가면 모든 육사생도와 서울여대생들이 아는 소라분식이란 식당이 있다. 1학기 때 김태경 분대장생도가 자주 사다 주었던 '딸기빙수(흔히 딸빙이라고 부름)'로도 유명한 소라분식에서 간단히 식사를 한 뒤 먹은 딸빙은 꿀맛이었다. 배불리 먹고 태릉 근처까지 걸어갔다가 돌아오니 복귀해야 하는 시간과 딱 맞았다. 어쩌면 분대장생도는 몇 번의 경험이 있었던 것 같다. 일종의 일탈이었지만, 최준식 분대장생도는 거의 모든 면에서 솔선수범하는 진정한 사관생도였다. 매일 아침마다 청소도구를 들고 함께 복도를 쓰는 것은 기본이었다. 압권은 어느 수요일 종교 활동시간에 벌어졌다. 수요일 저녁식사를 하고 나면 생도들은 각 종교시설로 이동하게 되는데, 정해진 시간 안에 화랑관을 벗어나지 않으면 벌점을 받게 된다. 분대장생도와 함께 저녁을 먹고 종교시설로 이동하다가 시간이 늦어져서 4학년 근무 생도에게 적발되고 말았다. 보통 4학년 동기끼리는 벌점을 주지 않는 일종의 불문율이 있어서, 우리와 함께 적발된 4학년생도들은 옆으로 빠져나갔다. 그런데 우리 분대장생도는 끝까지 옆에 서 있는 게 아닌가! 앞에서부터 차례대로 이름이 적히고 우리 차례가 되자, 분대장생도는 관등성명을 또렷하게 대면서 함께 벌점을 받았다. 벌점을 준 4학년생도는 많이 당황한 표정을 지었고 우리도 덩달아 당황했다. "분대장생도님, 괜찮으십니까?"라고 묻자 그는 씨익 미소를 지으며 "신경 쓰지 마~. 얼른 가자."라고 했다. 신선하면서도 큰 충격을 받은 우리는 솔선수범하는 그에게서 기파생도 시절의 아우라를 넘는 무언가가 뿜어져 나오는 것을 보았다. 얼마 뒤 알고 보니 당시 벌점을 준 지휘근무생도와 분대장생도는 정말 친한 사이였다. 하지만 함께 적발됐는데 자기만 빠져나가면 스스로가 너무 부끄러울 것 같았다며 당시의 심경을 말해 주었다. 비록 2학기가 끝날 무렵까지 공인어학성적(TEPS) 졸업 기준을 넘기지 못한 텝서(텝스 점수가 졸업 기준을 넘기지 못한 생도들을 '텝서'라고 부른다)로서 고생을 많이 했지만, 그는 사관생도로서 어떤 마음을 갖고 행동해야 하는지에 대해 깊은 깨달음을 주었다.

청초한 늦가을 바람에 스며드는 서늘한 기운은 기분을 한껏 가라앉게 했다. 수능을 본 지 정확히 1년이 지났다. 그동안 참 많은 일을 겪으며 어떻게 무엇이 변했는지, 무엇이 부족한지, 진지하게 지난날을 돌아봤다. 마침 우리의 기훈을 담당하셨던 훈육장교님께서 1학년생도들을 모아놓고는 '왜 이곳에 왔는지, 장차 대한민국을 위해 무엇을 어떻게 할 것인지'를 생각하고 적어서 제출하라고 하시며 지난날을 성찰할 기회를 주셨다.

다른 대학교에 갔으면 오히려 더 큰 기회가 있었을 수도 있고 그렇지 않았을 수도 있다. 처음 입학할 때 가졌던 마음이 '이상과 현실의 괴리감' 때문에 여러 번 흔들린 적도 있지만, 우리나라 곳곳에서는 진정으로 국가를 위하는 마음을 지닌 참된 리더를 필요로 하고 있다는 현실을 생각하며 마음을 다잡았었다. 도서관에 차분히 앉아서 앞으로 어떻게, 무엇을 할 것인지 나름의 생각을 정리하는 시간을 가졌다. '3년 정도 남은 생도생활을 통해 지적능력을 기르고 인격적으로도 더욱 성장하고 성숙해야 한다. 군사적 식견은 물론이고 국가안보를 국제적인 틀에서 바라볼 수 있도록 신문과 책을 손에서 놓지 말아야 하고, 조직에 긍정적인 비전을 제시할 수 있는 사람이 되어야 한다. 대한민국에 군건한 오늘과 희망찬 미래를 안겨주는 가운데 나 역시 행복한 삶을 누리고 싶다.'

말은 쉽고 거창하고 웅장했다. 마치 지구라도 구할 수 있겠다. 야심차게 적은 내용을 갖고 훈육장교님과 면담하면서 내 자신이 텅 빈 수레에 불과하다는 것을 깨달았다. 그래도 훈육장교님께서는 기훈 때 집으로 돌아가려고 했던 것보다는 많이 성숙했다고 활짝 웃으시며 어깨를 두드려 주셨다.

면담을 마치고 나오자 시퍼런 하늘이 높게 떠 있었고, 하늘의 공활함이 가슴 한 곳을 깊숙이 찔러왔다. 당장 국사와 경제학 과목의 수시시험이 예정되어 있었지만, 서점으로 걸음을 옮겨 서성이다가 『경청』이란 책을 손에 잡았다. 책에서는 '마음의 소리를 비우면 다른 이의 소리를 들을 수 있다.'고 하며, 입이 한 개이고 귀가 두 개인 이유를 설명했다. 그리고 인간을 인간답게 성숙시켜 준다는 침묵과 고뇌에 대해서도 이야기했다. '나는 장차 상급생도 그리고 장교가 되어서 경청을 실천할 수 있을까??' 1학기, 2학기 두 명의 분대장생도는 후배생도들의 말도 잘 들어주고 여건을 배려해주는 훌륭한 선배생도들이었다. 언제쯤 그들과 같은 여유를 가질 수 있을까? 하루하루를 버텨내기에 바쁜 두더지로서는 막막하게만 느껴졌다.(훗날 소통에 대한 생각을 완전히 뒤바꿔놓는 문구를 알게 되었다. 그것은 바로, '소통의 가장 큰 적은 불통(不通)이 아니라 소통하고 있다는 착각이다.'라는 문구다. 어쩌면 이 시대의 많은 문제들은 '소통하고 있다는 착각' 때문에 벌어지는 건 아닌지 모르겠다. 아니면 말고!)

어느 토요일 1학년생도들은 단체로 남한산성에 견학을 갔다. 남한산성은 1637년 병자호란 당시 청나라 군이 한양까지 침입하자, 조선의 인조임금이 대항하다 패배하고 굴욕적인 강화를 맺은 곳으로, 치욕적인 역사를 지닌 곳이다. 남한산성 정상에 올라 그 옛날 치열한 육탄전을 벌였을 군인들을 생각했다. 산성에 나들이 온 단란한 가족들과 오붓한 연인들이 제복 입은 우리를 신기한 듯이 쳐다봤다. '그래, 아직 한참 미숙하고 아무것도 아닌 우리지만, 여기 있는 가족과 연인들의 행복한 웃음을 지키는 것이 우리가 해야 할 일일 거야. 앞은 보이지 않고 어디로 가고 있는지 헷갈릴 때도 있지만, 지금 당장은 남아 있는 1학년생도 생활에 더 집중하자.'

11월 11일이 되면 고등학생 때는 빼빼로를 많이 받고 또 주기도 했는데, 사관생도가 되니 그 통로가 완전히 끊겼고, 그나마 분대원 혜진이가 하나 챙겨주었을 뿐이다. 나는 신화와 동관이와 함께 PX에 가서 각자 빼빼로를 사 먹고 돌아왔다. 그리고 여자친구에게 빼빼로를 선물 받은 동기의 생활관에 쳐들어가서 조금 더 얻어먹었다. '우리 생활관에 봄날은 정녕 오지 않는 걸까.'

제18화

꿈의 엔진

봄날은커녕 혹한의 추위가 찾아왔다. 몇 번의 소개팅이 큰 성과없이 끝났다. 해도 금세 짧아져서 저녁 6시가 되기도 전에 날이 어두워졌다. 어느 날 체육수업이 끝나고 어둑해진 길을 홀로 뛰어가는 익숙한 뒷모습이 보였다. 마침 한 여자와의 문제로 힘들어하는 절친한 병욱이였다. 반가운 마음에 멀리 앞서가는 그를 쫓아가 따라잡았는데 어찌된 영문인지 본 척도 안 하고 혼자 속도를 높이더니 앞서 뛰어갔다. 힘을 쥐어짜내 다시 그를 따라잡고는 말 한 마디 하지 않고 끝까지 같이 뛰었다. '병우야, 우리 둘에게도 핑크빛 사랑이 꽃필 날이 언젠가 있을 거야. 힘내자'라고 마음으로 외치며 그에게 힘을 주고 스스로도 위안했다.

1학년생도들이 상급생도가 되기 전에 생활자세와 마음가짐 등을 교육하는 일명 벽돌깨기도 시작됐다. 1학년 견장을 둘로 쪼개어 2학년생도가 되게 한다는 벽돌깨기 때에는 피의 4월과 비슷한 분위기가 형성되지만, 교육의 방향이 장차 후배생도들을 가르칠 수 있는 능력을 갖추게 하는 데 집중된다.

영어 과목 교수 정태영 소령님은 교수연구실에 찾아갈 때면 격식 없이 따뜻하게 반겨주시고 맛있는 과자도 챙겨주셨다. 특유의 인품으로 생도들을 끌어당기시는 교수님의 연구실에서는 오직 영어로만 말해야 한다는 것이 유일한 함정이었다. 영어로는 생각을 표현할 수가 없어서 "Can I speak Korean, sir?"라고 물어보지만 단번에 거절당했다. 부족한 영어회화 실력에 답답하고 부끄러워서 일종의 콤플렉스까지 생겼다. 비록 정상적인 대화는 거의 못했지만 과자와 코코아가 맛있어서 꾸준히 찾아뵈었다.

교수님께서는 수업시간에 영어 과목뿐만 아니라 생도생활과 인생을 통틀어 도움이 될 이야기들을 해 주셨다. 특히 생도생활을 하며 빠지기 쉬운, 아니 이미 빠져버린 것 같은 '처한 상황을 크게 해석하는 것'을 조심하라고 하셨다. 닥친 상황을 객관적으로 바라보고 대처하라는 것이 그 요지였다. 생도생활 동안 접하는 많은 상황에서 갖가지 고민을 하고, 유독 예민하게 생각해서 쓸데없는 생각에 지쳐버리는 쳇바퀴에 빠져있던 나에겐 한 줄기 밝은 빛과도 같은 조언이었다.(교수님의 말씀은 내면에서 깊이 메아리치며 생도생활 동안 힘든 일이 생겨도 '에이 별거 아닌데 뭐.'라는 식의 담담한 마음을 갖고 견뎌내는 데 큰 도움을 주었다.)

유독 추운 날 실시된 2학기 체력검정에서 팔굽혀펴기와 윗몸일으키기는 무난히 골드를 획득했지만 수준이 많이 올라왔다고 자부했던 뜀걸음에서 죽을 쑤고 말았다. 차가운 공기가 폐를 얼어붙게 하는 것 같더니 가슴이 아프고 구역질까지 올라왔고 다리 힘마저 풀려버렸다. 그냥 걸어버릴까 고민하던 찰나에 뜀걸음 실력이 좋은 신화가 본인의 기록을 포기하고 옆으로 다가와 천천히, 끝까지 함께 뛰어줬다. 코앞에서는 동관이가 헥헥거리며 함께 가자고 손짓했다. 그렇게 우리 생활관 세 명은 중대에서 꼴찌로 들어오게 되었지만, 서로가 서로에게 든든한 존재임을 다시 한 번 확인할 수 있었다.

12월 중순에는 연대 생활관 검열로 인해 정신없는 시간을 보냈다. 기말고사를 앞두고 실시된 1학년생도생활의 마지막 검열. 그래도 한두 번 해봤다고 동기들과 일사분란하게 단합해서 큰 탈 없이 끝났고 벽돌깨기 기간도 무난하게 넘어갈 수 있었다. 기말고사 직전의 일요일 귀영점호 때는 기훈출정식이 열렸다. 지난 한 달 동안 밤낮을 가리지 않고 기초군사훈련을 준비해 온 3학년생도 40여 명이 자격심사를 거쳐 어미 사자의 자격을 받게 되었다. 그들은 출정식을 통해 '백태화이바'를 쓰고 모든 생도들 앞에서 그 위용을 한껏 뽐냈다. 드디어 우리 사전에 없었던 후배들이 들어오고 2학년생도생활이 현실로 다가왔다.

모든 생도가 명예사고와 재수강 없이 기말고사를 끝내며 2학기가 끝났다. 교수님을 찾아가 여쭤보고 공부를 잘하는 동기들의 도움을 받아서 선형대수학, 화학, 전산에서 다행히 선방할 수 있었다. 동계휴가를 나가기 전에는 후배들이 훈련받게 될 인헌관으로 이동해 대청소를 했다. 기훈이 끝나고 처음 찾아간 인헌관 곳곳에서는 그때의 추억이 새록새록 흘러나왔다. 당시의 기파분대장생도들과 어깨동무를 하고 사진도 찍으며 그때를 추억했다. '이런 날이 올 줄이야…'

4학년생도들은 "이제 양로원에 갈 때가 됐다."며 감회에 젖어들었고 2, 3학년생도들도 자신들의 기훈을 추억했다. 그렇게 모든 사관생도의 가슴에서 진한 추억으로 간직되는 인헌관을 쓸고 닦으며 "이 녀석들 얼른 와라. 으하하하하."라고 외쳤고, 후배들의 '빠른' 입교를 간절히 바랐다.

동기생, 상급생도들과 부대끼며 지낸 행복했던 지난 1년을 되새기며 3주간의 동계휴가를 출발했다. 제복 중에서도 가장 멋있는 롱코트를 빼입고 집으로 가는 길, 많이 서툴렀지만 모두의 가슴이 벅찼던 기훈시절이 선명하게 떠올랐다. 그렇게 1학년생도 생활을 당당하게 끝마치고, 집으로 돌아온 아들과 딸들을 반겨주는 가족들의 행복한 웃음소리가 전국 곳곳에서 은은하게 울려퍼지고, 힘차게 달려온 꿈의 엔진은 새로운 발걸음을 준비했다. 지난 외박 때 가족과 함께 봤던 뮤지컬 〈오디션〉의 OST인 '내 꿈의 엔진이 꺼지기 전에'라는 노래를 들으며 지난 1년을 추억했다.

> 그때가 생각나 이곳에 처음 모이던 날
>
> 그 어색하고 서툰 연주가 내 귓가에 들려
>
> 시간은 많이 흐르고 연주는 점점 나아지겠지만
>
> 아직 보이지도 않는 꿈들을 우린 만나게 될까
>
> 누구도 알 수 없겠지
>
> 아이는 꿈을 좇아 어른이 되고
>
> 조금씩 잊혀져 가지 우리가 떠나온 그곳
>
> 내 꿈의 엔진이 꺼지기 전에 식어버리기 전에
>
> 이제는 만나고 싶어
>
>
> 〈내 꿈의 엔진이 꺼지기 전에, 뮤지컬 오디션〉

제3부

성장, 2학년

영어집중교육 EIC

달콤한 겨울휴가를 보내고 있는데 분대 2학년생도의 어머니께서 운명을 달리하셨다는 소식이 전해졌다. 급하게 연락된 분대동기들과 터미널에서 만나 버스를 타고 4시간이 걸려 도착한 장례식장. "먼 길 와 줘 고맙다." 고 말하는 선배의 얼굴에서는 억장이 무너지는 슬픔이 그대로 전해졌다. 그의 상실감이 얼마나 클지 도무지 헤아릴 수 없었다. 장례식장 주변에 많은 생도들이 있었고 휴가 중에 만나 반가웠지만, 모두의 표정이 어두웠다. 소중한 '동료'가 힘든 일을 겪으니 남의 일이 아닌 것 같았다. 집으로 돌아오는 내내 마음이 무거웠고 부모님을 뵐 수 있다는 사실 자체가 감사해지며 잘해야겠다고 다짐했다.(물론 마음먹은 것처럼 쉬운 일은 아니었다.)

고등학교 친구들도 하나둘씩 군대에 가기 시작했다. 군인이라는 동질감을 갖게 되는 것도 좋았지만, 외박을 나가서 만날 수 있는 친구가 점점 적어지는 것은 아쉬운 일이었다. 코가 삐뚤어질 때까지 늦잠도 자고 게임도 원 없이 하며 한껏 게으르게 지낼 수 있었던 꿈 같은 3주가 지나고 복귀한 정겨운 학교.

1학년생도들은 5주 동안 EIC-English Intencive Course 영어집중교

육─을 받기 위해 다른 학년보다 1주일 먼저 복귀했다. 마침 우리가 휴가에서 복귀하는 날은 신입생도들이 가입교하는 날이었다. 정확히 1년 전의 우리가 그랬던 것처럼 신입생도들은 긴장과 설렘 가득한 모습이었고 그들을 떠나보내는 가족과 친지들은 반쯤 울상을 짓고 계셨다. 서로 작별인사를 하는 모습을 보며, 기파생도들의 '진짜 모습'을 본 신입생도들이 무슨 생각을 할지 상상하니 저절로 미소가 지어졌다.

푹 쉬고 온 덕분에 얼굴에 살도 오르고 피부도 탱탱해진 1학년생도들끼리 육사행진곡을 힘차게 부르며 귀영점호를 했고, 새롭게 펼쳐질 생활에 대한 기대감으로 잔뜩 들떴다. EIC기간에는 생활관을 제외한 모든 장소에서 영어로만 말해야 했다. 점호, 보고, 신고 그리고 전달사항마저도 영어로 진행되고, 한국어를 쓰면 벌점을 받고 겨울학기 성적에도 반영되는 등 영어능력습득에 모든 것을 집중하는 환경이 만들어졌다.

첫날 수준평가를 치른 결과에 따라서 반을 나누고 각 반별로는 전담 교수가 배치되어 온종일 회화, 독해, 듣기, 쓰기 등의 과목과 졸업 기준(TEPS 600점 이상 획득)을 넘기 위한 공부도 했다. 오후 5시부터는 5km 뜀걸음 등의 체력단련을 하고 저녁식사 뒤에 다시 교실로 이동해 밤 10시까지 야간자습이 이어졌다.

평생토록 한국어만 쓰다가 갑자기 영어만 써야 하니 너무나 어색하고 낯 간지러웠다. 간단한 인사말 말고는 생각한 것을 영어로 표현하려니 어법에 맞는지, 발음은 정확한지, 무슨 단어를 써야 하는지 등 많은 것을 의식하게 되면서 말수가 점점 줄어들었다. 영어로 유창하게 말하는 동기들을 볼수록 더 위축되었다. 불행 중 다행으로 대부분의 동기들도 비슷한 처지였는지 선뜻 입을 열지 않았다. 모이기만 하면 와자지껄 수다를 떨던 친구들도 수줍음을 타며 내성적으로 변했다. 우리는 침묵 속에서 얼굴 표정과 몸짓으로 대화하는 우스꽝스러운 모습까지 보이게 되었다.

게다가 뇌에 온종일 영어만 입력되다 보니 앞머리(전두엽 부근)에 이상한 통증이 느껴졌다. 자고 나면 조금 괜찮다가도 저녁 무렵이 되면 어김없이 찾아오는 두통에 1주일 넘게 고생해야 했다. 그런데 신기하게도 2주가 넘어서면서부터는 두통이 잦아들었고 조금씩 영어가 익숙해지는 게 느껴졌다. 교수님 그리고 원어민 강사들과 함께 하는 시간이 많아지면서 더듬거리더라도 영어로 말하기 시작했고, 동기들과 서로 독려하며 실수를 하더라도 당연하게 받아들여지는 고무적인 분위기가 만들어졌다.

쉬는 시간에는 몇몇 동기들과 함께 정태영 교수님을 찾아가 따뜻한 코코아를 마셨다. 역시나 교수님 연구실에서는 영어만 써야 했는데 외국어 고등학교를 졸업한 나래가 하나의 막힘도 없이 교수님과 대화를 나누는 모습에 감탄했다. 어린 시절 외국에서 지낸 경험이 있는 동기들도 조리 있게 영어로 말하는 것을 보니 많이 부러웠다. 일평생 대한민국 영토를 한 번도 벗어난 적이 없고 영어를 사용할 기회도 적었던 나는 그저 어색한 웃음을 지으며 어물어물 한두 마디 하려고 시도하려 하면 쉬는 시간이 끝나 버렸다. 교수님께 드리고 싶은 말도, 나누고 싶은 생각도 참 많은데 말이 나오지 않는 상황이 답답했다. 교수님 입장에서는 얼마나 바보같이 보일까 생각하니 얼굴도 발개졌다. 그럼에도 불구하고 교수님께서는 의기소침해진 나와 다른 동기들이 단계적으로 실천할 수 있는 공부 방법과 유창하게 말하는 연습에 대해 설명해 주시며 자신감을 북돋아 주셨다.

운이 좋은 건지 인연이 질긴 건지 다가오는 6월에 미국으로 떠나는 상원이와 같은 교실에서 공부하게 되었다. 그는 새벽 2시가 넘어서도 어마어마한 양의 커피를 마셔가며 영어공부에 대한 의지를 불태웠다. 지난 1학년 하훈 때 그랬던 것처럼 우리는 함께 격려하며 공부했다. 영어공부에 몰입하게 되면서 상원이와 나는 나래를 포함한 영어 우등생 몇 명을 유혹해서 6명이 함께 하는 작은 공부 모임을 만들었다. 밤 11시에 화랑관 4층 회의실에 모여서 미리 준비한 영문기사를 읽고 의견을 나누고, 각자의 일상에 대해 대화하며 1시간 정도의 시간을 보냈다. 그들의 재능 기부는 자신감을 기르고 흥미를 돋우는 데 큰 도움을 주었다.

그러던 어느 날, 초강대국인 미국에서 대한민국을 어떻게 인식하는지 궁금했고, 며칠 동안 미국의 각종 권력기관과 언론사 사이트를 둘러보며 KOREA를 검색해봤다. 그런데 미국의회도서관의 사이트에 있는 대한민국지도에 울릉도와 독도 그리고 동해가 표시되어 있지 않은 것을 발견했다. 사이버외교단인 반크에 오류를 바꾸기 위해 힘써달라고 메일을 보냈고, 그로부터 이틀 뒤 미의회도서관이 대한민국의 지도를 울릉도와 동해가 표시된 것으로 바꿨다는 뉴스기사를 보게 되었다. 나의 사소한 관심과 우연한 발견이 나라를 위하는 일이 되었다는 사실에 가슴이 떨렸고, 작은 변화가 모이면 큰 변혁을 일으킬 수도 있겠다는 생각을 했다.

몇몇 동기들은 영어원서 서적을 읽기도 하고, 미국 드라마·영화 등을 자막 없이 보며 공부했고 모두가 영어라는 한 가지 목표에 집중해 5주를 보냈다. 그리고 90%의 동기가 TEPS성적 졸업 기준을 넘길 수 있었다. EIC를 통해 학교 어디서든 영어로 말하는 것이 자연스럽게 받아들여지게 되었고, 교수님 혹은 생도들과 대화하는 중에도 스스럼없이 영어로 말하게 되었다. 처음의 어색하고 쑥스러웠던 것은 완전히 사라지며 많은 생도들이 영어공부를 스스로 할 수 있는 능력도 갖추게 되었다.(EIC 이후의 실력향상은 개인의 의지와 노력에 따라 다르다. 생도들은 2학년 영어회화 과목과 4학년 군사영어 과목을 수강하고, 일부 전공과목과 교양과목을 영어로 수강하며 실력을 늘려간다.)

우리가 1학년 마지막 관문인 EIC를 받는 동안 겨울휴가에서 복귀한 2, 3, 4학년생도들은 집중인성교육, 국가관과 안보관교육, 외부강사 초빙강연 그리고 안보현장 견학 등 각자의 일정에 따라 움직였고, 임관을 앞둔 4

학년생도들은 군사훈련을 함께하며 임관할 준비를 했다. 그래도 가장 반갑고 기쁘고 즐거운 소식은 우리를 2학년으로 만들어 줄 새끼 사자들이 열심히 훈련을 받고 있는 것이었다. '얼른 와라. 음하하하!'

중대기수생도

EIC교육 1주차 일요일. 2, 3, 4학년생도들이 겨울휴가에서 복귀하자마자 신입생도들의 사자굴 의식이 있었다. 예복을 입고 화랑관 광장으로 갔는데, 이미 도착한 군악대가 연주를 준비하고 있었다. 중대별로 정해진 위치에서 신입생도들이 통과할 '사자굴'을 만들자, 화랑관 일대의 모든 조명이 꺼지고 옆 사람 숨소리도 들리지 않는 고요한 정적이 흘렀다.

화랑관 입구에서 "앞으로 갓!"이라는 우렁찬 구령이 들린 순간, 군악대가 북을 힘차게 울리며 행진곡을 연주했다. 우리는 우레와 같이 함성을 지르고 박수를 치며, 사자굴로 들어오는 신입생도들을 열렬히 환영하고 응원했다. 1년 전이 생각나며 가슴이 두근거리고 벅차올랐고 기파생도의 뒤를 정신없이 쫓아가는 신입생도들이 불쌍하기도 하고 대견스럽기도 하고 귀엽기도 했다. 1년을 무사히 지내고 후배들을 응원하고 있는 우리 동기들도 자랑스러웠다. 많은 생각이 뒤섞이면서 괜히 콧잔등이 짠해졌다.

어떠한 시련과 고통이 닥치더라도
피와! 땀과! 눈물로써!
참아라, 참아라, 그리고 또 참아라!
화랑의 후예는 결코 울지 않는다!

연대장생도의 말은 신입생도들에게만 해당되는 게 아니었다. 후배들에게 부끄러운 선배가 되지 않도록 더욱 노력해야겠다고 다짐하다보니 사자굴 의식이 끝났다.

2월 초순에는 4학년생도들이 임관하고 배치될 부대를 추첨한다. 육군인사사령부에서 파견된 간부들이 4학년생도들만 모아놓고 자동추첨기를 작동시켜서 부대를 뽑는다. 겨울학기의 차분한 분위기를 들썩이는 꽤나 흥미로운 일인데, 부대가 결정되면 함성과 탄식이 터져 나오고 각자의 희비가 엇갈린다. 수도권 부근으로 배치된 소수는 싱글벙글하고 최전방사단 혹은 특공여단 등에 배치된 다수는 착잡한 마음을 숨기지 못한다. 1, 2, 3학년생도들은 4학년생도들이 배치받은 결과를 보며 이야기꽃을 피운다.

4학년생도들은 앞서 장교가 된 선배들에게 연락하며 흥분된 나날을 보내고, 3학년생도들은 얼른 4학년들이 떠나주기를 기대하며 지낸다.

최준식 분대장생도는 이름만 들어도 거의 모든 사람들이 아는 백두산 부대, 강원도 양구의 21보병사단으로 가게 되었다. 2학년이 된다는 것에 설레다가도 곧 분대장과 헤어져야 한다는 사실이 아쉬웠다.

생도대에서는 지휘근무를 맡은 생도들은 직책으로 불려지지만, 2학년생도를 '김생도', '이생도'라는 식으로, 3학년생도는 '부분대장', 4학년생도는 '분대장'이라고 부른다. 그리고 생도시절에 분대장 직책을 맡지 않았더라도, 모든 졸업한 선배를 정겨우면서도 추억이 가득한 호칭인 '분대장'이라고 부른다.

'중대 기수생도'는 2학년생도 중에서 유일한 지휘근무생도다. 중대별로 1명씩 총 8명이 선발되는 기수생도는 화랑의식이나 각종 행사 때마다 중대장생도의 옆에서 중대 깃발을 들고 중대를 이끈다. 기수생도는 생도들

중에서 가장 절도 있는 제식동작을 해야 하고, 생활관도 깔끔히 정돈하는 등 생활자세에서도 모범을 보여야 한다. 매일 아침마다 화랑관 광장에 태극기를 게양하고 저녁에 다시 내리는 의식도 기수생도가 해야 하는 일이고, 1학년생도들의 외적 자세와 규정 준수, 군기 교육, 생활관 검열 등을 담당하기도 한다. 즉 기수생도는 선후배생도뿐 아니라 동기들에게도 모범이 되어야 하는 직책으로서 '진정한 사관생도의 표상'으로 여겨지고, 북극성처럼 길잡이가 되라는 뜻에서 별 모양 마크가 기수생도를 상징한다.

고대부터 깃발은 부대를 상징할 뿐 아니라 지휘통신체계이기도 했다. 정보통신기술이 발달한 현대에는 부대의 정체성과 혼을 상징하는 측면이 강하고, 생도중대의 깃발 역시 그런 측면에서 신성시 여겨지며 중대장생도 생활관에 따로 보관된다. 기수생도는 깃발을 다룰 때에는 절도있게 직각보행을 하고 눈과 고개를 좌우로 돌리지 않는다. 깃발을 든 기수생도가 지나갈 때에는 학년을 불문하고 모든 생도가 길에서 비켜난다. 혹시라도 기수생도의 앞으로 끼어드는 생도가 있으면 주변의 상급생도들이 질책할 정도로 생도대에서는 중대 깃발에 위엄과 권위를 부여한다.

2학년이 되면서 새롭게 생활할 중대가 발표되고 각 중대별로 기수생도를 선발한다는 소식이 전해졌다. 1학년생도 생활 중에도 훗날 기회가 주어진다면 가장 무서우면서도 멋있다고 생각한 기수생도 직책을 해보고 싶었다. 후배생도들과 교감하며 함께 성장하고 행사에서 깃발도 멋지게 휘두르며 모범적인 생활을 통해 더 멋진 사관생도가 되고픈 욕심이 생겼다. 사실 기초군사훈련 때 한 기파생도가 "너는 키가 작고 동글동글하게 생겨서 나중에 기수생도 하면 잘 어울리겠다."라고 했을 때부터 동경해온 직책이었다.(기수생도는 대개 중대장생도보다 덩치가 작은 인원을 선발하기 때문에 8명의 기수생도가 모이면 굉장히 귀여운 풍경이 펼쳐지기도 한다.)

기수생도를 경험해 본 부분대장생도에게 조언을 구하고 지원하기로 결심했고, 새롭게 배치받은 2중대에서는 8명의 동기가 지원했다. 처음 보는 2중대 상급생도 10여 명 앞에서 면접을 봤지만 과도하게 긴장해서 말을 더듬기도 했다. 면접을 함께 치른 동기들과는 어떤 결과가 나오더라도 함께 즐겁게 2학년 생활을 하자며 서로를 응원했다.

설렘 반 기대 반. 뒤척이다가 겨우 잠들고 일어나 아침식사를 마치고 학과 출장을 준비하는데, 2중대 기수생도로 선발되었다고 연락이 왔다. 주변의 동기들과 선배생도들이 많이 축하해 줬지만 나로 인해 떨어진 동기들이 안타까워하는 모습을 보며 괜스레 미안해졌다. 그들을 생각해서라도 더 열심히 해야겠다는 막중한 책임감이 어깨에 지워졌다.

얼마 지나지 않아 현직 2중대 기수생도에게서 연락이 왔다. 기수생도 생활관에 들어가는 건 여전히 꺼려졌지만 당당하게 찾아가 경례를 하고 준비하라는 것을 열심히 받아 적었다. 당장 다음날 새벽 4시 30분부터 기를 치는 동작과 제식을 연습한다며, 칼날같이 날카로운 다림질과 이빨이 보일 정도로 구두에 광을 내는 것은 기본이라고 했다. 몸에 착용하고 깃발을 고정시키는 X반도를 조절하고 바느질도 촘촘히 해오라고 했다. 야간 자습이 끝난 뒤부터 준비를 시작해 새벽 1시가 넘어서야 겨우 끝마쳤고, 3시간만 자고 일어나서 연습을 하러 갔다.

싸늘한 기운이 뼛속까지 스며드는 어둑한 새벽 4시 30분, 8명의 기수생도와 8명의 1학년생도가 교훈탑 광장에 모였다. 새로 선발된 기수생도 중에는 아직 말 한 번 나눠 보지 않은 동기도 여러 명 있었다. 선배기수생도 중 한 명이 주도해서 기를 잡고, 펴고, 들고, 내리는 등의 기초 동작들을 연습하고 차렷과 열중쉬어 등의 제식동작도 새로 배웠다. 그러는 동안 다른 선배기수생도들은 우리의 복장과 자세에서 잘못된 것을 지적하고 혼을 내기도 했다. 1시간 정도 연습을 하자 추위가 온몸을 감싸왔고 발가락은 감각을 잃은 지 오래였다. X반도를 착용하면 점퍼 등의 겉옷을 입을 수 없기 때문에 내복을 껴입는 경우도 있지만 뚱뚱하고 둔해 보이는 부작용 때문에 두텁게 입을 순 없었다. 그래서 기수생도들은 매번 추위와 승부를 벌여야 했다.

　교육을 받다가 새벽 6시가 되어서 들려오는 기상나팔 소리가 그렇게 반가울 수 없었다. 조금 지나자 먼발치에서부터 기초군사훈련을 받는 신입생도들이 군가를 부르며 뛰어오는 소리가 들렸다. 선임 기수생도들은 뛰고 있는 후배들에게 부끄럽지 않은 기수생도가 되기 위해서라도 더 열심히 연습하라고 동기를 부여해줬다. 다른 생도들이 아침점호를 끝내고 식당에 들어가고 난 뒤에야 우리는 연습을 마치고 화랑관으로 돌아와 아침식사를 했다. 저녁식사 이후에도 교육은 이어졌고, 연대장생도의 생활관에 보관된 태극기를 꺼내와 게양하는 절차 등 기수생도로서 해야 되는 다양한 일들에 대해 교육받았다. 짬을 내서 제식교범을 읽으며 그동안 잘못 알고 있던 동작도 고쳐나갔고, 잘 안 되는 동작은 거울 앞에서 수십 번씩 연습했다. 깃발도 멋지게 치고 싶어서 매일 집합하기 10분 전에 먼저 나가서 눈감고 내려치는 연습을 하며 몸으로 감각을 익히고자 했다. 또한 샤워를 할 때에는 오른팔만으로 팔굽혀펴기를 하며 어깨의 힘도 길렀다.

　4학년이 되어 생도대를 이끌어 갈 지휘근무생도들도 선발되어 새벽마다 예도(칼) 다루는 연습을 했고, 기수생도들이 일정 수준의 실력을 갖추게 되면서부터는 선배생도들과 함께 대형을 갖춰 행진하는 연습을 했다. 그리고 입학식과 졸업식 등 각종 행사를 본격적으로 준비하기에 이르렀다.

　연습을 시작하고 처음 며칠은 버틸 만 했는데 2주일이 지나자 체력이 바닥나버렸고, 맹추위 때문인지 양쪽 귓바퀴와 오른쪽 검지에 동창 증상도 나타났다. 수업 중에 정신없이 머리를 흔들고 침을 흘리며 존 것도 이미 오래였지만 지쳤다고 쓰러질 순 없었다. 선발해 준 중대 상급생도들과 함께 면접을 봤던 동기들 그리고 앞으로 만날 후배생도들을 생각해서라도 힘을 내야 했다. 문득 사자굴 의식의 문구가 '참아라, 참아라, 그리고 또 참아라.'가 생각났다. 언제까지 얼마나 더 참아야 하는 건지, 괜히 능력 범위를 벗어난 일을 한다고 한 것은 아닌지 고민도 되었다.

어느 날 저녁 연습을 마치고 생활관에 들어갔는데 책상 위에 따뜻한 코코아가 듬뿍 담긴 머그잔이 놓여 있었다. 잔에는 살벌한 내용이 적힌 노란색 쪽지가 붙어있었다. "너 여기서 쓰러지면 나한테 죽는다. 2중대 기수생도 파이팅!" 몇몇 동기의 진심어린 격려는 큰 힘이 되었다.

제03화

분대장의 졸업식

기수생도로서 첫 임무는 기초군사훈련을 마친 신입생도들을 화랑관으로 인솔해 오는 것이었다. 등 뒤로 들려오는 신입생도들의 우렁찬 관등성명 소리에 음흉한(?) 미소가 지어졌다. '드디어 왔구나! 하하하' 순식간에 5학년생도가 되버린 분대장들은 양로원 인헌관으로 떠나갔다. 그리고 모든 생도는 한 학년씩 진학했고, 드디어 우리의 벽돌도 깨졌다!(많은 이들은 1학년에서 2학년생도가 될 때 가장 기뻤다고 추억한다. 임관하고도 소위에서 중위로 진급할 때가 가장 좋았다고 말하는 이도 많다.)

각자 새롭게 배치 받은 중대로 이사하고 새학기 학업을 준비하는 것 말고도 1학년생도의 짐정리와 그들의 학업준비 그리고 1학년생도들에게 필요한 모든 것을 챙겨주고 알려주는 데 정신없이 바쁜 시기였다. 그와 동시에 명예의식, 입학식, 그리고 졸업·임관식 등의 행사도 치르게 되었다. 설상가상으로 졸업·임관식은 대통령께서 직접 주관하시고 국가 주요직위자들도 많이 참석할 거라고 했다. 행사를 진행하는 데 하나의 오차와 실수도 용납되지 않는다는 것을 뜻했다.

지휘근무생도들은 이미 한 달 전부터 졸업·임관식 행사를 준비해 왔고,

2주 전부터는 학교 전체가 연습에 집중했다.[1] 신입생도 입학식은 졸업·임관식 준비의 연장선에 있었다. 생도 분열을 끝으로 입학식 행사가 끝나고 중대 기수생도들이 방문객을 화랑연병장에서 화랑관으로 인솔했다. 2중대 가족 분들이 깃발을 든 내 주위로 모이는 와중에 호기심이 가득한 눈빛의 꼬마 친구들이 말을 걸어왔다. "아저씨가 들고 있는 거 뭐에요??", "아저씨는 몇 학년이에요?" 고개를 돌리거나 자세를 흐트러뜨리면 안 되는 불문율을 깨고 꼬마들에게 활짝 미소를 지으며 말했다. "얘들아, 나 아저씨 아니야~. 오빠야 오빠!" 꼬마들은 "에이, 아저씨 맞잖아요."라고 놀리고, 주변에 있던 사람들은 한바탕 미소를 지으셨다. 곧 자녀와 만날 수 있다는 사실에 설레어하시며 여러 가지를 물어보시는 신입생도 부모님들의 모습은 우리 부모님의 그것과 똑같았다.

화랑관으로 출발하려는 찰나에 한 아주머니께서 다가오셔서 먼저 인사를 해주셨다. 중학교 때 같은 반 친구였던 천석이의 부모님! 그는 재수를 한 뒤 1년 후배기수로 입학하게 된 것이다. 같은 중대가 되지 못해서 아쉬웠지만 어린 시절을 함께한 친구와 화랑대에 함께 있다는 자체만으로도 마음이 든든해졌다.

화랑관 쪽에서는 1학년생도들이 목청껏 부르는 '어머니의 마음' 노래가 어김없이 들려왔다. 5주 만에 몰라보게 달라진 1학년생도들과 가족들이 한데 뒤섞이며 여기저기서 눈물바다가 만들어졌다. 덩달아 콧잔등이 시큰해지고 가슴이 울컥하면서도 1학년생도들이 마음 편하게 하루를 즐길

---

1) 2011년부터는 각 사관학교별로 졸업식을 실시한 뒤 계룡대연병장에 육해공군해병대 초임장교들을 한데모아 대통령 주관으로 합동임관식을 치르고 있다. 연평도 포격도발 이후 각 군의 합동성을 높이기 위한 하나의 방편으로 시작되었지만, 실제 행사에 참가해본 사람들은 그 효과에 대해 큰 의문을 가진다. 이동 비용과 교통 불편 등을 호소하는 가족·친지 분들이 많다.

수 있도록 배려하며 곧바로 외박을 나갔다. 짧은 외박 동안 몸의 피로가 모두 풀리진 않았지만 후배생도들에게 경례를 받을 수 있는 2학년생도가 되었기 때문에 마음만큼은 가뿐하게 복귀할 수 있었다.

입학식 이후에는 졸업·임관식 때에 최고 수준의 분열과 행사를 선보이기 위해 혹독한 연습이 이어졌다. 아침부터 저녁까지 범무천 주변 '마의 사각지대'로 들어가 끝나지 않을 것 같은 쳇바퀴를 돌고, 화랑연병장에서도 돌고, 3체련장(축구장 3개 면적의 운동장)에서도 돌고, 돌고 또 돌았다. 발과 무릎 등에 통증을 호소하며 열외하는 생도들이 생겨나면서 분열대형을 온전히 갖추는 것도 어려워졌고, 중대장생도의 고민도 늘어갔다. 행사 1주일 전부터는 오전에 분열연습을 한 뒤 오후에는 화랑연병장에서 행사 순서를 연습하고 남는 시간에 다시 분열연습을 하는 일정이 반복되었다. 생도대장님부터 육군참모총장님까지, 대여섯 번의 사열이 끝나고 행사가 이틀 앞으로 다가오자 학교 여기저기에 검은색 양복차림을 한 경호원들이 보였다. 그들은 지뢰탐지기로 교정을 샅샅이 수색하고 행사 당일에는 금속탐지기와 검문검색대를 설치했다. 행사 시작 몇 시간 전부터는 학교 주변의 모든 전파가 차단되어 핸드폰 등의 전자기기를 사용할 수 없었다. 십여 대의 헬리콥터가 굉음을 쏟아내며 학교로 날아오고, 대통령주관행사에만 등장하는 군악대도 왔다. 수많은 방문객들의 틈에는 매서운 눈빛의 경호원들이 서 있었다. 이윽고 대통령께서 사열대에 올라오고 TV에서만 봤던 모습을 어렴풋하게나마 직접 보게 되어 느낌이 색달랐다.

1부 행사에서 졸업생도들이 사열대에 올라가 차례대로 졸업증과 학위증을 받는 30여 분은 재교생도들에게는 고난의 시간이었다. 연습 때에는 꿈틀대기도 하고 꾸벅꾸벅 졸기도 하고 앞뒤좌우의 생도들과 잡담을 하거나 끝말잇기를 하며 키득키득 대는 등 갖가지 방법으로 고난의 시간을 견려냈었다. 너무 크게 웃다가 훈육관님께 걸려서 된통 혼나는 경우도 더러 있었다. 하지만 실제 행사에서는 잡담 한 마디도 할 수 없었고 쥐 죽은 듯이 조용하게 상념에 젖은 채 그 시간을 견뎌내야 했다.

꿋꿋이 버티다 보니 행사의 정점인 생도 분열이 시작되었고, 그 순간을 위해 새벽부터 일어나 강추위 속에서 깃발을 들고 훈련해 온 지난 시간이 절절하게 떠올랐다. 연습해온 모든 것을 한 번에 쏟아 부을 때라는 생각이 들자 되레 긴장감이 사라졌다. 마음을 편하게 갖고 대통령 앞에서 깃발을 신명나게 휘둘러보자는 생각만 했다.

중대장생도가 "중대! 분열 앞으로 갓!"이라고 외치고 중대원들과 함께 힘차게 걸음을 내딛었다. 대통령께 경례해야 하는 시점에 맞춰 목이 터져라 구령을 외쳤고 손을 번쩍 들어 깃발을 하늘높이 치솟게 한 뒤, "우로 봐!" 구령에 온 힘을 다해 기를 내리쳤다. 깃대가 지면과 수평으로 정확히 내리꽂혔고, 그 속도를 따라오지 못한 깃발이 두 세 차례 아래위로 펄럭이더니 활짝 펼쳐졌다. 그동안 기를 쳐왔던 것 중에서도 가장 멋있게 쳐진 모습에 스스로 놀라서 속으로 감탄하며 경례를 받는 대통령의 모습을 힐끔 바라봤다. 중대의 '우로봐' 경례도 정확한 위치에서 이뤄졌다.

그렇게 1부 행사가 끝나자 대통령께서는 청와대로 이동하셨고, 뒤이어진 2부 행사는 졸업생도들이 '선구자'라는 가곡을 멋지게 부르면서 화랑연병장에 들어오면서 시작되었다. 하이라이트는 마지막 순서인 '화랑대의 별'이었다. 졸업생도들은 중대 기수생도들의 뒤를 따라 재교생도들이 만든 큰 별 안으로 들어가 소위를 상징하는 다이아몬드를 만들게 되고, 교가를 함께 부르고 무락카를 외치면 행사가 끝나고 졸업생도들은 재구상으로 뛰어가게 된다.

화랑대의 별을 연습할 때 졸업생도들은 기수생도들의 뒤를 질서있게 따라왔지만, 실제 행사 때는 기수생도들의 깃발을 빼앗고자 달려들었다. 깃발을 뺏기지 않으려고 필사적으로 깃발을 붙잡고 늘어지는데, 한 졸업생도가 나를 뒤에서 감싸더니 깃발을 함께 잡아주었다. 바로 최준식 분대장이었다. 졸업의 기쁨을 마음껏 즐겨도 모자란 그 순간에도 분대 1학년을 지켜주는 분대장의 마음이 너무나 고마웠다. 졸업생도들은 몇 개 중대의 깃발을 뺏는 데 성공해 광란의 질주를 펼쳤다. 훈육관님들께서 행사 직전에 기수생도들을 모아놓고, 절대로 깃발을 빼앗기지 말라고 지시했던 뒤라 몇몇 기수생도들은 난처한 표정을 짓고 어쩔 줄 몰라했다.(행사질서를 무너뜨리는 행위는 일정부분까지는 허용되어왔지만, 근래에는 차분하고 질서 있는 모습으로 행사가 진행되고 있다.)

행사가 모두 끝나고 훈육관님께서는 2중대가 가장 멋있게 기를 쳤고, 화랑대의 별 행사 때 깃발을 지키려고 몸부린 친 모습이 인상적이었다고 말씀해주셨다. 감사하게도 며칠 뒤 다른 기수생도들을 대표해 생도대장 표창을 받게 되었다.

코흘리개였던 우리를 자식처럼 챙겨주었던 분대장들은 역사의 한편으로 떠나갔다. 그들과 함께한 추억들이 하루하루 멀어져 갈 것을 생각하니 많이 서운하고 가슴이 시렸다. 이제 또다른 코흘리개 생도들이 분대장들의 빈자리를 채웠고, 그들이 베풀어 준 것을 후배생도들에게 베푸는 것이야말로 분대장들에게 보답하는 길일 거라고 생각했다. 역사의 수레바퀴가 늘 굴러왔듯이 화랑대의 역사도 그렇게 굴러갈 것이다.

분대장! 안녕히, 안녕히… 가십시오.

제04화

모교 홍보

근래 들어 가장 큰 규모로 치러진 졸업식 행사가 끝나자 1학기 생활이 시작되었다. 1학년생도들은 우리가 그랬던 것처럼 학업, 운동, 각종 집합 그리고 화랑관 생활 등에 이리 치이고 저리 치이며 정신없는 나날을 보냈다. 2학년이 된 우리는 1년 전보다 시간적 여유가 많아졌고 자기주도적인 생활이 가능해졌다. 생활 자세, 학업, 규정 준수 그리고 체력단련 등 생도로서 반드시 해야 하는 것들을 알아서 잘 해내면, 지휘근무생도들에게서도 크게 간섭받는 일이 없었고 동기들에게서도 점점 멋스러운 여유가 느껴졌다.

선배생도들은 미분적분학과 화학과목의 압박에 허덕이는 우리를 비웃었고 그런 그들이 야속했었다. 그런데 그들이 괜히 그런 게 아니었다. 2학년 1학기에 문과생도들은 8개 과목 중 4개의 이과과목을 함께 배우게 되었다. 물리학, 전산(자비), 토목공학, 지형과 기상…. 교과서를 대강 넘겨보니 보기만 해도 어지러운 수학공식들이 수두룩하게 보였다. 과목별로 첫 수업이 끝나자 가슴이 턱 막히고 숨통이 죄여왔다. 게다가 1학기 때 태권도 1단을 획득하지 못하면 승단할 때까지 계속 태권도 수업만 수강해야 했다. 이미 승단한 동기들은 축구, 농구, 수영, 테니스, 권투, 유도, 검도 등 각자 원하는 체육수업을 받을 수 있었다. 장미반이 되는 일만은 없어야 했다.(2학년이 지나도 승단하지 못한 생도들을 '장미반' 혹은 '레드워리어'라 일컫는다. 4학년이 되어서도 장미반에서 벗어나지 못하면 동기는 물론 후배생도들의 놀림 대상이 되기도 한다.) 동기들과 혀를 내두르며 1학기 생활에 대한 마음의 부담을 나눴다.

보통의 2학년생도들과 달리 분대에 속하지 않은 기수생도는 중대본부 생도들과 함께 시간을 보낸다. 특히 중대장생도와는 떼려야 뗄 수 없는 관계를 유지하고, 3학년 보좌관생도들과도 친하게 지낸다. 일명 9호실에서 생활하는 보좌관생도들은 인사·행정 업무를 담당하는 행정보좌관, 부대 일정과 보안 업무를 담당하는 정작담당관, 군수 업무를 담당하는 보급보좌관, 체육활동·체력증진과 엔터테인먼트를 담당하는 교육훈련보좌관이 있다.(각각의 직책을 줄여서 행보, 정작, 보보, 교보라고 부른다.) 그들은 1, 2학년생도들을 지적하고 벌점도 줄 수 있는 직책이어서 후배생도들이 약간의 거리감을 두는 존재이지만, 중대본부의 일원인 기수생도는 그들과 거리낌 없이 지내며 9호실에도 마음 편하게 들어가 시간을 보내기도 한다. 한편 기수생도와 같은 생활관에서 지내는 2명의 동기들은 '기수보좌관'으로 불린다. 기수생도를 대신해 1학년생도를 교육하기도 하고 가끔은 기수생도의 빨래를 대신 세탁기에 넣어주는 등 여러 면에서 도움을 주어서 붙여진 별칭이다. 모든 중대원들에게 모범이 될 수 있도록 청결해야 하는 기수생도생활관의 특성 때문에 함께 생활하는 동기들이 신경 써야 할 것도 많았다. 기훈 때 같은 생활관을 쓰고 1학년 하훈 때에도 같은 분대였던 범준이는 질긴 인연 덕분에 2중대에도 함께 배치되었고, 기수보좌관이 돼 주었다.

1학년생도들의 군기와 생활 자세를 점검하고 각종 규정을 알려주는 임무도 내게 주어졌다. 중대본부 3, 4학년생도들과 회의하고 의견을 나누면서 1학년생도들을 효과적으로 이끌기 위해 사전에 많은 준비를 했다. 그들이 쉽게 이해하고 받아들여서 생활에 적용할 수 있도록 원래부터 전해져 오던 교육 자료를 가다듬고 다른 중대 기수생도들과도 서로의 교육 자료를 공유하며 다듬었다. 교육 전에는 말해야 하는 내용의 핵심을 간추려서 수첩에 적고 거울을 보며 연습했다. 그럼에도 불구하고 막상 1학년생도들의 초롱초롱한 눈빛을 마주하면 긴장되고 떨렸다. 말을 하면서도 핵심을 놓치고 중언부언 하는 건 아닌지, 시간을 쓸데없이 많이 쓰고 있는 건 아닌지 등을 신경 썼다.

  학업과 1학년생도 교육에 집중하다 보니 어느새 3월 한 달이 훌쩍 지나가 버렸고, 매년 3월 말마다 실시되는 모교 홍보를 가게 되었다. 1학년생도들만 학교에 남기 때문에 '3일천하'라고 불리는 바로 그 기간이다. 본인이 졸업한 고등학교뿐 아니라 집 근처 고등학교 몇 곳을 더 방문해서 홍보하게 되었다. 평일인데도 학교 밖에서 지낼 수 있는 모교 홍보 기간은 휴가를 제외하고는 거의 유일한 평일휴식이자 학생들 앞에서 사관생도의 자부심을 드높일 수 있는 소중한 시간이었다.
  같은 고등학교를 나온 생도들끼리 모임을 하고 모교 홍보도 함께하는 경우가 많았지만, 아쉽게도 내가 나온 고등학교에서 육사생도가 된 동문은 얼마 전 졸업한 선배생도 1명을 제외하고는 아무도 없었고, 혼자서 모교에 찾아가게 되었다. 생도정복을 차려입고 모교를 찾아가는 건 굉장히 설레고 감격스러운 일이었다. 학교 정문에 들어서니 학창시절의 추억을 함께했던 친구들의 얼굴이 새록새록 떠올랐다. 반갑게 맞이해주시는 선생님들은 마치 어제 본 것처럼 익숙하게 느껴졌다. 많은 학생들이 내 주변으로 우르르 몰려와 신기하다는 듯이 구경했다. 정작 홍보활동에 참석한 학생은 얼마 안 됐지만 어느 누군가는 후배생도가 될 수 있다는 생각에 어깨가 무거워졌고 정확히 2년 전에 그 자리에 앉아 있었다고 생각하니 감개무량했다. 10분에 걸쳐 홍보영상을 보여준 뒤 입시절차와 생도생활에 대해 이야기해 주고, 수험생활에 도움이 될 법한 공부 방법들을 조언해 주면서 모교 홍보를 마무리 지었다. 1년 뒤에 더 멋진 모습으로 찾아뵙겠다고 말씀드리며 선생님들과 작별한 뒤 사관학교 입학의 꿈을 이루게 해 준 구립도서관에 찾아갔다. 고된 입시를 보냈던 그곳에서 공부삼매경에 빠진 많은 사람들의 모습은 생도생활을 더욱 열심히 하라는 신선한 자극제가 돼 주었다.

학교에 돌아오니 '피의 4월'이라 불리는 1학년생도 집중교육과 연대검열이 눈앞에 닥쳐 있었다. 1학년생도를 대상으로 하는 교육을 준비하는 것뿐만 아니라 당장 물리학, 지형기상 과목의 수시시험도 있고 전산과목의 발표수업도 준비해야 했다. 또한 정기체력검정이 3주 앞으로 다가와 1학년 때보다 한 단계 높아진 통과기준을 넘겨야 했다. 기수생도로서 적어도 1급은 받아야 1학년생도들 앞에서도 당당할 수 있겠다고 생각하니 부담이 더 커졌다. 게다가 한 달 뒤에 있을 생도의 날 행사에 '데일리'가 아닌 진짜 여자 친구를 데려가기 위해서는 미팅과 소개팅도 부지런히 해야 했다. 꿀 같은 휴식 뒤에 산적한 과제들을 미리 걱정하다가는 걱정만 하다가 시간을 보낼 것 같았다. 작년에도 느꼈지만 그때그때 집중력을 발휘해서 해결하는 것 말고는 별다른 방법이 없는 게 바로 생도생활인 것 같았다.

모교 홍보를 끝내고 도착한 화랑대. 간성문을 지나 화랑관으로 걸어가며 바라본 교훈탑 너머의 하늘에는 어두운 구름이 짙게 깔려 있었다.

제 0 5 화

회의를 품다

꽃피는 4월 훈훈한 봄기운이 불어오자 벚꽃나무의 몽우리들이 서서히 분홍빛을 드러내고, 돋아나는 새싹들이 화랑연병장을 연두색으로 물들이기 시작했다. 어느 날, 장군 정기인사에서 학교장님이 육군참모총장으로 승진하셨다고 전해졌다. 학교장님 개인에게도, 또 학교에도 영광스러운 일이었다. 이·취임식이 끝나자마자 학교를 떠나 육군본부로 영전하시면서 5개월 전에 부임하셨던 생도대장님도 함께 떠나셨다. 새로운 생도대장님께서 오셔서 전 생도대장님께서 야심차게 추진했던 훈육목표들을 재검토하면서 새로운 목표들이 세워졌다. 갑작스러운 방향 전환 때문에 훈육관님들도 우왕좌왕하는 눈치였다. 생도생활도 그 영향을 받아 조금은 기우뚱거렸지만 생도들은 늘 그래왔던 것처럼 모든 분야에서 열심히 달려가고 있었다.

한 주가 정신없이 지나고 외박을 다녀온 어느 일요일 저녁. 여느 때와 다름없이 귀영점호를 마치고 생활관에 들어와 수업을 준비하는데 갑자기 연대본부에서 방송을 통해 전례 없는 지시사항을 전파했다.

"현 시간부로 전 생도는 하던 동작을 모두 멈추고, 전투복 복장을 갖춘 뒤, 15분 뒤에 을지강당으로 집합할 것."

　나라에 무슨 큰일이라도 일어난 건지 급히 뉴스를 검색했지만, 다행히 별일은 없는 것 같았다. 도대체 무슨 일인지 동기들과 이야기를 주고받으며 급하게 옷을 갈아입고 뛰어나갔다. 중대 방송에서는 빨리 모이라고 계속 재촉했고, 다급히 모인 생도들은 중대장생도의 지휘에 맞춰 을지강당으로 뛰어갔다.

　을지강당에 들어가는데 입구부터 분위기가 심상치 않았다. 일요일 저녁인데도 불구하고 모든 훈육요원들이 전투복을 입고 하나같이 어두운 표정을 한 채 우리를 통제했다. 침묵이 이어지는데 생도대장님께서 들어오셨다. 갑자기 모이게 된 배경에 대해 가라앉은 목소리로 말씀하셨다. 3학년생도 1명이 주말에 큰 물의를 일으켜 경찰서에 입건되고, 헌병대로 넘겨지는 일이 있었다는 날벼락 같은 소식이었다. 아직 언론에 보도되지는 않았지만, 곧 보도가 될 거라고도 말씀하셨다. 남의 일이라 생각하지 말고 각자의 언행을 돌아보고 반성하는 계기로도 삼아야 한다고도 하셨다. 여기저기서 한숨소리가 들리며 착잡한 마음을 달랠 수 없었다. 연대본부 생도들은 스스로 반성한다는 의미에서 전 생도가 완전군장 보행을 하기로 결정했고, 화랑관으로 돌아가 완전군장을 들쳐메고 집합하니 밤 10시가 조금 넘었다. 학년별로 대형을 갖추고 범무천 주변을 걷기 시작했다.

　척 척 척 척… 발걸음 소리마저도 무거웠고, 어느 누구도 말을 하지 않았다. 걸음마다 수많은 생각이 떠올랐다. 30분 정도 지났는데 탄식 섞인 소리가 대열 속에서 나왔다. "개인이 저지른 잘못인데 왜 우리가 이렇게까지 해야 되냐?" 그리고는 다시 침묵이 흘렀다. 시간이 흐를수록 점점 더 그 동기의 말에 공감이 갔다. 갑작스런 완전군장보행 때문에 몸 여기저기가 뻐근해졌다. 2시간이 지나서야 보행이 끝나고 학년별로 모였다. 한 연대본부 근무생도가 '앞으로 똑바로 하자'는 취지로 몇 마디 말을 했지만, 귀에 잘 들어오지 않았고, 사회적인 물의를 일으킨 그 생도가 야속하기만 했다. 침실에 들어와서야 생활관 동기들과 이야기를 나누며 분한 마음을 삭였다.

다음날, 거의 모든 언론에서 해당 사건을 특종으로 보도했고 일간지에도 기사가 실렸다. 일부 언론은 일전에 있었던 몇 가지 사건들까지 엮어서 총체적 난국이라는 취지의 보도를 했고, 그런 보도는 며칠 동안 이어졌다. 생도들의 외박도 통제되었고 학교의 분위기는 더 이상 가라앉을 곳이 없을 정도로 주저앉으며 생도들의 마음도 한없이 가라앉았다.

기수생도는 매일 아침과 저녁마다 화랑관의 태극기를 게양하게 되는데, 태극기 게양에는 3명의 기수생도가 필요하다. 2대대 현관에 모여서 1명이 3층 연대장생도생활관에서 태극기 함을 들고 내려오면, 좌우측의 2명이 태극기 함을 든 생도를 엄호하며 게양대까지 이동한다. 학교 전체에 애국가가 울려 퍼지는 시간에 맞춰, 칼 같은 동작으로 태극기를 올리고 내린다. 중대 순서대로 돌아가면서 임무를 담당하는데, 아침에 게양하기 위해서는 원래 기상시간보다 15분 빨리 일어나 준비를 해야 하고, 저녁에는 임무를 맡았다는 것을 잊어먹지 말고 체육수업이 끝나자마자 화랑관으로 돌아와야 했다. 어느 날 태권도 수업이 끝나고 동기와 뜀걸음을 하고 돌아왔는데, 내가 그날 저녁 담당이었다는 것을 뒤늦게 알아챘다. 내가 도저히 나타나지 않아서 급하게 투입된 다른 중대 기수생도가 대신 임무를 수행했고, 하필이면 그 광경을 선배생도 몇 명이 보게 되어서 그들에게 불려가 호된 질책을 받았다.

정신을 똑바로 차리고 다음날 저녁의 임무를 무사히 마치곤 1학년생도들의 생활관을 점검했다. 그런데 한 생활관에서 음식물 쓰레기가 나왔다.(당시에는 생활관에서 음료를 제외한 음식물을 먹는 게 철저히 금지되었다.) 잔뜩 긴장한 1학년생도에게 몇 마디를 하려는 찰나에 그들의 분대장생도가 들어왔다. 본인이 1학년들에게 먹으라고 했으니 그냥 넘어가라며 면박을 줬다. 그래도 규정을 어긴 것은 잘못된 것이라고 말하자 4학년생도의 언성이 높아졌다. 난감한 상황에 어쩔 줄 몰라 하는 1학년생도들과 핏대를 올리는 4학년생도 사이에서 어떻게 대처해야 할지 갈피를 잡기 어려웠다. "직책에 주어진 임무를 수행하는데 이렇게 하시면 안 된다."고 말한 것은 선배생도의 화를 더욱 돋았다.(사실 하급생도를 지도하는 지휘근무생도에게 간섭하지 않는 게 생도대에서 일종의 불문율이다.)

기수생도로서 1학년생도들 앞에서 창피를 당한 것 같아 기분이 많이 상했다. 때마침 연대본부에서 있는 기수생도회의에 가야 해서 다른 중대 기수생도들이 나를 찾아와서 그 상황에서 벗어날 수 있었다. 하지만 분한 마음을 다스리기 힘들었고 중대현관을 나오자마자 들고 있던 수첩을 내동댕이쳐버리고 말았다. 동기들은 깜짝 놀라며 수첩을 주워 주었고, 씩씩대는 나를 계속해서 달래줬다.

회의에서 돌아와 중대장생도생활관에 찾아가자 중대본부 4학년생도들이 모여 있었다. 그들은 이미 '그 이야기'를 들은 모양이었다. 중대본부 생도들에게 자초지종을 설명하고 문제를 일으켜서 죄송하다고 사과했다. 중대장생도는 오히려 잘했다고 위로해 주면서 본인이 잘 중재해서 서로 오해를 산 일로 마무리 짓겠으니, 앞으로는 그런 마찰이 생기면 되도록 굽히거나 피하라고 조언해줬다.

거듭 미안하다고 말하며, 생활관에 돌아와 곰곰이 생각해보니 많은 고민이 몰려왔다. '나'를 대신해 '내'가 되어 버린 '직책'에 대해 깊은 회의감도 들었다. 직책이 아니었다면 그 4학년생도와의 마찰도 없었을 테고, 1학년

생도들을 지적할 일도 별로 없었을 거다. '나'의 진짜 모습이 직책이란 감투에 가려진 채 2학년 생활을 해왔다. 앞으로의 생도생활과 훗날의 장교생활까지, 직책에서 자유로울 수 없는 생활의 연속일 거란 사실에 앞날이 막막해졌다.

교과서 표지만 봐도 숨 막히는 학업과 계속되는 체력단련에 몸은 지쳐갔고, 몇 번의 소개팅과 미팅은 뜻하는 대로 발전되지 못했다. 함께하는 동기들도 각자의 일정에 치여서 모두가 바빴다. 심지어 학교를 바라보는 사회의 시선은 최악의 수준으로 떨어진 상황에서 생도로서 자부심을 가진다는 것은 사치스러운 일이었다.

안 좋은 상황들과 머리를 가득 채운 고민들은 '내가 살고자 하는 진정한 삶은 과연 무엇일까'라는 물음으로 이어졌고, 그것은 생도생활 전반에 대한 깊은 회의감으로 변해갔다.

시간이 흘러 금요일 오후가 되었고, 화랑의식을 하기 위해 예복을 입고 중대 깃발을 높이 든 채 화랑연병장에 서 있었다. '지난 한 주의 생활을 반성하고 다음 한 주를 맞이하는 마음을 새롭게 다진다.'는 화랑의식의 의미를 되새겨 봤다. 화랑의식의 목적도 죄다 잊어버린 채 하라니까, 해야 되니까, 안 하면 안 되니까, 그저 맹목적으로 서 있는 것은 아닌지. 높이 들고 있는 깃발도 그냥 들어야 하니까 들고 있는 것은 아닌지. 도대체 무슨 가치를 이뤄내기 위해 서 있는 건지…, 평소라면 중대장생도와 다양한 이야기를 나누고 분열도 즐겁게 했을 텐데, 그날은 처음부터 끝까지 한 마디도 하지 않은 채 화랑의식을 끝마쳤다.

'사회적 물의 사건'으로 인한 외박통제가 2주 만에 해제되어서 외박을 나갔는데, 지하철에 있는 사람들이 힐끔힐끔 쳐다보는 것만 같았다. 길거리를 오며가며 마주치는 시선들도 낯 뜨겁게만 느껴졌다. 대놓고 손가락질만 안 했을 뿐이지 사람들이 생도제복을 입은 나에게 뭔가를 질책하는 것 같았다. 얼른 집에 들어가 아무것도 하지 않고 누워서 1박 2일을 보냈다. 별다른 생각도 들지 않았고, 학교로 복귀하기가 싫었다. 부모님께서는 주말 내내 어두운 표정을 하고 있는 나를 걱정하셨다. 속에 있던 고민을 요약해서 어머니께 말씀드리자, 학교를 중간에 그만두는 것은 나의 선택이라고 말씀하셨다. 하지만 혹시 나가게 되더라도 차분하게 이성적인 판단을 할 수 있을 때까지는 잠시 기다려보는 게 현명할 것 같으니 일단은 그날 하루하루에만 집중해서 지내보라고 조언해 주셨다.

'그래, 머릿속이 복잡한 상태에서 중요한 결정을 내리는 건 지혜롭지 못한 일일 거야. 그리고 지금 그만두면, 동기들은 나를 포기자로 생각하게 될 거야. 시간이 지나면 무슨 일 있었냐는 듯이 잠잠해지고, 많은 고민들도 언제 그랬냐는 듯이 정리될 거다.'

학교로 돌아오는 길, 어떤 60대 남성분께서 출입구 쪽으로 다가와 말을 건네시고 씩 웃으며 내리셨다. "생도, 요즘 많이 힘들죠? 나는 40년 정도 선배에요. 힘내요."

교훈탑 둘레에 적혀 있는 많은 선배들의 이름을 둘러보는데 마음이 조금은 담담해지는 것 같았다. 귀영점호 뒤에 1학년생도들에게 규정교육을 하고 동기들과도 아무 일 없었다는 듯이 웃으며 이야기했다. 인생은 어떤 가치를 좇느냐에 따라 달라진다는 말처럼 거센 풍파에도 흔들리지 않고 묵묵히 바라보며 나아갈 나만의 가치는 어떤 것일지, 더 많이 고민해 보기로 했다.

춥다

눈사람이 되려면 얼마를 걸어야 할까? 잡념과 머리카락

이 희어지도록 걷고 밤의 끝에서 또 얼마나 걸어야 될까?

너무 넓은 밤, 사람들은 밤보다 더 넓다

사물에 이름을 붙이고 즐거워하는 사람들

이름을 붙여야 마음이 놓이는 사람들

이름으로 말하고 이름으로 듣는 사람들

이름을 두세 개씩 갖고 이름에 매여 사는 사람들

깊은 산에 가고 싶다

사람들은 산을 다 어디에 두고 다닐까?

혹은 산을 깎아 대체 무엇을 메웠을까?

생각을 돌리자, 눈발이 날린다

눈꽃, 은방울꽃, 안개꽃, 메밀꽃, 배꽃, 찔레꽃, 박꽃

나는 하루를 하루종일 돌았어도

분침 하나 약자의 침묵 하나 움직이지 못했다

돌아가자, 추위 속으로

때까치, 바람새, 까투리, 오소리, 너구리, 도토리, 다람쥐, 물

〈추운산, 신대철〉

제06화

My Way

　지난 며칠 수첩 한 쪽에 자퇴 이후의 계획을 빼곡하게 적어놓고 고민을 거듭했다. 고민이 표정에 그대로 드러났는지 중대장생도뿐 아니라 몇몇 동기들도 걱정해 주었다. 1학년 때 인연을 맺은 '장난꾸러기 부분대장생도들'을 찾아가 속내를 털어놓고 이야기도 나누었다. 그들은 "생도생활을 하다 보면 누구나 깊은 회의를 품는 순간이 온다."며 심지어 학년이 올라가도 가끔씩 회의감이 들 때가 있다고 했다. 하지만 그때마다 나약해지는 스스로를 이겨내면서 점점 성숙하는 것 같다고도 했다. 어른이, 그리고 장교가 되기 위해 거쳐야 하는 과정이라 생각하면 마음이 조금은 편해진다는 그들의 말에 위안이 되었다. 탄탄대로만을 걸어온 것 같던 부분대장생도들이 본인들의 고된 시절 이야기를 해 주니 마음의 응어리가 풀리고 왠지 힘이 났다. '지금 하고 있는 고민의 90% 이상은 쓸데없는 것'이라는 격언을 처방전으로 받고 돌아왔다. 따지고 보니 고등학생 때 그토록 바라던 제복을 입고 생활하는 자체만으로도 행복한 일이었고, 지구를 구하는 일도 아닌데 별의 별 생각을 다했던 내 모습이 우습게 보였다.

　책상에 앉아 가방을 여니 50점도 받지 못한 물리학 수시시험지가 있었고 그 밑으론 전산, 지형기상, 토목공학 교재가 보였다. 시험지에 뒤늦게야 정답을 적어 넣으며, 아인슈타인의 '상대성 이론'이 '속도가 빠르면 빠를수록 시간은 더 늘어난다.'라고 하는 주장이 얼마 전 유명기업 CEO들의 생활을 분석한 책에서 본 내용과 겹쳐졌다. 시간을 더 알차고 빡빡하게 쓸수록 오히려 활용할 수 있는 시간이 더 생겨난다는 것이었는데, 생도생활 매 순간마다 더 집중한다면 고민과 회의의 굴레를 넘어서 배움과 성장을 얻을 수도 있겠다고 생각했다.

원어민 로빈 선생님과의 영어회화 수업은 학교생활에 큰 즐거움이었다. 그는 수업 때마다 달콤한 초코바를 챙겨와 답변이나 질문을 하는 생도들에게 하나씩 주었다. 심지어 그 초코바는 달디 단 트윅스였다! 트윅스를 먹기 위해선 가장 먼저 손을 들고 답을 외쳐야 했기에, 우리 반의 회화 경쟁은 날이 갈수록 치열해졌다. 수업을 도와주는 조교들과도 조금씩 친해지며 영어회화 수업을 즐기게 되었고 실력도 조금씩 향상되었다.

꽤 오랫동안 언론에 대서특필되었던 사건의 여파는 점점 사그라졌고, 학교생활은 멈춤 없이 나아가 체력검정도 무사히 끝나고 춘계체육대회를 준비했다. 매일 아침점호 때마다 각 중대의 춤생도들이 춤을 가르쳐 주었다. 동기들이 춤생도이다 보니 야간에 그들의 생활관을 찾아가서 개인교습을 받기도 하는 등 작년에 비해 춤을 배우는 게 훨씬 편했다.

우리 중대는 치열하게 준비한 춘계체육대회에서 줄다리기를 비롯한 대부분의 종목에서 예선 탈락하고 말았다. 졸업 전에 좋은 성과를 거두려던 4학년생도들이 특히 많이 아쉬워했다. 종합우승을 차지한 6중대는 범무천으로 뛰어가 마음껏 뛰놀고 화랑관에 와서도 소화전을 열어 물을 뿌리며 즐기는 등 광란에 젖어들었다. 생도들은 특박(2박 3일의 특별외박. 생도들에게는 거의 모든 것이다.)을 받은 6중대원들을 부러운 눈빛으로 바라보며 쓴맛을 다셨다.

연대장생도와 4학년 동기회장 생도가 함께 횃불을 들고 승화대[2])에 올라가 봉화를 밝히는 '승화대 점화식'을 시작으로 축제분위기가 무르익었다. 야자를 하는 분대, 학년 견장을 바꿔달고 다니는 분대 등 우스꽝스럽고 재치 있는 광경들이 곳곳에서 보였고, 가든파티 파트너로 오게 될 이성 친구들을 데리고 학교를 거니는 커플도 많았다. 먹거리 장터도 지난해에 비해 훨씬 많이 개설되어 배를 마음껏 채울 수 있었다. 생도의 밤 행사와 함께 밤늦게까지 중대원들과 웃고 즐길 수 있는 게임과 앙케이트 발표 마음을 열어라 등 다채로운 일정으로 하루하루를 가득히 채워 보냈다. 특히 '국군방송 위문열차'가 학교를 찾아왔고, 유명한 여자가수들뿐만 아니라 군 복무 중인 가수(연예병사)들이 펼친 열정적인 공연은 많은 지역주민들도 함께한 가운데 펼쳐졌다.

생도의 밤 행사 때는 한 신인 걸그룹이 귀여운 춤을 추며 노래를 부르는데 혈기왕성한 생도들 중 일부가 흥을 참지 못하고 무대 앞까지 뛰어가서 플래카드를 흔들며 춤을 췄다. 준비된 공연이 끝나고 마무리 지을 시간이 되어 생도대장님께서 무대로 올라가셨다. 한 달 전에 새로 오신 생도대장님은 본인도 1학년생도 때가 가장 힘들었다고 추억하시며, 특히 1학년생도들의 애환을 달래주기 위해 많이 소통해 왔다. 분위기에 취해 있던 생도들 틈에서 누군가 조심스레 '특. 박. 특. 박.'을 외치기 시작했고, 그 소리는 점점 커져서 강당 전체를 쩌렁쩌렁 울리기에 이르렀다. 웃음 짓고 계시던

....

2) 9.5m 높이의 원형 석조물. 육사 19기가 졸업 기념으로 1963년에 건립한 봉화용 탑. 승화대에 점화되는 횃불은 겨레의 영광과 평화의 수호를 상징하며 각종 행사의 시작을 알리거나 결의를 다지는 의식을 할 때 사용한다.

생도대장님은 소리가 줄어들기를 기다렸다가 말씀을 이어가셨다. 얼마 전 있었던 일 등 때문에 당장은 보내줄 순 없지만, 긍정적으로 검토하겠다는 말에 생도들은 아쉬우나마 크게 박수를 쳤다. 의례적인 인사말만 하고 행사가 끝나는가 싶던 찰나에, 지치고 힘든 사관생도들을 위해 'My Way'라는 노래를 직접 불러주시겠다며 "노래 큐!"라고 하셨다. 강당 곳곳이 웅성웅성 거리고 잠깐의 침묵이 흘렀다.

유명한 팝송 'My Way'를 생각하고 있던 대부분의 생도들은 생전 처음 듣는 뽕짝리듬의 반주가 나오자 눈을 휘둥그레 뜨고 서로를 쳐다봤다. 게다가 반주에 따라 '흔들흔들 탁', 허리춤을 멋들어지게 추시는 생도대장님의 모습에 당황했다. 몇몇 훈육관님들이 무대로 올라가더니, 홀로 리듬을 타고 계신 생도대장님과 함께 씰룩 씰룩거리며 같이 몸을 흔들었다. 여기저기서 환호성이 터져 나오고 생도들도 모두 자리에서 일어났고, 전에 없던 낯선 광경에 생도들은 자지러지며 환호했다. 생도대장님의 열창이 중반에 이를 무렵, 1학년생도 몇 명이 무대로 뛰어 올라가는가 싶더니 모든 1학년생도가 우르르 뛰어나와 무대로 올라갔다. 종잡아 삼백 명은 될 법한 사람들이 무대에서 하나 되어 가무를 즐기고, 그들을 바라보는 관객들도 들썩이는 가운데 축제의 밤이 뜨겁게 불타올랐다.

> 아주 멀리 왔다고 생각했는데 돌아다 볼 것 없네
> 정말 높이 올랐다 느꼈었는데 내려다 볼 곳 없네
> 처음에는 나에게도 두려움 없었지만
> 어느새 겁 많은 놈으로 변해 있었어
> 누구나 한번쯤은 넘어질 수 있어
> 이제와 주저앉아 있을 수는 없어
> 내가 가야 하는 이 길에 지쳐 쓰러지는 날까지

일어나 한 번 더 부딪혀 보는 거야

⟨My Way, 윤태규⟩

다음날 아침, 화랑관에는 날카로운 기상나팔 소리가 아닌 'My Way'노
래가 들려왔다. 새벽 3시가 넘어서야 잠들어 매우 피곤했지만 허리춤을
추고 노래를 따라 부르면서 자리에서 벌떡 일어났다. 아침점호에 집합할
때까지 노래가 반복되었고 모든 생도들이 얼굴에 웃음을 띠며 상쾌한 아
침 공기를 들이마셨다. 생도대장님께서 부르신 노래의 가사들을 듣고 있
자니, 하나하나가 가슴에 와 닿았다. '나를 긍정하고, 스스로를 믿자. 그리
고 많은 선배들이 숱한 고뇌와 번뇌를 겪으며 견뎌낸 이 길을, 나도 포기
하지 말고 걸어가자.'

　　누구나 한번쯤은 넘어질 수 있어
　　이제와 주저앉아 있을 수는 없어
　　내가 가야하는 이 길에 지쳐 쓰러지는 날까지
　　일어나 한 번 더 부딪혀 보는 거야

(그날 생도대장님의 'My Way'에 밀렸던 신인 걸그룹은 바로 카라(KARA)였다.)

다시 일상

    곰돌이 푸 만화영화에 등장하는 피그렛을 닮아 별명도 그렇게 붙여준 생활관 동기 준경이는 가든파티 파트너가 없으면 간성문 닭강정을 사 먹고, 생활관에서 쉬겠다고 말했었다. 그는 결국 그 위험한 계획을 실행에 옮기게 되었다. 그 원대한 계획에 동참할 뻔했지만, 다행히 어려서부터 친구로 지내온 진이가 '데일리'로 와 주어 함께 시간을 보내며 축제를 마칠 수 있었다.

    유독 흥겨웠던 축제가 끝나고 일상으로 돌아왔다. 맺고 끊음을 정확히 해야 하는 것이 사관생도의 기본자세임을 강조하듯이, 지휘근무생도들은 한껏 들떠 있는 분위기를 다잡고자 각종 검열을 실시하며 흐트러진 기율을 바로잡아갔다. 1주일 넘게 놀아서 수업시간에 조는 생도들도 유독 많았고, 교수님들도 수업분위기를 잡는 데 큰 애를 먹어야 했다. 나도 1학년 생도들을 지도하는 한편으로, 1학년생도들과 주고받아오던 메일을 더 적극적으로 활용했다. 그들이 생도생활에 잘 적응하는 데 도움을 주고 서로 속 깊은 이야기를 나누며 함께 가기 위해 시작한 메일주고받기를 통해 동기 상급생도들과의 관계형성, 훗날 기수생도가 되고픈 1학년생도 상담, 도움이 되는 책 추천, 생도생활의 노하우 등의 내용을 공유하며 그들과 함께 성장했다. 시간이 흐르면서 서로 신뢰가 쌓였고, 더 진지한 내용이 오갔다. 1학년생도들이 건의한 내용을 중대본부에 전달하고, 몇 가지 고민들을 들어주며 직접 도울 수 없을 때는 그 무게를 마음으로나마 나눠지기도 했다. 무섭지만 인간적인 기수생도가 되고자 했던 다짐을 실천할 수 있는 시간도 얼마 뒤면 끝난다는 게 아쉬웠다.

교수부에서의 수업은 학기말을 향해 치달았다. 교실에서의 강의 말고도 과목별로 다양한 실습이 있었다. 토목공학 시간에는 토지의 높고 낮음을 측정하고 그것을 그림으로 표현하는 '수준측량'을 했다. 토목공사를 하기 위해선 가장 기본이 되는 수준측량에 외에도 수십 수백 가지의 측량이 필요하다는 교수님의 설명에는 진저리가 쳐졌다. 전산 시간에는 자바(JAVA)라는 컴퓨터 언어로 프로그래밍해서 간단한 결과물을 만드는 실습을 했고, 물리학 시간에는 인류가 전기를 생활에서 사용할 수 있게 해준 페러데이의 전자유도법칙 등 수업 때 배운 이론들에 대해 실험했다. 실습은 대부분 조 단위로 진행되었고 보고서도 조별로 평가받았기 때문에 다른 동기들이 피해보지 않도록 힘을 합쳐야 했다.

지형기상 시간에는 지구의 각종 지형이 만들어진 원리와 토양의 종류별 특성 그리고 갖가지 기상현상들의 원리와 특징을 배웠다. 일반적인 내용뿐만 아니라 훗날 부대를 지휘하고 작전 여건을 예측하는 데 필요한 기초지식들을 습득해갔다. 군사학 시간에는 2학년 하훈을 위해 편제화기, 분대전술 등의 이론을 집중적으로 배웠다. 태권도 수업 때는 박승룡 교관님께 얼차려도 많이 받으며, 검은 띠를 따기 위해 필사적으로 노력했다.(1학기 말 승단심사에서 빛의 속도로 떨어졌다.)

매주 수요일 오후에 있는 특별활동 시간은 마음의 안정을 되찾는 시간이기도 했다. 작년과 마찬가지로 피아노부에서 활동하며 11월에 있을 화랑제 때 연주할 곡을 정하고 연습했다. 다른 생도들도 각자의 부서에서 목표를 이루기 위해 열심이었다.

생도생활은 시간을 빠르게 감는 데 탁월한 기능을 갖고 있다. 문과였던 범준이와 나를 비롯한 앞 생활관 동기들과 기말고사를 준비하고자 도서관에서 함께 공부했다. 공부를 시작한 지 얼마 되지도 않아서 앞 다투어 휴식공간으로 나온 우리는 자판기에서 맛있는 코코아와 율무차를 뽑아 담소를 즐기며 시험에 찌든 정신건강을 돌보았다. 그렇게 준비한 기말고사에서는 예상했던 대로 좋지 않은 성적을 받았다. 즐겁게 수업했던 영어회화와 토목공학에서만 A학점을 받고, 물리학과 전산은 C-학점을, 나머지 과목은 B학점을 받게 되었다. 그래도 재수강 없이 끝낼 수 있어서 대만족이었다. 물리학의 딸점(재수강을 하지 않기 위해 따야만 하는 점수)이 70점이나 되던 범준이도 무사히 통과한 것을 확인하자마자 함께 부둥켜 안고 고함을 지르며 기뻐했다. 애석하게도 1학년생도 몇 명이 미분적분학과목에서 재수강을 하게 되었다고 전해졌다. 기말고사가 끝난 저녁에는 교수님들에 대한 평가와 동기 상호간의 인성을 평가하는 적성평가도 끝나며 1학기 학사 일정이 모두 끝났다.

상원이는 6·25전쟁 발발일(1950년 6월 25일)인 6월 25일에 미국으로 출국했다. 상원이의 부모님께서는 출국 직전 주말에 학교 근처의 식당에서 상원이와 1학년 때 같은 중대였던 20여 명에게 점심식사를 사주셨다. 그와의 작별을 아쉬워하는 우리를 보며 한국에 있는 생도들에게 부끄럽지 않도록 모든 힘을 바치겠노라 다짐하는 그의 눈빛이 반짝거렸다. 굳게 다문 입술에선 비장한 각오가 느껴졌고 정복의 어깻죽지에 붙은 태극기가 밝게 빛나 보였다. 애정 가득한 눈으로 그를 지켜보며, 그에게 부끄럽지 않도록 나도 열심히 지내야겠다고 생각하며 그의 앞날을 진심으로 응원했다.

생도대장님께서 생도들을 배려해 주셔서 기말고사가 끝난 금요일에 2박 3일간의 특박을 나갔다. 1학년생도들은 5개월 만에 처음으로 집에 가기 전날 밤, 중대 1학년생도들을 대표하는 동기임원 생도가 손에 정복바지를 들고 기수생도생활관에 찾아왔다. 첫 외박을 나가는데, 중대에 있는 다리미들이 죄다 고장 나 다림질을 못했단다. 그래서 '다림질의 신' 기수생도에게 다리미를 빌리러 왔다는 그의 당돌한 행동에 옆에 있던 기수보좌관들이 더 놀란 눈치였다. 처음 겪어보는 돌발 상황에 내심 당황했지만 그냥 돌려보내기도, 선배들로부터 내려져 오던 '기수생도의 다리미'를 빌려주기도 애매했다. 평소에 메일을 통해 교감을 나누어 왔던 그 후배생도가 귀여웠고, 바지를 내려놓고 돌아가라고 한 뒤 정성껏 다려주었다.

'다림질을 할 때면 빳빳하게 퍼지는 바지선처럼 생도생활도 그렇게 흘러가면 좋겠지만, 늘 그렇듯이 주름은 생겨난다. 다시 펴고, 또 구겨지고, 반복된다. 첫 외박을 나갈 때는 하늘로 날아갈 듯이 좋겠지만, 복귀할 때에는 마음 여기저기 구겨져 있겠지. 또 다리고 또 구겨지고… 그러면 또 펴고.' 다림질을 하며 떠오르는 잡생각들을 붙잡는 동안 2학년 1학기의 시계가 마지막 초를 향해 달려가고 있었다.

한편 나라의 사정은 분열로 치닫고 있었다. 정부의 미국산 쇠고기 수입 협상에 대한 반발로 소위, '광우병 시위'가 도심 곳곳에서 이어졌다. 집회는 문화제의 모습을 띄기도 했으나 폭력시위로도 이어졌고 정부는 광화문 일대에 컨테이너 벽을 두르기에 이르렀다. 사관생도는 정치적 중립을 철저히 지켜야 하지만, 나라의 큰일을 모른 척 하고 넘어 가는 건 스스로에게도 용납할 수 없는 일이라고 생각해서 외박 때 광화문 광장을 지나며 모두를 관찰해보았다. 대부분의 시민들은 질서를 유지했지만 쇠파이프로 경찰차를 부수고 나와 같은 또래의 경찰들을 마구 때리는 극소수 사람들의 모습에 경악했다. 한편으론 국론이 분열되지 않도록 충분히 소통하지 않는 높으신 분들이 원망스럽기도 했다. 이런 모든 모습을 내려다보고 계신 이순신 장군께서는 분열하고 있는 후손들을 보며 어떻게 생각하실지, 많은 생각이 들었다.

제08화

3군사관학교 친선교류

1학년 동기임원 생도의 정복바지를 다려준 그날 밤, 1학년생도들과 간담회를 했다. 입학식부터 그때까지, 실내에서도 모자를 쓰고 위엄 있는 모습으로 다녔기 때문에 1학년생도들에게 맨 얼굴을 드러내 보인 적이 거의 없었다. 학기가 끝날 때가 되어서야 허심탄회하게 이야기를 나누는 자리를 마련하게 되었고, 맛있는 과자를 먹으며 갖가지 추억을 이야기하고 사진도 함께 찍었다. 키가 2m에 달하는 의현이가 작정하고 놀리듯 "이제서야 기수생도님의 눈을 보게 되어 정말 좋습니다."라고 말하자 모두 배꼽 잡으며 웃음을 터트렸다. 농담도 곧잘 할 정도로 생도생활에 적응한 1학년생도들의 모습이 대견하고 자랑스럽고 또 귀여웠다. 활짝 웃으며 기수생도 임무를 마칠 수 있다는 사실이 감사하고 뿌듯했다.

특박 동안 만난 학창시절 친구들은 이미 기말고사를 끝내고 2개월도 넘는 방학을 즐기고 있었다. 반면 우리 앞에는 삼사친선교류, 국토순례 그리고 하훈까지 약 8주간의 빠듯한 일정이 놓여 있었다. 그동안 필요할 생활물품과 상비약 등을 잔뜩 싸들고 학교로 돌아오자 학년별 교육대 체제로 전환되었고, 기말고사 전에 선발된 지휘근무생도들이 각 학년을 이끌었다.

4학년생도들은 8주간의 하훈을 출발하고 나머지 학년은 '3군사관학교 친선교류행사'(이하 '삼사친선')에 돌입했다. 삼사친선행사가 꽤나 유명했던 시절이 있었고, 체육대회는 전국에 생방송되기도 했다. 체육대회에서 우승하기 위해 수개월 전에 종목별 '선수생도'를 선발해 특별훈련을 시켰고, 선수생도들은 수업에서 빠지고 특별보양식을 먹는 등 일종의 특권도 누렸다. 다른 생도들은 응원단을 구성해 한 치의 오차도 없는 카드섹션과 열정적인 응원도 준비했다. 학교별로 경쟁이 과열돼서 다툼이 벌어지는 일도 있었다고 한다. 그러던 것이 점차 우정을 다지고 육·해·공군의 합동성을 높이는 모양으로 발전해 지금의 모습에 이르렀다.(2016년 현재, 각 학교의 1학년생도들이 사관학교별로 2~3개월씩 머물며 수업을 받기도 한다.)

1학년생도들은 충북 청주의 공군사관학교로, 3학년생도들은 경남 진해(현재 창원시 진해구)의 해군사관학교로 이동했고, 우리 2학년은 육사에 남아 공사 해사생도들을 기다리며 그들이 묵을 생활관을 정리했다. 화랑관 광장에 도착한 공사 해사 2학년 동기들과 각자가 입은 제복의 멋을 뽐내며 생도대장님의 말씀을 들었다. 육해공사 각 중대별로 함께 지내게 되었고 파트너가 된 생도들과 인사를 나눴다.(학교별 인원수의 차이로 대게 육사 2명, 해사 1명, 공사 1명으로 편성된다.) 중대홀에서 조촐하게 준비한 환영행사를 하며 한 명 한 명씩 일어나 자기소개를 하자 2시간이 훌쩍 지났다. 저녁에는 훈육관님께서 앞으로의 일정과 유의사항에 대해 교육했고, 우리는 다시 중대홀에 모여 잔뜩 쌓아놓은 과자를 먹고 늦게까지 와자지껄 떠들면서 처음 만난 어색함이 순식간에 사라졌다. 밤 12시가 넘어서도 잠자리에 드는 생도들은 별로 없었고, 매칭생도들과 서로의 학교생활에 대해 많은 이야기를 나누었다. 해사와 공사의 생도생활은 우리의 그것과 큰 맥락은 비슷하면서도 각각 독특한 문화들이 있었다. 특히 공사는 1학년을 '메추리'라고 부르고, 해사는 '무찔러 가(일종의 선착순 달리기)'라는 독특한 교육방식이 있었다. 우리가 분대라고 부르는 단위를 공사는 편대라고 불렀고, 학년별로 맺어지는 관계와 그 역할도 조금씩 달랐다.

다음날에는 용산에 있는 전쟁기념관을 견학하면서 전시되어 있는 육해 공군의 다양한 장비에 대해 설명을 주고받으며 견문을 넓힐 수 있었다. 독립문과 서대문 형무소를 견학하면서는 불과 수십여 년 전에 조상들의 울분과 한(恨)이 서린 현장을 거닐었고 '다시는 나라에 힘이 없어서 국민들이 뼈아픈 비극을 겪는 일이 있어서는 안 된다!', '적어도 우리 사관생도들이 이렇게 존재하는 한, 우리나라를 헤치려는 세력은 그 뜻을 절대 펼치지 못할 것이다.'라는 등의 마음을 함께 다졌다. 우리를 안내해 주시던 해설사께서는 육해공사의 제복을 한꺼번에 보니 너무나 감격스럽다고 해 주셨다. N 서울타워를 견학하고 남산도서관 근처에 있는 안중근 의사 기념관도 둘러보며 위국헌신 군인 본분의 마음도 되새겼다. 이후에는 근처의 육군부대를 방문해 헬리콥터를 비롯한 각종 무기와 장비에 대해 소개받았다.

우정을 더욱 다질 수 있는 체육대회도 열려서 축구, 농구, 배구, 피구를 비롯해 계주와 줄다리기까지 3군 사관생도들이 한데 어우러지는 시간도 가졌다. 우리 중대는 계주에서 2등을 한 것 외에는 감투상만 받았지만 함께 땀 흘리며 더 많이 친해졌다.

다른 사관학교의 제복을 입어보는 것은 삼사친선에서 빼놓을 수 없는 일이다. 서로의 정복과 근무복을 번갈아 입고 사진을 찍으며 또 다른 추억을 쌓았다. 일부 생도들은 공식행사에 다른 학교 제복을 입고 참가했다가 훈육관님께 걸려 꾸지람을 듣기도 했다. 여러 제복 가운데에서도 순백색의 해사 정복은 몸에 착 달라붙는 느낌이 일품이었고, 해사 정복이 잘 어울린다는 말에 괜히 으쓱해졌다.

매일 저녁에는 오직 2학년생도들만 있는 화랑관을 마음껏 누비고 돌아다녔다. 컴퓨터게임을 하고 테니스공으로 미니축구를 하고, 뒷마당에서 풋살이나 농구를 하고, 중대홀에 음악을 크게 틀어놓고 춤도 추었다. 게다가 뽀글이를 먹기도 했다. 화랑관에서는 엄격히 금지된 뽀글이를 먹는 것은 육사생도들에게는 큰 부담이었다.(당시에는 뽀글이를 먹다 걸리면, 군장구보와 외박통제 등의 처벌을 받는 중대한 규정위반행위였다.)

이미 뽀글이 제조 노하우를 충실히 쌓아온 해사생도들이 앞장섰다. 처음에는 그들을 말리려 했지만 뽀글이의 매혹적인 향기에 취해버려서 그들과 공범이 되고 말았다. 다음날, 나는 해사생도들보다 먼저 뽀글이를 끓여보이며 그들을 감격스럽게 했다.

밤 2시가 넘어 눈꺼풀이 저절로 감길 때까지 떠드는데 해사에서는 가끔 새벽축구를 한다고 했다. 한 해사생도가 새벽축구를 하자는 의견을 내자 스무 명 정도 되는 동기들이 응답했다. 2시간 정도 자고 새벽 5시에 일어난 몇몇이 나머지 생도들을 깨웠다. 15명 정도가 모여 졸린 눈을 비비며 종합운동장으로 가서 희미하게 밝아오는 하늘을 배경으로 1시간 넘게 축구를 했다. 평소에는 시도할 생각조차 못 했을 새벽축구는 어쩌면 미친 짓이었다. 다른 중대 생도들이 점호시간에 맞춰 축구화를 들고 화랑관으로 돌아오는 우리를 휘둥그레진 눈으로 쳐다보았다. 새벽부터 땀을 뺀 우리는 온종일 꾸벅꾸벅 졸다가 저녁식사 때가 되어서야 정신을 차릴 수 있었다.

마지막 날 저녁의 공식만찬행사에는 성대한 뷔페가 차려졌다. 1시간 넘게 배를 든든히 채운 뒤 을지강당에서 초청가수와 각 학교별 응원단 그리고 장기자랑에 선발된 생도들의 공연을 즐겼다. 흥겨운 행사가 끝나고 화랑관으로 돌아오며 어느새 4일이 훌쩍 지나 작별해야 한다는 사실에 다들 아쉬워했다.

화랑관에 다다르자 광장에서 갑자기 함성이 들려왔다. 이삼십 명 넘는 공사생도들이 모여서 독수리 구호를 외친 것이다. 하늘로 비상하는 것 같은 동작과 괴성이 특징인 구호를 듣자 소름이 돋았다. 이에 질세라 해사생도 중 누군가 "해사 모여라!"라고 했고, 해사생도들이 우르르 모여들더니 공사의 그것과는 또 다른 강렬한 퍼포먼스를 선보였다. 광장에 띄엄띄엄 떨어져 지켜보던 우리 중 누군가가 "육사도 모이자 얘들아!"라는 말에 한데 모여서 공사와 해사에 질 수 없다는 마음으로 악을 잔뜩 담아 무작카 구호를 외쳤다. 다른 학교의 구호를 신기하게 쳐다보며 서로에게 박수를 치고 환호해 주었다. 그대로 끝내기에는 2% 부족한 느낌이 드는 찰나에, 누군가 흥분된 목소리로 "다 같이! 구호 준비~ 시작!" 하고 외쳤다. 육해공군 사관생도들은 각자의 구호를 동시에 외치며 쓰고 있던 모자를 하늘 높이 집어던졌다. 우리는 그렇게 하나가 되어서 서로를 외쳤다.

그들과 헤어지기 전에 모표, 명찰, 학년장 등 기념으로 간직할 수 있는 조그마한 선물들을 주고받았고, 일부는 티셔츠를 교환하기도 했다. 1년 뒤에 해사에서 다시 만날 것을 약속하며 친구들을 떠나보냈다.

국토순례 – 제주도

1. 3학년생도들이 삼사친선을 마치고 무사히 돌아왔고, 학년별로 국가관, 안보관 교육과 하훈 준비 교육이 이어졌다. 그리고 짐을 꾸려서 1학년생도들은 동해안으로, 3학년생도들은 서북도서로, 그리고 2학년은 제주도로 국토순례를 떠났다. 경기도 성남에 있는 서울공항에서 C-130 허큘리스 공군수송기 2대의 의자에 조밀하게 끼어 앉자, 짐과 사람의 구분이 무색해졌다. 굉음을 내며 땅을 박차고 이륙하니 얼굴이 창백해지며 잠시 멀미를 하는 동기도 있었다. 여과 없이 들려오는 엔진소리를 들으며 1시간 정도 지나자 제주국제공항에 안착했다. 항공기에서 내려 첫발을 내딛는 동시에 제주도[3]의 후끈한 공기가 콧속으로 듬뿍 들어왔다.

전세버스를 타고 이동해 한림공원을 관광하고 해군제주방어사령부에서 작전현황에 대한 브리핑을 듣고 부대시설을 견학했다. 설명에 따르면

---

3) 제주도: 2002년 생물권보전지역 지정, 2007년 세계 자연유산 등재, 2010년 세계 지질공원 인증으로 세계에서 유일하게 유네스코 자연과학 분야 3관왕을 달성한 아름다운 섬.

제주도에는 육군부대가 없으며 해군과 해병대가 함께 활동한다고 했다.[4]

사령부 안에서 마주치는 해병대원들은 특유의 전투복과 고유의 머리 스타일로 저돌적이면서도 강렬한 느낌을 주었다. 열악한 환경에서도 국토를 지키는 해군과 해병대 장병들에게 존경의 마음을 담아 큰 박수를 쳐주었다. 제주도에 육군부대는 없지만, 특전사에서 활용하는 휴양소가 있었고 그곳에서 생활하게 되었다. 내무반 형태로 구성된 휴양소에는 커다란 연병장도 있었다. 연병장에서 바라보니 한라산이 마치 병풍을 두른 것처럼 넓게 펼쳐져 있었고, 푸른 산과 시퍼런 하늘을 둘로 가른 모습이었다. 하늘과 산의 뚜렷한 경계에서 커다란 태극기가 펄럭였다. 밤에는 한라산의 어둑한 자태 위로 무수히 많은 별들이 휘황찬란하게 반짝였다.

소대별로 불침번 근무를 편성한 뒤 제주도에서의 설레는 첫날밤을 보냈고 다음날부터 휴양소를 거점 삼고 이곳저곳을 누볐다. 먼저 우리나라 최남단에 있는 마라도에 가기 위해 배를 탔다. 작년에 울릉도와 독도에 갔을 때처럼 날씨가 쾌청했다. 1학년생도들은 비가 오고 바람이 많이 불어서 독도에 가지 못했다는 소식이 전해진 가운데, 훈육관님께서 우리는 행운이 따르는 기수인 것 같다고 말하셨다.

배를 타고 20분 정도 가자 마라도에 도착했다. 언젠가 마라도에서 '짜장면 시키신 분~'을 외치는 철가방이 나오는 광고가 유행했었다. 마라도에는 정말로 짜장면 집들이 영업 중이었고, 예약된 식당에서 곱빼기 같은 짜장면 한 그릇을 뚝딱 해치웠다. 단무지와 김치마저 순식간에 없애버리는 생도들의 거침없는 식성에 식당 아주머니들도 많이 놀란 눈치셨다. 1시간 넘

<hr>

4) 참고: 2015년 12월 1일 제주방어사령부가 해체되고 해병대 9여단이 창설되어 제주도와 부속도서를 방어하고 있다. 제주민군복합항인 제주해군기지에는 해군 제7기동전단과 제93잠수함 전대가 배치되어 있다.

게 주어진 자유 시간에는 마라도 곳곳을 돌아다니며 동기들과 사진을 찍고, 시퍼런 바다, 푸르른 하늘 그리고 초록색 섬의 평화를 온전히 즐겼다.

배를 타고 제주도에 돌아왔는데 다음 일정까지 생각보다 시간이 많이 남아서 예정에 없던 해수욕을 할 수 있도록 허락되었다. 조그마한 해변에 도착해 여생도와 남생도가 서로 다른 버스에서 옷을 갈아입고 바다에 들어가 물장구치며 신나게 놀았다. 동기들과 다 함께 해수욕하는 일은 생도 생활을 통틀어 있을까 말까 한 기회라는 것을 직감했는지, 우리는 노는 데 정신이 팔려서 정해진 시간을 훌쩍 넘겨서 집합했다. 우리를 철석같이 믿고 계셨던 훈육관님께서는 절제되지 못한 행동을 크게 나무라셨다. 해수욕의 여운을 마음에 담고 정방폭포, 천지연 폭포 등 유명한 화산지형을 구경하고 숙소로 돌아왔다.

이튿날, 새벽 5시에 일어나 한라산 등반을 준비했다. 각자에게는 오이, 초코바, 음료수와 물 등이 지급되었다. 처음 한 두 시간은 여기저기서 왁자지껄했지만 올라갈수록 조용해지고 급기야는 숨소리와 발자국 소리만 들렸다. 등산 중에 만난 많은 분들께서는 전투모를 쓴 우리를 신기하게 보시고 때로는 말씀도 걸어오셨다. 휴식 때에는 몇몇 아주머니들께서 본인들이 챙겨온 초콜릿과 간식거리를 나눠주시기도 했다. 어딜 가든 사관생도를 따뜻한 시선으로 봐주시고 챙겨주시는 분들이 계셔서 감사했다.

해발고도 1,200m를 나타내는 비석부터 사진을 찍기 시작해 1,600m, 1,700m, 1,800m을 넘겼지만 정상은 보이지 않았다. 올라갈수록 짙은 안개가 끼기 시작했고 대형도 길게 늘어져서 인원파악도 힘들어졌다. 어느새 1900m 표지석을 넘어서자 앞 쪽에서 괴성이 들려왔고, 마침내 1950m 대한민국의 최고봉 한라산 정상에 다다랐다. 안개가 짙어서 백록담은 잘 보이지 않았지만 갑자기 5분 정도 백록담이 선명히 보이자 카메라 셔터소리가 마구 들렸다. 한 명도 빠짐없이 정상에 도착하고 나서 국토수호결의

대회를 했다. 대대장생도의 지휘에 맞춰 국가방위에 헌신할 것을 다짐하는 결의를 하고 애국가와 교가를 힘차게 부르는 모습을 지켜보던 등산객들께서는 우리를 향해 많은 박수를 쳐주셨다.

내려올 때에는 허벅지가 후들거리고 무릎과 허리에도 통증이 느껴지며 올라갈 때보다 훨씬 힘이 들었다. 발을 잘 지탱해주는 전투화를 신고는 있었지만 잠시라도 한눈팔았다가는 발목이 휙 돌아가 버릴 것 같았다. 동기들과 힘을 내며 무사히 내려왔고 9시간 넘게 걸린 한라산 등반을 끝냈다. 저녁점호가 끝나자마자 거의 모두가 잠자리에 누웠지만 새벽 2시에 불침번 근무가 있던 나는 중간에 일어나야만 했다. 근무를 하며 하늘을 올려다보자 별빛들이 속삭이는 것처럼 흔들거리고 있었다. 구름 한 점 없는 청정하늘에서 들리는 별들의 노래는 가슴속 깊은 감성을 마구 끄집어내었고, 어쩌면 생도생활 동안 가장 아름답고 낭만적인 불침번 근무를 섰다.

근무가 끝나고 눈을 붙이자마자 다시 일어나야 했다. 새벽 4시 반에 버스를 타고 성산일출봉으로 가서 계단을 올라갔다. 그런데 갑자기 배가 아파오며 큰일이 나버렸다. 휴지가 없었다. 급히 주변 동기들에게 묻자 피그렛이 다가와 씩 웃었다. 1학년 하훈 때 휴지가 없어서 난처한 일을 당했었다는 그는 그때 이후로 항상 휴지를 가지고 다녔다고 한다. 피그렛은 그날 새벽, 나를 비롯해 무려 4명의 구세주가 되었고, 이후에도 휴지가 급할 때에는 피그렛을 찾게 되며 늘 준비된 그를 찬양했다. 날씨가 맑아서 일출을 생생히 볼 수 있었고, 떠오르는 태양을 감격스럽게 바라보며 우리 마음속에도 밝은 해를 띄웠다.

숙소로 돌아와 짐을 싸고 제주공항으로 이동해 다시 공군수송기에 몸을 실었다. 창가에 앉아 눈에서 멀어지는 제주공항, 그리고 제주도를 향해 언젠가 동기들이 아닌 연인과 함께 오겠다고 다짐하며 작별인사를 건넸다. 서울 부근에 도착하자 한강과 높은 빌딩들이 보였고 잠실 종합경기장의 모습이 스쳐 지나가더니 서울공항에 착륙했다. 공항에서 기다리던 학교버스를 타고 화랑대로 돌아오니 동기들과 함께했던 특별한 시간들이 꿈 같이 느껴졌다. 국토순례 중에 짬짬이 시간을 내 "Captain! Oh my Captain!"이란 대사가 유명한 영화 《Dead Poets Society》(죽은 시인의 사회)의 원작을 원서로 읽었다. 공사 해사 동기들을 만나고, 제주도까지 다녀온 지난 2주를 돌이켜 보며 문득 그 소설의 한 구절이 떠올랐다.

"Make Your lives Extraordinary."(당신의 삶을 특별하게 만들어라)

제10화

화랑의 뜨거운 여름 2-1

울릉도와 백령도에 다녀온 1, 3학년생도들과 추억을 나누는 것도 잠시, 하훈을 준비하느라 서로 얼굴 보기도 힘들어졌다. 수백 명도 더 되는 생도들의 머리를 깎는 이발병들의 현란한 손동작을 보며 오랜 시간 기다려서야 겨우 머리를 깎을 수 있었고, PX에서는 품귀현상까지 나타난 물먹는 하마를 겨우 사 옷장에 넣고 나서야 곰팡이 걱정을 덜 수 있었다.

교육대장님과 훈육관님께서는 1년 전 군장검사 때보다 더 높은 수준을 요구하셔서, 군장물품의 미세한 부분까지 깔끔하게 닦아야 했고 생필품·옷가지·군사서적 이외의 물건은 가져갈 수 없었다. 1학년생도들마저도 군장검사를 끝내고 여유로운 시간을 보내는 동안 저녁때까지 몇 차례의 검사를 받고나서야 겨우 끝났다.

시간은 어떻게든 꾸역꾸역 흘러서 하훈을 출발하게 되었고, 1학년생도들과 같은 열차에 탄 채 차창 밖에서 배웅해 주는 학교장님과 학교간부들에게 손을 흔들었다. 강경역에서 1학년생도들을 안내하는 육군훈련소 교관들 중에 낯익은 얼굴이 보였다. 1년 전 우리 소대를 담당했던 최완정 교관이었다! 그를 알아본 동기들과 함께 달려가니 그도 우리를 기억하며 반갑게 인사를 나누었다. 훈련을 건강하게 잘 받으라고 격려해 주는 그와 사진도 함께 찍고 전화번호를 주고받았다. 훈육관님께서는 갑자기 대열에서 빠져나간 우리를 날카로운 눈초리로 쳐다보셨지만, 상황을 파악하시고는 너그럽게 넘어가 주셨다.

1학년 때에도 교육을 받았던 전북 익산의 육군부사관학교에서 보내는 3주 동안 보병중대에서 운용하는 60mm박격포 등의 장비를 다루는 방법과 40km 행군, 분대전투 등을 배운 뒤 경기도 광주의 특수전교육단에서 3주 동안 공수기본훈련을 받게 될 예정이었다.

훈육관님들께서는 국토순례까지와는 다르게 우리의 일거수일투족을 철두철미하게 통제했고, 심지어 군장물품에 쓰인 글자까지 맞춰야 했다. 몇 차례의 생활관검열을 받은 뒤에 겨우 한숨을 돌릴 수 있었다. 첫째 날 일일결산에 다녀온 소대장 생도는 '2학년생도들의 한층 발전된 모습을 위해서라도 더욱 강하게 통제하겠다.'는 훈육관님의 의도를 전해 주었다.

부사관학교장님께 입소신고를 하고 박격포 수업이 시작되었다. 보병중대에서 운용하며, 최소 200m에서 최대 3,500m까지 사격이 가능하고, 살상반경은 약 15m에 달하는 60mm박격포. '박격포? 그냥 포탄 넣고 쏘면 되지!'라고 생각했었는데, 박격포를 사격하기 위해선 배우고 익혀야 할 게 많았다.

평소에 알던 각도의 개념인 360도를 더 세부적으로 나눈 밀(mil)단위를 배웠다.(1mil = 360도를 6,400등분한 각도, 약 0.056도) 숫자를 표현하는 군사용어를 새로 외우고 포사격 간 소리가 들리지 않는 상황에서 숫자와 방향을 표현하는 몸신호도 익혔다. 또한 직접 조준해 사격하는 방식과 간접사격 방식의 원리를 배웠다. 우리는 간접사격 방식으로 훈련하게 되었고 관측팀, 본부, 그리고 포를 다루는 팀을 나누었다. 관측팀에서 목표물의 좌표,

거리와 이동방향 등의 필수정보를 무전으로 알려 주면, 본부의 계산병은 군사지도를 펼쳐 각종 계산도구를 이용해 방위각(편각)과 사거리각(사각과 고각)을 포대에 알려 줘야 한다.

포대는 진지에서 차렷포(사격을 위해 박격포를 설치하는 것)를 한다. "전방에 차렷포!"라는 지시가 나오면 포판을 땅에 견고히 고정하고 포신을 바로 세운 뒤 조준경을 설치한다. 이때 2개의 겨냥대를 나눠 든 2명이 각각 50m와 100m거리로 달려가 겨냥대를 꽂고, 사수의 통제에 맞춰 위치를 옮겨 가며 기준점을 잡는다.(이 과정을 '포를 방열한다.'라고 표현한다.) 포를 방열하고 기다리다가 계산병이 알려준 방위각과 사거리각에 맞춰 포의 높낮이와 좌우 각도를 조정하면 사격준비가 끝나게 된다.

사격할 때는 추진장약을 포탄의 뒷부분에 꽂아야 포탄이 날아갈 수 있다. 추진장약이 포신 안에서 터지는 압력으로 포탄이 발사되는데, 추진장약의 종류에 따라 포탄이 날아가는 거리가 달라지기 때문에 정확히 계산되어야 한다. 많은 이론을 배우고 톱니바퀴처럼 각자의 임무를 수행해야만 박격포 사격이 가능했다. 소대별로 누가 차렷포를 더 빨리 하는지, 누가 계산을 빠르고 정확히 하는지, 누가 사격준비를 가장 먼저 끝내는지 등을 시합하며, 몸에서 넌덜머리가 날 때까지 훈련을 반복했다.

실제 사격을 하게 되자 모두들 긴장돼 보였고 교관들의 눈빛도 매서워졌다. 연습했던 대로 각자의 임무를 수행하고 실제포탄을 조심스레 포신에 집어넣자마자 귀를 막고 고개를 숙였다. "뿅~!" 소리를 내며 날아간 포탄은 멀리 떨어진 산의 정상부근에서 강렬하게 폭발했다. 명중! 우리는 60mm박격포에 대해 통달하게 되었다.

미국으로 떠난 상원이와 늦은 밤까지 함께 시간을 보냈던 지난 하훈의 추억을 되새기며 매일 밤마다 일기를 쓰고 책을 읽었다. 몇 권의 책 중에서 6·25전쟁에 참전했던 미국 육군 김영옥 대령의 수기를 다룬《아름다운 영웅 김영옥》과 베트남전에 참전했던 서경석 장군이 쓴《전투감각》을 읽으며 많은 것을 배웠다. 삶과 죽음이 한순간에 뒤바뀌는 전투현장을 생생하게 그려낸 두 책은 분대전투훈련을 하는 데 있어 일종의 길잡이 역할을 해 주었다. 특히 군사지도를 보는 순간 그 지형이 머릿속에 3차원으로 그려질 수 있어야 한다고 강조하는 것은 6·25전쟁의 영웅 백선엽 장군의 책에서 강조했던 것과도 비슷했다.

분대전투 수업은 실내에서 시작했다. 작전의 처음부터 끝까지 항상 적용하고 생각해야 하는 'METT + TC'[5]는 수행해야 할 임무, 적의 배치와 규모 및 능력, 작전 지역의 지형과 기상이 아군과 적에게 미치는 영향, 작전에 투입할 수 있는 아군의 규모와 능력, 임무를 수행하는 데 활용할 수 있는 시간, 그리고 지역 내 민간인과 민간시설이 작전에 미치는 영향을 파악하는 것이 그 골자였다.

지휘자는 METT+TC를 항상 고려하면서 임무를 수행하기 위해 기동로, 지형, 적 상황 등에 대한 정찰을 하고, 이때 정보를 바탕으로 전투계획을 작성해야 했다. 그리고 부대원들에게 전투명령을 하달하고 작전을 수행하는 것까지, 부대지휘절차를 반복해서 익혔다. 공격전투와 방어전투는 세부절차와 방법이 조금은 달랐다. 박격포 훈련도 만만치 않았는데 전투를 지휘하는 것은 더 벅차게 느껴졌다. 영화에서 보던 것처럼 총 들고 그냥 싸우면 되는 게 결코 아니었다. 많은 논리력과 추론력 그리고 적확한

----

5) Mission, Enemy, Terrain, Troops, Time available and Civil consideration의 앞 글자 /임무, 적, 지형 및 기상, 가용부대, 가용시간, 민간고려요소. 통상 매트티씨 라고 말한다.

상황판단능력이 필요했다.

짧은 실내교육 뒤에 곧바로 야외실습을 하게 되었다. 얼굴에 위장크림을 잔뜩 바르고 몸은 나뭇가지로 위장하고 산[6]을 오르내리며 공격전투와 방어전투에 대해 익혔다. 정찰 뒤에 계획을 작성하고 전투명령을 하달하는 연습을 하고, 적의 포탄공격 습격에 대응하는 원리와 화력을 유도하고 적을 습격하는 것 등 전투단계별로 필요한 내용들을 교리와 교범에 충실하게 배우고 실습하며 원리를 익혀갔다. 후덥지근한 날씨가 계속되어서 체력에 부담이 왔지만, 공수훈련에 대비한 강한 체력단련도 이어졌다.

2주차 훈련의 막바지에는 40km 행군을 하면서는 가수 강산에 씨가 부른 '흐르는 강물을 거꾸로 거슬러 오르는 연어들처럼'이란 노래를 몇 번이나 되부르며 견뎌냈다. 저녁 7시부터 동틀 무렵까지 걷고 정말 많이 지쳐서 아무것도 할 수 없겠다는 생각이 들 때쯤에 외박을 갔다. 목과 팔뚝에 군인임을 증명하는 특유의 무늬가 보이고 몸에 땀띠도 많이 났지만, 쉬는 것 자체로도 행복할 뿐이었다. 사우나 냉탕의 시원함과 스태미나 보충을 위해 부모님께서 사 주신 장어구이의 맛을 되새기며, 눈 깜빡하기도 전에 지나가버린 외박에서 돌아왔다.

3주차에는 1, 2중대가 서로 공격과 방어를 주고받는 형식으로 3박 4일 동안 분대전투 종합실습을 했다. 단계별 실습 때와는 달리 마일즈 장비[7]

....

6) 분대전투훈련을 받는 산의 봉우리별로 '비둘기'고지, '가'고지, '나'고지라고 이름 붙여져 있다. 대한민국 육군 부사관 대부분 이 고지를 기억한다.

7) MILES : Multiple Integrated Laser Engagement System, 다중 통합 레이저 교전체제. 레이저와 센서를 통해 교전상황을 만들어내 실전적인 훈련에 도움을 준다. 일종의 전자서바이벌이다. 레이저 발사기를 소총에 장착하고 센서가 달린 장비를 헬멧과 상체에 두르게 된다. 참고로 육군과학화전투훈련단(KCTC)에서는 GPS가 장착된 최신형 마일즈장비를 활용해 훈련한다.

를 착용하고 보다 실전적으로 훈련하게 됐다. 비상상황을 가정하고 군장을 챙겨 이동해 2명씩 짝지어 텐트를 설치했다. 훈육관님께서는 텐트 위장을 강조하시면서 전술적으로 행동하라고 누차 말씀하셨다. 한 번은 점심 식사 중에 연막탄을 터트리며 화생방 공격상황을 부여했고, 밥을 먹다가 방독면을 쓰고 멀리 흩어져서 경계태세를 갖춰야만 했다. 하루 종일 더위에 찌들며 씻지도 못하고 발걸음은 더 무거워졌지만, 동기들과 마음을 모으고 힘을 합쳐 어려운 상황들을 극복해갔다.

좁은 산길을 따라 은밀히 이동해 적의 진지까지 점령한 공격전투. 산 정상 부근의 진지 주변에 장애물을 설치한 뒤 공격해오는 적을 기다리는 방어전투까지. 방어전투 중에는 추진매복조를 자원해 적(2중대)이 지나가리라 예상되는 길에 숨어 있었다. 새벽 4시가 넘도록 아무도 지나가지 않았는데 전투훈련이 끝났다는 무전이 왔고 집결지로 철수했다. 그런데 공포탄 20발이 담긴 탄알집이 보이지 않았다. 기억을 더듬어보니 매복해 있던 곳에 있을 확률이 가장 높았다. 그런데 그 지역을 지도에 제대로 표시하지 않아 어딘지 알 수 없었고, 눈앞이 캄캄해지며 현기증이 났다. 걸어왔던 길을 되짚어가며 무작정 뛰어가다가 겨우 매복했던 곳을 찾아냈다. 엎드려서 꾸벅꾸벅 졸았던 곳을 살펴보니, 나무뿌리 틈 사이에 탄알집이 고스란히 놓여 있었다. 탄을 잃어버리는 것은 엄청난 후폭풍이 벌어지는, 생각조차 하기 싫은 일이다. 어쩌면 생도생활에 있어 최대의 위기에서 겨우 벗어날 수 있었다. 웃지 못 할 해프닝도 여기저기서 일어났다. 공격훈련이 끝나고 어두컴컴한 새벽에 텐트를 친 2명의 동기는, 묘지 바로 옆에서 자고 있는 줄은 꿈에도 모르고 있었다. 날이 밝고 주변의 동기들이 "야 너희 묘지랑 나란히 누워서 잤어!"라고 하는 말에 허겁지겁 텐트 밖으로 나온 그들은 사색이 된 채로 당황했다. 둘이서 몇 마디를 나누더니 묘지를 향해 큰절을 올리는 모습은 소대원 모두에게 큰 웃음을 주었다.

종합실습이 끝나고 공포탄 탄피를 반납하는데 우리 중대에서만 400여 발을 잃어버려서 교관님들도 당황하고 훈육관님의 얼굴도 붉어졌다. 오전 10시부터 짐을 꾸린 뒤 점심식사를 먹고 바로 떠나야 하는데, 산에 올라가 탄피를 찾아오라는 불호령이 떨어졌다. 탄피를 거의 잃어버리지 않은 2중대 동기들이 여유롭게 짐을 싸는 동안 우리는 비둘기고지 정상까지 샅샅이 훑었다. 지난 며칠 간 잠도 제대로 못자고 훈련을 받느라 피곤했지만 200발 넘는 탄피를 찾아냈고, 12시가 넘자 철수하라고 했다. 근래에 훈련 받은 부대 중에 탄피를 가장 많이 잃어버렸다는 불명예스러운 기록을 남기게 되었고, 급하게 짐을 싸고 점심식사를 마신 뒤 부사관학교 간부들의 배웅을 받으며 경기도 광주로 출발했다.

힘들고 지칠 때면 오히려 웃으면서 힘을 주는 동기들이 있는 반면, 그 반대인 동기들도 있었다. 선배생도들이 '가장 힘든 그 순간에 그 사람의 진짜 모습이 드러난다.'라고 강조했던 말이 생생하게 느껴졌다. 버스 차창으로 스치는 푸른 들녘을 바라보며, 나는 어떤 사람일까 궁금해졌고 지난 3주를 돌이켜보니 동기들에게 큰 도움이 못 된 것 같았다. 정말 힘들다는 공수훈련을 앞에 두고 힘들수록 억지로라도 더 활짝 웃어야겠다고 마음을 다졌다.

더욱 강렬하게 내리쬐는 태양과 이글거리는 아지랑이가 그 여름의 절정으로 치닫고 있었다. 짜릿한 땀 냄새와 묘한 구두약 향기가 가득한 버스는 에어컨 바람을 세차게 내뱉으며 특수전교육단을 향해 달려갔다.

제11화

화랑의 뜨거운 여름 2-2

공수부대(airborne troops): 낙하산, 헬리콥터, 수송기 등을 타고 전술·전략상 중요한 지역에 기습적으로 낙하해 작전을 수행하는 특수부대. 제2차 세계대전 때부터 운용되었고 주로 각 국가의 특수전 사령부를 말한다.(미국 그린베레, 대한민국 검은베레 등)

버스가 특수전교육단(이하 '특교단') 정문에 들어서자 검은 베레모를 쓰고 짙은 선글라스를 낀 특전사 요원의 "단!결!" 경례 소리가 버스 안까지 날카롭게 들렸다. 버스 안에는 긴장감이 엄습했고 방금 전까지 신나게 노래를 흥얼거리던 피그렛은 "워메, 입구부터 살벌해 뒤져 뿔겠네."라고 말하며 분위기를 착 가라앉혔다.

3주일간 머물게 될 건물 앞의 아스팔트 도로는 저 멀리 산 너머까지 뻗어 있었다. 훈육관님은 짐을 내리는 생도들을 보며 해맑은 웃음을 지으시더니 약을 올리셨다. "앞으로 너희들이 뻗질나게 뛸 도로다. 으하하하!" 짐 정리와 생활관 검열을 마친 뒤 공수훈련 동안 입게 될 훈련복을 지급받았다. 훈련복에 각자의 번호표[8]를 상의와 벨트에 손으로 일일이 꿰맸다.

일요일에는 종교 활동을 하고 휴식하는 게 군인 일과의 법칙이지만, 우리에게 이번만큼은 일요일이 없었다. 특교단에선 생도들의 체력 수준을 파악한 뒤 훈련강도를 조절하기 위해서 체력검정을 했고, 뙤약볕에서 이를 악물고 힘을 내서 대부분 특급을 받으며 전체적으로 체력 수준이 높다는 평가를 받았다. 오후에는 각 번기별로 담당교관을 소개받고 인사를 나눴다. 얼핏 보기에도 몸이 강철같이 단단해 보이고 특전사의 위엄과 멋이 저절로 우러나오는 교관들은 수백 번 이상의 강하 경험이 있는 부사관이었다. 그들에게 낙하산 장비 착용법, 착지 기본동작 그리고 입소식 이후부터 하게 될 체력단련체조를 배웠다.(말이 좋아 체조다. 실제로는, 아…) 본인들의 주말도 반납하고 뙤약볕 아래에서 친절하게 가르쳐 주는 교관들을 보며, 일요일에 쉬지 못했다는 불만을 감히 가질 수 없었다.

월요일 오전, 입소식을 하기 위해 2km 정도를 걸어 단 본부로 이동했다. 아침 8시도 채 되지 않았는데 무더운 기운이 느껴졌고 콧잔등에는 땀이 송골송골 맺혔다. 초록빛 잔디연병장에 정렬하고 잠시 기다리자, 특전사 특유의 디지털무늬 전투복 바지에 파란색 반팔셔츠를 입은 교관 20여 명이 우르르 나타났다. 셔츠 색깔과 같은 파란색 모자를 눌러쓴 그들은 하나같이 짙은 선글라스로 눈을 가리고 있었고 하얀색 낙하산 줄로 만든 호루라기 목걸이를 차고 있었다.

....

8) 공수훈련 때는 이름이 아니라 '1번'처럼 번호로 불린다. 또한 항공기에 탑승하는 순서에 따라 30~40명 단위로 나누어서 번기를 구분하고 번기별로 훈련을 받는다. 대개 1번기부터 7번기까지 있으며, 여생도는 1, 2번기에 편성된다. 7, 8중대 생도들로 채워지는 7번기는 회피 1순위다. 다른 동기들은 쉬고 있을 때, 30분 먼저 훈련장으로 뛰어가서 각종 준비를 해야 하고 실제 강하 때는 낙하하기 위해 기다리는 시간이 가장 길기 때문이다.

대대장생도의 지휘에 맞춰 예행연습을 시작하자마자, "목소리 불량!"이라는 소리가 교관들에게서 터져 나오더니 날카로운 귀곡성처럼 "1번(대대장 생도) 엎드려!"라는 말이 들렸다. 얼차려를 받고 일어난 우리 1번은 젖 먹던 힘까지 쥐어짜내듯이 악에 받친 목소리를 지르며 예행연습을 겨우 끝냈다. 심상치 않은 분위기에 잔뜩 긴장해 주먹에 힘을 꽉 주고 입을 꾹 다물었다. 육군 준장이신 특교단장님께 신고하는 중에도 교관들의 선글라스 너머 매서운 눈초리가 우리를 지켜보는 것 같았다. 아니나 다를까, 신고가 끝나자마자 각 번기의 교관은 조금이라도 자세가 흐트러진 '번호'들을 마구 불러냈다. 하루 전과 비교해 180도로 달라진 교관들의 모습이 마치 기파생도의 그것과 겹쳐졌다.

숨을 헐떡이며 공수교육교장(이하 '공교장')에 도착해 상의를 벗어 가지런히 정리하고 20열종대로 정렬했다.[9] 몇몇 교관들이 일명 '택트'라고 불리는 스쿠터를 멋들어지게 타고 훈련장에 도착했다. "만나서 반갑습니다. 공교장까지 오느라 대단히 고생 많았습니다!"라는 교관의 인사와 함께 체력단련체조가 시작되었다. 1번부터 13번까지 있는 체조는 교관들의 호루라기 소리에 맞춰 정확한 자세를 유지하는 것도 중요했지만, 무엇보다도 끝번호를 대지 않는 게 가장 중요했다. 예를 들어, 1번 체조를 10회 하게 되면 아홉까지만 외치고 마지막 "열"은 하지 않아야 했다. 몸과 마음이 정신없는 상황에선 결코 쉬운 게 아니었고, 순간적으로 집중력을 잃으면 본인도 모르게 끝 번호를 외쳐버리게 되었다.

만약 단 한 명이라도 끝 번호를 외치면, 당사자는 뒤로 열외해서 따로

---

9) 여생도는 반팔셔츠를 입고 훈련을 받는다.

얼차려를 받고 나머지는 기존보다 2배 늘어난 횟수를 해야 했다. 이상하게도 끝 번호를 대는 동기들이 끊이지 않고 나타났다. 교관들은 우리의 정신상태가 해이하다고 판단했는지 다양한 종류의 단체얼차려(어깨동무를 하고 앉았다 일어서기, 앞으로 뒤로 취침 등등)를 부과했다. 처음부터 끝까지 악에 받친 목소리를 내야 했기에 1교시가 끝날 때쯤에는 이미 목이 걸걸하게 쉬어버린 뒤였다. 3번 체조까지 겨우 마치고 주어진 10분의 휴식. 번기별로 맞춰서 자리에 앉자 여기저기서 허탈한 웃음과 한숨이 터져 나왔다. 눈을 마주친 동기들과 고개를 절레절레 흔들고 혓바닥을 내밀며 힘들어 죽겠다는 마음을 공유했다. 딱 1시간 했을 뿐인데, 온몸에 힘이 다 빠져나간 느낌이었다. 어떻게 공수훈련을 버텨낼지 자신이 없어졌다. '선배생도들은 정녕 이 과정을 다 겪어냈다는 말인가…'

체조 중에 끝 번호를 외치는 경우가 유독 많았고, 결국에는 끝 번호를 외친 동기를 향해 한숨을 쉬고 불평하는 소리가 나오고 말았다. 교관들은 동기애가 부족하다고 크게 성을 내며 복근, 팔다리, 목, 항문 등 몸의 거의 모든 근육이 울부짖는 8번 온몸 비틀기를 계속해서 시켰다. 실수한 동기를 비난한 우리의 모습은 훈육관님께도 적잖은 실망을 드렸다. 결국 그날 저녁점호 때, 대대장생도가 모든 동기들을 불러 모아 이야기했다. "체조할 때 실수하지 않도록 각자가 최대한 신경을 쓰고, 누구라도 실수를 할 수 있는 만큼 서로를 감싸줍시다. 우리가 힘을 모으면 어려운 상황도 잘 이겨나갈 수 있을 겁니다. 모두 파이팅!"

오전 훈련이 끝나고 점심식사를 하러 식당에 갔는데 물 말고는 아무것도 생각나지 않을 정도로 밥맛이 뚝 떨어졌다. 그래도 밥을 먹지 않으면 정말 죽을 수도 있겠다는 위기감에 억지로 입에 넣고 씹어 먹었다. 훈련을 쭉 지켜보셨던 훈육관님은 고소해하는 것 같으면서도 안쓰럽다는 애매한 웃음을 지으시며, 혹여 밥을 안 먹는 생도는 없는지 일일이 돌아다니며 신경 써 주셨다.

날이 너무 더워서 오후훈련은 2시 30분에 시작된다고 전해졌다. 생활관에 들어오자마자 옷을 벗어던지고 드러누웠다. 2시에 알람을 맞춰놓았으니 푹 쉬라는 소대장생도의 목소리가 희미하게 들리는가 싶더니 그대로 곯아떨어졌고, 백주대낮의 생활관에는 숨소리만 들릴 뿐 정적이 흘렀다. 1시간 정도 잤을까, 일어나야 한다는 소리가 들렸다. 힘이 쭉 빠진 몸을 겨우 일으켜 주섬주섬 훈련복을 챙겨 입었다. 뜨겁다 못해 따갑기까지 한 햇볕을 그대로 받으며, 같은 번기 동기들이 다 모이자 공교장으로 뛰어 올라갔다. 내리막하나 없는 오르막길을 따라 공교장까지 뛰어가면 훈련 시작도 전에 이미 땀범벅이 되어 있었다.

일부 교관들은 볼 때마다 탐나는 스쿠터를 타고 공교장에 도착했다. 2시간의 체력단련 체조 뒤에 착지, 이탈, 공중동작 등 2주 동안 지겹도록 익히게 될 기본 교육을 시작했다. 공교장에서 움직일 때는 착지 동작[10]을 하고 콩콩 뛰면서 "앞꿈치! 무릎!"이라고 계속 외쳐야 했다. 실제로 착지할 때에 앞꿈치와 무릎이 벌어지면 크게 다칠 수 있기 때문에 착지 동작을 몸이 스스로 기억할 수 있도록 혹독하게 훈련하는 거라고 했다. 처음엔 이게 뭔가 싶을 정도로 서로의 모습이 우스꽝스러웠지만, 한 명도 빠짐없이 착지 동작으로 움직이니 금세 익숙해졌다.

---

10) 두 팔을 만세 하듯이 위로 치켜들고, 양발과 무릎을 한데 모아 빈틈이 보이지 않는 자세. 앞에서 봤을 때 몸이 Y자 모양이다.

훈련을 마치고 생활관으로 뛰어 돌아오는데, 건물 앞 도로 한가운데에 놓인 몇 개의 박스에 살얼음이 낀 포카리스웨트가 들어 있었다. 온종일 땀 흘린 우리를 위해 훈육요원들이 준비한 음료수를 벌컥벌컥 삼켜버리며 마치 세상을 다 가진 행복을 누렸다. 그날 저녁에는 특교단의 PX를 완전히 털어버리며 사관생도의 어마어마한 식성을 뽐냈다. 저녁점호 때 훈육관님께서 'PX의 과자와 음료수가 완전히 사라져서 다른 과정의 교육생들에게서 불만이 접수되었다'고 말씀하셨다. 앞으로는 각 분대의 부분대장생도만 PX에 가고 '과도하지 않게' 사들고 온 뒤 생활관에서 먹으라고 지시하셨다. 다음날, 공교장에서 교관님들은 우리를 '흰개미 떼'라고 불렀다. 새하얀 체육복을 입은 생도들이 PX를 아작 냈다는 소문이 순식간에 부대 전체에 퍼진 것이다. 우리 흰개미 떼는 낯간지러우면서도 은근한 자부심을 느끼며 웃음을 참기 힘들었다. 하지만 아무리 강한 흰개미 떼라 할지라도, 파란색 여왕개미들 앞에서는 한없이 약해지기만 했다. 온몸의 근육이 울부짖는 소리를 들으며 하루하루를 간신히 견뎌냈다.

"끄으으…으으으으…"
"하아…아…"

첫날 훈련의 다음날 새벽 6시. 몸을 쉽게 일으키는 동기는 단 한 명도 없었다. 누가 더 신음을 잘 내는지 시합하는 것처럼 여기저기서 괴로운 소리가 끊이지 않았다. 손가락만 까딱해도 온몸의 근육이 아파오고 목이 쉬어서 신음소리 내기도 힘들었다.(어쩌면 한 평생, 그렇게 일어나기 힘든 순간은 거의 없을 거다.)

아침 시간마다 화장실 줄서기 전쟁이 벌어졌고 사로에 들어가면 빠르게 사격을 마치는 협동정신이 필요했다. 온몸에 근육통이 있는 상태에서 재래식 변기에서 용변을 보는 것은 가혹한 일이기도 했다. 장난기 넘치는 동기들은 그런 상황을 재치있게 표현해내며 모두에게 웃음을 주었다.

근육통에 절어버린 몸을 겨우 움직여서 훈련장으로 뛰어가면서는 걸어버리고 싶은 생각이 머리를 꽉 채웠지만, 옆에서 뛰는 동기들을 생각하니 그럴 수 없었다. 그나마 공수훈련은 쉬는 시간이 철저하게 보장되고 군더더기 없이 깔끔한 훈련이라는 사실을 작은 위안으로 삼았다. 이미 공교장에 도착해 삽으로 지형을 고르게 하고, 동기들이 착용할 하네스를 꺼내놓는 등의 준비를 하는 7번기 동기들이 고마웠다.

매일 훈련은 체력단련체조를 한 뒤 이탈, 공중동작, 착지 등 과목별 훈련으로 이뤄졌다. '이탈' 훈련에서는 항공기에서 하늘로 뛰어내리는 것을 배우는데, 항공기에서는 목소리가 들리지 않기 때문에 강하조장의 수신호를 보고 움직여야 한다. 자리에서 일어나(일어섯), 노란색 생명줄 고리를 철선에 걸고(고리 걸어), 앞사람의 장비를 점검한 뒤(장비검사 후 보고), 이상 없다고 보고하는 것까지 수신호에 맞춰 이뤄진다. 장비검사가 끝나면 '문에서' 구호에 양손을 가슴팍에 붙이고 두 걸음 나아간 뒤, 철선에 걸려 있는 생명줄 고리를 앞으로 힘껏 밀어 던진다. 그리고 문을 향해 몸을 돌려 다시 두 걸음 디디면 발끝이 문 끝에 닿을락 말락 한다. 이때 양손 끝을 문에 살짝 대고 몸이 흔들리지 않게 지지한다. "뛰어!" 구령에 양발을 동시에 박차고 뛰어 몸을 허공에 던지는 동시에, 고개를 최대한 숙여서 몸 전체를 ㄷ자 형태로 만들어야 한다. ㄷ자 형태가 되지 않으면 낙하산 줄에 얼굴과 목 부분이 쓸려버릴 수도 있기 때문에 정확한 자세를 잡는 게 중요했다.

'공중동작' 훈련에서는 항공기에서 이탈한 뒤, 땅에 닿기 전까지 필요한 것을 배운다. 항공기와 연결된 노란색 생명줄이 꺼내준 낙하산은 완전히 펼쳐지기까지 4초 정도 걸리고, 자유낙하 하는 4초 동안 "일만, 이만, 삼만, 사만"을 외친다.(현실: "일마~~아…ㄴ…으…") 낙하산이 펼쳐지면 양손으로 낙하산 줄을 잡고 고개를 들어 이상 없는지 확인한다. 혹시 낙하산이 펼쳐지지 않는다면 가슴팍에 있는 보조낙하산을 펼쳐야 한다. 하얀색 보조낙하산은 하늘의 백장미라고도 불리는데, 백장미가 펼쳐질 확률은 매우 적으며 하늘에 백장미가 떠 있다면 큰일날 뻔했다는 증거이기도 하다. 지상에 다다르기 전까지 양손에 잡은 방향줄을 이용해 낙하지점(DZ: Drop Zon. '디지'라고 부른다) 근처로 이동방향을 조정한다.

'착지' 훈련은 시작부터 끝까지 "앞꿈치, 무릎"이라 해도 과언이 아니다. 맨땅에서부터 발목, 무릎, 허리, 키 높이까지 점차적으로 높이를 높여가며 안전하게 착지하는 방법을 연습한다. 나중에는 실제 강하의 충격을 그대로 느낄 수 있도록 3m 높이의 도르래에 매달려 있다 떨어지며 착지하는 것을 연습한다. 양발이 땅에 닿는 순간, 종아리를 옆으로 뉘면서 무릎, 허벅지, 허리, 어깨 순서대로 충격을 완화하고, 몸을 ㄴ자 형태로 만든 뒤 반 바퀴 굴러서 멈추는 것이 기본적인 착지 방법이다. 그 동작이 나올 수 있도록 "앞꿈치, 무릎"을 수도 없이 외치면서 몇백 번 아니 몇천 번 뛰어내리고, 심지어 잠꼬대를 하면서 '앞꿈치, 무릎'을 외치는 동기도 몇몇 있을 정도로 지겹도록 반복한다.

공수기본훈련은 체력을 워낙 많이 소모하는 훈련이다 보니 쉬는 시간만큼은 철저하게 지켜졌다. 매번 쉬는 시간이 끝날 때면, 철인3종 경기에서 상을 휩쓴다는 교관이 '검은 베레모'를 비롯한 몇 가지 군가를 시키며 우리의 의지를 시험했고 악에 받쳐 군가를 불렀다.

보아라 장한 모습 검은 베레모
무쇠 같은 우리와 누가 맞서랴
하늘로 뛰어 솟아 구름을 찬다

검은 베레 가는 곳에 자유가 있다

삼천리 금수강산 길이 지킨다

안 되면 되게 하라 특전부대 용사들

아아 검은 베레 무적의 '사나이'*

*2014년 사나이에서 '전사들' 로 변경

〈검은 베레모〉

"안 되면 되게 하라!"를 외쳐 보지만 체력단련체조 때 끝번호가 나오는 것만큼은 당최 어찌 할 도리가 없었다. 몇 번을 봐 주시던 교관님은 더 이상 안 되겠다고 판단하셨는지 가혹한 얼차려를 부과했다. 이름 하여 악명 높은 '5분 코스'. 공교장 주변 약 800m 정도의 거리를 악을 지르며 전속력으로 뛰는데 5분 정도가 걸리기 때문에 5분 코스라고 불린다. 5분 코스 얼차려는 선착순이기 때문에 늦게 들어온 삼 분의 이는 한 바퀴를 더 돌고, 가장 뒤에 들어온 10명은 열외해서 또 다른 얼차려를 받는다. 워낙 잘 뛰는 동기들이 많았기 때문에 선착순 안에 들어가는 것은 애초에 불가능했고, 결국 3번 연속으로 5분 코스를 뛰게 되었다. 숨이 넘어갈 것 같고 입에서 이상한 맛이 느껴지고 머리가 핑 돌며 어지러웠다. 처음 겪는 높은 강도의 훈련에 동기들도 고개를 절레절레 저었다. 쉼 없이 이어진 체력단련체조 때 앉았다 일어서기 동작을 반복하는데 갑자기 귀에서 교관님의 호각소리가 서서히 사라지기 시작했다. 시야에 까만 점이 하나둘씩 생기더니 방금 전까지 보이던 장면이 새하얗게 사라졌다. 손으로 눈을 비벼 보려는데 몸은 움직이지 않았고, 생각과 시간이 멈춰버린 것 같았다. 그 와중에 몸이 붕 뜨는 느낌이 어렴풋하게 들었다.

시간이 얼마나 지났을까, 서서히 빛이 보이고 호각소리와 동기들의 악소리가 들려오기 시작했다. 나는 나무기둥에 몸을 기댄 채 축 늘어져 있었고 몸 주변에는 몇 개의 전투화가 보였다. 갑자기 훈육관님의 얼굴이 코앞에 들이닥치고 물컵이 입에 대어졌다. 훈육관님께서 머리와 몸에 찬물을 뿌려주자 눈과 귀도 완전하게 제 기능을 발휘하게 되었다. 곧바로 일어나 동기들 틈으로 들어가려는데 조금 더 쉬라고 말렸고 쉬는 시간에야 대열로 들어갔다. 주변에 있던 동기들에게 당시 상황을 들어 보니, 두 눈을 부릅뜨고 양팔을 벌린 채로 비틀거리던 나를 교관들이 부축해 데려갔다고 하며 걱정해 주었다. 다음 훈련시간에도 머리가 지끈거리고 몸에 힘이 잘 들어가지 않았다. 훈련 중에 열외하게 되었다는 사실에 자괴감도 들었지만, 쓰러지지 않으려고 끝까지 버텼다는 게 유일한 위안이었다. 한편으론 공수훈련에 약간의 두려움도 생겼다. 그날 밤 불침번근무에 편성되어 있었는데, 분대원들이 시간을 나누어 나의 근무를 대신 서겠다고 했다. 미안한 마음에 그냥 근무를 하겠다고 하자 피그렛이 "니 내가 쓰러졌을 때, 나 근무 세울 거냐? 우리가 설 텡께 빨랑 자라~!"라고 하니 더 이상 말을 잇지 못했다. 동기들의 따뜻한 배려 덕분에 저녁식사를 하자마자 자리에 누워 아침까지 푹 잘 수 있었고 몸 상태가 한결 괜찮아졌다.

2주차 중반에는 인간이 가장 공포심을 느낀다는 11m 높이에서 뛰어내리는 막타워(모형탑) 훈련을 했다. 항공기 내부와 형태가 비슷한 모형탑에서 5번을 뛰어 4번을 합격하면 통과였는데, 뛰어내릴 때 몸을 ㄷ자로 만들고 공중동작을 잘 하느냐에 따라 합격 여부가 결정되었다. 계단을 올라가면서부터 은근한 공포감이 느껴졌는데, 뛰어내릴 때는 더 큰 용기가 필요했다. 아래에서 바라볼 때와는 달리 정말 높게 느껴졌고, 여기서 그대로 떨어지면 영영 밥숟가락을 놓을 수 있겠다는 생각마저 들었다. 애인이 있

느냐는 교관의 물음에 없다고 하자 어머니 이름을 부르고 뛰어내리라고
했다. 어머니를 부르는 것에 너무 집중했는지 몸을 ㄷ자로 만들지 못하고
그냥 떨어지고 말았다. 4번 만에 합격한 동기가 2명에 불과했을 만큼, 이
탈동작을 정확히 갖추는 것은 생각보다 힘들었다. 복근에 힘을 꽉 주면서
발을 최대한 힘차게 끌어올려야 한다는 합격자들의 노하우가 전해졌고,
대부분의 동기가 10번째 이내에서 통과할 수 있었다. 계속 불합격하던 한
동기는 14번째부터는 아예 뛰는 것을 거부했다. 아래에서 지켜보던 모든
동기들이 응원하고 노래를 부르며 힘을 모아주었고, 그는 겨우 성공해냈
다. 모형탑 훈련까지 마친 우리는 이제 하늘에서 뛰어내릴 준비를 웬만큼
마치게 되었고, 특전사의 군가를 신나게 불렀다.

> 검푸른 복장 삼킬 듯 사나위도
> 나는야 언제나 독사 같은 사나이
> 막걸리 생각날 때 흙탕물을 마시고
> 사랑이 그리울 때 일만 이만 헤아린다
> 아아 사나이 한평생 창공에다 벗을 삼고
> 멋있게 살다가 깡다구로 싸우리라
> 아아 파란 하늘은 나의 고향, 창공은 낙원이란다

〈독사가〉

강하를 하루 앞둔 날 오전에는 실제로 낙하하게 될 DZ 주변의 지형을
직접 살펴봤다. 왜가리능선, 47교장, 십자로 등 하늘에서 방향을 잡는 데
꼭 알아야 할 지명들을 외웠는데, 두꺼운 낙하복을 입고 뛰어다니느라 탈
진해 앰뷸런스에 실려 간 동기가 3명이나 나왔다. 오후에는 공교장에서 지

금까지 배운 모든 것을 반복하는 종합숙달훈련을 했다. 교관들은 훈련시간에는 냉철하게 대했지만, 그 외에는 우리와 농담을 주고받을 만큼 분위기가 좋아졌다.

드디어 치누크 항공기[11]를 타고 강하하는 날이 되었다. 어린 시절 아버지께서 치누크부대 대대장을 하셨던 지라 내게는 가족같이 느껴지는 항공기였다. 특전사 원사로 복무 중이신 아버지와 함께 강하하게 된 동기를 보며 항공기들을 멋지게 지휘하시던 아버지가 떠올랐다. 웅장한 위엄을 과시하는 치누크가 귀가 떨어질 것 같은 소리를 내며 착륙했다. 장비를 걸쳐 입고 기다리던 1번기 동기들이 올라타자 곧 하늘로 떠올랐고, 서서히 고도를 치누크의 꽁무니에서 첫 번째 패스(pass. 10명 정도를 1개의 pass로 구분한다. 한 번 비행에 약 3~4개 패스가 뜬다)가 뛰어내려 하늘을 수놓았다. 땅에서는 한 교관이 대형 확성기로 강하자들의 방향을 조정해 주었다. 하늘을 보고 입을 헤 벌린 채 강하 중인 동기들을 구경했다. 1번기 동기들이 몇 차례에 걸쳐 모두 뛰어내리리자 헬리콥터는 다시 착륙해서 우리를 태웠다. 어두컴컴한 항공기 내부에서는 항공작전사령부 요원들이 분주하게 움직이고 있었다. 기체 양옆의 간이 의자에 앉자 곧바로 이륙하고 땅이 발 아래로 멀어져 갔다. '정말로 뛰어내리는구나!' 가슴이 조마조마했다. 강하신호는 문 옆의 점등으로 지시되는데, 빨간색 점등이 켜지자 강하조장 교관이 '1패스 일어서'라고 지시했다. 훈련한 대로 생명줄을 고리에 걸고 앞 동기의 헬멧을 힘차게 두드리며 장비에 이상이 없다는 신호를 보냈다. 숨죽이고 점등을 지켜보는데 초록색 불빛이 켜졌다. 함께 강하를 하게 된 담임

---

11) 치누크 : CH-47D, 쌍발 엔진의 중형 헬리콥터로 최고속도 시속315km. 보병 수송, 포병 배치와 전장물자 재보급 등의 임무를 주로 수행

교관이 우리를 향해 활짝 웃으면서 뒷걸음질 치더니 멋들어진 자세를 취하며 하늘로 날아갔다. 대한민국 특전사의 패기와 용기, 실력에 소름이 돋았다. 곧바로 우리 차례가 되어 한 명씩 앞으로 걸어가는데 지상 풍경이 파노라마 그림처럼 지나가고 있는, 500m 상공으로 뛰어야 한다는 사실을 부정하고 싶었다. '생명줄이 살려주겠지만 그렇지 않을 수도 있다. 정말로 이 짓을 해야 하나?' 교관들은 잠시 멈칫거리는 동기를 발로 차다시피 하며 떨어뜨렸다. 별의별 생각이 다 들었지만 '에라 모르겠다. XX!'라고 속으로 외치며 몸을 내던졌다.

"일마안! 이마아니! 으으윽…."
파르르르륵   !
붕~

몸이 떠올랐다. 낙하산이 제대로 펴져 햇빛을 받으며 반짝였다. 고요했다. 헬리콥터 소리도 들리지 않았다. 귀에는 바람 소리만이 들려왔다. 창공은 낙원이었다. "야호!", "끝내준다!", "이야~~~~~~~~!" 소리를 꽥꽥 질러댔다. 이 순간을 위해 그 힘든 2주를 버텨왔다! 몸은 날고 있었고 기분도 날아갈 듯 함박웃음이 절로 나왔다. 세상 어느 놀이기구보다 스릴이 넘쳤고 압도적이었다.

조금 지나자 아래쪽에서 확성기 소리가 들려왔다. "2번, 왜가리를 봐라. 4번 47을 바라봐라! 야 4번!! 방향 돌리라고!" 안전한 강하를 위해 실시간으로 지도하는 교관의 말에 따라 착지자세를 갖추고 심호흡을 하며 발끝에 정신을 집중했다. 눈앞에 땅이 갑자기 가까워지더니 몸에 충격이 느껴졌다. 곧바로 몸을 비틀며 훈련한 대로 착지했다. 십자로에서 조금 떨어진 풀숲에 무사히 착지했다. 바람을 받은 낙하산에 몸이 끌려가는 일이 없도록 어깨의 안전고리를 풀고 일어나 주변에 있던 교관에게 "이상 무!"라고 외쳤다. 곧바로 강하복과 헬멧을 벗고 낙하산을 회수한 뒤 무거운 장비들을 들쳐 메고 동기들과 함께 집결지로 뛰어갔다.

갑자기 강한 바람이 불어서 다른 훈련장까지 날아가 버린 동기, 왜가리 능선 너머 보이지도 않는 나무 틈에 착지한 동기 등 아찔한 일들이 벌어졌지만 다행히 한 명도 다치지 않고 첫날 강하를 마쳤다.

이후에는 날씨가 좋지 않아서 4번의 강하 중 2번은 기구강하를 하게 되었다. 10명을 태우고 300m고도까지 상승하는 기구는 그 생김새 때문에 코끼리라고도 불린다. 항공기에서 뛰어내릴 때는 진행속도가 있어서 비스듬하게 낙하하지만, 기구강하는 수직으로 자유낙하하기 때문에 기구강하가 제일 무섭고 아찔한 편이다. 게다가 기구를 지지하는 철선에 낙하산이 꼬여 안전사고가 벌어질 수도 있고, 실제로 우리가 훈련받기 직전에 사망사고가 있었기 때문에 교관들은 더욱 주의를 기울여 강하를 지도했다.

기구강하 때는 앞사람이 뛸 때마다 기구가 격하게 요동치기 때문에 뒤에 뛰는 사람일수록 정신적 고통을 겪게 된다. 안타깝게도 뒤에서 2번째에 뛰게 되었고, 앞선 동기들이 뛸 때마다 심장이 쫄깃해지며 겨우 균형을 잡았다. 차례가 되어 뛰어내렸는데 '일만! 이만!'이고 뭐고 없었다. '으으으윽!'분명히 같은 낙하산인데 헬기강하 때와는 차원이 다르게 늦게 펴지는 것 같았다.

4번의 강하를 모두 마치고 집결지에 돌아오자, 특수전교육단장님께서 준비해 주신 막걸리가 장독대보다 큰 국통에 한가득 들어 있었고, 훈육관님께서는 '방탄헬멧'에 누런빛 막걸리를 푸짐하게 떠 주었다. 도착한 순서대로 헬멧을 돌려가며 막걸리를 꿀꺽꿀꺽 마시고 안주로 준비된 두부두루치기를 함께 먹으며 공수훈련을 무사히 받은 것을 자축했다.

다음날, 우리의 생명을 지켜준 고마운 낙하산들을 정리했다. 낙하산은 한번 사용하고 버리는 게 아니라, 전문요원들이 다시 정비하고 접어서 몇 번이고 다시 사용하는 장비였다. 낙하산에 붙은 잔디 등의 이물질을 털어내고 차곡차곡 정리해서 창고로 옮겼다. 시꺼메진 동기들이 정비소 안팎을 분주하게 움직이며 땀 흘리는 모습을 보면서 하훈이 정말로 끝나간다는 사실이 새삼스레 느껴졌고, 고된 훈련으로 인해 수척해졌지만 다부진 모습들이 너무나도 멋있었다.

수료식 전날 밤에는 '하훈의 밤 행사'가 열렸다. 2학년교육대에서 준비한 맛있는 뷔페를 먹으며, 6주 동안의 사진들을 함께 보고 앙케이트 조사 결과를 발표하며 각 소대별로 숨겨져 있던 재밌는 이야기들을 적나라하게 공개했다. 또한 우리를 가르쳐준 특교단 교관들도 자리에 초대해 추억을 나누며 고마운 마음을 전달했다. 훈육요원들과의 일화를 이야기하며 풍자하고, 교관들의 특징을 흉내 내자 행사장은 웃음바다가 되었다. 몇몇 동기들은 노래로 장기를 뽐냈는데 피그렛은 가수 윤도현의 '타잔'이라는 재밌는 노래를 신명나게 불렀다. 우리 분대원 모두는 그와 함께 무대에 올라서 춤을 추며 하훈의 밤 행사의 피날레를 장식했다.

내가 아주 어릴 적에 난 많은 꿈을 꾸었지
말도 안 되는 꿈만 꾸었어
그래도 그 중에 한 가진 이루었지
꿈 많던 어린 시절 아득한 기억 속에
타잔이라는 아저씨가 있었어
그 아저씰 너무 너무 좋아했었지
타잔 아저씨처럼 튼튼해지고 싶어서
우리 아버지의 역기를 들다가

그 밑에 깔려 하늘나라 갈 뻔했지

타잔 아저씨처럼 용감해지고 싶어서

나무 위에서 뛰어내렸지

그 후로 한 달 간 병원 신세를 졌어

아아 나는 타잔 아아 누렁인 치타

예쁘장한 순이도 말 잘 듣던 누렁이도

모두 모두 모두 다 보고 싶구나

모두 모두 모두 다 보고 싶구나

〈타잔, 윤도현〉

날이 밝고 학교로 돌아갈 준비를 마친 뒤 공수기본훈련 수료식을 했다. 3주 전과 달리 완전히 숯검정이 된 한 명 한 명에게 교관들이 공수윙을 달아주었다. 〈밴드 오브 브라더스〉라는 드라마에서 가슴팍에 구멍이 뚫릴 정도로 공수윙을 주먹으로 박던 것까지는 아니었지만, 전투복에 달린 잿빛 공수윙을 보니 자랑스럽고 가슴 벅차고 행복했다.

단체 사진촬영과 작별인사를 마치고 도착한 화랑대. 먼저 복귀해 있던 1학년생도들이 우리를 보곤 "으와 으와" 하며 경악을 금치 못하는 것을 보며 작년에 한 학년 선배들을 보며 놀랐던 것이 생각났다. 그리고 1학년 하훈을 왜 파라다이스라고 놀리는지, 1학년생도들이 하훈이 힘들었다고 말하는 게 왜 가소롭게 들리는지 알 수 있었다. 3, 4학년생도들은 '진정한 상급생도'가 된 것을 축하한다고 말해 주었다.

실질적인 전투기술을 쉽고 자세하게 가르쳐 준 부사관학교의 훌륭한 교관들, 군인이자 사나이로서 너무나도 멋있었던 특전사의 교관들, 우리를 위해 밤을 지새우고 고뇌하며 몇 주 동안 집에도 가지 못하고 동고동락한 훈육요원들, 그리고 우리의 의식주를 뒤에서 묵묵히 지원해 준 부사관과 병사들…,

수많은 분들의 도움, 희생 그리고 헌신이 있었기에 우리는 뜨거운 여름을 무사히 보낼 수 있었다.

한층 늠름해진 생도들을 흐뭇하게 바라보시는 생도대장님께 여름휴가 신고를 하고, 가벼운 발걸음으로 간성문을 지나며 피그렛이 불렀던 노래를 흥얼거렸다. "모두 모두 모두 다 보고 싶구나~♬"

제12화

해외문화탐방 – 일본

2, 3, 4학년생도들은 육사발전기금에서 지원을 받아 여름휴가 때 1주일 내외로 해외 문화탐방을 하게 된다. 2, 3학년은 아시아 지역, 4학년은 미국, 유럽 등지로 다녀오게 되는데 "가슴엔 조국을, 두 눈은 세계로"라는 교육목표에 맞게 견문을 넓힐 수 있는 소중한 기회다. 태어나 처음으로 해외에 간다고 생각하니 설레어 잠을 설쳤다. 헤어진 지 3일밖에 되지 않았지만 동기들을 만나니 무척이나 반가웠다.

세계 최고의 공항인 인천공항 여기저기를 둘러보다가 아시아나 항공기를 타고 1시간 30분 정도 지나 오사카(大阪) 간사이(関西) 공항에 착륙했다. 출국수속부터 입국수속까지 모든 절차를 처음 겪다 보니 신기하고 재미있었다. 공항에서 기다리고 있던 가이드와 만나 버스를 타고 이동했다. 차창 넘어 바라본 도로에는 아기자기하고 귀엽게 생긴 소형차들이 많이 보였고, 모든 풍경이 우리나라와는 사뭇 다른 분위기를 자아냈다. 버스 앞쪽에서는 가이드가 앞으로의 일정에 대해 자세히 설명해 주었다.

먼저 고구려와 백제의 승려에게서 불교 사상을 배웠다는 성덕태자(聖德太子: 쇼토쿠타이시)가 건립한 사천왕사를 둘러본 뒤, 임진왜란을 일으킨 도요토미 히데요시(豊臣秀吉)가 만든 오사카 성으로 이동했다. 그가 천하쟁

탈의 거점으로 삼기 위해 1583년에 건립한 오사카 성의 천수각은 휘황찬란했고, 성 앞쪽에는 그를 기리는 신사가 있었다. 이색적이고 아름다운 풍경에 대한 감흥보다는 임진왜란을 일으킨 도요토미 히데요시에 대한 적개심과 그를 떠받드는 분위기에 대한 거부감이 솟아났다.

호텔에 짐을 푼 뒤 자유시간이 주어졌고, 화려한 네온사인이 넘치는 도톤보리에서 저녁식사를 하고, 신사이바시(心齋橋)의 모습을 카메라에 담으며 돌아다녔다. 곳곳에서 낯선 일본어가 들려오는 것을 제외하고는 우리나라 명동 거리와 크게 다른 건 없었다.

다음날, 교토(京都)로 이동해 780년에 세워졌다는 청수사(清水寺, 기요미즈데라)에 갔다. 사찰로 올라가는 길에 많은 상점이 있었고, 기모노를 차려입은 사람들과 인력거가 분주하게 지나다녔다. 성스러운 물을 뜻하는 이름의 청수사 안에는 '학업, 연애, 건강'에 좋다는 3줄기 물이 흐르는 곳이 있었고, 우리는 줄을 서고 기다려서 3가지 물을 모두 받아마셨다. 이후 '긴카쿠지'이라 불리는 금각사(金閣寺)에서는 금박으로 입힌 3층짜리 화려한 누각을 구경했다.

동지사 대학교(同志社大學)의 교정에는 윤동주, 정지용 시인의 시비가 모셔져 있었다. 1917년 북간도 명동촌에서 태어나 용정, 평양, 서울을 거쳐 1942년 일본 도시샤(同志社) 대학 문학부에 입학한 윤동주 시인. 그는 한글로 시를 썼다는 혐의 등으로 붙잡혀 들어가 가혹한 옥살이를 하던 중 1945년 2월 후쿠오카(福岡) 형무소에서 목숨을 잃었다. 잠시 눈을 감고, 가이드가 잔잔하게 읊는 《서시》를 들으니 마음이 뭉클해졌다.

교토 시내의 귀무덤(耳塚)은 임진왜란과 정유재란 때 왜군이 조선 군사와 백성들의 코를 전리품으로 가져와 묻은 무덤이다. 원래는 코를 묻은 무덤이었지만 에도시대 유학자가 이름이 야만스럽다며 귀무덤으로 바꿨고, 조선인 12만 6000명 분의 코가 묻혀 있었다. 무덤은 도요토미 히데요시를 받드는 도요쿠니 신사(豊國神社)에서 조금 떨어진 곳에 방치되다시피 한 모습이었다. 당시 이뤄진 잔혹한 만행은 세월이 흐르더라도 절대 용서받지 못할 짓이다. 희생자들의 원혼을 달래는 것이 아니라 '누르기' 위해 무덤 위에 석탑을 세웠다는 설명에 기분이 더 나빠졌고, 가슴 깊은 곳에서 울분이 차올랐다. 국민들이 비극의 주인공이 되지 않기 위해서는 국가가 강력한 힘을 지니고 있어야 한다는 사실을 뼈저리게 느끼며, 무덤 앞에서 추모의 시간을 가졌다.

어느덧 일본 문화탐방이 3일차에 접어들었고, 우리는 오랜 시간 버스를 타고 이동해 일본열도 최고봉인 후지산(富士山)과 다양한 화산지형으로 유명한 하코네(箱根) 국립공원에 갔다. 유황계곡에서 검은 달걀을 사서 동기들과 나눠 먹은 뒤 정신없이 졸고 나자 버스는 차로 갈 수 있는 가장 높은 곳인 고고메(五合目. 해발 2,305m)란 곳에 도착했다. 아쉽게도 안개가 자욱해서 후지산은 보이지 않았고, 별다른 감흥을 느낄 수 없었다.

버스를 하도 많이 타서 약간의 멀미 기운이 있었지만, 풍경이 뛰어난 아시 호수(芦ノ湖)에서 범선 모양의 유람선을 타고 시원한 바람을 맞자 속이 뻥 뚫리고 두통도 사라졌다. 평화롭고 낭만적인 그곳의 풍취를 하나라도 더 담고자 카메라의 셔터를 마구 눌러댔다.

그날 저녁에는 인천에서 도쿄로 출발했던 2대대(5~8중대) 동기들과 같은 숙소에서 만났다. 우리 1대대가 오사카에서 도쿄로 움직이는 것과 정반대로 도쿄에서 오사카로 이동하던 중에 중간지점에서 만나게 된 것이다. 남녀생도 따로 나뉘어 온천욕을 하고 유카타를 입은 뒤, 일본식 뷔페를 먹으며 즐거운 저녁시간을 보냈다.

갈 길이 많이 남은 우리는 아쉬움을 뒤로 한 채 이른 새벽에 작별했고, 세계적으로도 유명한 고속철도인 신칸센(新幹線)을 타고 요코하마로 이동했다. 일본의 3대 불상 중 하나인 가마쿠라(鎌倉) 대불과 야마시타(山下) 공원을 둘러본 뒤, 도쿄의 인공섬 오다이바(お台場)로 갔다. 오다이바는 유명한 관광지답게 화려했고 수많은 관광객이 있었다. 그 유명하다는 레인보우 브리지를 배경으로 사진을 찍고, 세계적인 자동차 회사 도요타(豊田)의 자동차테마파크인 메가 웹으로 갔다. 전시된 수십 종의 차량을 구경하고 스포츠카에 올라 사진도 찍으며 즐거운 상상도 했다.

5일차에는 일왕과 그 가족들이 사는 황거(皇居)로 갔다. 도쿠가와 이에야스(徳川家康)가 약 400년 전에 교토에서 도쿄로 수도를 옮기면서 황거를 만들었고, 일왕은 130년 전부터 그곳에서 살았다. 독특하게도 일본은 메이지 유신(明治維新) 시기에 '천황'을 신성불가침한 존재로 만들어 천황을 위해서는 목숨까지 바쳐야 한다는 사상을 만들어냈다. 침략사상과 결합되어 세계 각국을 침략하고 천황을 숭배하게 만들었던 역사적 사실들이 떠오르며 불쾌했고, 현재도 일본인들의 정신적 지주라는 게 놀라웠다.

이어서 일본 육상자위대의 홍보센터와 도쿄 신도청전망대를 관람하자 밤 11시까지 6시간 넘는 자유 시간이 주어져 고층빌딩이 늘어선 롯본기(六本木)에서 저녁식사를 했다. 도쿄 지하철노선이 워낙 복잡해 애를 먹었지만, 겨우겨우 찾아간 신주쿠(新宿) 거리에는 술집도 많이 보였고 호객행위를 하는 일본인들도 많았다. 신주쿠를 거닐다 도쿄타워를 구경하고 야식으로 먹을 간식거리를 챙겨서 호텔로 돌아왔다. 동기들 모두 제시간에 맞춰 호텔에 도착해 훈육관님께서 기뻐하셨다.

일본에 도착한 첫날 밤부터 매일 원카드, 포카 등의 카드게임을 하고 야식을 먹으며 새벽 늦게야 잠들곤 했는데, 그날도 어김없이 게임을 하며 일본에서의 마지막 밤을 하얗게 불태웠다.

한국으로 돌아가기 위해 도쿄 나리타(成田) 공항으로 가던 중 고기뷔페 식당에 들러 점심식사를 했다. 공수훈련 때 특교단을 놀라게 했던 흰개미 떼의 습성을 여실히 발휘한 우리는 고기, 각종 야채와 반찬은 물론이고 디저트 아이스크림까지 완전히 결단 내버렸다. 식사를 마치고 나가는 우리를 바라보는 식당직원들의 표정은 처음에 반갑게 맞이했던 모습과는 많이 달랐다.

나리타공항에서 이륙해 인천공항 활주로에 항공기의 바퀴가 닿으니 더없이 반갑고 기뻤다. 기장은 마지막 안내방송을 하며 "가시는 목적지까지 편안한 여행이 되기를 바랍니다. 아울러 기내에 계신 육군사관학교 2학년 생도들의 건승을 기원합니다."라고 말해 주어 크게 감동받았다. 승무원들에게 연신 감사하다고 인사를 하며 1주일의 여정을 마무리했다.

가깝지만 먼 나라 일본의 길거리에서부터 느껴지는 정갈함과 틈틈이 느껴지는 높은 수준의 시민의식이 놀라웠다. 수많은 캐릭터와 그를 둘러싼 이야기들을 생산해내고 그것을 상품화해서 자본을 쌓아가는 능력에도 감탄했다. 많은 관광지를 다니며 세상을 바라보는 시야를 보다 넓힐 수 있었고, 단순한 문화탐방을 넘어 우리 안보현실에 대해서도 생각해 볼 수 있었다.

특히 육상자위대 홍보센터에서 자위대의 설립과정과 발전상에 대한 동영상, 전시품 그리고 각종 군사용품들을 바라보면서 불과 몇 십 년 전에 우리 국토를 유린했던 일본의 모습이 떠올랐다.

自衛隊. 말 그대로 방어목적의 조직이지만 실제로는 세계에서 손꼽히는 전력을 보유하고 있다. 특히 해 공군의 전투력은 우리나라의 그것보다 월등히 앞서 있기에 자칫하면 언제라도 눈뜨고 코 베일 수 있는 우리 현실이었다.

동해를 일본해로 주장하는 것, 모든 학교의 교과서에서 독도를 일본 땅이라고 가르치며 국민을 호도하는 것, 군 위안부 문제에 대해 철저하게 외면하고 모르쇠로 일관하는 것, 총리를 비롯한 정부요인들과 참 중의원 의원들이 태평양 전쟁범죄자들을 기리는 야스쿠니 신사에 주기적으로 참배하는 것 등 마음이 불편해지는 사실들을 곱씹으며, '친절하게' 설명하는 육상자위대원의 눈빛을 뚫어지게 처다보았다. 가까워지고 싶어도 도저히 메꿀 수 없는 심리적 거리가 느껴졌다. 지금이야 이렇게 웃음을 나누며 대우하지만, 환경의 변화에 따라 언제든지 돌변할 수 있다는 것을 생각하니 섬뜩한 생각도 들었다. 결국 우리나라가 스스로 힘을 기르고 반일(反日)을 넘어서 일본을 잘 알고 그들의 의도를 넘어서는 것 외에는 답이 없다는 결론에 이르렀고, 대한민국의 사관생도로서 더욱 분발해, 하루하루 최선을 다해 살아야겠다고 다짐했다.

인천공항에서 동기들과 인사를 나누고 집으로 돌아가는 버스에서 영종대교 너머 펼쳐져 있는 서해 바다를 바라보는데, 문득 일본에서 본 윤동주 시인의 시가 떠올랐다.

> 죽는 날까지 하늘을 우러러
> 한 점 부끄럼이 없기를
> 잎새에 이는 바람에도
> 나는 괴로워했다

별을 노래하는 마음으로

모든 죽어가는 것을 사랑해야지

그리고 나한테 주어진 길을

걸어가야겠다

오늘 밤에도 별이 바람에 스치운다

〈서시, 윤동주〉

제13화

2학년 2학기

일본에 다녀온 뒤 남은 휴가 동안에는 고등학교 친구들과 PC방, 노래방에서 신나게 놀기도 하고, 집에서 코가 삐뚤어질 때까지 자기도 하고, 어머니께서 채워놓으신 냉장고를 말끔하게 비우니 "이놈시키 빨리 학교 가!"라는 질책을 들어보기도 했다. 달콤한 휴가를 뒤로하고 학교로 돌아가는 마음은 작년 이맘때와는 다르게 경쾌하고 즐거웠다. 오래도록 비어 있던 화랑관은 특유의 아늑한 향기를 뿜으며 그 주인인 생도들을 반겨주었고, 활력 넘치는 생도들은 새로운 학기를 준비했다. 교과서를 수령하고 시간표를 확인하는 한편, 1학기 근무생도들은 새로 선발된 2학기 근무생도들에게 각자의 임무를 차근차근 인계했다. 기수보좌관이었던 범준이가 후임기수생도에 선발되었고, 제식 불침번 근무 편성, 중대 우편물 수령, 중대 현관 관리 그리고 태극기 상하기 등의 임무를 하나씩 알려 주었다. 또 새벽과 밤 시간에는 교훈탑 주변에서 기를 다루는 법과 각종 행사에서의 요령들을 알려 주었다. 끝이 좋아야 그간의 노고도 빛을 발할 수 있다는 신념으로, 추운 겨울에 가졌던 초심으로 돌아가 기수생도 임무를 완전히 넘겨주었다.

1학기 때 동고동락했던 중대장생도는 2학기에는 분대장생도가 되었고,

나는 그의 분대 2학년생도로 지내게 되었다. 화랑연병장에서 지휘근무교대식을 하면서부터는 소위 말하는 '민초생도'의 신분으로, 본격적인 상급생도생활을 시작했다.

2학기 때는 세계사, 물리, 영어회화, 기계공학, 전공기초 2과목 그리고 군사학 등의 과목을 배우게 되었다. 1학년 때에는 문과 이과로 나뉘어 수업을 받고, 2학년부터는 공통과목 이외에는 전공별로 수업을 받게 되는데, 전공[12]은 적으면 서너 명에서 많게는 열댓 명의 생도로 구성된다. 나는 평소부터 관심 있던 경영학과에 지원했고 8명의 동기들과 졸업할 때까지 함께하게 되었다.

새로운 학기가 시작된 9월에는 4학년생도들이 국군의 날(10월 1일) 행사를 연습하기 위해 이동하고, 후배가 될 신입생들의 2차 시험이 진행되는 등 생도대는 조금 어수선해진다. 1박 2일의 2차 시험을 치르러 온 신입생들은 대개 화랑관 식당에서 식사를 하는데, 그런 그들을 보며 4학년들은 "아, 졸업할 때가 왔구나."라고 하고, 3학년들은 "아싸, 우리 1학년이다. 오예~."라고 하며, 2학년들은 웃음을 참지 못하는 1학년들에게 "아직 한참 남았다~ 웃음기 지워라~."라고 말하는 등 학년별로 느끼는 감정이 모두 달랐다.

2학년생도들에게는 1학년 때와는 달리 많은 자율이 주어지고, 규정을

---

12) 2016년 현재 전공은 문과 6개 과정(국제관계, 경영학, 경제학, 군사사, 리더십, 지역연구)과 이과 8개 과정(응용물리, 응용, 화학, 운영분석, 정보과학, 전자공학, 기계공학, 무기시스템 공학, 토목환경공학)으로 나뉜다. 학교에 대해 잘 모르는 사람들은 "육사에서도 공부해?"라는 질문을 하는 경우가 많은데, 그럴 때마다 학과수업과 전공에 대해 열의에 차 설명하는 생도들이 많다.

벗어난 언행을 하지 않으면 누군가에게 간섭받는 일이 적다. 1학기 때 기수생도를 할 때는 항상 긴장된 채로 지내다가 갑자기 많은 여유가 주어지자 조금 당황스러웠고, 자칫하면 늘어져버릴 수도 있다는 위기감이 들었다. 몇몇 선배들과 동기들은 여유 시간을 활용해 자기계발에 집중하는 것이 좋다고 조언해 주었다.

교수님들과 훈육관님들께서는 영어 실력을 특히 강조했다. 미국에서 치열하게 공부하고 있을 상원이를 생각해서라도 영어를 공부해야 했다. 때마침 미국에서는 대통령 선거가 한창이었고, 후보자들의 연설이 언론에 자주 보도되었다. 영어공부를 해야 하는 여러 가지 이유가 생겼고, 한번 제대로 해보고 싶다는 뜨거운 열정이 솟아났다. 먼저 영어 정태영 교수님을 찾아가 공부법에 대해 조언을 얻은 뒤 인터넷과 서적 등을 활용해 다양한 공부법을 찾아냈다. 문제집은 절대 풀지 않고 오직 재밌게 공부해 보기로 계획했고, 시간대별로 스스로와의 약속을 정해 그것을 습관으로 만들고자 노력했다.

매일 아침에 조간신문의 영어회화 꼭지를 잘라 외우고, 뉴욕타임즈에서 관심분야의 기사를 매일 1개씩 출력해 쉬는 시간에 읽었다. 점심시간에는 원어민이 자주 쓰는 표현이 잘 정리된 책을 4페이지씩 외웠다. 저녁에는 원어민 강사가 추천해 준 시트콤인 〈프렌즈〉를 1편씩 자막 없이 보았고, 링컨대통령의 게티즈버그 연설과 버락 오바마의 연설 몇 개를 외운 뒤 거울 앞에서 암송해 보았다. 자기 전에는 CNN, FOX 뉴스 등의 기사를 한두 편씩 보고 침대에 누웠다.

한 달이 지나도 발전이 없는 것 같아 절박해졌고 교수님을 찾아갔다. 어학실력은 완만히 향상되는 게 아니라 마치 계단의 모습처럼 오르는 것이니, 꾸준히 공부하다 보면 어느 순간 팍! 하고 실력이 오른 것을 느끼게 될 거라고 하셨다. 그리고 정확하게 말하는 것도 중요하지만, 유창하게 말하는 것을 중점으로 삼으라고 조언해 주셨다.

그렇게 약 3개월을 지내며 TEPS 시험과 관련된 문제를 한 번도 풀지 않은 채로 치른 시험에서, 3개월 전보다 150점 이상 오른 점수를 받게 되었다. 그리고 교수님과 원어민강사와 대화하거나 영화를 볼 때에 영어가 조금씩 들려오는 것을 느끼게 되었다. 영어공부에 집중한다는 핑계로 학과 공부는 기본만 하자는 안일한 생각을 했고, 정말로 기본성적만 받게 되었지만, 후회는 없었다. 생도들 중에 학업, 체력, 자기계발 등의 분야에서 최고의 성과를 내면서 지휘근무도 열심히 하는 생도들을 흔히 '독사'라고 표현하는데 그런 독사들을 보면 대단하다는 생각밖에 들지 않았다.

외국어 실력이 뛰어난 몇몇 여생도들이 끈기 있게 공부하고 노력하는 모습은 내게도 큰 본보기가 되었다. 사실, 지난여름에 공수훈련을 포기하지 않고 견딜 수 있었던 이유 중 하나는 바로 여생도들 때문이기도 했다. 그 더운 날씨 속에서도 이 악물고 훈련을 견뎌내는 여생도들을 보며 힘든 티를 내고 주저앉을 순 없었다. 학기 중에도 그들의 모습에 자극을 받고 스스로를 채찍질하는 경우가 자주 있을 만큼 여생도들은 소중한 동료였다.

많은 동기들 역시 독서, 어학, 무술 등 각자의 관심분야에서 자기계발을 위해 열심히 활동했다. 다양한 분야에서 노력하는 동기들과 이야기를 나누면서 서로에게 자극이 되었고 함께 발전해갔다.

공강 시간에 많은 생도들이 시간을 보내는 도서관은 조용히 앉아 공부할 수 있는 것은 물론이고, 일반서적 21만여 권과 군사서적 4만 여권을 비롯해 국회도서관 자료를 마음껏 열람할 수 있고, 거의 모든 군사간행물 최신판을 볼 수 있으며, DVD자료도 2만여 장 넘게 보유하고 있다. 온종일 있어도 살펴볼 시간이 부족한 거대지식창고에서 군사잡지들을 읽으며 최신 무기들과 유명한 전투사례들을 살폈다. 또한 삶에 감명을 주는 다양한 사람들의 이야기를 많이 접할 수 있었다. 특히 헤럴드 미디어 회장으로도 유명한 홍정욱 씨가 쓴 『7막 7장』이란 책에는 중학교 2학년 때 케네디 대통령이 다녔던 학교에 다니고 싶다는 생각이 들어 홀로 미국으로 건너간 저자의 독특한 경험이 담겨 있었다. 피나는 노력으로 케네디 대통령의 모교를 졸업한 저자는 하버드대학교에 입학해 최우수성적(숨마쿰라우데)으로 졸업했다. 그리고 귀국하여 젊은 나이에 쓴 책이 바로 『7막 7장』이었다. 20대 청년의 독백이라고 믿기지 않을 정도의 깊은 자아성찰과 삶을 개척하는 뜨거운 열정은 많은 책 중에서도 특히 큰 자극을 주었다. 초우트 메리 중학교에 입학하고자 영어사전을 씹어 먹을 정도로 단어를 외웠다는 일화는 마침 몰입해 있던 영어공부에 더 집중하는 계기가 되었다.

학교에서는 우리나라의 우방국 사관생도들이 4년 동안 수탁교육을 받는다.(2002년 터키를 시작으로 태국, 몽골, 페루, 베트남, 필리핀 등) 동남아시아의 대표국가인 태국의 사관생도 '수파킷 깨위우유'는 기초군사훈련 때부터 지금까지 우리와 함께 생활해왔다. 처음에는 어눌했던 그의 한국어 실력은 어느새 개그콘서트와 무한도전을 보면서 혼자 낄낄거리는 수준에 이르렀다. 같은 중대에 있으면서도 속 깊은 이야기를 나눌 기회는 적었는데, 상원이가 미국에 가고 나자 문득 수파킷을 더욱 챙겨주고 대화하며 도와주고 싶다는 생각이 들었다. 점점 그와 보내는 시간이 늘어났고 서로의 가족과 그가 태국에서 지냈던 일들에 대한 이야기를 나누고 초등학생 같은 장난도 많이 치며 돈독한 관계로 발전해갔다.

2학년생도만의 여유를 십분 활용해 같은 층에 생활하는 동기들과 간성문의 닭강정을 먹으러 자주 갔고 때로는 공강 시간에도 찾아갔다. 시중의 다른 닭강정은 거들떠보지 않게 해버릴 정도로 맛있었던 '간닭'은 생도들이 즐겨먹는 먹거리였고, 양손에 포크를 쥐고 갈기갈기 찢어 먹는 재미도 쏠쏠했다. 간닭으로 배를 채우고 달콤한 여운을 입에 머물고 나오면 교정이 아름답게 보이고 생도생활은 풍족하게 느껴질 만큼 간닭은 소소한 행복이었다.

일요일 귀영점호 때 목말을 타는 생도들이 한두 명씩은 꼭 있었고, 남녀생도 간의 핑크빛 기운도 감돌았다. 비록 1학년생도와 상급생도간의 교제, 지휘근무계선상의 교제는 규정상 불가능했지만, 그 이외의 경우에는 훈육요원들에게 알리고 사관생도로서 지켜야 할 도덕적 한계와 육군의 남녀군인의 행동규정 등을 벗어나지 않는 교제는 자유로이 허용되었다. 생도커플이 탄생하면 경우에 따라 좋지 않은 시선도 일부 있었지만, 대다수의 경우에는 그들을 응원하고 격려해 주는 분위기가 많았다.

똑같은 옷을 입고 똑같은 생활을 하지만, 자세히 보면 각각의 개성이 넘치는 생도대였다. 획일적으로 보일지라도 다양한 모습이 조화되어 시너지 효과를 내는 화랑대의 가을, 수만 가지 색 단풍이 한데 어우러져 아름다운 풍경을 뽐내고 있었다.

제14화

반추(反芻)

2학년생도는 화랑관 불침번 근무의 첫 번째와 마지막 1시간씩을 담당해서 새벽에 일어날 일은 거의 없다. 그런데 마지막 시간 근무를 서기 위해 새벽 5시에 나올 때면, 일부 생활관에는 불이 켜져 있었고 독사들이 공부하고 있었다. 그들의 의지와 체력에 감탄해 정신이 바짝 들다가도 근무 중에 찾아오는 졸음을 물리치기는 힘들었다.

2학기에 '민초생도'로 지내면서도 1학년생도들과 가끔씩 메일을 주고받았다. 홀로 영어공부를 하며 익힌 노하우들을 정리해서 알려주고, 한 1학년 남생도와는 주말에 신촌에서 TEPS시험을 함께 치르고 맛있는 돈가스를 먹으며 데이트(?)도 했다. 또한 1학년생도들의 벽돌깨기 기간에 도움될 만한 TIP과 2학년이 되기 전에 준비하면 좋은 것들을 조언하며 몇 가지 책을 추천하기도 했다. 새로운 분대의 분위기가 1학기 때와 달라서 어려움을 겪는 1학년생도도 가끔 있었지만, 대부분의 후배생도들은 알차게 생도생활을 꾸려가고 있었다.

모든 생도들은 학기에 한 번 이상의 봉사활동을 하게 되는데, 매주 인트라넷을 통해 인근의 장애인복지시설이나 보육원에 갈 생도들을 모집한다. 겨울철에는 연탄 나르기 등의 활동도 하고 때로는 장애우 보육원생 등을 초대하는 행사를 갖기도 한다. 가을이 깊어가던 어느 토요일, 노블리스 오블리제의 실천을 강조해온 학교에서는 북부장애인복지관의 지체장애우들과 성모자애보육원생 100여 명을 초대했다. 200여 명의 생도들이 그들과 짝을 이뤄 공포탄체험사격을 돕고, 학교시설들을 견학 한 뒤 화랑관 식당에서 점심식사를 함께 했다. 그리고 군악대에서 준비한 공연을 끝으로 행사가 끝났다. 고등학교 때 봉사동아리에서 활동한 경험 덕분인지 장애우들과 함께 하는 시간이 어색하진 않았지만, 그들은 낯선 복장을 한 생도들을 어색해했다. 손을 꼭 잡은 지체장애우에게 나의 정모를 씌워주니 그와 그의 친구들이 함박웃음을 터뜨렸고, 어색한 분위기가 조금은 누그러들며 마음을 열기 시작했다. 복지시설에서 열심히 일하고 나면 매월 3천 원이나 준다는 한 장애우의 말에는 큰 성취감과 자부심이 묻어 있었다. 더 나은 삶과 더 큰 행복을 갈구하느라 만족할 줄 모르는 현실에서 그들의 해맑은 웃음은 삶에 대해 묵직한 질문과 의미를 던져 주었다.

　2학기 때 2학년생도들은 뮤지컬 《오페라의 유령》을 단체로 관람하게 되었고, 혹시라도 함께 보러갈 사람이 생길수도 있을 것 같아서 티켓 2장을 당당하게 구입해 놓았다. 하지만 관람일이 될 때까지 마땅한 연인을 구하지 못했고 효도를 핑계로 어머니를 초대했다. (그런데 젠장) 작년 이맘 때 이뤄지지 않은 사랑에 홀로 고뇌하던 병욱이가 '드디어' 여자 친구와 뮤지컬을 함께 본다고 자랑했다. 1학년 시절 분대원인 혜진이가 공연장에서 어머니를 보고는 "어머니 오셨어요~. 여자 친구인 줄 알았어요~. 호호호." 라며 반가워하는데, 먼발치에서 여자 친구의 손을 잡고 있던 병욱이가 나를 보더니 씽긋, 깜찍한 윙크를 날렸다. '어휴 부러운 것. 이러다 정말 생도

대의 유령[13]이 되는 것은 아닌지 모르겠다.'

　가을 축제인 화랑제를 앞두고는 특별활동부서의 공연, 전시, 대회 등을 준비하느라 생도대가 분주해졌다. 봄에 열리는 생도의 날 축제와는 조금 다르게 화랑제는 문화행사에 초점이 맞춰진다. 매년 개최되는 전국대학생 안보토론대회와 각국 사관생도들의 교환방문 등 다양한 행사도 함께 열리는데 특히 안보토론대회에 참가한 대학생들은 화랑관에서 생도들과 함께 생활한다. 일반대학교와 사관학교 사이의 이해를 높일 수 있는 소중한 시간이기도 하다.

　피아노부 연주회를 위해서 감명 깊게 보았던 애니메이션 영화 《센과 치히로의 행방불명》의 주제곡 'Always with me'를 연주하기로 정하고 악보를 열심히 외웠다. 지난해와 마찬가지로 강사님과 선배생도들은 악보를 보며 동시에 연주할 실력이 없던 나를 많이 걱정했지만 불굴의 의지를 갖고 짬날 때마다 연습해서 연주회를 무사히 마칠 수 있었다.

　다른 부서의 공연과 전시회를 둘러보며 생도들이 각기 가진 다양한 재능에 놀랐다. 특히 핸드볼부가 전국동아리대회에서 우승을 차지했다는 소식은 학교를 떠들썩하게 만들었고, 럭비부와 축구부, 야구부 등이 다른 대학교와 경기를 할 때에는 응원하러 가기도 했다.

　을지강당에서는 무술부서들이 펼치는 연무제와 응원부, 밴드부, 초청 가수의 공연 그리고 군악연주회 등을 보았고, 중대에서도 매일 밤 재밌는 게임과 자체이벤트가 이어졌다. 아쉽게도 개인왕선발대회가 열리지 않아

---

13) 주말마다 밖에 나가지 않고 학교에 머물면서 자기계발을 하고 쉬는 생도들을 일러 '중대귀신'이라 부르기도 한다.

서 그간 열심히 갈고닦은 수영실력을 펼칠 기회는 없었다. 금요일 밤에 4학년생도들이 파트너들과 함께하는 화랑축제를 끝으로 화랑대의 가을은 낭만으로 물들어갔다.

화랑제가 끝난 직후에 선발된 기파생도들이 한 달 동안 집체교육을 받는 동안 겨울이 성큼 다가왔다. 집체교육을 끝낸 1년 선배생도들이 백테 화이바를 쓰고 다니는 모습이 신기했고 1년 뒤면 우리 동기들이 기파생도가 된다는 것이 믿기지 않았다. 한편, 2학기말 태권도 승단심사에서는 빨간띠를 차고 있던 동기 중 70% 이상이 검은띠를 따는 데 성공했다. 생도생활을 하면서 '다 같이 갈 때 함께 갈 때 묻어서 가는 게 좋다.'는 속설이 있는데, 다행히 동기들의 틈에 묻어서 통과할 수 있었다. 3학년이 되어서는 원하는 체육수업을 할 수 있게 되어서 기뻤지만, 계속해서 빨간띠를 차고 태권도를 해야 하는 동기들의 시무룩한 얼굴을 보며 마음속으로만 만세를 불렀다.

충무관에서는 눈꺼풀이 자꾸만 내려가는 우리와 그런 우리를 깨우려는 교수님들과 팽팽한 줄다리기를 하다 보니 어느새 기말고사가 코앞에 닥쳐왔다. 과목별로 재수강을 막아내기 위해 '어~' 하다 보니 '아~' 하고 순식간에 시험이 끝났다. 지도교수님과의 만남, 적성평가 그리고 교수평가를 마치고, 기파생도들의 지도 아래 인헌관 지역 대청소를 했다. 임관하고 나면 다시 본국의 공수훈련을 받아야 한다며 좌절했던 태국수탁생도 수파킷은 겨울의 매서운 추위에 고통스러워했다. 열대지방에서 왔음에도 불구하고 더위에도 힘들어하는 모습 때문에 동기들에게 큰 웃음을 주기도 한 그는 인헌관 청소만 끝나면 따뜻한 태국에서 지낼 수 있다며 좋아했다. 새로 올 후배들을 위하는 마음도 있었지만, 얼른 휴가를 가고 싶다는 현실적인 목표를 위해 열심히 인헌관을 쓸고 닦았다.

정확히 1년 만에 들어선 인헌관에 가니 기훈의 추억을 떠올리지 않을 수 없었다. 학창시절에는 막연하고 간절한 꿈이었던 육군사관학교의 시간과 공간 모든 것이 이젠 너무나도 자연스러운 일상이 되어 있었다. 4년 중에 절반이 흘렀다는 사실을 새롭게 인식하자, 무심코 흘러간 시간과 당연한 듯 옆에 있는 사람들이 너무나 소중하게 느껴졌다. 그러고 보면 처음 품었던 그때의 마음과 굳은 결심들이 아득하게 멀어져 있는 것은 아닐는지. 지금까지 많은 일이 있었고, 앞으로 더 많은 일이 있을 텐데 중심을 잃고 부평초처럼 지내온 것은 아닐는지… 생각도 많아졌다.

설렘 가득한 휴가 신고 날. 2학년 2학기의 마지막 아침식사를 위해 화랑관 식당에 들어서는데, 매일 보던 액자의 내용이 문득 새로워 보였다.

이제도 앞에도 한결 같아라

제4부

성숙, 3학년

제01화

겨울학기

휴가 때는 학교에 남아 운전면허나 라이프가드자격증(수상인명구조, 대한적십자사에서 학교에 찾아와 교육)을 취득하는 생도들이 있다. 졸업필수요건 중하나인 운전면허는 학교에 있는 운전연습장에서 교육받고 2종 보통 면허를 취득할 수 있다. 학기 중에도 점심시간과 일과 이후에 운전교육을 받는데, 한 번에 할 수 있는 인원이 한정되기 때문에 4학년 2학기가 되어서야 본인의 차례가 오는 경우도 있다. 그래서 시간을 아끼거나 1종 보통면허를 따고 싶은 생도들은 개별적으로 외부학원을 다니기도 한다. 어려서부터 수동변속기 차량을 운전하는 게 꿈이었던 나는 집 근처 운전전문학원에 등록했다. 운전석에 앉아 핸들을 잡고 페달을 밟으니, 정말로 어른이된 것 같아서 웃음이 계속 나왔다. 연습하던 중에 클러치를 잘못 밟아 앞에 있던 연습차량의 뒷범퍼에 살짝 입을 맞추는 아찔한 순간도 있었지만, 2주에 걸친 연습을 마치고 면허증을 손에 넣을 수 있었다.

견문을 넓히고자 개인적으로 해외여행을 다녀온 생도들도 많았다. 운전연습 때문에 해외여행은 생각하지 못한 나는 친한 동기들과 강원도의 한스키장에 놀러 갔다. 보드 실력이 형편없어서 마치 낙엽처럼 슬로프를 쓸기도 하고 엉덩방아도 많이 찧으면서도 온몸의 근육이 울부짖을 정도로 신나게 놀았다. 1학년 때 주말이 되면 학교로 면회 와 주었던 학창시절 친구들은 "벌써 3학년이냐?"고 말하며 시간이 빠르게 흘렀다는 걸 공감했다.

1학년 때는 학교로 돌아갈 때면 걱정하시고 애틋해하시던 어머니는 어느새 '얼른', '빨리' 학교로 가라고 말씀하셨다. 학년이 올라갈수록 집에 가면 "어서 와!"에서 "또 왔냐?"라고 인사말이 바뀐다는 선배생도들의 말이 틀린 것만은 아니었다.

고향에 가는 것처럼 기쁜 마음으로 3주 만에 학교에 돌아오니 1학년생도들은 영어집중교육을 열심히 받고 있었다. 겨울학기 때는 3일에 걸쳐 집중인성교육과 국가관·안보관·역사관 교육을 받고, 매일 오후 체육수업이 끝나면 자유롭게 시간을 보내며 자기계발에 집중할 수 있었다. 남는 시간에 책을 읽고 영화를 보는 등 소중한 여유시간을 허투루 보내지 않았다. 하루는 도서관을 거닐던 중 신문에서도 추천했던 정진홍 작가의 『인문의 숲에서 경영을 만나다』(전 3권)가 눈에 들어왔다. 인문학과 경영학을 조화시켜 통찰력을 키워준다는 의도가 새로웠고, 연관성 없어 보이는 여러 주제를 하나의 끈으로 엮어낸 저자의 능력이 놀라웠다.

멀티미디어 자료실에서는 《밴드 오브 브라더스》와 《위 워 솔져스》, 《블랙호크다운》 등의 유명한 전쟁영화와 《프렌즈》를 포함한 미드를 많이 빌려 보았다. 특히 고등학교 2학년 때부터 10번은 봤을 법한 《밴드 오브 브라더스》는 2차 세계대전 당시 미 육군 101공수사단 소속 이지 중대의 이야기를 다룬다. 전투 현장에서 필수적인 지휘자의 역할과 소부대 전투기술을 볼 수 있고 피비린내 나는 참혹한 전장 실상을 생생하게 보여준다. 급박한 상황에서 리더의 사소한 판단 하나가 수많은 생명을 살리거나 죽일 수도 있다는 것도 알 수 있었다.

동기들과 간닭을 먹고, 생도회관의 노래방에 가서 노래를 실컷 부르는 것도 빼놓을 수 없는 일과였다. 남중, 남고 출신으로 학창시절에 '노래방 죽돌이'였다는 황규는 그 실력을 마음껏 뽐냈다. 특히 가수 임재범의 노래를 부를 때 그렇게 멋있고 낭만적일 수 없었고, 여자가 있었다면 반할 수도 있었다. 하루는 처음 들어보는 낯선 노래를 부르는데, 그 가사와 선율이 가슴을 쿡쿡 찔러왔다.

> 누구나 한 번쯤은 자기만의 세계로 빠져들게 되는 순간이 있지
> 그렇지만 나는 제자리로 오지 못 했어 되돌아 나오는 길을 모르니
> 상처받는 것보단 혼자를 택한 거지 고독이 꼭 나쁜 것은 아니야
> 외로움은 나에게 누구도 말하지 않은 소중한 것 깨닫게 했으니까
> 이젠 세상에 나갈 수 있어 당당히 내 꿈들을 보여 줄 거야
> 그토록 오랫동안 움츠렸던 날개 하늘로 더 넓게 펼쳐 보이며
> 이 세상 견뎌낼 그 힘이 돼 줄 거야 힘겨웠던 방황은

〈비상, 임재범〉

모태솔로의 선두주자인 황규가 불러서인지 더 애절하게 느껴졌다. 그가 워낙 좋아하는 가수인 임재범에 대해 찾아보니 1986년 그룹 시나위의 보컬로 데뷔한 뒤 묵묵하게 자신의 길을 걸어온 가수였고, 노래 '비상'은 방황하고 고뇌하는 자신의 이야기를 진솔하게 담아낸 노래였다. 얼굴 한 번 본 적 없는 우리에게도 큰 힘이 되어 주는 가수의 목소리와 음악의 힘은 대단했다. 동기들 덕분에 몰랐던 노래들도 많이 알아가며 삶이 더욱 풍성해지던 겨울학기의 중반에 이르렀을 때였다.

중대에서 친하게 지내 온 동기 1명이 갑자기 청원휴가를 갔다. 평일에 휴

가를 가는 건 좋은 일 혹은 나쁜 일 둘 중 하나다. 갑자기 사라진 그를 염려하는 2학년생도들을 한자리에 모은 중대장생도가 그의 어머니께서 지병으로 운명을 달리하셨다는 비보를 전했다. 깜짝 놀라 가슴을 부여잡는 생도, 고개를 숙이고 한숨을 내쉬는 생도 등등 침통하고 숙연해졌다. 그의 상실감이 얼마나 클지 감이 오지 않았다. 생활관에 돌아와 핸드폰을 들고 그에게 연락을 할까 말까 계속 고민하며 서성대다가 문자를 보냈다. 모두가 빈소에 찾아갈 수 없었기에 중대장생도와 동기회 생도들이 대표로 다녀왔다.

며칠 뒤 학교에 돌아와 아무 일 없었다는 듯이 웃으면서 우리를 대하는 그의 성숙한 모습에 놀라면서도 많이 안쓰러웠다. 동기의 힘든 일은 곧 우리의 힘든 일이었고 그게 가족과 관련된 일이라면 더욱더 그랬다. 이해인 수녀님의 시집을 한 권 선물하며 그를 응원하는 마음을 담아 편지를 써 주었다. 비록 억장이 무너지고 많이 힘들겠지만, 우리를 생각하며 조금이나마 힘을 내라고….

4학년생도들이 임관하여 가게 될 부대가 발표되니 잔잔하던 생도대가 떠들썩해졌다. 뒤이어 1, 2학년생도들이 새롭게 배치 받을 중대가 발표되며 분위기는 더 북적해졌다. 나는 8명의 동기들과 함께 2중대에 남게 되었고 나머지 동기들을 떠나보내야 했다. 다른 중대에서 온 동기들과 3, 4학년 생활 그리고 졸업까지 함께하게 되었다. 새로운 학기에 생도대를 이끌 지휘근무생도도 선발되고 몇몇 동기는 중대 살림을 도맡는 9호실로 갔다. 1학년 1학기 축제 때 야자타임이 시작되자마자 머리가 크다고 놀렸던 분대 2학년생도는 연대장생도가 되었고, 1학년생도들 중에서 기수생도도 선발되었다. 새로운 분대와 생활관도 발표되었는데 친하게 지내온 태국생도 수파킷과 같은 분대가 되고 1학년 1학기 분대원 인형이와 같은 생활관에서 지내게 되었다.(1학년 1학기 분대원 3명 모두 똑같이 경영학 전공을 선택했고 질긴 인연을 이어갔다.) 새벽마다 예도를 차고 깃발을 든 새로운 근무생도들이 밤 낮없이 연습하는 광경을 보며 맹추위 속에 기수생도연습을 했던 1년 전이 떠올랐다.

재교생도들은 진학식을 하기 전에 가(假)진학식을 통해 새로운 학년장을 달고 신입생도들을 맞게 된다. 기훈을 마친 새끼 사자들이 화랑관으로 오기 전날, 생도대에서 가장 낭만이 넘치고 멋있다고 말하는 3학년의 견장을 어깨에 달게 되었다. 4학년생도들을 양로원(인헌관)으로 떠나보내고 새끼 사자들을 맞이하며 작별의 아쉬움과 만남의 설렘이 함께했다. 1년간 함께 지낸 동기들과 헤어지는 게 아쉬운 나머지 모든 동기에게 조그마한 편지를 써 주고 함께 사진을 찍으며 2학년생도로서의 마지막 밤을 보냈다.

신입생도들이 화랑관에 오는 것은 재교생도들에게도 설레고 즐거운 일이었다. 군가를 힘차게 부르며 도착한 1학년생도들을 훈육관님께서 각 분대에 배치했다. 분대장생도가 1학년생도들의 기훈냄새를 없애고자 함께 샤워하는 동안 나는 분대 2학년생도들과 1학년생도들의 짐을 정리했다. 곧이어 2학년생도들이 바느질을 하며 1학년생도들의 예복에 어깨견장을 달아주는 동안 수파킷과 나는 수업 준비를 도와줬다.

낯선 환경에 어리둥절해하는 1학년들의 모습은 귀엽고 풋풋하기만 했다. 아침에 일어나 해야 하는 것을 설명하며 긴장을 풀어주고 입학식 때 가장 먹고 싶은 음식을 물어봤다. 콜라를 가장 먼저 말하더니 피자, 치킨, 삼겹살 등 세상 거의 모든 음식이 다 나왔다. 몇 가지를 간추려서 1학년들의 부모님께 전화를 드려 안부를 전해드리고 면회 때 먹고 싶어 하는 음식을 알려 드렸다. 당장에 학교 갈 준비, 예복 견장 바느질 등 해야 할 게 많았지만, 1학년생도들에게만큼은 한껏 여유로운 부분대장의 모습을 보여

주었고 2년 전 우리 부분대장생도들이 많이 생각났다.

　새로운 학년, 새로운 중대, 새로운 사람, 새로운 학기를 맞이하고 5학년 생도들을 떠나보낼 준비를 하는 2월 중순의 생도대는 여유로우면서도 바쁘고, 바쁘면서도 여유로웠다. 2학년 겨울학기의 여유는 어쩌면 다시 찾아오지 않을 수준의 여유이기도 했다.

제 02 화

또 작별 그리고 여유

기수생도를 했던 1년 전과 달리 중대에서 입학식 상봉의 순간을 함께할 수 있었다. "하늘 아래 그 무엇이 넓다 하리오~ 어머님의 희생은 가이 없어라♬" 〈어머니의 마음〉을 부르며 닭똥 같은 눈물을 흘리는 1학년들의 모습에 덩달아 코끝이 시큰해졌다. 그들의 추억으로 남을 순간들을 전해 주고자 사진을 최대한 많이 찍어 주었다. 2년 넘게 재밌는 추억을 많이 쌓아 온 부분대장생도 아니 '형님'들과의 작별도 성큼성큼 다가왔다. 1학년생도들에게는 우리가 그 형님들과 같은 존재라는 게 새삼 신기했다.

인헌관으로 이동한 5학년생도들은 화랑관 식당에서 식사할 때를 빼고는 후배생도들과 마주칠 일이 거의 없었고, 을지강당에서 열리는 '신입생 환영회 및 졸업생 환송회'와 '졸업중대 방문 행사'에서야 만날 수 있었다.

예전에는 신입생 환영회 때 선배생도들이 1학년생도들에게 청소를 열심히 하라는 뜻에서 빗자루와 대걸레 등 청소도구를 선물했다고 한다. 지금은 신입생들이 중대별로 나와 간단한 인사를 하고, 졸업생들은 빨간 루비가 특징인 졸업반지 모양의 문으로 뛰어나와 한 명씩 인사를 한다. 이어서 신입생과 졸업생 중 일부가 준비한 노래와 춤 등의 공연 이어지는데, 특히 졸업생도들의 숨겨진 끼를 보는 것은 대단히 유쾌한 일이었다.

졸업중대 방문 행사는 졸업생들이 마지막으로 화랑관에 올 수 있는 시간이었고, 간소한 환송식과 함께 분대원들이 준비한 선물을 주며 진한 포옹을 나눴다. 일부 2학년생도들은 분대장을 화랑관에서 다시 볼 수 없다는 아쉬움에 눈물을 흘리기도 했다. 분대장들은 넉살좋게 웃으며 그런 후배들을 꼭 끌어안고 다독여줬다.

생도들의 분열대형은 보통 가로 세로 10개 줄로 구성되는데, 가로 줄을 '오'라고 부른다. 1오부터 10오까지 가장자리에 있는 생도들이 각 오의 분열을 책임지고 통제하는데, 가장 오른쪽 생도를 오장이라 하고 가장 왼쪽 생도를 부오장이라 부른다. 오장, 부오장은 주로 부분대장생도들이 담당한다. 졸업·임관식 연습 때는 3학년생도들이 가장 활력이 넘친다. 교훈보좌관 생도를 도와 각종 응원구호와 개사한 노래 그리고 짤막한 퍼포먼스 등을 준비해서 중대원들을 웃기고 힘을 북돋는 '엔터테인먼트'가 3학년생도들의 몫이다. 중대홀에서 늦은 밤까지 머리를 짜내며 다음날 선보일 아이템을 발굴하고 연습한다. 또한 부분대장생도들은 호주머니에 초콜릿, 사탕 그리고 캐러멜 등을 가득 들고 다니면서 틈날 때마다 분대원들을 챙겨주는데, 특히 1학년생도들의 입이 쉬는 일이 없도록 하는 게 부분대장생도들의 목표일 정도다.

힘들지만 중대원들과 즐겁게 연습하고 분대 1학년들도 챙겨주면서 실제 행사를 1주일 남겨둔 어느 날, 언제부턴가 느껴지던 발바닥통증이 심해지더니 걷는 게 힘들어졌다. 육사병원에서 정형외과 군의관에게 진단을 받으니 족저근막염 증상이라며 최대한 움직이지 말라고 했다. 행사에서 열외하게 되어서 속상하고 연습하는 중대원들에게 많이 미안했다.

몸이 안 좋아서 졸업식 연습에서 빠진 생도들은 화랑관에서 보급관생도를 도와 복도 왁스청소 등 중대의 갖가지 일을 하게 된다. 청소를 돕고 남는 시간에는 각자의 생활관에서 시간을 보낼 수 있었는데, 그 시간을 무의미하게 보내는 것은 힘들게 연습 중인 생도들에게 미안한 거라 생각했다. 마침 오바마 대통령이 많은 영감을 얻었다며 신문에 소개된 『Team of Rivals』(한국어판은 『권력의 조건』이란 제목으로 출간되었다)란 책을 읽게 되었다. 퓰리처상을 수상했던 역사학자가 10년간 쓴 책은 미국 역사상 가장 존경받는 링컨 대통령의 이야기를 다루고 있다. 갖은 역경 속에서 경쟁자들을 포용하고 이끌어 남북전쟁에서 승리하고, 흑인 노예를 해방하는 등 위대한 업적을 이뤄낸 링컨의 일거수일투족을 접하면서 많은 교훈을 얻을 수 있었다. 꽤나 두꺼웠고 졸음이 쏟아졌지만 고생하고 있을 생도들을 떠올리며 참아냈다.

며칠을 쉬었는데도 발바닥통증은 쉽게 사라지지 않아서 결국 행사에 직접 참가하지는 못하고 방문객 안내 임무를 맡게 되었다. 생도들의 패기 넘치는 분열을 관람석에서 보는 것은 색다른 경험이었다. 분열대형 안에서는 팔의 각도와 앞·뒤·옆·대각선 등을 맞추느라 정신이 하나도 없고, 눈을 살짝 돌려서 다른 중대가 분열하는 모습을 보며 '아 멋있네!'라고 잠시 느낄 뿐이었다. 2년 동안 분열을 밖에서 본 적이 한 번도 없었는데, 숱한 연습으로 다듬어진 최고 수준의 분열을 직접 보니 너무나 멋지고 감격스러웠다. 우리 중대가 분열선상에 들어올 때는 실수하지 않기만을 바랐고, 칼날 같은 분열을 선보이는 중대원들을 향해 열렬한 박수를 보내 주었다. 다행히 모든 중대가 분열 실력을 아낌없이 뽐냈다. '우리의 모습이 이렇게 멋지고 웅장했다니!' 감동받아서 마치 분열을 처음 본 사람처럼 입을 헤 벌리고 있었다.

2부 행사에서 5학년생도들이 기수생도들의 깃발을 빼앗지 않았고 연습했던 대로 차분하게 행사가 진행되었다. 교가를 다함께 부르고 무락카 구호가 끝나자 재구상으로 뛰어가 희열에 가득 차 포효하는 선배들의 모습은 온몸에 전율이 흐르게 했다. 한편으론 졸업식 행사를 한 번만 더 하면 4학년이 된다는 사실에 기쁘기도 했다. 그렇게, 섭섭하지만 시원하게 한 학년을, 우리의 부분대장생도들을 야전으로 떠나보냈다. 곧바로 주어진 2박 3일간의 특별외박 동안에 집 근처의 한의원에서 발에 침을 맞고 푹 쉬니 통증이 많이 사라졌다.

학년이 올라갈수록 사방을 경계하면서 경례해야 하는 선배들의 수가 확확 줄어들었다. 4학년생도들은 2년 넘게 함께해 온 3학년생도들에 대해서는 정말 큰 잘못이 아니고서는 크게 간섭하지 않았다. 1, 2학년 때는 공포의 장소였던 9호실은 이제 쉼터가 되었다. 두려워하며 들어가야 했던 그곳이 슬리퍼를 신고 매우 편한 복장으로 가도 되는 아늑하고 따뜻한 사랑방이 돼버린 거다. 마음의 여유는 기하급수적으로 늘어났고, 동기들에게서는 한층 멋들어지고 여유로운 모습이 뿜어져 나오기 시작했다.

생도대에서 분대장생도는 아빠, 부분대장은 엄마와 같은 역할을 맡는다고 할 수 있는데, 부분대장생도들은 1, 2학년 생활의 전반을 신경 써 주고 PX에서 맛있는 간식도 사 주며 분대의 분위기메이커 역할도 했다. 많은 부분대장생도들은 PX에서 네스퀵이나 제티를 미리 몇 상자씩 사놓고는 분대원의 수만큼 챙겨 아침식사 때마다 흰 우유를 초코우유로 만들어 마셨다. 시원하고 달콤한 초코우유로 입을 가득 채우면서 분대의 아침식사를 끝내는 건 소소한 행복이자 즐거운 하루를 보내기 위한 일종의 의식이기도 했다. 때때로 아침에 일어나기 힘들 때는 아침밥 먹고 마실 초코우유를 생각하며 힘을 내기도 했다.

수파킷과 나는 밤이 늦어 배가 고플 때면 네스퀵을 한 개씩 입에 털어넣었다. 그가 말없이 혼자 먹을라치면 냅다 가로채서 뺏어먹었다. 그러다

목에 가루가 걸려서 캑캑거리는 나를 보며 낄낄대는 수파킷을 침대에 눕히고 간지럽히며 골려주기도 했다. 키가 매우 커서 마치 기린 같아 보이는 인형이는 고만고만한 두 놈이 아웅다웅하는 모습을 끔뻑끔뻑 쳐다보면서 우리 분대의 네스퀵을 입에 털어 넣고 있었다.

여러모로 여유 있고 재미있는 3학년 생활을 만끽하는 것이 부분대장생도의 사명이요, 갈 길이었다.

제 0 3 화

수업과 모교 홍보

학기별로 정해진 전공과목을 수강해야 하고, 공통과목 중 일부는 각자가 원하는 과목을 선택할 수 있었다. 1학기 때는 전공 3과목, 공통 4과목 (무기체계학, 전자공학, 국가안보론, 북한학) 그리고 군사학 1과목을 공부하게 되었다.

일반과목과 달리 전공수업을 할 때에는 각 전공별로 정해진 교반을 독점적으로 사용하게 되고, 전공생도들의 사진 등을 꾸민 소개물을 만들어서 교반 근처의 전공게시판에 붙여놓는다. 1학기에 과대표를 맡게 되어서 우리 전공의 게시물을 투박하게나마 만들었다. 여생도가 포함된 전공은 게시물을 예쁘게 꾸미는 경향이 있는데, 우리 과에는 여생도가 없었고 친한 여생도의 도움을 받아 리본 장식 효과도 줄 수 있었다. 그럼에도 불구하고 엉성하다며 다시 만들어오라고 투정부리는 동기들의 엉덩이를 세게 꼬집어 주었다.

생도들을 가르치는 교수는 대부분 육사 출신 선배장교들로 구성되어 있다. 소위로 임관하고 야전에서 복무하다가 국내외 유수 대학교에서 위탁교육을 받고 석 박사 학위를 취득한 뒤, 학교로 돌아와 조교수, 부교수 그리고 정교수까지 차례대로 단계를 밟아간다. 영어, 전기전자, 수학 등 보다 높은 수준의 전문성이 필요한데, 교수 인력이 부족한 일부 전공에서는 의무복무를 하며 생도들을 가르치는 특수사관 장교를 선발하기도 한다.

고려대학교 대학원에서 석사학위를 받고, 우리를 첫 제자로 가르치게 된 임선경 교수님이 우리 과에 새로 오셨다. 5년 선배인 임 교수님은 차이가 많이 나는 교수님들에 비해 친숙하고 편하게 느껴졌고 때로는 큰누나 같았다. 게다가 교수 연구실에 과자와 음료수를 한가득 준비해 놓았으니 언제든 놀러 오라고 하시며 우리의 마음을 어루만져 주셨다.(엄청난 실수셨다. 우리는 꽤나 자주 찾아가서 숨겨 놓은 과자까지 탈탈 털었다.)

쉬는 시간에 학과 행정실에 코코아를 마시러 갔다가 며칠 뒤 전공수업이 있는 날이 바로 교수님의 생일이라는 것을 알게 되었다. 동기들과 생도회관 빵집에서 케이크와 빵을 사오고 칠판에 갖가지 문구를 적어놓은 뒤, 교수님께서 교반에 들어오시는 순간에 맞춰 깜짝 생일파티를 해드렸다. 마음을 저격당한 교수님은 굉장히 감동받으셨고, 그 여파를 몰아 그날 수업의 절반을 농땡이 치며 보낼 수 있었다. 그 이후로 깜짝파티에 대해 알게 되신 전공교수님들과 우리의 생일이 있을 때마다 다과파티를 하며 수업시간을 조금씩이나마 더 까먹을 수 있었다.

국가안보론과 북한학 과목은 러시아에서 석·박사학위 공부를 하고 오신 정 교수님께 수업 받게 되었다. (개교 이래 최초로 육사의 민간인 교수가 되신) 교수님께서는 보기 쉽게 정리된 자료와 사례들을 바탕으로 국제관계이론들을 재미있게 가르쳐 주셨다. 많은 논문을 작성하시고 통일과 관련된 정책을 제언하시는 정 교수님께 두 과목을 배운 것은 큰 행운이었다.

북한이 통치체제를 만든 과정과 노동당 인민군 정부가 운영되는 모습에 대해서도 자세히 배웠다. 군 지휘관뿐 아니라 정치지도원이 군대를 감시하고 통제하는 모습이 독특했고, 대한민국을 향한 도발을 결정하는 의

사결정체계에 유독 관심이 많이 갔다. 국가안보와 국제관계에 대한 관심이 점점 더 커지며 교수님의 연구실에 찾아가는 시간도 많아졌다. 교수님께서는 가을에 있을 전국대학생 안보토론대회에 참가해 보는 것은 어떻겠냐고 말씀하시기도 했지만, 여건이 마땅치 않아 도전할 수 없었다.

모교 홍보 기간이 코앞에 다가왔는데 훈육관님께서 갑자기 나를 찾으셨다. 말씀인즉 모교 홍보 때 수파킷과 함께 다니는 게 어떻겠냐는 것이었다. 나는 망설임 없이 좋다고 말씀드렸고 수파킷과 함께 모교를 찾아가게 되었다.

해외 수탁생도들은 대개 주한대사관의 국방무관이 정해준 숙소에서 휴일을 보낸다. 태국생도들은 신촌 인근에서 함께 지내고 있었는데, 만나기로 약속한 시간에 맞춰 수파킷이 모교까지 찾아왔다. 함께 온 외국인 생도가 우리말로 유창하게 인사하자, 선생님들께서는 많이 신기해하셨다. 학교에서 준비해 준 강의실에서 30여 명의 학생들에게 동영상을 보여주고, 사관생도생활에 대해 설명하고 질문에 답해 주었다. 수파킷이 특유의 순박한 미소를 날리며 또박또박 이야기하자 고등학생들이 열렬히 환호했다. 기념품을 나눠주고 사진을 찍은 뒤 홍보활동을 끝냈다. 선생님들께 작별인사를 드리고 집에 들러 옷을 갈아입은 뒤, 생활관에서 삼겹살 먹고 싶다며 노래를 불렀던 수파킷을 화로구이 식당에 데려가서 원 없이 배를 채웠다. 학창시절의 추억이 가득한 고등학교에 수파킷과 함께 가보며 또 하나의 특별한 추억을 공유할 수 있게 되었고, 수파킷의 모교에도 가보고 싶어졌다.

다음날, 집 근처의 고등학교 두 곳에서 홍보 활동을 마치고 중학교 시절의 담임선생님인 '오크 샘'을 뵈러 갔다. 2년 전 은사초청 행사에도 오셨던 선생님께 중학교 3학년 때 학교 회장이었던 천석이도 1년 후배로 사관생도가 되었다고 말씀드리자 너무나 감격스러워하셨다. 그리고 2년 동안 체격도 좋아지고 많이 성장한 것 같다며 대견해하셨다.

1년 전에는 고등학생들 앞에서 당황하고 정신없이 홍보하기에 급급했지만, 그동안 생도생활을 한 경험 덕택인지 좀 더 여유롭게 학생들과 이야기를 주고받고 학교에 대해서도 보다 실질적인 이야기를 많이 해 줄 수 있었다.

학교로 복귀하는 길, 2년 전 이즈음에 읽었던『어린 왕자』를 다시 펼쳤는데, 똑같은 내용이 그때와는 또 다른 느낌으로 다가왔다. 지금까지 어떤 장미꽃을 피우고자 생각하고 행동하며 지내왔는지 돌이켜보며, '어른이 되는 게 문제가 아니라 전부 잊는 게 문제'라는 문구를 곱씹었다. 사실 1학년 때 사관학교에 대해 가졌던 설레는 감정은 이미 사라진 지 오래였다. 생도정복을 입고 학교에서 지내는 게 너무나도 당연한 일이 되어버렸기 때문일까? 처음 마음 그대로 문득 2년도 채 남지 않은 생도생활을 지금까지 지내온 그대로 흘려보내서는 안 되겠다고 생각했다.

4월 중순이 되자 화랑대에는 벚꽃이 흐드러지게 피었다. 어느덧 육군 중위가 된 김태경 분대장과 꽃구경을 함께 하며 추억을 쌓았던 인형이와 나는 주말에 1학년생도들과 시간을 보내기로 했다. 토요일 오전, 중대에 보관된 자전거에 나눠 타고 학교 이곳저곳을 돌아다니며 사진을 찍으며 따스한 봄기운을 만끽했다. 여자 친구를 데려와서 단란하게 꽃놀이를 하는 생도들도 곳곳에서 보였다. 키가 커서 기린 같은 인형이는 눈을 끔뻑이며 주위를 둘러보고, 나를 보더니 고개를 내저으며 한숨을 내쉬었다.(젠장! 누가 누구한테 한숨을?)

우리는 분대장이 그랬던 것처럼 학교 앞 소라분식에서 딸기빙수를 사와 1학년들과 함께 먹으며 여유로운 주말을 즐겼다. 그러는 한편 우리의 1

학년 시절과 당시의 분대장이 많이, 그리워졌다.

　화랑대를 산뜻한 연분홍빛으로 색칠한 벚꽃은 활짝 핀 지 얼마 되지 않아 땅으로 떨어졌고 바람에 휘날리며 작별인사를 건넸다. 꽃을 피우기까지 오랜 시간을 참고 기다렸다가 순식간에 지는 벚꽃의 운명처럼 앞으로 우리 스스로의 꽃을 피우기 위해서는 무엇이 되었든 더욱 인내하고 견뎌야 할 거다. 벚꽃은 남은 2년 동안 처음 마음을 잊어버리지 말고 좀 더 성숙해지라고 은연중에 말하고 있었다.

제04화

국부(國父)

1, 2학년생도는 화랑관에서 불침번근무를 담당하고, 3, 4학년생도는 연대·대대·중대의 당직근무와 순찰근무를 맡는다. 당직근무를 하는 3학년생도는 중대의 인원과 총기 개수를 파악하고 다음 날 일정과 전달사항을 전파하는 등의 일을 담당하고 4학년생도는 이를 총괄한다. 주말에 당직근무를 하는 생도들은 온종일 당직실을 지키면서 외부인과 면회하는 생도들을 통제하고, 화랑관에 남아 있는 인원·총기를 관리하며, 화재·누수 등을 방지하고 비상연락체계를 유지한다.

생도회관에서 면회를 관리하는 것은 3학년 당직근무 생도들의 주요 임무다. 중대 순서대로 돌아가면서 생도회관 1층에서 면회 온 분들을 안내하며 해당 생도를 불러낸다.(1학년생도를 면회 온 친인척 중에 괜찮은 여성 분을 알아뒀다가, 그 1학년생도에게 잘해 주면서 여성 분의 연락처를 얻어내 결국 결혼까지 골인했다는 전설도 전해진다.)

4학년 당직근무 생도는 일정 시간에 정해진 장소를 순찰하면서 자세가 과도하게 흐트러진 생도는 없는지, 일반인이 학교에 들어와 있는 건 아닌지 등을 점검한다. 뜨거운 사랑의 용트림을 참지 못하고 범무천이나 도서관 뒤편의 으슥한 곳에서 연인과 입맞춤하다가 상급생도의 눈에 띄는 생도들이 간혹, 아주 간혹 있다. 그렇게 적발되면 귀영점호 때 모두에게 사례가 전파되고 해당 생도는 품위유지에 관한 규정을 위반한 것에 대한 책임을 지게 된다.

당직근무자는 복장과 두발 상태도 철저히 검사받기 때문에 당직근무가 있는 날에는 머리에 젤을 듬뿍 바르고 깔끔하게 정리한다. 또한 아침에는 평소보다 일찍 일어나서 연대의 기상방송이 중대에 들릴 수 있도록 방송기기를 틀어야 한다.

당직실에서는 1학년생도들이 분대 3, 4학년생도들을 위해 음료수·커피·간단한 과자 등을 챙겨주는 훈훈한 풍경도 곧잘 볼 수 있다.[1]

순찰근무는 4학년 분대장생도와 3학년생도 1명이 짝을 이뤄서 1시간씩 맡는데 계속 서 있어야 하는 불침번 근무보다 훨씬 편하다.(순찰 중에 화랑관 복도에서 흰색 옷을 입은 귀신을 보았다는 괴담도 간혹 들리는데, 졸린 나머지 헛것을 본 경우가 대부분이고 그런 괴담을 믿는 생도는 거의 없다.) 절대로 틀려서는 안 될 만큼 중요한 두 가지 중에 하나라도 실수하면 완전군장 구보를 할 수도 있기 때문에, 최대한 집중하고 신속 정확해야 하는 게 3학년 당직근무였다. 처음 당직근무를 할 때에는 인원을 파악하고 총기개수를 종합하는 기본적인 것조차 어려웠지만, 함께 근무 서는 4학년생도들이 많이 도와주고 가르쳐줘서 대부분의 동기들이 당직근무에 잘 적응할 수 있었다.

하루는 모든 생도들에게 일제에 맞서 민족의 독립운동을 이끌었던 백

----

1) 이때 마음을 담은 간단한 쪽지를 음료수 캔에 붙인다면 보다 센스 있는 1학년이 되고, 머그잔에 유자차나 코코아 등을 챙긴다면 더할 나위 없이 훌륭한 1학년이 되기도 한다.

범 김구 선생의 자서전인 『백범일지』가 1권씩 주어졌다. 그의 이야기를 읽으며 몇 가지를 알아보다가 서울의 강북삼성병원 인근에 경교장(김구 선생께서 당시 육군 장교였던 안두희의 총탄에 맞아 운명을 달리한 곳)이 있다는 것을 알게 되었고, 주말 외박 때 홀로 찾아가 보았다.

김구 선생이 대한민국임시정부를 이끌고 상하이에서 충칭까지 이동하면서 펼친 항일투쟁을 기록한 사진 등의 전시물을 관람했다. 2층 암살 현장에는 김구 선생을 애도하는 국민들을 찍은 흑백사진이 지금의 풍경과 나란히 겹쳐지게 구성되어 있었고, 총탄이 깨트린 창문도 그대로 재연해 놓았다. 중년은 됐을 법한 관리자는 사관생도 정복을 입고 경교장에 찾아온 나를 보며 놀라워했고, "백범의 업적이 왜곡되고 탄압되어선 안 된다."고 말했다. 무슨 말인지 어리둥절해하는 나에게 몇 가지 이야기를 해 주었다. 그리고 우리나라에서 국부(國父) 논란이 끊이지 않았던 것을 그제야 알게 되었다. 논란인 즉 이승만과 김구, 김구와 이승만 중 누구를 대한민국을 건국한 지도자로 여길지를 두고 다툼을 벌여 온 것이다.

경교장에 대해 설명한 팜플렛을 챙겨서 학교로 돌아오며 그동안의 무지(無知)를 탓했고 국부 논란에 대해 조금 더 알아보기로 했다. 일제강점기 때 두 분 모두 대한의 독립을 위해 힘썼고 공산주의 사상에도 반대했다. 그런데 1945년 광복 이후에 정부를 세우는 과정에서 이승만은 38도선 이남에서의 단독선거를, 김구는 한반도 전체의 선거를 주장하며 의견이 갈렸다. 비록 주장은 서로 달랐지만 '자유민주주의체제'의 대한민국을 세우는 것만큼은 공통된 생각을 갖고 있었다. 하지만 '이승만은 친일파다. 국부가 아니다.', '김구는 대한민국을 세우지 않았다. 국부가 아니다.' 등 각각을 지지하는 사람들의 극단적인 말을 쉽게 검색할 수 있었다.

논란을 정리해 보면서 두 분의 숭고한 정신과 업적을 후대 사람들이 각자의 영향력을 높이고자 왜곡하고 있는 것은 아닌지, 우리 사회에 갈등을 부추겨서 혼란을 가져오려는 사람들이 교묘한 술수를 부리는 건 아닌지, 괜한 음모론까지 생각하게 되었다.

역사에 가정이란 있을 수 없고 관점에 따라 두 분의 행적을 비판할 수는 있겠지만, 그들 중 1명이라도 없었다면 독립운동과 대한민국의 건국은 지금 우리가 알고 있는 것과는 많이 달랐을 거다.

우리나라의 역사를 좀먹어오고 사회와 대중을 양 갈래로 갈라온 이분법적인 사고방식과 소모적인 논쟁에서 벗어나, 김구와 이승만, 이승만과 김구 모두를 자유민주주의 대한민국의 국부(國父)로 삼고 그분들께서 저승에서만큼은 편하게 쉬실 수 있도록 놓아드리면 좋겠다는 결론을 내리게 되었다.

학교를 졸업하기 위해서는 학업과 체력, 군사훈련과 인성, 영어 능력과 운전면허취득뿐만 아니라 200m수영도 통과해야 했다. 간성문 옆에 있는 양지관에는 25m레인이 6개 설치된 깔끔한 실내수영장이 있다. 체육수업에 포함된 수영과목은 보통 3학년생도들이 수강하게 되며 수준별로 나뉘어 200m를 헤엄칠 수 있는 능력을 기른다. 또한 전투복 바지로 튜브를 만들어 생존하는 방법과 손이 묶여 있는 상태에서 헤엄치며 숨 쉬는 법도 배웠다. 때로는 수영장의 레인을 모두 걷어내고 수구경기도 했는데 여생도가 없는 틈에 공을 잡은 동기의 수영복을 벗기다가 서로 다투기도 하고, 코로 물을 먹어 켁켁대며 두 눈이 시뻘게지기도 하는 등 재밌는 풍경이 자주 펼쳐졌다.

어려서부터 수영을 워낙 좋아했기에 헤엄치는 걸 어려워하는 동기들이 졸업기준에 합격할 수 있도록 도움을 주기도 했다. 수영장에서 물먹는 경우는 거의 없었는데 이상하게도 소개팅과 미팅에서는 자주 물을 먹었고, 결국 생도의 날 가든파티는 인형이와 함께 데일리 파트너를 초대하게 되었다. 인형이와 벚꽃 구경을 같이하는 게 아니었다고 생활관에서, 교반에서, 전공수업 중에도 서로를 탓하며 티격태격했다.

'3년 연속 데일리'에 자랑스러워 하는 한편, 올해도 간닭을 먹고 생활관에서 쉬기로 했다는 피그렛에게 찬사와 박수를 보내 주었다. 파트너에게 학교를 소개해 주고 화랑연병장에서 뷔페를 먹으며 많은 이야기를 나눴다. 다 같이 춤을 추면서부터는 분위기가 무르익으며 호감이 생겨나며 설레었고, 바로 옆에 있는 인화와 그 파트너도 훈훈한 기운이 솟아났다. 그런데 아뿔싸. 생도의 날 행사에 대해 기대를 하지 않았던 나는 중학교 친구들과 만나기로 이미 약속을 잡아놓았었다. 그들과의 약속을 깨면 평생, 아니 적어도 몇 년 동안은 계속 욕먹을 게 뻔했다. 결국 행사가 끝나고 파트너를 집 근처까지 급하게 데려다 준 뒤 곧바로 중학교 친구들에게 가야 했다. 다음날 아침에 파트너에게 연락을 했지만 반응이 시큰둥했고, 며칠 더 연락하다가 연락이 흐지부지되고 말았다. 반면 인형이는 행사 이후에 저녁식사를 함께하며 서로 좋은 감정으로 만나보기로 했단다. 애초에 미팅을 주선했던 나는 분홍빛으로 물오른 인형이를 몇 대 때려줄 수밖에 없었다.

제05화

순환체력단련 & West-Point

학교에는 친선교류 혹은 견학을 위해 다양한 외부인과 외국 군인들이 방문하는데, 그들에게 생도들의 생활공간을 보여주기 위해서 '세팅생활관'(표준생활관)을 정해놓게 된다. 보통 2중대 2층 생활관이 세팅생활관으로 지정되는데, 수파킷과 인형이와 함께 지내는 우리 생활관이 바로 그 생활관이었다. 언제 어느 때라도 깔끔한 상태를 유지해야 했고, 매일 쓰레기통을 비우는 것은 물론이고 바닥에 자국이 하나라도 생기면 곧바로 수세미로 닦아내야 했다. 다른 생활관은 1년에 한두 번 할까 말까 한 왁스칠도 매달 하고 틈날 때마다 수시로 정리정돈을 했다. 화랑관 전체를 통틀어 가장 깔끔한 생활관이어야 한다는 훈육관님의 특별명령은 학기 내내 이어졌다. 그나마 중대 연대 생활관 검열에서 빼주는 것을 위안으로 삼고 기수생도 시절보다 더 깔끔하게 생활하고자 노력했다.

선배생도들이 하나같이 혀를 내둘렀던 순환체력단련 수업(이하 순체)은 전장에서 발휘할 수 있는 체력을 길러주는 일종의 훈련이었다. 깔딱고개 너머에 구성된 10여 가지 장애물을 극복한 뒤 약 7km의 도로와 산길을 뛰어서 30분 이내에 들어와야 했다. 순체를 앞둔 수업시간엔 필사적으로 뛸 것을 생각하며 열심히 졸고, 다음날 수업시간에는 삭신이 쑤시고 힘들어서 또 열심히 졸았다. 수업 도중에 탈진해서 쓰러지는 생도가 종종 있었기에 앰뷸런스도 항상 대기했다. 월요일에 순체가 끝난 학년은 "아, 이제 외박이다!"라고 말할 정도로 학기를 통틀어 가장 큰 압박을 느끼는 수업이었다.

많은 생도들은 첫 번째 장애물인 줄타기부터 어려워했다. 5M정도 높이의 줄을 맨손으로 잡고 올라가야 하는데, 팔굽혀펴기로만 단련되어 있는 팔과 어깨는 몸을 쉽게 들어 올리지 못했다. 교관님께서는 철봉에 매달려서 턱걸이를 자주하라고 조언하셨고, 줄타기를 잘하는 동기에게도 도움을 받았다. 철봉에 수건을 걸고 몸을 당겨 올리는 연습을 빼먹지 않고 하자 효과가 있었고 어느새 줄타기를 정복할 수 있었다.

정해진 시간에 완주하는 것도 쉽지 않았다. 쉬지 않고 뛰어도 대부분은 30분을 넘겨서 들어오고 극소수의 동기만이 합격했다. 교관님께서는 1학기 중에 합격하지 못하면 여름휴가를 못 갈 수도 있다고 엄포를 놓기에 이르렀다. 휴가만큼은 절대 사수해야 했기 때문에 젖 먹던 힘까지 쥐어짜내야만 했다. 한 번은 양 손에 조그만 돌을 꽉 말아 쥐고 절박한 마음으로 뛰었는데, 온몸에 힘을 과도하게 주어서인지 얼굴 쪽 근육이 점점 떨려오더니 급기야 탈수현상까지 왔다. 공수훈련 때 잠시 정신을 잃고 나서 느꼈던 두려움이 다시 찾아오는 가운데, 앰뷸런스를 타고 육사병원에 실려가 수액을 맞았다. 생활관으로 돌아오니 동기들이 와서 걱정해 주며 본인들의 경험상 사점(dead point)을 한 번 넘었으니 더 강해져 있을 거라고 위로해 줬다. 그들의 말처럼 다음 수업 때는 몸에 힘을 최대한 풀고 뛰었더니 호흡이 오히려 편해졌고 좀 더 빠르게 들어올 수 있었다.

귀찮고, 두렵고, 하기 싫고, 어떻게든 아픈 구실을 만들어서 빠져 볼까 심각하게 궁리하던 수업이었지만, 어느새 대부분의 동기가 30분 이내에 골인하게 되었고, 22분 만에 들어오는 괴물 같은 동기들도 있었다.

　분대 1학년생도 중 한 명이 미국 웨스트포인트(미국 육군사관학교 소재지의 지명)로 파견을 신청했고, 몇 명의 경쟁자를 물리치고 최종 선발되었다. 마침 미국에 있는 상원이와 연락을 자주 주고받아 왔기에 몇 가지 정보를 알려 줄 수 있었다. 비록 내가 선발된 것은 아니지만, 인연을 맺은 2명을 미국으로 보내게 된 감회가 남달랐다. 그리고 그들에게 부끄럽지 않기 위해서 더욱 열심히 해야겠다고 생각했다.

　1학기 기말고사가 끝난 6월 25일은 상원이가 미국으로 떠난 지 정확히 1년 되는 날이었다. 그는 1학년 종합성적 23등, 상위 2%에 해당되는 우수한 성적으로 학교장 상장을 받았다고 했다. 엄청난 양의 커피를 마시고 졸린 눈을 비며가며 노력한 보상을 받아서 너무나 좋고, 대한민국의 이름으로 상을 받게 되어 더욱 자랑스럽다고도 했다. 영화 《록키》, 《람보》 등의 주인공으로 유명한 실베스타 스탤론을 쏙 빼닮은 상원이는 한국에 있을 때에도 괴물이란 소리를 들었는데, 미국생도들은 그의 생활관 문에 슈퍼맨 캐릭터를 붙여놓고, 그를 Monster 혹은 Super라고 부른다고 했다. 1천 명도 넘는 우수한 생도들의 틈에서 훌륭한 성적을 받으며 인정받는 상원이가 너무나 자랑스러웠다.

　그는 내게 『강하게 살아라』라는 책을 추천해 주었다. 몇몇 선배생도들과 동기들도 그 책을 감명 깊게 읽었다며 추천했던 터라 곧바로 구입해 읽었다. 데이비드 립스키(David Lipsky)라는 작가가 웨스트포인트에서 4년 동안 미국 육사생활을 밀착 취재하고 재밌는 이야기로 풀어낸 책이었다. 책의 내용은 상원이가 직접 경험한 것과 크게 다르지 않았고, 수시시험, 발표 및 과제, 체력단련, 내무생활과 개인이 겪는 고뇌와 갈등 등 전반적인 생활 모습은 우리 학교의 그것과도 큰 차이가 없었다.

그런데 하루 일과가 끝나면 생도들의 개인시간이 철저히 보장된다는 점에서 우리와 많이 달랐다. 지휘근무생도라 할지라도 저녁시간에 다른 생도들의 생활관을 검열하거나 잡다한 일을 시키지 않았고, 조사·전달 사항은 컴퓨터 메시지로 전파하며, 급한 용무가 있을 때에만 지휘근무생도가 나섰다. 상원이는 본인이 영어 능력이 부족한 데도 불구하고 우수한 성적을 받을 수 있던 것도 개인 시간이 충분히 주어졌기에 가능했다고 했다. 더불어 합리적인 개인주의를 토대로 삼고 생활하는 미 육사생도들일지라도 단체정신이나 책임감이 약하지는 않다고 했다. 오히려 때에 맞춰 너나 할 것 없이 단단히 뭉치고 목표를 달성하는 모습이 놀랍다고 했다.

가장 충격적이었던 것은 군사학 수업에 관련된 것이었다. 팔, 다리 등 신체 일부가 없는 장교가 생도들을 가르친단다. 이라크, 아프가니스탄 등지에서 실제로 전투를 경험한 장교들에게 군사학 수업을 받는다는 거다. 생생하다 못해 참혹하기까지 한 군사학 수업은 이론 습득과 지식전달의 틀에 갇힌 우리의 수업과 비교하기 힘들 만큼 압도적이라 했다. 물론 계속해서 전쟁을 하는 미국과 우리의 교육이 같을 순 없지만, 미군의 교관을 초빙하거나 그들의 실제 전투 사례를 공부하는 것도 괜찮겠다고 생각했다.

국가의 밝은 미래를 위해 열심히 땀 흘리고, 때로는 눈물 흘리며 스스로를 이겨내는 웨스트포인트 생도들. 진한 우정과 사랑의 추억을 쌓아가는 생도들. 그들의 모습은 곧 우리의 모습이었다. 누군가는 사관생도를 일컬어 그 국가의 보석과도 같은 존재라고도 말하기도 한다. 진정한 보석이 되기 위해 견뎌내고 이겨내야 할 일이 수두룩했지만 결코 물러서지도 머무르지 않고 한 걸음씩 나아가기로 마음먹었다. 『강하게 살아라』를 통해 원상이와 세계 최강국 육사생도들의 생활 모습을 알 수 있었고, 남아 있는 생도생활의 윤곽을 잡는 데도 좋은 영향을 받았다. 아직 우리나라에 육군사관학교의 생활을 다룬 책은 없지만 언젠가 그런 책이 꼭 나오면 좋겠다고도 생각했다.

　기말고사를 앞둔 어느 공휴일에 3학년생도들은 행주산성과 강화도로 견학을 갔다. 임진왜란 때 권율장군과 그의 부하들이 왜군을 무찌르는 그림을 보고, 산성 정상에서 잔잔히 흐르는 한강을 내려다보며 목숨 바쳐 싸운 선조들의 용기와 희생을 되새겨보았다. 강화도에서는 병인양요와 신미양요 때 미국 프랑스 함대와 치열한 전투를 벌인 덕진진과 광성보를 견학했다. 마니산 정상에서는 첨성대에 불어오는 하늘색 바람이 비 오듯이 흐르는 땀을 식혀 주었다. 산에는 온통 초록빛이 넘실거리고 숨 쉴 때마다 여름 특유의 향기, 하훈의 향기가 느껴지기 시작했다.

제06화

3군사관학교 친선교류 – 해사

기말고사가 끝나고 사관학교 중에 최초로 세워진 해군사관학교로 가는 기차에 몸을 실었다. 기차에 함께 탔던 1학년생도들이 청주의 공군사관학교로 가기 위해 대전역에서 내리고, 승강장에서 기다리고 있던 공사 3학년생도들이 우리 기차에 탔다. 몇 시간을 더 달려서 경남 창원에 이르자 거대한 크레인들이 많이 보였고 잠시 후 진해역에서 내렸다. 남해의 진한 향기를 맡으며 버스에 올라 해군사관학교 정문을 지나니 사열광장이 나타났고 해사 3학년생도들이 반겨주었다.

육사의 화랑연병장에 해당되는 드넓은 광장은 바다와 곧바로 맞닿아 있었다. 한편에는 거북선 1척이 있었고 먼발치에 있는 진해군항에는 각종 해군함정들이 위용을 뽐내며 정박해 있었다. 각 학교별로 맞춰 서서 해사 생도대장님께 신고를 하고, 매칭생도들과 함께 생도생활관인 세병관으로 이동했다. 새로 지은 지 얼마 되지 않아 매우 깔끔한 세병관은 산 중턱에서 남해를 바라보고 있었다. 각 생활관마다 샤워실과 화장실이 있고 냉난방시설도 잘 구비되어 있었고, 화장실과 샤워장을 함께 사용하는 육사생도들은 마치 신규분양 아파트의 모델하우스에 온 것처럼 감탄사를 내뱉으며 생활관을 구경했다. 해사 친구들은 그런 우리를 동정해 주었다. 저녁식사를 먹기 위해 6층의 생도식당에 올라가자 전망대에 올라온 것처럼 남해 바다가 한 눈에 들어왔다.

3학년이 되면서 다른 중대로 가지 않고 남아 있었기 때문에 1년 전에 만났던 해사 공사 생도들과 또 다시 함께할 수 있었다. 중대홀에 모여 자기소개를 하고 해사생도들이 준비한 이벤트와 단체게임을 했다. 6시간 넘게 기차를 타서인지 많이 피곤해 일찍 자려 했지만 해사동기들의 꼬임에 넘어갔고, 밤늦게까지 게임을 하다가 도저히 안 되겠다 싶을 때쯤이 돼서야 잠에 들었다. 해사에서는 상급자가 지나가면 멈춰선 뒤 몸을 돌려 비켜서는 게 특이했는데, 함정의 좁은 복도에서 서로 부딪히는 일이 없도록 습성화하는 것이었다. 또한 전달사항을 알리거나 집합할 때에 사용하는 해군만의 용어가 조금 낯설었다.

날이 밝자 세병관 앞 광장에서 아침점호를 하고, 오전에는 근처의 진해 해군기지를 방문했다. 사령부에서 브리핑을 듣고 함정 다루기을 연습하는 조함훈련장과 각종 함정을 수리하는 정비소를 견학했다. 그리고 정박 중인 한국형구축함(KDX-Ⅱ) 충무공이순신함에 올랐다. 1학년 때 잠수함 이순신함을 봤었는데, 이름이 같은 이유가 궁금해서 해사 동기에게 물어보았다. 그는 잠수함 이순신함은 우리가 잘 아는 충무공 이순신의 부하 장수였던 '무의공 이순신'의 이름을 딴 것이라 했다. 덧붙여서 해군함정에 이름을 붙이는 기준에 대해 간략히 설명해 주었다.

구축함을 견학하고 동아시아에서 가장 규모가 크다는 다목적상륙함 독도함에 올랐다. 높이가 17층 빌딩에 달할 정도로 큰 독도함에는 헬리콥터, 전차, 장갑차, 야포, 공기부양정 등을 실은 뒤에도 700명의 전투 병력을 태울 수 있었다. 식당, 생활공간 그리고 병원 등을 구경하고 항공기용 엘리베이터를 타고 비행갑판으로 올라갔다. 17t의 무게도 들어 올린다는 항공기용 엘리베이터는 영화에서나 봤을 법한 것이었다. 길이가 199m나 되고 폭이 31m인 비행갑판에서는 헬리콥터 6대가 동시에 뜨고 내릴 수 있다고 했다.

오후에는 창원에 있는 STX조선소를 방문해 조선소에 대한 간략한 설명을 들은 뒤 선박이 만들어지는 현장을 견학했다. 골리앗이라고 불리는 거대한 크레인이 쉴 새 없이 움직이고 있었고 수많은 근로자들이 각자의 일에 몰두하는 모습은 장관이었다. 특수함정이 만들어지고 있다는 곳에서는 기존의 참수리 고속정보다 크고 화력도 강하며 방탄능력까지 있는 미사일고속정이 만들어지고 있었다. 2002년 6월, 우리나라가 터키와 월드컵 3 4위 결정전을 앞두고 있을 때, 연평도 해역에서 선제공격한 북한군을 물리치다 전사한 윤영하 소령, 한상국 중사, 조천형 중사, 황도현 중사, 서후원 중사, 박동혁 병장의 이름을 붙인 함정들이었다. 우리 바다를 지키려다가 세상을 떠났지만, 다시 그 바다를 지키고자 태어나는 그 분들을 추모하는 시간을 가졌다.(2016년 현재 6척의 미사일고속정은 함께 서해 NLL을 지키고 있다.)

다음날에는 IBS(Inflatable Boat Small. 해안에서 육지로 기습 상륙할 때 사용하는 소형 고무보트) 훈련과 각종 수상레포츠 활동을 체험하게 되었다. 해병대나 해군 특수부대를 다룬 TV프로그램에서 고무보트를 머리에 인 채로 뛰고 앉고 노 젓고 바짝 엎드린 채 총을 겨누며 돌격하는 장면에 나오는 게 바로 IBS라고 했다. 열댓 명이 한 개의 팀이 되어서 140kg에 달하는 보트를 머리에 얹고 사열광장으로 이동했다. 앞선 팀이 보트를 들고 낑낑대며 가는 모습을 볼 때는 웃음이 나왔는데, 직접 보트를 들자 윽 소리가 저절로 나왔다. 목이 휘청거려 잔뜩 힘을 줘야만 했는데 감사하게도 키가 큰 생도들과 한 팀이 되어서 걸을 때마다 보트가 머리에서 붕붕 떴다. 속으로 쾌재를 부르며 동기들을 위해 손으로 열심히 드는 시늉을 했다. 광장에서는 특별히 초빙된 UDT특수부대 교관들이 우리를 기다리고 있었다. 우락부락한 근육과 날쌘 눈매를 가진 주무교관의 호루라기 소리에 평화롭던 분위기가 갑자기 훈련모드로 바뀌었다. 목소리가 작다', '동작이 느리다'는 등의 지적과 몇 번의 얼차려를 받고 나서야 머리에 인 보트를 겨우 내려놓을 수 있었다.

곧바로 구명조끼를 입고 노를 저어 100M 떨어진 반환점을 돌아오는 시합을 했다. 팀원들과 "하나! 둘!" 구호에 맞춰서 노를 젓는데, 반환점을 돌 때 쯤에는 이미 팔에 힘이 쑥 빠져 있었다. 한 동기가 노를 놓쳐버려서 뒤로 되돌아가는 팀도 보였고, 결승점에 늦게 온 팀끼리 다시 시합을 했다. 그렇게 3번을 반복하고 나자 IBS가 정말 재미없어졌고, 친선교류가 아니라 친선을 가장한 훈련이라는 우스갯소리까지 나왔다.

오후에는 2인용 카약, 윈드서핑 등 '재미있는' 레포츠 활동을 하는 가운데 요트를 타고 따사로운 햇볕을 받으며 해사 주변의 바다를 천천히 둘러볼 수 있었다. 일부 생도는 UDT대원이 조종하는 고속단정을 타고 시속 100km가 넘는 속도를 경험해 볼 수 있었다. 학교에서 마음만 먹으면 다양한 수상활동을 할 수 있는 해사생도들이 은근히 부러워졌다.

1년 전 화랑관에서 해사생도들은 우리에게 뽀글이를 끓여먹는 용기와 배짱을 잔뜩 심어줬었다. 이번에도 어김없이 짜파게티와 라면 등을 매일 저녁마다 끓여먹었는데, 선배들에게 배운 짜파구리(짜파게티+너구리)를 직접 만들어주니 반응이 좋았다.

라면파티가 끝나면 중대 복도에 웅크리고 앉아 과자를 먹으며 마피아, 부루마블, 숨바꼭질 등의 다양한 게임을 했다. 훈육요원들에게 들키지 않기 위해서 중대입구에 1명을 세워두고 돌아가면서 감시했다. 누군가 순찰하는 소리가 들리면 생활관으로 냅다 뛰어 들어가 자는 척을 하고, 다시

나와 시간을 붙잡으며 새벽 늦게까지 놀았다.

3면이 바다로 둘러싸인 자그마한 인공섬인 해사반도는 야외결혼식이 열릴 정도로 운치 있는 곳이었다. 6·25전쟁 당시 북한공작선을 침몰시킨 백두산호의 마스트와 해사출신 전사자의 추모비가 있기도 한 해사반도에서 3군 사관학교 친선교류 마지막 행사가 열렸다. 성대하게 차려진 뷔페를 배불리 먹고 특별히 허락된 맥주를 마시며 우정을 나눴다. 작별을 하루 앞둔 우리는 함께 사진을 풍성하게 찍으며 추억을 남겼다. 행사장 앞쪽에 꾸며진 간이무대에서는 각 학교의 응원부와 밴드부의 공연이 이어졌다. 행사 끝 무렵부터 비가 쏟아지기 시작하더니 행사는 광란의 축제로 변했고 신나는 노래에 맞춰 방방 뛰며 춤을 추었다. 생활관에 돌아와서 잠자리에 누워서도 그들과 헤어져야 하는 아쉬움을 달래기 힘들었다.

다음날 우리는 공사생도들과 함께 진해역을 떠났고, 대전역에서는 공사 친구들과도 작별했다. 그리고 1학년생도들을 태우고 화랑대에 함께 도착했다. 같은 듯 다르고 다른 듯 같은 3군 사관학교 생도들은 채 1주일도 되지 않는 짧은 시간을 지내도 서로 마음이 통하고, 뜨거운 우정이 느껴졌다. 어쩌면 우리는 하나라는 사실을 말해주는 것 같았다. 하늘과 땅 그리고 바다에서 함께하는 우리의 우정은 자주 만나지는 못하더라도, 시간이 많이 흘러도 변치 않을 거다.

제 0 7 화

국토순례 – 백령도

북방한계선(NLL, Northern Limit Line) : 1953년 휴전 후 설정된 남북한의
실질적인 해상경계선. 북한은 유엔군이 일방적으로 정한 것이라며 부정해
왔다.

해사에서 돌아온 뒤에는 서해 최북단에 있는 백령도로 국토순례를 떠
났다. 인천항에서 청해진 해운[2]의 쾌속선을 타고 소청도, 대청도를 거쳐
백령도에 도착했다. 5시간 가까이 걸린 긴 여정에 멀미를 하는 동기들이
많았고 갑판에서 바람을 쐬거나 속을 다 게워내고 누워 있는 동기도 있었
다. 배멀미 따위는 없다는 자신감으로 멀미약을 먹지 않았다가 호되게 당
한 동기를 볼 때는 마음이 아팠다.

백령도 부두에 발을 내딛고 바다 공기를 듬뿍 들이마시자 몸이 조금은
가뿐해졌다. 6,000여 명의 주민이 사는 백령도는 북한과 불과 17km밖에

2) 세월호를 운영했던 회사. 서북도서 운행 중에도 크고 작은 사고들이 다수 있었다. 세월호
회생자의 명복을 빕니다.

떨어져 있지 않았고, 해병대 흑룡부대와 해군 그리고 공군이 섬을 지키고 있었다.(2011년 연평도 포격도발 이후 창설된 서북도서방위사령부에는 육군 부대도 포함되어 있다.)

훈육관님께서는 며칠 간 묵게 될 부대의 해병대원들이 우리를 위해 숙소를 비우고 야외 훈련 중이니, 그들에게 감사한 마음을 가지라고 하셨다. 숙소에 들어갔는데 각자의 자리마다 '백령도에서 좋은 추억을 가져가라', '사관생도 더욱 힘내라', '백령도에 온 것을 환영한다' 등의 내용이 담긴 해병대원들의 손편지까지 놓여 있었다. 외진 섬에서 갖은 고생을 하면서도 되레 우리를 배려해 주고 과분하게 대접해 준 그들에게 너무나 고마웠다.

다음날 아침에는 해병 6여단의 본부에 들러서 일반적인 현황과 부대배치에 대한 설명을 듣고, 섬 곳곳에 있는 부대를 직접 방문하면서 각종 군사시설과 장비들을 견학했다. 날이 갈수록 백령도 주변에서 세력을 키워가는 북한군 못지않게 그들을 압도할 수 있는 힘을 기르고 있고, 당장이라도 적을 아작낼 수 있다는 결의로 가득 찬 장병들의 눈빛에 마음이 든든해졌다.

심청각에서는 '심청전'의 인당수가 있는 북한의 장산곶이 한눈에 들어왔다. 장산곶 부근에 배치된 북한군의 수많은 장사정포와 수십 척의 공기부양정, 잠수함 그리고 공군기들이 백령도를 호시탐탐 노리고 있다는 사실과는 모순되게 작은 어선 한 척이 평화로운 모습으로 심청각 앞바다를 지나가고 있었다.

장군들이 모여서 회의하는 것 같다고 이름 붙여진 두무진에서는 코끼리 바위와 형제바위 등 신기하게 생긴 바위와 절벽을 구경했다. 두무진 옆쪽의 산길을 따라 올라가니 통일기원비가 있었고, 한 눈에 들어오는 북녘을 바라보며 국토수호결의대회를 하며 저곳까지 들리길 바라는 마음으로 애국가를 힘차게 불렀고, 언젠가는 저 반대편에 서서 백령도를 바라보는 날이 오기를 바랐다.

　견학 중에 지휘근무생도의 통제를 잘 따르지 않는 모습을 자주 보여서 훈육관님께서 우리에게 쓴소리를 하셨다. 그런데 저녁점호 때도 인원파악이 제대로 되지 않고, 심지어는 장난을 치다가 한 동기가 눈 주변을 다치는 일이 벌어졌다. 화가 머리끝까지 난 훈육관님께서는 다친 생도를 데리고 여단본부에 있는 의무대에 다녀오는 동안, 운동장에서 대형을 갖춰서 뛰고 있으라고 지시하셨다. 애초에 운동화를 가져가지 않아서 슬리퍼를 신고 뛰는데 '잘못을 저지른 생도만 혼나면 되는데 왜 단체로 벌을 받아야 하는지' 볼멘소리도 들려왔다. 훈육관님께서 언제 되돌아오실지 알 수 없는 가운데 수많은 별빛이 반짝이는 밤하늘 아래에서 수군수군대며 계속 뛰었다. 도중에 슬리퍼가 찢어져서 제대로 뛰지 못하는 동기들도 여럿 생겨났다.

　그러던 중에 옆 소대의 황규가 배가 아프다며 곤란해 하는 소리가 들렸다. 1년 전 제주도의 성산일출봉에 올라갈 때에도 배를 부여잡았던 황규는 이번에도 예외가 없었고, 갑자기 육두문자가 들리더니 그가 배를 감싸쥐고 숙소로 뛰어갔다. 그가 급한 불을 끄고 나오는 사이에 훈육관님께서 도착하셨고, 황규는 마음대로 열외 했다는 이유로 다른 얼차려까지 받게 되었다. 그의 애처로운 상황과 특유의 억울해하는 표정을 보며 터져 나오는 웃음을 참기 힘들었다. 새벽 1시가 되어서야 훈육관님의 교육이 끝났고, 땀과 흙먼지를 뒤집어쓴 채 생활관에 들어와 급히 샤워를 하고 자리에 누웠다. 하훈 시작 전부터 훈육관님께 안 좋은 인상을 심은 것은 아닌지 걱정하며 잠들었다.

다음날 방문한 백령도 기상대는 우리나라가 연중 편서풍의 영향을 받기 때문에 맡게 되는 역할이 크다고 했다. 특히 백령도에서 관측된 황사가 3~4시간 뒤에 수도권에 닿는 만큼, 황사 감시의 전초기지라 했다. 황사뿐 아니라 백령도에서 수집된 기상자료가 전국의 기상대로 보내져서 날씨예보의 정확도를 높여준다고도 했다. 기상대 정상에 있는 레이더를 구경하며 한 눈에 들어온 서해바다에서 훈훈한 바람이 세차게 불어왔다. 남쪽 몇 군데에 떠 있는 해군 함정들은 평화로운 그곳이 '최전방'이라는 사실을 깨우치게 해 주었다. 라디오존데[3]를 조립하고, 풍선에 가스를 주입해 하늘로 띄워 보내는 시범도 볼 수 있었다.

해변이 콩알만 하게 작고 동글동글한 자갈로 이뤄진 콩돌해안에는 경계철조망이 설치되어 있었고, 해안초소의 해병대원들은 우리를 신기한 듯이 구경했다. 다양한 색깔의 자갈들이 반짝거리면서 해안을 가득히 메운 모습은 매우 이색적이었다. 단체사진을 찍고자 엎드리니 햇볕에 뜨겁게 달궈진 돌들이 배를 뜨뜻하게 찜질해 주었다. 콩돌해안 위쪽에 있는 사곶해안은 비행기가 뜨고 내릴 수 있는 해변이었다. 전 세계에서 자연활주로로 쓸 수 있는 해변이 딱 두 곳일 정도로 희귀하기 때문에 천연기념물 391호로도 지정돼 있다. 3km의 길이에 100m 너비의 모래사장은 버스가 들어가도 바퀴자국이 거의 남지 않을 정도로 바닥이 단단했다.

백령도 곳곳을 누비며 길도 눈에 익숙해질 만하자 학교로 떠나야 하는 시간이 다가왔다.

---

3) 각종 측정 장비를 결합한 기상 관측 기구. 풍선에 묶여 성층권까지 올라가며 기온, 습도, 풍속 등의 기상정보를 무선으로 전송한다.

아름다운 평화와 묘한 긴장이 뒤섞여 있는 우리 섬 백령도. 쾌속선이 나아갈수록 점점 멀어져가는 백령도와 작별했다. 적의 코앞에서 하루하루 긴장된 나날을 보내는 많은 군인들에게 감사하는 마음으로 이름 모를 해병대원에게 감사편지를 남기고 왔다. 중간 중간에 마주치는 주민들께서도 사관생도라는 이유 하나만으로도 많은 격려와 응원을 해 주셔서 감사할 뿐이었다.

1학년 때부터 대한민국의 가장 동쪽인 독도와 가장 남쪽인 마라도 그리고 북서쪽의 백령도까지 발자취를 남겼다. 헌법 제3조 '대한민국의 영토는 한반도와 그 부속도서로 한다.'에 따라 북쪽의 백두산과 신의주도 대한민국의 영토이지만 통일이 되어야 갈 수 있을 거다. 비록 통일에 막대한 비용이 들고 주변국은 각자의 이해관계에 따라 우리의 통일을 싫어할 수도 있지만, 자꾸 미루기만 해서는 해결할 수 없는 문제이기도 하다. 훗날 통일대한민국이 되어서 후배 사관생도들은 멀리 북녘 땅으로 국토순례를 가는 날이 오기를 바랐다.

이 강산은 내가 지키노라 당신의 그 충정
하늘 보며 힘껏 흔들었던 평화의 깃발
아, 다시 선 이 땅엔 당신 닮은 푸른 소나무
이 목숨 바쳐 큰 나라 위해 끝까지 싸우리라

〈푸른 소나무〉

제 08 화

화랑의 뜨거운 여름 3-1

백령도에서 돌아와 쉴 틈도 없이 하훈을 준비했고, 군장검사를 앞두곤 훈육관님 지시와 대대지휘근무생도들의 통제가 서로 달라 우왕좌왕하기도 했다. 얼마 전 새로 부임하신 생도대장님께서는 각 학년이 달성해야 할 사격등급을 한 단계씩 높게 설정하셨고, 3학년생도는 원래 기준보다 높은 특등사수(20발 중 18발 이상 명중)가 되어야 했다.

일요일 오전, 화랑관의 아늑한 침대에게 작별인사를 건네고 전라남도 장성으로 향하는 열차에서는 짐 정리가 제대로 되지 않아 이미 백령도에서부터 날카로워진 훈육관님들의 시선도 더 곱지 않게 변했다. 장성역에 내려서도 제대로 통제가 되지 않아 시간이 늦어졌고, 결국 훈육관님들께서 직접 통제하기에 이르렀다. 분위기가 좋지 않았지만 버스에서 나오는 시원하다 못해 춥기까지 한 에어컨바람은 행복, 그 자체였다. 초록빛 물결이 가득 흘러넘치는 들판을 바라보며 몇 십 분이 지나자 어딘지 모를, 굉장히 큰 사격장에 도착했다.

1주차는 사격훈련만 계획되어 있었는데 유격훈련 준비를 명분으로 야외숙영이 새롭게 포함되며, 지난 몇 년의 3학년 하훈에 없었던 것을 우리가 시도하게 되었다. 짐을 모두 내리고 텐트 칠 때 필요한 비닐과 노끈 등을 지급받은 뒤, 사격장 입구 부근의 한 야산으로 들어갔다. 가파른 경사를 올라 중턱에 이르자 훈육관님께서 각 소대별로 위치를 정해 주셨다. 평탄한 곳이라곤 하나도 없는 곳에서 2시간을 줄 테니 텐트 설치를 끝내라는 지시에 숨이 턱 막혀왔다.

1학년 2학기 때 같은 분대였던 용현이와 텐트를 같이 쓰기로 하고, 군장 배낭에서 꺼낸 야전삽으로 나뭇잎과 잔풀을 걷어내고 땅을 파내려갔다. 소총을 등에 멘 상태로 삽질을 하니 많이 불편했지만 구슬땀을 흘리며 열심히 파는 중에 조그만 돌이 나왔다. 별거 아니겠거니 했는데 빙산의 일각이었고, 흙을 걷어낼수록 크기가 점점 커지더니 완전군장 2개를 합친 크기의 바위가 모습을 드러냈다. 주변에 있던 동기 몇 명의 도움을 받고나서야 바위를 겨우 끄집어낼 수 있었다. 그렇게 급경사를 깎아내고 거기서 나온 흙을 쌓고 다져 ㄴ자 모양의 공간을 만들었고, 습기가 올라오지 못하도록 비닐을 깔고 텐트를 세웠다. 1주일 동안 지내야 했기에 텐트 겉에도 비닐을 덮고 주변 나무와 연결해서 단단하게 고정했다. 그리고 나무줄기 몇 개를 자른 뒤 텐트가 잘 보이지 않도록 뒤덮었다.

저녁식사를 먹기 위해선 산을 내려가서 500m정도 떨어진 곳에 있는 야외강의장 건물로 가야 했다. 수돗가에서 간단히 씻을 수 있다는 말에 반합과 세면도구를 꺼내고 소총과 방탄헬멧을 챙겨서 움직였다. 소대동기들이 모이는 데 시간이 오래 걸려서 정해진 시간보다 늦었지만, 몸에 힘이 빠져 있어서 터벅터벅 걸어갔다. 훈육관님께 "늦었는데도 왜 뛰어오지 않느냐?"고 꾸중을 듣고 강의장에 들어갔는데, 다른 소대 동기들도 지친 모습이 역력했고, 모두의 전투복에는 치열한 삽질의 흔적들이 그대로 묻어 있었다. 하훈 첫날부터 이렇게 '빡쎄다'는 사실에 하나같이 혀를 내둘렀다. 문득 손바닥 몇 군데가 쓰라려서 살펴보니 물집이 잡혀 있었고 몸 곳곳에서는 얼얼한 근육통도 느껴졌다.

트럭으로 실어온 통에 담긴 음식을 나누는 것은 '배식당번분대'가 담당했다. 가장 늦게 식사하고 뒷정리까지 해야 하기 때문에 1소대 1분대부터 순서대로 맡기로 했다. 개인별로 분배하면 시간이 오래 걸리기 때문에 분대별로 음식을 받았다. 우리 분대는 김치 외의 다른 음식을 죄다 섞어서 주먹밥을 만들어 먹었고, 고된 삽질 뒤에 먹는 밥은 꿀맛이었다.

식사를 마치고 1주일 동안 숙영하면서 주의해야 할 점과 훈련 내용에 대해 교육받았다. 불침번근무와 아침점호 시간 등을 확인하고 텐트별로 지급된 1.5L생수 1통을 챙겨 수돗가로 갔는데 물탱크에 물이 얼마 남지 않아 양치와 간단한 세수만 허락되었다. 강의장에서 새어나오는 불빛에 의지해 양치를 하고 얼굴에 비누칠을 했다. 마음 같아선 발가벗고 샤워까지 하고 싶었지만 꾹 참아야 했다.

랜턴을 가져온 동기 1명의 뒤꽁무니를 줄줄이 따라가며 산에 올라 각자의 텐트로 갔다. 소총과 군장물품을 텐트에 먼저 넣고 전투화 끈을 푼 뒤 쏙 들어갔다. 숨을 내쉴 때마다 A텐트 특유의 눅눅하게 찌든 냄새와 발 냄새 그리고 땀 냄새가 코에 닿았다. 어둡고 좁은 텐트 안에서 용현이와 어깨를 부딪혀가며 모포와 포단을 꺼내고, 우의(雨衣)를 뭉쳐서 베개를 만들다 보니 먼지가 많이 생겼다. 겨우 잠잘 준비를 끝내고 드러눕자 낮은 천장과 좁은 공간 때문에 갑갑했다. 땅을 최대한 평평하게 다졌는데도 울퉁불퉁한 부분이 등에 느껴졌다. 주변 텐트의 동기들이 재잘거리는 소리와 수많은 풀벌레 울음 소리 그리고 두꺼비 합창 소리가 동시에 들려왔다. '오전만 해도 아늑한 화랑관에 있었는데 얼마 되지도 않아 이름 모를 산 중턱에 땀에 찌든 채로 누워 있다니, 이 좁고 불편한 텐트생활을 1주일이나 해야 한다니. 갑자기 배가 고프다. PX에서 과자를 엄청나게 사고 시원한 바나나 우유까지 마시고 싶다. 1주일 동안 밥 말고는 못 먹을 텐데…. 이런 젠장, 식량을 몰래 챙길 걸 그랬다.'

갖은 생각에 빠져 절망하고 있는데 용현이가 갑자기 벌떡 일어나더니 본인의 군장을 뒤졌다. 곧 왕소시지를 손에 들고는 음흉한 눈빛으로 나를 쳐다보며 껍질을 벗기기 시작했다. 뜻밖에 식량이 눈앞에 보이자 너무 기쁜 나머지 비명이 터져 나오는 것을 겨우 참고 그를 부둥켜안았다. 절반으로 나눈 소시지를 입에 넣고 오물오물 씹자, 침과 뒤섞인 소시지에서는 세상을 다 가진 행복이 우러나왔다. 고3시절 2차 시험도 같은 방에서 함께했던 용현이와 졸업까지 함께 하게 된 질기고 질긴 인연과 지난 추억에 대해 실컷 떠들고 나서야 잠들었다.

"기상! 기상!" 불침번이 외치는 소리에 벌떡 일어나니 머리가 텐트 천장에 닿았다. 텐트에서 잤다는 현실을 부정하고 싶었다. 그대로 누워 아무것도 하고 싶지 않았지만, 밥을 먹고 살아남기 위해서라도 몸을 움직여야 했다. 식사를 하고 간단히 세수를 하려는데 물탱크가 동이 나고 배관에 공기가 차서 당분간 수돗가를 쓸 수 없다는 비보가 날아들었다. 어쩔 수 없이 수통에 든 물로 양치만 겨우 해야 했다.

곧바로 사격훈련이 시작되었고, 실탄사격과 PRI(사격술 예비훈련)가 동시에 진행되었다. 1소대 동기들은 곧바로 사로에 올라가 실탄사격을 했다. 경쾌하지만 섬뜩한 소총소리가 사격장 전체를 뒤흔들었지만, 20발 중에 18발을 맞춘 동기는 거의 나오지 않았고, 오전 오후 통틀어서 단 2명이 특등을 달성했다. 교육대장님께서는 특등을 하지 못하면 외박 보내 줄 생각이 '꿈에도 없다'고 말씀하셨다. 저녁에 야간투시경과 레이저표적기를 활용한 사격실습을 마치고 텐트로 돌아왔다. 그래도 하루 지내봤다고 텐트 생활이 조금은 적응되었는데, 텐트에서 도저히 잘 수 없다며 모포를 들고 강의장에 가서 자는 동기도 있었다. (그는 밤중에 모기에게 수십 방을 뜯겼다며 울상을 지었지만, 그를 뒤따르는 몇 명과 1주일 내내 강의장에서 잤다.)

다음날에도 특등사수는 거의 나오지 않으며, PRI훈련의 강도는 점점 높아졌고 불합격자는 팔굽혀펴기 등의 얼차려까지 받게 되었다. 시간이 지나도 합격자가 잘 나오지 않자 훈육관님들도 초조해지는 눈치였다.

우리는 모일 때마다 웅성웅성거리며 지휘근무생도들의 통제를 잘 따르지 못했다. 만 3년의 생도생활을 겪으면서 머리가 클 대로 커서일까, 각자가 생각하는 것에 따라 움직이려는 성향이 강해졌다. 하급생도에서 상급생도가 되어가면서 어쩌면 한 번은 겪을 수밖에 없는 과도기에 처한 우리를 곱지 않은 시선으로 보는 경우도 많아졌다. 게다가 합격자가 잘 나오지 않으니 하훈의 분위기가 점점 무거워질 수밖에 없었다.

거기에 더해 결정적인 게 하나 터지고 말았다. 소대 동기 제훈이가 안전검사를 하다가 어깨 위에 총을 올리고 격발을 했는데 "빵!" 굉음이 울려퍼졌다. 사격이 끝나면 사로에서도 안전검사를 최소한 두 번은 하는데, 탄피를 반납하는 곳에서 총탄이 발사 된 상황에 다들 깜짝 놀라 어안이 벙벙해졌다. 훈육관님의 표정도 험악하게 일그러졌고 제훈이를 비롯한 모두가 당황했다. 결국 그는 얼차려 종합세트를 선물로 받게 되었다. 하마터면 큰 사고가 날 뻔했던 그 사건 이후로 훈육요원들의 통제는 더욱 심해졌다.(그로부터 제훈이의 별명은 '어깨 위에 총'이 되었다. 탄이 발사되었는데도 그가 "격발 이상무!"라며 총에 이상이 없다고 말한 것은 공공연한 비밀로 남아 있다.)

수요일 오후부터는 비가 내리기 시작해서 사격을 하지 못하고 강의장에서 PRI만 했다. 전투복이 축 젖은 채로 가만히 있으니 점점 추워졌고 목이 따끔거리고 코가 간질간질하기 시작했다. 낮 기온이 30도가 넘는 한여름이었지만, 비가 오는 야산의 여름밤은 추웠다. 며칠 동안 씻지 못한 몸 구석구석이 간지러워서 물티슈 몇 장으로 중요부위만 슬쩍 닦아냈다. 텐트를 내리치는 빗소리가 너무 커서 쉽게 잠들지 못했다. 새벽에 일어나 우의를 입고 불침번 근무를 서는데, 텐트가 침수되고 무너져서 강의장으로 피난 가는 동기가 여러 명 생겨났다.

아침밥을 먹기 위해 움직여야 하는데 몸에 열이 나고 덜덜 떨리며 여기 저기가 쑤셔왔다. 전투화에 잔뜩 묻은 진흙은 안 그래도 무거운 몸을 땅으로 거세게 끌어당겼다. 용현이는 나를 부축해 군의관에게 데려다 준 뒤, 훈육관님께 보고 드렸다. 몸 상태가 안 좋은 몇 명의 동기들과 앰뷸런스를 타고 근처에 있는 국군함평병원에 가서 진료를 받았다. 해열주사를 맞고 약을 처방 받아 돌아왔는데, 마침 서울에서 내려오신 생도대장님께서 동기들을 격려해 주시며, 특등을 반드시 달성하라고 누차 강조하고 계셨다.

오후에 날이 개고 뜨거운 햇볕이 내리쬐자 사방에서 습기가 솟아올랐다. 주사를 맞아서인지 다행히 몸살기운은 조금 가라앉았지만 정신이 몽롱했다. 월요일부터 10번 넘게 사격을 했지만 한 번도 18발 근처에 가지 못했는데, 약빨을 받아서인지 유독 표적이 잘 넘어갔다. 18발을 맞춘 줄 알고 기뻐하고 있었는데 결과는 17발이었다. 또 다시 불합격. 오후사격까지 절반 넘는 동기가 특등을 달성했다. 그날 밤에는 몸 상태가 좋지 않아 용현이만 텐트에 홀로 내버려 둔 채 따로 마련된 환자용 간이침대에서 잤다.

원래 금요일 오전에 사격훈련을 끝내고 텐트를 철수해서 보병학교로 이동할 계획이었지만, 불합격자가 워낙 많아 토요일까지 훈련을 이어간다는 슬픈 소식이 전해졌다. 결국 동기애를 발휘해 지원사격을 하는 경우도 생겨났고, 각자 20발씩 쐈는데 21발을 맞춘 생도가 나와 애매한 상황이 벌어지기도 했다. 토요일 오전 사격까지 끝나자 70%정도가 특등사수를 달성했다. 교육대장님께서는 불합격자들을 외박 내보내줄 생각이 '꿈에도 없다'라고 다시 강조하셨다. 이윽고 정든(?) 야산을 떠나 보병학교로 가게 되었다. 오랜 시간 공들여 세운 텐트를 허무는 데는 채 1분도 걸리지 않았다. 사격장을 떠나는 마음이 그렇게 후련할 수가 없었다.

버스에서 한 동기가 사투리가 약간 섞인 교육대장님의 말투를 흉내냈다. "여기 다시 올 생각 꿈에도 없다." 다른 동기가 그것을 맞받았다. "여기서 씻을 생각 꿈에도 없다." 여기저기서 웃음이 터져 나오며 재잘재잘하다 보니 상무대 정문에 도착했다.

태청산 자락에 안겨 있는 상무대에는 보병학교뿐만 아니라 포병, 공병, 기갑, 화생방 등 각종 병과의 교육기관이 모여 있었다. 태청산 중턱 부근에 있는 건물에 들어가며 환호성을 내질렀고 짐을 풀자마자 샴푸와 클렌징크림을 들고 샤워장으로 달려갔다. 꽤 길게 자라난 수염을 깎고 온몸에 샴푸를 묻히고 문지르자 검은 구정물이 흘러나왔다. 꼬질꼬질하고 냄새 나던 우리는 말끔한 사관생도의 모습을 되찾았다. 진흙이 잔뜩 묻고 젖은 텐트를 세척하고 마당에 널고, 바닥에 깔거나 텐트를 덮었던 비닐을 씻어 말리고, 개인 군장물품도 깨끗이 닦아냈다. 매일 분대원들과 둘러앉아 밥을 먹다가 개인별로 식판에 받아먹으니 어색하기 그지없었다.

사격에서 합격한 생도들은 일요일에 주어진 자유시간을 즐길 수 있었지만, 불합격한 생도들은 또 다시 사격장으로 가야 했다. 이제는 불합격해도 얼차려는 없을 테니 마음 편하게 사격하라고 했다. 4번 넘게 쏘고 나서 5번째 시도에서야 18발을 간신히 맞췄다. 그렇게 일요일까지 이어진 사격훈련에서 80% 넘는 동기들이 특등을 달성했다. 그때까지도 특등이 되지 못한 동기들은 다음 주말에도 사격을 해야 한다는 말에 의기소침해졌다. 훈련장에서 돌아왔는데 남아 있던 동기들이 PX에서 사온 과자를 나눠주며 격려해 주었다.

산을 깎아내고 만든 텐트에서의 불편한 생활, 불합격자에게 주어지는 얼차려, 땀에 절어도 씻을 수 없는 갑갑함과 찐득거림 그리고 간지러움, 훈육관님들의 압박, 밥을 먹으면서도 느껴지는 배고픔, 개도 안 걸린다는 여름몸살감기까지, 1주일이 어떻게 지나간 건지 정신이 없었다. 그래도 함께 고생하고, 서로에게서 나는 고약한 냄새를 맡으며 좋아하고(?), 은밀한 부위를 벅벅 긁어대며 깔깔 웃는 유쾌한 친구들과 아픈 나를 끝까지 챙겨주었던 용현이가 있었기에 버틸 수 있었다.

우리 사이에서는 1주일 내내 귀에 못이 박히게 들은 교육대장님의 말(꿈에도 없다)을 흉내 낸 패러디가 유행하기 시작했다.

특등사수 될 생각 "꿈에도 없다."

일요일에 쉴 생각 "꿈에도 없다."

편하게 잘 생각 "꿈에도 없다."

제09화

화랑의 뜨거운 여름 3-2

1학년 각개전투와 2학년 분대전술을 토대로 3학년 때는 소대를 지휘하는 전술지식과 전투지휘능력을 기르는 소대전술훈련 차례였다. 소대공격과 방어 이론과 북한군의 교리를 1주일 간 배우고 2주일 동안은 직접 몸으로 그것을 익히게 된다.

월요일 아침, 교재와 지도 그리고 아스테이지를 잔뜩 들고 군가를 신나게 부르며 보병학교로 갔다. 보병학교장님께 입소신고를 하고 시작된 공격과 방어 교육을 위해 의자에 앉으니 드디어 문명인이 된 것 같았다. 그만큼 지난 한 주는 야생의 생활과도 같았다. 공격시간에는 적의 배치상태와 지형을 고려해 기동로를 결정하고, 적진지를 점령한 이후까지의 단계별 내용을 종합적으로 배웠다. 방어시간에는 적의 공격에 대비한 방어진지와 공용화기를 배치하고 각종 매복조를 운용하는 원리를 배우고 상급부대의 화력을 유도하는 방법 등을 배웠다.

수업 중간의 쉬는 시간에는 1층에 있는 스낵바와 PX를 즐겨 이용했고, 마침 고등군사반(OAC) 교육을 받는 대위급 장교들 중에 우리 선배들도 여럿 있었다. 하루는 1학년 때 봤던 '분대장의 분대장', 즉 할아버지 분대장을 먼저 알아보고 인사하자 반가워하며 과자와 음료수를 사 주었다. 짧게

나마 '손자'들을 챙겨주는 선배의 끈끈한 정을 느끼며 벌써 중위가 되었을 분대장도 보고 싶어졌다.

어느 쉬는 시간에는 같은 분대원이었던 여생도 혜진이가 진지한 대화가 필요하다며 다가왔다. 안 그래도 지나칠 때마다 유독 표정이 어두워서 요새 무슨 일 있냐고 물어보려던 참이었다. PX에서 우유를 2개 사들고 다른 생도들과 멀찍이 떨어진 곳으로 갔다. 고민의 핵심은 일부 남생도들과의 관계 문제였다. 사실 지난 사격훈련 간 야산에서 숙영을 할 때 여생도들은 산 아래 쪽 평지에다 텐트를 치고 지냈었다. 그리고 남생도들이 1주일 내내 씻지 못한 반면에 여생도들은 수요일에 사격장 관리부대에서 샤워를 했고, 그것을 알게 된 일부 남생도들이 불만을 가지기도 했었다. 1학년 때부터 여생도와 남생도 사이에 갈등이 생긴 적이 간혹 있었는데, 이번에는 남생도들이 느낀 상대적 박탈감이 커서인지 몇몇이 불만을 참지 못했다. 혜진이는 여생도들이 원해서 평지에 텐트를 설치한 것도 아니고, 여자의 위생상 어쩔 수 없이 씻어야 하는데, 그게 훈련을 쉽게 받으려는 안일한 모습으로 여겨지는 게 억울하다고 했다. 그리고 한두 명의 남생도가 날을 잔뜩 세우고 말해서 주변에 있던 여생도들이 받은 상처가 크다며 격앙되어 있었다.

직접 나서서 중재할 수 있는 상황은 아니었지만, 그런 상황 자체가 안타까웠다. 누나가 있는 처지로서 여생도의 애환도 이해되고, 힘든 상황에서 상대적으로 편해 보이는 여생도에게 반감을 갖는 남생도의 마음도 충분히 공감되었다. 하지만 남녀생도에게 똑같은 신체적 잣대를 대는 것은 옳지 못했다. 여생도들을 뜻을 같이하는 '동료'로서 인정하고 서로 적극적으로 대화하면 마찰이 조금은 줄어들 수 있을 텐데….

혜진이의 고민을 들어주며 그렇게 비판적으로 생각하는 남생도는 극히 일부일 뿐이니 개의치 말고 홀홀 털어내라고 말해 주었다. 마침 용현이가 지나가고 있어서 불렀다. 같은 분대에서 지내며 둘도 없이 친해진 우리 셋은 생도생활에서 발생하는 거의 모든 일에 대해 스스럼없이 이야기를 나누는 사이였기에 방금 전 나눈 이야기를 간략히 설명해 주었다. 그런 고민을 둘이서만 이야기하고 있다고 삐치고 질투하는 용현이에게 혜진이가 나를 더 좋아해서 그렇다고 이야기했다. 그러자 용현이는 혜진이가 본인을 더 좋아한다며 우쭐거렸다. 중간에 있던 혜진이는 어처구니없다는 표정을 지으며 우리 둘에게 꺼지라고 했다. 그녀의 박력 넘치는 말에 움찔했지만, 그래도 셋이 이야기하며 장난을 치니 혜진이의 표정이 전보다 훨씬 나아졌다.

　집단에서 소수인 여생도들은 아무래도 남생도들의 의견을 일방적으로 수용하고 감내해야 하는 경우가 많았다. 몇몇 여생도들과 절친하게 지내왔지만 도움을 줄 수 있는 건 별로 없었다. 단지 일부 남생도가 여생도에게 가진 반감이 누그러지길 바라고, 여생도는 그런 것에 구애받지 말고 본인들이 열심히, 잘 해 온 것처럼 앞으로도 잘 해 나가길 응원할 수밖에 없었다. 한편으론 경험 많은 훈육요원들께서 그런 미묘하고도 실질적인 부분을 좀 더 신경 써 주고, 남녀생도가 서로 소통할 수 있는 기회를 만들어 주면 좋을 것 같았다.

　2주차 실내교육이 끝난 토요일 아침이 되자 사격 합격자들은 집으로 향하는 전세버스에 오른 반면 불합격자들은 사격장으로 향하는 부대버스에 올랐다. 외박을 가지 못하는 동기들의 상황이 안타깝고 또 그들에게 미안해서 버스 타고 가는 마음이 가볍지는 않았다. 버스가 고속도로를 달리기 시작하자 지난 2주 동안 겪은 일들이 획획 스쳐지나갔고, 마치 2년처럼 느껴졌다. 남은 4주를 생각하니 막막했지만 순환체력단련 때 무릎만 쳐다보고 뛰면서 끝까지 버텨냈던 것처럼, 당장은 코앞만 보면서 참고, 참고, 또 참아야겠다고 생각했다.

집에 도착해서 부모님과 저녁식사를 함께 하고 아늑한 집에서 푹 자고 일어나자 곧바로 복귀시간이 다가왔다. 만 하루도 안 되는 짧은 외박의 아쉬움을 고스란히 간직하고, 집합시간인 오후 1시에 맞춰서 고속버스터미널로 가자 동기들이 모여 있었다. 각자의 손에는 앞으로 필요한 물건과 외박에 나오지 못한 동기들에게 나눠줄 음식이 들려 있었다. 나도 불합격한 소대 동기들에게 줄 도넛을 챙겨서 버스에 올랐다. 생활관에 도착해 음식을 챙겨온 다른 동기들과 불합격자들을 챙겨주며 그들이 주말에 겪은 애환을 들으며 위로해 주었다.

3, 4주차 훈련은 함평 부근에 있는 훈련장에서 받아야 했기에 함평으로 이동해야 했다. 훈련에 필요한 짐과 생필품만 챙기고 무기고로 이동해서 K-3기관총, K201유탄발사기, 90mm무반동총, 60mm박격포 등의 화기를 수령했다. 40분 정도 버스를 타고 도착한 함평중대 생활관에 짐을 정돈하고 생활관 검열까지 끝내니 밤 11시가 넘었다.

다음날 아침, 2중대는 방어훈련장보다 멀리 있는 공격훈련장으로 가기 위해 우리 1중대보다 30분 일찍 출발했다. 단독군장차림으로 출발한 2중대와 달리 방어훈련을 하는 1중대는 완전군장을 메야 했다. 훈련장에 금방 도착하겠거니 생각하며 10분 정도 걸었는데 앞에서 걷던 동기들이 가파른 산으로 올라가기 시작했다. 그렇게 산을 하나 넘고 1시간 정도 걸은 뒤에야 훈련장에 도착했다. 공격훈련장은 거기서 30분 더 가야 한다는 말에 기가 찼다. 배보다 배꼽이 크다는 말이 떠오를 만큼 훈련장 이동이 훈련보다 힘든 것 같았다. 특히 60mm박격포, 90mm무반동총 등 딱 봐도 무거워 보이는 화기를 짊어진 동기들은 굉장히 어두운 표정으로 줄줄 흐르는 땀을 연신 닦아내야 했다.

미리 만들어져 있는 진지에서 군사지도와 나침반을 놓고 지형을 보며 적이 공격해오는 단계를 설정해 방어 작전을 연습했다. 각 실습마다 교관과 조교들이 우리의 일거수일투족을 평가했는데, 방탄헬멧의 위장이 부족하거나 얼굴의 위장크림을 제대로 바르지 않았거나 훈련 중에 흐트러진 모습을 보이면 감점을 받을 정도로 전술적인 행동을 강조했고, 심지어 휴식시간에도 전술적으로 행동하라고 요구했다. 그나마 점심시간이 되어서야 한숨 돌릴 틈이 있었다.

무더위 속에서 계속된 훈련이 끝나면 아침에 걸어왔던 길을 정반대로 걸어가야 했다. 푹푹 찌는 날씨에 완전군장을 메고 다시 산을 넘어 생활관에 도착했을 때에는 땀이 줄줄 흐르면서 샤워 말고는 아무것도 하고 싶지 않았다. 2일의 방어훈련 뒤에 공격훈련으로 전환되었다. 공격은 방어 때와는 달리 이리 뛰고 저리 움직여야 했다. 아침에 먹은 밥의 에너지는 이미 훈련장에 가는 동안 다 써버려 기력이 달렸고, 숨이 턱턱 막혀오는 날씨 때문에 몸놀림은 많이 둔해졌다. 게다가 육사선배이신 한 교관님께서 우리가 훈련에 열의를 가지지 않는다며 부과한 얼차려까지 받게 되면서 맥이 더 풀리곤 했다. 후배들을 더 강인하게 키워야 하는 사명감에서라도 더 혹독하게 하겠다는 말에 감히 대꾸할 수 없었다.

하루하루를 버텨내기에 급급했지만 반가운 소식도 들려왔다. 미국 육사에서 방학을 맞아 귀국해 있던 상원이가 저녁시간에 맞춰 함평에 오겠다고 연락이 왔다. 그 사정을 들으신 훈육관님께서는 흔쾌히 면회를 허락해 주셨다. 서울에서 함평까지 아버지의 차를 몰고 5시간 넘게 걸려서 도착한 상원이는 수박을 비롯한 과일과 빵, 과자, 음료수를 잔뜩 챙겨왔다. 그를 보기 위해 모인 40여 명의 동기들은 시원한 수박을, 아니 그를 열렬히 환영했다. 1년 사이에 더 늠름해지고 단단해진 그를 보자 가슴이 뭉클해졌다. 뜨겁게 포옹을 나누고 실컷 배를 채우며 이야기를 나눴다. 1학년 때의 추억에도 푹 빠지고, 미국에서 겪은 이야기를 들으며 즐거운 시간을 보냈다. 병욱이는 아직 1학년인 상원이에게 경례를 똑바로 하라는 등의 짓궂은 장난도 쳤다. 오랜 기다림 뒤에 짧게 만난 게 아쉬웠지만, 다음을 기약하며 그를 떠나보내고 우리는 다시 현실로 돌아왔다.

사실 3학년 하훈 때는 여느 때보다 더 심한 회의감을 느끼고 있었다. 기훈 때 얼차려를 거의 받지 않았기에 3학년 하훈 때 얼차려를 준다는 일부 훈육장교의 논리를 받아들일 수 없었다. 3년도 지난 기훈이 주홍글씨, 족쇄 그리고 불명예가 되는 게 맞지도 않았다. 그렇다고 우리의 의견을 제대로 말할 수도 없었고, 시키는 것만 하고 그 이상은 생각도 행동도 하지 않아도 중간 이상은 갈 수 있다는 말에 어처구니가 없었다. 가치관이 흔들리고 임관 이후의 삶에 대한 막연한 실망감 등에서 비롯된 갖가지 회의에 빠져 있던 중에 상원이를 만나니 새로운 자극이 되었고, 훈련에 집중해서 회의에 빠진 스스로를 이겨내 봐야겠다고 결심했다.

공격, 방어 전투 간에 실탄을 사격하는 훈련을 한 뒤 4주차에는 1주일 동안 야외숙영을 하면서 1, 2중대가 서로를 공격하고 방어하는 종합실습이 이어졌다. 방어전투를 할 때 용우와 함께 아군 전방에 매복하게 되었다. 날이 어둑해질 무렵에 매복진지에 들어갔는데 모기와 풀벌레가 어마어마하게 날아다녀서 미리 챙겨간 모기퇴치 스프레이를 계속해서 뿌리며 모기향으로 주위를 둘러쌌다. 날벌레들이 조금 잠잠해지는가 싶더니 다시 떼로 몰려왔고 쇠파리까지 날아와 우리의 살갗을 뜯으려고 기를 썼다. 용우와 세상의 거의 모든 욕을 다 써가면서 싸우다가 배가 출출해져서 전투식량을 먹고 적이 오기만을 기다렸다. 벌레들과 싸우는 한편 소곤소곤 이야기하며 몰려오는 졸음을 참고 있는데, 새벽 2시쯤에 갑자기 미확인 비행물체가 굉음을 내며 다가왔다. 성인 주먹보다 큰 사슴벌레였다. 날벌레를 넘어선 덩치 큰 곤충까지 위협해 오니 당황스러웠지만 뱀이 나오지 않은 것을 그나마 다행으로 여겼다. 매복진지 방향으로 오리라 예상했던 적군은 코빼기도 비치지 않았고, 무전을 받고 본대로 철수했을 때는 이미 방어전투가 끝난 뒤였다. 그렇게 우리는 벌레들을 대상으로 치열한 방어전투를 벌였다.

공격전투를 앞두곤 집결지에 텐트를 설치했다. 우리는 이미 야외숙영의 달인이 되어 있었고, 며칠 동안 씻지 않고 옷을 갈아입지 않는 것도 익숙해져서 오히려 씻으면 이상할 것 같은 지경에 이르렀다. 온몸을 덮은 땀띠도 몇 번 벅벅 긁고 나면 견딜 만했다.

텐트 설치가 끝나 가는데, 옆 소대 쪽에서 훈육관님의 고성이 들려왔다. 우리의 동작이 굼떠서 집합시간에도 늦고 텐트를 쳐야 하는 시간도 늦어졌는데, 텐트위장마저 허술하게 한 것을 보시곤 결국 폭발하고 마셨다. 훈육관님께서는 소대별 위치를 다시 지정하시곤 이미 설치한 텐트를 뜯어내고 다시 설치하라고 지시하셨다. 당황스러운 상황에 생도들의 입이 뾰로통하게 튀어나왔지만, 불평만 하고 있을 수 없었기 때문에 서둘러 텐트를 설치하곤 아예 나무를 해 와서 텐트가 보이지 않게 뒤덮어버렸다.

밤 8시가 넘어서 교육대장님께 훈련과 관련된 몇 가지 교육을 받았다. 교육 말미에 모두의 관심사인 외박에 대해 말씀하셨는데, 사격 불합격자는 4주차 외박도 못나간다는 슬픈 소식을 전달하셨다. 전방부대에서 복무 중인 남자친구의 휴가에 맞춰서 오랜만에 보기로 한 약속이 좌절된 여생도는 눈물을 뚝뚝 흘렸다. 불합격자들이 내쉬는 한숨 소리가 분위기를 착 가라앉혔고 합격자들의 마음도 무겁기는 마찬가지였다.

공격전투에 돌입해 밤새 기동로를 따라 움직이는데, 길을 잃어서 산을 뺑뺑 돌다가 동틀 무렵에야 적의 방어진지를 공격하고 훈련이 끝났다. 생각했던 것보다 힘든 아니, 좀 많이 힘든 소대전술훈련이었다. 3학년 하훈을 이야기할 때 소대전술훈련은 이야기 하지도 않고, 유격에 대해서만 알려준 선배들이 야속했다. 그만큼 유격훈련이 힘들다는 증거라는 한 동기의 말에 훈련이 끝난 기쁨도 잠시, 덜컥 겁이 났다.

불합격 동기들을 남겨두고 금요일에 외박을 출발해 토요일에 복귀했는데, 남아 있던 동기들의 얼굴이 발갛게 달아올라 있었다. 알고 보니 교육대장님께서 불합격자 생도들을 위로해 주기 위해 치맥을 사 주신 거였다. 흥이 오른 불합격자들은 '슬픈' 본인들의 상황이 그렇게 슬프지만은 않다며 앞으로 '사격의 신'이 될 거라고도 했다. 그렇게 말하는 그들이 조금은 안쓰러웠지만 그래도 우울해하지 않아서 다행이었다.

훈련장으로 가는 산길과 논길에 이글거리는 햇볕, 햇볕을 간지럽히며 구수한 소똥향기를 더 진하게 만들어주는 후끈한 바람, 살랑대며 우리를 유혹하는 길가의 다양한 꽃들, 시골마을 입구의 정자에 둘러앉아 수박을 먹으며 우리를 지켜보시는 어르신들, 돌담을 지날 때마다 잔뜩 긴장해서 짖어대는 견공들, 우리의 존재를 아는지 모르는지 시원하게 울어대는 매미와 풀벌레들, 그리고 콧속 가득히 들어차는 풀들의 푸른 향기.
위장크림을 덕지덕지 바르고, 온갖 풀로 방탄헬멧을 덮고, 진한 땀 냄새를 풍기며, 거친 숨소리를 내뱉는 우리의 초록빛 전투복은 평화로운 시골 풍경의 한 편을 수놓았고, 철커덕 철커덕거리는 소총과 군장의 쇳소리는 뜨거운 여름의 한 소절을 노래하고 있었다.

제10화

화랑의 뜨거운 여름 3-3

공수훈련 이상의 난이도를 자랑한다고 선배들에게 수도 없이 들어왔던 대망의 유격훈련. 그 시작은 20km 입소행군이었다. 일요일 저녁식사를 일찍 먹고 버스에 올라 화순의 금호리조트 인근 공터에 내렸다. 날이 어둑해지기를 기다렸다가 행군을 시작했다. 소대전술훈련을 하면서 워낙 많이 걸었기에 20km쯤이야 별거 아니라고 생각했는데 큰 착각이었다. 시작한 지 2시간도 되지 않아서 발바닥과 허리가 아파오고 어깨도 짓눌려왔다. 왜 오르막길만 자꾸 골라서 가는 것인지 숨은 턱턱 막혀오고, 내리막길에선 발바닥이 점점 뜨거워지는 게 물집이 잡힌 것 같았다. 사타구니 부분은 전투복바지에 자꾸만 쓸려서 쓰라려왔다. 행군대열 사이를 가끔씩 지나가는 자동차에 탄 사람들이 굉장히 부러웠다.

새벽 2시쯤이 되어 동복유격대 정문을 들어가는데 왠지 꺼림칙했다. '지금 들어가면 언제 나올 수 있으려나…?' 연병장에 도착해 군장을 내려놓으면서는 여기저기에서 '어후, 후아, 어흑' 등의 갖가지 탄식이 터져 나왔다. 인원과 장비를 파악하고 연병장 주변에 세워진 24인용 텐트에 소대별로 들어갔다. 곧바로 세면도구만 챙겨들고 샤워장– 샤워장이라기보다는 수도관에 꼭지를 이십 여 개 달아놓고 그 주변을 비닐로 둘러친 간이시설

–에 갔다. 이가 덜덜덜 떨릴 정도로 차가운 물이 나와서 대충 비누칠만 하고 잽싸게 뛰쳐나왔다. 텐트 안에 놓인 발목 높이의 나무판자가 곧 침대일 정도로 생활여건은 열악했다. 판자에 깔개를 하나 놓고 모포를 덮은 뒤 곧바로 잤다. 다행히 기상시간이 오전 9시로 늦춰져서 5시간 정도 잘 수 있었다.(바로 1년 뒤에 에어컨도 빵빵하게 나오고, PX도 있는 생활관 건물이 완공되어서 이후부터는 안락하게 유격훈련을 받고 있다.)

"기상!" 눈을 뜨자 텐트 안은 이미 후덥지근했다. 훈련은 시작도 안 했는데, 온몸이 뻐근하고 특히 발바닥과 무릎이 많이 아팠다. 날이 밝은 뒤에 본 유격장은 생각보다 작았다. 연병장 한편의 바위에는 "안 되면 되게 하라"라고 노란색 문구가 적혀 있고, 다른 한편에는 선배장교들이 유격훈련을 수료하면서 기념으로 남긴 수많은 비석들이 유격장을 내려다보고 있었다. "의지로 극복", "극한 속의 여유", "불꽃처럼 태우리라", "조국이 부를진대", "어둠을 헤치며", "우리는 왜!", "웃고 가노라", "또 없는가" 등 40여 년 전부터 각 출신별 동기회에서 새긴 문구들을 하나씩 읽으니 은근히 재밌었고, 우리는 어떤 문구를 새기게 될지 궁금해졌다.

우리 소대가 머무는 텐트 옆에는 조그만 시냇가가 있었고 그 건너편에 푸세식 화장실이 있었다. 안에 사로가 무려 20개나 있을 만큼 이제껏 본 것 중에서 가장 큰 규모의 푸세식 화장실이었다. 처음으로 화장실에 간 동기가 "으아아악~~! 냄새!"라고 소리를 지르면서 뛰쳐나왔다. 평소에 점잖은 그 동기가 오죽했으면 저럴까 하는 호기심에 우르르 화장실로 몰려갔다가 다들 있는 욕 없는 욕을 내뱉으면서 도망쳐 나왔다. 코가 아플 정도로 냄새가 심했다. 한 동기가 방독면을 꺼내 쓰고 화장실에 다시 들어갔다가 그대로 뛰쳐나왔다. 우리는 급히 머리를 맞대고 토의해서 '휴지로 코를 막고 입으로만 숨 쉬면서 최대한 빨리 용변을 봐야 한다', '소변은 어지간하면 주변의 산에서 처리하는 게 좋겠다'는 결론을 내렸다.

독특한 모양의 전투복을 입고 검은 모자를 쓴 교관들과 빨간 모자를 쓴 조교들이 나타나면서부터 묘한 긴장이 흘렀다. 첫 시간에는 훈련 동안 사용할 안전장비를 다루는 방법을 배운 뒤 체력단련체조를 했다. 1년 전 공수훈련 때 '끝 번호' 때문에 아주 골치 아팠던 적이 있던 터라 이번에는 끝 번호가 안 나올 줄 기대했지만, 현실은 기대와는 많이 달랐다. 작년보다는 많이 줄었지만, 잊을 만하면 나오는 끝 번호 덕분에 체조는 점점 얼차려로 변해갔다.(체력단련체조, 이건 정말 이름을 바꿔야만 한다. 체력방전체조 쯤이 괜찮을 거 같다. 몇 시간 하다 보면 몸에 힘이 쏙 빠져서 흐물흐물해진다.)

오후 5시쯤에는 유격대 밖으로 나가서 논길을 뛰었다. 녹초가 된 상태에서 뛰어서인지 원래 우리가 다함께 뛸 때의 속도가 전혀 나지 않았다. 힘이 빠져버린 다리로 어떻게든 뛰려고 용쓰다 보니 남아 있던 모든 기운이 죄다 빠지는 것 같았다. 저녁식사를 하고 샤워하자마자 드러누워 자고 싶은 마음밖에 들지 않았다. 그런데 밥을 먹은 지 얼마 되지 않았는데도 배가 너무 고팠다. 부분대장생도가 함평중대에서 먹고 남은 아이스커피믹스를 꺼내고 나머지는 각자의 군장에 보관하던 건빵을 모두 꺼냈다. 유격훈련 동안 PX를 갈 수 없었기에 분대원이 지닌 식량을 모두 모은 뒤 매일 먹을 양을 나눴다. 그리고 수통에 커피가루와 물을 넣고 달달한 커피를 만들어 돌려 마시며 건빵 한 봉지를 나눠 먹었다. 8명이 조금씩 먹어야 했기에 허기를 채울 수는 없었지만, 훈련 때 하지 못했던 대화를 하고 낄낄대며 정신없이 웃으며 굶주린 배를 달랬다. 그 이후로도 아껴둔 커피와 건빵으로 '커건'타임(커피와 건빵을 먹는 시간)을 가지면서 유격훈련의 스트레스를 조금이나마 달래고 우정을 쌓아갔다.

둘째 날에는 체력단련체조를 하고 유격대 주변 산에서 갖가지 장애물(외나무다리 건너기, 통나무 타고 계곡 건너기, 협동해서 장벽 넘기 등)을 극복했다. 곳곳에서 "0번 올빼미! 도하 준비 끝!", "진두지휘 유격대!" 등의 고함 소리가 들려왔다. 앞선 '올빼미'가 장애물을 넘을 때에는 그냥 보고 있는 게 아니라 본인의 순서가 될 때까지 체력단련체조를 계속 하고 있어야만 했다.

장애물 극복훈련을 마무리 짓고 그날의 훈련이 끝난 줄 알았는데, 다시 단체 뜀걸음을 한다고 해서 절망스러웠다. 걸을 힘도 없는데 5km를 달려야 한다니 말도 안 되는 소리였다. 하나같이 똥 씹은 표정을 지었지만 뛰라니 뛸 수밖에 없었다. 대열에서 점점 처지다가 뒤로 빠지는 동기들도 생겨났고 군가 소리도 점점 작아졌다. 조교들이 대열 앞에서 함께 뛰면서 우리를 인솔했는데, 한 조교가 갑자기 "생도 체력이 이거밖에 안 됩니까?!"라고 하는 말에 정신이 번쩍 들었다. 사실 장교와 부사관이 통제했던 공수훈련과 달리 유격훈련에서는 병사들이 우리에게 얼차려도 주어서 은근하게 부아가 치밀기도 했다. 그렇게 말한 조교에게 성질이 난 우리는 그를 아예 추월해버리려고 했다. 하지만 넘치는 의욕과 달리 몸에 힘은 다 빠진 지 오래였고, 체력이 가장 좋은 한 두 명이 조교를 앞질러 뛰어가는 것으로 만족해야 했다.

체력이 바닥나다 못해 아예 없어진 것 같은 화요일 저녁부터 비가 왔고 수요일로 예정된 산악담력훈련이 하루 뒤로 미뤄졌다. 우리는 또다시 장애물 코스를 반복하고 전날의 일정을 똑같이 반복해야 했다. 뜀걸음을 끝내고 텐트로 오니 옆 시냇가에 물이 많이 불어 있었고, 이때다 싶어서 시냇가에 들어가 빨래를 하는 동기들이 생겨났다. 몇몇은 아예 물장구까지 치면서 신나게 놀았다. 위쪽 시냇가에서 누군가 소변을 봤다는 이야기가 들려오자 그들은 비명을 지르며 뛰쳐나왔고, 주변에서 구경하던 동기들은 배꼽을 잡고 웃었다.(하마터면 함께 뛰어들어 물장구를 칠 뻔했는데 참기를 잘했다.)

빗줄기가 더 굵어지더니 연병장이 물바다가 되었고 텐트에 물이 발목

높이까지 차올라 판자 윗부분까지 넘실거렸다. 연병장 아래쪽에 있는 1소대와 우리 소대의 텐트는 그렇게 물에 잠겨버리고 말았다. 훈육관님께서는 짐을 모두 들고 식당으로 대피하라고 지시했다. 식당에 늘어선 식탁을 한쪽으로 몰아놓고 시멘트 바닥에 매트를 깔았다. 젖은 옷을 널고 자리에 누우니 조금만 움직여도 양 옆의 동기들과 몸이 닿았다. 천장에 달린 선풍기는 덥고 습한 바람을 불어댔다. 참 별일을 다 겪는다고 신세 한탄을 하다가 잠들었는데, 텐트와 달리 식당 바닥은 너무나도 '안락'했다.

아침이 되자 다행히 비가 그치고 해가 떴다. 유격장 식당 너머로 보이는 먼 산에는 극기(克己)라는 글자가 크게 적힌 바위가 있었다. 거기까지 뛰어서 올라간다는 교관님의 말에 전투화 끈을 단단히 묶고 마음의 준비를 했다. 비가 온 뒤라 습해서 평소보다 땀이 많이 나고 호흡하기도 힘들었다. 정상에 도착해 흐르는 땀을 닦으며 헐떡이는 숨을 겨우 진정시키는데 교관님께서 "여기까지 이동하느라, 굉장히 고생 많았습니다!"라고 하며 예쁜 미소를 지었다. '고생 많이 한 거 알면 좀 쉬게 해 주시지….'

산악에서는 활차(손잡이가 있는 큰 도르래)를 타고 계곡 건너기, 외줄로 계곡 건너기, 암벽 레펠 등 자칫 큰 사고로 이어질 수 있는 위험한 훈련들이 이어졌고, 활차를 제때 멈추지 못해 발목을 다친 동기도 있었다. 대부분의 훈련은 생명줄을 안전하게 걸어서 그나마 할 만했는데, 맨몸으로 암벽에 올라가서 양쪽 겨드랑이에 줄을 끼고 내려오는 훈련을 할 때는 가슴이 벌렁벌렁 거리고 아찔해서 부모님 생각이 많이 났다. 다치지 않도록 몸을 유연하게 해야 한다는 논리로 체력단련체조를 끊임없이 하면서 산악담력훈련을 마치고 연병장에 도착하니 날이 어둑해져 있었고, 그날 뜀걸음은 없다는 말에 만세를 불렀다.

목요일 오전에는 2시간 정도 걸어서 동복호수에 있는 수상훈련장에 도착했다. 이틀 동안 비가 내렸지만 다행히 수위와 유속이 수상담력훈련을 할 수 있는 수준이었다. 호수 한가운데와 건너편 산 정상 부근을 연결한 긴 줄이 가장 먼저 눈에 들어왔다. 불과 얼마 전에 인명사고가 발생했던 뒤라 안전수칙과 주의사항을 꼼꼼하게 교육받은 뒤 소대대항 참호격투, 5m 높이 다이빙, 활차 타고 내려오며 다이빙 등의 훈련을 했다.

온몸에 황토를 묻히고 황토구덩이에서 격렬하게 밀어내고 넘어뜨리는 참호격투 중에는 신발에 들어온 황토알갱이들이 발바닥에 상처를 많이 내서 따끔거렸다. 격투 중에 머리를 다쳐서 뇌진탕 증세를 보인 동기가 생겨나서 훈련 분위기가 무거워지기도 했다.

산에서 활차를 타고 빠른 속도로 내려오는 훈련은 굉장히 스릴 넘쳤고, 레저라고 불러도 괜찮을 것 같았다. 그런데 물로 떨어지는 마지막 순간에 엉덩이 사이로 물이 확 들어와 은밀한 구멍으로 역류해 들어오면서 정신이 번쩍 들었고, 몇십 분 동안 얼얼하게 아프기까지 했다.(그곳에 힘을 꽉 줬어야 했다.) 수중담력훈련이 끝나고 돌아오는데 훈육관님께서 길을 잘못 들으셔서, 원래보다 3시간 늦게 도착해 저녁식사를 먹지 못했다. 훈육관님께서는 많이 미안해하시면서 컵라면과 건빵 그리고 수박을 마련해 주셨다. 동기들과 맛있게 먹으며 도대체 이 힘든 유격훈련은 언제쯤 끝날지, 기약 없는 한탄을 늘어놓았다.

토요일부터는 적진에 은밀하게 침투해 다양한 임무를 수행하는 도피 및 탈출 훈련[4]을 시작했다. 13명으로 구성된 정찰조가 5일 동안 하루에 25km 정도씩 기동하는 훈련이었다. 오전에는 작전명령과 군사지도를 보면서 목표지역에 가기 위한 기동로를 계획하고 그것을 교관에게 승인받았

---

4) 침투 습격 연결 도피 탈출 훈련인데 생도들은 줄여서 '도피 및 탈출'이라고 부른다.

다. 그리고 시간대별 이동거리와 주요지형을 파악하면서 한밤중에 길을 잃고 헤매는 일이 없도록 준비했다. 오후에는 햇볕에 달아오른 텐트 안에서 3시간 정도 낮잠을 자고 일어나 연기가 나지 않는 특수연료를 이용해 저녁밥을 직접 만들어 먹었다.

출발 직전에 완전군장을 챙겨서 연병장에 모이자 교관과 조교들이 군장검사를 했다. 전투복 호주머니와 군장물품을 들춰보다가 전투화를 벗겨서 깔창까지 검사했다. 친한 선배생도는 '훈련 중에 필요한 물건을 잘 숨기고 군장검사 때 절대 들키지 마라!'라고 하며 군장검사 시간이 도피 및 탈출훈련의 '뽀인뜨'라고 했었다. 초코바 등의 간식이나 돈을 챙긴 서너 명이 걸려 된통 혼났다. 나는 비상금으로 만 원짜리 2장을 챙겼는데 다행히 걸리지 않았다.(어디에 숨겼는지는 비밀이다. 아쉽게도 팬티 속은 아니었다.)

군장검사가 끝나자 곧 어둑해졌고 정찰조별로 시간 간격을 두고 출발했다. 그믐달이 떠 있어서 산속에서는 한 치 앞도 잘 보이지 않았고 앞서가는 동기의 뒤꿈치만 보며 걸었다. 군사지도와 나침반을 이용하며 어두컴컴한 산길을 걷다 보면 중간 중간의 확인점에서 교관이나 조교를 만날 수 있었다. 그들은 정찰조들이 엉뚱한 곳으로 새지 않고 확인점에 무사히 도착하는지 파악하고 다음에 가야 할 방향을 알려 주었다. 몇몇 확인점에서는 매복, 습격 등의 소규모 작전을 실습하기도 했다.

정해진 집결지에 도착하는 순서대로 잠을 잘 수 있었고, 늦게 도착할수록 잘 수 있는 시간이 줄어들었기에 길을 잃지 않으면서 빠르게 이동하는 게 중요했다. 1학년 하훈 때 독도법 훈련을 우수하게 받았던 경험을 내세워 정찰조 맨 앞에서 동기들을 이끌었다. 그런데 시작한 지 얼마 되지도 않아서 엉뚱한 곳으로 들어서고 말았다. 조원 모두가 머리를 맞대고 원래의 길로 되돌아오니 계획보다 1시간은 늦어져서 미안한 마음에 고개를 들기 힘들었다. 무거운 군장을 들고 땀도 많이 나서 짜증낼 법도 한데 되레 괜찮다며 격려해 주는 동기들에게 더 미안할 뿐이었다.

중간 중간에 쉬다 보니 새벽 4시가 넘어서야 집결지에 도착했다. 집결지에서 우리를 기다리고 계시던 훈육관님께서는 이미 3시에 도착해서 잠든 동기들이 있으니 조용히 텐트를 치라고 하셨다. 우리 뒤에 도착한 다른 조동기들과 인사를 나눌 틈도 없이 급하게 텐트를 치고 곯아떨어졌다.

"기상! 전 생도 기상!"

시계는 정오를 가리키고 있었다. 절대로 일어나고 싶지 않았지만, 배가 너무 고파서 텐트 밖으로 나왔다. 눈이 부시고 날씨는 후텁지근했다. 오전 7시에 아침밥이 왔었는데 일어나서 먹은 생도가 한 명도 없었단다. 텐트를 걷어내 군장에 집어넣고 점심밥을 최대한 많이 먹었다. 오후에는 새로운 명령을 보면서 기동로를 계획하는데, 토의 중에 교관과 조교의 눈치를 살피면서 부족한 잠을 보충했다. 분대별로 전투식량을 챙기고, 새벽에 집결지에 도착한 순서대로 출발했다. 날이 밝을 때 최대한 많이 움직이는 게 유리했기 때문에 출발하자마자 거의 뛰다시피 움직였고, 어둑해지고 배가 출출할 때쯤에 이름 모를 산의 어딘가에 옹기종기 모여앉아 전투식량을 까먹었다.

산을 넘고, 또 산을 넘고, 또 다른 산을 넘자 큰 하천이 나왔다. 하천을 가로지르는 다리 밑으로 몰래 내려가서 군장을 내려놓고 다함께 머리를 감았다. 떡 지고 간지러웠던 머리가 비누와 물을 만나자 뽀송뽀송해졌고, 머리만 감았을 뿐인데도 온몸에 힘이 새롭게 돋아나고 기분도 상쾌해졌다. 샤워하고 싶은 마음을 꾹 누르며 아무 일 없었다는 듯이 다리 위로 올라왔다. 우리는 그날이 일요일이라는 사실을 애써 외면하며 목적지를 향해 걷고 또 걸었다.

다음날에는 한 교관이 확인점에서 길을 잘못 알려주어서 7개 조가 길을 잃고 산 속에 갇히고 말았다. 교관이 앞뒤로 움직이며 열심히 길을 찾으려는데 절벽과 넝쿨더미가 번번이 앞을 가로막았다. 그가 산 아래에 있는 다른 교관들과 무전을 하고 휴대폰 통화를 하면서 길을 찾는 동안 우리는 1시간 넘게 기다리다가 꾸벅꾸벅 졸기에 이르렀다. 결국 길을 직접 뚫고 내려가기로 하고 평지를 향해 조심스럽게 한 발자국씩 내려갔다. 넝쿨을 자르고 나무뿌리를 잡으며 기다시피 내려가는데 갑자기 우리 소대 동기 한 명이 손전등을 들고 올라오며 말했다. "애들아 혹시 총 못 봤어?"

'총…?' 그는 분명 총이라고 했다. 절대 잃어버려선 안 되는 총을 산에 두고 온 거였다. 당장이라도 눈물 흘릴 것 같은 표정을 하던 그는 함께 올라온 조원 한 명과 함께 어둠속으로 뛰어갔다. 미끄러지고 넘어지면서 30분쯤 내려오자 겨우 평지에 닿았다. 도로가에는 총을 찾으러 간 동기를 기다리는 정찰조가 막막한 표정을 지은 채 앉아 있었다. 도와주고 싶어도 그럴 수 없던 우리는 그들을 뒤로하고 목표를 향해 걸어갔다.

날이 밝고 아침 6시가 되어서야 집결지에 도착했다. 새벽 2시에 도착해서 잠을 최대한 많이 자겠다는 원래 계획이 다 틀어져 버렸다. 너무 피곤해서 텐트를 대충 세우고 바로 누웠다. 12시에 일어나 이야기를 들어보니 총을 겨우 찾아낸 그 정찰조는 오전 8시에 집결지에 도착했단다.

교관이 길을 찾는 동안 깜빡 잠들었다가 일어나서 한참을 내려가는데, 뒤따라가던 '어깨 위에 총'이 "야 너 총 어딨어?"라고 말해서야 총이 사라진 것을 알아차렸다는 장본인의 설명에 주변에 있던 동기들이 배꼽 잡고 웃었다. 총을 되찾은 그 동기도 민망한 웃음을 감추지 못했고, '어깨 위에 총'은 본인 덕분에 찾은 거라며 으스댔다. 해발 고도 352고지에서 총을 잃어버렸던 그 동기는 그 이후로 '352(삼오이)'라고 불리게 되었고, 우리 소대는 총과 관련된 재밌는 사연을 유독 많이 갖게 되었다.

아침에 잠을 자고, 오후에 기동을 준비하고, 저녁부터 새벽까지 걷고, 그렇게 3일을 보내며 침투, 정찰, 습격 훈련을 했고, 마지막 날에는 적에게서 도피하며 아군지역으로 탈출하는 훈련을 하게 되었다. 휴식 없이 하루를 걷고 나면 내일 아침에는 유격훈련을 수료하게 된다는 훈육관님의 설명에 마음이 들떴다.

작전명령과 군사지도를 보니 중간에 금호리조트 부근을 지나갈 예정이었다. 입소 행군을 할 때 리조트 부근에서 보았던 슈퍼가 떠올랐고 마침 내게는 비상금 2만원이 있었다. 기동계획을 작성하며 리조트 부근에서 '작전을 시작하자'라고 말하니 조원들의 얼굴이 환해졌다. 작전비밀을 철저하게 유지하면서 걸어가다가 리조트 근처에 다다르면서 감시 태세를 최고 수준으로 높였다. 교관과 조교를 경계하며 인적이 없는 골목길로 들어가서 군장을 내려놓고 쉬는 시늉을 했다. 슈퍼는 큰길가에 있어서 들킬 수 있기 때문에 골목길 근처의 식당에서 음료수를 사기로 결정했다. 동기 한 명과 식당에 들어가니 아주머니께서는 흠칫 놀라는 눈치셨다. 꾀죄죄한 모습을 한 채 꼬깃꼬깃 접은 돈을 드리고, 사이다와 콜라를 4병씩 사서 뚜껑을 따고 밖으로 나왔다. 차마 소리는 지르지 못하고 온몸으로 날뛰며 미친 듯이 환호하는 동기들과 서너 모금씩 들이켰다. '끄어~억' 트림을 있는 대로 뽑아내며 그 순간의 행복을 마음껏 즐겼다.

해발 600m가 넘는 별산은 도피 및 탈출 훈련의 마지막 관문이었다. 밤 11시가 조금 넘은 시각, 어느 마을회관 마당에 모든 정찰조가 도착했다. 그곳에서 컵라면과 건빵을 먹고 군장에 몸을 기대어 2시간 정도 눈을 붙였다. 훈육관님들은 별산만 넘으면 유격훈련이 끝나니 조금만 더 힘내라고 말해 주셨다. 새벽 2시쯤이 되어서 교관들이 우리를 깨웠고 1소대부터 별산으로 올라갔다. 헉헉대며 2시간 정도 올라갔을까, 사방이 탁 트인 정상에 도착했다. 잠시 주어진 쉬는 시간에 방탄헬멧을 벗고 하늘을 봤다. 별산이라는 이름처럼 수많은 별이 머리 위에서 반짝이고 있었다.

그 여유를 즐기기에는 너무 피곤하고 냄새도 많이 났다. 젖고 마르기를 몇십 번은 반복한 전투복에서는 역한 냄새가 나고, 머리는 찹쌀떡이 되어서 전투복과는 또 다른 냄새가 난 지 오래였고, 방탄헬멧 턱 끈에서는 또 다른 냄새가 나고 있었다. 모기와 날파리들은 그 냄새를 어찌나 좋아하던지 쉬지 않고 달려들었다.

별산에서 내려왔을 때는 새들이 지저귀며 새로운 아침을 알리고 있었다. 꾸벅꾸벅 졸며 좀비처럼 걷다 보니 동복호수의 수상담력훈련장에 도착했고, 그 자리에서 곧바로 유격훈련수료식을 했다.

유격훈련 끝!

그런데 끝나도 끝난 게 아니었다. '이 몸 상태로 어떻게 40km행군을 하지?' 화장실에서 뒷마무리를 하지 않고 일어선 느낌이 들며 되레 마음이 무거워졌다. 동복호에서 3km 정도 걸어 나와 길가에 기다리던 부대버스를 타고 유격대로 돌아왔다. 아침식사를 하고 짐을 챙겨서 동백훈련장으로 가는 버스에 탔는데, 운전병이 휴지를 양쪽 코에 꽂더니 얼굴을 찡그리며 고개를 좌우로 마구 흔들었다. 옆 버스의 운전병을 보면서는 냄새난다는 손짓을 해 보이고 방향제를 마구 뿌렸다.

앞쪽에 앉아 있다가 그 모습을 보고 순간적으로 화가 머리끝까지 치솟아 이성을 잃고 말았다. 운전병에게 다가가 들고 있던 총을 바닥에 내동댕이치며 소리쳤다. "누군 냄새가 나고 싶어서 나나! 지금 뭐 하자는 거야!" 깜짝 놀란 동기들이 달려와서 뜯어 말렸다. 운전병은 시선을 피하며 대충 사과하고 운전대를 잡고 가만히 있었다. 버스를 타고 가는 15분 동안 분을 삭이기 힘들어 계속 씩씩거렸다.(돌이켜보면 병사에게는 참 미안한 일이다. 우리 모두에게서 정말로 고약한 냄새가 났었고 못 본 척 넘길 수도 있는 일이었다. 이 글을 빌려 그때의 이름 모를 운전병에게 너그러운 용서를 바란다.)

침상만 있는 동백훈련장에서 매트를 깔고 4시간 정도 자고 일어났다. 발가락 하나 움직이는 것도 힘든데 40km를 걸어가야 한다니 절망스러웠다. 아파서 빠지겠다 말하고 싶을 정도로 별의별 생각이 다 들었다. 저녁 식사를 하면서 동기들의 얼굴을 바라보니 다들 눈 밑이 퀭하고 핼쑥해 보였다. 그들을 보면서 행군을 포기하면 안 되겠다고 생각했다. 지긋지긋한 3학년 하훈을 끝내기 위해서라도, 나에게 부끄럽지 않기 위해서라도, 동기들에게 미안하지 않기 위해서라도 포기할 순 없었다. 군의관에게 진통제를 받아서 두 알 삼켰다. 거의 모든 동기들이 출발하는 순간부터 절뚝거렸고, 우리는 각자의 고통을 참아내며 꾸역꾸역 걸어갔다.

군장에 짓눌려서 숨통이 조여오고, 허리는 끊어질 것 같고, 방탄헬멧이 머리를 눌러 대서 갑갑하고, 축축해진 몸은 찝찝하고 끈적거리고, 콧잔등에서는 땀이 계속 떨어지고, 날파리 한 마리는 아무리 쫓아내도 다시 찾아와 눈앞에서 윙윙거리며 귀찮게 했다. 발바닥에 생긴 물집은 이제 감각도 잘 안 느껴지고, 사타구니는 땀 때문에 딱딱해진 전투복 바지에 계속 쓸리고, 항문 주변에 맞닿은 살도 서로 쓸려서 걸을 때마다 여기저기가 따끔거렸다.

그러면서도 온갖 잡념과 상념에 빠져서 걸음을 내딛었다. '자동차들은 너무나도 쉽게 곁을 지나간다. 저렇게 달리면 40km쯤이야 금방 닿을 거다. 저 차들은 어디로 가는 걸까. 나는 어디로 가고 있는 걸까. 무엇을 바라고 이렇게 힘들게 걷고 있는 걸까. 동기들은 어떤 생각을 하며 걷는 걸까. 어깨를 짓누르는 이 군장의 무게가 내 인생의 무게일까. 아니 인생은 도대체 얼마나 무거운 걸까. 너무 졸리다. 드러눕고 싶다. 자고 싶다. 집에 가

고 싶다. 씻고 싶다. 콜라 한 모금만 마시고 싶다…'

어느 순간부터 머리는 잠을 자고 몸은 계속 걸었다.

어느새 날이 밝아 해가 떴다. 10시간 넘게 걸어왔다. 마지막 1시간만 더 가면 끝이라는 말에 잠이 확 깨고 정신이 말짱해졌다. 영화에서나 봤을 법한 좀비가 되어서 어기적거리는 동기들과 "파이팅!"을 외치며 마지막 힘을 끌어모았다. 군악대가 상무대 입구에서 우렁차게 연주를 하며 우리를 반겼다. 화랑대에서 생도분열을 할 때면 가장 처음에 나오는 군가인 〈우리의 대한민국〉이 연주되자 온몸에 소름이 돋고 가슴이 뭉클해졌다. 분열을 할 때처럼 멋있게 걷고 싶지만 몸이 따라주지 않았다.

> 하늘에 꽃 풍선 날고 비둘기 모여 든다
> 자유와 평화를 지켜온 우리의 대한민국
> 눈부신 횃불이 타고 깃발이 나부낀다
> 슬기와 용맹을 길러온 불굴의 용사들아
> 너와 나는 나라의 기둥 온 겨레의 불침번이다
> 내일의 조국을 짊어질 긍지에 살아간다

> 〈우리의 대한민국〉

지난 6주의 하훈 중에 거의 4주를 건물이 아닌 곳에서 잤다. 안 씻는 것은 익숙한 일이 되었고 샤워는 사치였다. 유독 힘들었던 하훈을 견뎌냈다는 성취감과 이제 모두 끝났다는 해방감이 한꺼번에 밀려왔다. 사격장에서 실탄을 발사해버린 '어깨 위에 총', 어두운 산에서 졸다가 총을 놓고 내려온 '352', 몸과 마음이 극도로 지쳤을 때 거의 유일한 낙이었던 '커건', 몰래 식당에서 음료수를 사 먹던 일…, 동기, 아니 친구들과 함께 한 갖가지 추억들이 떠오르며 환한 웃음이 지어졌다. 잠시 고개를 들어 주변에서 비틀거리며 걷고 있는 친구들을 봤다. 대열 중간 중간의 여생도들도 이를 악물고 어떻게든 걸어가고 있었다. 다들 넋이 나간 표정이지만, 눈에서는 강렬한 빛이 뿜어져 나오고 있었다. 몇몇은 얼굴을 찡그리며 눈가의 눈물을 훔치고 있었다. 그 순간, 갑자기 마음이 탁 트이면서 모든 문이 열린 것 같더니 가슴 깊은 곳에서부터 올라온 눈물이 왈칵 쏟아져 내렸다. 눈앞이 흐릿해지는 것을 막을 수 없었다. 스스로를 이겨낸 순간에 터져 나오는 그 눈물이었다. 수많은 인내를 견뎌낸 뒤의 달콤함이었다. 누구도 알 수 없는 숱한 이야기들의 울부짖음이었다. 아침햇살은 반짝이는 눈물을 환하게 비춰 주었다.

30분을 더 걸어서야 막사 앞에 도착했고, 행군을 하지 않은 환자생도들이 박수를 치며 우리를 맞이했다. 마지막 걸음을 내딛고 멈춰 서자 많은 동기들이 엉엉 울면서 서로를 껴안고 비벼댔다.

지휘근무생도들의 통제를 제대로 따르지 않고, 집합시간에도 자주 늦는 등 부족한 부분도 많았지만, 우리는 이번 하훈을 통해 크게 성숙할 수 있었다. 목이 마를 때 물을 마음껏 마실 수 있고, 씻고 싶을 때 마음껏 씻을 수 있고, 자고 싶을 때 마음껏 잘 수 있다는 것. 그 자체가 행복이라는 소중한 진리도 다시금 깨달았다. 몸과 마음이 지치고 힘들었던 시간들은 어느새 아련한 추억으로 남았다. 우리가 대한민국 국토에 흘린 땀과 눈물은 결코 헛된 것이 아닐 거다.

모든 것을 녹일 듯이 작열하는 태양, 숨 쉬는 것조차 힘들게 하는 후끈한 공기. 그 뜨거운 여름을 우리의 더 뜨거운 열정으로 이겨냈다. "남을 이김은 힘이요, 나를 이김은 강함이라."라는 말처럼 우리는 우리의 굳셈과 강인함을 스스로에게 증명해 보였다.

선배장교들이 그랬던 것처럼 동복유격장에 수료기념비석을 남기게 되었고, 동기들의 의견을 모아 교육대장님께서 수없이 말했던 그 문구로 결정했다.

사격합격 할 생각 '꿈에도 없다'

외박 나갈 생각 '꿈에도 없다'

씻을 생각 '꿈에도 없다'

팬티 갈아입을 생각 '꿈에도 없다'

중간에 포기할 생각 '꿈에도 없다'

그리고…

여기 다시 올 생각 '꿈에도 없다'

3학년 하훈 다시 받을 생각 '꿈에도 없다'

"꿈에도 없다"

제11화

말레이시아 그리고 수파킷의 집으로

여느 때와 비교할 수 없을 만큼 가슴 벅찼던 휴가신고를 끝내고 집에 돌아오니 천국이 따로 없었다. 3일 동안 푹, 아주 푹 쉬다가 해외문화탐방을 떠나기 위해 인천공항으로 갔다. 한 학년 후배들과 일정이 꼬여서 중국 단체여행을 가지 못하고, 동남아시아 국가(태국, 베트남, 캄보디아, 필리핀, 말레이시아 등)로 개별적으로 가게 되었다. 하훈 시작 전에 이미 3~5명 단위로 조를 구성해서 여행계획을 완성했었다. 나는 1학년 때부터 친하게 지내온 병욱, 경준이와 함께 말레이시아의 수도인 쿠알라룸푸르로 향하는 비행기에 탔다.

유격훈련 때 하늘을 보면 불빛을 깜빡이며 유유히 날아가는 비행기 안에 있을 사람들이 참 부러웠다. 불과 며칠 전의 처지와는 정반대로 반바지와 반팔셔츠를 입고 시원한 음료수를 마시며 비행기에 자유롭게 앉아 있으니 꿈만 같았다. 지난 하훈이 유독 험난해서인지 이런 기회가 주어졌다는 게 소중하고 감사했다. 기내식을 먹고 영화를 보고 졸면서 6시간을 보내니 쿠알라룸푸르 국제공항에 착륙했다. 밤 11시인데도 30도를 넘는 후텁지근한 날씨가 적도 부근에 왔다는 사실을 일깨워주었다. 공항에서 40분 정도 택시를 타고 시내에 다다르자 드높이 솟은 쌍둥이빌딩(페트로나

스트인타워)이 거대한 모습을 뽐내며 반겨주었다. 바로 잠들자니 시간이 너무 아까워서 호텔 주변에 있는 한 노천식당에 갔다. 유명 관광지답게 밤늦은 시간에도 거리에는 사람이 많았고 하늘에는 정월대보름보다 몇 배는 더 커 보이는 보름달이 떠 있었다. 말레이시아의 고유음식인 나시고렝(밥)과 미고렝(면)를 주문해서 먹는데, 특유의 맛이 매력 있었고, 태어나 처음 먹어보는 안남미도 씹는 재미가 남달랐다. 세 명이 배불리 먹었는데도 우리 돈 5,000원 정도밖에 나오지 않아 깜짝 놀랐다. 잠시 산책을 하다가 새벽 3시가 넘어서야 호텔로 들어와 잠들었다.

시간을 아끼기 위해 절대로 늦잠을 자지 말자고 약속해서 7시에 일어났다. 이틀 동안 차이나타운, 국립역사박물관, 이슬람미술관, 국립모스크 등을 견학하고, 높이가 421미터에 이르는 KL타워에 올라 전경을 구경한 뒤 호텔 수영장에서 외국인들과 함께 자맥질도 했다. 날이 한창 뜨겁다가도 매일 오후에는 스콜(열대기후 지역의 대류성소나기)이 한두 차례씩 쏟아졌다. 쿠알라룸푸르에서의 치열한 2일을 뒤로하고 국내선 비행기에 올라 휴양지로도 유명한 코타키나발루로 갔다. 객실에 들어와서 하늘에 뜬 쌍무지개를 보며 사진을 찍고 좋아라 하고 짐을 정리하는데, 여행자금이 모두 들어있는 지갑이 사라져서 식은땀이 줄줄 흘렀다. 처음엔 장난치지 말라고 웃던 친구들의 얼굴도 점점 굳어졌다. 352고지에서 총을 잃어버렸던 그 친구의 마음이 절절하게 떠올랐고, 다급하게 공항으로 가서 택시회사에 수소문했다. 천만다행히도 우리를 공항에서 호텔로 데려다 준 택시기사가 지갑을 갖고 있다고 연락이 왔다. 조금 기다려서 지갑을 돌려받으며 그 기사에게 몇 번이고 고개를 숙이며 고맙다고 했다. 안도의 한숨을 내쉬며 시내로 돌아와 스시를 먹고 야시장을 구경하며 놀란 마음을 달랬다.

다음 날에는 수트라 하버 항구에서 작은 배를 타고 사피섬에 갔다. 에메랄드빛 바다에 들어가 스노클링을 하며 열대어들과 인사를 나누는데 맛있게, 아니 멋있게 생긴 물고기들이 많았다. 패러세일링을 할 때는 깊은 바다에서 상어가 나타나 다리를 물어뜯지는 않을까 조마조마했다.

시간이 순식간에 흘러서 호텔에서 체크아웃하고 나올 때는 아쉽기 그지없었다. 전통수상가옥을 구경하고 공항에 가니 말레이시아로 온 또 다른 3명의 동기가 있었고 함께 비행기를 타고 새벽 6시에 한국에 도착했다. 말레이시아는 이슬람교, 기독교, 불교 등의 종교가 서로 조화를 이루는 나라로 유명한 만큼 곳곳에서 평화로운 분위기가 넘쳤고, 나라에 대한 자긍심과 자신감을 보여주는 것처럼 거리마다 국기가 펄럭이고 있었다. 가장 인상 깊었던 것은 바로 국민들의 영어 실력이었다. 한국에서 말레이시아로 영어유학을 오는 경우도 많을 뿐 아니라, 마주치는 거의 모든 사람들이 영어를 능통하게 구사했다. 그래서 5일 동안 별다른 어려움 없이 편하게 지낼 수 있었다. 한편으론 초등학생 때부터 10년 넘게 정규교육을 받았지만 영어로 말 한 마디 제대로 못하던 지난 시간이 부끄럽고, 우리나라 교육의 문제점의 근본은 무엇일지 고민해 보기도 했다.

하훈 전에 태국 생도인 수파킷의 집에 놀러가기로 약속하고 비행기를 예약해놨기에 말레이시아에서 돌아온 지 2일 만에 다시 인천공항으로 갔다. 방콕으로 가는 비행기가 텅 비어 있어서 마치 일등석에 탄 것처럼 여유롭게 갈 수 있었다. 태국 수도인 방콕의 수완나폼 공항에 도착한 비행기에서 내리자마자 낯익은 얼굴들이 보여서 깜짝 놀랐다. 그들은 태국으로 문화탐방을 갔던 중대 동기들이었다! 도착과 출발을 구분하는 유리벽 하나를 사이에 두고 남자 5명이 사진을 찍고 얼굴을 비비며 반가워하니 주변에 있던 사람들이 조금 이상한 시선으로 쳐다봤다. 수파킷에게 안부를 전해달라는 그들과 작별한 뒤 입국수속을 마치고 나오자 수파킷이 기다리고 있었다. 태국 육군의 장군이신 그의 아버지께서 보내준 차를 타고 방콕 북부에 있는 집으로 가니 누나와 아버지께서 반갑게 맞이해 주셨다. 수파킷의 누나는 육군 중위였고 어머니를 제외하고는 모두 군인이었다. 그런데 태국어를 유창하게 하는 수파킷의 모습이 왠지 어색해보였다. 언제부턴가 그를 한국인으로 생각한 것은 아닌지, 피식 웃음이 나왔다.

다음날 아침, 누나가 챙겨놓은 밥을 먹고 방콕 시내로 나와 왕궁으로 갔다. 태국은 국왕의 나라이기 때문에 거리마다 걸려 있는 국왕의 사진을 심심찮게 볼 수 있었다. 비록 정치가 불안정해서 쿠데타와 유혈사태도 벌어지지만, 65년 넘게 집권해온 푸미폰 아둔야뎃 국왕(라마 9세)에 대해서만큼은 모든 국민이 한결같이 숭배한다고 했다. 심지어 모든 화폐에는 국왕의 얼굴이 그려져 있고, 국왕모욕죄가 법으로 정해져 있을 만큼 국왕에 대한 태국인들의 존경심은 의심의 여지가 없었다.

왕궁에 반바지를 입은 채로 들어갈 수 없어서 덧바지를 입고 나왔는데 갈피를 잡지 못하고 당황하는 한국 여학생들이 있었다. 수파킷이 그들에게 다가가 "저 한국말 할 줄 알아요!"라며 왕궁에 들어가는 방법을 설명해주었다. 특유의 천진난만한 미소를 지으며 말하는 그는 태국인이라기보다는 한국인에 가까웠다.

겉보기에도 화려한 외관을 자랑하는 왕궁에는 수많은 벽화가 있었고 에메랄드로 만든 불상도 있었다. 근위병 옆에서 사진을 찍고 왕궁경비대가 행진하는 모습도 구경했다. 왕궁에서 나와 탐마삿대학교를 구경하다가 너무 더워서 국립박물관으로 들어갔다. 그리고 오전 근무를 마치고 나온 누나가 점심식사를 사 주었다. 누나는 다시 부대로 들어가고 우리는 두셋 동물원으로 갔다. 너무 더워서 축 늘어져 있는 사자, 호랑이, 곰 등 맹수를 보고, 도마뱀, 물고기, 거북이, 펠리컨, 악어 등 수상동물도 보았다. 그리고 오리보트를 타며 땀을 흠뻑 빼다가 코끼리 쇼를 관람했다. 음악에 맞춰서 리듬을 타며 춤을 추는 재간둥이 코끼리는 압권이었다. 중간에 너무 피곤해서 벤치에 누워 낮잠을 자고, 화랑관에서 같이 생활하는 '기린'

인형이를 대신한 '진짜 기린'과 '211호실 기념사진'도 찍었다.

저녁에는 수파킷의 아버지께서 뷔페를 사 주셔서 함께 먹었다. 수파킷과 그의 아버지 그리고 누나가 쏙 빼닮아서 만난 지 며칠 되지는 않았지만 왠지 친숙하게 느껴졌다. 푸짐한 식사 뒤에 서점을 구경하고 쇼핑을 하는데, 수파킷의 누나가 태국에서만 살 수 있다는 '씹어 먹는 우유'를 사 주었다. 매일 아침 누나가 차려준 식사를 하고, 집 마당에 있는 망고나무에서 딴 망고는 한국에서 먹어본 어느 것과는 비교할 수 없게 달달하고 맛있었다. 거대한 규모의 시암 아쿠아리움도 구경하고 누나의 예쁜 장교 친구들과도 함께 식사를 했다. 4박 5일의 마지막 날 밤에는 수파킷과 잠드는 줄도 모를 때까지 이야기하는 '죽음의 노가리'를 하며 시간을 보냈다.

마침 귀국하는 날은 공휴일이어서 출근하지 않은 누나와 함께 차오프라야 강에서 보트를 타고 강 위를 질주했다. 그리고 전통수상가옥을 구경하며 도자기와 수공예품을 몇 개 샀다. 오후에는 태국전통 마사지를 받는데 너무 아파서 2시간 동안 소리를 꽥꽥 질러댔다.

하루 종일 30도 이하로는 내려가지 않는 무더운 날씨에 힘들었지만, 수파킷을 좀 더 이해하고 친해질 수 있었고, 그의 가족들과 인연을 맺을 수 있는 소중한 시간이었고, 그의 집을 찾아간 유일한 한국생도가 되었다.

맛있는 안남미와 소곤거리는 듯이 다정한 어감의 태국어와도 작별하며 2주간의 여행을 마무리했다. 한국에 돌아와서는 2학년 때 기수생도를 함께했던 동기들과 1박 2일로 여행을 다녀오고, 학창시절 친구들과도 만나며 남은 2주의 휴가를 보냈다.

'여행은 서서 하는 독서' 그리고 '여행은 사람을 옆으로 넓어지게 만든다'는 말처럼 새로운 것을 보고 듣고 느끼는 시간을 통해서 또 다른 배움을 얻을 수 있었다. 살아가면서 꼭 위로 높아지는 것만이 전부가 아닐 거다. 매 순간을 충실히 살며, 최선을 다해 즐기고, 행복을 느끼는 것이야말로 후회 없는 삶을 사는 길일 거다.

수파킷은 방콕의 공항에서 작별인사를 건네며 "잘 갔다 와~!"라고 말했다. "내가 어딜 와 임마! 너가 와야지!"

휴가가 끝나고 한국의 화랑관에서 수파킷과 다시 만나니, 반갑기 그지없었다.

제12화

깊어가는 가을

　2학기가 되면서 마음의 여유가 더 많이 느껴졌고, 4학년생도들이 국군의 날 행사 준비 차 학교를 비운 3주는 우리의 세상이라 할 만했다. 2학기 전공시간에는 재무관리와 인적자원관리(영어수업)를 배우게 되었다. 일반학 시간에는 북한학과 기계공학 등의 과목을 배우게 되었는데 특히 기계공학 수업 때는 자동차를 분해해서 각종 부품을 보고 기관별로 작동하는 원리를 배우는 게 흥미로웠다. 무엇보다도 실습실에서 아이스크림 기계로 소프트 아이스크림을 마음껏 뽑아 먹을 수 있어서 좋았다.

　각자가 맡은 과제를 연구해서 발표하는 수업이 늘어나서 과목별로 준비해야 할 게 많았다. 게다가 동기들이 발표한 내용이 중간 기말시험에 출제되었기 때문에 교수님의 강의로만 진행되는 수업보다 부담이 늘었다. 기계공학 수업 때에 항공기의 엔진에 대해서 발표하게 되었고, 스크램제트, 터보프롭, 터보팬 등 세상에 있는 모든 종류의 엔진에 대해서 알아보았다. 자료를 만들고 그것을 쉽게 설명하는 것은 생각보다 힘들었다. 2시간의 발표를 위해서 2주 넘게 준비했는데 순체를 하고 나서 걸린 몸살감기와 면역력이 떨어져서 생긴 각막염으로 인해 수업 하루 전날 육사병원에 입실하게 되었다. 다른 과목의 수업은 모두 빠졌지만 기계공학수업은 빠질 수 없었고, 시간에 맞춰 학교에 가서 발표를 한 뒤 곧바로 병원으로 돌아와 누웠다.(투혼을 발휘해서인지 교수님과 동기들이 많은 박수를 보내 주었고 감사하게도 좋은 점수를 받을 수 있었다.)

교수님들께서는 생도들에게 약이 되는 말씀을 많이 해주셨다. 특히 기계공학 '류 교수님'은 명언제조기라 해도 과언이 아니었다. 수시시험에서 원하는 점수를 받지 못해 낙담하는 생도들이 많았던 어느 수업시간, 교수님께서 가만히 지켜보시다가 말씀하셨다.

"우리가 어느 상황에 처했을 때 마음먹고 생각하는 방향에 따라 기쁨은 2배가 될 수 있고 슬픔 역시 2배가 될 수 있어. 그 상황에 대한 감정이 무려 4배나 차이나는 거야. 너희는 어느 쪽을 택할래? 점수야 너희가 노력을 덜 한 거니 받아들이고 다음을 위해 더 열심히 준비하면 되지 않겠어? 점수 하나에 일희일비 하지 말고 멀리 바라보고 긍정적으로 생각하면 좋겠구나."

늘 웃는 얼굴을 하고 긍정적으로 지내는 교수님께 "뭐가 좋아서 그렇게 웃고 다니느냐?"고 묻는 사람이 많다고도 했다. 교수님께서는 "저라고 힘든 거, 슬픈 거, 괴로운 거 없겠습니까? 그냥 웃는 거지요. 사람들이 그런 나를 보고 행복할 수 있게요. 그러면 저도 행복해져요."라고 대답하신다고 했다.

이외에도 교수님께서 수업 중에 짬을 내어 해 주시는 재미있는 농담과 주옥같은 말씀들은 치열하게 달려가는 삭막한 마음에 안식처와 활력소가 되어 주었고, 그 수업은 1주일 중에 제일 기다려지는 수업이 되었다.

태권도 수업은 학교의 교관님들뿐만 아니라 외부에서 모셔온 사범님들께도 배우게 된다. 국가대표 시범단을 이끄셨던 정태성 교관님께서는 우리가 입학하기 전부터 학교에서 수업을 해 오셨고, 1학년 때 초급반을 가르치셨다. 우리의 나태하고 열의 없는 모습을 몇 번이고 지적하셨던 어느 날, 사범님께서 착잡한 표정을 지으시며 말씀하셨다.

"초심을 잃는 순간, 사관생도들은 여러분만의 특별한 가치를 잃게 됩니다. 일반대학생들과 다를 바 없는 존재가 되는 겁니다. 여기 있는 생도들의 힘없고 타성에 젖은 눈빛은, 이곳에 여러분을 가르치러 오는 것 자체를 보람으로 여기는 저를 너무나 슬프게 합니다. 이곳에 들어오던 첫날, 첫 발걸음, 첫 숨소리, 첫 마음가짐을 잃지 않아야 합니다. 우리 국민들이 여러분에게 거는 기대를 생각하고, 여러분의 정신상태, 마음가짐을 다시 한 번 다잡으세요. 그리고 실천하세요오~!"

사범님께서 몇 주 동안 참고 참으시다가 하시는 말씀에 얼굴이 화끈거렸다. '올챙이가 개구리 되는 것은 생각하지만, 개구리는 올챙이 적을 생각하지 못 한다.'는 말이 떠오르면서 생도생활에 완전히 적응해서 정말로 초심을 잃고 지내는 것은 아닌지, 머리가 다 컸다고 현실에 머물며 안주하는 것은 아닌지 반성하게 되었다.

3학년이 되면서부터는 외박신고를 하고도 학교 안에서 시간을 보내는 경우가 종종 있었다. 어느 토요일 밤에 한 동기가 적은 글을 우연히 보게 되었는데, 글에 담긴 깊은 생각과 고뇌에 놀랐다. 그에 비해 매사를 가벼이 생각하고, 내적 성장 없이 겉모습에만 치중하고, 정말 중요한 것들은 놓치며 살아온 것 같았다. 앞으로라도 좀 더 진중한 자세로 지내야겠다고 생각하는데, 그 동기가『달과 6펜스』의 저자로도 유명한 서머싯 몸의 대표작인『인간의 굴레에서(Of Human Bondage)』라는 책을 추천해 주었다. 1차 세계대전 직전인 1915년에 발표한 자전적 소설은 고독한 젊은이가 세상에 대해 점점 눈을 떠가면서 인생, 사랑, 죽음 등의 무의미함을 깨닫는 과정을 이야기했다. "자신이 보잘것없다는 사실을 너무 늦어서야 발견하는 것이야말로 가혹하다."라는 구절에서는 역설적이게도 무의미함이 곧 의미라는 철학적인 깨달음도 얻었다. 생도생활을 하면서 아등바등 이루고자 옆도 보지 않고 추구해 온 것들이 사실은 아무것도 아닐 수도 있다는 생각에 이르자 되레 마음이 편해졌다. 눈앞의 목표를 향해 무작정 달려가기보다는 '무의미한 가치'를 위해 사는 '의미 있는 삶'을 살아야겠다는, 조금은 난해한 생각도 하게 되었다.

여유시간에는 도서관에서 빌린 DVD 몇 편도 보았다. 《여인의 향기》에서는 퇴역군인인 프랭크(알파치노 분)가 명문사립학교에서 누명을 뒤집어쓴 주인공을 보호하려는 모습이 감동적이었다. "어떤 길이 바른 길인지 알고 있었지만, 너무 힘들기 때문에 그 길을 가지 않았다."라고 고백하면서 주인공이 계속해서 바른길로 나아갈 수 있게 도와달라며 호소하는 장면은 당시 육사의 모습과도 겹쳐졌다. 진정한 인격자를 길러내야 하지만 부적강화(처벌, 감시, 통제 등)에 집중하는 훈육요원들이 꼭 한 번 영화를 보면 좋겠다고 생각했다.

영어원서로도 읽은 『죽은 시인의 사회』를 영화로 보니 느낌이 새로웠다. 키팅 선생님(로빈 윌리엄스 분)의 도움으로 진정한 자아를 만나고자 노력하는 소년들의 이야기는 생각의 틀이 알게 모르게 획일화 되고 경직된 나에게 경종을 울려주었다. 특히 마당에서 똑같은 걸음과 자세로 걷는 학생들을 일깨우는 장면은 『여인의 향기』에 나온 '스텝이 엉키면 그게 탱고다.'라는 대사와 연관되면서, 다양한 개성과 인격을 존중하고 같은 옷을 입었다고 같은 길로만 가야 하는 것은 아니라는 것을 깨달았다. 그리고 학교를 떠나는 키팅 선생님을 바라보던 학생들이 책상 위로 올라가 "Oh Captain! My Captain!"이라고 할 때는 영혼을 지휘하는 리더십의 진수를 느꼈다.

그 외에도 "오늘을 즐겨라!"(Seize the day, Carpe diem) "너의 삶을 탁월하게 만들어 나가라!"(Make your lives extraordinary) 등의 감동 깊은 명언을 가슴에 새길 수 있었다.

키팅 선생님(로빈 윌리엄스)과 맷 데이먼이 주연한 《굿 윌 헌팅》에서는 숨겨진 재능을 찾아가는 천재의 삶을 통해 진정 원하는 것을 위해 사는 삶에 대해 고민할 수 있었다.

생도생활도 3년을 훌쩍 넘긴 시점에서 가을도 점점 깊어가자 생각이 많아졌다. 그런 중에 마음에 와 닿은 한 곡의 노래를 틈날 때마다 흥얼거렸는데, 몇 날 며칠 동안 어설프게 부르는 후렴구에 질린 '기린' 인형이는 주변을 둘러보며 투덜거렸다. "아~ 알겠으니까 책 좀 그만 접고, 편지 좀 그만 써~! 누가 얘 좀 말려줘 좀!"

비가 내리면 나를 둘러싸는 시간의 숨결이 떨쳐질까
비가 내리면 내가 간직하는 서글픈 상념이 잊혀질까
바람이 불면 나를 유혹하는 안일한 만족이 떨쳐질까
바람이 불면 내가 알고 있는 허위의 길들이 잊혀질까
난 책을 접어놓으며 창문을 열어 흐린 가을 하늘에 편지를 써
잊혀져 간 꿈들을 다시 만나고파 흐린 가을 하늘에 편지를 써

〈흐린 가을 하늘에 편지를 써, 김광석〉

제13화

화랑제 그리고 북한의 대남공작 실상

중간고사가 끝나고 화랑제가 성큼 다가왔다. 2학기에는 분대장생도와 1학년생도 1명이 여생도였는데, 분대장생도는 태권도 4단의 실력을 자랑했다. 화랑제 기간에 분대원들을 이끌고 분대장생도가 오랫동안 준비해 온 태권도 시범을 보러 갔다. 소문으로만 듣다가 직접 태권도 하는 모습을 처음으로 보는데, 작은 체구에서 뿜어져 나오는 절도 있는 동작과 강력한 힘에 입이 떡 벌어졌다. 시범을 끝내고 원래의 다정다감한 모습으로 돌아온 분대장생도에게 '앞으로 까불지 않고 충성을 다하겠으니 제발 뒤돌려 차기만은 하지 말아 달라'고 싹싹 빌었다.

함께 부분대장생도 임무를 맡은 호영이는 테니스 고수였고, 갈매리 테니스장에서 펼쳐진 테니스대회에서 우승했다. 1학년 때 스타트에서 어긋나면서 한이 맺혔던 수영대회도 열렸다. 그동안 인터넷에서 동영상을 보며 자세를 연구하고 특히 스타트 연습을 많이 했었다. 그 노력의 결과로 자유형에서 압도적으로 1등을 할 수 있었고, 철저한 준비로 나를 이겨냈다는 사실에 뿌듯했다.

3학년 때는 정들었던 피아노부를 떠나 서양화부에서 활동하며 유화를 그려 왔었다. 악보를 외워서 쳐야만 했던 것과 마찬가지로 그림 그리는 기초 실력이 없었던 나는 화랑제 전시회에 출품할 작품을 결정하는 것부터 힘들었다. 강사님께서 우려하실 정도로 수없이 방황하다가 궁여지책으로 2학년 때 갔던 일본의 아시호수에서 찍은 사진을 그리기로 하고, 햇살에 반짝이는 호수 한가운데에 노란 나룻배 하나를 둥그러니 놓았다. '기다림'이라고 제목을 붙이니 의도치 않게 깊은 의미를 담은 그림처럼 보였다. 무사히 출품을 하게 되었고 유독 걱정을 많이 하셨던 강사님과 웃음으로 추억할 수 있는 인연을 맺게 되었다.

각자가 즐기던 활동에서 좋은 성과를 낸 우리 분대는 각종 전시회와 연극부 공연, 승마대에서 준비한 말 타기 체험 등을 찾아다니며 즐거운 시간을 보냈다. 또한 4학년생도들이 파트너를 데려오는 화랑축제 때 쓸 생활관을 꾸밀 때에는 1학년 여생도 은정이가 특유의 감수성과 장식 능력을 발휘해서 어느 생활관보다 아름다운 모습을 갖출 수 있었다.

그 즈음에 1년 전에 읽었던 『7막 7장』의 저자인 홍정욱 님과 우연한 기회에 연락이 닿았다. 세상에 완벽한 사람은 있을 수 없지만, 그의 열정과 꿈 그리고 삶을 대하는 자세에 깊은 감명을 받아서 역할모델로 삼아 왔었다. 그런 사실을 알고 계시던 어머니께서 어떤 장소에서 우연히 그를 만나게 되었고, 평소에 그를 존경하던 나의 마음을 전하셨더니 그가 반가워하면서 명함에 사인을 하고 어머니께 건네주셨다. 어머니께서는 "빛나는 눈에서 진실한 힘이 느껴지고 사람을 대하는 모습에서 따뜻한 인성이 묻어나왔다."라고 하시며 그 명함을 내게 전해주셨다. 나는 명함에 적인 메일주소로 A4용지 2장 분량의 이메일을 보냈는데, 그는 바쁜 와중에도 친히 답장을 해 주었다.

"지금은 비록 몸과 마음이 힘든 시기지만, 목표를 향해 열심히 노력하고 계신 만큼 장차 대한민국의 자랑스러운 Global Leader가 되실 거라고 믿습니다. 세상을 바꾸는 꿈을 간직한 후원자를 가졌다는 사실이 여러 재벌 후원자들을 지닌 것보다 훨씬 자랑스럽고 든든합니다."

독자가 저자를 만난, 태어나 처음 경험해 보는 만남의 순간이었다. 불과 얼마 전에 '홍정욱 같은 분을 꼭 한 번 만나보고 싶다.'고 온 가족 앞에서 말했는데, 묘한 운명의 장난인지, 우연을 가장한 필연인지 그렇게 인연이 닿았다.(당시 18대 여당 국회의원이었던 홍정욱은 한미 FTA비준안을 여당이 야당과의 합의 없이 일방적으로 처리하면 19대 대선에 불출마하겠다고 선언했고, 그렇게 되자 정말로 정치계를 떠났다. 그리고 비영리법인 '올재'를 설립하여 양질의 고전을 선별하여 매 분기마다 4~5권을 각 5,000부씩 출판하여 2,900원에 판매하고, 1,000부씩은 사회 곳곳에 기부하고 있다. 또한 헤럴드미디어의 회장으로서 언론활동과 친환경 식품사업을 선도하고 있다.)

화랑제가 끝난 11월 어느 북한학 수업시간에 '북한의 대남공작 실체'를 주제로 초청강연이 열렸다. 대한민국을 상대로 간첩활동을 하다가 1995년에 국정원에 의해 검거되고 사상을 전향한 뒤 한국전략안보연구소에서 일하는 한 남성이 강사였다. 마침 특강 시작 2시간 전에 서해 바다에서 제3차 서해교전[5]이 발생했고 강당에 모인 100여명 생도들은 강연에 완전히 몰입하게 되었다.

북한의 공작요원은 어릴 때 각 지역에서 높은 경쟁률을 뚫고 선발되어 평양에서 면접을 본다. 선발된 뒤에는 김정일정치군사대학에서 4년간 대학교육과 군사교육을 받고, 졸업 후에는 6개월 넘게 '남한화 교육'과 대학

---

5) 일명 대청해전, 2009년 11월 10일 오전 11시 37분. 서해 NLL을 침범해 선제공격한 북한 경비정을 대한민국 해군이 격퇴. 북한 경비정은 반파되어 8명의 사망자가 발생

원 과정까지 마치면서 약 10여 년의 공작요원화가 마무리된다.

강연자의 첫 활동은 북한에서 공해를 통해 제주도에 침투한 뒤 기존에 활동하던 북한 서열 19위의 여성을 북한으로 무사히 복귀시키고, 남한 운동권 인사를 포섭해 지하조직을 결성하는 것이었다. 그는 첫 임무를 성공적으로 마치고 강화도를 통해 무사히 북한으로 돌아가서 '인민영웅'의 칭호를 받으며 노동당 간부로 지냈다. 남부럽지 않은 생활을 하면서도 북한 지도층의 모순적인 생활과 치졸한 권력투쟁 그리고 체제에 대한 회의로 인해 삶에 염증을 느끼는 중에 다시 공작활동에 투입되었다. 그가 접촉하기로 한 북한요원은 이미 대한민국으로 전향한 뒤였고, 국정원 요원들과의 총격전 끝에 총상을 입고 검거되었다. 재판을 받고 감옥에서 지내면서 사상을 전향하고 출감된 뒤에 국내 대학의 석사학위를 취득하고 현재는 박사과정을 밟으며 각종 강연을 통해 북한의 실제 모습을 알리는 활동을 하고 있었다.

실제 북한공작원이었던 그의 흥미진진한 경험담에 조는 생도 한 명 없이 두 시간 넘게 집중해서 들었다. 그간 접하지 못했던 북한의 공작 활동에 대한 많은 정보를 들을 수 있었는데, 끊임없이 동조세력을 모으기 위해 노력한다는 사실이 굉장히 거북했다.

강연이 끝날 무렵에 강사에게 '전향 이후에 북으로부터 신변의 위협을 느낀 적은 없는지' 그리고 '북한 주민들에게 한국과 북한의 실제 모습을 알릴 의무감은 없는지' 두 가지 내용을 질문했다. 첫 질문은 호기심 차원이었지만, 두 번째 질문은 탈북자를 떠올릴 때마다 고민하던 것이었다. 그는 큰 의무감을 느끼기 때문에 한국정부 관계자들을 만날 때마다 북한 주민들에게 실상을 최대한 알려야 한다고 강력히 요구한다고 했다. 답변에 덧붙여서, 북한에 라면만 대량으로 살포해도 북한체제가 쉽게 무너질 수도 있다는 진담 섞인 농담도 했다. 실제로 개성공단에서 북측 근로자들에게 나눠주는 초코파이의 파급효과가 엄청난데, 어쩌면 조그만 물건 하나가 불꽃이 되어서 대변혁을 가져올 수도 있겠다는 상상을 해 보았다.

강연 2주 전에 SBS방송국의 한 PD가 쓴『그들은 왜 조용필을 불렀나』란 책을 읽었다. 북한 방송 당국과 10년 넘게 남북방송교류를 담당하며 겪은 여러 이야기들이 담겨 있었고, 결론적으로 북한은 우리가 손잡고 함께 나아가야 할 존재라고 말했지만, 60년 넘게 다른 체제에서 너무나도 다른 교육을 받고, 다른 사상을 가지고, 다르게 생활해 온 '다른 집단'이 진정으로 하나 되는 건 말처럼 쉬운 게 결코 아니기에 가슴이 답답해졌다.

남북통일에 대한 국민의 공감대 형성, 통일한국의 정치, 사회, 경제, 교육 체제 구축, 역사, 언어, 사상의 통일, 주변국과의 외교관계, 그리고 이 모든 것을 위한 막대한 직 간접적 비용까지…. 통일이란 두 글자를 생각하다 보니 해결하기 어려운 문제들이 봇물처럼 쏟아져 나왔다. 고단한 과정이 되겠지만, 어쩌면 통일은 우리에게 주어진 역사적 사명이 아닐까 생각해 보았다.

강연이 있은 그날은 마침 베를린 장벽 해체, 즉 동서로 분단된 독일이 통일된 지 20주년이 되는 날이기도 했다. 분단의 원인과 과정 그리고 통일의 본질적인 면에서는 차이가 있지만 통일된 독일이 어려운 문제들을 극복하며 유럽 제1의 강국으로 발전한 모습은 우리에게 던지는 교훈이 많을 거다. 부디 평화적으로, 외세의 개입이 아닌 우리 국민의 의지대로, 통일 대한민국이 되기를 바랐다. 동북아시아의 세력균형을 이루고 인류평화를 이끄는 통일한국, 중소국과 강대국의 갈등을 조정하는 통일 한국, 그래서 강대국으로 우뚝 서는 우리 대한민국이 되면 좋겠다. 그날, 대한민국 해군의 승전에 기뻐하면서도 이 땅 어디선가 숨죽여 활동하고 있을 북한공작원들에 대한 경각심을 가지면서 특강수업을 끝마쳤다.

제14화

두 번째 기초군사훈련

　3학년 겨울휴가 때는 상원이와 함께 미국에서 여행하기로 1년 전에 약속했었다. 그런데 기초군사훈련 파견근무생도를 선발한다는 소식이 들려오면서 마음이 흔들렸고, 신입생도를 교육하는 것의 의미와 사명을 곱씹다 보니 꼭 기파생도를 하고 싶어졌다. 상원이와의 미국 여행과 기파생도를 사이에 두고 고민하다가 여행을 포기하기로 결심했고, 며칠 뒤 각 중대별로 6명씩 선발된 기파생도에 이름이 올랐다. 상원이에게 정말 미안하다고 메일을 보냈지만, 그는 되레 잘했다며 여행을 못하는 만큼 더 알차게 기훈을 하라고 응원해 주었다.

　선발된 예비기파생도들은 12월 초부터 3주 동안의 집체교육을 받았다. 어느 해와 달리 유달리 추운 겨울, 여러 겹의 옷을 비집고 들어와 살을 에는 차가운 칼바람에 난도질당하고 따뜻한 실내로 들어오면, 머리가 핑 도는 극심한 현기증에 한동안 누워 안정을 취해야 했다. 1주일 내내 영하 10도를 밑도는 기온과 그칠 줄 모르고 내리는 눈은 기상청의 기록을 연일 갈아치웠다. 그럼에도 불구하고 예비기파생도 모두는 뜨거운 열정으로 집체교육에 임했다. 저녁식사를 먹고 인헌관으로 가서 두세 시간 동안 훈육요원과 4학년 기파생도들에게 각종 과제(생활 전반, 제식, 체력단련 등)에 대해 교육받고, 교범을 공부하고 직접 가르치는 연습을 반복했다. 3년의 생도생활 경험이 있기에 쉬울 줄 알았지만, 교범과 규정에 빗대어보니 제식, 군가, 체조 등에서 잘못 알고 있던 것들이 의외로 많았다. 동기들을 신입생도로 삼고 가르치는데 머릿속이 하얘지며 말이 헛나오기도 했다. 처음에는 더듬대며 서툴던 48명의 동기들은 치열한 연습을 통해 점점 기파생도로서의 모습을 갖춰갔다.

하루 교육이 끝나면 중대 기파생도들이 한데 모여서 그날의 교육 내용에 대해 의견을 나누며 부족한 부분을 채우고, 기훈의 비전을 설정하는 시간도 가졌다. 우리는 중대 동기들과 가장 최근에 기훈을 경험한 1학년생도들을 대상으로 설문조사를 해서 참고할 만한 정보들을 얻을 수 있었다.

밤 12시가 가까워서야 생활관으로 돌아오는 경우가 다반사였고, 추위에 언 몸을 뜨거운 물로 지지고 나서 책상에 앉으면 다음날 학과 수업을 준비하기도 전에 잠이 쏟아졌다. 분대원들이 매일 밤늦게 챙겨준 코코아와 매실차 그리고 유자차는 너무나도 큰 힘이 되었는데, 차를 마시곤 공부를 제쳐두고 그대로 잠든 적이 대부분이었다.

매일 아침에는 다른 생도들과 달리 전투복을 입었고, 복장과 전투화 손질상태를 최상의 수준으로 유지해야 했다. 학과출장 전에 화랑관 입구에 모여 4학년 기파생도들에게 복장검열을 받은 뒤, 목청 터지게 군가를 부르며 이동했다. 학교에서는 교수님들의 날카로운 시선에도 아랑곳하지 않고 모이를 쪼는 닭처럼 꾸벅꾸벅 졸기에 바빴다.

3주가 쏜살같이 지나며 몸은 녹초가 되었고 기파생도가 되기 위한 마지막 관문인 자격심사를 받았다. 자신감을 갖고 당당히 임했지만, 훈육요원들은 우리가 신입생도들을 가르칠 수 있는 준비가 되지 않았다며 모두에게 불합격 판정을 내리셨다. 1주일의 추가교육 끝에 화랑대의 역사와 전통이 서려 있는 '백테화이바'를 쓰게 되었다. 개인별로 맡게 될 직책이 정해졌고 나는 신입생도를 밀착 지도하는 분대장생도 즉 '기파분대장'이 되었다. 그간의 고생에 대한 보람과 동시에 막중한 책임감이 어깨를 눌러왔다.

그 주 일요일의 귀영점호 때 '기초군사훈련 교육대 발대식'을 하면서 역사를 이어가는 어미 사자가 되었음을 모든 생도들에게 공식적으로 알리게 되었다. 지난 3년 동안 현실과 이상이 달라서 흔들린 순간도 있었지만, 그럴 때마다 떠오른 기훈의 기억은 암흑 속의 한줄기 빛처럼 나아가야 할 방향을 넌지시 비춰 주었다. 새로 들어올 후배들도 언젠가 그런 도움을 받고, 나 스스로도 성숙할 수 있도록 힘써야겠다고 다짐했다.

백테화이바를 쓴 기쁨도 잠시, 곧바로 3학년 2학기 기말고사가 시작됐다. 한 달 넘게 긴장한 게 한 번에 풀린 탓인지 심한 몸살감기에 걸리고 말았다. 너무도 추운 날씨에 눈은 계속 쏟아져서 매일 제설작업을 해야 했다. 줄줄 흐르는 콧물을 닦고자 두루마리 휴지를 책상에 올려놓고, 감기약을 먹어서 꿈인지 생시인지 모를 몽롱한 상태에서 시험을 치렀다. 기훈 준비를 핑계 대며 공부에 소홀했었는데, 시험 결과는 예상했던 것 보다 더 좋지 않았다. 기훈 준비에 모든 것을 집중해서 성적이 나쁘게 나왔다는 변명은 같은 생활관에서 함께 기파생도가 된 현이 덕분에 합리화될 수 있었다. 우리 생활관 3명의 2학기 성적 등수를 합쳐보니 500이 넘는 숫자에 육박했지만,(동기가 200여 명인 것을 감안해 보면 매우 탁월한 등수다.) 재수강 없이 함께 겨울휴가를 나갈 수 있음에 자랑스러워했다.

겨울휴가 3주를 온전히 즐길 수 있었던 다른 생도들과 달리 기파생도들은 기훈 일정 때문에 2주를 반납해야 했다. 2학기 내내 겨울휴가만을 바라보며 달려왔는데, 1주일은 짧아도 많이 짧았다. 분대 1학년생도들과 서울 광장 스케이트장에서 추억을 쌓고, 잠시 집에서 쉬는가 싶더니 복귀 날이 되어 학교로 갔다. 마음이 가볍진 않았지만, 다른 생도들을 대신해서 후배를 맞는다는 사명감을 갖고 함께 복귀한 기파생도들과 의기투합했다. 휴가에서 복귀하자마자 생필품을 싸들고 화랑관에서 인헌관의 기파생도 전용 생활관으로 이사한 뒤 훈육요원들에게 생활관 검사를 받았다.

신입생도들은 1주일 뒤에나 들어오지만 실제로 신입생도가 있다는 가정아래 모든 일과가 진행되었다. 매일 아침 5시 30분에 일어나서 신입생도들을 깨우고 침구류를 정돈시키고 아침 점호를 한 뒤, 식당으로 인솔하고 되돌아오는 등 하루 동안 벌어지는 모든 상황에 맞춰 지휘하는 연습을 했다. 대청소를 하며 신입생도들이 쓸 가구를 옮기고, 수십여 가지 보급품을 제 위치에 놓고, 끊임없이 생기는 쓰레기를 정리했다. 또한 신입생도 개개인의 신상을 파악하고 훈육요원들과 4학년생도들에게 각종 교육을 받으며 체력단련도 했다. 2일에 한 번씩은 순찰근무를 섰고 교육대장님과 생도대장님 그리고 학교장님에게 준비가 잘 되었는지 검열을 받으니 1주일이 정신없이 지나버렸다.

그 한 주 동안 체력이 바닥나서 입술과 눈꺼풀 주변에 포진이 생겼고 급기야 알레르기성 결막염까지 걸리고 말았다. 당장 2일 뒤에 신입생도들이 들어오는데 새빨개진 눈과 바닥난 체력으로 그들을 맞이해야 했지만, 힘든 티를 내서는 안 되었고 없던 힘이라도 긁어모아야 했다.

토요일에는 기파생도들에게 모처럼의 휴식이 주어졌고, 마침 부모님께서 맛있는 음식을 사 오셔서 소대 기파생도들과 나눠 먹었다. 새빨간 눈을 보고 많이 걱정하셔서 죄송스러웠고, 다른 생도들보다 피로를 잘 견디지 못하는 스스로에게 짜증도 났다. 그날 저녁에는 몇 시간 뒤면 드디어 만나게 될 신입생도들 생각에 가슴이 설레었다. 첫 소개팅을 앞둔 것마냥 가슴이 콩닥대는 기파생도들의 마음을 아는지 모르는지, 인헌관의 밤은 늘 그래왔듯이 조용히 깊어갔다.

드디어 2개월 넘게 준비해온 그날이 되었고, 수도 없이 연습한 것을 되새기며 신입생도들을 맞이했다. 부모님과 작별한 신입생도들은 소대별로 버스를 타고 화랑관 광장으로 왔다. 1분대장생도인 나는 그들을 처음으로 만나게 되었고 최대한 '친절하게' 사진촬영 장소로 안내했다. 얼굴에 긴장한 모습이 역력한 그들이 쭈뼛거리며 사진 찍는 모습을 보며 입가에 저절로 미소가 지어졌다. '우리 1학년들이다! 그렇게 기다려 온 우리 후배다!'

화랑관 식당에서 준비 중이던 2, 3분대장생도는 신입생도들을 각 분대별로 자리에 앉히고 서로 자연스럽게 이야기를 나눌 수 있게 해 주었다. 기파생도들은 들뜬 마음을 애써 숨기고 식탁 사이를 돌아다니면서 한 명 한 명을 유심히 지켜보았다. 한 명씩 일어나 자기를 소개하는 그들을 보며 문득 3년 전 화랑관 식당에 앉아 있던 내 모습이 떠올랐다. '설레고 두렵고, 가족과 작별해서 아쉽고, 낯선 사람들 틈에서 어색하고, 바늘로 찔러도 피한방울 안 나올 것 같던 기파생도들…. 지금 앉아 있는 신입생도들도 그렇게 느끼겠지?'

심리검사와 이발 그리고 저녁식사를 마친 신입생도들을 인헌관으로 데려갔다. 인헌관 광장에 모두 모이자 대대장생도가 외쳤다.

"모든 기파생도는 지금부터 교육 목적상 경어를 생략한다!"

각 소대구역으로 이동한 신입생도들이 생도 체육복으로 갈아입은 뒤 가져온 귀중품과 짐을 모두 박스에 넣도록 지도했다. 전투복과 전투화를 받기 위해서 생도회관으로 이동하면서 대열 속에서 발을 맞추며 걷는 방법에 대해 설명했다. 하지만 신입생도들이 처음부터 발을 맞춰 걷는 것은 무리였고, 모두가 발을 맞추는 데는 1주일 넘게 걸려야 했다.

처음에 준비한 계획과 달리 여러 돌발 상황이 발생하면서 원래보다 2시간 늦은 밤 12시가 되어서야 신입생도들을 취침시킬 수 있었다. 하루 종일 한바탕 전쟁을 치른 기파생도들은 사무실에 모여서 다음날 일정에 따른 세부적인 계획을 토의했다. 실수가 없도록 몇 번의 예행연습까지 끝내고 새벽 2시가 넘어서야 잠시 눈을 붙일 수 있었다.

새벽 5시 30분, 공수훈련과 유격훈련 첫날에 느껴질 법한 피로를 느끼면서 겨우 일어났다. 간단히 세면을 하고 신속하게 채비를 갖춰서 소대로 올라갔다. 드디어 신입생도들을 깨우는 시간! 우렁찬 기상나팔 소리가 울림과 동시에 복도에 불을 켜고 크게 외쳤다. "전 생도 기상! 빨리빨리 일어나!"

기상부터 아침점호와 식사, 세면과 침구류 정돈 그리고 전투복을 입는 것까지 모든 것이 처음인 기파생도들과 신입생도들 모두가 혼란스러웠다. 그런 와중에 당장 오전에 있을 입소식을 위해 기본적인 제식동작을 가르쳐야 했다. 소대의 제식교육을 담당했던 나는 차렷 자세와 편히 쉬어, 방향 전환 그리고 경례 방법을 빠르게 가르쳤다. 그런데 분대원 중 1명이 집에 가겠다는 돌발 상황이 벌어졌다. 기훈을 1박 2일의 OT로 착각했다는 그는 훈육관님께 보고한 지 얼마 안 되어서 집으로 돌아갔다. 다음날에 그를 대신하여 추가 합격한 1명이 경북 포항에서 올라왔다. 급하게 오느라 아무 준비도 못한 그를 데리고 이발, 물품 수령, 제식 교육 등 첫날의 일정을 반복하며 다른 신입생도들은 이미 배운 내용들을 가르쳐 줬다.

다른 소대에서도 학교를 나가겠다는 신입생도들이 생겨나 기파생도들을 당황하게 했다. 그런 중에 3년 전 '추가 합격'으로 들어와서 기파생도가 된 동기는 새로 들어온 추가 합격자들을 찾아가 생도생활의 비전을 심어주는 늠름함을 보여 주었다.

1주차에는 신입생도들에게 생활관 정리정돈과 청소 방법 등 생활에 필수적인 것들을 알려 주었다. 일과시간에 그들은 국가관, 안보관, 생도생활의 비전 등에 대해 교육받고, 2일에 걸친 집중인성교육도 받았다. 교육 시간에 일부 기파생도들은 신입생도들의 뒤편에서 함께하며 필요할 때마다 그들을 통제했다. 나머지 기파생도들은 인헌관에서 각종 작업을 하고 보급품을 분배하면서 시간을 보냈다.

어떤 일이 있더라도 정해진 시간 계획에 맞춰서 움직여야 했고, 특히 밤 10시가 되면 모든 신입생도들을 잠자리에 눕게 하는 것은 핵심 중의 핵심이었다. 취침 방송이 끝나고 소대 사무실에 모인 우리는 한동안 넋을 놓고 멍하니 앉아 있었다. 정신을 되찾고 호흡을 가다듬는 시간을 잠시 가진 뒤, 다음날 전체 일정을 보면서 소대에서 해야 할 일을 추려내고, 소대의 교육 방향을 토의하고 신입생도들과 면담한 결과를 정리하며 신상에 특이한 부분을 공유하다 보면 금방 자정이 넘곤 했다. 새벽에 순찰근무까지 서다 보니 기훈 1주차에는 하루에 4시간 넘게 잘 수 있는 날이 없었다. 그런데 신기하게도 신입생도들을 보면 피로와 스트레스는 오간 데 없이 사라지고 활력이 샘솟았다. 그들은 우리의 열정을 끓어오르게 해 주는 자극제이자 촉매제이기도 했다.

1주차 주말에 기파생도들은 2개조로 나뉘어서 외출, 외박을 나갔다. 토요일에 4분대장생도와 함께 대학로에서 초밥을 먹고 차를 한잔하며 망중한(忙中閑)을 즐겼다. 그러는 동안 신입생도들이 체력검정을 하고 국군도수체조 교육을 받았으며, 이발과 목욕을 했다고 연락이 왔다. 몸은 학교 밖에 있지만 마음은 계속 인헌관, 기훈교육대에 가 있었고, 동기들에게 나눠 줄 간식을 사서 학교에 돌아왔다. 다음날에는 다른 조의 기파생도들이 외출을 갔고 나는 4분대장생도와 함께 학교 시설물 견학을 인솔했다. 좋은 분위기에서 견학을 시작했지만, 일부 신입생도들이 '다, 나, 까'가 아닌 '아니요' 등의 '해요'체를 쓰고 통제에 잘 따르지 않는 모습을 보였고, 결국 그들을 나무라게 되면서 분위기가 무거워졌다.

외출을 나간 동기들이 모두 돌아오고 기훈 1주차의 절정인 사자굴 의식을 하게 되었다. 마침 생도들이 겨울휴가에서 복귀하는 날이었고, 화랑관에서는 모두가 설레는 마음으로 신입생도들을 기다리고 있었다.

어미 사자가 새끼 사자를 가혹한 상황에 빠뜨려서 살아남는 새끼 사자만을 키운다는 모티프에서 비롯된 사자굴 의식. 어미 사자인 우리는 새끼 사자들을 데리고 3체련장까지 전속력으로 뛰어갔다. 그리고 훈육요원들에게 승인받은 계획에 따라 30여 분간 그들에게 가혹한 얼차려를 부여했다. 그들은 이를 악물고 눈에서 빛을 내뿜으며 견뎌냈다. 숨을 헐떡이고 땀을 줄줄 흘리는 새끼 사자들을 질서정연하게 맞춰 세운 뒤 화랑관으로 향했다. 각 중대 1소대가 화랑관 입구에 다다르는 순간, 칠흑같이 어둡던 교정의 모든 가로등이 동시에 켜지고, 군악대의 힘찬 행진곡이 연주되면서 재교생도들의 우레와 같은 함성이 사방을 뒤흔들었다. 당당한 자세로 걸으며 등 뒤에서 따라오는 새끼 사자들을 이끌었다. 그들의 관등성명 소리와 재교생도들의 함성이 뒤섞여 가슴 벅찼다. 3년 전에 걸었던 그 길을 새끼 사자들을 데리고 다시 걷게 될 줄은 꿈에도 몰랐다.

모든 신입생도들이 화랑관 광장에 맞춰 서고 재교생도들도 자리를 잡자 연대장생도가 낭랑한 목소리로 외쳤다.

> 피와 땀과 눈물로써 참아라, 참아라, 그리고 또 참아라
> 화랑의 후예는 결코 울지 않는다

교가제창과 무락카가 끝나고 화랑관을 떠나서 인헌관으로 돌아오는 길에는 발자국 소리 외에 아무것도 들리지 않았고, 생활관에 들어간 신입생도들은 차분하게 앉아 수양록을 썼다. 지난 국가관 교육 때 신입생도들의

뒤에서 함께 교육을 들으며 교육 중에 나온 시를 적었다가 인헌관으로 돌아오는 길에 신입생도들에게 들려주었다. 비록 1주일도 채 안 된 신입생도들이었지만, 그들의 의지와 열정은 오히려 나를 가르치고 있었다.

그대 왜 거기에 섰나
한 뼘 가슴속에 백두산만한 심장이 뛰고
다섯 자 몸뚱이 속에 압록강만한 혈관이 흘러
거기서 조국에의 사랑이 불타오르지 않느냐
다시 한 번 물어본다
그대 왜 거기에 섰나
그대 대답하게 큰 목소리로 대답해 보게
내 생명 조국과 같이 하려고 나 여기 와 섰노라

〈그대 왜 거기가 섰나, 이은상〉

군사훈련은 교관과 조교들에 의해서 진행되고 기파생도들은 신입생도들을 훈련장으로 인솔해준 뒤 훈련 중간에 도와주거나 쉬는 시간을 통제하는 등의 역할을 담당했다. 개인화기사격과 총검술교육이 시작된 2주차 첫날, 훈련에 집중하지 않고 웃고 떠드는 일부 신입생도들에게 강한 얼차려를 주었다. 소총조작훈련을 할 때는 총을 보다 효율적으로 닦고 빠르게 조립할 수 있는 노하우를 가르쳐 주었다. 실탄사격훈련은 혹한의 날씨 속에서 진행됐다. 장갑 두 켤레를 껴도 손이 얼어버린 신입생도들의 사격 성적은 그리 좋지 못했다. 기파생도들은 신입생도들과 달리 귀마개와 목도리 등을 걸치지 않았는데, 결국 양쪽 귓바퀴가 동창에 걸려서 찬바람이 불거나 밤이 되면 '간지러운 통증'을 견뎌야 했다. 신입생도들이 야외훈련을 받으면서 기파생도들은 상대적으로 여유로워졌다. 소대별로 한두 명의 기파생도가 훈련장에 따라가는 동안 나머지는 인헌관에 머물면서 청소, 면담 내용 정리, 보급품 분배 등의 일을 하고, 때로는 PX에 우르르 몰려가서 주린 배를 채운 뒤 부족한 잠을 보충하기도 했다.

매일 점호시간과 샤워를 할 때에 신입생도들을 통제하면서 혹여나 몸에 특이한 변화는 없는지 관찰했는데, 분대원 1명이 발등에 봉와직염 증세가 나타나 병원에 입원하게 되었다. 상처가 곪을 때까지 알아차리지 못한 내 잘못이 가장 컸고, 병원에 가는 그에게 미안해서 말이 나오지 않았다. 기파분대장생도는 나머지 분대원을 챙기는 데 집중하고 환자생도가 부담을 느끼지 않도록 병원에 가지 말라는 훈육관님의 지시 때문에 그를 제대로 챙겨주지도 못했다.(훗날 그가 분대장이 병원에 찾아오지 않아서 섭섭했다고 말할 때 가슴이 아팠다.)

금요일에 인헌관 광장에서 펼쳐진 총검술 교육 뒤에 단독군장 3km 뜀걸음을 했는데, 2명의 분대원이 낙오하고 말았다. 고도비만을 벗어나고자 집중적으로 체중을 감량하던 1명은 1km도 채 달리지 못했다. 그날 밤 훈육관님께서는 나를 직접 부르셔서 우리 분대에 대한 깊은 우려를 말씀하셨다. 넘어야 할 산이 많았지만, 분대원들의 의지가 강하다는 사실을 위안으로 삼고, 낙오한 분대원들을 찾아가 자신감을 북돋아 주었다.

소대에서 조금의 말썽을 일으키는 몇몇 신입생도들은 다른 기파생도들과 의논하며 교육 방향을 결정했다. 특히 수양록을 작성할 때에 다리를 떨며 삐딱한 자세로 앉아 있던 생도, 얼굴에 반항하는 감정을 스스럼없이 드러냈던 생도, 그리고 눈에 뻔히 보이는 변명을 계속하는 생도 등 행동이 잘 교정되지 않는 생도에 대해서는 소대장생도나 4학년 기파생도가 직접 나서서 지도했다.

기훈이 중반부에 다다랐을 때 우리 소대 기파생도들은 큰 위기감에 빠졌다. 신입생도들을 화랑관으로 데려가기에는 모든 면에서 너무나 부족했다. 그래서 처음부터 가르친 것을 되짚어 보면서 남은 시간에 가르쳐 줘야 할 것에 대해 난상토론을 하고, 다시 한 번 뜻과 열정을 한곳에 모았다. 휴가 중에 보았던 『멀리 가려면 함께 가라』라는 책의 제목처럼 동기들과 함께 앞에 놓인 난관을 하나씩 하나씩 헤쳐 나갔다.

1년 전에 기훈파견근무를 했던 선배생도들과 일부 동기생들이 맛있는 피자와 치킨을 사들고 우리를 위문하러 와 주었다. 그들을 통해서 그간 잊다시피 한 생도대의 소식도 전해 들었는데, 당장 4학년 지휘근무와 분대를 편성하는 문제가 큰 화두였다. 기훈에만 집중하고 있어서 아무 생각도 못 하고 있다가 4학년 때 맡을 직책에 대해 고민하다 보니 머릿속이 복잡해졌다. 기파생도를 하고 있기에 욕심 부리지 않고 생도대에 있는 동기들이 결정하는 대로 따르겠다고 했다. 고맙게도 동기들은 1학기 때 분대장생도를 할 수 있도록 배려해 주었다. 일부 동기 중에는 본인이 원하는 직책을 맡지 못해서 마음이 상한 경우도 있었지만, 차기 중대장생도가 동기들의 의견을 잘 조율하고 공감대를 형성해서 큰 탈 없이 1학기 지휘근무체계가 결정되었다.

3주차에는 화생방, 구급법, 경계교육 등이 이어졌다. 화생방훈련을 할 때는 훈련장에서 최대한 멀찍이 떨어진 곳에서 신입생도들을 통제하면서 최루가스를 피하는 데 모든 신경을 쏟았다.

아침에 눈떠서 밤에 잠들 때까지 신입생도들에게 일말의 틈도 주지 않기 위해서 엄격하고 치열하게 한 주를 보내고, 설 명절 기념 특식으로 나온 빵과 떡을 신입생도들에게 나눠주었다. 각 분대별로 명절 특식을 먹게 되었는데, 분대원들이 눈을 감게 한 뒤, 몰래 가지고 간 콜라를 '딸깍!' 소리를 내며 땄다. 그 순간 분대원들의 입에서 탄식이 터져 나오고 얼굴에 환한 미소가 지어졌다. 3년 전에 기파분대장이 불을 끈 생활관에서 콜라 한 캔을 따 주었던 순간은 여전히 강한 인상으로 남아 있었는데, 그날 밤 나의 분대원들과도 같은 추억을 나눌 수 있게 되었다.

여생도는 소대마다 3명이 편성되었고 분대에도 1명이 있었다. 남녀생도의 생활공간이 나뉘어 있어서 집합을 하거나 교육할 때 신경 쓰지 않으면 여생도를 놓치는 경우가 간혹 있었다. 또한 여생도들은 훈련이나 교육을 제외하고는 분대 남생도들과 함께 할 수 있는 시간이 상대적으로 부족했다. 남녀생도 간에 생길 수 있는 이질감을 최대한 없애주기 위해 점호 때마다 분대원들이 함께하는 시간을 가졌고, 남생도들에게는 여생도를 동료로 받아들이라는 취지의 교육도 했다. 또한 여생도와 면담을 하면서 직접 도울 수 없는 부분은 기파 여생도들을 통해 간접적으로라도 돕고자 했다.

3주차가 끝나갈 무렵에 4학년 기파생도들과 3학년 기파생도들 사이에 마찰이 생기고 말았다. 기훈을 준비하는 순간부터 거의 모든 것을 그들에게 지도받았을 정도로 이끌어준 8명의 4학년생도였다. 그들은 훈육요원들과 우리 사이에서 중간다리 역할을 하면서 최대한 우리를 감싸주었다. 임관 전의 마지막 휴가를 2주나 반납하고 기훈을 위해 열정을 쏟아온 4학년생도들은 우리의 잘못과 실수를 짚어주면서 대화하려 했다. 하지만 우리의 반응이 시원치 않았고 결국 그들은 화가 나고 말았고, 밤 11시가 넘어서 완전군장을 메고 바닥이 울퉁불퉁한 연병장을 뛰는 얼차려를 주었다. 개인적으로는 평소에 형 동생 할 정도로 친한 선배들이었기 때문에 난감하고 애매한 상황이었다. 땀을 쫙 빼고 돌아와 샤워를 하는데 한 기파생도가 스스로 '매너리즘에 빠져서인지, 더 열심히 하자는 말에 괴리감을 느낀다.'고 고백했다. 열정을 더 불태워도 부족한데 무기력해 보이는 모습이 안타까웠다. 사실 통제된 생활과 엄격한 규율을 계속해서 강요받으면 어느 누구라도 지치기 마련이다. 열정으로 똘똘 뭉쳤던 우리 기파생도들도 시간이 지날수록 힘에 부치는 건 어쩔 수 없었다.

설 명절 기간에 기파생도들은 2개조로 나눠서 외박을 갈 수 있었고, 우리 소대에서는 4분대장과 나를 제외한 나머지 동기들이 먼저 집에 갔다. 첫날 예정되었던 불암산 등반은 눈이 많이 와서 며칠 뒤로 미뤄졌다. 신입생도 체육대회에서 우리 소대는 피구와 농구에서 예선 탈락했지만, 다른 소대는 따라올 수 없는 월등한 체중을 바탕으로 줄다리기에서 손쉽게 우승을 거머쥐었다. 외박 나가 있는 동기들에게 그 소식을 전해주니 다들 기뻐하고 자랑스러워했다. 체육대회를 함께 하면서 신입생도들의 성향을 좀더 자세하게 파악 할 수 있었고 통제된 생활 때문에 그간 보지 못했던 인간적인 모습도 많이 볼 수 있었다.

체육대회가 끝나고는 신입생도들을 화랑관 식당 지하의 목욕탕에 데리고 갔다. 3년 전 기훈 당시 기파분대장생도가 했던 유쾌한 장난들이 떠올랐고, 분대별 닭싸움에서 진 팀은 냉탕에 들어가는 벌칙을 받고, 장기자랑을 하면서 숨은 끼를 발산하고, 사우나에 들어가서 이런저런 이야기도 나누었다. 그리고 그들끼리 탕 안에서 몸을 녹이며 긴장도 풀 수 있도록 자유시간도 충분히 주었다.(기파생도는 전투복차림으로 신입생도들을 통제한다.)

설날 당일 아침에 신입생도들은 고향을 향해 세배를 드리고 합동차례를 지냈다. 먼저 외박을 나갔던 기파생도들이 돌아와서 교대해 주었고 4분대장생도와 나는 기훈의 마지막 외박을 나왔다. 집에 돌아오니 다른 것을 할 엄두가 나지 않았고 그저 먹고 쉬면서 기력을 재충전하다가 복귀 날이 되어선 새끼 사자들이 있는 인헌관으로 곧장 돌아왔다. 외박을 나간 동안에 불암산 등반을 했는데, 길이 너무 미끄러워서 몇몇 기파생도들이 넘어지고, 백테화이바가 벗겨져서 데굴데굴 굴러가는 일도 있었다고 했다. 기파생도들은 서로가 자리를 비웠던 시간에 있었던 일들을 공유하면서 이어질 훈련을 준비했다.

명절이 끝나고 시작된 4주차에는 기초군사훈련의 절정인 각개전투훈련과 30km행군이 계획되어 있었다. 1주일 뒤에 기훈이 끝난다는 사실이 실감나지 않고, 신입생도들은 여전히 부족한 게 많았지만 인내심을 갖고 끝까지 최선을 다해 가르치고자 했다. 각개전투에 즈음해서는 날씨가 영하 10도를 밑돌았다. 환자생도들을 따로 챙겨주고 산을 열심히 기고 구르고 뛰는 신입생도들을 응원해 주었다. 이때 신입생도들을 양호와 불량으로 구분 짓는 극소수 기파생도들의 모습에 은근한 반감이 들기도 했다.(그런 흑백논리보다는 후배생도들이 더 잘할 수 있도록 도와주는 것이 진정으로 그들을 위하는 모습일 거다.)

숨 가쁘게 4주를 지내면서 체력이 바닥을 드러내 30km행군 훈련 때에는 억지로 눈을 뜨고 걸어야 했다. 새벽 2시가 넘어서 꾸벅꾸벅 졸며 걷다가 바로 앞서가던 신입생도의 군장에 철퍼덕하고 부딪혀 버렸다. 아무렇지도 않게 "조금만 더 힘내라!"라고 말하며 군장을 두드려 주었지만, 속으로는 민망하기 그지없었다.(그 신입생도는 내가 졸다가 부딪힌 것을 알고 있었고, 당시 웃음을 참느라고 힘들어 죽는 줄 알았다고 나중에서야 말했다.) 행군 중간의 휴식 시간에는 따뜻한 닭죽이 나왔는데 뜨듯한 기운이 뱃속을 채우자 다시 졸음이 몰려왔다. 대열에서 슬그머니 빠져서 조금 자고 다시 합류하고픈 마음이 굴뚝같았지만, 나약한 기파분대장, 부끄러운 기파분대장으로 남고 싶지 않아 어금니를 악물고 버텼다.

행군이 끝나자 기훈이 3일밖에 남지 않았고 신입생도들이 화랑관으로 갈 준비를 하는 일만 남았다. 절반의 기파생도들이 마지막 외박을 나가서 4분대장생도와 단둘이 소대를 통제해야 했기에 많이 힘들었지만, 다시는 열정을 불태울 일은 없을 거라고 생각하며 마음을 강단지게 먹었다.

이발과 목욕을 하면서 기파생도가 굳이 나서지 않아도 자기들끼리 통제도 제법 잘하고 자율적으로 행동하는 신입생도들이 대견했다. 목욕탕에서는 마지막으로 개인별 체중을 측정했는데, 소대원 모두가 기훈 동안 감량한 몸무게를 합쳐 보니 100kg에 달했다. 특히 고도비만이었던 두세 명이 10kg 넘게 뺀 것을 확인한 소대원 모두는 다함께 환호성을 질렀다.

기훈 때 있었던 일들을 익살스럽게 표현하는 일종의 뒤풀이 행사가 끝나고 신입생도들의 갖가지 질문에 답해 주며 즐거운 시간을 보냈다. 일요일에 신입생도들이 종교행사를 하고 있을 때 인헌관 기파생도생활관의 물건 대부분을 화랑관의 원래 생활관으로 옮기면서는 후련하고도 시원섭섭한 감정이 뒤섞여 기분이 싱숭생숭했다.

5주차 월요일 밤에는 우리 기파분대장생도들이 해주었던 것처럼 작별의 마음을 담아 신입생도들에게 '그날 이후'를 불러주었다.(제1부 제15화 참조) 노래를 부르는데 기훈 준비를 시작했던 때부터의 시간이 파노라마처럼 지나가고, 3년 전 기파분대장생도들과 우리가 길러낸 후배생도들의 얼굴이 겹쳐지며 가슴이 울컥해졌다. 감정을 추스르고 5주 동안 단 한 번도 벗지 않았던 백테화이바를 벗고 신입생도들에게 '원래 모습'을 보여주게 되었다. 화이바를 벗는 동안 잠시 감게 한 눈을 뜨게 하자 3초 동안 싸늘한 정적이 흘렀다. 신입생도들 틈에서 갑자기 큰 웃음이 한 번 터지더니 모두가 뒤집어지면서 박장대소했다. (백테화이바를 썼을 때의 차가운 이미지와 정반대인 선량하고 귀여운 모습 때문이었던 것 같다. 우리가 웃기게 생겨서일 수도 있다.) 기파생도들과 신입생도들이 한데 어우러져 훈훈한 시간을 보내는 동안 기훈교육대의 시계는 마지막 초를 향해 거침없이 달려가고 있었다.

화요일에 자격심사를 인솔하면서는 지금까지 배운 것들을 복습시켜 주었다. 모든 심사가 끝난 것을 축하해 주는 한편으로, 앞으로는 기파분대장생도들이 가르쳐 주고 싶어도 가르쳐 줄 수 없다는 것을 강조했다. 생도생활을 하면서 '스스로 깨우치고, 스스로 노력하고, 스스로 발전하라'는 기파분대장의 마지막 조언을 해 주었다.

오후에 신입생도들이 기초군사훈련 수료식을 하는 동안 우리는 3학년 견장을 4학년 견장으로 바꿔달았고, 2, 3학년생도들이 인헌관으로 와서 신입생도들의 물건을 화랑관으로 옮겨 주었다. 졸지에 화랑관에서 쫓겨나게 된 5학년생도들은 각자의 짐을 싸들고 노인정(인헌관)으로 들어왔다.

한 달 전만 해도 풋풋했던 어린 학생들이 이젠 늠름한 사관생도가 되어서 화랑관 광장에 섰다. 훈육관님께서는 기파생도들의 화랑관 복귀신고를 받으시고, 1학기 분대장생도들의 어깨에 녹색견장을 달아주셨다. 인헌관을 떠나오면서 신입생도들에게 '앞으로 만날 수 없을' 거라며 작별인사를 했다. 화랑관에 도착해 보니 감쪽같이 속았다는 것을 알게 된 그들은 마지막까지 장난의 끈을 놓지 않은 기파생도들을 원망하면서도 안도의 한숨을 내쉬었다.

백테화이바를 반납하고 화랑관의 생활관으로 돌아오자 기분이 날아갈 것 같았다. 최대한 편한 복장으로 갈아입고 슬리퍼를 신고 중대를 누비며 동기들과 후배들의 생활관에 놀러 다녔다. 마주치는 신입생도들은 기파분대장의 '평범한' 모습을 매우 어색해했고, 그런 그들에게 장난을 치고 스스럼없이 다가가자 그들의 표정은 더 혼란스러워졌다.

원래 화랑연병장에서 열리는 명예의식과 입학식 행사는 비가 많이 와서 을지강당에서 하게 되었다. 오랜만에 뵌 부모님과 껴안고 눈물 흘리는 후배들의 모습을 보며 코끝이 짠해졌다. 내 새끼 사자들은 그렇게 대한민국 육군사관생도가 되었다. 우리를 사관생도로 만들어준 것은 선배생도들의 사랑과 관심이었고 그것에 보답하는 것은 후배들에게 선배들의 그것을 베푸는 것이라 생각했다. 입학식 행사를 하면서 기파분대장들이, 화랑대를 거쳐 간 선배들이 많이 보고 싶어졌다.

기훈을 준비할 때부터 매 순간에 최선을 다하고 모든 힘과 열정을 바쳤기에 후회는 남지 않았다. 선배, 동기, 그리고 신입생도들과 함께 호흡했던 순간들이 많이 그리워지겠지만, 기훈의 추억은 가슴에 눌러 담고 남은 1년의 생도생활에 집중해야 했다.

4개월의 기초군사훈련 여정은 어쩌면 스스로를 돌아볼 수 있는 시간이었다. 기훈분대원들에게 모범이 되고, 그들이 기댈 수 있는 든든한 도우미가 되는 것은 온전히 내 몫이었다. 어깨에 드리워진 큰 짐을 내려놓았나 싶었는데 오히려 더 묵직한 짐을 짊어진 것 같았다. 이왕 짊어질 거라면 기꺼이 메고 더 힘차게 나아가리라 다짐하는 순간, 가슴 깊은 곳에서부터 눈물어린 행복이 우러나왔다.

그런데, 뭐니 뭐니 해도 가장 기쁘고 행복한 건 따로 있었다.
우리가 드디어 생도대의 제왕, 육군 대령도 부럽지 않다는, 4학년!
4학년생도가 되었다는 거다!

제5부

여유, 4학년

제01화

아! 이제 4학년

    지난 기초군사훈련 파견 근무는 지금껏 지내온 내 모습을 올곧이 비춰 보게 하는 거울과도 같았고, 신입생도들에게 가르친 것과 다르게 행동해 온 내 모습을 반성하게 되었다. 거울을 밖으로 돌린 채 남을 비추기만 하고, 나를 향해 들어오는 빛은 튕겨내 버리기 바빴다. 거울을 안쪽으로 돌려서 '나'의 구석구석을 들여다보며 처음 가졌던 마음가짐을 되찾고 그것을 바탕으로 4학년 생활을 하고자 했다.

    기훈이 끝나고 정신없이 4학년이 되어서인지 갑작스럽게 생긴 여유에 조금은 당황스럽기도 했다. 기훈파견근무를 하지 않았던 동기들은 지난 겨울학기 동안 인성교육과 국가관 안보관 등의 수업을 받고 체력단련을 하며 보냈다. 벌써 3년 넘게 함께 해온 동기들은 믿음직스럽고 늠름한 모습으로 후배들을 이끌며 화랑대를 누볐다.

    4학년이 되자 훈육요원과 교수님들을 빼고는 경례하기 위해서 주변을 신경 써야 할 일이 거의 사라졌다. 지휘근무생도에게 벌점 받을 염려도 거의 없어졌다. 생활이 엄청나게 편해진 만큼 책임 있게 행동해야 한다는 사실이 은근한 부담이었지만, 거의 모든 면에서 느껴지는 여유가 참 좋았다.

    기훈분대원이었던 상민이와 형순이가 1학기 분대원으로 편성되었다. 기훈 내내 내게 시달리다가(?) 입학하면서 헤어지는 줄 알았는데, 화랑관 입성식을 하면서 나와 한 학기를 함께 지낸다는 것을 알게 된 그들의 표정은 거의 울상에 가까웠다. 입성식이 끝나고 화랑관에 들어오자마자 샤워실로 데려가서 기훈 냄새를 지우기 위해 함께 샤워를 했다. 몇 분 전까지만 해도 백테화이바를 쓰고 있던 기파분대장과 알몸으로 함께하게 된 그들은 많이 당황해했다. 그런 그들에게 샴푸를 듬뿍 뿌려주자 "우와~, 이야~" 감탄하고 흥겨워했다.

분대장생도로서 2, 3학년 생도들도 함께 이끌어야 하는 책임이 있었다. 피아노부에서 처음 만났던 부분대장 형준이는 준수한 외모에 운동도 잘하며 성격도 좋아서 동기뿐 아니라 선후배생도들에게도 인정받았다. 그는 내가 미처 신경 쓰지 못한 부분을 짚어주며 분대를 함께 이끌어갔다. 2학년 생도들도 본인의 생활에 최선을 다하면서 1학년 생도들이 잘 적응할 수 있도록 세밀한 부분까지 챙겨주었다. 분대원들과 매일 아침식사를 같이 먹고 PX에서 맛있는 과자를 사먹고 저녁에 한데 모여 차를 마시는 등 함께하는 시간을 늘려가며 우리만의 추억을 쌓아갔다.

각 중대별로 절반 정도의 4학년 생도들이 분대장생도 임무를 맡는 동안 나머지 동기들은 각종 지휘근무 직책을 맡아서 생도대의 전반적인 운영을 이끌었다. 지휘근무생도들의 지시에 복종하는 것은 분대를 이끄는 것 이상으로 중요했는데, 특히 중대장생도를 잘 따르는 것은 중대 모두를 위하는 일이기도 했다. 지난 3학년 하훈 때 지휘근무생도들을 잘 따르지 않아서 생겨난 많은 갈등 속에서 한 단계 성숙한 우리는 후배들에게 부끄러운 모습을 보이지 않기 위해서라도 더욱 노력했다.

명예위원장생도와 명예부위원장생도 그리고 동기회장 생도가 선출되었는데 병욱이가 동기회장에 뽑혔다. 검은색 롱코트를 입은 모습이 마치 황제펭귄 같은, 그 귀여운 병욱이가 자랑스러운 동기회장이 된 거다.(요녀석,

많이 컸다.) 4학년 동기회장 생도는 1~3학년 동기회장 생도들과 소통하며 졸업반지 제작, 생도의 날 축제 및 화랑제 등 학교에서 펼쳐지는 각종 행사를 주관한다. 그는 '신입생환영식, 졸업생 환송회 행사'를 통해 4학년 동기회장생도로서의 첫 걸음을 성공적으로 내딛었다.

정복을 차려입은 1학년 생도들이 선배생도들에게 인사하는 모습은 가슴을 벅차게 했고, 지난해 중대장생도를 했던 선배들은 졸업의 아쉬움을 담은 노래를 함께 부르며 후배들에게 깊은 감동을 주었다.

우리 처음 만났던 어색했던 그 표정 속에

서로 말 놓기가 어려워 망설였지만

음악 속에 묻혀 지내 온 수많은 나날들이

이젠 돌아갈 수 없는 아쉬움 됐네

이제는 우리가 서로 떠나가야 할 시간

아쉬움을 남긴 채 돌아서지만

시간은 우리를 다시 만나게 해 주겠지

우리 그때까지 아쉽지만 기다려 봐요

어느 차가웁던 겨울날 작은 방에 모여 부르던 그 노랜 이젠

기억 속에 묻혀진 작은 노래 됐지만 우리들 맘엔 영원히

안녕은 영원한 헤어짐은 아니겠지요

다시 만나기 위한 약속일 거야 함께했던 시간은

이젠 추억으로 남기고

서로 가야 할 길 찾아서 떠나야 해요

〈이젠 안녕, 015B〉

3년 동안 함께 지낸 한 학년 선배들과의 작별은 마음 한구석을 아리게 했다. 기훈을 끝내고 화랑관에 와서 두 눈 멀뚱멀뚱 뜬 채 아무것도 할 수 없던 우리에게 생도생활의 많은 부분을 알려주던 2학년 생도님들, 잘못한 것에 대해선 따끔하게 지적하다가도 중요한 순간마다 아낌없이 챙겨주며 따뜻한 정을 주었던 2학년 생도님들, 매서운 눈빛과 칼 같은 제식을 볼 때마다 사시나무 떨듯 무서워했지만, 사관생도의 길을 몸소 보여주었던 기수생도님들, 지난 기훈파견근무 동안 처음부터 끝까지 우리를 위해 함께해 주었던 왕기파 생도들…, 헤아릴 수 없을 만큼 끈끈하게 엮인 인연을 맺은 선배들과 헤어져야 한다니 코끝이 찡해졌다.

졸업식행사 연습은 '4학년답게' 굉장히 여유 있고 즐겁게 할 수 있었다. 동기들은 물론이고 주변의 후배생도들, 특히 우리 4학년들은 새롭게 맞이한 1학년 동생들과 많은 이야기를 나누고 장난도 치면서 4학년의 여유를 만끽했다. 중대에 새롭게 온 3학년 생도들도 재밌는 이벤트를 많이 준비해서 분위기를 흥겹게 띄워 주었다. 그렇더라도 졸업식연습의 육체 정신적 피로는 적지 않았다. 예년보다 유독 무릎 관절이 아파오고 삭신이 쑤시는 것은 우리도 '양지원'으로 가야 할 때가 머지않았다는 것을 의미했고, 졸업식 행사가 끝나고 떠나는 선배들의 뒷모습은 이제 우리가 학교를 떠나야 할 차례가 되었다는 것을 실감하게 해 주었다.

졸업식 행사가 끝나고 시작된 1학기 수업, 일반학은 군사영어, 세계전쟁사, 방호공학 등의 과목을 배우고 전공에선 경영정보시스템과 마케팅관리 등을 배우게 되었다. 세계전쟁사수업에서는 역사적으로 중요한 각종 전쟁의 발발배경부터 진행과정 그리고 결과까지 세부적으로 배워서 굉장히 흥미로웠다. 특히 전쟁의 승패를 가르는 중요한 순간에 지휘관들이 어떻게 상황을 판단하고 부대를 지휘했는지를 집중적으로 토의하면서 군사적인 식견을 조금씩 넓힐 수 있었다. 군사영어는 1학년 때부터 인연을 맺었던 정태영 교수님께 배우게 된 자체가 감사했다. 군더더기 없는 수업으로 군사영어 뿐만 아니라 회화까지 연습하게 해주시는 교수님은 3년 전보다 더 멋있어 보였다. 전공 수업 때는 고려대학교 경영학과를 방문해 청강할 수 있는 기회가 주어졌고, 실제로 청강을 들으면서는 '자유로운' 분위기에 약간의 문화충격도 받았다. 앞으로 어떻게 공부해야 하는지 조금의 도움도 얻을 수 있었다.

1년 동안 했던 과대표직을 민열이가 뒤이어 받았다. 민열이는 전공생도 8명 모두 여자 친구가 없다는 사실을 상기시키며 새로운 과대표로서 미팅과 소개팅을 적극적으로 주선하겠다는 공약을 내세웠다. 하지만 몇 번의 주선 뒤에 그는 과대표직에서 탄핵되었고, 내가 다시 과대표를 하게 되었다.

3월 말 모교홍보를 떠나기 전에 1학년 생도들에게 '사고는 치지 말되, 최대한 재밌게 놀라'고 당부했다. 고등학교에 찾아가 선생님들께 인사를 드리고 마지막 홍보활동을 했다. 4박 5일의 홍보기간이 끝나고 학교로 복귀하는 길은 예년과 다르게 가볍고 경쾌한 것을 넘어 신나기까지 했다. 육군 대령도 부럽지 않다는 4학년 생도라는 말이 괜히 있는 말이 아닌 것 같았다. 학교에서 기다리고 있을 1학년 생도들이 보고 싶어서 얼른 복귀했다.
(어쩌면 그들은 우리의 복귀를 전혀 기다리지 않았을 수 있다.)

제 0 2 화

천안함

　미국 육사에서 지내고 있는 상원이는 하훈 때 Sapper School(전투공병학교)에서 교육받기 위해 선발시험을 치렀다고 연락이 왔다.(미국 육사는 생도들이 군사훈련을 선택해서 받는 제도가 있다.) Sapper School의 군사훈련은 그 강도가 굉장히 힘들기로 악명 높고, 천 명도 넘는 동기들 중에서 체력과 정신력이 강한 20여 명만 받을 수 있는 훈련이라 했다. 지난겨울 상원이는 체력등급이 높은 순서대로 뽑힌 100명의 생도들과 함께 선발시험을 받은 거였다.

　수통의 물도 얼게 하는 영하 20도의 날씨. 새벽 5시에 집합해서 팔굽혀펴기, 윗몸일으키기, 3.2km달리기를 측정하고, 20분 동안 얼차려를 받았는데, 처음엔 쉽게 느껴졌다고 했다. 이어진 줄타기와 턱걸이 측정 때는 꽝꽝 언 손이 잘 움직이지 않고 아파서 이를 악물고 버텼단다. 이후에 그는 20kg에 달하는 군장을 매고 뛰고 구명보트를 들었다 놓기를 반복하며 팔굽혀펴기와 포복을 끊임없이 하는 등 혹한의 날씨에도 온몸이 땀범벅이 될 정도로 굴렀다. 3시간 동안의 얼차려 뒤에 맨몸으로 10km를 뛰고, 다시 군장을 맨 채로 20km를 더 뛰었단다. 어느 순간부터는 다리 구석구석에 쥐가 나고 힘이 빠져 정신이 희미해지고, 뛰고 싶어도 더 뛸 수 없는 지경에 이르렀다지만 겨우 결승점을 통과했고, 지친 몸을 이끌고 군사지도를 보는 시험까지 끝내자 오후 5시가 되었다. 배가 너무 고파서 피자 한 판과 라면 두 봉지를 단숨에 먹어치웠다는 그가 많이 안쓰러웠다.

Sapper School 선발시험에 참가한 100명 중에 40여 명이 중도에 탈락하거나 도중에 포기했고, 상원이는 9등으로 가혹한 시험을 통과했다. 시험을 치르기 위해 매일 새벽 5시에 일어나 체력단련 한 게 결실을 맺었다는 그의 말에 전율이 일었다. 24년 인생에 있어서 육체적으로 또 정신적으로 가장 힘든 날이었지만 "난 할 수 있다."라고 되뇌면서 해냈다는 말에 감동할 수밖에 없었다.[1]

상원이가 굳센 의지를 갖고 성취한 경험담을 읽으며 너무나 뿌듯하고 자랑스러웠다. 그가 멀리서 열심히 노력하는 만큼 남은 생도생활을 더 열심히 보내야겠다고 다짐한 바로 다음날, 저녁식사를 하고 나서 북적대던 화랑관 복도가 조용해지고 생도들은 여느 때와 다를 바 없이 각자의 책상 앞에 앉아 수업을 준비하고 있었다. 밤 9시가 조금 지났는데 갑자기 섬뜩한 소식이 들려왔다.

"서해 백령도 인근에서 해군 함정 1척 침몰 중."

....

1) 미국 육사생도 중 아시아 국적 최초로 Sapper School에 선발된 상원이는 여름에 전투공병학교에 갔지만, 보안문제로 인해 학교 출입을 거부당했다. 독일, 영국 등 미국의 오랜 우방국에서 온 생도들은 아무런 제약 없이 교육을 받을 수 있었지만, 미국과 우리나라가 맺은 외교관계로는 Sapper School의 교육을 받을 수 없었다. 보안승인을 위해 며칠간 기다리던 상원이는 결국 혼자 군용비행기를 타고 웨스트포인트로 복귀해서 다른 훈련을 받아야 했다. 생도를 선발해서 Sapper School로 보낸 미국 육사에서조차 예상하지 못했던 일이었다. 비행기를 타고 돌아오는 동안 어깨에 붙은 태극기를 만지며 서럽게 눈물 흘렸다는 그를 떠올리며 마음 아팠다. 대한민국의 입지가 약해서 한 개인이 꿈을 접어야만 하는 서글픈 현실에 착잡했다.

'아뿔싸! 큰 사고가 났나 보다!' 1년 전 국토순례 때 다녀온 백령도의 모습이 선명하게 떠오르면서 가슴이 철렁거렸다. 인터넷 뉴스를 계속 확인하는 것으로는 답답해서 중대홀로 가서 TV를 틀었다. 외부 공격에 의한 폭발로 침몰한 것 같다는 소식이 들리고, 어두컴컴한 바다 한가운데에서 구명조끼를 입은 채 다른 배로 옮겨 타는 해군장병들의 모습이 보도되었다.

2010년 3월 26일 저녁 9시 경, 북한군 잠수정의 어뢰공격으로 대한민국 해군의 천안함은 두 동강 나서 침몰했고 해군장병 46명이 운명을 달리했다. 실종자 수색에 앞장섰던 UDT대원 한주호 준위는 3월 29일 작전수행 중에 순직하고 말았다. 4월 2일에는 해상수색을 지원하던 쌍끌이 어선 98 금양호가 캄보디아 국적의 화물선과 충돌해서 선원 9명이 희생되었다.(2명 사망, 7명 실종) 칠흑 같은 바다 속에 잠겨 있던 천안함은 사건발생 20일이 지나서야 뭍으로 인양되었다.

사건 뒤에 설립된 민관군 합동조사본부는 40여 일에 걸친 전 방위적인 조사를 거쳐 천안함은 우리 영해에 몰래 침입한 북한군 잠수정의 어뢰공격 때문에 침몰했다고 발표했다. 그 결정적인 증거로 사고발생 근처의 바다에서 발견된 북한군 어뢰추진체 잔해와 북한이 어뢰를 수출하고자 다른 나라에 배포한 카탈로그를 제시했다. 하지만 가해자인 북한은 궤변을 거듭하며 오리발을 내밀었고 오히려 '특대형 모략극'이라면서 대한민국에 책임을 떠넘겼다. 게다가 일부 개인과 언론을 통해 '함정 피로파괴설', '어뢰의 1번 글씨 조작설', '미군 잠수함과의 충돌설', '한국정부 조작설' 등 갖가지 음모론이 쏟아져 나오며 한국사회는 혼란으로 가득했다. 뿐만 아니라 국가적인 슬픔과 분노가 사회 내부로 집중되면서 대한민국은 혼돈과 분열에 빠졌다.

처음부터 우왕좌왕하다가 신뢰를 잃은 정부당국의 대응부터 국론이 분열되는 모습까지, 일련의 과정을 살펴보면서 가슴이 답답하다 못해 터지는 것 같았다. 도대체 어느 미친 나라가 자국 군인 수십 명을 죽인다는 말인지, 북한이 내놓는 주장과 똑같은 내용을 되뇌는 전문가들은 왜 그리도 많은지, 절망스러웠다. 해군장병들은 도대체 무엇을 위해 목숨을 바쳤고, 우리 대한민국은 어쩌다가 이렇게 스스로 분열하는 지경에 다다랐는지… 통탄스러웠다.

북한군이 저지른 만행은 생도생활에도 영향을 미쳐서 주말 외출과 외박이 모두 취소되었고 매년 5월에 열리던 생도의 날 행사는 무기한 연기되었다. 한 달이 지나고야 외박 통제가 풀려서 가족과 함께 시간을 보냈다. 학교로 복귀하던 중에 '천안함 희생자 합동분향소'에 꼭 가야겠다는 의무감에 서울시청 광장으로 발걸음을 돌렸다. 지하철역 출구 계단을 올라갈수록 마음이 점점 무거워졌다. 광장에는 많은 시민들이 엄숙한 표정을 한 채로 길게 줄지어 서 있었고, 대열의 제일 뒤에서부터 앞사람을 따라 조금씩 이동했다. 30분 정도가 지난 뒤 차례가 되어 나눠준 국화꽃을 들고 분향대 앞에 섰다. 국화꽃을 제단에 올리고 희생 장병들의 영정사진을 올려다보는데 차마 눈을 마주칠 수가 없었다. 그래도 애써 사진을 보는데 "화랑의 후예는 결코 울지 않는다!"라는 말이 무색하게 울컥 눈물이 쏟아졌다. 희생자 한 명 한 명은 사진 속에서 생생히 살아 숨 쉬고 있었다. 그들이 곧 우리고, 우리가 곧 그들이었다. 우리를 대신해 사라져 간 그들의 눈은 가슴 터지는 울분을 소리 없이 외치고 있었다.

그대로 고개를 숙여서 묵념을 했다. 주변에는 손수건으로 눈물을 훔치며 흐느끼는 시민들도 많이 계셨다. 뒤에서 순서를 기다리는 사람들을 위해서 빠져나가야 하는데 발이 쉽게 옮겨지지 않았다.

분향소 한 편에 시민들이 써 붙인 추모쪽지들이 많은 이들의 걸음을 머물게 했다.

"미안합니다, 그리고 감사합니다."

"해군 아저씨들, 고마워요. 하늘나라 가서 편히 쉬세요."

잠시 멈췄던 눈물이 다시금 차올랐다. 한 인터넷 매체 기자가 생도정복을 입은 나를 보고 취재하고 싶다며 접근했지만, 생도와 군인은 지휘관의 승인이 있은 뒤에야 언론매체 인터뷰를 할 수 있기 때문에 한사코 거부하며 빠져나왔다.

지하철을 타고 화랑대역에서 내려 버스정류장에 섰다. 봄기운이 물씬 넘치는 주말, 사랑하는 사람들과 나들이를 즐기는 사람들의 행복한 웃음, 외박을 편안하게 보내고 복귀하는 나 그리고 무슨 일이 있었냐는 듯 평화롭게 굴러가는 세상. 가슴을 설레게 해야 하는 봄 햇살은 가슴을 자꾸만 시리게 했다. '희생된 장병과 그 유가족들의 마음은 얼마나 아플까….'

천안함 함체가 인양되고 바지선에 오른 상태에서 실종 장병들의 시신이 수습되는 것을 생방송으로 보았다. 숨 차오르는 고통을 견디며 울부짖다가, 사랑하는 사람들을 떠올리며 장렬히 사그라진 그들은 싸늘한 주검이 되어 육지로 돌아왔다. 흉악한 일을 저지른 북한군을 향해 극도의 혐오감과 적개심을 담아 그때까지 알고 있는 세상의 모든 욕을 쏟아 부었다. 대한민국에서 자유와 평화 그리고 복지를 마음껏 누리면서도 천안함 사건을 정치적으로 악용하는 일부 세력들에 대해서도 큰 반감이 들었다.

사관생도의 신분으로서 개인적인 발언을 함부로 할 수는 없었고, 흐르는 눈물을 닦고 생도생활에 최선을 다하는 것 말고는 할 수 있는 게 없었다. 무기력한 스스로의 모습이 싫었지만 국토수호의 최선봉에 서게 될 사관생도로서 그날을 결코 잊지 않을 거라고 다짐했다.

천안함 공격을 주도했던 일당은 살아서도, 또 죽어서도 응당한 징벌을 받아야 하고, 반드시 그럴 거다. 전사한 천안함 46명의 용사와 순직한 한주호 준위 그리고 의롭게 돌아가신 98금양호 선원 분들께서 이승의 한을 모두 내려놓고 편하게 영면하시길, 그 가족 분들의 상처가 조금이나마 회복되시길 예나 지금이나 바란다.

살아 남겨진 우리는 그들에게 빚을 지고 살아간다 해도 과언이 아닐 것이다. 그들의 못다 이룬 꿈과 삶, 그것은 우리가 더 열심히 이 삶을 살아내야 하는 이유이기도 하다.

"대한민국은 당신을 영원히 잊지 않을 것입니다."라는 서울시청광장 분향소의 문구처럼 북한의 끊임없는 도발과 적대행위로 인해 희생된 수많은 영령을 잊으면 안 될 거다. 그리고 대한민국 사회에 갈등을 유발해서 국가를 분열시키고자 암약하는 세력도 결코 잊어서는 안 될 것이다.

* 故 민평기 상사의 어머니(윤청자 여사)는 "막내아들이 나라를 지키다 순국하여 받은 보상금인데 내가 어떻게 그 돈을 쓸 수 있겠는가"라며 사망보상금 1억 원과 성금 898만 8000원을 해군 2함대사령부에 전액 기부했다. 해군은 기부금으로 기관총을 제작하여 천안함과 동급인 초계함 9척에 각각 2정씩 장착했다. 그 기관총을 3.26기관총으로 이름 지었다.

▶◀ 천안함 희생자 46명

故 이창기 원사, 故 최한권 상사, 故 남기훈 상사, 故 김태석 중사, 故 박경수 중사, 故 문규석 중사, 故 강준 중사, 故 김경수 중사, 故 박석원 중사, 故 안경환 중사, 故 신선준 중사, 故 김종헌 중사, 故 최정환 중사, 故 민평기 중사, 故 정종율 중사, 故 임재엽 하사, 故 문영욱 하사, 故 손수민 하사, 故, 이상준 하사 故, 심영빈 하사, 故 장진석 하사, 故 조정규 하사, 故 서승원 하사, 故 방일민 하사, 故 박성균 하사, 故 조진영 하사, 故 서대호 하사, 故 차균석 하사, 故 김동진 하사, 故 박보람 하사, 故 이상희 병장, 故 이용상 병장, 故 이재민 병장, 故 강현구 병장, 故 이상민 병장(88년생), 故 이상민 병장(89년생), 故 정범구 상병, 故 김선명 상병, 故 박정훈 상병, 故 안동엽 상병, 故 강태민 일병, 故 김선호 일병, 故 조제훈 일병, 故 나현민 일병, 故 정태준 이병, 故 장철희 이병

▶◀ 천안함 실종자 수색 중 순직

故 한주호 준위

▶◀ 98금양호 희생자 9명

故 김재후, 故 박연주, 故 안상철, 故 김종평, 故 이용상, 故 정봉조, 故 허석희, 故 Yusuf Haaefa 故 Cambang Nurcahyo(이상 2명 인도네시아 국적)

삼가 고인의 명복을 빕니다.

제03화

태국왕립육군사관학교 교환방문

천안함 폭침사건 이후에 모든 생도는 전투복차림으로 생활했다. 외출
외박을 나가지 못해서 애정전선에 비상이 걸린 생도들도 늘어났지만 국가
적인 위기상황인 만큼 불만을 갖는 생도는 거의 없었다. 학교는 분하고도
슬픈 상황에 흔들리지 않고 계획된 학사일정을 진행했다.

중대별로 두세 명의 4학년 생도에게는 미국, 독일, 프랑스, 이탈리아, 태
국, 인도네시아 등 10여 개 우방국 사관학교에 방문해서 교류할 수 있는
기회가 주어지는데, 감사하게도 태국육군사관학교에 가는 것으로 선발되
었다. 봄꽃이 활짝 핀 5월의 어느 날, 사진학과 출장을 하며 분대원들과 추
억을 쌓고 화랑관으로 돌아와 정장으로 갈아입고, 8중대 훈육장교님과
함께 관용차량을 타고 인천공항으로 갔다.

1년여 전에 배낭 하나만 들고 수파킷의 집에 놀러갔던 때가 새록새록 떠
올랐다. 분대 1학년 상민이와 형순이가 조심히 다녀오라며 써 준 편지를
읽으니 가슴이 따뜻해졌다. 태국으로 출국하는 날 오후에는 1학년 생도
들의 정기체력검정이 있었는데, 비행기에 오르기 직전에 중대 1학년생도
모두가 합격했다는 문자가 왔다. 연습할 때마다 합격기준을 맞추지 못해

걱정했던 형순이가 (비록 3급이지만) 합격했기에 안도의 한숨을 내쉬었다. 기훈을 시작하면서부터 그때까지 20kg 넘게 몸무게를 줄이는 고통을 꿋꿋이 견딘 그가 멋지고 기특했다.

방콕 수완나폼 공항에 마중 나오신 주 태국 한국무관(육군 대령)님 덕분에 VIP코스로 입국수속을 단숨에 끝낼 수 있었다. 밤 10시가 넘었는데도 33도를 웃도는 더위에 공항출구를 나서자마자 숨이 막혔다. 무관님과는 며칠 뒤에 다시 만나기로 하고 태국장교의 안내에 따라 봉고차를 타고 방콕 북동쪽으로 1시간 40분 정도 이동해 나콘나욕 지역의 태국왕립육군사관학교, CRMA[2]에 도착했다. 늦게까지 잠들지 않고 우리를 기다리던 4학년생도 3명과 짧은 영어로 인사를 나눴다. 1주일 간 함께 지낼 룸메이트의 이름은 Heng이었다. Heng은 한국육사에 있는 수파킷의 2년 후배였고, 2학년 수탁생도와 동기였다.[3] 한국에 있는 태국생도들의 이야기를 하며 어색한 분위기를 금방 풀 수 있었다. 옆방의 York이라는 생도는 키가 185cm가 넘고 덩치도 매우 컸는데, 노트북으로 걸그룹 소녀시대의 히트곡을 틀어주면서 우리를 반겨주었다. 짐을 간단히 정리하고 샤워를 하자 새벽 1시가 넘었고, 한국 여름의 한낮 같은 더위 속에 침대에 누워 잠을 청했다. 열대계절풍기후지역에 속하는 태국은 한겨울에도 평균최저기온이 21도일 정도로 더운 나라다. 그런 곳에서 자라난 수파킷과 수탁생도들이 한국의 겨울에 내리는 눈을 보며 신기해하고, 맹추위 속에서 사시나무 떨

---

2) Chulachomklao Royal Military Academy : 출라촘클라오는 태국 육사를 설립한 라마5세를 뜻함.

3) 해외수탁생도는 한국에서 1년여 동안 언어 및 문화 적응을 끝낸 뒤 기초군사훈련을 받기 때문에 본국의 동기들과는 2년의 차이가 나게 된다.

듯이 덜덜덜 떨면서 집에 가고 싶다고 말하던 모습이 생각나 웃음이 지어졌다.

태국육사의 생도대는 각 학년별로 따로 대대를 구성하고 독립된 건물을 쓰기 때문에 선후배생도들이 생활관에서 마주칠 일은 거의 없었다. 1~3명의 생도가 쓰는 생활관에는 3대의 선풍기, 침대, 책상 그리고 옷장이 놓여 있었고, 출입문과 창문은 유리가 아니라 방충망만 달려 있었다. 복도는 가슴 높이의 벽을 제외하고는 뻥 뚫려 있어서 새들이 건물 안을 마음대로 날아다닐 수 있었다. 복도 이곳저곳에는 도마뱀들이 벽에 붙어 있었는데, 종종 덩치가 큰 도마뱀이 방충망을 밀치고 생활관으로 슬그머니 들어와 쫓아내는 경우가 있다고도 했다.

생도식당은 생활관 건물에서 3분 정도 떨어진 곳에 있었다. 식당으로 가는 길에는 모든 생도가 볼 수 있도록 만들어진 게시판이 있는데, 매일 아침마다 3학년 생도들이 신문을 보면서 주요 뉴스 등을 분필로 기록해 놓았다. Heng은 그들이 '한국육사생도들을 환영합니다.'라고 태국어로 써 놓았다고 말해 주었다. 우리나라 걸그룹에 대해서 유독 큰 관심을 보이는 그들에게 소녀시대의 태연이 여자 친구라고 말하자, 두 눈이 휘둥그레지면서 진짜냐고 되물었다. 농담이었는데도 진지하게 반응하던 그들이 하나둘씩 웃기 시작하고, 한바탕 큰 웃음이 터졌다.(그런 농담은 함부로 하면 안 되는 건데, 어색함을 깨는 데는 최고였다. 해외에서도 명성을 떨치는 K-POP스타들에게 감사드린다.)

아침점호는 식당 앞에서 하게 되는데 우리의 점호와 순서는 비슷했지만, 경례와 보고 방법 등이 색달랐다. 식당은 모든 생도가 한 번에 들어갈 수 있을 만큼 컸고, 8명이 한 테이블에서 뷔페식을 먹는 형태였다. 학교 울타리 안에 있는 목장에서 직접 짜낸 원유를 가공한 우유도 유리병에 담겨 있었다. 그날그날의 메뉴를 식판에 담아서 먹는 우리의 식사와는 차원이 다를 정도로 종류와 양 그리고 맛이 끝내줬다.

때마침 벨기에[4] 육군사관학교 생도 4명이 우리보다 2일 앞서 CRMA를 방문하고 있었다. 옆 테이블에서 아침식사를 마친 그들과 함께 버스에 올라 롯부리 지방으로 이동해 특수전박물관과 특수전교육대를 견학했다. 태국의 특수전은 주로 이민족에 대응한 밀림작전과 캄보디아와의 영토분쟁 그리고 남부지역에서 벌어지는 이슬람교도와의 분쟁 등이 주를 이뤘다. 근처의 특수전교육대는 태국 육사생도들이 공수기본교육을 받는 곳이었는데, 막타워를 비롯한 훈련시설이 우리나라 특수전교육단의 그것과 비슷했다. 시가전 훈련장에서 생도들이 군사훈련을 받는 것이 우리와 다른 부분이었다.

롯부리 지방의 '프라프랑 쌈 욧'사원에는 원숭이왕국이 있었고, 평생 볼 원숭이를 한 번에 다 본 것만큼 많은 원숭이가 살고 있었다. 원숭이들에게 바나나를 주고 악수를 하면서 벨지움 생도들과 말을 트고 친분을 쌓았다. 벨지움은 네덜란드어와 프랑스어를 공용어로 사용하는 나라인데(그래서 언어권끼리의 분쟁이 심하다), 영어도 자연스럽게 사용하는 그들의 모습이 대단했다.

태어나 처음 겪는 39도의 더위에 시달려서인지 학교로 돌아오는 버스에서 너나 할 것 없이 정신을 잃고 잤다. 인솔하던 태국장교가 1시간마다 휴게소에 들러서 사 준 시원한 물을 마시며 겨우 맥을 추렸다. 학교에 돌

---

[4] 그들에게 '벨기에'라고 말하니 무슨 말인지 못 알아들었다. 그들은 '벨지움'이라고 불러주기를 원했다. 나라이름을 제대로 말하는 것은 매우 중요한 만큼 이후부터는 벨지움으로 표현한다.

아와서는 무술동아리 생도들이 준비한 태국 전통 무도시범과 태국군의 PRI(사격술 예비 훈련)훈련을 보고 저녁식사를 했다.

태국 육사의 1학년 생도들은 매우 혹독한 생활을 하고 있었다. 아침부터 밤까지 각종 얼차려가 끊이지 않았는데, 1학년 생활 내내 얼차려가 끊이지 않는다고 했다. 교수부 지역을 빼고는 무조건 뛰어 다녀야만 했고, 저녁에도 20시까지 얼차려를 받고 나야 대형 자습실에 모여서 공부를 할 수 있고, 주말이나 공휴일 전날에는 자정까지 얼차려를 받기도 했다. 저녁식사를 하고 얼차려를 받고 있는 1학년 생도들의 옆을 지나가는데, 뒤쪽에서 속이 안 좋은 생도들이 구토를 하고 누워 있기도 했다. 그들을 훈련시키는 상급생도들은 아랑곳 않고 계속해서 얼차려를 부여했다. 우리를 안내하는 4학년 생도들은 본인들의 경험을 설명해 줬다. 1학년 생도들 대부분은 불만 없이 그 과정을 견디고, 하다 보면 조금의 요령도 생긴다고 했다. 군인의 사회적 위상이 최고 수준인 태국에서 장교가 되는 것은 큰 신분상승을 의미하기에 1학년 생활을 견디는 것은 그렇게 큰 고통만은 아닐 거란 생각이 들었다. 그들의 문화에 대해 옳고 그름을 판단할 필요는 없었다. 안내생도들에게 한국 육사 1학년 생활도 많이 힘들다고 얘기해 주는데, 문득 "한국 기훈은 추운 거 말고는 힘든 거 없었어~"라며 해맑게 웃던 수파킷이 떠올랐다.

유일하게 에어컨 바람을 쐴 수 있는 생도회관에서 태국생도들과 서로의 학교와 신상에 대해 얘기를 나누다가 생활관으로 돌아왔는데, 4학년생도 건물이 웅성웅성 소란스러웠다. 아침에 불을 끄지 않고 수업을 받으러 간 4학년 생도들에게 화가 난 훈육장교가 전기를 꺼버리는 벌을 준 거였다. 그 때문에 샤워를 하거나 용변을 보던 중에 낭패를 본 생도들이 당황해 하고, 그 모습을 지켜보는 나머지 생도들이 깔깔거리며 웃고 있었다. 다행히 나는 옆방 친구 York가 손전등을 빌려줘서 샤워도 하고 용변도 볼 수 있었다. 저녁시간에 많은 태국생도들이 내가 머무는 생활관으로 몰려왔다. 수파킷에게서 배운 몇 안 되는 문구 중 하나인 "폼 뺀 까우리 캅"(저는 한국에서 왔어요.) 이라고 어눌하게 말하니 그들이 환호성을 내질렀다. 이십 명 조금 넘는 생도들을 앞에 두고 태국어로 자기소개를 했다. 수파킷에게 한글 발음으로 적어달라고 부탁했던 종이를 읽으며 '태국에 와서 행복하고 반갑다'는 말로 끝맺자 태국생도들이 열렬히 환호해 주었다. 그들은 본인들이 좋아하는 나라인 한국에서 생도가 와서 매우 기쁘다고 해주었다. 많은 생도들과 손짓 몸짓을 섞어가며 대화를 나누다 보니 피로가 몰려왔다. 여독, 더위, 그리고 빡빡한 일정에 지쳤는데 몸에 땀띠까지 나기 시작했다. 그래도 맛있는 음식을 엄청나게 먹을 수 있는 게 행복했고, 아침만 되면 배를 엄청나게 채울 수 있을 거란 기대에 겨워 밤을 보냈다.

　다음날 아침에도 3학년생도들은 어김없이 게시판을 꾸미고 있었는데, 전날과는 다르게 한국어로 '안녕하세요. 태국에 환영합니다.'라고 적혀 있었다. 그들의 호의가 고마워서 분필을 잠시 빌린 뒤 태국어로 'ขอบคุณครับ(컵 쿤 캅 – 감사합니다)'를 밑 부분에 적었다. 아니 정확히 말하면 그렸다. 서툴게 태국어를 그리는 나를 보며 깔깔대던 그들과 기념사진을 찍고 식당으로 갔다. 1학년생도들은 가방을 머리에 이고 식당 앞 건물을 한 바퀴 뛰어 돌아오는 새로운 얼차려를 받고 있었다. 벨지움 생도들과 반갑게 인사를 나누고 푸짐하게 배를 채웠다. (매 끼니마다 어지간한 뷔페 이상으로 나오는 식사는 세계 어느 사관학교보다도 월등할 것 같다.)

　오전 8시도 안 됐는데 30도를 웃돌아 땀이 줄줄 흘렀다. 생도들이 분열 연습을 하며 학교 설립자인 라마 5세의 동상에 경의를 표하고 학과 출장하는 모습을 지켜봤다. 벨지움 생도들과 버스를 타고 3시간 정도 이동해 태국–캄보디아 국경 지역인 Sra Kaew지역의 부라파 특수임무대(Burapha Task Force) 주둔지에 도착했다. 부대장의 환대를 받으며 부대 소개를 받았는데, 그 부대는 캄보디아와의 국경 지대에서 국경수비, 치안유지 등의 임무와 함께 마약밀매를 막는 임무도 수행하고 있었다. 특임대에서 발견하고 제거한 지뢰들을 전시하고 설명해 주는데, 벨지움 생도들은 지뢰를 처음 본 듯이 신기해했다. 하훈을 하면서 지뢰에 대해 교육 받고 또 직접 실습도 해 봐서 익숙했던 우리는 그들에게 지뢰에 대해 설명해 주었다. 어쩌면 지구상에서 가장 많은 지뢰가 묻혀 있는 곳은 바로 한반도의 DMZ가 아닐까 싶었다. 그리고 북한과 첨예하게 맞서고 있는 우리나라의 안보 현실이 벨지움의 그것과 대비되었다.

땀을 많이 흘린 탓도 있지만, 음식이 워낙 맛있어서 매 끼니마다 밥을 2그릇씩 먹었다. 벨지움 생도들과 자리를 섞어 앉아서 함께 식사를 하며 각자의 생활, 나라의 특징, 개인적인 취미와 특기 등을 주제로 많은 대화를 나누었다. 특히 서로의 학교소개 팸플릿을 보며 설명하다 보니 공감대가 많이 생겼다. 인종과 피부색, 언어도 달랐지만 '사관생도'라는 신분은 우리를 순식간에 하나로 엮어 주었다.

태국과 캄보디아 사람들은 간단한 비자발급을 통해 자유롭게 국경선을 넘나들고 있었다. 수많은 상인들과 외국 관광객들이 분주하게 오가는 국경선 옆에는 엄청난 규모의 시장이 있었다. 몇몇 신발가게에는 전투화도 많이 팔고 있었는데, 죄다 한글 이름이 적혀있었다. '상병 ○○○' 등이 적힌 우리나라의 전투화들이 도대체 어떤 경로로 이곳까지 와 있는 것인지 궁금했다.(바람직한 일은 아닐 거다.)

국경선을 구경하며 서 있는데, 태국군 중위 한 명이 다가와 자기 친구가 한국에 있다고 말했다. 당황해서 멋쩍은 웃음을 짓는데, 문득 수파킷의 친구일 수도 있다는 생각이 들었다. 그 친구의 이름이 뭐냐고 물어보니 한 학년 선배의 이름을 말했다. 좀 더 이야기 해 보니 그 중위는 생도시절에 한국 육사에 교환방문을 왔었기에 우리가 입은 제복을 금방 알아차렸다고 했다. 짧은 대화를 마치고 서로의 행복을 기원하면서 헤어졌다. 세상은 정말 좁은 것 같았다. 처음 만난 사람과 몇 분 안 되는 짧은 시간에 깊은 유대감이 생긴 것도 신기했다. 첫날 공항에서 주한태국무관님께서 "한 번 스쳐가는 인연, 개인과 개인의 친분에서 군사외교가 시작된다."라고 말씀해 주셨던 게 떠올랐다. 태국을 방문하는 동안 만나는 모든 사람들이 한국군에 대해 좋은 인상을 갖도록 행동해야겠다는 책임감이 느껴졌다.

학교에 돌아와 저녁식사까지 1시간 정도 시간이 남아 룸메이트 Heng과 함께 뛰다가 실외수영장에 도착했다. 수심이 2m에서 6m에 이르고 50m 레인이 8개가 있으며 3m, 5m, 10m높이의 다이빙대까지 갖춘 국제표준규격의 훌륭한 수영장에서는 학교 수구팀이 연습을 하고 있었다. 주장생도가 함께하겠냐고 물어보더니 곧바로 수영복을 빌려주어서 순식간에 옷을 갈아입고 물로 뛰어들었다. 수영을 워낙 좋아했기에 그들과 금새 어울릴 수 있었다. 10m 다이빙을 도전해보겠냐고 물어왔지만 단번에 거절했다. 3년 전에 방문한 한국 생도가 다이빙을 하다가 갈비뼈에 금이 갔던 전례가 있기 때문에 더더욱 엄두가 나지 않았다. 대신 3m 높이에서 다이빙하는 것으로 그들의 요구를 뿌리칠 수 있었다.

저녁식사는 부학교장(육군 소장) 주관으로 한국, 태국, 벨지움 장교 및 생도들이 함께 했다. 부학교장 부인은 육군 대령으로 육사교수이기도 했는데 한국장교와 생도들이 학교에서 따로 영어를 배우냐고 물었다. 그래서 우리의 EIC를 포함한 영어교육과정에 대해 설명해 드리자 태국 육사에는 그런 과정이 없는데 많이 부럽다고 했다. 벨지움 인솔 장교는 레바논에서 유엔평화유지활동을 할 때에 한국 군인들과 함께 근무하며 자주 어울렸다고 했다. 세계 곳곳에서 우호를 쌓아가는 우리나라 사람들이 자랑스러웠고 대한민국의 위상이 더욱 높아지기를 진심으로 바라는 한편, 서로 준비해 온 기념품을 주고받으며 즐거운 시간을 보냈다.

벨지움 생도들이 그들의 생활관으로 우리를 초대해 노트북으로 벨지움 사관학교의 각종 사진을 보여주며 이야기를 나눴다. 벨지움 사관학교는 생도들을 모로코로 보내서 사격, 전술, 생환훈련 등을 받게 했다. 특이하게도 학교 정원의 10% 정도는 에티오피아, 가나 등의 아프리카에 있는 나라에서 온 생도들로 구성되었다. 사진으로 보여준 여러 훈련 중에 팀 단위 장애물 극복훈련이 특히 인상적이었다. 4~6명의 생도가 한 팀이 되어서 20여 가지의 장애물을 정해진 시간 내에 극복하는 훈련이었다. 실제 전장에 있을 법한 험한 장애물을 극복하며 체력, 협동성을 기를 수 있다는 측면에서 우리가 받은 유격훈련과 순환식 체력단련 수업의 단편적인 장애물극복훈련보다 훨씬 실질적이고 발전되어 보였다. 사격훈련은 상당히 자유로운 분위기에서 25m, 50m 등 짧은 거리에 표적을 놓고 했는데 먼 거리(50m, 200m, 250m)의 표적을 사격하는 우리의 그것과 차이가 있었다.

사실 대한민국과 벨지움이 전략적인 이해관계에 속하지는 않고 군사교류도 별로 없지만, 벨지움은 6·25전쟁 당시에 연 인원 3,500명(106명 전사)을 파병한 우리의 오랜 우방국이었다. 그리고 유럽연합의 본부가 벨지움의 수도 브뤼셀에 있을 만큼 유럽에서 차지하는 비중도 작지 않았다. 그런 그들과 공감대를 쌓고 있는데 태국 생도들이 라면과 조리 기구를 들고 찾아왔다. 대화 주제는 자연스럽게 태국 사관학교의 생활로 옮겨갔다. 군사훈련 중에서 시가전 훈련과 전차 등의 중장비를 다루는 훈련 그리고 UH-60을 이용한 헬기 레펠 등 한국에서는 하지 않는 훈련에 눈길이 갔다. 한국 육사의 이야기까지 풀어놓으며 새벽 3시가 넘도록 대화했다.

이튿날은 태국의 공휴일이어서 태국생도들도 함께 견학 다닐 수 있었다. 방콕의 15km에 북쪽에 있는 야유타야 지방(Ayudthaya Province)[5]에는 태국 육사의 설립자이기도 한 라마 5세의 궁전이 있었다. 라마 5세는 유럽, 아시아 등에서 많은 문물을 들여와 일대 개혁을 일으켰고, 태국인들에게는 신과 같은 존재로 여겨진다. 그런 만큼 화려하게 지어진 궁전을 경건한 마음으로 둘러보기에는 38도의 날씨가 너무나 가혹했다. 궁전 근처에 있는 왕립 수공예전시관에서는 귀국해서 중대원 모두에게 선물할 기념품을 샀다. 그런데 버스의 에어컨이 고장 나서 돌아오는 내내 의도치 않은 찜질을 해야만 했고, 탈수증세로 인해 심한 현기증까지 찾아와 저녁식사를 먹고 일찍 잠자리에 들었다.

다음날, 벨지움 생도들은 우리에게 아쉬운 마음을 전하며 작별하고 본국으로 돌아갔고, 우리는 외부일정 없이 학교 내부를 견학했다. 학교 박물관에서 학교 소개 동영상을 보고, 태국육군의 역사와 사관학교 역사를 둘러본 뒤 수업을 받는 교실과 각종 실습실을 거닐었다. 현재 육군대장인 태국의 공주가 중위 때부터 생도들에게 역사과목을 가르쳐 온 사진이 흥미로웠다. 학교본부의 접견실에서는 시원한 에어컨 바람을 쐴 수 있어서 행복했다. 방콕에서 벌어진 소요사태로 인해 학교장은 주요지휘관회의에 참석하고, 얼마 전 함께 저녁식사를 했던 부학교장이 우리를 맞이했다. 부학교장은 한국육사의 영어교육 제도를 칭찬하며 태국 장교들에게 연구해 보라고 지시하기도 했다. 우리는 한국생도들이 멋지게 분열하는 모습이 담긴 사진을 기념품으로 드렸다.

---

5) 태국은 역사적으로 수코타이, 아유타야, 톤부리, 차크리 왕조 순서로 4개의 왕조가 있었다. 현재는 차크리왕조 시대인데, 아유타야는 아유타야 왕조(1350~1767) 시대의 수도였다.

육사 바로 옆쪽에는 '예비사관학교'가 있었다. 육해공군 및 경찰 사관학교에 가고자 하는 중학생들을 선발해 3년 동안 교육하는 고등학교다. 태국의 모든 사관생도들은 예비사관학교에서 3년을 거쳐야만 사관학교에 갈 수 있었다. 즉 3년의 예비사관학교 과정과 4년의 정규 사관학교 과정을 거쳐야만 장교가 될 수 있는 거다. 사회적 위상이 높은 태국의 현실을 반영하듯이 예비사관학교의 경쟁률은 900:1에 육박한다고 했다.(귀국해서 예비사관학교 1학년 생도들과 찍은 사진을 수파킷에게 보여 주자 본인의 과거를 회상하며 아주 즐거워했다.)

주말이 되자 1학년 생도를 제외한 생도들은 모두 외박을 나갔다. 그들이 외박에서 복귀할 때면 한국으로 떠났을 시간이었기에 작별인사를 나눠야 했다. 4명의 생도가 찾아와서 티셔츠와 배지 그리고 곰 인형 등을 선물로 줬다. 나도 우리 학교의 티셔츠와 기념품을 그들에게 주며 아쉬움을 달랬다. 적막해진 학교에 남은 5명의 태국안내생도는 수송부에 전화해서 병원에 간다고 거짓말을 하고 학교의 관용트럭을 불러냈다. 그들과 함께 트럭 짐칸에 올라타고 시원한 바람을 맞으며 학교 관광객들이 머무는 놀이공원으로 갔다. 학교가 워낙 넓어서 트럭을 타고도 한참을 이동한 뒤 서바이벌 게임장에 갔는데 반갑게도 한국 예비군의 전투복이 걸려있었다.(도대체 어떻게 우리나라 전투복들이 이곳까지 오게 되었는지 궁금하다.)

나는 오뚜기 부대 8사단의 전투복을 입고, 페인트 탄을 장착하고 전투에 돌입했다. 페인트 탄을 맞으면 억 소리가 날만큼 아팠다. 20분 넘는 전투가 끝나고 서로의 등, 허벅지, 엉덩이 등에 든 멍을 보며 즐거워했다. 그와중에 Heng은 목젖 부근에 총을 맞아서 목이 시퍼렇게 부어올라 있었다. 몇 달 뒤에 이 친구들이 한국에 왔을 때 어떻게 챙겨줘야 할지 고민될 정도로 재미있는 시간을 보냈다. 뜨거운 햇살 아래 살랑대는 바람을 만끽하며 여유를 즐기다가 다시 트럭을 불러내서 생도대로 돌아왔다.

방콕은 하루 전날 반정부시위대 지도자가 인터뷰 도중에 저격당해 사망한 사건으로 인해 근교 16개 주에 비상사태가 선포된 상태였지만, 우리의 일정은 변함없이 진행되었다. 1년 전에 수파킷과 함께 갔던 왕궁에서는 공식관광가이드의 안내를 받으며 설명을 들었다.

안내생도 중에서 영어를 가장 잘하는 Plu는 소위 엄친아였다. 그의 할아버지는 6·25전쟁에도 참가하기도 했고, 태국 국방부장관을 지냈다. 할머니도 육군 장성이었고, 아버지는 방콕 국왕경비연대장이었으며(육군준장), 어머니는 아시아에서도 인정받는 태국 최고의 명문대학 출라롱컨 대학교의 유명한 교수이자 연예인이었고, 동생은 의무장교후보생이었다. 방콕 시내에 있는 Plu네 가족의 저택에는 게스트하우스가 있을 정도였다. 그곳에서 그의 가족이 융숭한 식사를 대접해 주었다. 굉장한 카리스마를 뿜어내는 그의 아버지뿐만 아니라 태국의 유명연예인과 함께 식사를 한다는 사실이 신기했다. Plu의 아버지는 소요사태로 인해 식사만 간단히 하고 자리를 뜨셨다.(그날 오후 방콕 시내에서 폭탄이 터져서 17명이 죽고, 150여 명이 부상당했다.)

속도감 있고 스릴 넘치는 이동수단인 뚝뚝을 타고 도착한 자뚜짝 시장(Jatujak Market)에는 굉장히 많은 사람이 있었고, 화려한 상점이 즐비한 거리에는 한국가요 콘테스트가 벌어지고 있었다. 실제로 태국에서 한류의 힘은 엄청났다. 연예인들은 한국식 이름으로 개명을 해야 인기가 있고, 청소년들도 한국에서 유행하는 패션을 따라한다고 했다. 마치 명동거리에 온 것처럼 익숙한 풍경에 한국인의 자부심을 느낄 수 있었다.

밤 11시가 되어 학교로 돌아왔는데 단수로 인해서 물이 전혀 나오지 않았다. 하루 종일 땀에 절고 1주일 동안 생긴 온몸의 땀띠 때문에 어떻게든 씻어야만 했다. 때마침 야외수영장에는 물이 많다는 이야기가 나왔고, 우리는 활짝 웃으며 마음을 모았다. 2명의 한국생도와 5명의 태국생도는 각자의 수건을 챙겨들고 수영장으로 갔다. 어두컴컴한 수영장 한 편에 옷을 벗어놓고 알몸으로 수영장에 뛰어들었다. 몸에 아무것도 걸치지 않아서 느낌이 묘했지만 땀 기운을 씻어내니 기분이 좋았다. 다이빙대에서 뛰기도 하고, 잠수시합도 하면서 한데 어울렸다. 원래는 물만 적시고 나오려했는데 비누를 가지고 온 친구의 유혹에 못 이겨서 온몸에 비누칠을 하고 다시 물속으로 뛰어들어서 몸을 씻어냈다.(평생토록 태국에서, 늦은 밤에, 수영장에서, 발가벗은 채로 샤워 할 일은 아마도 없을 거다.)

수영장에서의 누드 샤워를 마치고 돌아와 태국생도들이 만든 뽀글이를 나눠먹었다. 한 친구가 내게 '두리안'을 먹여 줬는데 표정이 일그러지는 걸 보고 얄밉게 웃어댔다. 세계에서 손에 꼽히도록 맛있다는 과일인 두리안은 정말 미안하게도 음식물 쓰레기 맛이 나서 씹지도 못하고 뱉어버렸다. 코를 부여잡고 눈물 흘리는 내 모습을 보며 태국생도들은 배를 잡고 쓰러졌다.

태국에서의 마지막 밤, 얼굴도 많이 타고 온몸의 땀띠가 괴로워서 시원한 바람이 부는 한국이 그리웠지만, 태국어 특유의 재잘대는 듯한 소리와 태국 사람들의 순박한 미소가 참 좋아졌다. 끝이 보이지 않을 정도로 드넓게 펼쳐진 광막한 풍경도 어느새 익숙해졌다. 하루 뒤면 한국으로 돌아가야 한다는 사실이 많이 아쉬웠다.

다음 날, Plu의 어머니가 설립위원이기도 한 과학박물관을 견학하고 주태국 한국무관님과 식사를 했다. 자리에는 태국 지휘참모대학에서 교육받는 육사 선배 한 분과 해군 소령 한 분이 함께했다. 지난 1주일의 기억을 잘 간직하고 생도생활을 알차게 마무리하라는 무관님의 조언을 끝으로 공식 일정이 모두 끝났다.

수완나폼 공항으로 가는 길에 헬리콥터가 여러 대 떠다니고, 군과 경찰이 긴장된 모습으로 경계하는 모습이 곳곳에서 보였다. Plu는 아버지의 말을 빌려 반정부시위가 극단으로 치닫는 중이라 했다. 다행히 공항에 별탈 없이 도착했고 몇 개월 뒤 다시 만날 것을 기약하며 떠나왔다.(방콕에서 들렀던 쇼핑몰이 2일 뒤에 반정부시위대의 방화로 불타는 모습을 신문으로 본 것은 안타까운 일이었다.)

밤새 비행기를 타고 돌아온 화랑대, 생도들은 변함없이 지내고 있었다. 밀린 학업과 산적한 과제들을 해결하고 태국사관학교방문에 대한 결과보고서를 작성하면서 한동안 정신없이 시간을 보냈다. 언제 태국을 다녀왔냐는 듯이 어느새 일상으로 돌아와 있었다. 불과 1주일 만에 이방인이 된 느낌이 들만큼 특별하고 소중했던 CRMA에서의 시간은 평생 잊어서도 안 되고, 잊히지도 않을 거다.

그 시간은 대한민국 육사생도로서 제복을 입고 태국 곳곳을 거닐 수 있어서 영광이었고, 태국과 태국 군에 대한 이해를 높일 수 있었고 견문도 넓힐 수 있는 소중한 시간이었다. 1950년 6·25전쟁 당시에 아시아 국가 중 가장 먼저 군사 지원을 결정하고 육해공군을 파병한 우리의 오랜 우방국을 방문하는 것 자체로도 의미 깊었다. 친하게 지내던 태국 수탁생도들의 고향에 찾아갈 수 있는 기회를 준 학교와 대한민국에 감사했다. 새삼스럽지만 곁에서 함께하는 동기들과 분대원 그리고 대한민국 사관생도들이 가장 소중한 존재라는 것을 느꼈다. 다른 나라 사관생도들에게 뒤지지 않는 실력과 인격을 기르는 것은 이후의 과제였다.

태국생도에게 선물로 받아온 곰돌이 인형을 생활관에 놓으니 규태와 수현이가 놀려댔다. 특히 규태는 "어린애도 아니고 뭐 이런 거를 다 받아 오냐."며 찡찡거리더니 갑자기 인형 하나를 냉큼 가져가서는 매일 밤 껴안고 잤다. 매일 저녁 공부할 때에도 가슴팍에 폭 껴안고 공부했다. 곰돌이 한 마리는 영영 규태의 단짝이 되고 말았다. 서로를 껴안기에는 부담스러웠던 우리는 각자의 인형을 껴안고 남은 1학기를 보냈다.(규태는 여전히 찡찡거린다.)

제 0 4 화

흐르는 강물처럼

1학년생도들이 생도생활에 차근차근 적응해 가고 분대장생도들과 즐겁게 지내는 모습을 볼 때면 언제나 뿌듯했다. 간혹 적응하기 힘들어하고 표정이 어두운 1학년생도가 있을 때에는 직접 찾아가 이야기를 하거나 메일을 활용해 고민을 상담해 주었다. 그리고 그가 부담되지 않는 선에서 분대장생도 혹은 기훈파견근무를 함께했던 동기들과 의논해서 도움이 되고자 했다. 몇몇 중대에서는 학교생활을 포기한 1학년 생도가 집으로 돌아간 경우도 있었지만, 다행히 우리 중대에서 학교를 나가겠다는 생도는 없었다.

기훈을 시작한 지 100일째 되는 날이 있던 주의 토요일에는 100일을 기념하는 시간을 가졌다. 기파생도들과 1학년 생도들이 축구와 피구 등의 운동을 하고 짜장면을 시켜 먹으며, 기훈 때는 차마 하지 못했던 가슴 속 이야기들을 실컷 나누고 웃으며 뜻깊은 시간을 보냈다.

1학기 체육수업 때는 태권도와 테니스를 배우게 되었다. 1, 2학년 시절에 태권도 수업을 할 때는 동기들과 장난을 치고 요령을 부리다가 얼차려도 많이 받았지만, 검은 띠를 따고 나서부터는 어떤 책임감 같은 게 생겨서인지 수업시간마다 최선을 다했고, 교관님께서도 우리를 혹독하게 통제하는 일이 없었다. 4단 이상의 월등한 실력을 가진 동기들의 발차기와 품세는 일품이었고, 그들을 통해 부족한 부분을 채워갔다. 한편, 아직 1단을 취득하지 못한 장미반 동기들(속칭 레드워리어 혹은 장미반)은 학기말에 있을 승단심사를 위해 열심히 노력했다.

테니스 수업은 약 20여 개의 테니스 코트가 깔끔하게 꾸려진 갈매리 테니스장에서 했다. 많은 생도들은 임관 이후에 체육, 복지시설이 열악한 전방부대에서도 쉽게 할 수 있는 테니스를 배우고 싶어 했다. 기초부터 차근차근 배울 수 있을 뿐 아니라 다른 체육수업들에 비해 레저에 가까운 테니스 수업은 워낙 인기가 많았다. 하지만 중대별로 수업인원이 정해져 있어서 경쟁도 치열했다. 모두가 승복할 수 있는 사다리 게임에서 테니스 수업에 선발되어서 권투수업을 비껴갈 수 있었던 것은 큰 축복이자 행운이었다.

5월의 어느 날, 2대대 중앙현관에는 졸업사진 촬영실이 꾸려졌다. 중대 순서대로 생도정복과 예복 그리고 학사복을 입고 졸업앨범에 실릴 개인사진을 찍었다. 학사모를 쓴 서로의 모습을 낯설어하면서도 졸업한다는 게 실감나지 않았다. 사진을 찍고 생활관으로 돌아가는 길에 졸업을 하면 집과 다름없이 정든 화랑관을 떠나야 한다는 사실을 깨닫자 한참 들떠 있던 마음이 사라지고 가슴이 덜컥 내려앉았다. 그 마음을 아는지 모르는지 1학년생도들은 졸업사진 찍은 것을 축하한다며 신나했다. '녀석들… 너희하고도 헤어져야 하는 건데….'

저녁에는 의류업체에서 학교로 찾아와 임관하며 받게 될 장교정복과 근무복의 치수를 측정했다. 곁에서 지켜보시던 훈육관님께서는 살이 많이 쪄서 임관식 때 옷이 맞지 않아 곤란에 빠졌던 선배들의 사례를 들려주시곤, 뱃살이 찌는 것을 특히 주의하라고 말씀하셨다. 그런 의미에서 화랑관에서 뽀글이를 먹다 걸리면 가차 없이 징계를 주겠다는 엄포도 함께 내리셨다.

매년 봄에 하게 되는 정기체력검정에서 몇몇 동기생이 졸업기준으로 정해진 특급을 받지 못했다. 몇 차례의 추가검정에서도 특급을 달성하지 못한 4학년 생도들에게 화가 나신 7중대 훈육관님께서는 7중대 4학년 불합격자들을 그대로 두지 않으셨다. 매일 반성문을 쓰는 것 말고도 몇 가지가 있었는데, 완전군장을 메고 당직근무를 하게 한 것은 매우 파격적인 것이었다. 중대원 앞에서 완전군장을 멘 채로 아침점호를 주관하는 것은 후배생도들을 보기에도 민망한 일이었다. 7중대의 이야기는 순식간에 생도대 전체의 화젯거리가 되었고 당사자 중 몇몇은 깊은 회의에 빠지기도 했다. 그들을 위로하는 많은 생도들은 훈육관님께서 너무 과도하신 것 같다며 혀를 내찼다. 어느 날, 아침 점호가 끝나고 분대원들과 함께 식당으로 가는데 7중대 현관에서 낯익은 실루엣이 완전군장을 메고 점호를 주관하고 있었다. 우리 동기회장, 내 친구 병욱이였다. 그는 이불 밖은 위험하다고 그렇게 강조하며 지내더니 '아슬아슬한' 차이로 특급을 받지 못했다. 불합격한 스트레스도 클 텐데 더 큰 스트레스를 받고 있을 그가 많이 안쓰러웠고, 그날 저녁에 분대 1학년 상민이와 형순이를 데리고 7중대로 놀러가서 병욱이를 실컷 놀려주고는 얼른 도망쳐 나왔다.

중간고사가 끝나고 나서는 계획대로 '생도의 날 축제' 기간이 시작됐다. 원래대로라면 초청가수의 공연을 즐기고 파트너와 가든파티를 하는 일정이었지만, 천안함 폭침사건으로 인한 안보위기상황 때문에 축제는 조용하게 진행되었다. 이틀간 열린 체육대회에서 줄다리기 종목은 덩치가 압도적으로 컸던 8중대에 1차전에서 무릎을 꿇었다. 축구는 준결승에서 패배해 4위에 머물렀다. 농구와 발야구 등의 종목에서도 좋은 성과를 내지 못했지만, 단체계주에서 중대장생도인 주형이의 큰 활약으로 우승했고 마치 종합우승이라도 한 것처럼 중대가 한바탕 광란에 빠졌다.

중대별로 선발된 1개 소대가 완전군장으로 달리며 장애물을 극복하는 대회도 열렸다. 예년에는 없었던 대회의 계획이 전해졌을 때 듣기만 해도 힘든 대회에 참가하는 것을 꺼려졌다. 체력이 강한 생도들이 유독 많이 모여 있던 3소대가 궂은일을 도맡게 되었고, 중대에서는 3소대가 한 달 동안 식당에 가장 먼저 들어가게 해주고, 중대검열을 두 번이나 면제해주는 등의 파격적인(?) 대우를 해 주었다. 3소대는 중대원의 열렬한 지지와 응원 속에 2등의 성적을 거두며 사기를 한층 끌어올렸다.

전체적인 행사가 조용하게 진행되었지만, 생도생활에서 며칠 안 되는 축제기간을 원 없이 즐기고자 중대에서도 많은 준비를 했다. 기훈 때부터 개그맨 역할을 도맡아서 동기들에게 인기 있고 중대의 문화체육을 담당했던 경태, 학교의 각종 축제와 공연의 아나운서를 맡아온 문한이, 3학년 유격훈련 때 커건(커피와 건빵)을 개발했던 장본인이자 그때그때 상황에 따라 터지는 기발한 유머로 주변사람들을 배꼽 잡고 웃게 해주는 지승이 등 끼가 넘치는 동기들이 힘을 모으고 재능을 마음껏 뽐냈다. 중대원들이 한데 어울려 게임을 하고 웃으며 매일 밤을 뜨겁게 보냈다. 자정이 가까워 중대 행사가 끝나고 생활관에 돌아와서는 소대의 1, 2, 3, 4학년이 모두 모여서 자체 올림픽을 했다. 마침 우리 소대는 4층에서 생활했기 때문에 복도의 문을 닫으면 쉽게 들키지 않고 놀 수 있었다. 게다가 축제기간에 학년에 상관없이 반말을 하는 '야자'를 분대가 아니라 소대 모두를 대상으로 했기 때문에 격의 없이 어울렸다. 발가락에 동전을 끼고 멀리 던지는 시합을 하고 테니스 공을 이용해 볼링을 하고, 숨바꼭질과 베개싸움을 하는 등 둘도 없이 즐거운 시간을 보냈다.

분대원들과도 함께 다니며 탁구를 치고 분식을 먹고 한 생활관에 모여 영화 보면서 더욱 친밀해졌다. 2, 3학년들과는 1학년들을 빼놓고 몰래 뽀글이도 만들어 먹었다.(뽀글이에 있어서만큼은 1학년들의 순수성을 아직은 보호해줘야 했다.)

체육대회가 끝나자 목발을 짚거나 깁스를 하고 있는 생도들을 여기저기에서 볼 수 있었다. 그뿐만 아니라 기흉(폐에 공기가 차는 증상)으로 인해 병원에 실려 가고, 유도수업 중에 허벅지 대퇴골이 골절되는 증상을 입은 동기도 생겨났다. 누군가 다쳤다는 소식이 전해지면 분위기가 스산해졌고 마음이 많이 아팠다. 각자가 자기의 몸을 돌보고 서로를 지켜주는 것 말고는 왕도가 없었다.

기말고사 직전에는 미국육사 2학년 과정을 모두 마치고 휴가를 받은 상원이가 한국으로 돌아왔다. 그는 미 육사의 제복을 입은 당당한 모습으로 학교를 찾아와 훈육요원들과 동기들에게 인사를 나누었다. 그의 가슴 한쪽에는 우등생을 뜻하는 별이 반짝거리고 있었다. 그 주말에 외박을 나가서는 병욱이와 경준이 그리고 상원이와 함께 찜질방에 가서 밤새 놀고, 다음날 아침에는 설렁탕을 먹으며 그간 못 했던 이야기와 추억을 실컷 나누었다. 아직 2학년밖에 되지 않은 상원이는 어느새 가장 높은 학년이 된 우리를 많이 부러워했다. 병욱이는 우리에게 경례를 똑바로 하지 않는 상원이를 계속 나무라는 한편, 3학년 생활을 시작하게 될 그를 응원해주었다.

굳이 1, 2, 3학년 생활과 비교하지 않더라도 4학년 생활은 유독 빨리 지나가는 것 같았다. 마치 흐르는 강물처럼 시간이 순식간에 흐르는 가운데 뜨거운 여름이 우리를 향해 성큼성큼 다가왔다.

제 0 5 화

화랑의 뜨거운 여름 4-1

기말고사를 치르기 2주 전에는 태어나 처음으로 마라톤 하프코스에 도전해서 완주해냈다.(그리고는 1주일 동안 끙끙 앓아야 했다.) 생도들 중에는 1, 2학년 때부터 마라톤 풀코스, 42.195km를 완주한 생도들이 많았는데, 3시간대에 들어오는 엄청난 동기도 있었다. 또한 격투기, 권투 등의 대회에 참가하는 등 각자의 특기를 살려 다양한 활동에 참가하는 생도들도 많았다. 주어진 생활 이외의 목표를 설정하고 그것을 달성하기 위해 나아가는 모습은 서로에게도 긍정적인 영향을 주며 영감과 열정을 불러일으켰다.

기말고사를 치르기 전에 '하훈이 역대 급으로 힘들 것'이라는 훈육관님의 말씀에 잔뜩 긴장했다. 졸업 이후의 앞날에 대해서도 막막하던 중에 서점에서 『삶이 네게 해답을 가져다 줄 것이다』라는 시집(김용택 엮음)이 눈에 들어왔고, 마음에 위안이 돼 주었다.

하훈을 앞두고는 스스로를 더욱 채찍질하고 동기들을 위해 봉사하겠다는 뜻을 품고 1중대장생도 직책에 지원했다. 훈육관님의 면접을 거쳐서 중대장생도가 되었고 다른 동기들과 중대본부를 꾸렸다. 1년 전 하훈 때에도 함께했던 이호형 훈육관님께서 또다시 우리를 지도하게 되었다. 우리의 성향과 역사를 워낙 잘 알고 계신 분이어서 왠지 작년의 기억이 반복될까봐 걱정되었지만, 대다수 동기들이 완숙한 모습으로 하훈을 준비하면서 그 우려를 씻어낼 수 있었다.

4학년 때에는 국토순례와 3군 사관학교 교환방문행사 없이 기말고사 이후에 곧바로 군사훈련을 시작했다. 8주 동안 이어질 하훈의 첫 주차에는 학교에 머물면서 부대이동대형훈련과 개인화기사격훈련을 하고, 2주차부터 5주차까지는 전라남도 장성의 보병학교에서 중대 대대 전술과 대침투작전을 배우고, 6주차에는 강원도 양구 지역에서 100km행군을 한 뒤 7, 8주차에는 강원도 인제 부근에서 KCTC훈련을 받게 되었다.

후배생도들이 국토순례를 위해 학교를 떠나고 텅 빈 화랑관을 지키며 1주일 동안 여유롭게 훈련을 받았다. 교육대에서는 이번 하훈의 초점을 100km 행군완주와 KCTC훈련 수료에 초점을 맞췄고, 적어도 지난 4년간 유래가 없었던 극단적인 체력단련 프로그램을 구성해 우리를 혹독히 몰아갔다. 4학년답게 모범적으로 군장검사를 끝내고 분대원들과 작별인사를 나눴다. 주말에 도착한 전라남도 장성의 육군보병학교는 변함없이 아늑한 모습으로 우리를 반겨주었다.

중대 대대전술 수업 때 필요한 교범도 많았지만, 개인별로 이십여 장의 군사지도와 지도보다 많은 수의 아스테이지가 필요했다. 수업준비를 총괄하는 대대정보과장생도가 많이 고생했지만 지휘근무를 맡지 않은 동기들이 그를 도와주는 훈훈한 모습도 볼 수 있었다.
중대 대대전술의 이론은 보병학교의 교실에서 수업 받았고 공격 방어 실습과 대침투작전은 동백훈련장에서 생활하면서 훈련 받았다. 동백훈련장은 1년 전에 유격훈련이 끝나고 복귀행군을 출발하기 전에 잠시 머물렀던 곳이다. 버스에 올라 우리 몸에서 나는 역겨운 냄새 때문에 코를 막았던 병사와의 일이 떠오르며 감정을 잘 조절해야겠다고 다시 다짐했다.

3번의 하훈을 거치면서 잔뼈가 굵은 우리는 무난하게 훈련에 임했다. 중대전술은 소대의 이론과는 또 다른 내용들이 있었고, 지휘하는데 있어서 신경 써야 할 게 훨씬 많았지만 기본적인 틀은 다르지 않았다. 동백훈련장은 1년 전 소대전술훈련을 했던 함평훈련장보다 고도가 훨씬 낮아서 육체적인 고통이 덜했고 밤샘훈련도 그리 힘들진 않았다.

국지도발훈련은 지상이나 해상으로 침투한 적이 더 이상 활동하지 못하도록 기동로를 차단하고 그들의 흔적을 수색해서 격멸하는 작전을 포함하고 있었다. 교육을 받으며 어린 시절에 나라를 떠들썩하게 했던 강릉무장공비 침투사건이 떠올랐다. 대남침투를 전문으로 하는 북한 특수부대의 무기와 장비, 침투 양상 그리고 비트를 파고 숨는 방법 등에 대한 내용을 배우고, 그들의 침투에 대응하기 위한 우리 군의 교리를 익혔다. 훈련장 주변의 구릉과 지동저수지 등의 지형을 활용해 작전계획을 수립하고 쌍방으로 훈련했다.[6]

동백훈련장의 시설은 100명이 샤워기 6개를 써야 하고, 50여 명이 묵는 생활관의 창문이 너무 작아 환기도 제대로 되지 않는 등 매우 열악했다. 개인 공간은 옆으로 채 1m도 되지 않아 주변 동기들과 부대껴야 했지만, 다투는 일이라곤 찾기 힘들었고 서로 의지하며 즐겁게 생활했다. 단지, 어

....

6) 2015년 4월 28일, 육군3사관학교를 졸업하고 임관한 소위 2명이 초등군사반 교육의 일환으로 국지도발훈련을 하던 중에 지동저수지에 빠져 운명을 달리했다. 5명이 조를 이뤄 훈련하던 중에 보다 실전적인 전투를 위해 아무도 예상하지 못한 저수지를 통해 수중침투를 하다가 사고를 당하고 말았다. 이 글을 빌어 그들의 명복을 빈다.

마어마하게 큰 소리로 코를 고는 동기들보다 먼저 잠들 수 있느냐 없느냐가 관건이었다.

교육대장님을 비롯한 훈육관님들의 최대 관심은 6주차에 있을 100km 행군이라 해도 과언이 아니었다. 함께 보병학교에서 교육을 받는 3학년 생도들이 여유롭게 축구를 하고 놀고 있을 때에도 우리는 혹독한 체력단련 훈련을 받아야만 했다. 동복유격대에 새로 지어진 생활관 건물에서 에어컨바람을 쐬며 유격훈련을 받는 3학년 생도들에게 상대적 박탈감이 느껴지기도 했다. 학기 중의 순체 수업을 통해 명성이 드높았던 이용만 교관님께서는 우리의 체력을 높이기 위해 혼신의 힘을 다하셨고 그만큼 우리의 혼은 빠져나갔다.

수업이 끝나면 보병학교 앞 광장에 가방을 모아놓고 남생도들은 위통을 벗고 여생도들은 티셔츠를 입었다. 그 자리에서 준비운동을 하는 동안 환자생도들이 가방을 트럭에 실어서 생활관으로 가져갔다. 체력단련을 시작하기도 전에 땀에 흥건하게 젖은 채, 끝날 줄 모르는 코스를 따라 뛰었다. 포병학교 실습장을 지나고 산속으로 들어가 상무대를 둘러싼 울타리를 따라 계속 뛰었다. 내리막은 뵈지도 않고 계속되는 오르막길을 따라 뛰며 태청산 자락을 훑고 산 너머에 가서야 아스팔트 도로로 내려올 수 있었다. 거기서 다시 생활관 건물까지 뛰어야 했다. 터질 것 같은 심장과 헐떡이는 가슴을 부여잡고 힘이 다 빠진 다리를 휘저으며 언덕을 넘어 뛰고, 뛰고 또 뛰었다. 내리막길에서는 아예 고개를 뒤로 젖히고 중력과 관성에 몸을 맡겼다. 그렇게 10km 정도의 산악뜀걸음을 하고 나면 본격적인(?) 체력단련이 이어졌다. 공수와 유격훈련의 체력단련체조와 비슷한 프로그램들을 따라 하다보면 정신이 멍해지기도 했다. 다행히 얼차려가 아니라 '과학적'으로 개발된 동작들이어서 정해진 횟수만큼만 했기에 버틸 수 있었다. 용만 교관님께서(우리끼리 있을 때는 그를 용만이 형이라고 불렀다.) 유독 강조하시던 '과학적'인 체력단련이 끝나면 맨발로 운동장을 2바퀴씩 걸었다. 행군 도중에 물집이 생기지 않도록 우리의 발을 곰발바닥처럼 만들겠다는 목적이었다. 식당에도 맨발로 걸어가서 저녁밥을 먹었고, 남생도들은 반바지 하나만 입은 채 식사하는 경우도 다반사였다.

오며가며 우리의 체력단련을 보게 된 보병학교 간부들은 혀를 내두르는 한편으로 우리를 격려해 주었다. 바비큐를 만들어버리겠다는 듯이 이글거리는 태양과 아스팔트에서 올라오는 뜨거운 기운으로 인해 쓰러질 법도 했지만 우리의 '살아남겠다'는 처절한 몸부림을 꺾기엔 역부족이었다.

저녁식사를 하고 샤워까지 끝내면 몸이 녹아내리는 것 같았다. 하지만 다음날 수업 때 제출해야 하는 과제와 치러야 하는 시험이 끊이지 않아서 곧바로 쉴 수 있는 경우는 거의 없었다. 중대본부 생도들은 보병학교에 도착하자마자 훈육관님의 특별지시로 자습실 한 곳을 'War Room'으로 꾸미며 KCTC훈련을 준비했다. 화이트보드에 지도를 붙이고 미리 주어진 공격 방어 명령을 분석해서 중대명령을 작성하며 4개 소대를 어떻게 운용할 것인지를 구체적으로 토의했다. 작전지역의 군사지도를 보며 지형의 특징을 요약한 자료를 만들고, 그것을 동기들에게 나눠 주기도 했다. 그런데 2년 동안 배운 소대 중대전술을 실제로 작전을 위해서 적용하는 것은 암기를 넘어서는 또 다른 차원의 문제였다. 훈육관님은 우리가 '전부' 알고 있다고 생각하셨는지 능력을 초과하는 많은 임무를 부여하셨다.

다른 동기들은 모두 잠든 시간에 중대본부 생도들과 워룸에서 교범을 읽고 지도를 보며 전술을 연구했다. 내가 세운 작전계획으로 우리 중대가 실제훈투를 한다는 사실은 큰 압박이었다. 늦게까지 머리를 짜내 만든 전투계획은 훈육관님의 반박질문을 넘어설 수 없었고 계속해서 퇴짜를 맞았다. 그러기를 열 번도 넘게 반복하다 보니 결국 의욕과 자신감이 바닥에 떨어지고 몸도 마음도 죄다 지쳐버리는 순간이 찾아왔다. 그냥 모든 것을 내려놓고 동기들의 틈으로 들어가 버리고 싶었다.

하지만 스스로 원해서 맡은, 하고 싶어 했던 동기들을 대신해서 맡은 중대장생도의 직책이었다. 훈육관님께 탈탈 털리고 나면 어깨를 감싸주며 위로해 주는 친구들이 지켜보고 있었다. 직책에 대한 책임감과 동기들의 따뜻한 우정이 마지막 끈을 붙잡게 했다. 그 순간 생활관 한편에 놓인 시집의 제목 『삶이 네게 해답을 가져다 줄 것이다』라는 문구는 '도대체 무엇을 위해 이렇게까지 나를 혹사시켜야 하는 걸까?'라는 질문을 스스로에게 던지며 깊이 가라앉은 나를 단번에 일으켜 세웠다. 비록 당장은 무너지고 깨지더라도 어쩌면 삶이 그 해답을 가져다 줄 거다. 잘해야겠다는 욕심과 작전을 제대로 만들어보겠다는 의욕을 내려놓고 다가오는 어떤 풍파도 버텨보기로 했다. 신기하게도 마음이 한결 편해지면서 집중력도 전보다 더 높아졌다. 그리고 거침없이 내달리는 기상으로 KCTC훈련을 향해 나아갔다.

교육대에서는 굶주린 우리를 위해 매일 저녁마다 간식을 주었다. 이온음료수를 마시거나 아이스크림을 먹으며 기뻐하는 게 일반적인 하훈의 모습이었다. 1학년 때는 깐포도와 황도를 선택한 교육대 간부들을 존경하며 극도의 행복을 느끼기도 했다. 그런데 이번 하훈 때는 주먹보다 크고 색깔마저 화려한 파프리카가 하나씩 주어졌다. 안 그래도 PX에 갈 시간이 없어서 굶주려있는데, 초코바도 아니고 파프리카라니…. 손에 쥔 파프리카를 가만히 쳐다보고 있자니 당황을 넘어서 당혹스럽기까지 했다. 볼멘소리가 여기저기서 들리고 생도들의 불만도 높아갔다. 물론 맛있게 먹는 동기들도 있었지만 존엄한 혀가 저녁간식으로 파프리카가 들어오는 것을 도저히 허락하지 않는다는 동기들이 더 많았다.

파프리카가 나온 다음날 아침, 여느 때와 다름없이 수업을 받으러 가기 위해 집합했다. 생도시절 럭비부에서 활동하며 3사 친선대회 우승도 이끌었던 거구의 훈육장교님께서 잔뜩 화가 난 표정을 지으며 우리 앞에 섰다. 갑자기 엄습한 위압감에 긴장한 나머지 사위가 조용해졌다. 이윽고 훈육장교님의 입이 열렸다. "누가…" 잠시 말을 멈추시고 정적이 흘렀다. "누가, 파프리카를 플라스틱에 분리수거 했나?"

대열 속의 몇몇이 고개를 숙이더니 "큭큭" "킥킥" "어흑" 소리가 들려오고, 참을 수 없는 웃음보가 터졌다. 훈육장교님도 어이없는 표정을 지으시더니 결국 웃음을 참지 못했다. 어두운 얼굴로 상황을 지켜보고 계시던 훈육관님과 용만 교관님까지… 장교와 생도 너나없이 한동안 웃음바다에서 헤어 나오지 못했다.

훈육장교님은 가혹한 체력단련과 정신적 압박으로 인해 극도로 무미건조한 생활을 견뎌내던 우리에게 큰 웃음을 선물해 주셨다. 그리고 우리는 파프리카가 플라스틱이 아니라는 것을 평생 기억할 수 있게 되었다.(훗날 알고 보니 영양분이 가득한 파프리카를 간식으로 결정한 사람은 훈육장교님이 아니었다. 하지만 그 사건 이후로 간식에 대한 모든 불만이 애꿎은 훈육장교님께 집중되었던 것은 우리만의 공공연한 비밀이다. 훈육장교님은 지금까지도 파프리카는 본인이 결정한 게 아니라고 역설하신다. 본인은 단지 분배했을 뿐이라고…. 믿거나 말거나.)

제 06 화

화랑의 뜨거운 여름 4-2

간밤에 비가 왕창 쏟아지고 난 다음날 아침, 하늘에 엄청나게 큰 쌍무지개가 그려졌다. 수업을 받으러 가는 길에 무지개를 배경 삼고 동기들과 사진을 찍으며 어린아이마냥 즐거워했다. 4학년생도 모두는 교육대 간부들의 강한 압박에도 굴하지 않고 꿋꿋이 버티며 보병학교에서의 생활을 잘 마무리할 수 있었다. 전체적인 체력 수준이 처음과 비교해서 월등히 높아지고 몸에서 군살도 거의 사라진 것을 스스로도 느낄 수 있었다.(하지만 내 친구 병욱이의 배는 그 인품을 상징하듯이 이제도 앞에도 한결같았다.)

하훈을 두 번이나 받으며 굵은 땀방울을 흘린 보병학교를 뒤로 하고 그동안 이를 악물고 준비해온 100km산악행군을 위해 강원도 양구로 이동했다. 5시간 넘게 버스를 타고 도착한 육군 제21보병사단 신병교육대. 버스에서 내리는 순간 산으로 둘러싸인 풍경에 저절로 탄성이 터졌다. 손가락으로 원을 만들고 나서 그 구멍을 통해 어느 곳을 쳐다보더라도 21사단의 부대마크[7]가 보인다는 농담이 괜히 있는 게 아니었다. 신병교육대 건

----

7) 숫자 '7' 3개를 겹쳐서 옆으로 눕힌 마크. 백두산 부대를 상징.

물은 새로 지은 지 얼마 되지 않아 쾌적했다. 갓 군인이 되어서 신병훈련을 받고 있는 병사들은 우리를 신기한 눈빛으로 쳐다보았다. 우리도 기훈을 받는 신입생도들의 모습과 비슷하면서도 또 다른 분위기를 풍기는 신병들을 신기하게 바라봤다.

행군시작 전에는 간단한 조깅으로 몸을 풀고 잘 먹고 푹 쉬며 컨디션을 최상으로 끌어올리는 데 집중했다. 꿈인지 생시인지 모를 만큼의 여유로운 휴식이 주어졌지만, 난생처음 도전하는 장거리 행군을 앞두고 긴장감이 컸던 탓인지 마음이 편치는 않았다. 소대장 생도들과는 지도를 보며 구간별 연락 방법과 소대별 행군 순서 등에 대해 계속 논의했다. 행군지역은 민통선 이북, 즉 북한군에게 통신이 노출될 수 있는 지역이었기 때문에 무전 사용을 줄일 수 있는 방법도 이야기했다.

대망의 행군 출발일. 모든 장비를 챙기고 사단의 버스를 타고 행군 출발에 앞서서 안보관광지를 견학하고 일종의 출정식을 하기 위해서 평화의 댐을 향해 이동했다. 햇볕이 내리쬐는 풍경을 바라보고 시원한 에어컨 바람을 즐기며 버스에서 나오는 노래를 따라 흥얼거리고 있던 순간, 내리막 도로를 내려와 계곡을 건너는 다리에 올라서기 직전에 "쿵!" 소리가 났다. 버스 뒤쪽에서 둔탁한 충격이 느껴지더니 우리가 탄 버스가 앞으로 밀려나갔다. 당황한 운전병이 핸들을 꽉 움켜잡으면서 브레이크 페달을 밟았다. 버스는 다리를 몇 미터 앞에 두고서야 겨우 멈춰 섰다. 반대쪽에서 오던 차량들도 멈춰서고 운전자들이 달려 나왔다.

뒤 따라오던 버스의 운전병이 출발하면서부터 브레이크 때문에 허둥댔었는데, 결국 내리막길에서 브레이크가 고장 나 우리가 탄 버스를 들이받고서 겨우 멈춘 것이었다. 그 운전병은 아무도 다치지 않게 하려고 노력했는지 최대한 비스듬하게 앞 버스를 들이받았다. 맨 뒷좌석에 앉아있던 동기들은 깨진 유리를 뒤집어썼고 몇몇은 뒷목을 잡고 있었다. 깜짝 놀란 교육대 간부들은 생도 한 명 한 명의 안전을 확인하면서도 사고수습을 위해 일사불란하게 움직였다. 사고현장으로 달려온 민간인 분들도 우리를 도와주셨다. 뒷 버스의 출입문 부근은 완전히 찌그러져서 형태를 알아보기 힘들었고, 깨진 유리창을 통해 한 명씩 밖으로 나왔다. 천만다행히도 유리파편으로 인해 작은 상처가 생긴 2명과 근육이 놀라서 근육통이 생긴 몇 명 말고는 다친 생도가 없었다. 다친 생도들이 앰뷸런스에 타고 있던 군의관에게 치료를 받는 동안 나머지 생도들은 놀란 가슴을 부여잡고 달래야 했다.

평화의 댐 견학은 취소되고 사단에서 긴급히 지원한 또 다른 버스를 타고 행군 출발지, 사단수색대대 1중대 주둔지[8]로 이동했다. 운동장에 완전군장을 내려놓는데도 가슴이 계속 벌렁거렸다. 만약에 버스가 조금만 더 밀렸더라면 끔찍한 일이 벌어졌을 수도 있었다는 생각이 자꾸 맴돌며 소름이 돋았다. 행군을 출발하기 전까지 안정을 취하는 동안 '역사적인' 행군의 출발을 응원하기 위해 생도대장님께서 찾아오셨고, 차분하게 이야기하시면서 우리를 진정시켜주셨다. 약간의 출혈이 있었던 동기들과 뒷목이 결리는 동기들도 행군을 정상적으로 하겠다며 강한 의지를 내비쳤고, 그들의 투지는 다른 동기들에게도 귀감이 되었다. 오후 4시, 내가 중대 선두에 출발명령을 내리면서 한 달 넘는 동안 준비해 온 100km행군이 시작되었다.

행군은 21사단 지역의 민간인통제선 북쪽으로 이동하며 백석산 정상 부근의 GOP경계부대에 도착한 뒤, 다시 남쪽으로 내려와 두타연 계곡에

---

8) 마침 그 부대는 1학년 2학기 분대장이 소대장으로 근무했던 부대였다. 포근하게 웃어주는 분대장이 많이 보고 싶었다.

서 아침식사를 하고, 북쪽을 향해 걸어 대우산을 거쳐 북한군과 매우 가까운 곳에 있는 가칠봉을 찍고 다시 남쪽으로 내려오는 경로였다. 쉽게 말해 21사단이 맡고 있는 전방지역을 W글자가 뒤집힌 모양의 경로를 따라 걸어야 했다. 해발고도 200여m에서 출발하여 1,365m까지 올라갔다가 내려오고 다시 1,242m 높이까지 올라갔다가 내려오는 그런 경로였다.

출발한 지 1시간도 되지 않아 전투복은 땀으로 완전히 젖어버렸다. 양손에 무전기와 지도를 들고 시계를 계속 확인하면서 행군속도를 조절했다. 훈육관님께서는 우리가 스스로 통제하고 움직이는 것을 지켜만 보셨다. 고도가 높아질수록 최전방에 가까워졌고 무전교신을 최대한 줄였다. 누구도 말 한 마디 하지 않고 자신과의 싸움에 집중하고 있었고, 숨소리와 발소리 그리고 군장물품이 부딪히는 소리만 들려왔다. 천 미터가 넘는 산에서 밤이 깊어지자 선선한 바람이 불어왔다. 자정이 넘고 최전방 철책선을 지키는 백두OP에 도착했고 컵라면과 간식을 먹으며 50분 동안 힘을 보충했다. 그 험한 오지에서 생활하면서도 물 샐 틈 없는 경계작전을 펼치고 있는 장병들의 눈빛은 늠름하기 그지없었다. 우리를 위해 애써 준비해준 그들에게 감사의 뜻을 전달하고 다시 남쪽을 향해 걸었다. 오르막길을 올라간 만큼 내리막길이 이어졌고, 무릎과 허리가 더 아파오고 발바닥이 화끈거리면서 물집이 잡히는 느낌이 들었다.

배를 채운 뜨뜻한 사발면과 초코바는 졸음이라는 손님을 모셔왔지만, 계속 걷는 것 말고는 할 수 있는 게 없었다. 새벽 3시 즈음 소대장 생도들과 무전교신을 하는 찰나에 돌멩이를 잘못 밟은 왼쪽발목이 휙 꺾이면서 나자빠지고 말았다. "악!" 발목에서 '뚜둑'하는 소리가 들리면서 엄청난 통증이 몰려왔다. 무전기는 내동댕이쳐져서 저 멀리 굴러갔다. 동기들은 "괜찮아?"라는 말을 하면서도 계속 걸어갔다. 일어나려고 했지만 발목이 도저히 디뎌지지 않았다. 급히 달려온 훈육관님과 군의관이 대열의 끝에서 뒤따라오던 앰뷸런스에 실어주었다. 마침 4학년 생도들을 지원해주시던 육사병원장님께서 진통제주사를 놓아주셨지만 발목이 퉁퉁 부어올라 앰뷸런스를 탄 채 행군대열을 따라가야 했다. 어려서부터 발목을 많이도 삐어봤지만 완전군장을 맨 상태에서 다쳐서인지 통증이 가라앉지 않았고 먹는 진통제를 달라고 해서 먹었다. 덜컹이는 앰뷸런스 안에서 유리창 너머 행군대열을 바라보며 동기들에게 너무나 미안했고 함께 하지 못하는 상황이 답답했다.

날이 밝고 도착한 두타연 계곡에는 안개가 자욱하게 끼어 있었고, 즉각 취식형 전투식량의 발열팩을 뜯자 김이 높이까지 치솟는 장관을 볼 수 있었다. 진통주사를 맞고 진통제까지 먹었는데도 발목을 땅에 디딜 수 없었다. 앰뷸런스에서 내려서 절뚝거리며 동기들의 틈으로 들어가 혼자 앰뷸런스를 타서 미안하다고 이야기를 하는데 폭우가 쏟아지기 시작했다. 허겁지겁 아침식사를 마치고 판초우의를 뒤집어썼지만 땀으로 젖어있던 몸을 비가 흥건히 적셨다.

앰뷸런스로 다가와 발목을 유심히 지켜보시던 이호형 훈육관님께서는 신병교육대로 복귀해서 치료받고 쉬라고 하시며 손을 꼭 잡아주셨다. 울컥 눈물이 나려 했다. 그렇게 많은 땀을 흘리며 가혹한 체력단련도 이겨내고, 밤늦게까지 지도를 보고 토의하며 한 달 넘게 정성들여 준비해온 행군이었다. 동기들과 함께 걷고 싶었다. 아니 걸어야 했다. 하필 왜 그 순간에 돌이 거기 있던 걸까? 원망스럽고 절망스러웠다. 4번의 하훈을 받으면서 열외 한 번 하지 않고 모든 훈련을 받아온 지난 생도생활에 큰 오점을 남기는 느낌마저 들었다.(병욱이는 그 마음을 아는지 모르는지 앰뷸런스에 있는 나를 보며 부러워했다.) 구토증상을 보이는 동기와 함께 사단에서 지원한 차량을 타고 신병교육대로 돌아와야 했다. 군장물품을 정리하고 동기들이 도착할 때까지 하염없이 기다렸다. 꼬박 24시간이 지났는데도 그들은 오지 않았다. 예정대로라면 행군을 끝내고 돌아와 저녁식사를 먹었어야 하는데 밤 10시가 가까워서야 온몸이 흠뻑 젖은 모습으로 발을 질질 끌며 돌아왔다. 30시간 넘게 잠을 한숨도 못잔 그들의 눈은 넋이 나간 듯 보였다. 다리에 반 깁스를 한 나를 보며 걱정해주는 동기들에게서 행군 때 있었던 일을 전해 들었다.

두타연을 지나면서도 비는 그치지 않아 흠뻑 젖은 채로 계속 걸어야 했다. 산을 올라가며 대우산 부근을 지나면서부터는 함께 걸으시던 교육대 장님께서 선두에 나가 직접 행군을 이끄셨다. 교육대장님은 지친 동기들을 내려다보시며 "30분밖에 안 남았다. 파이팅!"이라고 외치셨고 동기들도 힘을 냈다. 그런데 30분이라고 했던 길은 3시간도 넘게 걸리는 길이었다. 교육대장님께서 '파프리카' 훈육장교님에게 대우산 정상까지 얼마나 남았냐고 물었는데 30분이면 충분하다고 말했었다. 훈육장교님은 행군로 주변의 나물을 캐느라고 사전에 답사했던 길을 까먹으셨던 거다.

30분이 지나고 1시간이 지나고 2시간이 지나도 목적지는 나오지 않고, 지칠 대로 지쳐버리고 화가 머리까지 솟은 동기들은 가칠봉 정상에 다다라서도 짙게 낀 안개 때문에 별다른 감흥을 받지 못했다. 다시 걸어 내려와 저녁 7시 무렵이 되어서야 행군이 끝났고, 21보병사단장님께서 직접 환영해주시는 가운데 완주기념행사를 했다. 그리고 신병교육대까지 걸어오니 밤 9시가 넘었던 거였다. '찌라시'로 인해 중반 이후부터 속도가 느려져서 예상보다 몇 시간은 더 걸린 행군을 동기들은 초인적인 인내심을 발휘하며 이겨냈다.

그로부터 3일 동안 아무것도 하지 않고 휴식시간을 가졌다. 행군 때 크고 작게 몸을 다친 동기들과 함께 사단의무대에 찾아가서 진료를 받았다. KCTC훈련을 위해서는 1주일 안에 어떻게 해서든 걸을 수 있어야 했다. 도와주고 응원해주는 동기들을 생각해서라도 걸어야 했고, 자신감의 바닥을 쳐가면서까지 준비해 온 훈련을 절대 놓칠 수 없었다. 사단군의관을 졸라 압박붕대와 파스를 한 움큼 받아오고 생활관에서는 쉬지 않고 얼음 찜질을 했고, 맨소래담을 듬뿍 발라 눈이 매워 눈물 흘리면서까지 마사지를 했다. 잘 때에는 완전군장에 다친 다리를 올리고 발목을 하늘로 치켜올린 채 잤다. 그렇게 발목염좌에 대한 거의 모든 민간요법을 시술하니 3일 뒤부터는 붕대로 단단히 고정하면 절뚝이면서라도 걸을 수 있게 되었다. 물집이 많이 잡히고 사타구니가 전투복에 쓸렸던 동기들도 조금씩 정상컨디션을 회복했다.

1주일간 묵었던 21사단 신병교육대를 떠나 강원도 인제의 KCTC훈련단(Korea Combat Training Center, 육군 과학화전투훈련단, 이하 '과훈단')으로 갔다. 생도생활 4년의 마지막 하기군사훈련 중에서도 마지막 훈련, 하훈 초반과 비교해 기력이 많이 떨어졌지만, 마지막 열정을 새하얗게 불태우겠다는 마음으로 과훈단 운동장에 발을 내딛었다.

제 07 화

화랑의 뜨거운 여름 4–3

　버스에서 내리자 역시 사방이 높디높은 산으로 둘러싸여 있었다. 1주일 조금 넘게 받게 될 과학화전투훈련은 실제 전장 환경을 조성해서 전투의 시작부터 끝을 체험하는 훈련이었다. 훈련은 1중대가 한국군, 2중대가 북한군의 역할을 맡아 쌍방교전으로 진행될 예정이었고, 2중대 동기들은 우리와 멀찍이 떨어진 막사로 이동했다. 생활관에는 군장을 올려놓을 수 있는 거치대 말고는 아무것도 없었다. 베게와 모포 등의 기본적인 침구류도 없는 걸 보니 정말로 훈련만 받고 가라는 것 같았다. 심지어 동백훈련장에서보다 더 비좁아서 자리에 누우면 옆자리 동기들의 어깨와 그냥 맞닿았다. 그래도 그 덕분에 짐정리를 할 필요가 없어진 건 정말 좋았다. 짐을 풀자마자 수료증에 들어갈 사진을 찍고, 훈련 간 착용해야 하는 마일즈 장비를 지급받았다. 지금까지 봐왔던 것보다 훨씬 발전된 형태의 장비는 사람이 서 있는지 앉아 있는지 엎드려 있는지를 구분할 수 있었고, 총이나 포탄에 맞았을 경우의 부상 정도도 바로 알 수 있는 최고 수준의 장비였다. 소총에 레이저 발사기를 끼우고 방독면에도 감지기를 장착한 뒤 마일즈 조끼를 걸쳐 입으니 생각보다 많이 무거워 몸의 움직임도 둔해졌다. 특히 방탄헬멧에 두른 감지기는 목 근육을 아프게 했다.

훈련부대를 위한 식당이 따로 마련되어 있지 않아서 트럭으로 가져온 식사를 각자의 반합에 덜어서 먹어야 했다. 100여 명에게 음식을 분배하려면 시간이 많이 걸리고 분배한 사람은 그 시간만큼 늦게 먹어야 했다. 4년의 경험상 그렇게 분배하면 반찬이 부족한 경우가 많았다. 그래서 중대본부는 항상 마지막에 먹기로 결정했다. 매 끼니 때마다 동기들에게 식사를 나눠주고, 남은 반찬과 밥을 밥통에 모두 섞어서 먹는 짬뽕밥은 별미였다.

둘째 날 아침부터 비가 내렸지만 지형정찰 훈련은 예정대로 진행되었다. 소위 말하는 두 돈반트럭(2와 1/2톤 트럭, 육공트럭이라고도 한다)의 뒷자리에 올라 타고 꼬불꼬불 털컹이는 산길을 따라 30분 정도 이동해서 실제로 훈련을 하게 될 '김부리' 지역에 도착했다. 육공트럭은 엉덩이뼈가 아려올 정도로 야성적인 승차감을 자랑했다. 한편, 지난 한 달간 지도로만 봤던 훈련 지역에 직접 오게 되니 반가웠다. 정찰을 오기 전에 이미 소대장생도들과 어디서 무엇을 어떻게 보아야 하는지에 대해 토의했었다. 소대별로 기동로를 살펴보는 동안 중대본부는 집결지와 전투지역을 살폈다. 그런데 지도를 보며 결정했던 집결지는 예상과 달리 사람이 들어갈 수 없는 환경이었고 결국 다른 지역으로 바꿔야 했다. 그 말인즉슨 준비했던 계획을 다시 세워야 하는 것을 의미했다. 아찔했다. 좌절하는 나를 보며 훈육관님께서는 "현장에 답이 있다. 현장에서 보고 듣고 느낀 것을 토대로 계획을 바꾸는 것은 당연한 일이다."라고 말씀해 주셨다. 책상에 앉아 이론으로만 배울 때에는 고개를 끄덕이며 넘어가던 내용이 그렇게 크게 다가올 줄은 몰랐다. 다시 트럭을 타고 돌아오면서 내가 세운 계획으로 동기들의 운명이 결정된다는 것에 큰 중압감을 느꼈다.

오후에는 가로 200m 세로 50m 정도로 구성된 축소전투장에서 소대별 쌍방 섬멸전과 고지탈환전을 훈련했다. 마일즈 장비에 대한 적응력을 높이고, 분 소대급 전투기술을 숙달하는 훈련이었다.

개인별로 지급받은 수십 발의 공포탄과 두세 발의 연습용 수류탄뿐만 아니라 마일즈 장비의 실감나는 전투상황묘사 때문에 마치 실제 전투를 하는 것처럼 박진감 넘쳤고 그만큼 긴장도 되었다. 2소대는 1소대와 붙은 섬멸전에서 1소대를 전멸시키고도 17명이나 살아남았다. 이어진 고지탈환전에서는 전문대항군 12명 중 9명을 사살하는 등 가장 우수한 전과를 올렸다. 장대비를 맞으며 뛰어다녀서인지 훈련이 끝나고는 추위가 느껴졌다. 훈련 중에 탄알집을 잃어버린 두 개 소대는 그것을 찾느라 훈련장을 뒤지는 동안 나머지 두 개 소대는 먼저 복귀해서 쉴 수 있었다.

야간에는 어둠 속에서 목적지를 찾아가는 방향유지훈련이 계획되어 있었지만, 비가 너무 많이 와서 취소되었다. 중요한 훈련을 하지 못한 아쉬움보다는 조금이라도 더 쉴 수 있다는 안도감이 훨씬 컸다. 하루 종일 비를 맞아서인지 몸 상태가 안 좋은 생도들이 속출했다. 기나긴 하훈을 거치며 누적된 피로가 상당해서인지 회복속도도 더뎠다. 나 역시 녹초가 되어서 저녁을 먹고 잠시 누웠지만 얼마 되지 않아 중대장생도를 찾는 소리가 들려왔다. 격한 피로감을 느끼며 행정반으로 갔는데 훈육관님께서 이미 오셔서 기다리고 계셨다. 오전에 지형 정찰한 내용을 바탕으로 공격 방어 계획을 새롭게 작성하고 장애물을 설치하고 집결지의 위치를 결정했다. 훈육관님뿐만 아니라 소대장생도들과도 토의하다 보니 어느새 새벽 1시가 되어 있었다. 모두들 자러 가고 혼자 덩그러니 남아 잠깐의 고독에 빠져들었다. 적적한 새벽, 강원도 산골 어딘가 군부대의 건물에 있는 넓은 공간. 그 한가운데 놓인 책상 하나, 의자가 없어서 네모난 박스 두 개를 쌓고 앉아 있는 나….

정신없는 하루를 보내고 혼자만의 시간을 갖자 갖가지 생각의 가락들이 한꺼번에 쏟아져 나왔다. 딱히 필기도구도 없어서 끝이 뭉툭해진 연필을 이면지 위에 마구 굴리며 나름의 수양록을 썼다.

'화랑관의 노트북이 그립다. 자판으로 금방 쓸 수 있을 텐데 말이다. 불편을 극복하며 사는 데 생의 묘미가 있다는 법정스님의 말씀이 불현듯 떠오른다. 혼자 갖는 이 시간이 어쩌면 성숙하고 성장할 수 있는 시간이 아닐는지 모르겠다. 그러고 보니 오늘은 토요일이었다. 새벽 1시가 넘었으니 일요일이다. 24시간 뒤 이때에는 한참 전술행군을 하고 있는 중일 거다. 실제 전투상황을 가정하고 걸어야 하는 행군은 처음이기에 쉽지 않을 것 같다. 특히 발목이 온전치 못하기 때문에 나 자신과의 고된 싸움이 될 거다. 그래도 군장을 내려놓거나 중도에 열외하는 일은 절대로 있어서는 안 된다. 중도 열외는 지난 100km행군 한 번이면 족하다. 우리 동기들의 지휘관으로서 나약한 모습을 보이는 것은 부끄러운 일일 거다. 친구들이 코 골며 자는 소리가 우렁차게 들린다. 나도 이제 조금 자봐야겠다…'

복도에서 불침번 임무를 수행 중인 동기와 인사를 나누고 조용히 잠자리를 비집고 들어가 눕자마자 넋을 잃었다.

찌뿌등한 몸을 겨우 일으킨 일요일 오전, 훈련단 연병장에서 CPMX(지휘소기동연습)를 실시했다. CPMX[9]는 실제 지형을 묘사한 팻말을 놓고 작전계획에 따라 각 소대의 움직임을 시간대별로 통제하며 전투절차를 익

---

9) 참고 : 군에서의 훈련은 참가 인원, 훈련 방법과 지역 등에 따라 지휘소훈련(CPX : Command Post Exercise), 지휘소이동훈련(CPMX : Command Post Movement Exercise), 실제기동훈련(Field Training Exercise) 등 몇 가지로 구분된다. 일례로 신문에서도 간혹 볼 수 있는 '군단급 FTX'라는 말은 군단급 부대가 실제로 기동하며 훈련한다는 의미이다.

히는 예행연습이었다. 훈련관찰관과 교육대 간부들 그리고 동기들이 보는 가운데 지휘해야 했다. 무전기로 말하는 모든 내용이 스피커로 연결되어 있어서 연병장을 쩌렁쩌렁 울려댔다. 모두의 이목이 집중된 가운데 중대의 전투를 이끌어가야 한다는 엄청난 심리적 압박감 때문에 머리가 멍해졌다. 한편으론 모든 지형과 부대원이 눈앞에 보여도 통제하기가 어려운데, 실제 전투에서 부대를 지휘한다는 건 얼마나 힘들고 어려운 일일지 상상이 가지 않았다. 다행히 소대장생도들이 그동안 토의해 온 계획대로 각소대를 지휘해 주고, 나머지 동기들도 잘 따라 준 덕분에 훈련을 무사히 마칠 수 있었다.

오후에는 야간에 있을 전술행군과 약 4일간 이어질 실제 훈련을 위해 모두 낮잠을 잤다. 하지만 중대본부는 쉴 수 없었다. 오전 예행연습 때 지적된 미흡한 부분들을 반영해 작전계획을 수정한 뒤 다시 소대장생도들에게 알려 줘야 했다. 게다가 전술행군을 하기 전에 준비해야 할 것이 여럿 있었다. 피곤하다고 쉬면 중대원 모두가 고생하게 된다는 책임감 하나만으로 피로를 몰아냈다.

저녁식사를 하고 다시 1시간 30분의 휴식이 주어졌다. 몸이 피곤해서 잠이 올 법도 한데 오히려 정신은 말똥말똥했다. 건물 밖으로 나와 땅바닥에 大자로 뻗어 누워 밤하늘을 쳐다보니 은하수가 유유히 흐르고 수많은 별들이 반짝였다. '우와…' 웃음이 절로 나왔다. 어린 시절 하늘을 바라보며 반짝이는 별들을 보던 때가 떠올랐다. '저 별들은 어쩜 저리도 빛날까…' 부모님께 안부 전화를 드리면서 하훈의 정말 마지막 훈련을 무사하게, 가능하면 훌륭하게 마치고 오겠다고 말씀드렸다.

드디어 오랫동안 준비했던 출전의 시간이 다가왔다. 쉬고 있던 동기생들을 한껏 격앙된 목소리로 깨우고 야식으로 준비된 컵라면 한 사발을 잽싸게 해치웠다. 각자의 핸드폰을 모두 걷은 뒤 유언장을 작성했다.(실제 전투를 수행한다는 의미에서 유언장을 작성하는 것은 KCTC훈련의 일부다. 굉장히 비장해진다.) 반드시 이기고 돌아오겠다는 결의를 다지는 출정식을 하면서 중대원들에게 외쳤다. "지금부터의 훈련은 지난 4년 동안 받아온 훈련 중에 가장 의미 있는 시간이 될 것입니다. 그리고 이제 훈련이 아니라 전투입니다. 이번 전투에서 반드시 승리하고 돌아옵시다!"

무전기를 점검한 뒤 밤 11시 정각에 전술행군을 출발했다. 몸에 걸친 마일즈 장비가 군장의 어깨끈에 눌려서 어깨를 짓눌렀고, 압박붕대를 단단하게 휘감은 발목에서는 걸을 때마다 뻐근한 느낌이 들었다. 행군 예정거리는 약 18km인데 내리막길은 2km정도밖에 되지 않을 정도로 죄다 오르막길이었다. 기존에 해보았던 행군과는 다르게 소대별로 간격을 멀찍이 띄우고 이동했다. 오직 무전기를 통해서 행군속도와 위치를 통제할 수 있었다.

행군 중에는 몇 가지 상황이 돌발적으로 닥쳐왔다. 첫 번째는 적 포탄 낙하 상황이었다. 갑자기 모두의 마일즈 장비가 요란하게 울리면서 포탄 낙하 상황이 전파되었다. 흩어져서 엎드리라고 지시하고는 도로에서 벗어나 엎드렸다. 포탄이 산발적으로 떨어지는 것 같아서 소대별로 신속히 지역을 이탈하라고 지시했는데 바로 앞에는 전체 행군로 중에 가장 험한 '술구너머 고개'가 있었다. 훈련단에서 일부러 고개 입구에서 상황을 부여한 것 같았다. 급경사를 절뚝이며 뛰어올라가다가 지쳐버려서 걸을 수밖에 없었다. 고개 정상에 다다르니 숨이 넘어갈 듯이 헐떡대고 땀은 비 오듯이 쏟아졌다.('술구너머 고개'라는 이름이 어쩌나 잘 어울리던지, 숨이 넘어갈 뻔했다.) 그런데 몇 명이 대열에서 뒤처지고 말았다. 정상에서 인원을 파악하고 대형을 다시 갖추는 데 시간이 많이 걸렸다. 다행히 포탄 낙하 상황에서 인명 피해는 적었다. 1소대부터 4소대까지 동기들이 이상 없는 것을 확인하고 다시 출발했다. 30여 분 정도 지났는데, 앞서가던 첨병 쪽에서 총성이 들렸다. 2소대장 생도는 적 특작부대의 기습이라고 알려왔다. 1개 분대로 판단된 적을 2소대가 격멸토록 지시하고 뒤따르던 3개 소대는 신속히 지역을 빠져나가라고 했다. 그런데 2소대를 적절한 시간에 빠지게 했어야 하는데 너무 오랫동안 남겨두어 본대와의 간격이 많이 벌어지고 작전 전체가 늦춰지는 실수를 했다. 그러는 동안 2소대장이 전사하고 15명 넘는 사상자가 발생했고, 중대 전투력은 85% 수준으로 떨어졌다.

도착지에 다다를 무렵에는 화생방경계경보(MOPP) 2단계가 발령되었다. 원래대로라면 화생방 보호의를 입어야 하지만 보호의가 없었기에 판초우의를 입는 것으로 대체했다. 잠시 뒤 "꽝!" 하는 폭음과 함께 연막탄이 곳곳에서 터지며 적이 화학탄을 투하하는 상황이 묘사되었다. 마일즈 장비가 요란스럽게 울려대자 다들 우왕좌왕했다. 무전기와 육성으로 "가스"를 외치자 모두 "가스"를 외치며 방독면을 착용했다. 방독면에 부착된 마일즈 감지기는 방독면을 착용하는 데 걸리는 시간에 따라 피해여부를 결정하게 되어 있었다. 안타깝게도 2소대를 대신해 앞서가던 3소대에서 방독면을 늦게 쓴 동기 17명이 사망하면서 순식간에 중대 전투력이 68%까지 떨어졌다.

방독면을 착용한 채로 숨을 몰아쉬며 1km정도 벗어나자 가스 상황이 해제됐다. 상황을 빠르게 전파하지 못한 실수가 컸다. 모든 지휘권을 내게 맡기셨던 훈육관님께서는 순간의 판단 미스로 인해 발생한 사상자들을 절대 잊어선 안 된다고 조언해 주셨다. 같은 시각, 2중대 동기들은 우리와 비슷한 과정을 거치며 그들의 집결지로 이동하고 있었다.

화랑의 뜨거운 여름 4-4

　전술행군이 끝나면서부터 서서히 날이 밝아왔다. 사상된 동기들은 관찰통제관들이 부활시켜 주었다. 소대별로 방어집결지로 이동하게 하고 중대본부도 한편에 자리 잡았다. 그런데 '깔따구(많은 생도들이 하훈이 끝난 뒤에도 깔따구가 물어뜯은 상처 때문에 고생해야 했다)'라는 아주 작고 성가신 벌레가 많았다. 그에 아랑곳하지 않고 쉬어야 산다는 생각만으로 얼른 전투식량을 먹은 뒤 텐트를 대충 설치하고 잤다. 훈육관님께서도 우리 옆쪽에 자리를 잡고 누우시며, 행군이 끝나고 우리 중대의 최종전투력은 68%였고 2중대는 56%였다고 말씀하시며 칭찬해 주셨다.

　50분쯤 잤을까, 훈육관님께서 중대본부 생도들을 깨우셨다. 그대로 드러눕고 싶은 마음이 굴뚝같았지만 어찌할 도리가 없었고, 몸을 일으켜 군장과 마일즈 장비를 주섬주섬 걸쳐 입었다. 다른 생도들은 모두 잠을 자고 있었지만, 중대본부와 소대장, 분대장생도들은 지형정찰을 가야 했다. 집합장소에 가서 조금 기다리니 동기들이 피곤 가득한 표정을 지으며 어기적어기적 모여들었다. 아침 10시도 되지 않았는데 후텁지근해진 공기와 따가운 직사광선이 걸음을 더 무겁게 했다. 하필 수통을 들고 오지 않아서 갈증과도 싸워야 했다.

소 분대장생도들이 각자 방어전투 때 책임져야 할 지역을 살피는 동안 중대본부는 훈육관님과 함께 적진 앞에까지 나아가 예상침투로와 아군의 매복조를 투입할 위치 등을 살펴보았다. 분 소 중대에는 관찰통제관[10] 들이 그림자처럼 붙어 다녔다. 훈육관님께서는 우거진 잡목과 급경사를 헤치며 거의 날아다니셨다. 다리가 아파 뒤쳐지다가 훈육관님을 놓쳤고 먼저 산에서 내려와 기다렸다. 땀을 흠뻑 흘리시며 산에서 내려오신 훈육관님께서는 2차 대전 당시 지형정찰을 직접 했던 롬멜 장군과 6·25전쟁 당시의 영웅이었던 백선엽 장군의 "가장 탁월한 지휘관은 지형을 빨리 파악할 줄 아는 지휘관이다."라는 사례를 말씀하시며 지형정찰이 전투에서 차지하는 비중에 대해 역설하셨다.

12시가 조금 넘어서 집결지로 돌아와 전투식량을 먹었다. 처음에는 맛있었던 전투식량도 계속 먹으니까 점점 질리기 시작했다. 배를 채우고 30분이라도 눈을 붙이려 했지만 쉴 새 없이 울려대는 무전기 때문에 잠들 수 없었고 점점 머리가 멍해졌다. 오후에는 중대장으로서 소대에 명령을 하달했다. 대령 계급장을 달고 계신 훈련부장님과 많은 장교들뿐만 아니라 관찰통제관들의 시선, 심지어 카메라 렌즈까지 온통 내게 집중되었다. 그동안 수없이 되뇌며 연습해온 명령하달이었지만 많이 더듬었고, 예상치 못한 질문에 당황해 답변도 제대로 하지 못했다. 좀 더 구체적으로 명령을 내려야 한다는 훈련부장님의 지적이 이어지며 식은땀마저 났다. 그렇게

---

10) 관찰통제관은 KCTC훈련단 소속의 소령, 대위 등의 장교들이고, 우리의 일거수일투족 하나하나를 관찰하고 평가하는 임무를 수행했다. 또한 모든 행동과 지시의 이유와 근거를 따져 묻고 또 조언을 해 주며 보다 높은 전술적 식견을 가질 수 있도록 도와주기도 했다.

명령하달이 끝나고 모두가 돌아간 뒤 훈육관님과 우리만 자리에 남겨졌다. 칭찬에 인색하시던 훈육관님께서는 "고생했다!"라고 하시며 씩 웃어주셨다. 덕분에 마음이 한결 가벼워졌고 임관하기도 전에 이렇게 철저하게 지도받을 수 있는 건 어쩌면 큰 행운일 거란 생각도 들었다.

곧바로 방어전투지역으로 가서 설치할 장애물(철조망, 지뢰 등)의 자재를 옮겼다. 장애물을 설치할 곳을 계획하는 데도 많은 우여곡절을 겪어야 했다. 1학년 하훈 때 배웠던 내용만 어렴풋이 기억날 뿐 정확히 알지 못했고, 실제 장애물을 설치하기 위해 필요한 자재의 수량도 계산하지 못했다. 미리미리 교범을 보고 준비하지 못해서 훈육관님께 호되게 혼나기도 했다. 신청한 만큼 지급된 자재를 운반하고 나서는 소대장생도들이 각자의 소대에 명령을 하달했다. 그동안 중대본부는 잠깐의 여유가 생겼고 지난 2일간 참고 참아온 용변을 해결했다. 전투지역의 한쪽 언덕 위에서는 1소대 생도 30여 명이 모여 앉아 쉬고 있었다. 식사가 도착하기 전까지 훈육관님의 시선을 잠시 피해 동기들의 틈바구니에 누워서 15분 정도 잤다. 방탄헬멧을 쓴 채로 잠들만큼 피곤했지만 마침 저녁식사가 도착해서 일어나야 했다. 본인들도 지쳤을 텐데 내게 힘내라고 말하며 웃어주는 동기들의 진심어린 응원은 지친 마음에 큰 힘을 주었다.

저녁밥을 입으로 들어가는지 코로 들어가는지도 모르게 빠르게 먹었다. 그런데 훈육관님께서는 아침부터 반찬은 드시지 않고 흰밥과 물만 드셨다. 왜 그렇게 드시냐고 물어보자 "용변을 보느라 적에게 노출되는 일이 없기 위해서"라고 말씀하셨다. 함께 밥을 먹던 중대본부 생도들과 입을 떡 벌리며 감탄했다. 생리현상 때문에 생길 수 있는 우발상황을 피하고 잠깐의 지휘공백조차 허락하지 않으려는 훈육관님의 열정과 군인정신에 소름마저 돋았다. 훈육관님을 따라 해볼까도 싶었지만 고개를 가로저으며 반찬을 꼭꼭 맛있게 씹어 먹었다. 차라리 화장실을 갈지언정 굶주린 배를 그대로 둘 순 없었다.(다음날 훈육관님께서는 휴지를 들고 화장실에 다녀오셔야 했다. 그럼에도 불구하고 훈련을 하는 3일 내내 흰밥만 뭉쳐서 드셨다.)

밤 8시가 넘자 바로 옆 생도의 얼굴조차 잘 보이지 않았다. 월광 0%의 밤, 각자의 진지에서 나의 지휘에 맞춰 방어 작전 예행연습을 했다. 1시간 정도의 예행연습이 끝나고 중대원 모두 한자리에 모였다. 조금이라도 더 쉬기 위해서는 서둘러 인원파악을 마치고 주변을 정리한 뒤 텐트가 있는 곳으로 가야 했다. 그런데 분위기가 혼란스러웠고 몇몇 생도들만 어둠속에서 분주하게 움직였다. 훈육관님께서는 우리의 그런 모습을 뒤쪽에서 조용히 바라만보고 계셨다. 어수선한 상황을 정리하기 위해 모두가 함께 움직이지 않으면 쉴 수 있는 시간이 점점 줄어들 뿐이라고 강조하며 직접 동기들을 통제했다. 그러자 동기들이 힘을 모아 금세 정리를 끝내고 출발할 수 있었다. 중대본부는 끝까지 남아서 뒷정리를 하고 나서야 이동했다. 그때까지도 한 마디 말이 없으셨던 훈육관님은 아마도 우리가 스스로를 어떻게 통제하는지 지켜보고 계셨던 것 같았다.

별빛이 무수히 빛나는 캄캄한 밤 울퉁불퉁한 흙길을 따라 20분을 걸어 텐트에 도착했다. 하루 종일 걸치고 있어서 갑갑했던 마일즈 장비를 벗으려는 순간, 3소대 지역에서 총소리가 들렸다. 잠시 후 3소대장 생도는 적의 습격을 받은 것 같다고 무전기로 알려왔다. 전투를 준비하기도 전에 중대본부 지역에도 대항군 2명이 접근해서 2명이 전사했다. 어둠 속 여기저기서 산발적인 교전소리가 들리는 가운데, 모두 엎드린 뒤 움직이는 모든 것은 적으로 간주하라고 지시했다. 하지만 어둠속의 적은 눈에 도저히 보이지 않았다. 야간투시경을 쓰면 바로 잡을 수 있을 것 같은데 그것마저도 분대별로 1개밖에 지급되지 않아 대처가 점점 늦어졌다.(우리 군도 개인별로 야간투시경이 반드시 지급되어야만 한다) 소대별로 힘을 합쳐서 6명의 대항군을 격멸했지만 10여 명의 사상자가 발생하고 말았다. 밤 11시가 되어서야 모든 상황이 끝나고 좀비가 되기 직전에야 눈을 붙일 수 있었다.

새벽 6시, 텐트를 제외한 모든 물품을 챙겨서 전투가 벌어질 '김부리' 지역으로 이동했다. 간단히 인원을 파악하는 것으로 아침 점호를 대신하고 아침식사가 도착하기를 기다렸다. 밥을 먹으려면 전투복 상의주머니에 넣어둔 숟가락을 씻어야만 했다. 한 손에 무전기와 지도를, 다른 한 손에는 숟가락을 들고 엉거주춤한 자세로 바위를 밟으며 시냇가로 내려갔다. 그런데 발을 잘못 디뎌 넘어지면서 날카로운 바위에 찍힌 오른쪽 정강이 부근에서 강렬한 통증이 올라왔다. 숨이 막혀 비명마저 지르지 못했다. 철퍼덕 넘어지는 소리를 듣고 달려온 동기들의 부축을 받아 위로 들어 올려졌다. 급하게 전투복 바지를 걷어보니 정강이의 한 부분이 움푹 파여서 하얀 뼈까지 보였다. 훈육관님께서 앰뷸런스를 호출하셨고 군의관에게 진료를 받았다. 그는 뼈에는 이상이 없다고 하며 상처를 소독한 뒤 붕대를 감아주었다. 100km 행군 때 왼쪽 발목을 다친 것에 이어서 오른쪽 다리에 통증까지 더해지니 걷는 자체가 힘들어졌고 훈육관님은 혀를 차며 걱정해 주셨다.(그때 패인 상처는 10월이 되어서야 겨우 아물었다.) 어찌되었든 훈련은 계속 진행되었고, 장애물 설치가 끝나고 방어진지를 구축하며 전투를 준비했다. 각자가 맡은 임무를 준비하는 동안 학교장님께서 방문하셔서 훈련에 매진하고 있는 우리를 격려해 주셨다.

오후에 정찰대와 추진매복조 그리고 청음초가 적진으로 출발했다. 비가 추적추적 내리는 가운데 마지막 예행연습까지 끝나고 적이 올 때까지 기다리는 일만 남았다. 나무에 기대서서 훈육관님과 중대본부 동기들 그리고 관찰통제관님과 소소한 이야기를 나누며 몇 시간을 기다렸다. 전방에 추진시켰던 매복조가 적의 정찰조를 발견했다. 무전을 통해 파악된 위치를 계산해서 포병의 지원사격을 요청했지만 엉뚱한 곳에 포탄이 떨어졌고, 적의 본대는 처음 예상했던 곳과는 정반대 방향에서 접근해왔다. 하필 가장 약하게 대비해놓은 곳으로 적 3개 소대가 몰려오는 바람에 방어선이 뚫리고 말았다. 그와 동시에 중대본부를 타격하기 위해 침투한 적의 습격조가 뒤쪽에서 다가왔다. 천만 다행히도 뒤편에 있던 1개 분대가 습격조와 먼저 마주쳐서 본부는 무사할 수 있었지만 뚫린 방어선을 회복하지 못한 채 상황이 끝났다.

적의 기동로가 바뀐 것에 따라 적절히 대응을 하지 못했고, 뜻대로 되지 않게 하는 '마찰요소'가 너무나도 많았다. "전투 개시 5초가 지나자 우리가 그동안 세워 온 계획은 무용지물이 되었다."라는 격언처럼 전투현장에서 계획한 대로 되는 것은 거의 하나도 없다는 사실을 깨달았다. 고생한 동기생들에게도 미안하고 스스로도 많이 아쉬웠던 방어전투훈련이었다.

날이 밝아오고 적군이었던 2중대 동기들과 오랜만에 만나 인사를 나누었다. 2중대장생도를 만나서는 각자의 애환을 이야기하며 위안을 받았다. 전투현장에서 다시 만날 것을 기약하며 그들과 헤어져 집결지로 돌아왔다. 비로 인해 젖어 있는 텐트의 물기만 간단히 없애고 자리에 누웠다.

3시간 뒤에 일어나 방어전투현장으로 이동해 전날 설치했던 장애물을 모두 제거했다. 그리고 2중대와 역할을 바꿔서 우리가 공격을 하고 2중대는 방어를 하게 되었다. 공격전투 집결지로 이동해 각 소대장생도들을 모은 뒤 공격명령을 하달했다. 1개 소대가 먼저 다른 경로로 이동해서 적군의 시선을 분산시키는 동안 3개 소대가 산길을 따라 적진 부근까지 움직인 뒤 세 갈래로 나뉘어 돌격하는 게 계획이었다.

해발 930m 산 속에 있는 공격대기선에서 날이 어두워지기를 기다렸다가 앞 사람의 윤곽을 따라갔다. 지도상으로 그렇게 연구하고 되새겼지만 야간에 산속에서 방향을 정확히 유지한다는 건 꽹장히 힘든 일이었다.(방어전투 때와 마찬가지로 야간투시경이 반드시 있으면 좋겠다고 생각했다. 실제상황이 발생했는데 야간투시경도 없이 전투를 하는 것은 자살행위나 다름없을 거다.)

우리의 기동로를 정확히 예측하고 매복해 있던 적에게 총격을 받았다. 훈육관님께서 지시한 대로 길에서 벗어나서 우회하다가 그만 길을 잃고 말았다. 묵묵히 지켜보던 관찰통제관의 도움을 받아서 다시 방향을 되찾고 나니 계획했던 시간보다 많이 늦어져 있었다. 적의 방어진지 근처에 다다라서는 포병사격을 요청했는데 적도 우리에게 포탄을 유도해서 많은 인원을 잃고 말았고, 훈육관님마저도 사망 판정을 받으셨다. 그는 무전기를 내게 넘겨주며 "이제부터 너가 알아서 해~!"라는 말을 남기고 전투현장에서 빠져나갔다. 전투의 막바지를 지휘하는 게 막막했다. 무전기에 무슨 말을 하고 있는지 헷갈릴 정도로 말도 헛나왔다. 그 순간 2차 세계대전을 배경으로 만든 10부작 드라마《밴드 오브 브라더스》에서 적을 앞에 두고 두려움에 빠진 지휘관이 주저하는 장면이 떠올랐다. 그리고 내가 움직이지 않으면 중대 전체에 재앙을 가져올 수 있다는 생각에 정신이 번쩍 들었다. 적진지로 돌격할 인원도 얼마 남지 않았지만, 먼저 침투해 있던 소대가 돌파해놓은 지점을 따라 남아있는 동기들과 함께 돌격했다. 중대의 전투력이 더 이상 전투를 이어가기 힘든 수준까지 떨어진 새벽 4시. 훈련 종료가 선언되었다.

최종적으로 1, 2중대 모두 방어에 일정 부분 성공하고 공격에 일정 부분 성공한 무승부로 판명되었다. 여명이 밝아오고 며칠간 씻지 못해 발효된 냄새를 풀풀 풍기는 우리는 방금 전까지 총부리를 겨누었던 2중대 동기들과 껴안으며 훈련 종료를 자축했다. 특히 2중대장생도와는 말로 표현하기 힘든 동병상련을 느끼며 깊은 포옹을 나누었다.

곧바로 20km를 걸어 훈련단으로 복귀하며 마지막 힘을 쥐어짜내 견뎠다. 남은 공포탄과 연습용 수류탄 그리고 마일즈 장비 등을 반납하고 5일만에 샤워를 했다. 대부분 땀띠와 접촉성피부염 혹은 깔따구에게 뜯긴 증상을 앓고 있었다. 늘 그래왔듯이, 훈련이 끝났다고 해서 정말로 끝났다고 생각하는 건 큰 오산이었다. 훈련물품을 깨끗이 정비해서 반납하고 군장물품까지 정리하고 나자 밤 10시가 되었고 그제야 제대로 잠을 잘 수 있었다.

8주에 걸친 하훈을 끝내고 화랑대로 복귀하는 날이 밝았다. 새벽 5시에 일어나 모든 짐을 트럭에 실었다. 아침식사를 '전투적'으로 마친 뒤 KCTC 훈련의 사후평가를 받기 위해서 강당으로 갔다. 훈련 시간대별로 GPS와 마일즈장비를 통해 축적된 각종자료와 무전교신내용 그리고 상황별 대처 방법 등을 토대로 각 중대별로 잘된 사항과 부족한 사항이 일목요연하게 정리되어 있었다.

특히, 잘못된 판단과 행동에 대해 날카로운 피드백을 받으며 앞으로 어떻게 생각하고 행동하며 전투를 지휘해야 하는지에 대해 고민했다. 클라우제비츠가 "전쟁은 간단하지만 간단한 것이 아니다."라고 말한 것이 떠올랐다. 훈육관님과 함께 KCTC훈련을 준비해온 지난 과정을 돌이켜봐도 한 번의 전투를 위해서는 작전 계획 말고도 군수, 통신, 정보, 지형, 기상 등등 준비해야 할 게 너무나도 많았다. 사후평가 막바지에는 전투영웅들에 대해 표창도 주어졌다. 개그맨인 줄로만 알았던 경태는 전체를 통틀어 가장 많은 적을 사살하며 전투영웅이 되었다. 그는 특유의 찡그린 미소를 보이면서도 살기등등한 눈빛을 뿜내며 자랑스럽게 표창을 받았다. 이외에도 전술적 행동을 우수하게 했거나 분대를 훌륭히 지휘해서 적의 공격을 막아낸 동기 등 모범을 보인 동기들이 상을 받으며 퇴소식을 했다.

4년 동안 받은 모든 훈련을 밑바탕으로 삼고 그것을 총 정리하는 KCTC훈련이었고 어떤 훈련보다도 실전과 같았고 그만큼 배운 것도 많았다. 많은 동기들이 KCTC훈련이 가장 힘든 훈련이었다고 기억할 정도였고 나 역시도 공수 유격훈련보다도 더 힘든 훈련이었다.

퇴소식을 끝내고 나오니 연병장에는 '육사 버스'가 도착해 있었다. 반가운 버스에 오르자마자 곯아떨어져 자고 일어나니 어느새 따뜻하고 포근한 우리의 고향, 화랑대에 도착해 있었다. 학교 간부들과 군악대가 나와 우리를 환영해 주었다. 가장 고됐지만 많은 배움을 얻고 한층 성숙해질 수 있었던 4학년 하훈이 그렇게 끝났다.

2년의 하훈을 우리와 함께 하며 갖가지 우여곡절을 함께 겪었던 훈육관님께서도 많이 아쉬워하는 표정이셨다. 훈육관님과 하루 24시간을 붙어 있고 온갖 고생을 같이하면서 군인정신, 지휘관의 자세와 마음가짐, 임무수행능력 등 수많은 것을 보고 배웠다. 그런 훈육관님과 따뜻한 포옹을 나누고, 화랑관 생활관으로 들어와 아늑한 침대에 몸을 던졌다.

1, 2, 3학년 후배생도들도 군사훈련을 마치고 돌아오며 꼬박 두 달 만에 다시 만나게 되었다. 공수 훈련 때 착지를 하다가 다리를 크게 다친 후배가 있다는 소식이 안타까웠다. 각자의 훈련이 힘들었다고 말하는 후배들의 모습이 귀엽고 가소로워 보이는 것은 이제 졸업해야 할 때가 다가왔다는 사실을 말해주는 것 같았다.

분대 1학년들과 파티를 하기 위해 남아 있던 전투식량을 군장에 꾸역꾸역 담아서 챙겨왔다. 자정이 넘은 시각, 1학년 생도들의 생활관에서 바닥에 신문지를 깔고 앉아 전투식량을 까먹었다. 중간에 순찰을 돌던 동기에게 들통 나고 말았지만, 그 동기의 입에 아몬드케이크(전투식량에 포함되어 있는 디저트. 나름대로 별미다.)를 한 조각 넣어주며 공범으로 만들어버렸다. 하훈 이야기를 하며 힘들었다고 푸념해대는 상민이와 형순이에게 가소롭다는 의미의 웃음을 날려 주었고, 새벽녘까지 도란도란 대화를 나누며 오랜만에 정을 나누었다.

많은 훈련을, 많은 시간을 동기들과 함께 땀 흘리고 때로는 눈물과 피도 흘리며 보냈다. 도저히 웃을 수 없을 정도로 심각했던 일들도 돌이켜보니 한 조각의 미소로 떠올려졌다. 우리는 무엇을 위해서 젊은 날의 소중한 여름을 그렇게 뜨겁게 보내왔던 걸까? 그건 아마도… 우리의 '삶이 그 답을 답을 가져다 줄 것이다.'

제09화

여름휴가 - 유럽

열심히 훈련받은 당신, 떠나라!

2, 3, 4학년 생도들은 하기휴가가 시작되고 며칠 뒤에 각자의 일정에 따라 해외문화탐방을 떠났다. 4학년 생도들은 4~6명 단위의 조를 꾸려서 미국, 유럽 등지로 10일 정도의 자유여행을 하게 되었다. 나는 피아노를 끝내주게 잘 치고 성적도 우수한 윤성, 3학년 하훈 간 안전검사 도중에 총을 쏘아버린 '어깨 위에 총' 제훈, 그리고 수파킷과 한 조를 꾸렸다. 하훈을 떠나기 전부터 윤성이가 프랑스 파리와 이탈리아 피렌체, 베네치아, 로마 등의 탐방계획을 작성해 놨고, 그 덕분에 짐만 챙겨서 바로 떠날 수 있었다.

파란 하늘 아래 광활하게 펼쳐진 지평선을 바라보며 파리의 샤를드골 공항에 무사히 도착했다. 공항에서부터 느껴지는 이국적인 분위기와 온통 외국인만 보이는 낯선 풍경이 마음을 설레게 했다. 파리에서 보내는 3일 동안 루브르박물관, 독립기념문, 오르세 미술관, 노트르담 성당, 에펠탑 등 유명한 관광명소를 둘러보았다. 루브르박물관에서는 그때까지 교과서를 포함한 여러 서적에서 사진으로만 봐 왔던 많은 그림과 조각들을 볼 수 있었다. 레오나르도 다빈치가 그린 모나리자는 생각했던 것보다 많이 작았고, 그림 앞에 많은 관람객이 모여 있어서 제대로 볼 시간이 얼마 되지는 않았다.

파리를 관통하는 센 강에서 유람선 관람을 하고, 또 자전거를 타고 질주하며 '자유로움'을 만끽했다. 예술창작의 장소로도 유명한 몽마르트 언덕에서는 무명화가들이 길거리에 앉아 여유롭게 그림을 그리는 낭만적인 풍경에 빠져들었다. 1682년에 프랑스 황제 루이 14세 시대에 건립된 파리 근교의 베르사유 궁전은 찬란하게 장식된 건물과 드넓은 정원이 압도적이었다. 1차 세계대전의 결과로 맺어진 베르사유 조약이 체결된 거울의 방(벽과 천장이 거울로 된 73m 길이의 방)에서는 세계역사에 이정표를 세운 장소에 서 있다는 사실이 믿기지 않았다.

파리 시내를 돌아다니다가 너무 피곤해진 나머지 잔디밭 나무그늘에 드러누워 낮잠도 자고, 연인들의 자연스러운 애정표현을 힐끔 보면서 낭만적이고 파리의 자유로운 분위기를 마음껏 부러워했다.

파리에서의 일정이 끝나고는 기차를 타고 유럽 28개국을 자유롭게 오갈 수 있는 유레일패스를 이용해 이탈리아로 갔다. 한때 지중해 전역에서 세력을 떨쳤던 해상공화국의 중심지였던 베네치아는 건물과 가로등 그리고 거리 곳곳의 모습이 베네치아라는 하나의 예술을 만들고 있었다. 수상택시와 버스 그리고 곤돌라 등의 수상운송수단이 다니는 운하는 독특하고 낭만적인 분위기를 우리에게 선물했다. 수 세기 동안 베네치아의 사회·정치 중심지였던 산마르코 광장은 세계에서 가장 유명한 광장으로도 손꼽힌다고 했다. 언젠가 읽었던 윌리엄 셰익스피어의 『베니스의 상인』이라는 희곡을 떠올리며 짧은 일정을 마무리했다.

이어서 14~16세기에 예술·상업·금융·학문 등의 분야에서 탁월한 지위를 누렸던 피렌체로 갔다. 피렌체는 레오나르도 다 빈치, 미켈란젤로, 단테, 마키아벨리, 갈릴레이 갈릴레오 등 인류 역사에 굵직한 족적을 남긴 사람들이 생활했고, 그들을 후원했던 메디치 가문이 있는 곳이었다. 르네상스 시대의 그림 등이 많이 수집되어 있는 우피치 미술관과 영화《냉정과 열정 사이》로도 유명한 두오모 성당 등을 둘러보며 역사의 숨결을 조금이나마 느끼고자 했다.

유럽에서의 마지막 여정은 고대 역사의 중심지이자 현재 이탈리아의 수도인 로마에서 펼쳐졌다. 고대 로마제국이 서기 125년경에 세우고 당대 건물 중에서 보존 상태가 가장 좋은 판테온 신전, 영화《글래디에이터》등의 배경장소로도 나오고 고대 로마 유적 중에 규모가 가장 크다는 원형경기장(극장) 콜로세움, 콘스탄티누스황제의 전쟁승리를 기념해서 세운 개선문, 로마인들의 생활중심지였고 지금도 유적발굴이 계속되고 있는 포로 로마노 등을 둘러보았다.

세계에서 가장 작은 주권국(인구 약 800여 명)이고 교황이 통치하는 바티칸시국에서는 하루 종일 머물렀다. 미켈란젤로의 '천지창조'와 '최후의 심판'이 그려져 있고 전 세계 추기경들이 모여 새로운 교황을 선출하는 시스티나 성당, 뉴스에서도 자주 볼 수 있는 성 베드로 광장과 세계에서 가장 큰 규모를 자랑하는 성 베드로 성당, 십자가에서 내려진 예수 그리스도의 시신을 떠안고 비통에 잠긴 성모 마리아의 슬픔을 묘사한 미켈란젤로의 〈피에타〉, 그리스와 트로이 전쟁 때 트로이의 제사장 라오콘의 비극을 표현한 〈라오콘 군상〉, 라파엘로의 방, 교황을 경호하는 스위스 용병, 각종 예배당 등을 보면서 인간이 한 것이라고는 믿기 어려운 예술작품들에 넋을 잃을 뻔했다.

함께 간 동기들과 추억을 쌓고, 인류의 흔적을 되짚어보는 것뿐 아니라 어색하고 낯선 곳에서 발견할 수 있는 의미들을 느낀 유럽에서의 10일이었다. 유럽 각국에서 개인과 집단이 품었던 창작에의 열정과 그를 바탕으로 한 작품들이 현대에 이르기까지 잘 보존되어 있다는 사실도 감탄스러웠다. 문화유산과 유적을 체계적으로 발굴하고 보존하고, 역사적 정체성을 바탕으로 관광산업을 선도하는 모습과 그에 대한 국민들의 관심과 애정 그리고 자부심 등은 우리도 배워야 하는 부분이었다. 한편으론 식민지 국가에서 가져왔던 수많은 유물들이 본국으로 돌아가지 못하고 떠도는 국제현실이 안타까웠다.[11]

또한 국경선에 관계없이 다른 나라를 마음대로 넘나들 수 있는 유럽의 평화가 부러웠지만, 위태로운 안보환경에도 불구하고 역동적으로 성장해 온 대한민국이 자랑스러웠다. 그리고 우리가 어른이 되어서는 누구나 한반도 전역을 자유롭고 평화롭게 오갈 수 있는 대한민국을 이끄는 데 기여하고픈 꿈을 품었다.

한국으로 돌아와서 시차적응과 여독으로 인해 조금은 피곤했지만, 1학년생도들을 만나 롯데월드에도 놀러갔다. 70m의 높이에서 떨어지는 놀이기구인 자이로드롭과 빙글빙글 돌면서 시계추처럼 진동하는 자이로 스윙이 너무 재미있던 나머지 몇 번이고 계속 탔다. 그런데 상민이의 얼굴이 점점 초록색으로 변하더니 결국 아침에 먹은 것을 모두 게워내고 말았다. 이

----

11) 당장 우리나라만 해도 해외를 떠도는 문화재가 무려 16만여 점에 이른다. 특히 '오구라 컬렉션'은 일제강점기 때 일본인 오구라 다케노스케(1869~1964)가 한반도에서 수집해 간 1천여 점의 유물이다. 국보급 유물로 지정될 만큼 예술적 가치가 높고 그 중 39점은 일본의 국가문화재로 지정됐다. 사유재산이라는 이유로 일본정부가 반환을 거부하는 대표적인 유물. 이외에도 20여 개 국가에 퍼져 있는 우리 선조들의 흔적을 되찾아올 방법이 없는 현실이다.

후에는 범퍼카와 회전목마 그리고 모노레일을 타며 그의 놀란 속을 달래 주었다.

고등학교 친구가 병사로 복무하는 부대에 면회도 가 보고, 다른 동기들 그리고 가족과 함께 시간을 보내며 마지막 하기휴가를 원 없이 보냈다.

유럽을 오가는 동안 10시간 넘게 비행기를 타며 뮤지컬 영화《Fame》을 봤었다. 영화의 마지막 부분에서 주인공들이 함께 부른 노래 'Hold your dream'를 흥얼거리며 집을 나서 화랑대로 돌아왔다.

> Countless hours of learning more Countless hours of knowing less
>
> Can't look behind you You have to look ahead
>
> So many doubts running through your mind
>
> All the excuses Don't have the time
>
> All the rejection you have to leave behind Leave it all behind
>
> Hold your dreams Don't ever let it go
>
> Be yourself And let the world take notice
>
> 〈Hold your dream, 영화 Fame〉

제10화

중대 명예위원생도

기차를 타고 국내여행을 하거나 분대원들끼리 해변에 놀러가거나 또 다른 해외여행을 다녀오는 등 각자의 휴가를 알차게 보낸 생도들로 들어찬 화랑관에는 활력이 넘쳐흘렀다. 1학년 생도들은 2학기부터 주말 외출외박을 나갈 수 있다는 사실에 설렘을 감추지 못 했고, 2학년 생도들은 은빛 공수윙을 가슴팍에 달고 멋진 모습을 뽐냈고, 3학년 생도들은 전보다 훨씬 멋스럽고 여유로운 모습이었다.

지난 하훈 때 중대 동기들과 2학기 지휘근무체계를 편성해 훈육관님께 보고 드렸었다. 지휘근무교대식을 통해 새로운 지휘근무체계가 시작되었고, 1학기 때 정들었던 분대원들과도 뿔뿔이 흩어지게 되었다. 생도대 전체에 큰 변화가 있는 가운데 나는 중대명예위원생도라는 직책을 맡게 되었다.

학교에서는 명예라는 가치를 '인격과 능력을 겸비하고 조국에 평생 봉사하는 미래 육군의 리더로서, 사관생도들이 가장 먼저 떠올리고 가장 중요하게 생각해야 하는 것'이라고 정의 내린다. 그리고 그것을 실현하기 위해 명예제도를 운영한다. 4학년 생도들의 투표로 선발된 명예위원장, 부위원장 생도를 중심으로 중대별로 1명씩의 4학년생도 그리고 학년별로 2명씩의 생도까지, 총 18명의 생도가 명예위원회를 구성해 전반적인 명예활동을 담당한다. 명예위원생도는 삼금제도, 부정행위, 부당이득, 허위 등에 관련된 규정을 토대로 생도들의 정신적인 기준을 잡는 직책이다. 또한 매주 한 번씩 중대 명예점호를 주관하고, 명예규정과 관련된 고민이 있는 생도들을 상담해 주고, 중대원들의 생일을 챙기며 무인판매대의 운영도 책임진다. 매학기 시험 때마다 명예시험 방법과 유의사항을 교육하고, 명예규정을 위반한 일이 생겼을 때에는 명예심의를 통해 징계 수위 등을 판단한다.

명예제도에서 중요한 요소인 '양심보고'는 본인이 명예규정을 위반하였거나 다른 생도들이 위반하는 행위를 보거나 들었을 때 '양심에 따라' 명예위원생도에게 신고하는 제도다.[12] 명예규정과 관련된 잘못을 깨닫고 먼저 보고하면 그 처벌 수위가 현저하게 낮아졌다. 실제로 중대 한 여생도가 용기 내어 스스로를 신고해서 벌점을 받고 주말 보행을 하는 것으로 끝난 경우도 있었다. 양심보고가 서로를 감시하는 수단으로 악용될 수 있다는 비판도 있지만, 그릇된 행위에 대해 책임지는 용기와 정직을 배운다는 측면에서 긍정적인 부분도 있었다.

명예제도에서는 특히 허위나 부정행위를 위반한 경우를 엄하게 다룬다. 한 1학년 생도가 쪽지시험 중에 "시험 끝 연필 놔" 구령에도 불구하고 몇 초간 더 답안지를 쓴 것이 다른 동기들에게 적발돼 명예심의에 회부되고 결국 학교를 떠나야 했던 일도 있었다.

새롭게 부임하신 생도대장님께서는 '규정에 의한 지휘'를 무척이나 강조

---

12) 중대명예위원 생도는 양심보고, 상담 등의 임무를 담당하기 때문에 생도대를 통틀어서 드물게 생활관을 혼자 사용하고, 다양한 마실 거리와 다과 등을 준비해 놓는다. 그래서 배고픈 4학년 생도들이 자주 찾아오기도 한다.

하셨고 벌점 받는 생도들도 유독 많아졌다. 이전보다 훨씬 삭막해진 생도대의 분위기 속에 명예규정을 위반한 사건도 종종 발생했고, 2대대 4층의 명예위원회 회의실에 모여 밤늦게까지 심의를 해야 했다. 규정을 위반한 생도를 불러 자초지종을 듣고, 어떻게 규정을 적용할 것인지를 토의하면서, 어쩌면 명예심을 높이기 위한 것이 아니라 통제를 위한 규정일 수도 있겠다는 생각이 들었다.

명예위원회에서 회의한 내용은 철저히 비밀을 지켜야 하는 규정이 있음에도 불구하고 일부 훈육요원들은 그것을 지키지 않았다. 또한 명예위원회에서 결정한 내용은 장교들로 구성된 훈육위원회에서 비중 있게 다뤄지지 않기도 했다. 몇 날 며칠을 밤새가며 준비하고 보고한 명예위원장과 부위원장 생도는 그런 일이 있을 때마다 좌절했고, 그들을 곁에서 지켜보던 명예위원 생도들마저 회의감을 갖게 되었다. 일부 훈육요원은 자꾸 처벌만 하려 했다.

문제는 우리에게도 있었다. 처음 학교에 들어오던 때와 비교해서 마음가짐과 행동에 문제는 없는지, 학점이나 시험점수 하나하나를 얻는 데 혈안이 되어 사관생도, 장교로서 품어야 할 가치들을 놓치고 있는 것은 아닌지… 당당하게 대답할 자신이 없었다.

그런 중에 2학기 군대윤리 과목은 생각을 이끌어 갈 방향을 넌지시 알려 주었다. 1학년 때 배웠던 철학 수업 중에 영화 《매트릭스》에 나왔던 "빨간약 먹을래, 파란약 먹을래?"라는 질문을 하셨던 교수님께서 군대윤리를 가르치시며 다시금 같은 질문을 던지셨다. 나름 눈치가 생긴 것인지 이젠 그 질문이 이해되었다. 그 질문은 '눈에 보이는 그대로를 현실이라 생각하고 살아갈래 아니면 진짜 현실을 바라보고 살래?'라는, 실재과 허상에 대한 질문이었다.

프랑스 철학가 장 보드리야르의 『시뮬라시옹(Simulation)』이란 책을 소개하시면서 우리가 살고 있는 현실이 사실은 시뮬레이션된 가상은 아닌지, 현실보다 더 현실 같은 허상 속에 살고 있는 것은 아닌지에 대해 질문하셨다. 전 평시에 군인으로서 가져야 할 윤리적 기준과 행동에 대해 배우는 수업이 철학수업으로 이어지면서 눈에 보이고 귀에 들리는 것만이 전부가 아니라는 것을 생각하게 되었다. 너무나도 익숙한 현실과 사물에 대해 '왜?'라는 의문을 갖고 고민할 수 있는 여건을 만들어 주신 교수님 덕분에 쌓여 있던 고민거리들의 무게를 조금은 덜 수 있었다. 특히 명예제도 그 자체에 매몰되어 명예의 진정한 가치를 잊게 되는 역설적인 생도대의 상황을 한 걸음 떨어져서 바라볼 수 있게 되었고, 제도라는 허상보다는 진정한 가치를 이뤄내기 위해 살아야겠다고 다짐했다.

또한 교수님께서는 '충성'이란 덕목에 대해서도 집중적으로 이야기하셨다. 진정한 충성이란 진실한 자아를 향해 마음을 집중하고, 치우침 없이 공정하고 사사롭지 않으며 한결같은 마음을 간직하는 것 그리고 옳은 것을 옳다고 말할 수 있는 것이라고 설명하셨다. 그러면서 장교가 되어선 충성병을 가장 조심해야 한다고 강조하셨다. 상급자에게 좋은 평가를 받기 위해 주어진 임무를 출세를 위한 수단으로 삼는 것을 경계하고, 거짓된 충성이 아니라 진정한 충성을 행하는 장교가 되기를 당부하셨다. 남은 생도생활 뿐 아니라 졸업 이후에도 '나는 어떤 군인이 될 것인가'를 항상 고민하라고도 하셨다.

내면에 집중하라는 교수님의 말씀은 말처럼 쉽지가 않았고, 생각을 이어갈수록 점점 안개 속으로 빠져 들어가는 느낌이었다. 교수님들이나 훈육요원들은 우리에게 생각하고 행동하라고 해왔지만, 실제로는 지시를 일방적으로 따라야만 하는 구조에서 스스로 생각하는 능력이 점점 사라져 버린 것은 아닌지 모르겠다.

몇몇 명예위원 생도들과 군대윤리 수업을 함께 수강하면서 우리가 길러야 한다는 명예심에 대해서도 깊이 논의했다. 그리고 통제와 처벌을 위한 명예규정이 아니라 진정한 명예를 가질 수 있는 어떤 무언가가 필요하고 훈육요원들도 그런 관점에서 생도대의 명예제도를 바라봐야 한다는 데 의견을 모았다.

제11화

지금

　10월 1일 국군의 날 행사는 5년에 한 번씩 대규모 시가행진을 포함해 이뤄진다. 마침 작년에 한 학년 선배생도들이 강남대로에서의 시가행진을 성공적으로 해냈었다. 원래대로라면 계룡대에서 진행되었을 행사는 6·25전쟁 당시 북한군에게 점령된 서울을 되찾은 지 60주년이 된 것을 기념하는 행사와 합쳐져 시가행진으로 계획되었다. 휴가에서 복귀하자마자 행사 준비가 시작되었고 4학년 생도들을 키가 큰 순서대로 분류해 대열을 구성했다. 그 덕분에(?) 키가 작은 생도들은 자연스레 행사에서 빠지게 되었다. '큰' 동기들이 성남의 서울공항에서 2주일 넘게 고생하는 동안 '작은' 동기들은 학교에 머물며 전쟁사를 공부하는 등 편안한 시간을 보냈다. 나를 포함해 열외된 동기들이 한데 모이니, 2학년 때 기수생도를 함께 했던 친구들이 모두 있었다. 키와 덩치가 고만고만한 우리가 서로를 귀여워하는 웃기고도 슬픈 장면이 펼쳐졌다. 또한 큰 동기들은 우리를 많이 부러워하고, 우리는 서울시내 한복판에서 멋지게 행진하게 될 그들을 부러워했다.

　행사 당일에는 정복을 차려입고 외출을 나가서 경복궁 입구에서 광화문을 지나 시청광장까지 행진하는 동기들을 응원해주며 꽃다발을 그들의 목에 걸어주었다. 행사가 모두 끝나고 삼사친선교류행사를 통해 인연을 맺은 해군 공군사관학교 동기들과 만나 얼싸안으며 반갑게 인사를 나눴다. 동기들은 얼굴이 거멓게 그을리고 볼 살도 많이 빠졌지만 행사가 성공적으로 끝났다는 사실에 기뻐하며 환호성을 질렀다.

한편 지난 3월 천안함 폭침사건으로 인해 무기한 연기되었던 생도의 날 가든파티 행사도 열렸다. 지난 3년의 가든파티에 '데일리'를 모셔왔던 나는 생도생활의 마지막 가든파티라는 의미를 충분히 살려서, 어머니를 파트너로 초대했다. 한 달여 뒤에 있을 화랑축제의 파트너를 초대한 동기들도 많았지만 부모님을 모신 동기들도 꽤 있었다. 연인들의 다정하고 오붓한 분위기에 아랑곳 않고 어머니와 시간을 보내며 편안하게 시간을 보냈다.(파트너도 구하고, 효도도 하고 일석이조다! 사실, 파트너를 구하지 못한 것에 대한 아주 그럴듯한 핑계일 수도 있다.)

군대윤리시간에는 베트남 전쟁 중이던 1968년 3월에 발생한 "미라이 양민학살 사건"에 관련된 동영상을 시청했다. 미군 26명이 약 500여 명의 여성과 아동을 포함한 민간인을 학살한 사건은 참혹하기 그지없었다. 전쟁이라는 폭력적이고 억압적인 상황에서 지켜야 할 인간의 존엄성, 무력집단이 휘두르는 폭력의 정당성 그리고 군인으로서 지녀야 할 윤리적 기준과 도덕적 가치 등에 대해 깊이 토론했다.

한국전쟁사 수업도 점점 그 깊이를 더해가며 6·25전쟁 당시 전투의 승패를 갈랐던 전술, 지휘관의 리더십과 병력운용방법 등을 공부했고, 한반도가 분단된 과정을 꼼꼼하게 살펴볼 수 있었다. 대한민국을 지키기 위해 전투 병력을 파견한 16개국(미국, 영국, 오스트레일리아, 네덜란드, 캐나다, 뉴질랜드, 프랑스, 필리핀, 터키, 태국, 그리스, 남아프리카공화국, 벨기에, 룩셈부르크, 콜롬비아, 에티오피아)이 벌인 전투 등을 공부하며 지금의 자유가 결코 공짜로 얻어진 것이 아니라는 것을 다시금 깨달았다. 마침 학교에서 생도들에게 나눠 준 『허드슨 강에서 압록강까지』라는 책은 북한군과 중공군에 맞서 싸운 미국장교들의 실화를 생생하게 들려주며 한국전쟁사 수업을 더욱 흥미롭게 해주었다. 1학기에 배웠던 세계전쟁사 그리고 2학기에 배우는 한국전쟁사 과목은 군인으로서 갖춰야 할 전투전술과 상황판단능력뿐만 아니라 족적을 남긴 인물들의 리더십 그리고 역사의 흐름을 느낄 수 있는 토대를 마련해 주는 소중한 수업이었다.

전쟁사 교수님께서는 수업 중에 『논어』의 한 구절인 "배우되 생각하지 않으면 남는 것이 하나도 없고, 생각하되 배우지 않으면 위태롭다.(學而不思則罔 思而不學則殆 학이불사즉망 사이불학즉태)"를 칠판에 크게 적어 주시며 배우고, 질문하고, 답을 내고, 또 다르게 생각해 보면서 넓고 깊게 배움을 확장시키라고 당부하셨다. 또한 누구의 방해를 받지 않고 홀로 생각하고 자기 내면과 대화하는 그때야말로 진정한 성장이 이뤄지는 시간이라고 하시며 보다 고독해지기를 주문하셨다.

전공 교수님께서는 학사일정을 따라가느라 지쳐 있는 우리를 향해 앞만 보고 달려가는 사람의 특성에 대해 이야기해 주셨다. 그런 사람은 주말이 지난 뒤 "아, 이번 주말은 한 게 하나도 없네."라고 말하고, 생각했던 것보다 안 좋은 결과가 나왔을 때는 "아, 열심히 해도 안 되나 봐. 아냐, 할 수 있어, 다시 앞만 보고 달려야 해!"라며 달려간단다. '인생은 앞만 보고 달리는 것이 아니라 뒤와 옆, 아래와 위도 있다'고 하시며 어떤 생도, 장교가 되고 싶은지, 앞만 보며 달려가는 사람이 될 건지에 대해 물음표를 안겨주셨다. 그리고 언젠가 멋진 장교가 된다는 보장은 없다고 하시며 중요한 것은 바로 지금, 이 순간이라고 하셨다.

지금 멋진 생도 그리고 장교가 되겠다고 마음먹고 행동하라는 교수님의 말씀을 곱씹으며, 지난 3년 반의 생도생활을 돌이켜보니 변명으로 가득했던 순간들이 떠올랐다. "나중에 더 재미있게 놀아야지", "나중에 저렇게 하지 말아야지", "나중에 저것보다 더 멋지게 해야지", "나중에, 나중에, 나중에…"

미래는 한 걸음 다가가면 어느새 과거가 되어 있고, 또 다시 미래로 남아 있다. 어쩌면 우리는 태어나서 죽을 때까지 단지 '오늘'을 살 뿐이다. 영화 《죽은 시인의 사회》에도 나왔던 "Seize the day. Carpe diem."이라는 문구처럼 지금을 살고, 지금 사랑하고, 지금 웃고, 지금 노력하고, 지금 행복해야겠다고 다짐했다.

졸업학위를 받기 위해서 대부분의 학과에서는 학사학위 졸업논문을 요구했고, 일부 학과는 작품이나 시험으로 논문을 대체했다. 생도들은 과목별 수시시험과 과제, 발표 수업 준비, 졸업논문 작성뿐만 아니라 체력 단련에도 집중하며 단풍잎이 물들어가는 가을을 각자의 '지금'으로 알록달록하게 칠해갔다.

제12화

화랑제, 태국 친구들의 방문

화랑제 기간에 생도들의 전투체력과 군인정신을 향상시키는 등의 목적으로 '화랑도 경연대회'라는 새로운 행사가 열린다고 했다. 중대마다 4학년 2명과 3학년 6명 총 8명을 선발하고, 단독군장 차림으로 10여km를 뛰며 장애물 코스 극복, 실탄 사격, 탄 박스 및 환자 이송 그리고 마그네슘을 이용한 불 지피기 등의 과제를 수행해야 했다. 과제별로 얻은 점수와 결승점에 들어온 순서를 따져서 중대별 순위를 매기고 우승을 하면 특별 외박이 포상으로 주어진다고 했다.

중대 훈육관님께서는 모든 중대원을 모아놓고 대회에 참가할 생도를 모집했다. 4학년의 끝자락에 스스로의 한계에 도전해 보고 싶던 찰나에 좋은 기회가 될 것 같아서 손을 번쩍 들었다. 중대원의 시선이 쏠리자 괜히 손들었다는 자책감과 완주나 할 수 있을까 하는 두려움이 몰려왔다. 체력이 강하지도 않고 달리기도 빠르지 않았기에 어느 누가 봐도 무모한 일이었다.

체력이 워낙 좋아서 훈육관님이 직접 뽑으신 팀원들과 함께 곧바로 연습을 시작했다. 단독군장을 하고 줄을 타는 건 맨 몸으로 할 때보다 갑절 이상으로 어려웠다. 무게가 불과 몇 kg밖에 늘지 않았는데도 손이 덜덜 떨리며 줄을 올라갈 수 없었다. 이대로라면 완주는커녕 함께하는 동기와 후배들에게 짐이 될 것이 뻔했다. 위기감 속에 매일 산악구보와 장애물 코스를 연습하고 생활관에서는 철봉에 수건을 매달고 줄 타는 연습을 수시로 했다. 팀원들과 다른 중대의 전력을 분석하고 과제별로 각자의 임무를 분담해서 연습하며 대회를 차근차근 준비했다.

그렇게 3주 정도 연습하며 체력과 팀웍을 길러서 대회당일 8개 중대 중에 3위로 골인했다. 아쉽게도 사격점수가 낮아서 상을 받지는 못했지만, 숨이 턱에 넘쳐 오르고 구역질이 나던 순간에도 끝까지 포기하지 않고 스스로를 이겨냈다는 것으로도 충분한 보상을 받은 것 같았다. 팀원들과 손을 맞잡고 결승점을 통과할 때의 감격은 주변에서 함께 뛰며 응원해준 중대원들의 가슴도 저릿하게 했다. 자칫하면 나태해지기 쉬운 4학년 2학기 생활을 바짝 옥죌 수 있는 시간이기도 했다.

생도생활 전체를 통틀어서 절정에 오른 체력에 자신감을 느끼며 지난 시간을 돌아봤다. 어려서부터 뛰노는 것을 좋아해서 나름대로 체력에 자신 있다고 생각하며 기훈을 시작했지만 그건 크나큰 착각이었다. 기훈 1주차 체력측정 당시에는 3급에 불과했던 고등학생일 뿐이었다. 1학년 1학기 때에는 달리기 자체가 두려웠다. 부분대장생도들과 분대원 신화의 조언(무릎을 높게 드는 느낌으로 뛰고 가장 편안하고 자연스럽게 호흡하되 숨을 많이 내뱉어라)이 없었다면 더 위축되었을 거다. 1학년 하훈 때 동기들과 매일 함께 뛰고 팔굽혀펴기와 윗몸일으키기를 하며 자신감을 조금이나마 회복했지만 2학년 공수훈련과 3학년 순환체력단련 수업 중에 제정신을 못 차렸던 경험은 아찔한 순간이었다. 그런데 오히려 그런 경험을 통해 몸은 조금씩 강해졌던 것 같다. 4학년 1학기에는 생애 처음으로 하프 마라톤을 완주했고, 하훈 중에는 전례 없이 강도 높은 체력단련을 견뎌냈으며 체력이 월등히 좋은 동료들과 함께 화랑도 경연대회를 완주했다.

그러고 보니 동기들도 거의 모두가 체력 특급을 받을 정도로 발전해 있었다. 이제 3km 달리기를 측정하면 11분부터 1분 남짓한 시간에 거의 모두가 결승점에 우르르 몰려들어오는 정도였다. 4학년 2학기 말의 마지막 학년별 단체뜀걸음 시간에는 체육복을 입고 10km 뜀걸음을 했다. 우뚝 솟은 교훈탑은 가벼운 몸놀림으로 뛰는 우리를 한껏 흐뭇하게 내려다보았고, 재구상은 두 주먹을 불끈 쥐며 앞날을 응원해 주고 있었다. 동기들과 재미나게 뛰고 화랑관 광장에 들어서자 후배생도들이 자랑스러운 눈빛으로 4학년 대열을 바라보며 크게 박수를 쳐 주었다.

지난 4년, 태어나서 이리도 많이 뛸 줄은 상상하지 못했을 정도로 많이 뛰어야 했다. 처음에는 1km를 뛰는 것조차 버거웠던 우리는 어느새 정예 장교다운 강인한 체력을 갖추게 되었고, 그렇게 땀 흘렸던 시간들은 노력과 연습이 뒷받침되면 기존의 '나'를 뛰어넘어 발전할 수 있다는 자신감을 안겨 주었다. 도저히 참기 힘든 고비를 넘어서면 몸과 정신이 보다 성장한다는 것도 온몸으로 깨달았다. 극한의 상황 속에서도 미소를 지으며 이겨내는 동기들을 보며, 가장 힘든 순간에 호탕하게 웃을 수 있는 사람이 가장 강한 사람일 거라고 생각하게 되었다.

화랑제 기간에는 우방국인 독일, 터키, 태국의 사관생도들이 학교를 방문했다. 지난 1학기에 동기들이 10여 개국의 사관학교에 다녀온 것에 대한 일종의 답례방문이었다. 5월에 인연을 맺은 태국 친구들을 다시 만나니 너무나 반가웠다. 서로의 안부를 묻고 사진을 찍으며 태국에서의 1주일을 추억했고, 한국에서 함께하게 될 일정을 설명하며 설레는 마음을 나눴다. 학교에서 4년 동안 함께 생활하는 태국 수탁생도들 덕분에 의사소통이 한결 수월했다. 친구를 맺은 태국 생도들이 수파킷에게 경례하는 모습은 많이 낯설었다. 태국사관학교로 치면 2년이나 후배인 그들의 깍듯한 경례를 멋들어지게 받는 수파킷이 '처음으로'(?) 멋지고 든든해 보였다.

수파킷과 함께 태국 생도들을 인솔해서 학교시설과 생도생활 등을 견학하고, 경기도 포천에 있는 '태국군 6·25전쟁 참전 기념비'에도 찾아갔다. 얼마 전까지만 해도 장난을 치던 태국 생도들의 얼굴이 비장해졌다. 그들은 태국 특유의 의례에 따라 6·25전쟁 중 희생된 선조들에게 엄숙하게 경의를 표했다. 영국과 프랑스 등 서구열강이 동남아시아 국가들을 식민지로 만들던 시절에 뛰어난 외교술로 중립국 지위를 지켰던 태국은 6·25전쟁 당시 아시아 국가 중에 가장 먼저 군사지원을 결정했다.(태국 군인 6,326명 참전, 129명 전사, 1,139명 부상, 5명 실종) 우리나라를 위해 목숨을 바쳤던 태국 군인들의 넋을 기리며 태국 생도들과 뜨거워진 마음을 나누었다.

서울 시내 견학은 태국, 독일, 터기 사관학교 생도들과 그들을 안내하는 동기들과 함께했다. 용산의 전쟁기념관을 견학하면서 보게 된 "Freedom is not free(자유는 거저 주어지는 것이 아니다.)"라고 적힌 비석은 4개국 사관생도들의 발걸음을 멈추게 했다. 기념관 중앙현관에는 천안함 폭침사건의 결정적 증거물로 제시된 어뢰추진체 잔해가 전시되어 있었다. 외국생도들에게 사건의 자초지종과 피해 그리고 의미 등을 짧은 영어로 설명해 주었다. 명동에 있는 전통식당에서 삼계탕을 한 그릇씩 먹고, 케이블카를 타고 남산타워에 올라가 서울의 야경을 보며 낭만적인 시간도 가졌다. 명동거리를 거닐고 길거리 음식을 사 먹으며 즐거운 한때를 보내고 학교로 돌아왔다. 밤에는 외국생도들과 한 생활관에 모여서 각자의 인생과 학교생활 등 다양한 이야기를 나누고 기념품을 주고받으며 늦은 시간까지 함께 어우러졌다.

태국 생도들은 늦가을의 찬 공기를 많이 힘들어했다. 아침마다 이불에서 도저히 나올 생각을 하지 않는 한 친구를 억지로 끌어내기 위해 옥신각신하기도 했다. 매서운 겨울 추위를 견뎌본 수파킷은 그런 그들을 비웃기라도 하듯이 의기양양해했다. 주한 태국무관님의 공관에도 찾아가 저녁 식사를 함께하며 두 나라의 우의를 다졌다. 즐거운 시간은 늘 그랬듯이 유독 빠르게 흘러갔고, 태국에 갔을 때만큼 알차고 재밌게 해 주지 못하는 것 같아서 미안했다. 그럼에도 불구하고 즐거워하고 고마워하는 그들에게 오히려 고마웠다. 꿈만 같던 1주일이 지나고 인천공항에서 그들을 떠나보내며, 언제 다시 만날지 약속하기 어려운 작별에 아쉬워 서로 부둥켜 앉고 한동안 말을 잇지 못했다. 앞으로도 연락을 계속 하자고 몇 번이고 다짐하고 약속하며 친구들을 떠나보냈다.(감사하게도 5년이 지난 지금도 그 인연을 이어가고 있다.)

화랑제는 모든 생도들이 1년 동안 해 온 동아리 활동과 생도생활을 마무리하는 축제다. 특히 4학년 생도들에게는 생도생활 전체를 갈무리 짓는 의미를 지니는데, 축제기간의 마지막 날에는 4학년 생도들만 파트너를 초대하는 '화랑축제'를 하게 된다. 화랑제 파트너와의 다양한 사연들은 평생의 로맨스 혹은 감춰야 할 무언가가 되기도 한다. 결혼을 하거나 파트너와 찍은 사진이 졸업앨범에 실려 평생을 감춰야 하는 등 많은 사연이 생기는 축제이기도 하다.

나는 중학생 때부터 친하게 지내다가 우정과 사랑의 경계선에 머물던 친구를 초대했다. 2학년 생도의 날 가든파티 파트너로도 와 주었고 함께 해 온 시간만큼 신뢰했기 때문에 별 의심 없이 그녀가 와 줄 줄로 알았다. 하지만 행사를 2일 앞두고 갑작스러운 사정이 생겨서 올 수 없다는 말에 난감해지고 말았다. 분위기를 봐서 대충 넘어갈 여지가 있는 생도의 날 가든파티와는 달리 화랑축제에는 파트너가 어떻게든 있어야만 했다. 게다가 당장 파트너를 구하러 학교 밖에 나갈 수도 없는 상황이어서 결국 부모님께 SOS를 드려서 아버지 친구 분의 자제를 '데일리 파트너'로 초대했다. 다행히 어린 시절부터 몇 번 봐 왔던 터라 큰 부담 없이 함께할 수 있었다.

행사 당일 파트너를 데리고 학교에 돌아와서는 모든 후배생도들이 중대 현관에 모여서 준비한 통과의례를 거쳐야만 했다. 연인 사이라면 진한 뽀뽀를, 데일리 파트너라면 풍선안고 터트리기 등 평소에는 엄두도 내지 못했을 이벤트를 4학년 생도들에게 강요했다. 짓궂은 후배들을 탓하며 식은 땀을 흘리고 나서야 겨우 화랑관에 들어올 수 있었다. 후배생도들은 외박을 나가고 4학년 생도들은 화랑관 식당 2층에서 저녁식사를 하며 오붓한 시간을 보낸 뒤, 교훈탑 주변으로 이동해 불꽃놀이를 구경했다. 여자 친구를 데리고 온 동기들은 서로를 껴안고, 그렇지 못한 동기들은 부러워하는 마음을 껴안으며 낭만적인 불꽃놀이를 즐겼다.

화랑제 시기마다 늘 그랬던 것처럼 학교에서는 다양한 행사와 전시들이 펼쳐졌다. 스포츠 종목 개인왕 선발대회 중 수영 부문에 참가해서는 자유형 우승을 거두며 유종의 미를 거둘 수 있었다. 전시회와 무술시범 그리고 특별활동부서의 각종 공연을 보며 뜻깊은 시간도 보냈다. 축제의 끝을 하루 앞둔 저녁에 펼쳐진 음악공연에는 가수 장사익과 마야가 초대되어 생도들에게 멋진 노래와 감동을 선물했다. 푸근한 할아버지 같은 외모의 장사익 선생께서는 한국인의 정서라고 하는 '한(恨)'을 시원시원하고도 애절하게 노래해 주셨다. 화려한 장미가 아니라 찔레꽃과 같이 살아온 본인의 인생을 담았다는 '찔레꽃'과 늙은 부모를 산에 버린 고려장을 모티프로 어머니의 끝없는 사랑을 표현한 '꽃구경' 등의 노래는 온몸에 소름을 돋게 하고 가슴을 적적하게 했다. 마야는 기훈 첫날부터 우리의 가슴과 부모님들의 눈가를 촉촉하게 적셨던 바로 그 노래, 어쩌면 우리 동기들의 주제가로도 암묵적으로 정해진 '나를 외치다'를 부르며 우리의 지난 4년을 축복해

주었다. 마치 우리의 생도생활을 위해서 노래를 만들었고, 우리의 졸업을 축하해 주기 위해서 학교에 와 준 것만 같았다.

환희에 찬 함성이 가득한 을지강당의 반짝이는 불빛에 문득 문득 비추는 동기들의 환한 미소를 보며 애정과 사랑 그리고 우정이 뒤섞인 묘한 감정이 솟구쳤다. 매일 함께 자고, 먹고, 웃고, 울고, 놀고, 공부하고, 뛰며 지내온 친구들을 보고 있으면서도 더 많이 보고 싶어진 이상한 순간…. 마지막 화랑제가 한 장의 추억으로 남겨졌다.

새벽이 오는 소리 눈을 비비고 일어나

곁에 잠든 너의 얼굴 보면서

힘을 내야지 절대 쓰러질 순 없어

그런 마음으로 하루를 시작하는데

절대로 약해지면 안 된다는 말 대신

뒤쳐지면 안 된다는 말 대신

지금 이 순간 끝이 아니라

나의 길을 가고 있다고 외치면 돼

〈나를 외치다, 마야〉

제13화

연평도

11월 23일 오후 학과수업을 마치고 3시 즈음에 화랑관으로 돌아왔다. 축구수업 때 자체게임을 한다는 소식에 한껏 들떠서 콧노래를 흥얼거리며 옷을 갈아입는데 갑자기 휴대폰에 속보가 떴다.

"서해 연평도 포탄에 피격, 남북 상호 교전 중."

주변 동기들과 함께 뉴스를 보고 있는데, 연대방송을 통해 정해진 수업에 그대로 참석하라는 지시가 내려왔다. 축구수업이 끝나고 언론보도를 보니 대한민국이 공격당했다는 사실이 명확해졌다. 지난 3월 26일에 백령도 인근에서 기습공격을 당해 침몰했던 천안함이 떠오르면서 북한 지도부와 북한군에 대한 깊은 증오심과 화가 솟구쳤다.

그날 저녁에 훈육관님은 전군에 비상경계 태세가 발령되었다고 말씀하시며 사건과 관련된 몇 가지 내용을 알려 주셨고, 상황을 예의주시하되 동요하지 말고 각자의 학업과 체력단련에 집중하라고 말씀하셨다. 생도들의 주말 외박도 무기한 취소되었지만, 그것을 아쉬워하는 생도는 한 명도 없었다.

2010년 11월 23일 오후 2시 30분경, 북한군은 서남쪽을 향했던 대한민국 해병대의 포병사격훈련을 빌미삼아 약 1,700여 명의 민간인이 거주하는 대연평도를 향해 170여 발의 포탄을 발사했다. 해병대 연평부대는 K-9 자주포 80여 발을 사격하며 북한군에 대응했다. 북한의 무력도발로 대한민국 해병대원 2명이 전사하고 16명이 중경상을 입었으며, 민간인 2명이 사망하고 3명이 중경상을 입었다. 이 외에도 주택 37동과 차량 3대가 피해를 입고 산불이 발생하는 등의 재산피해를 입었다.(2012년 3월 자유아시아방송이 연평도 포격전 당시 북한군 10명이 사망하고 30명이 부상했다는 보도를 했으나 피해규모는 현재까지 공식적으로 확인되지 않았다.)

북한은 "남측이 먼저 우리 영해에 포탄을 발사했다. 이번 조치는 자위적 조치였다."라고 주장하고, 민간인이 피해를 입은 것에 대해서는 "포진지 주변에 민간인을 배치해 인간방패를 형성한 대한민국의 비인간적인 처사에 있다."라며 되레 우리 군과 정부를 비난했다. 잔인하고 악랄하기 그지없는 그들은 늘 그래왔듯이 갖은 변명과 핑계를 둘러대며 모든 책임을 대한민국에 떠넘겼다.

세계 각국에서 우려의 시선이 한반도로 쏠리는 가운데 대연평도가 불타는 모습을 생방송으로 지켜본 국민들은 극도로 분노했다. 방송매체와 CCTV 화면 등을 통해 공개된 명백한 증거들이 있었기 때문에 천안함 사건 때와는 달리 각종 의혹과 음모론이 생겨나지 않을 법도 했다. 그런데 안타깝게도 모든 자주포를 대응사격에 투입하지 못했고, 대응 사격한 포탄의 수도 부족했으며 탐지 레이더도 꺼져 있었다는 등의 이유로 정치권과 언론의 화살이 군의 대응방식에 집중되었고, 군을 질타하기에 이르렀다. 또한 확전을 두려워해서 군이 강력하게 대응하지 못했다는 보도로 인

해 국군에 대한 국민의 신뢰가 낮아졌다.[13]

군 내부에서는 기존의 교전수칙에 발목 잡혀 강력히 응징하지 못했다는 반성의 목소리도 나왔다. 그리고 상호 교전의 개념이 아닌 '자위권', 즉 외국으로부터 불법적 침해를 당했을 경우에 자국의 권리와 이익을 지키기 위한 조치를 할 수 있는 국제법상 권리를 적극적으로 행사해야 한다는 의견이 대세를 이루었다. 그로써 같은 종류와 같은 양의 무기로 대응하는 게 아니라 수십 수백 배의 보복 타격을 해서라도 도발행위를 할 수 없도록 응징한다는 개념이 틀을 갖추게 되었고, 2000년 이후로 국방백서에서 사라졌던 주적개념이 부활해서 북한군을 다시 '적'으로 표현하기 시작했다.

(2011년에는 서북도서방위사령부를 창설하여 해병대 병력을 늘리고 K-9 자주포를 기존보다 세 배 넘게 배치하고, 탐지레이더, 다연장로켓포, 해안포 타격 미사일, 공격헬기 등을 추가로 투입했다. 연평도 포격도발 이후에도 북한군은 무력도발에 대한 의지를 더욱 강력하게 드러내고 있다. 백령도까지 30분 내에 다다를 수 있는 거리인 황해도 고암포에 70여 척의 공기부양정을 수용할 수 있는 기지를 2012년에 완공했고, 1,000개가 넘는 해안포를 더 뛰어난 성능의 그것으로 바꿔왔다.)

사관생도들, 특히 임관을 코앞에 둔 우리 4학년 생도들이 북한군에 대해 갖는 적개심도 증폭되었고, 그들을 뼈저리게 응징하고 싶다는 이야기도 여기저기서 들렸다. 전방에 배치되어 있던 일부 선배들에게 전화를 해봤지만 연락이 되지 않았다. 긴박한 사태였다.

....

13) 당시 미국 국방장관을 지낸 로버트 게이츠의 회고록 〈임무(DUTY)〉에 따르면 포격 당시 우리 정부에서는 공중 공격과 포격 등을 포함해 보복공격을 계획했다고 한다. 하지만 확전을 우려한 오바마 대통령과 힐러리 국무장관 등이 며칠에 걸쳐 만류했다고 한다.

사건 이후의 한국전쟁사 수업시간에서는 교수님과 생도들 사이에서 특히 많은 이야기가 오갔다. 지정학적 특성으로 인해 외세의 영향을 크게 받는 우리의 역사와 현실에 대해 가슴 절절한 안타까움마저 들었다. 세계 10위권의 경제규모를 가지고 있더라도 안보만큼은 스스로 지킬 수 있는 힘을 가져야만 한다는 교수님께서는 기존 전쟁의 패러다임을 벗어난 테러리즘과 비대칭전 등을 다룬『4세대 전쟁』이라는 책을 추천해 주셨다. 게릴라 침투, 해안포 공격, 항공기 테러 등의 도발형태를 넘어서 핵실험, 미사일 발사, 사이버 테러, 잠수정에서의 어뢰공격과 연평도 포격도발 등 예상하기 힘든 방식으로 도발한 북한군의 행태를 4세대 전쟁의 관점에서 바라보고 미래를 대비해야 한다고 생각했다.

　북한지역의 일반주민과 북한군은 엄연히 구분해서 생각해야 하지만, 한 해 동안 대한민국 사람들의 목숨을 유달리 많이도 앗아간 결정을 내린 그 지도부가 굉장히 미워졌다.

▶◀ 연평도 포격도발 사망자
군인 : 故 하사 서정우, 故 일병 문광욱
민간인 : 故 김치백, 故 배복철

* 대한민국 정부는 2016년부터 매년 3월 넷째 금요일을 '서해수호의 날'로 지정하여 제2연평해전과 천안함 피격, 연평도 포격 등 북한군의 도발에 맞서 목숨 바친 사람들을 추모하며 안보의식을 되새긴다.

제14화

세 번째 기초군사훈련

11월 하순부터는 신입생도들의 기초군사훈련 준비가 시작되었다. 1년 전과 마찬가지로 중대별로 4학년생도 1명과 3학년생도 6명을 선발했다. 4학년생도는 이미 기훈파견근무 경험이 있는 생도들 중에 1명이 해야 했는데, 동기들은 2학기 때 맡고 있는 지휘근무 등의 여건으로 볼 때 가장 여유가 있던 나를 추천했다. 뜻깊은 일이지만 힘들고 지칠 때가 많은 기파근무를 겨울휴가 2주를 반납하면서까지 다시 해야 한다는 게 마음에 걸렸다. 한편에서는 후배교육에 다시 한 번 열정을 바치라는 내면의 목소리도 들려왔다. 동기들의 추천과 격려를 생각하니 더 이상 거절할 수도 없었고, 심호흡을 하며 4년 생도생활의 마지막을 새하얗게 불태워보기로 했다.(4학년 기파생도들을 줄여서 '왕기파'라고 부르기도 한다.)

그렇게 8명의 왕기파와 48명의 3학년 후배생도들이 모이게 되었고 집체교육을 시작했다. 4학년 생도들끼리는 각자가 맡을 직책을 미리 정했다. 기훈 때 같은 분대였고 1학년 생활을 함께하며 정든 1중대 정민이는 대대장생도를, 나는 대대군수과장생도를, 달리기를 워낙 잘하고 성격도 좋아 동기들에게도 인기가 많은 지원이는 대대정보과장생도를, 모든 일에 최선을 다하고 특히 법학 과목에 특출난 성준이는 1중대장생도를, 2학년 때 같은 중대에서 함께 생활하고 4학년 기파생도 중 유일한 여생도 수련이는 대대문화체육관 및 여생도지도관생도를, 압도적인 체력과 낭랑한 목소리로 생도들을 잘 이끄는 대순이는 대대인사과장생도를, 열정과 패기가 넘쳐 다양한 에피소드*의 주인공이기도 한 경환이는 대대작전과장생도를, 지난 2학년 하훈 간 대대장생도를 맡아 '1번'으로서 갖은 고생을 했던 병학이는 2중대장생도를 맡았다.(* 경환이는 2학년 때 외출을 하던 중 지하철에서 짝다리를 짚고 가방을 이상하게 드는 등 불량한 모습으로 서 있던 경찰대학 소속의 학생을 보았다. 제복을 입은 사람으로서 불쾌했던 경환이는 지하철 열차 안에서 직각보행을 하고 좌향좌, 우향우 등의 제식을 하며 그 학생에게 절도 있는 모습의 본보기를 보여 주었다. 곁에서 경환이를 지켜봤던 한 동기의 증언으로 경환이는 '진정한 사관생도'로 불리며 전설로 남았다. 또한 그는 4학년 때 서바이벌 부서를 개설하겠다는 신념 하나로 발 벗고 뛰어서 국방부로부터 5천만 원의 예산을 획득해 오는 데 주도적인 역할을 했다. 현재 육사 서바이벌 부서가 있기까지 그의 공로를 빼놓을 수가 없다.)

중대는 달랐지만 이미 수많은 시간을 함께 한 8명은 금세 하나가 되었고, 훈육관님의 지도와 1년 전의 경험을 바탕으로 3학년 기파생도들을 가르쳤다. 세 번째 기훈을 앞두고 1학년 때 감명 깊게 읽고 가끔씩 펼쳐보던 『영혼을 지휘하는 리더십』을 다시 읽었다. 책에 등장한 수많은 장군들은 '인격'이야말로 모든 리더십의 시작과 끝이라고 강조했다. 3학년 기파생도들과 새로 들어올 신입생도들을 어떻게 가르치고 함께 가야할지, 우리 스스로가 보고 배울 수 있는 구심점이 되어 후배들을 이끌기 위해 어떻게 해야 하는지, 지시만 하는 게 아니라 어떻게 몸소 실천할지, 왕기파생도들과 함께 고민하고 토의했다. 3학년 생도들도 뜨거운 열정을 갖고 교육에 임했고 3주가 지나고 자격심사를 통과한 그들도 각자의 직책을 갖게 되며 하나의 드림팀이 탄생했다.

12월 초에는 졸업앨범에 실릴 사진이 나왔고, 앨범에 적어 넣을 '졸업 유감'도 썼다. 평생 남을 글귀이기 때문에 며칠 고민을 하고 나서야 겨우 써 낼 수 있었고, 동기들과 서로의 글을 공유하며 졸업이 성큼 다가왔다는 것을 실감했다.

> 정든 화랑대에서 지난 4년의 숨은 이야기들…
> 기쁨, 슬픔, 희망, 절망 모두 추억의 향기로 남았다
> 삶은 꿈의 아름다움을 믿고, 내일을 향해 질주하는 자의 것이다
> 그리고 가장 중요한 것은 바로 지금, 여기, 이 순간이다
> 오늘, 뚜벅뚜벅, 나아가자, 질주하자!
> 행복하고 희망찬 내일을 향해!

〈졸업 유감〉

지난 4년간 수백 번도 더 됐을 각종 시험을 치렀고, 4학년 2학기 졸업시험의 끝 무렵에 "시험 끝 연필 놔!"라는 교반장의 구호가 귓전을 때렸다. 그 순간 잡고 있던 필기구를 냅다 던지며 환호성을 내질렀다. 모든 시험의 압박에서 해방된 동기들도 기쁨에 겨워 환호했고, 삼삼오오 모여서 교정 여기저기를 돌아다니며 기념사진을 찍었다. 예복을 입은 채로 눈밭을 뒹굴고 지나가던 후배들도 붙잡아 함께 사진을 찍었다. 적어도 시험에 있어서만큼은 단 한 번의 부정행위도 없이 명예를 지켜온 우리를 스스로가, 후배들이 그리고 화랑대가 아낌없이 축하해 주었다.

기훈근무로 인해 2주가 통째로 사라진 1주일의 겨울휴가는 시간이 그대로 멈췄으면 하고 바랄 정도로 빨리 흘렀다. 짧기에 더 소중하고 행복한 휴가를 마무리 짓고 학교로 돌아오며 마음을 다잡았다. '생도생활의 마지

막 2개월, 어차피 해야 될 일이라면 즐겁게 잘 해내자.'

한 주 동안 인헌관 지역에 머물며 신입생도들을 맞이할 준비를 하고 몇 번의 사열을 거쳤다. 3학년 보급관생도로 선발된 진열이와 선명이와 함께 모든 보급품과 군장물품을 파악해서 정리하고 분배하고 확인하는 과정을 반복하며 정신없이 움직였다. 다른 기파생도들도 각자의 임무를 준비하는 바쁜 와중에 어떻게 하면 군수임무를 더 효율적이고 빠르게 해낼 수 있는지를 놓고 보급관생도들과 함께 고민했다. 고대부터 있어온 모든 전투와 전쟁에서 군수지원은 결코 빠질 수 없는 중요한 일이기도 했다. 우리 셋은 그만큼 막중한 임무를 맡았다는 사명감으로 똘똘 뭉쳐서 주어진 일을 차근차근 처리해갔다. 잠에서 깨면서부터 잠들 때까지 거의 한 순간도 떨어지지 않고 붙어 지내고, 훈련 중에 남은 전투식량 1개를 몰래 나눠먹기도 하는 등 소소한 재미거리들을 찾아다니며 지냈다. 셋이 사귀는 게 아니냐는 말이 나올 정도로 허물없이 지내며 학년을 떠난 둘도 없는 인연이 되었다. (그런 우리를 이끄는 지원장교는 지난 하훈 때 '파프리카'로도 유명해진 훈육장교 님이셨고 그와도 끈끈한 친분을 쌓게 되었다.) 기파근무의 꽃은 분대장생도였기에 진열이와 선명이 그리고 다른 참모직책을 맡은 3학년생도들은 의욕이 떨어질 법도 했지만, 그에 아랑곳하지 않고 최선의 노력을 다하며 선배인 우리에게도 모범이 돼 주었다.

신입생도들이 들어오고 나서 바빠진 만큼 시간은 더 빠르게 흘러갔다. 1년 전에 신입생도들과 밀착해서 지내며 교육하던 것과는 달리 왕기파생도로서 한 걸음 떨어져서 지켜보니 신입생도들의 풋풋한 모습에 아빠 미소가 절로 지어졌다. 과도하게 긴장한 신입생도들을 위해서 식사 시간에 말장난도 걸고, 오며 가며 그들의 어깨를 두드려 주며 '힘내라'고 말하기도 했다.

때때로 신입생도들이 밥 먹고 씻고 운동하고 교육받는 모습을 볼 때면 작년에 가르쳤던 '우리 1학년'들의 모습이 겹쳐져 보였고, 그때가 간절히 그리워졌다. 화랑관 주변을 지나다 1학년 생도들을 마주칠 때면 서로 반가운 마음에 둘러 모여서 이야기를 나누며 지난날을 추억했다. 그들은 우리가 졸업해서 헤어지는 것에 대한 아쉬움보다는 곧 2학년 생도가 된다는 설렘에 가득 차 있었지만, 그런 1학년들의 모습조차도 귀엽고 애틋했다.

기훈 첫 주차 일요일에 열리는 사자굴 의식, 4년 전 기훈, 1년 전 기훈 그리고 올해까지 생도생활을 하면서 사자굴에 3번이나 들어갈 줄은 꿈에도 몰랐다. 행사를 하면서는 앳된 우리를 가르쳐 주었던 선배들의 모습이 떠올랐고, 4년 전 재구의식 때 강재구 소령처럼 부하들을 위해 목숨 바칠 수 있는 용기가 아직도 없다고 했던 선배도 생각났다. 그와 다를 바 없이 나도 생도생활이 끝나가건만 죽음의 두려움을 이겨내기에는 아직도 턱없이 부족한 것 같았다. 그만큼 위대한 희생정신을 몸소 보여주신 강재구 소령을 생각하며 고민에 잠겼다.

1년 전 기훈근무를 하면서 우리의 잘못으로 인해 선배 왕기파들에게 군장교육을 받기도 했다. 그로 인해 몇몇 동기는 왕기파와의 신뢰가 약해지며 분위기가 안 좋을 때도 있었다. 상하급 지휘구조에서 경직되고 왜곡되기 쉬운 의사소통 구조가 아쉬운 순간이기도 했다.

우리에게 그와 유사한 일이 있을 거라고는 생각지도 못하고 지내던 어느 날, 훈육관님의 지시를 따르지 않은 3학년 기파생도를 교육하던 중에 애매한 일이 벌어졌다. 2학년 기수생도와 중대 1학년생도로서 인연을 맺고 193cm의 키를 자랑하는 의현이가 반발심을 갖고 감정을 그대로 나타내고 만 것이다. 사실 후배생도가 반항하는 것에 익숙한 선배생도는 거의 없다. 나는 갑자기 들끓어 오르는 감정을 추스르고자 잠시 자리를 피한 뒤, 왕기파들에게 상황을 설명하고 지혜롭게 대처할 수 있는 방법을 고민했다. 우리는 선례를 따르지 않고 대화로 해결하기로 결정했고, 신입생도들이 모두 잠들고 난 직후에 3학년 기파생도들을 한데 모았다. 어떤 상황인지 이미 알고 있는 그들의 표정은 한결같이 어두웠다.

"신입생도들을 사관생도로 만들기 위해서 함께 달려왔는데, 뜨거운 열정이 과도해서 잘못된 방향으로 가면 옳지 못한 일인 것 같아. 그리고 너희랑 우리는 생도생활을 3년이나 같이 해온 사이잖아. 우리 8명은 사심 없이 너희들을 돕기 위해 여기에 있는 거 너희가 잘 알잖아. 너희는 신입생도들과 앞으로도 함께 지내겠지만 우린 이게 끝나면 졸업이야. 뭘 얻거나 바라는 거 하나도 없어. 그리고 훈육관님의 지침을 따라야 하는데, 너희가 우리에게 반감을 가진다면 정말 안타까워. 의현아. 아까의 행동은 사관생도로서, 또 군인으로서 분명 잘못된 거야. 하지만 그게 너의 본심이라고 생각하진 않아. 단지, 그런 행동은 오랜 시간 함께해 온 서로에게 좋지는 않은 거 같아. 아쉽거나 섭섭한 게 있으면 언제든 이야기해서 함께 풀어 가자. 군장구보, 얼차려 등등 너희도 알고 있는 많은 방법이 있지만 너희도 우리가 사랑하는 후배이기 때문에 이렇게 대화로 풀고 싶어. 오해가 있었다면 우리가 미안해."

3학년 기파생도들이 박수를 쳐주었다. 왕기파와 3학년생도 몇 명이 각자의 생각을 이야기하고 한결 밝은 얼굴로 각자의 구역으로 돌아갔다. 동기들이 어깨를 두드리며 격려해 주는데 의현이가 나를 찾아왔다. 죄송하다는 그에 말에 미안하다고 화답하며 뜨거운 포옹을 나누었고 앙금을 완전히 풀었다. 함께 2학년 1학기 때 기수생도 직책을 끝낼 때쯤에야 눈을 볼 수 있어서 좋았다는 순간을 떠올리며 짓궂은 장난을 쳤고, 원래 지내왔던 사이로 순식간에 되돌아왔다. 진심 담긴 대화로 해결하자는 왕기파 동기들의 현명한 판단 덕분에 후배기파생도들과의 가장 큰 위기를 원만히 넘길 수 있었다.

새로 부임하신 생도대장님께서는 기파생도 권위의 상징이자 면면히 이어져온 육사의 상징이기도 한 백테화이바를 벗으라고 지시하셨다. 매일 밤마다 기파생도들이 신입생도들과 음료수나 차를 마시며 대화하는 시간을 가지라고도 하셨다. 권위적이고 불합리한 관행을 없애고 오직 규정에만 입각해서 상벌점을 주고 그것을 통해 생도들을 가르치라는 의도셨다. 육사선배이기도 한 훈육요원들도 많이 당황하는 눈치였고, 3학년 기파생도들은 신입생도들을 교육할 수 있는 권한이 극도로 줄어들자 많이 답답해했다. 사람 사는 일이 규정만 가지고 되는 것은 아니었고, 60년 넘게 전통을 이어온 백테화이바의 의미가 완전히 뒤바뀐 것에 대해 절망한 나머지 눈물 흘리는 생도들도 있었다. 당황스럽기는 마찬가지였지만, 그런 그들을 보듬고 일으켜야 하는 것은 4학년 왕기파들의 몫이었다. 지시사항에 많은 반감이 들었지만 부당하게 생각되는 지시라도 불법이 아닌 이상 따를 수밖에 없었다.[14]

우여곡절이 참 많았던 기훈, 왕기파 8명이 함께한 여정도 막바지에 이르렀다. 신입생도들이 교육받는 중에 임관 전 사진을 찍으며 장교정복을 입었는데, 어깨에 달린 소위 계급장은 어색하기만 했다. 임관하고 배치 받게 될 부대가 발표되는 날, 선배들에게 소문으로만 들어왔던 부대추첨 현장에는 긴장과 기대가 동시에 감돌았다. 인사사령부에서 온 장교들이 추첨 방법을 설명해 주고 난 뒤 동기회장 병욱이와 연대장생도가 함께 단추를

----

14) 이외에도 외출 외박 간 정복이 아닌 사복 착용, 선 후배생도 간 생활관 출입 금지, 징계활성화 등등의 파격적인 조치가 우리가 졸업한 이후에도 이어졌다. 오직 상점과 벌점에 의해 규정지어지고 평가받게 된 생도들은 애초 의도했던 목적과 달리 인간성을 상실한 지휘방식에 적응하기 힘들어 했다. 역설적이게도 생도대의 분위기는 자율을 넘어 자유로 치달았고, 결국 언론에도 보도된 여러 악성 사건이 터지고 말았다. 그 이후 수차례의 청문회와 공청회를 통해 생도문화를 재정립하기에 이르렀다.

눌렀다. 모두가 숨을 죽이고 스크린 화면을 바라보며 자신의 이름을 찾았다. 육군 제 28보병사단. '어디지? 어디지?' 기훈을 하는 동안 휴전선 155마일을 좌측 끝에서 우측 끝까지 견학 다녀 온 동기들은 전방부대의 위치를 이미 알고 있었다. 경기도 연천이란다. 만감이 교차하는 탄식이 곳곳에서 터져 나왔다. 특공여단이나 강원도 지역의 부대로 배치된 동기들은 위로를 받고 수도방위사령부로 배정 받은 극소수의 동기들은 부러움의 대상이 되었다.(병욱이는 자기가 추첨 단추를 눌러놓고는 제12보병사단, 강원도 인제로 가게 되었다. 메롱)

　기훈의 마지막 날, 이미 4학년 견장으로 갈아 찬 후배기파생도들이 신입생도들을 데리고 화랑관으로 떠나갔다. 북적대던 인헌관이 거짓말처럼 텅 비고 조용해졌다. 인헌관에 덩그러니 남겨진 우리 8명을 향해 쓸쓸한 바람이 휭 하고 불어왔고, 가슴에서 큰 덩어리가 빠져나간 것처럼 공허했다. 뜨거운 열정을 새하얗게 바쳤던 지난날이 어느새 끝났다. 아무도 없는 인헌관의 한 모퉁이에서 한동안 넋 놓고 말없이 앉아 있었다.
　그날 저녁에는 기훈을 담당한 훈육요원들과 기파생도들을 위한 식사 자리가 마련되었다. 모두의 얼굴이 밝고 홀가분해 보였다. 삼겹살을 곁들인 회식이 끝나면서 기훈교육대도 공식적으로 해산되었다. 식당에서 나온 왕기파 8명은 더욱 공허해진 마음을 가눌 길이 없었다. 그 순간 누군가가 92고지에 함께 올라가 보자 했고, 어두컴컴하지만 워낙 많이 뛰어봐서 익숙한 길을 따라 92고지 정상으로 올라갔다. 10분 남짓한 시간에 지난 4년이, 이번 기훈을 준비하면서부터 끝날 때까지의 순간들이, 그리고 매 순간마다 느꼈던 감정들이 한꺼번에 밀려오더니 눈물이 터져버렸다.

　앞뒤에서 훌쩍이는 소리가 들렸다. 정상에 다다르자 얼핏 비추는 불빛 사이로 동기들의 촉촉해진 눈이 보였다. 사관생도 신조탑 주변에 둘러서서 함께 괴성을 질렀다. "끼야아아아아아악~!"

눈에 맺힌 방울들을 소매로 닦아내며 각자 하고 싶은 말을 차례대로 했다. "너희가 함께 있어 줘서 너무나 고맙다.", "힘들고 지칠 때도 8명이 있었기에 즐겁게 해낼 수 있었다.", "이제 졸업이다. 우리 임관해서도 잊지 말고 함께 가자.", "근데 왜 자꾸 눈물이 나지? 헤헤헤…."
92고지에서 분대원들과 삼겹살을 몰래 구워 먹은 경험, 종교활동을 가기 싫어서 몰래 92고지에 숨어 있던 경험 등 92고지와 관련된 각자의 추억도 나누었다. 텅 빈 인헌관으로 돌아와 기념사진을 찍는데 또다시 눈물이 났다. 우리 8명은 꼭 껴안으며 서로를 위로했다.

밤 9시가 조금 넘자 한미연합사 방문행사를 마치고 돌아온 나머지 동기생들이 인헌관으로 들어왔다. 순식간에 유치원에서 양로원으로 바뀐 인헌관. 왕기파도 서로 작별을 하고 각자의 중대로 돌아갔고, 중대 동기들이 반가운 얼굴로 맞이해 주었다. 후배교육의 무거운 짐을 모두 내려놓고, 친구들과 함께 졸업과 임관 그리고 전방 소대장이 되기 위해 준비하는 일만 남았다.

4년 전 우리를 사관생도로 잉태하게 해 준 백테화이바. 그리고 후배생도들을 가르치며 2년 간 쓴 백테화이바. 그 반짝이는 둥근 백테화이바 속에 숨겨진 많은 이야기들이 가끔은, 많이 그리울 것 같다.

생도대에서는 '여고졸업반'이라는 노래를 개사한 '육사졸업반'이란 노래를 부른다. 우리를 잉태하고 어느새 아늑한 양로원이 된 인헌관에서 '육사

졸업반' 노래를 흥얼거리며 친구들과 함께 요양생활을 만끽했다.

이 세상 모두 우리 거라면 이 세상 모두 사랑이라면
날아가고파 뛰어들고파 아아 잊지 못할 육사 졸업반
아무도 몰라 누구도 몰라 우리들의 숨은 이야기
뒤돌아보면 그리운 시절 생각해 보면 아쉬운 시간
돌아가고파 사랑하고파 아아 잊지 못할 육사 졸업반

〈육사졸업반〉

입학보다 힘든 졸업

신입생도들의 입학식을 기분 좋게 구경하고 멋지게 행진하는 후배생도들에게 큰 박수를 쳐주었다. 전공별로 교수님을 모시고 식사를 하며 감사 인사를 드리는 사은회도 했다. 5학년 생도들이 나름의 일정으로 바쁘게 지내는 동안 우리를 화랑관에서 밀어낸 1학년 생도들부터 4학년 생도들은 졸업임관식행사 연습에 한창이었다.

너무나 익숙한 화랑대의 풍경 하나하나가 매일매일 새롭게 느껴졌다. 주말에 식사를 해결하고 딸기빙수를 먹으며 서울여대생들과의 로맨스를 기대했던 소라분식, 생도들을 반가이 맞이해 주시는 아주머니께 인사를 드리고 마음의 안정과 지혜를 구했던 육사서점, 배가 출출할 때면 달려가던 PX, 그리고 간성문의 닭강정과 빵집…. 모든 장소가 작별 인사를 하는 것 같았다.

독일로 떠났던 동기는 4학년 2학기 때 돌아와 우리와 함께 졸업하지만, 미국과 프랑스 사관학교에 있는 동기 2명은 그러지 못했다. 상원이에게 세 번째 기훈이야기를 들려주고 그의 이야기도 전해 들었다. 그는 유도대회에서 은메달을 따고 미국 육사의 기파생도가 되었다는 기쁜 소식을 전해

왔다. 누구도 가보지 못한 길을 개척해가는 나의 벗, 상원이가 자랑스럽고 존경스러웠다.(그는 우리가 중위가 되었을 때 한국으로 돌아와 중위로 임관했다.)

4년 전 우리는 시냇가에 놓인 작은 나룻배였다. 거센 물살과 거친 바위를 만나 때로는 깨지고 부서지기도 했지만, 열심히 뜯어고치고 탄탄하게 뼈대를 세워가면서 강을 지나고 바다에 닿았다. 강해서 이겨내는 게 아니라 이겨내서 강해진 지난 4년 동안 '영혼을 지휘하는 리더십'보다 더 강한 리더십은 없다고 생각했다. 그런데 그것보다 더 강한 리더십이 있다는 것을 졸업할 즈음이 돼서야 어렴풋이 깨달았다. 그것은 바로 '나를 지휘하는 리더십'이었다.

세상에서 가장 다루기 힘든, 나 자신을 이겨낼 수 있는 것이야말로 가장 위대한 리더십이 아닐까? 지난 4년의 생도생활은 나를 이끄는 리더십을 깨닫는 배움의 시간이었다. 졸업은 그것의 완성이 아니라 시작일 뿐이고, 가야 할 길은 너무나 멀어서 보이지 않지만, 매 순간 나를 외치며 살아가고자 다짐하며 화랑대에서의 마지막 밤을 보냈다.

육사 제67기 졸업식.

우리의 선배들이 그랬던 것처럼 목청이 터져라 '육사졸업반' 군가를 부르며 인헌관에서 화랑연병장으로 이동했다. 이제껏 수없이 불러왔던 군가 중에 이렇게 가슴 벅차올랐던 적이 있나 싶을 정도로 전율을 느끼며 위풍당당하게 화랑연병장에 들어갔다. 행사장에는 졸업을 축하해 주러 오신 가족, 친지, 친구 그리고 방문객들이 많이 모여 있었다. 그들이 보내주는 따뜻한 박수를 받으며 그 옛날 만주벌판을 달리며 독립운동을 했던 선조들이 고국을 그리며 불렀다는 노래를 힘차게 불렀다.

일송정 푸른 솔은 늙어 늙어 갔어도
한 줄기 혜란강은 천 년 두고 흐른다
지난 날 강가에서 말 달리던 선구자
지금은 어느 곳에 거친 꿈이 깊었나

〈선구자〉

우리는 나아갈 거다. 거침없이 내달리는 기상으로 힘차게 나아갈 거다.

영혼을 가득 담아 부른 우리의 노래는 태릉을 쩌렁쩌렁하게 울렸고, 그
노래를 듣는 모든 이들의 가슴을 요란하게 때렸다. 메아리로 되돌아온 소
리는 우리의 정신을 더욱 또렷하게 해 주었다.

행사 도중에 빨간 루비가 박힌 졸업반지를 끼워 주러 온 '분대 1학년' 상
민이는 나를 보더니 왈칵 눈물 흘리는 모습에 덩달아 울컥 하며 눈물이
맺혔다. 그의 볼을 타고 흘러내리는 닭똥 같은 눈물을 닦아 주며 한동안
말없이 꼭 껴안고 있었다.(그 녀석은 그때 왜 바보멍청이 같이 눈물을 흘렸는지 모르겠
다며 지금도 내게 핀잔을 준다.)

행사가 모두 끝나고 재구상 주변에서 동기들과 광란의 무락카를 외치던
순간은 인생에서 가장 경이로운 기쁨에 취한 시간이었다. 셰익스피어가
"인간은 삶이라는 연극무대에 잠시 등장했다 퇴장하는 배우"라고 한 것처
럼 화랑대에 잠시 머물다 떠나게 되었지만, 우리의 삶은 '생도생활 4년이
무엇을 위한 시간이었는지, 그리고 우리는 누구였는지'에 대한 답을 가져
다 줄 거다. 임관하면 정해진 길도 없고, 길을 알려 주는 사람도 없으며, 생
도생활 중에 겪었던 것보다 더욱 거센 풍파와 암초를 만나 아파할 때도 많
을 거다. 그럼에도 불구하고 지난 4년 간 길러진 군센 정신력과 체력 그리

고 사관생도의 정신으로 견뎌내며 동기들과 함께 나아갈 것이다.

예년과 달리 '합동성 강화'를 명목으로 한 통합임관식 때문에 졸업식이 끝나고도 다시 학교에 머물러야 하는 괴이한 일이 벌어졌다. 3일 정도 인헌관에 더 머무르며 야전에 나갈 준비를 한 뒤, 대전 국립현충원에 들러 호국영령 및 순국선열, 특히 천안함 희생자 묘역을 참배했다. 육군본부와 군수사령부 그리고 몇몇 방산업체를 견학하는 등 며칠 동안의 일정을 마치고 계룡대 연병장에서 합동임관식을 했다.

6천 명에 육박하는 새내기 육해공군해병대 소위들이 줄지어선 모습에 우리 스스로도 놀랐다. 행사장에서 해사, 공사 동기들도 만나게 되었고 오랜만에 봐도 어제 본 것처럼 익숙한 그들과 껴안고 사진 찍으며 난리법석을 부렸다. 한반도를 둘러싼 강대국의 틈바구니에서 끊임없이 이어지는 북한의 위협 때문에 국가안보가 흔들릴 때가 많지만 하늘과 바다 그리고 땅에서 한마음 한 뜻으로 함께할 친구들이 있기에 두렵지 않았다.

임관식 행사가 끝나고는 이산가족 상봉장을 방불케 하는 혼란이 펼쳐졌고, 겨우 부모님을 찾아냈지만 계룡대 지역을 빠져나오는 데에도 시간이 오래 걸려서 여러모로 피곤했다. 늦다리 사관생도들은 입학보다 힘든 졸업, 졸업보다 힘든 임관을 마치고 앳된 소위로 임관해서 각자의 길로 성큼성큼 나아갔다.

신라시대에 화랑이 있었다면 이 시대에는 현대의 화랑, 육사생도가 있다. 육체와 정신 그리고 심리와 지력을 골고루 단련하는 4년은 추억이라는 이름으로 그들의 가슴에 품어져 있다. 그 숨은 이야기를 미약하나마 이렇게 남기게 되었다. 대한민국의 역사와 함께한 육사의 이야기는 선배들로부터 이어져 왔고, 지금도 쓰여지고 있으며, 앞으로도 이어질 거다. 우리는 그렇게 화랑대를 수놓은 또 하나의 별이 되었다.

영원히 빛나거라! 육군사관학교, 그리고 대한민국!

사나이 끓는 피 하늘을 뚫고
내딛는 발걸음 지축을 울려
눈보라 몰아친들 두려울소냐
아아 이 정열 이 기백 육사의 선봉
영원히 빛나거라 대한 생도대

〈생도대가〉

에필로그

사관생도 시절 데이비드 립스키(David Lipsky)의 『강하게 살아라』라는 책을 읽었습니다. 미국 웨스트포인트 생도생활을 밀착 취재하고 재밌는 이야기로 풀어낸 책입니다. 지금도 생도들은 그 책을 통해 생도생활의 모습을 그려보고 조언을 구하기도 합니다. '우리나라에는 왜 그런 책이 없을까?'라는 의문을 품던 중 2013년 8월 육군사관학교에서 벌어진 추문들이 언론에 대문짝만하게 보도되었습니다. 물의를 일으킨 해당 기수의 기초군사훈련을 담당한 사실은 차치하고라도, 함께 호흡한 선배로서 일종의 책임감마저 들었습니다. 무엇보다도 저의 과거가 송두리째 흔들리는 것 같아 가슴깊이 안타까웠습니다.

기득권과 자존심을 내려놓고 문제의 근본을 냉정하게 찾아내지 않는다면 육사의 미래는 어두워지고 제 정체성도 흔들릴 거라 생각했습니다. 하지만 제가 할 수 있는 것은 없었습니다. 답답한 가슴을 부여잡고 수없이 고민하던 끝에 육사생도생활을 가감없이 다룬 책을 쓰기로 결심했습니다. 장교임무를 수행하면서 시간을 쪼개 책을 읽고 글을 썼습니다. '굳이 안 해도 되는' 일을 포기하고 싶을 때도 많았습니다. 그럴 때마다 전국 보이지 않는 곳에서 헌신하고 있는 육사 선후배와 동기들 그리고 눈에 선명히 떠오르는 국군장병들의 모습이 저를 붙잡았고, 간절한 그리움을 품고 처절하게 몸부림쳤습니다.

　홀로 결심하고 시작한 도전이 이렇게 미흡하게나마 결실을 맺었습니다. 이 책이 육군의 정예장교가 되려는 꿈을 가진 청소년들에게 도움을 주고, 한때 육군사관학교에 관심이 있었던 모든 분들이 생도생활 4년을 생생하게 체험하실 수 있으면 좋겠습니다. 그리고 과거 군부정권의 잔향이 깨끗이 지워지지 않은 육사의 진솔한 모습을 국민들과 소통하고 싶고, 육사의 소프트파워가 높아져서 궁극적으로는 국가안보를 증진하는 데 미약하게나마 기여할 수 있기를 바랍니다.
　순수하고 뜨거운 열정 하나로 뭉쳤던 지난 4년의 생도생활, 육사인들은 하늘 아래 한 점 부끄럼 없는 마음으로 가슴 쫙 펴고 맑은 눈빛을 쏟아냈습니다. 육사가족 모두가 추억 속의 초심을 돌아보며 밝고 희망찬 내일로 나아가면 좋겠습니다. 무엇보다도 훗날 제 배우자가 될 (어느) 여성과 그녀와 함께 꾸리게 될 가족구성원들이 제 젊은 날을 알 수 있다면 더할 나위 없이 좋을 겁니다. 육사의 일부분에 불과한 제 책이 마중물 역할을 해서 더 많은 이야기들이 나오길 기대합니다.

　저는 이제야 정말로 졸업하게 되는 것 같습니다. 지난 10년 동안 언제나 함께 해주는 육사 67기 지성(地星) 친구들에게 진심으로 고맙고 사랑합니다!

Thanks to

감사 인사

먼저 책 중에 등장한 모든 분들(실명 및 가명)께 깊이 감사드립니다. 그리고 제가 가장 존경하고 사랑하는 부모님과 누나 김민경 그리고 매형 성진욱과 그의 쌍둥이 동생 성진수 그리고 갓 두 살이 된 조카 성수현 양에게 감사합니다. 가족의 조건없는 지지와 사랑은 미약한 저를 존재케 해주는 가장 큰 힘이기도 합니다.

어린 시절 진한 추억을 함께했던 이천단월초등학교 46회 친구들과 구산중학교 친구들, 그리고 입시과정 내내 응원해주고 육사 입학식, 면회, 졸업식에도 찾아와준 선정고등학교 '레알 3반' 친구들과 은평 더블 에잇 축구팀.

고등학교 2학년 시절, 육군사관학교를 처음으로 접하게 해주셨던 이종승 삼촌(육사 47기). 사춘기의 저를 품고 보듬어주셨던 구산중학교 박영주 선생님 그리고 시간이 지나도 변함없이 반갑게 맞이해주시는 선정고등학교 교감 강병희, 김선도, 진중인, 엄정심 선생님.

생도들을 이끌어주셨던 신만택, 고성균, 서상국 생도대장님과 故 정현수, 이상근, 하형호, 임상진, 오주열, 김문규 훈육관님. 박재형, 김선범, 감동하, 정재학 훈육장교님 그리고 정태영, 정성임, 임유신, 이민수 교수님과 박희대, 임근영 교관님. 천방지축의 저를 아껴주시는 원연희 선생님.

육사 67기가 존재토록 해주신 모든 육사 선후배님들. 생도시절 인연을 맺은 해군·공군·해병대의 동료들. 5년의 장교생활 동안 인연을 맺은 장군, 장교, 부사관, 군무원, 병사 그리고 사회인 분들.

주한 태국무관이셨던 Weena Chongwarin 대령님과, Supa Kit, Nibphit Yoobanyong, Pluz Kongsompong, Hassapong Heng, Prai Phutthiphon, Kittikun Meeaim, Sopon Sua-Ngam, Witsarut Ruangsri, Pichitpon Limpiteep. 지금은 태국 육군의 장교가 된 소중한 친구들.

뜨거운 열정과 거침없는 추진력으로 많은 사람들에게 영감을 주시는 홍정욱 헤럴드미디어 회장님(올재 선생님)과 그가 설립한 지혜나눔 재단법인 올재.

둘도 없는 배움의 기회를 열어주신 (재)두양문화재단 오정택 이사장님과 건명원(建明苑) 최진석 원장님. 깊은 가르침과 깨달음을 주시는 배철현, 진덕규, 김개천, 정하웅, 김대식, 이광호 교수님. 따로 또 같이, 밝음과 어둠을 향해 나아가는 건명원 동료분들.

언제 어느 때나, 보이지 않아도 전국 곳곳에서 땀 흘리고 있는 국군장병과 목숨으로 대한민국을 지켜주신 호국영령과 순국선열까지….

이 책을 완성하는 데는 정말로 많은 분들의 '존재'와 '응원'이 있기에 가능했습니다. 특히 다음 카페 '육사사랑'(육사 입시 관련 인터넷 페이지)과 조악한 글을 읽고 응원해주신 여러분 그리고 부족한 글을 책으로 만들어주신 (주)북랩 출판사의 서대종 편집위원님과 임혜수 디자이너님께 감사드립니다.

2016년에 개교 70주년을 맞은 육군사관학교가 군뿐만 아니라 사회 곳곳에서도 대한민국 번영의 든든한 밑받침이 되기를 마음 모아 응원하겠습니다. 대한민국 감사합니다. 파이팅!